Du même auteur, chez le même éditeur :

Avance rapide (2002)

Du même auteur, chez d'autres éditeurs :

Frères de chair (1998)
La Proie des rêves (1999)
Les Hommes de paille (2004)
Les Morts solitaires (2004)
Le Sang des anges (2005)
Les Intrus (2007)

www.bragelonne.fr

MICHAEL MARSHALL

L'HOMME QUI DESSINAIT DES CHATS

Traduit de l'anglais (Grande-Bretagne)
par Benoît Domis, Hélène Collon, Ange et Claire Murray

L'Ombre de Bragelonne

Collection *L'Ombre* de Bragelonne dirigée par Stéphane Marsan et Alain Névant

« À suivre » (More Tomorrow, 1995) – Traduit par H. Collon
« Avoir raison » (Being Right, 2003) – Traduit par Ange, révision B. Domis
« Voilà que l'enfer dilate sa gorge… » (Hell Hath Enlarged Herself, 1996) – Traduit par B. Domis
« Sauvegarde » (Save As…, 1997) – Traduit par B. Domis
« Ville morte » (The Handover, 2000) – Traduit par B. Domis
« La magie est en toi » (What You Make It, 1998) – Traduit par B. Domis
« Peut-être la prochaine fois… » (Maybe Next Time, 2003) – Traduit par B. Domis
« Le livre des nombres irrationnels » (The Book of Irrational Numbers, 1999) – Traduit par B. Domis
« Quand Dieu vivait à Kentish Town » (When God Lived In Kentish Town, 1998) – Traduit par B. Domis et C. Murray
« L'homme qui dessinait des chats » (The Man Who Drew Cats, 1988) – Traduit par Ange, révision B. Domis
« Rendez-vous demain » (A Place To Stay, 1994) – Traduit par Ange, révision B. Domis
« Le pays obscur » (The Dark Land, 1988) – Traduit par B. Domis
« Voir la mer » (To See The Sea, 1994) – Traduit par B. Domis
« Moteur ! » (Two Shot, 2001) – Traduit par B. Domis
« Un dernier regard » (Last Glance Back, 2001) – Traduit par B. Domis
« Au service de l'homme » (They Also Serve, 2001) – Traduit par B. Domis
« Chère Alison » (Dear Alison, 1997) – Traduit par B. Domis
« La joie de recevoir » (To Receive Is Better, 1994) – Traduit par Ange, révision B. Domis
« Fringale » (The Munchies, 2003) – Traduit par B. Domis
« Le cadeau » (Always, 1991) – Traduit par B. Domis
« Sans un adieu » (Not Waving, 1996) – Traduit par B. Domis
« Tout le monde s'en va » (Everybody Goes, 1992) – Traduit par B. Domis
« Requiem » (Dying, 1994) – Traduit par B. Domis
« Charmes » (Charms, 2000) – Traduit par B. Domis
« D'autres portes » (Open Doors, 2003) – Traduit par B. Domis
« Plus tard… » (Later, 1992) – Traduit par B. Domis
« Plus cruel que la mort » (More Bitter Than Death, 1991) – Traduit par B. Domis
« Une dernière promenade » (A Long Walk, For The Last Time, 2002) – Traduit par B. Domis
« Vaccinator » (The Vaccinator, 1999) – Traduit par Ange, révision B. Domis
« Le prix d'une vie » (Enough Pizza, 1998) – Traduit par B. Domis
« Ne pas écrire » (On Not Writing, 2003) – Traduit par B. Domis

Le traducteur tient à remercier Daniel Conrad pour son aide précieuse.

Titre original de l'anthologie : *More Tomorrow & Other Stories*

ISBN : 978-2-35294-181-1

Bragelonne
35, rue de la Bienfaisance – 75008 Paris

E-mail : info@bragelonne.fr
Site Internet : http://www.bragelonne.fr

Sommaire

En mémoire de ma mère,

Margaret Ruth Smith
Novembre 1937 – novembre 2002

Tout ce que nous avons toujours été l'un pour l'autre,
et qui jamais ne mourra.

Remerciements

Un grand merci à :
Nicholas Royle : sans son amitié et son soutien sans faille, ce livre n'aurait pas existé ; Stephen Jones : sans son amitié et ses encouragements, ce livre n'aurait été qu'un opuscule ridiculement mince ; Peter Crowther, Ellen Datlow, Al Sarrantonio, Bill Shafer, Richard Chizmar, Andy Cox, Stefan Dziemianowicz, David Sutton et tous ceux qui ont eu la gentillesse de fournir un toit accueillant à certaines de mes histoires, parfois même avant qu'elles existent ; Paul Miller pour leur avoir bâti cette demeure luxueuse, avec tout le confort moderne et s'être montré enthousiaste, créatif et – très – patient tout au long de ce projet.
Tout mon amour et un grand merci à mes amis et ma famille, en particulier à mon père David, ma sœur Tracey et ma femme Paula (qui est ma première lectrice et fait toujours preuve d'indulgence) ; à vous tous aussi, qui continuez à lire des nouvelles et qui aimez les histoires où, parfois, les choses ne se passent pas tout à fait comme elles le devraient.
Sans vous…

Introduction

Smith & Jones

Le travail d'un anthologiste est souvent une occupation solitaire. La plupart d'entre nous restent assis à leur bureau toute la journée, parcourant les piles de propositions de textes qui, invariablement, varient du hors sujet à l'incompétent. Nous cherchons toujours le « futur Stephen King » ou le « nouveau Peter Straub », sans succès d'habitude. Séparer le bon grain de l'ivraie peut se révéler une tâche ingrate et déprimante, si bien que lorsque vous tombez par hasard sur une histoire authentiquement impressionnante ou si vous découvrez un nouveau talent passionnant, vous en venez à chérir et célébrer de tels événements.

Voilà pourquoi, au début des années 1990, quand je suis tombé sur une nouvelle d'un auteur inconnu qui combinait le lyrisme d'un Ray Bradbury jeune avec la prose pleine d'assurance d'un nouveau Stephen King, j'ai immédiatement retenu ce texte pour l'anthologie sur laquelle je travaillais.

Il s'agissait, bien sûr, de « L'homme qui dessinait des chats » et son auteur (comme si vous n'aviez pas déjà deviné) n'était autre que Michael Marshall Smith.

Nous avons, d'abord, été présentés – si ma mémoire est bonne – par notre ami commun, l'auteur et l'anthologiste Nicholas Royle. Malgré notre différence d'âge, le courant est tout de suite passé entre Mike et moi.

Sa formation de scénariste et de comédien (au théâtre et à la radio) ne le destinait pas vraiment à devenir un auteur d'horreur à plein-temps. Cependant, la découverte des œuvres de Stephen King y mit bon ordre.

Mon coanthologiste Dave Sutton et moi-même avons acheté « L'homme qui dessinait des chats » pour notre anthologie *Dark Voices 2: The Pan Book of Horror* (1990). Ce n'était pas la première vente de Mike – Nick Royle avait déjà acquis « Le pays obscur » pour son anthologie primée, *Darklands* (1992) –, mais ce fut tout de même sa première nouvelle publiée. Notre flair éditorial se vit confirmé quand elle remporta le British Fantasy Award en 1991 et que Mike fut couronné Meilleur Nouvel Auteur la même année. Une étoile était née et un British Fantasy Award consécutif obtenu pour « Le pays obscur » ne fit qu'asseoir sa réputation de talent à suivre.

Alors, les années suivantes, il produisit un flot de nouvelles de qualité supérieure, publiées dans un vaste éventail d'anthologies, dont certaines éditées par votre serviteur. Parmi elles figuraient des récits devenus des classiques, tels « Plus cruel que la mort », « Plus tard... », « The Fracture », « The Owner », « Voir la mer », « Rain Falls », « La joie de recevoir » (qui servit de base à son deuxième roman), « À suivre » (qui remporta le British Fantasy Award), « Sans un adieu », « Chère Alison », « Tout le monde s'en va », « Welcome » et « Ville morte », pour n'en citer que quelques-uns.

Beaucoup de ses textes ont été régulièrement retenus pour les anthologies annuelles recueillant le meilleur de la production fantastique des deux côtés de l'Atlantique. Il donnait l'impression de pouvoir écrire aisément une nouvelle remarquable sur commande, bien que plusieurs de ces textes soient en réalité les premières tentatives d'un débutant dont la rédaction remonte bien avant sa première publication. Cela ne faisait que démontrer qu'il avait toujours possédé le talent nécessaire pour devenir un écrivain de premier plan.

J'ai aussi la chance de compter Mike et sa femme, la belle Paula (sans oublier leurs deux félins en mal d'attentions, Spangle et Lintilla), parmi mes amis les plus proches. Ils m'ont gentiment demandé de lire quelque chose à leur cérémonie de mariage à Londres en 1998, et Paula et moi (qui partageons la même date d'anniversaire) avons conjointement célébré le/compati au passage d'une année de plus lors de nombreuses conventions de Fantasy. J'ai dormi sur leur plancher afin de faire passer d'innombrables gueules de bois, tandis que Mike a goûté à mon chili, mon gombo et mon barbecue (que du « fait maison »), ce qui lui a valu, à l'occasion, de rechercher d'urgence la proximité des buissons de mon jardin suite à un long après-midi d'été passé à faire la fête. Nous sommes partis en vacances ensemble dans des lieux aussi exotiques que La Nouvelle-Orléans et Baja, en Californie, et nous continuons régulièrement à refaire le monde autour d'une bière ou deux. Bref, je n'aurais pas pu trouver meilleurs compagnons et confidents.

Cependant, en toute franchise, je dois admettre que les trois premiers romans de Mike – *Avance rapide* (1994), *Frères de chair* (1996) et *La Proie des rêves* (1998) – ne m'avaient pas vraiment convaincu, pas plus que sa novella « Vaccinator » (1999). Tous ces livres prenaient leurs distances avec le ton et le sujet des nouvelles que j'admirais tant et, en termes d'idées et d'exécution, ils s'apparentaient plus à la fiction spéculative d'auteurs transgenres, tels Michael Moorcock et M. John Harrison. Le lecteur que j'étais préférait le ton plus sombre et nerveux de ses récits plus courts.

Bien sûr, je faisais partie d'une très petite minorité. Ces livres, traduits dans plus de quatorze langues, rencontraient un succès tant critique que commercial dans le monde entier.

Il est donc peut-être d'autant plus ironique que le premier de ses romans que j'ai terminé et énormément aimé a été publié sous le pseudonyme – pour le moins transparent – de « Michael Marshall » (Je n'ai pas l'intention de m'étendre ici sur la stupidité des services marketing des éditeurs !). *Les Hommes de paille* (2002) est un psycho-thriller d'une intensité phénoménale, le récit de la recherche frénétique d'une société secrète de tueurs en série. Pour moi, ce roman marquait le retour à tout ce que j'avais admiré dans ses nouvelles, mais imaginé et écrit par un auteur qui avait peaufiné sa technique tout au long d'une décennie de publications professionnelles.

Je pense que *Les Hommes de paille* ferait un film, ou une minisérie, merveilleux, mais les contacts de Mike avec l'industrie du spectacle n'ont, jusqu'à présent, pas été aussi fructueux que son talent le mérite.

Frères de chair a fait l'objet à plusieurs reprises d'options des studios DreamWorks de Steven Spielberg (le directeur a finalement décidé de produire le décevant *Minority Report* à la place), tandis que *La Proie des rêves* a connu le même sort chez DiNovi Pictures et Heyday Films pour le compte de Warner bros. – ce dernier projet semble actuellement perdu dans les limbes.

En tant que scénariste, Mike a été associé à divers projets très en vue comme les adaptations du *Royaume des devins* de Clive Barker, du *Solomon Kane* de Robert E. Howard et du *Modesty Blaise* de Peter O'Donnell, mais tous continuent apparemment à languir dans les tiroirs des bureaux de cadres de maisons de production aveugles et insensibles au talent.

À la fin des années 1990, Mike et moi nous sommes associés pour créer une société de développement média sous le nom peu original de Smith & Jones. Nos réunions de réflexion en commun dans les pubs de Soho se sont assurément révélées amusantes et nous avons aussi beaucoup aimé les sessions de présentation à Hollywood auprès de studios tels que Miramax, Warner bros. Et Universal. Malheureusement, au final, nous avions apparemment plus foi en nos idées que les hommes-en-costume. Ce qui reste à ce jour un de nos grands regrets communs, parce que nous avions inventé quelques concepts vraiment remarquables et originaux pendant ces cinq années frénétiques d'intense créativité. À titre d'exemple, nous avions imaginé une suite à *Hellraiser* qui conservait l'intégrité et l'imagination de l'original et qui a disparu dans un trou noir, quelque part sur le bureau d'Harvey Weinstein.

Cependant, Mike et moi avons continué à travailler ensemble sur de plus petits projets, essentiellement dans l'édition et la conception graphique, et notre capacité innée à communiquer l'un avec l'autre à un niveau presque instinctif a abouti à quelques collaborations intéressantes, suivies d'habitude par quelques bières au pub.

De précédentes sélections des nouvelles de Mike ont été réunies en Grande-Bretagne dans *When God Lived in Kentish Town* (1998), un cadeau promotionnel publié par un libraire qui est maintenant devenu une édition fabuleusement rare dans le cercle des collectionneurs du travail de l'auteur, et *What You Make It* (1999), une compilation représentative de la première décennie de Mike en tant qu'auteur.

Bien qu'Earthling Publications ait précédemment publié *Cat Stories* en 2001 dans un tirage limité à 350 exemplaires, *More Tomorrow & Other Stories*[1] constitue un autre événement marquant pour cette jeune maison qui a su créer son style. Le volume substantiel que vous tenez entre les mains est un superbe recueil des toutes meilleures histoires de l'auteur, complété par quatre récits qui apparaissent ici pour la toute première fois[2]. Si vous ne connaissez le travail de Mike que par ses romans, préparez-vous donc à être ébloui par un écrivain que son style, d'une aisance déconcertante, et son sens du récit ont projeté au premier rang des auteurs des littératures de genre d'aujourd'hui.

Pendant les années 1990, Michael Marshall Smith s'imposait comme l'une des nouvelles voix les plus accomplies et personnelles

1. Le présent volume. (*NdT*)
2. Les textes originaux de ces quatre nouvelles ont été publiés en 2003. (*NdT*)

de l'horreur britannique. Aujourd'hui il a mûri pour devenir l'un de nos meilleurs romanciers et un auteur à succès dont le travail attire l'attention des éditeurs et des cinéastes dans le monde entier.

Ce n'est que justice. La trajectoire toujours ascendante de sa carrière est non seulement amplement méritée, mais elle témoigne aussi de ses efforts et de sa fidélité à un genre de littérature qu'il connaît et qu'il aime.

Et j'espère, à ma petite échelle, avoir contribué à ce succès. Je suis toujours assis derrière ce même bureau, à parcourir des piles et des piles de manuscrits. La différence aujourd'hui, c'est que je cherche le « nouveau Michael Marshall Smith ».

Et croyez-moi, l'auteur qui voudra se montrer digne d'une telle appellation aura du pain sur la planche, comme vous allez le découvrir en lisant les exceptionnelles nouvelles de fantastique et d'horreur qui suivent…

Stephen Jones
Londres, mai 2003

À suivre

Il y a une quinzaine de jours, j'ai trouvé un nouveau boulot. Pas de grosse différence avec le précédent, mais la boîte est plus agréable. Mon job, c'est de dépanner les ordinateurs et les logiciels qui tournent dessus – oui, je sais, ça ne paraît pas très passionnant. On me le dit sans arrêt. Enfin, on me le fait savoir par le biais de sourires figés et autres attitudes style « Ce type ne sort jamais de devant son écran, soyons gentils avec lui ».

Vraiment bizarre, cette mentalité qui veut que les informaticiens soient des pauvres types. Partout dans le monde, dans tous les bureaux, on se sert d'ordinateurs. Quotidiennement. De temps en temps, ils débloquent. C'est inévitable : ces machines sont compliquées, à l'image du corps humain, ou du corps social. Quand on se fait mal, on appelle le toubib. Et quand une bagarre éclate, c'est la police – pour une fois – qu'on a envie de trouver à sa porte. Eh bien, de la même façon, si votre traitement de texte se met à jeter vos fichiers à la corbeille ou si votre disque dur explose, c'est un type comme moi qu'il vous faut. Un type qui *comprend* l'engin magique trônant sur votre bureau, et qui sait faire en sorte que tout aille de nouveau comme sur des roulettes.

Pourtant, croyez-vous qu'on nous remercie ? qu'on nous tresse des lauriers, nous qui assurons les urgences de cette fin de XXe siècle ? Mon cul, oui.

Je comprends ça jusqu'à un certain point. Il y a tellement de tarés qui ne jurent que par leur bécane ! Les types comme nous finissent par passer pour des perdants de la vie. Mais des êtres humains comme ça on en trouve aussi dans les autres métiers et ceux-là, personne ne s'attend à les voir se pointer au boulot avec toute la panoplie, y compris le tee-shirt clamant : « Les programmeurs se font des lignes… de code. » Si vous voulez savoir, je joue plutôt bien de la guitare blues, il m'est arrivé de sortir avec des filles et j'ai été agent secret pour le compte de la C.I.A. Enfin, là, j'exagère un peu, mais bon – vous voyez ce que je veux dire.

Jusqu'à il y a peu de temps, je travaillais pour une boîte d'informatique *effectivement* bourrée d'« êtres humains comme ça ». Le jour où ils se sont mis à s'échanger des blagues en C++, j'ai décidé qu'il était temps de foutre le camp. S'y connaître en informatique, ça a des avantages : tant que les bécanes ne sauront pas se réparer elles-mêmes, nous, on trouvera toujours du boulot. Donc, j'ai appelé quelques-uns de mes contacts, posté un CV sur Internet, et en vingt-quatre heures j'avais le choix entre sept offres d'emploi. La plupart émanaient d'autres boîtes d'informatique, ce que je préférais éviter ; j'ai fini par jeter mon dévolu sur une société appelée V.C.A. J'ai enfilé ma panoplie d'informaticien, consciencieusement étalé de la pizza sur ma chemise et nonchalamment pris le chemin de mon entretien d'embauche.

Il s'est avéré que V.C.A. était une société à but non lucratif vouée à promouvoir l'efficacité dans la communication d'entreprise. Le directeur onctueux mais fuyant qui m'a reçu m'a paru un peu vague sur les applications concrètes de cette vocation ; j'ai fini par laisser tomber. Les locaux, tout propres et tout neufs, étaient situés dans un immeuble du centre-ville, et la boîte avait l'air de réussir dans sa branche, quelle que soit la nature exacte de son activité. S'ils avaient besoin de moi, c'est qu'ils voulaient mettre l'ensemble de leur équipement à jour, matériel et logiciel. Cela représentait un contrat d'un mois pour une rémunération tout à fait correcte et j'ai dit « oui » sans me poser trop de questions.

Tout fier, Whitehead, le responsable, m'a fait faire le tour des bureaux. Ceux-ci ressemblaient à tous les autres, en plus désert : tout le monde était parti déjeuner. Ensuite, je me suis installé dans un coin avec le type qui tenait les cordons de la bourse, histoire de voir combien la boîte pouvait mettre. Il s'appelait Egerton, et lui n'était pas parti déjeuner : visiblement, il était de ceux pour qui neuf heures de travail par jour méritent l'admiration générale. Personnellement, je trouve ça tout au plus digne de pitié. Il était relativement aimable, dans le genre permanenté et énervant, et en une demi-heure on s'est entendus sur les achats à faire. J'ai passé deux-trois coups de fil, annoncé que je revenais dans quelques jours et passé le reste de l'après-midi à construire un hôpital au Rwanda. Enfin, à vrai dire j'ai écouté de la musique à fond en allant voir ce qui se passait sur les newsgroups auxquels j'étais abonné, mais j'aurais pu, si j'avais été d'humeur.

L'Internet, comme un tas d'autres choses, les gens sont de plus en plus nombreux à en entendre parler sans vraiment savoir de quoi il s'agit. Alors qu'en fait, c'est tout simple. Il y a quelques années, un groupe d'universités et d'organisations gouvernementales américaines ont mis au point un moyen expérimental de relier leurs ordinateurs de manière à pouvoir partager leurs ressources, s'envoyer de petits messages et jouer entre eux à des jeux inspirés de *Star Trek*. Au bout d'un moment ce réseau a acquis un élan propre, et des pontes du Pentagone aux accros de la micro à panoplie de cinglé, tout le monde a pris sur soi d'établir de nouvelles connexions et de rendre disponibles un maximum d'informations. Aujourd'hui, la quasi-totalité des ordinateurs dignes de ce nom sont connectés, et si vous avez un modem et une ligne téléphonique, vous aussi vous pouvez sauter le pas. Je vois d'ici que vous brûlez d'impatience.

Une fois qu'on y est, on découvre un univers parallèle – il n'y a pas de meilleure définition – peuplé de milliers de programmes, et sans doute de millions de fichiers texte. On peut consulter le catalogue de la Bibliothèque publique de la ville de New York, envoyer en quelques minutes un message au Japon, télécharger une photo de la face cachée de Jupiter et savoir combien il reste de boîtes de Coca dans les distributeurs installés dans les labos informatiques de toutes les universités américaines. Une bonne partie de cette masse se présente sous un aspect joliment bordélique, mais il y a aussi des structures qui se retrouvent partout sur le Net. Les *newsgroups*, ou forums de discussion, en font partie.

Il en existe actuellement quelque chose comme dix mille de ces groupes, où l'on aborde des sujets variés allant de l'informatique aux beaux-arts en passant par la science-fiction, le mauvais goût érigé en institution, les œuvres de Stephen King ou les prédilections sexuelles marginales. Si ce n'est pas franchement interdit, vous pouvez être sûr qu'en moins de vingt-quatre heures les gens en discuteront déjà sur l'autoroute de l'information et ce *ad vitam ætemam*. À moins qu'ils se mettent à « poster » des photos en rapport avec le centre d'intérêt en question : reproductions de tableaux, photos d'animaux, archives de la N.A.S.A., exemples d'art abstrait… Dans le forum alt.binaries.pictures.tasteless on peut tomber sur n'importe quoi, des accidents de la route aux visages brûlés à l'acide. Pas très ragoûtant, mais je vous assure que c'est un centre d'intérêt minoritaire. Maintenant que j'y pense, on trouve quand même des trucs interdits dans les forums (principalement de la dope) : il y a moyen d'expédier des messages anonymes dont il est impossible de repérer l'origine, mais je ne me suis jamais donné la peine de chercher comment ça marchait.

À la base, ces forums sont de petits centres de discussion qui s'en tiennent strictement à leur sujet bien précis. On y lit les messages postés par les autres participants et on y répond, on envoie ses propres réflexions ou interrogations. Certains incluent divers fichiers informatiques, logiciels ou images, d'autres ne comportent que des messages texte. C'est peut-être regrettable, mais il est absolument impossible de suivre ce qui se dit sur tous les fronts ; personnellement, ça m'est bien égal. Je me fiche de connaître les derniers progrès en matière de marketing multiniveaux ou d'élevage du chinchilla en Amérique, sans parler de lire des mégaoctets de radotages inutiles sur la question. Donc, comme la plupart des gens, je m'en tiens à un sous-groupe de forums abordant des sujets qui m'intéressent : le Mac, la guitare, les chats, et ainsi de suite.

Voilà, maintenant vous savez tout.

Le mardi suivant, je me suis levé de bonne heure et je suis parti pour ma première journée chez V.C.A. L'Angleterre déployait tous ses efforts pour avoir l'air estivale, ce qui, comme d'habitude, signifiait que l'air était humide sans qu'il fasse chaud, lumineux sans qu'il fasse soleil, et que dans l'enfer du métro un banlieusard sur trois postillonnait les germes du rhume des foins à intervalles réguliers sur les passagers environnants, à grand renfort d'éternuements. J'en suis ressorti moite, énervé et plus décidé que jamais à trouver le moyen de gagner ma vie sans jamais plus sortir de chez moi. Le trajet entre la station de métro et V.C.A. était plus agréable : on traversait une jolie place ainsi qu'un choix de petites rues intéressantes. À l'arrivée je me sentais tout ragaillardi.

Mes fournisseurs avaient bien fait leur boulot et la réception du grand bureau paysager était envahie de piles de cartons dont la vue avait de quoi remplir n'importe qui d'excitation. Quand je suis entré, presque tout le personnel s'était regroupé autour et, tasse de café à la main, contemplait le spectacle avec un enthousiasme circonspect, comme des paysans devant un ovni qui vient de se poser dans leur champ. Ont suivi cinq minutes de présentations générales, crispantes, car je n'ai aucun goût pour ce genre de chose : ça me met mal à l'aise. Une seule personne, un dénommé John, m'a pris de haut, comme un subalterne dont on est bien obligé, malheureusement, d'admettre que les services donnent satisfaction. Les autres étaient sympas, parfois même très sympas.

Whitehead a fini par s'extraire de son bureau – toujours avec la même suavité – pour lancer à la cantonade deux ou trois plaisanteries qui ont eu pour effet – sans doute voulu – de disperser l'attroupement et de renvoyer tout un chacun à son poste. J'ai ôté ma veste et remonté mes manches, puis je me suis attelé à la tâche.

J'ai passé la matinée à câbler comme un fou pour mettre en place le matériel du réseau. Étant donné que cela impliquait de déranger tout le monde à tour de rôle le temps de percer des trous, soulever la moquette et déplacer les bureaux, je n'ai pas tardé à établir avec les employés des rapports pleins de sourires confus. J'aurais pu m'acquitter du câblage pendant le week-end, mais il se trouve que mes week-ends me plaisent tels qu'ils sont, à savoir libres. De la part de John, j'ai eu droit au traitement jadis destiné aux domestiques : j'étais totalement invisible à ses yeux mais tous les autres l'ont bien pris. Une des filles, Jeannette, a même engagé la conversation pendant que je travaillais près d'elle, et a même manifesté le désir sincère de comprendre ce que j'étais en train de faire. Quand je lui ai révélé qu'en réalité ce n'était pas des plus passionnants, elle a souri.

Le câblage a pris un peu plus longtemps que prévu ; je suis resté finir après le départ des employés. Enfin, sauf Egerton, qui a dû rester pour s'assurer que je ne me tirais pas avec les plantes vertes, la base de données ou les petites cuillers. Ou alors il voulait se faire bien voir de je ne sais qui, croyant que ses heures sup seraient appréciées. Le ténor de la facturation était en verve ; il a jacassé interminablement en me racontant ses aventures informatiques qui, pour être honnête, ne présentaient qu'un intérêt mineur à mes yeux. Il a fini par se lasser des grommellements monosyllabiques que j'émettais derrière les bureaux où j'officiais, et par s'en aller en me laissant un jeu de clés.

La journée du lendemain s'est déroulée sensiblement de la même manière, sauf que j'ai installé les ordinateurs proprement dits. Cela se résumait à sortir des tas de trucs de leur boîte et à charger sur le serveur des logiciels à n'en plus finir. Comme il s'agit d'une activité moins conviviale que de déranger les gens, j'ai passé presque tout mon temps en compagnie de Sarah, la chargée des Relations publiques, une jeune personne affable mais qui gardait ses distances. À la fin de la journée, les membres du personnel se sont rassemblés dans la grande salle avant de s'en aller tous ensemble, manifestement pour fêter un anniversaire autour d'une table. J'ai cru surprendre un coup d'œil de Jeannette, peut-être un peu gênée qu'on me tienne à l'écart. Mais comme personnellement ça ne me dérangeait pas, j'ai baissé la tête et recommencé à introduire des séries de disquettes dans les machines.

Pour être tout à fait franc, ça m'ennuyait quand même un peu. Ce n'était pas leur faute – pourquoi prendre la peine d'inviter un parfait inconnu, étranger au groupe ? On fait rarement l'effort. Quand on travaille en indépendant, on apprend à se blinder face à ces choses-là. Le tribalisme n'a pas disparu, vous savez ; on rencontre des tribus partout où l'on va. On jure allégeance au vécu partagé – quand il s'agit d'amis – ou à une organisation quelconque – dans le cas des collègues de travail –, mais on a bel et bien affaire à des tribus, comme si les gens qui les composent avaient labouré le même coin de désert pendant des siècles. Quand on est free-lance, surtout dans l'informatique et ses corollaires « cyber », on a tendance à errer d'une tribu à l'autre, quand on se voit autoriser l'accès à leur point d'eau ; mais on ne fait jamais partie des gens normaux. Parfois, ça énerve. Mais sans plus.

J'ai bouclé ma journée et soigneusement verrouillé la porte de l'immeuble en sortant – je suis un véritable obsessionnel compulsif pour ces trucs-là ; puis je suis rentré chez moi. Sur le trajet, j'ai commandé une pizza depuis mon portable ; quand elle est arrivée, j'étais sorti de la douche depuis à peine deux minutes. Timing parfait. Dommage qu'il n'y ait eu personne d'autre que moi pour apprécier. La dernière fois que j'ai tenté l'expérience de la vie commune, ça s'est mal terminé : c'était avec une femme susceptible et irritable qui voulait tout l'espace pour elle vingt-trois heures et demie par jour. Enfin, c'est plus compliqué que ça, bien sûr, mais en gros, voilà l'impression que j'en ai retirée. Les yeux dans le vague, j'ai repensé à tout ça en mâchant ma pizza « avec un peu de tout et plus si possible », devant un écran de télé qui n'affichait que de la neige, et ça a fini par me mettre de mauvais poil.

Le chapitre « nourriture » étant clos, je me suis fait du café et j'ai allumé le Mac. J'ai trafiqué un peu ma base de données « Facturation » – quelle vie excitante je mène, quand on y pense ! –, puis j'ai écrit à ma sœur, qui vit en Australie. Malheureusement, elle n'avait pas accès au courrier électronique ; sinon elle aurait eu beaucoup plus souvent de mes nouvelles. Rédiger la lettre, l'imprimer, la glisser dans une enveloppe, acheter des timbres, aller à la poste... Ce processus bureaucratique me prend en général quinze jours, et en plus, franchement, c'est un peu primitif par rapport à la séquence : « On écrit, on clique, et cinq minutes plus tard la lettre arrive à destination. »

J'ai appelé mon pote Nick, rédacteur en chef adjoint free-lance pour un magazine branché, mais il était charrette, donc peu disposé à bavarder. J'ai essayé de regarder la télé, mais comme toujours, l'émission ne correspondait pas à l'idée que je me faisais du divertissement. À 21 heures je m'ennuyais mortellement, alors je me suis connecté au Net.

Sans doute parce que je m'ennuyais, et aussi que je me sentais un peu isolé après avoir consulté mes forums habituels, je suis allé voir sur alt.binaries.pictures.erotica. « alt » signifie que le forum n'est pas officiel ; « binaries » qu'il se compose de fichiers informatiques plutôt que de simples messages texte et « pictures » que ces derniers sont des images. Quant au dernier terme, je pourrais vous renseigner, mais, finalement, je vais vous laisser vous débrouiller tout seuls, tiens.

Les médias ont toujours l'impression que, aussitôt dans le cyberespace, on est noyé sous un flot d'images pornos qui, déversées par le téléphone directement sur votre disque dur telles des hordes affamées, sont toutes prêtes à surgir de l'écran pour vous coloniser le cerveau. Ce n'est pas du tout ça, et vous tous qui vous faites du mouron pour l'âme innocente de votre petit dernier, vous pouvez dès maintenant cesser de vous ronger. Il faut d'abord disposer d'un ordinateur, d'un modem et d'une ligne téléphonique et d'une carte de crédit. Ensuite, on doit trouver le forum adéquat et télécharger la photo en trois étapes, un segment à la fois. On a besoin pour cela de plusieurs logiciels différents, sans parler, en dernier lieu, de la conversion et de l'affichage des images.

Les photos pornos ne viennent pas vous chercher chez vous ; si vous en voyez une sur votre écran, ce n'est certainement pas par accident. Le petit dernier a le matos, le fric et la motivation nécessaires pour aller fureter sur le Net ? Alors c'est peut-être vous qui devez vous poser des questions. En fait, c'est à *vous* qu'il faudrait interdire de sortir le soir.

Évidemment, en disant ça je laisse supposer que *moi* je l'ai, cette motivation, et je le reconnais, ça m'arrive de temps en temps. Mais pas très souvent, je vous assure. Sur ce point, je ne sais pas très bien jusqu'à quel point je dois me défendre. Tous les hommes – quels que soient leur allure, taille, âge et religion, qu'ils vivent heureux maritalement, qu'ils soient seuls ou mariés, tous les hommes, donc, apprécient à l'occasion le spectacle d'une femme nue. Et tant mieux, d'ailleurs, sinon il n'y aurait pas de petits terriens. Si vous voulez y voir de l'oppression, du sexisme ou la volonté de considérer le corps féminin comme un objet de consommation courante, libre à vous, mais dans ce cas, ne vous attendez pas que je vous cause dans les dîners en ville. Je préfère appeler ça « attirance sexuelle », mais d'un autre côté, comme je suis un pitoyable taré qui passe la moitié de sa vie devant un ordinateur, qu'est-ce que j'en sais, de toute façon, hein ?

Reste qu'en général les gens ne s'en vantent pas, et de mon côté je ne défendrai pas ma position bec et ongles. Surtout face à une femme ; ce serait une perte de temps pour tout le monde. Les femmes, il leur manque un petit bout de cerveau, elles sont incapables de comprendre ce que la pornographie peut avoir d'attirant. Je ne dis pas que c'est regrettable – seulement que c'est comme ça. D'un autre côté, elles sont attirées par les bébés, les magasins de chaussures et le détail de la vie d'autrui ; je suppose donc que ce qu'on gagne d'un côté, on le perd de l'autre.

Mais je m'égare. Vous allez me prendre pour un homme des cavernes qui passe son temps à regarder sous les jupes des filles, avec la langue qui pend jusque par terre. Ce que je ne suis pas du tout. Oui, il y a des images salées sur le Net, et oui, il m'arrive de tomber dessus. Que voulez-vous que je vous dise ? Je suis un mec.

Quoi qu'il en soit, j'ai fouiné un moment, mais pour finir je n'ai pas téléchargé la moindre image. À lire la description des fichiers en question, il s'agissait des sempiternelles mêmes permutations d'enragés mal éclairés, ce qui est assez lassant, à force. Par ailleurs, malgré mon discours de mâle, je ne suis pas vraiment à l'aise devant ce style de photos. Les regarder n'est pas très glorieux ; il suffit de lire la prose des types qu'elles font baver devant leur écran pour trouver ça un peu triste et ne pas avoir envie d'être du nombre.

Alors au bout du compte, j'ai joué un peu de guitare puis je suis allé me coucher.

Les jours suivants chez V.C.A. se sont déroulés sans encombre. J'ai installé, configuré, installé, configuré. D'après ce que j'ai compris, le dîner d'anniversaire s'était bien passé : entre autres moments forts, on avait vu Tanya, la secrétaire, rouler littéralement sous la table tant elle était saoule. Du moins c'est ce qu'elle-même racontait. Le lundi d'après, tout le monde m'appelait déjà par mon prénom et on m'incluait dans la tournée de café. L'Angleterre avait suspendu sa vaine tentative estivale, au moins temporairement, pour se contenter d'un croisement supportable entre printemps et automne. Bref, l'un dans l'autre, les choses allaient plutôt bien.

À mesure qu'on avançait dans la semaine elles se sont même présentées sous un jour de plus en plus favorable, et ce grâce à certaine personne. Jeannette, pour être précis.

Sans m'en rendre tout de suite compte, j'ai commencé à obliquer vers son ordinateur chaque fois que j'avais besoin de tester quelque chose. D'autre part, j'étais beaucoup plus disposé à aller faire le café quand elle était justement dans la cuisine, à fumer une cigarette, ce qui se produisait une fois par heure. Au début, c'était seulement parce qu'elle comptait parmi les membres du personnel les plus polis et les plus abordables, et il m'a fallu deux ou trois jours pour saisir que j'attendais avec une certaine impatience qu'elle revienne de déjeuner, que je m'efforçais d'être un peu plus vif quand elle se trouvait dans les parages, et que je remarquais sa tenue.

Presque comme si je commençais à avoir un faible pour elle, quoi.

Au début de la semaine suivante, j'ai franchi un seuil : j'ai abandonné le comportement instinctif, inconscient, pour affronter l'évidence et m'avouer que, en effet, elle me plaisait. Au passage, j'ai éprouvé une vague appréhension, teintée par moments de pointes de mélancolie. J'avais l'impression de me retrouver au collège. Et quand on a l'âge adulte, il est affreux de se remémorer l'époque où un seul mot, un seul regard de telle ou telle personne, voire sa seule présence, évoquaient le soleil surgissant de derrière les nuages. Ça a des côtés plaisants, dans le style lyrique, le genre roman d'amour, mais ça complique tout. Brusquement, vous en voulez aux gens s'ils entrent dans la cuisine alors que vous êtes en train de parler avec *elle*, et ses relations avec autrui ont tout à coup plus d'importance. On se met à intriguer, manipuler, rechercher *sa* compagnie, et la vie prend un tour étrange.

Surtout si *elle* ignore totalement ce qui se passe dans votre tête et que vous n'avez pas la moindre intention de le lui révéler. Or, je ne suis pas très doué pour communiquer dans ce domaine. Il y a dix ans, il m'est même arrivé de trimballer une lettre sur moi pendant quinze jours sans trouver le courage de la remettre à sa destinataire. On était amis en prépa, et elle venait juste de se séparer d'un autre garçon. Ladite lettre était soigneusement étudiée ; elle tentait de décrire mes sentiments à son égard et s'achevait sur une invitation à boire un pot. Plusieurs fois j'ai été sur le point de la lui donner, je le jure, mais en fin de compte je n'ai pas pu. Je n'en avais pas le cran.

Au cas où ça vous intéresserait, côté informatique, ça allait, merci. Dès le milieu de la semaine le réseau était en place et les gens s'envoyaient déjà des messages d'un écran à l'autre. Egerton, notamment, trouvait super de pouvoir donner des ordres sans renoncer au confort de son propre bureau. Même John s'est tout ragaillardi en constatant que le nouveau système allait lui faciliter la tâche – déjà assez assommante comme ça ; bref, ma cote était globalement en hausse chez V.C.A.

Le moment était venu de mettre les mains dans le cambouis et de concevoir la base de données maison. Je prends plus de plaisir au développement logiciel qu'à l'installation du matériel parce que c'est un défi et que cela laisse de la place à la créativité – en plus, on reste le cul sur sa chaise. Quand je m'y suis mis le jeudi matin, j'ai compris que cela représenterait un bénéfice supplémentaire. Jeannette était l'attachée de presse de la boîte ; cela consistait notamment à organiser toutes sortes d'événements, et la base de données concernerait entre autres les divers aspects de son activité. Donc, elle serait mon interlocutrice officielle et nos entretiens promettaient d'être consistants.

Nous nous sommes donc installés côte à côte à son bureau – j'ai pris soin de me tenir à distance respectueuse –, et je lui ai demandé tout ce que j'avais besoin de savoir. Elle a répondu avec rapidité et concision, sans intercaler de questions à la con, et ses exigences se sont avérées raisonnables. La journée était belle et les rayons du soleil qui, pour une fois libres de toute brume, entraient à l'oblique par la fenêtre faisaient naître des reflets blonds dans les cheveux châtains de Jeannette, qui étaient longs, ondulés et, à mes yeux, magnifiques. Tandis que nous parlions, elle jouait distraitement avec un stylo ; elle avait de longs doigts aux mouvements précis et j'aimais la couleur de sa peau sur ses avant-bras. Je hais les gens qui foncent dans les jardins publics au premier jour de l'été et s'allongent au soleil avec une patience d'insecte ou de mort cérébrale tant est impérieux leur besoin d'être bronzés. Jeannette ne faisait manifestement pas partie du lot – à l'inverse, par exemple, de Tanya, qui avait déjà la couleur des noisettes, avec dans le crâne la même quantité de matière cérébrale, sans doute – et je ne m'en intéressais que plus à elle.

La matinée était délicieuse. Décontractée, plaisante. Au fil de la semaine, nous nous étions adressé de plus en plus souvent la parole ; une ère nouvelle s'annonçait avec notre consentement, où nous converserions encore plus longuement. Cela me réjouissait, mais je gardais la tête froide. J'ai peut-être dégringolé dans l'échelle sociale en faisant carrière dans l'informatique, mais question rapports amoureux, j'en connais un rayon. Le simple fait de m'entendre avec Jeannette et de voir qu'apparemment elle se plaisait avec moi me suffisait amplement pour l'instant. Je ne voulais rien tenter de plus. C'est du moins ce que je croyais.

Mais à midi et demi j'ai pris une initiative inattendue. Nous échafaudions tant bien que mal un projet – aussi extensif que spéculatif – de base de données vouée à la réservation hôtelière ; en général, à cette heure-ci, Jeannette partait déjeuner. Alors, l'air dégagé et avec une nonchalance qui m'a sincèrement impressionné, j'ai lancé l'idée d'aller manger un morceau quelque part, histoire de poursuivre la discussion. Au moment où mes lèvres ont laissé échapper ces mots, j'ai vécu une « expérience de sortie du corps », comme si je me regardais à un mètre de distance en me planquant derrière une chaise. *Pas mal,* me suis-je surpris à songer, incrédule. *Je suis sûr qu'elle va décliner, mais c'était bien balancé, professionnel et tout.*

Bizarrement, au lieu de pousser un hurlement d'horreur et de m'énucléer à coups de règle, elle a dit « oui ». Nous nous sommes levés d'un même mouvement, j'ai attrapé ma veste et nous sommes sortis. Personnellement, je réprimais un sourire digne de l'homme d'affaires récemment anobli pour avoir largement contribué à telle ou telle œuvre de charité. Nous sommes descendus par l'ascenseur. En arrivant dans le hall, je me suis mis à jacasser comme un débile tellement j'étais étonné de me trouver à ses côtés en dehors de notre lieu de travail, notre cadre de référence commun.

Elle connaissait un snack-bar au coin de la rue ; dix minutes plus tard nous étions attablés en terrasse et nous attaquions nos sandwichs. Même sa façon de manger était séduisante : elle maniait la nourriture avec aisance et l'engouffrait comme un authentique être humain absorbant sa pitance, et non une pseudo-comédienne jouant dans une pièce de théâtre amateur. J'ai réfléchi à voix haute sur la base de données, le temps de trouver mes marques, mais au bout d'un moment nous avons épuisé le sujet.

Heureusement, tandis que nous fumions une cigarette elle m'a désigné d'un air dégoûté deux types qui marchaient dans la rue ; ils avaient ôté leur chemise et leur bedaine débordait de leur jean.

— On est en été, a-t-elle commenté avant de pousser un soupir.

J'étais ravi. Rares sont les gens qui nourrissent intérieurement plus de récriminations que moi à l'encontre de l'été. Je me suis laissé emporter.

Pourquoi, ai-je demandé à Jeannette, les gens trouvaient l'été si agréable ? Qu'est-ce que ça avait de si bien ? Le pire, avec l'été, ai-je poursuivi en m'échauffant, tandis qu'elle commandait des cafés, le sourire aux lèvres, c'était l'obligation constante de prendre plaisir à des activités mortellement ennuyeuses.

Prenez les barbecues, par exemple. Rien à redire sur le fond, sauf que mes amis à moi n'en font jamais. Si je me retrouve à un barbecue, c'est parce que ma compagne m'y a traîné – sur quoi il faut rester debout des heures dans un jardin pelé, sous un ciel menaçant, à regarder des types saouls agacer un sale cabot qui n'arrête pas d'aboyer, tandis que des inconnues échangent des ragots à propos de gens que je n'ai jamais vus, le tout en s'efforçant d'ingérer des aliments mal cuits que j'aurais pu acheter pour 25 balles chez McDonald's, où, au moins, j'aurais pu m'asseoir. Ah, ce sentiment empreint de vacuité, de lassitude et de déprime qui s'insinue quand on n'atteint pas tout à fait l'ivresse au fil de l'après-midi, tout en essayant de converser debout avec des gens qu'on ne reverra plus, ou à supporter leurs propres efforts !

Et puis, il y a la tendance à aller s'asseoir dans un jardin public. Vous l'aurez compris, j'ai horreur de ça. Pourquoi ? Eh bien, mais parce que c'est insupportable, voilà tout ! Vous aimez ça, vous, poser vos fesses dans l'herbe à la fois humide et rêche comme du papier, avec partout des petits-bourgeois barbus qui apprennent à leur gosse à faire du vélo sans les petites roues, pendant qu'un connard torture une guitare à vous en déchirer les tympans au grand ravissement de sa petite amie de quatorze ans ? Boire directement à la boîte des sodas tiédasses et surévalués ? Le tout en vous entendant répéter à l'envi qu'on est drôlement bien, comme si les autres s'attendaient qu'au terme de ce lavage de cerveau vous finissiez par y prendre goût ?

Pis que tout, il y a la perpétuelle pression qu'on exerce sur vous pour sortir *à l'air libre*. « Qu'est-ce que tu fais dedans par un temps pareil ? Sors donc prendre un peu l'air. Allez, va faire un tour. » Eh bien non. Raté. Je ne veux pas sortir, moi. D'abord, j'aime être à l'intérieur. Je m'y sens bien. Il y a des canapés, des boissons fraîches, des cigarettes, des livres. De l'ombre. Alors que dehors, tout n'est que soleil et – corvée décérébrante –, quête effrénée du bronzage sur fond d'intarissables voix monotones, aboiements canins et incitations conventionnelles à prendre plaisir à tout ça.

Sans compter l'éternel refrain auquel on a droit chaque fois qu'on croise une personne connue, et qui vous bombarde le cerveau comme une pluie torrentielle sur un toit de tôle « Il fait beau, hein ? », « Quelle belle journée, non ? », « Il fait beau, non ? », « Quel temps magnifique, hein ? ».

Eh bien non, là ! Non, non, et non, merde !

J'ai déballé tout ça… et encore, je vous la fais courte, mais je pense que vous avez compris. À la moitié de ma tirade Jeannette s'est mise à rigoler, un peu à cause de mes propos et un peu aussi, semble-t-il, parce que je me mettais dans tous mes états. Mais elle me suivait, et a même placé quelques observations tout à fait pertinentes sur sa corvée à elle : déjeuner à la terrasse d'un pub de campagne, entourée d'ambitieuses rubicondes et d'agents immobiliers en short – forts en gueule, en plus –, avec dans les oreilles le vacarme de décapotables au moteur emballé conduites par des individus qui ne devraient pas avoir le droit de vivre. On a continué à balancer joyeusement pendant un bon moment, on a pris un autre café, puis on a eu la surprise de constater qu'on avait laissé passer l'heure. J'ai réglé la note – Jeannette n'aurait qu'à payer la prochaine fois ; je sais, c'est du baratin bas de gamme, mais c'est très bien passé et elle ne m'a pas poignardé ni rien de tout ça. On est rentrés au bureau en pressant le pas, sans cesser de papoter, et l'après-midi – ou ce qu'il en restait – a passé en un éclair et dans la bonne humeur.

J'aurais pu m'en aller en même temps qu'elle, l'accompagner à sa station de métro, mais j'ai préféré éviter. La journée avait été suffisamment riche en événements, je ne voulais pas tenter le diable. Au lieu de ça, je suis rentré tout seul, j'ai traîné un peu puis je suis allé me coucher avec, je crois bien, le sourire aux lèvres.

Le lendemain matin, je me suis levé d'un bond avec un enthousiasme qui me ressemble très peu ; tout en cherchant à réaliser un équilibre supportable entre les robinets récalcitrants de la douche, j'ai élaboré la suite de mon plan. Mais en même temps, je me regardais faire, les bras croisés, l'air à la fois indulgent et amusé. Reste que dans l'ensemble je me sentais tout heureux et tout excité, là.

Toute la matinée ou presque, j'ai soumis Jeannette à un feu roulant de questions sur la base de données. Je savais qu'elle devait déjeuner avec une amie. À midi j'ai donc flâné dans les librairies du coin en cherchant un livre à lui offrir en tout bien tout honneur. Il fallait que ce soit sur un sujet bien précis, en rapport avec une de nos conversations, et que le prix ne soit pas trop élevé, pour ne pas la gêner. Je suis ressorti les mains vides, ce qui était sans doute mieux, finalement. L'idée du cadeau était ridicule, disproportionnée. En regagnant le bureau, je me suis enjoint d'être prudent. Je risquais de me laisser emporter, donc de perturber l'équilibre précaire qui régnait pour l'instant dans ma vie et dans ma tête.

L'après-midi, il s'est passé quelque chose. J'avais provisoirement laissé tomber les bases de données, le temps de réparer l'ordinateur de Jeannette, qui se comportait aussi bizarrement. Venue poser une question, Tanya lui a rappelé qu'ils avaient parlé d'aller boire un verre tous ensemble ce soir-là. Jeannette a vaguement acquiescé, sans trop se compromettre ; moi, je me suis tassé sur mon clavier pour me faire oublier. C'est là que Tanya a prononcé la formule magique.

Et si je me joignais à eux ?

Prenant bien soin de me montrer nonchalant, voire cavalier, j'ai pris mon temps pour répondre, comme si j'opérais un tri entre une myriade d'options ; puis j'ai répondu : tiens, oui, pourquoi pas ? Alors Jeannette a ajouté qu'elle pourrait probablement se libérer, et l'espace d'un instant j'ai vu tomber toutes les chaînes, tous les verrous qui enserraient ma petite vie, comme si ma cage venait subitement de s'effondrer autour de moi, révélant une route toute tracée.

Oui, j'ai eu cette impression-là. Mais ça n'a pas duré.

— Il faut quand même que je consulte Chris, a ajouté Jeannette. Là, j'ai compris qu'elle avait un petit ami.

J'ai passé le reste de l'après-midi à jurer âprement bien que silencieusement en m'efforçant de me calmer. J'aurais dû deviner qu'une fille comme elle ne pouvait qu'être déjà prise – ça ne rate jamais. Bien sûr, tout espoir n'était pas perdu. Il arrive tout de même que les gens se séparent. Je suis bien placé pour le savoir. Mais d'un coup, toute la perspective avait changé ; ce qui – dans mes rêves, du moins – pouvait donner « quelque chose de bien » venait de se transformer en marasme, en galère potentielle qui avait toutes les chances de le rester.

Pendant une demi-heure, j'ai enragé. Contre quoi, je n'aurais su le dire. Contre moi-même, pour avoir laissé mes sentiments croître et s'embrouiller. Contre elle parce qu'elle avait un petit ami. Contre la vie, injustement décevante, comme d'habitude.

Mais je suis très fort pour regarder mes états d'âme en face, alors je me suis morigéné. Tout ça n'avait guère d'importance, en fin de compte. Jeannette pouvait être un aspect positif de ce boulot, rien de plus. Quelqu'un à qui parler. Sur quoi je m'en irais et basta. J'ai dû me faire entrer ça dans le crâne à grands coups de marteau, mais à la fin, j'ai senti que ça allait tenir.

Autant y aller, à ce pot. J'étais invité à une autre soirée, mais c'était à l'autre bout de la ville. Et Nick n'était pas libre. Autant me montrer sociable, puisqu'on me conviait.

Alors j'y suis allé. Et j'ai eu tort.

La soirée s'est bien passée, comme toujours quand des collègues de travail se retrouvent pour boire un verre et râler contre le patron. Heureusement, Whitehead n'est pas venu. Quant à Egerton, il a vite atteint un degré d'ébriété élevé ; il n'a pas pu jouer son rôle. Les autres ont passé un bon moment. Mais moi non.

Jeannette a disparu juste avant que tout le monde quitte le bureau pour le chemin du pub, où j'ai avalé Budweiser sur Budweiser en bavardant avec John et Sarah. Où avait-elle bien pu passer ? Elle avait pourtant dit qu'elle nous retrouverait sur place.

À 20 h 30 j'ai eu la réponse. Elle a fait son entrée dans le pub et je me suis levé, un sourire de circonstance aux lèvres. Puis j'ai vu qu'elle avait quelque chose de changé, et c'est là que j'ai vu le type derrière elle.

Il s'appelait Chris Ayer. C'était son petit ami. C'était aussi un sale type. Il y avait longtemps que je n'avais pas vu d'aussi sale type. Vous allez croire que je dis ça par dépit, mais non. Il était tout à fait présentable, au sens où il avait de l'allure et de la conversation, mais très déplaisant. Il y avait quelque chose de bizarre dans sa façon de regarder les gens – quelque chose qui tenait à la fois de l'arrogance et de la distance. Il émanait de lui une violence contenue qui me perturbait, et il adoptait avec Jeannette un comportement de propriétaire. Assise à côté de lui, les mains sur les cuisses, elle n'a presque rien dit de la soirée. Je n'arrivais pas à comprendre qu'elle soit si différente de la jeune femme spirituelle et pleine d'assurance avec qui j'avais déjeuné la veille ; les autres, eux, ne paraissaient rien remarquer. Il est vrai qu'elle se livrait avec eux aux mêmes badinages de bureau, et que ses lèvres souriaient régulièrement. Moi seul essayais de voir au-delà.

À mesure que la soirée avançait, je me sentais de moins en moins à l'aise. J'ai échangé quelques propos tendus avec Ayer, principalement à propos de l'ordinateur qu'il venait d'acheter, mais je ne me suis pas offusqué quand il s'est retourné pour parler à quelqu'un d'autre. Le petit groupe d'employés de la boîte se repliait sur lui-même ; ils se couchaient à demi sur la table pour se lancer à tue-tête des plaisanteries que je ne comprenais pas. Le rire cassant d'Ayer me tapait sur le système et j'enrageais d'impuissance à l'idée qu'un type comme lui puisse entourer de son bras une fille comme Jeannette.

J'ai englouti deux autres bières, puis décrété que je m'étais assez fait suer comme ça. Je me suis levé pour prendre congé – j'ai été quelque peu touché que Tanya et Sarah essaient de me retenir. Jeannette, elle, n'a rien dit ; quand Ayer m'a vaguement regardé, j'ai bien compris qu'à ses yeux je n'existais même pas. Je suis sorti à reculons, sans cesser de sourire ; une fois dans la rue, je me suis éloigné la tête basse.

Le dimanche soir je me sentais déjà beaucoup mieux. La veille, j'avais déjeuné avec mon avant-dernière petite amie et nous nous étions bien amusés à rouspéter contre les gens que nous connaissions et à échanger des ragots sur leur compte. Le soir, j'avais dîné dans un restaurant où l'on servait des plats originaires d'un minuscule coin du Népal – pas plus de six kilomètres carrés. C'était du moins ce que prétendait Nick, spécialiste de ce genre d'endroits. Moi, je n'ai pas vu la différence avec la cuisine indienne et je n'ai pas non plus repéré de sherpas, mais je me suis régalé. Le dimanche, je me suis livré à mes occupations habituelles, qui consistent à me promener en ville en m'arrêtant lire dans les cafés. Le soir, j'ai appelé mes parents, qui étaient en bonne forme, puis j'ai regardé un film d'horreur avant d'aller me coucher quand j'en ai eu envie. Le genre de week-end que seuls connaissent les solitaires contents de leur sort, en d'autres termes. Ça me convenait parfaitement.

Le lundi s'est bien passé aussi. J'ai eu droit à divers récits narrant les cuites du vendredi soir, comme si, pour la première fois, j'avais le droit d'être tenu au courant. Jeannette m'ayant communiqué tous les renseignements nécessaires, j'ai surtout travaillé sur une autre machine que la sienne. Nous avons échangé quelques mots dans la cuisine pendant que je faisais le café. Tout était plus ou moins redevenu comme avant. Évidemmnent : elle, elle avait *toujours* su qu'elle avait un petit ami. À deux reprises, au cours de l'après-midi, je me suis surpris à plonger, mais je me suis forcé à garder le moral. En un sens, j'étais soulagé de ne plus avoir à me préoccuper d'elle.

La soirée était tiède et légère ; j'ai pris tout mon temps pour rentrer chez moi. Ensuite je me suis préparé en vitesse une salade du chef, la seule chose qui soit dans mes cordes gastronomiquement parlant. Elle se composait de laitue iceberg, d'olives noires, d'effilochades (des petits morceaux, quoi) de jambon, de tomates en dés et de deux vinaigrettes maison : suffisamment d'ingrédients pour que ça mérite le terme de gastronomie, à mon avis. Une fois lesté, j'ai bricolé un moment sur l'ordinateur, et à la tombée de la nuit je me suis mis à surfer sur le Net.

Au bout d'un moment, je me suis connecté sur alt.binaries.pictures.erotica. Je crois que j'étais dans un drôle d'état d'esprit. J'ai fait défiler la liste de fichiers sans très bien savoir ce que je recherchais. Je n'ai trouvé que des trucs très banals, genre « TH2xx.jpg-{m/f}-hot sex ! ». La routine, quoi. Mais je n'étais pas vraiment en quête de « hot sex », surtout suivi d'un point d'exclamation. Sur le nombre de gens qui se connectent à ce forum, il doit y en avoir moins de 5 % pour y « poster » des images. Ils semblent en tirer une immense fierté et se concurrencent les uns les autres sur le plan du volume et de la « qualité » de ce qu'ils postent. Ces chamailleries d'une tristesse tragique sont souvent plus distrayantes que les photos elles-mêmes.

On ne sait jamais sur quoi on va tomber, et les fichiers ne restent pas plus de deux jours sur le serveur. Ce dernier ne dispose que d'un espace de stockage limité, et dans les groupes à fort volume les premiers arrivés sont promptement évacués. J'étais sur le point de laisser tomber quand quelque chose a attiré mon attention.

« J1.gif-{f}- Jeune-femme, tout-habillée (1/3) ».

De dieu, je me suis dit. *Voilà qui est inhabituel.* Ce forum desservait toute la gamme des préférences sexuelles, et j'y avais déjà vu des noms de fichiers promettant des couples obèses, des filles squelettiques, des unions interraciales et du sadomaso modéré ; mais jamais un truc aussi pervers qu'une femme habillée. Intrigué, j'ai fait le nécessaire pour télécharger les trois parties de l'image sur mon disque dur.

Le temps de me servir un café, elles étaient copiées. J'ai coupé la connexion et recollé les morceaux. Avant conversion, ce n'étaient que des fichiers texte, ce qui est d'ailleurs un des aspects bizarres du Net. Tout, absolument tout, des programmes aux articles en passant par les images, y est codé sous forme de texte. Sans les logiciels de décodage appropriés, ça ne ressemble qu'à une suite de caractères sans queue ni tête ; bonne description du Net dans son ensemble, d'ailleurs. Voire de la vie elle-même. Et ne vous gênez surtout pas pour placer cette réflexion profonde dans vos propres conversations.

Une fois le fichier reconstitué, j'ai lancé un programme graphique. Je ne suivais que d'un œil, sans m'attendre à rien de bien intéressant. Toutefois, quand l'image s'est affichée sur l'écran, j'en ai laissé tomber ma tasse de café, qui a oscillé un instant sur le rebord du bureau avant d'aller se fracasser par terre.

C'était Jeannette.

La qualité de l'image n'était pas exceptionnelle, sans doute due à un petit appareil automatique. Mais c'était bien Jeannette, sans l'ombre d'un doute. Elle était juchée sur l'accoudoir d'un fauteuil anonyme – sans doute était-ce chez elle. Le cœur m'a manqué. Elle était effectivement tout habillée : jupe assez courte, haut à manches courtes aussi, boutonné sur le devant. Elle regardait plus ou moins l'objectif et son expression restait indéchiffrable. Elle était très jolie, comme toujours, et – je ne sais pourquoi – beaucoup plus attirante que les femmes nues comme des vers batifolant sur les photos qui fourmillent sur le Net.

Une fois remis de ma surprise – j'en avais la mâchoire qui se décrochait –, j'ai voulu creuser ma réaction. Je ressentais, je crois, de l'irritation. Je sais bien, je suis partial, mais je ne trouvais pas normal que sa photo orne le cyberespace, où n'importe qui pouvait désormais la mater, même tout habillée. C'est de l'hypocrisie vis-à-vis des autres filles qui s'affichent sur le Net, mais je n'y peux rien. Cette fois, c'était différent.

Parce que cette fois, je connaissais la fille.

En outre, j'étais en colère parce que la photo n'avait pu arriver là que par un seul intermédiaire. J'avais plusieurs fois abordé le sujet du Net devant Jeannette, au bureau elle n'avait pas paru savoir de quoi je parlais. Pour que je tombe sur cette image, il avait fallu une sacrée coïncidence. Il n'y avait sûrement pas des dizaines de photos d'elle en circulation. Une seule et unique personne pouvait l'avoir postée là : son petit ami.

Les femmes (et les hommes) qu'on voit sur ces photos sont payées pour ça. C'est leur boulot. Mais pas Jeannette ; si ça se trouvait, elle n'était même pas au courant.

Je me suis reconnecté *presto* et j'ai retrouvé le fichier d'origine. J'en ai extrait les informations concernant l'expéditeur et je les ai affichées à l'écran. J'ai poussé un juron.

J'ai précisé plus haut, vous vous en souviendrez sans doute, que dans ces cas-là on pouvait masquer sa véritable identité. Et c'est exactement ce qu'*il* avait fait. Son adresse électronique était « anon99989@penet.fi ». Cela signifiait qu'*il* avait rerouté son e-mail par un serveur finlandais garantissant l'anonymat, appelé « PENET ». Serveur qui dépouille l'envoi de toute information sur l'expéditeur et lui assigne au hasard une adresse puisée dans une base de données cryptée. Je n'ai absolument rien pu en tirer. Conscient de mon rictus de dégoût, j'ai laissé tomber.

Le lendemain matin, au travail, je n'ai pas pu aborder le sujet. Comment vouliez-vous que je m'exclame : « Hé, j'ai vu ta photo sur un site porno hier soir ! » ? Et puis après tout, ce n'était qu'une photo comme les gens en ont des classeurs pleins. La question était de savoir si Jeannette était au courant. Si oui, cela prouverait simplement qu'on en apprend moins qu'on le croit sur les gens en travaillant à leurs côtés. Dans le cas contraire, elle avait le droit de savoir, et de ne pas apprécier.

J'ai glissé quelques allusions au Net au fil de nos discussions, mais il n'en est rien sorti. J'ai même mentionné les forums de discussion, sans susciter chez elle autre chose qu'un intérêt poli. Manifestement, elle n'en n'avait jamais entendu parler. À la fin, je me suis contenté de hausser – mentalement – les épaules. Son déplaisant petit ami avait mis une photo d'elle sur le Net ; bon, et alors ? Je ne pouvais rien y faire, à part enterrer encore plus profondément les sentiments que j'avais pu nourrir à l'égard de Jeannette. Elle avait fait sa vie avec quelqu'un d'autre, je n'avais pas à m'en mêler, point.

Le soir, j'ai de nouveau retrouvé Nick ; nous sommes allés nous saouler gentiment la gueule dans un endroit de notre connaissance, spécialement prévu à cet effet. J'ai réussi à le dissuader d'aller chercher à manger, ainsi qu'il en manifestait l'intention à intervalles réguliers ; sinon, on allait hériter de je ne sais quelle spécialité originaire d'un village quelconque, au sommet du Kilimandjaro. Aussi, en fin de soirée, on était bien partis. Je suis sorti en titubant de mon taxi, j'ai péniblement grimpé l'escalier de chez moi et je me suis envoyé une sacrée dose de café dans l'espoir d'éviter la gueule de bois le lendemain. Et tandis que j'oscillais légèrement sur le canapé, j'ai eu l'idée de consulter un certain forum de discussion.

Et là, plus moyen de la déloger, cette fameuse idée. Tandis que je m'efforçais corps et âme de réparer les dégâts en sauvant le maximum de neurones des assauts répétés de l'alcool, elle s'est retrouvée libre de folâtrer à sa guise dans mon crâne. Et tout à coup, voilà que j'étais vautré sur mon bureau à écouter le ronron de mon disque dur en marmonnant dans ma barbe. J'ignore ce que je racontais, d'ailleurs. Sans doute récitais-je un équivalent oral de la fameuse lettre jamais remise, où j'expliquais que Jeannette serait décidément mieux lotie en ma compagnie à moi. Je peux être très larmoyant quand je suis saoul.

Le forum s'est affiché sous mes yeux et j'ai balayé la liste du regard. Il s'y était passé pas mal de choses ces dernières vingt-quatre heures : on avait quelque trois cents titres de fichiers à se mettre sous la dent. Je commençais à perdre tout courage et toute envie de les passer en revue quand tout à coup j'en ai repéré un, aux deux tiers de la liste.

« j2.gif-{f}- Jeune femme », lisait-on sur la première ligne, elle-même suivie de la mention : « j3.gif-{f}- Jeune femme ».

Deux titres qui ont réussi là où un litre de café avait échoué : j'ai dessoûlé d'un coup. J'ai tout de suite repéré deux différences par rapport au descriptif de la première photo représentant Jeannette. Le chiffre qui suivait le *j* avait changé ; donc, ce n'était pas la même image. Par ailleurs, deux mots manquaient à la fin du titre : tout habillée.

J'ai appelé à l'écran les premières lignes du premier fichier ; lui aussi provenait d'anon99989@penet.fi. J'ai pris une cigarette et téléchargé le reste. Une fois la connexion coupée, j'ai reconstitué l'image et lancé le programme graphique.

C'était encore Jeannette. Avec une légère grimace d'appréhension, et en m'en voulant d'accéder à des photos d'elle dans de telles conditions, sans aucun droit d'en connaître le contenu, je les ai rapidement examinées l'une après l'autre.

j2.gif avait manifestement été prise juste après la première photo. Jeannette était toujours assise sur son accoudoir. Elle déboutonnait son chemisier. Elle en était au troisième bouton. Comme elle baissait la tête, on ne voyait pas son visage. Tremblant imperceptiblement sous l'effet de plusieurs émotions simultanées, j'ai regardé j3.gif. Le chemisier avait disparu, révélant un ventre plat et un soutien-gorge en dentelle bleu marine. Jeannette se retenait d'un bras au fauteuil et sa position semblait inconfortable. Ses yeux se détournaient de l'objectif, et en déchiffrant son expression j'ai songé que je tenais la réponse à l'une au moins de mes questions. Elle n'avait pas l'air enchantée. Visiblement, elle ne trouvait pas ça drôle du tout.

En fait, on aurait juré qu'elle agissait contre son gré.

Brusquement, je me suis mis à arpenter la pièce, sans bien savoir que faire. Si Jeannette ne trouvait pas particulièrement excitant cette histoire de photos, j'avais du mal à croire qu'elle approuve leur présence sur le Net ; si ça se trouvait, elle n'en avait même pas connaissance. Entre autres choses, ce n'était pas son genre – en admettant que ce genre de fille existe.

C'était très nettement un abus de pouvoir de la part de son petit ami, et du coup, il n'avait plus aucun droit sur elle. Mais que pouvais-je y faire ?

J'ai copié les deux fichiers sur une disquette, j'y ai ajouté j1.gif et j'ai effacé le tout de mon disque dur. À vos yeux, il n'y a peut-être pas grande différence, mais moi, je n'en voulais pas sur ma machine. J'aurais eu l'impression d'être dans le coup.

Le lendemain matin au lever, je n'avais qu'un léger mal de tête avant de partir au travail ; j'ai décidé de me connecter au Net un bref instant. Je n'ai pas trouvé d'autres photos, mais un message qui m'a mis très en colère. Quelqu'un avait écrit en tout et pour tout :

« Re : images-j{f}: EXCELLENT ! Encore, SVP ! »

En d'autres termes ces images avaient éveillé l'intérêt d'un quelconque taré anonyme qui voulait en voir davantage.

Toute la matinée j'ai cherché la solution. La seule façon d'aborder le sujet était de mentionner le forum alt-binaries.pictures.erotica, ce qui ne m'enchantait guère. Mais de toute façon, je n'ai presque pas pu parler à Jeannette, sans arrêt pendue au téléphone. D'autre part, je l'ai trouvée fatiguée et peu disposée à bavarder quand, par deux fois, nous nous sommes retrouvés à la cuisine.

J'avais l'impression que mon esprit se fragmentait et que les morceaux se tiraillaient mutuellement en cherchant à s'orienter dans des directions différentes. Si Jeannette n'était pas au courant, c'était inadmissible ; il fallait que je l'en informe. Malheureusement, dans ce cas elle ne me verrait plus jamais du même œil. Bien sûr, le problème pouvait aussi s'éteindre de lui-même : malgré la requête du « Netaré » son expression sur la photo n° 3 laissait entendre qu'il *n*'en existait *pas* d'autres. Et en dernière analyse, dans cette histoire, je me mêlais de ce qui ne me regardait pas, quoi que je puisse en penser.

Finalement, la question ne s'est pas posée. À quatre heures et demie, comme j'émergeais d'une interminable et violente engueulade avec le serveur de fichiers, j'ai appris que Jeannette était déjà partie. « Elle avait rendez-vous chez le médecin. » Partout où j'ai travaillé, l'expression signifie littéralement : « Elle a pris deux heures, surtout pas pour aller chez le médecin. » Mais chez V.C.A., on n'avait pas l'air de l'interpréter ainsi. Si ça se trouvait, Jeannette était bien chez le médecin, en effet. Quoi qu'il en soit, elle n'était plus là, et j'avais un peu honte de mon soulagement maintenant que je ne pouvais plus lui parler.

À 20 h 30, après ma deuxième salade de la semaine, je suis allé faire un tour sur le fameux forum de discussion. Rien. J'ai tourné en rond chez moi, et à 23 heures, je me suis reconnecté. Cette fois, ça n'a pas été en vain. Deux nouveautés : j4.gif et j5.gif, toutes deux émanant de la même source anonyme.

Sur la première image, Jeannette était debout. Elle avait enlevé sa jupe et, outre de longues jambes, on découvrait une culotte assortie au soutien-gorge déjà visible. La photo n'était pas posée : les poings sur les hanches, Jeannette avait l'air en colère. Sur la j5.gif elle se laissait aller contre l'accoudoir. Elle ne portait plus de soutien-gorge. Son expression était impénétrable.

J'ai contemplé longuement la seconde photo. J'étais tiraillé entre deux extrêmes. Si l'on ne prêtait pas attention à son visage, elle était ravissante. Ses seins étaient menus mais de forme irréprochable, et parfaitement proportionnés au reste de son corps élancé. C'était de la photo érotique, pas de doute là-dessus. À condition, encore une fois, de passer sur son évident manque d'enthousiasme… et le fait que le photographe passe outre. Et diffuse le résultat à l'échelle de la planète.

Cela avait assez duré, il fallait intervenir. J'ai fait ce que je pouvais – à savoir lancer mon logiciel de courrier et envoyer un message à anon99989@penet.fi. Grâce au fonctionnement en double aveugle du serveur, il ne pourrait en déterminer la provenance, ce qui me convenait parfaitement. Mon message disait :

« Je sais qui vous êtes. »

Pas terrible, peut-être, mais mieux que rien. L'idée que, quelque part sur l'autoroute de l'information, quelqu'un connaissait son identité pouvait suffire à le dissuader. Mais, c'était du bricolage. À présent je le savais : il allait falloir faire quelque chose. Ça ne pouvait pas durer.

En fin de compte, j'ai été obligé d'intervenir assez vite car le lendemain matin, après avoir consulté ma boîte aux lettres électronique, j'ai constaté qu'il n'y avait pas d'autres images sur le forum, mais deux messages d'amateurs qui avaient téléchargé les premières. « Alors, ça *vient*? » avait écrit un spirituel internaute japonais jouant sans doute sur les deux sens du verbe. Un connard de Texan avait posté un commentaire similaire, en ajoutant toutefois la petite requête suivante : « Super, mais accélère un peu l'allure. On veut du cul ! »

J'ai profité du trajet jusqu'au bureau pour trouver le courage de parler à Jeannette, et quand on m'a dit qu'elle serait en réunion sur site toute la matinée et une partie de l'après-midi, j'ai failli boxer le mur. J'ai expédié la matinée en me concentrant sur une des bases de données que je concevais pour elle, histoire d'apporter au moins un élément positif dans sa vie. Je sais, ce n'est pas grand-chose, là non plus, mais les ordinateurs sont mon seul domaine de compétence, et en l'espèce, c'est ce que je pouvais faire de mieux.

Enfin 15 heures ont sonné et Jeannette a réapparu. Apparemment lasse et préoccupée, elle s'est tout de suite mise au travail à son bureau. J'ai traîné dans le coin en envoyant mentalement promener ses collègues avec une telle virulence que j'en ai eu un début de mal de tête. Comment voulez-vous que j'aborde le sujet si nous n'étions pas seuls ? Ce serait déjà assez difficile comme ça.

Enfin, *enfin* elle s'est dirigée vers la cuisine. Je l'y ai suivie. Elle a eu un petit sourire vague et, voyant un pansement à son bras droit, je m'en suis servi pour entamer la conversation. Un petit grain de beauté qu'elle s'était fait enlever, d'où la visite chez le médecin. Je l'ai laissée terminer sur ce chapitre en m'assurant d'un œil que personne ne venait.

—Aujourd'hui, je me suis acheté un appareil photo, ai-je lâché – le plus joyeusement possible eu égard aux circonstances.

Ce n'était pas génial, mais je préférais démarrer en douceur. Elle n'a pas répondu tout de suite. Quand elle a levé les yeux, elle n'arborait aucune expression particulière.

—Ah bon ? a-t-elle enfin répondu. Et qu'est-ce que vous allez prendre en photo ?

— Ma foi, je ne sais pas, des bâtiments, des paysages. En noir et blanc, ce genre de choses.

Elle a acquiescé d'un air distant. Je ne savais plus quoi dire.

D'une part, j'étais dans une impasse – rétrospectivement, je m'en rends bien compte. Mais si je me suis tu, c'est aussi parce qu'à ce moment-là elle s'est détournée pour prendre la bouilloire à thé, et que son expression m'a coupé le souffle. Quel amalgame d'accablement et de solitude, quelle impuissance on lisait sur ce visage-là ! Il m'est apparu une fois de plus que sa colère était évidente sur la photo j4, mais que sur la j5, après avoir ôté son soutien-gorge, elle avait plutôt l'air résignée, vaincue. Tout à coup, je me suis moqué de ce qu'elle allait penser de moi.

— Jeannette, ai-je commencé sur un ton ferme. (Elle s'est retournée vers moi.) J'ai vu une photo de…

— Alors les jeunes, on boit la tasse… de thé ?

Whitehead. J'ai eu envie de lui défoncer la tête. Jeannette a salué d'un joli petit rire le « bon mot » de son patron avant de s'écarter pour le laisser accéder à la bouilloire. Il m'a posé une série de questions assommantes sur le réseau informatique du bureau, visiblement désireux de faire croire qu'il savait de quoi il parlait. Le temps que j'y réponde, Jeannette avait regagné son bureau.

L'heure qui a suivi a été la plus longue de mon existence. J'avais franchi le pas. J'allais parler à Jeannette. Et finalement, ce ne serait pas si difficile.

La première photo, j1.gif, ne montrait qu'une jolie fille dans un fauteuil. Elle n'avait rien de pornographique, et un tas de sites pouvaient l'accueillir sur le Net. Je n'avais qu'à lui révéler que j'avais vu cette photo-là. Mon image n'aurait pas à en souffrir, et de son côté elle saurait ce que fabriquait son petit ami.

J'allais et je venais dans le bureau, prêt à lui emboîter le pas dès qu'elle ferait mine de s'en aller ; j'avais décidé de l'accompagner au métro et de tout lui raconter. Tant qu'elle ne quittait pas le bureau en compagnie d'un autre employé, j'étais tranquille. En attendant je la regardais travailler, le regard neutre, perdue dans sa bulle. À 16 h 45 elle a reçu un coup de fil. Elle a écouté un moment puis déclaré : « Bon, d'accord » d'une voix terne avant de raccrocher. Rien d'autre n'est venu me distraire des ébauches de discours que j'élaborais mentalement.

À 17 heures elle a entrepris de ranger son bureau je me suis éclipsé pour aller chercher mon blouson. J'ai attendu dans l'entrée, puis en l'entendant approcher je suis entré dans l'ascenseur. Arrivé en bas, j'ai traversé le hall le plus lentement possible et je me suis arrêté sur le trottoir devant l'immeuble. J'avais les paumes moites, je me sentais terrorisé, tendu à l'extrême, mais je savais que j'irais jusqu'au bout. Elle n'a pas tardé à faire son apparition.

—Salut! ai-je lancé. (Elle a eu un sourire réservé – sans doute était-elle surprise de me voir.) Écoutez, Jeannette, il y a une chose dont je dois vous parler.

Elle m'a regardé dans les yeux, puis examiné les alentours avant de me demander ce que c'était.

—J'ai vu des photos de vous. J'étais tellement nerveux que j'ai tout fichu en l'air en employant le pluriel.

—Où ça? s'est-elle immédiatement enquise. Elle savait très bien où je voulais en venir. En fait, elle a réagi si promptement que je n'ai plus eu aucun doute: les petits jeux auxquels elle jouait avec Ayer étaient au premier plan de ses pensées.

—Sur l'Internet. Vous savez...

—Je sais très bien ce qu'est l'Internet. Vous avez vu quoi, au juste?

—Cinq photos jusqu'ici. Alors voilà: si je peux faire quoi que ce soit...

—À quoi pensez-vous, par exemple? (Elle a lâché un petit rire sans pitié. Son regard est devenu flou.) Hein, à quoi pensez-vous, au juste?

—Mais..., je ne sais pas, moi. Écoutez, vous voulez qu'on en parle? Je peux peut-être...

—Pas la peine, a-t-elle coupé hâtivement avant de s'écarter.

Je lui ai emboîté le pas, ahuri. Quoi? Elle ne voulait donc rien y faire? D'accord, je ne représente sans doute pas une perspective très enthousiasmante, mais tout de même... mon aide serait toujours mieux que rien.

—Jeannette?

—On en reparlera demain, a-t-elle lâché entre ses dents.

Tout à coup, j'ai compris: son petit ami était venu la chercher. Elle s'est dirigée vers une voiture blanche qui venait de s'arrêter le long du trottoir; j'ai aussitôt tourné les talons pour repartir en sens inverse. Pas seulement parce que j'avais la trouille. Je ne voulais pas lui attirer d'ennuis.

J'avais l'impression qu'un regard me brûlait la nuque. Au dernier moment, j'ai risqué un coup d'œil de côté. La voiture blanche était justement en train de me dépasser, Jeannette assise bien droite sur le siège passager. Son petit ami regardait par la vitre. *Me* regardait. Puis il a accéléré.

Ce soir-là il y a eu deux autres photos. Sur la j6, Jeannette était assise, nue, dans le fauteuil, les jambes légèrement écartées. Expression illisible. Sur la j7 elle était à quatre pattes, vue de derrière. Fou de rage impuissante, je n'ai pu m'empêcher de remarquer sur l'une comme sur l'autre un détail qui m'a incité à les examiner à la loupe. Mon logiciel graphique en comportait une dans sa palette d'outils. Sur la première image, le visage de Jeannette était rougi d'un côté, et en scrutant la seconde de très près, j'ai noté un filet de sang sur son avant-bras droit.

C'est là que la mémoire m'est revenue : j'avais vu ses mains, ses bras, pendant qu'elle travaillait ; elle n'avait jamais eu de grain de beauté. Si elle portait un pansement, ce n'était pas à cause de l'intervention d'un médecin.

C'était à cause de *lui*.

Je n'ai pratiquement pas dormi de la nuit. Je suis resté à surveiller le forum de discussion jusqu'à 3 heures du matin. Les habitués devenaient fans des photos en « j » comme Jeannette ; j'ai trouvé cinq messages qui en demandaient d'autres. Ces gens croyaient avoir affaire à des images scannées dans un quelconque magazine. Ils ne se rendaient pas compte que je la connaissais, moi, cette fille, et qu'on la prenait en photo contre son gré. J'ai envisagé d'agir par l'intermédiaire du forum lui-même, en postant un message exposant ce que je savais. Les habitués sont peut-être à plaindre par certains côtés, mais question moralité, ils ont des opinions bien arrêtées. Pas comme sur alt.binaries.pictures.tasteless, où on trouve tout et n'importe quoi, et où plus les photos sont malsaines, plus elles sont appréciées. Si les amateurs d'a.b.p.erotica acquéraient la conviction que ces photos avaient été prises sous la contrainte, il y avait de grandes chances qu'ils chassent Ayer du Net à grand renfort de courriers non sollicités. Toutefois, la guerre qui s'ensuivrait serait d'ampleur non négligeable, et son issue restait incertaine. Les « bombes épistolaires » ainsi lancées contre lui passeraient forcément par le serveur anonyme, dont elles provoqueraient inévitablement le crash. En soi, cela m'était franchement égal ; seulement, cela attirerait l'attention de tout un tas de gens. Et pour finir, grâce à la barrière de l'anonymat, Ayer n'aurait pas à en souffrir, à part peut-être quelques désagréments mineurs.

J'ai préféré mettre cette idée en attente, au cas où elle serait rendue caduque par mon entretien avec Jeannette, prévu pour le lendemain. J'ai fini par aller me coucher, mais j'ai cherché le sommeil des heures en m'agitant dans mes draps. Juste avant l'aube, j'ai sombré et rêvé d'un chat coincé dans une tondeuse à gazon.

À 7 heures j'étais debout. Je n'avais aucune raison de rester au lit. Je suis allé faire un tour sur le forum mais il n'y avait pas de nouveaux fichiers. Au dernier moment j'ai eu l'idée de consulter ma boîte aux lettres électronique ; j'étais tellement perturbé que je ne l'avais pas fait depuis plusieurs jours. Elle contenait une trentaine de messages, certains émanant de copains et les autres d'un tas de connaissances virtuelles disséminées aux quatre coins du monde. Je les ai examinés rapidement, au cas où il y aurait quelque chose d'urgent ; et voilà qu'en plein milieu j'ai repéré une adresse bien connue : anon99989@penet.fi.

Le cœur battant, j'ai parcouru le message. Selon les conventions en usage, il citait mon propre message et y ajoutait un commentaire. En tout, cela donnait :

>Je sais qui vous êtes.
>
Peut-être, mais moi, je sais où vous habitez.

Quand je suis arrivé au boulot sur le coup de 9 heures, j'ai appris que Jeannette n'était pas là. Elle avait laissé un message à huit heures et demie pour annoncer qu'elle prenait sa journée. Sarah n'était pas ravie, malgré l'amitié qu'elle professait à l'égard de Jeannette. Je l'ai laissée dans la cuisine débattre avec Tanya du caractère immoral de ce genre d'initiative cavalière et je me suis lentement dirigé vers le bureau de Jeannette. Après cinq minutes de réflexion, je suis retourné à la cuisine réclamer à Sarah le numéro de téléphone de Jeannette en prétendant avoir une question à lui poser à propos de la base de données. Elle n'était que trop contente d'obtempérer. J'ai attrapé mon blouson, marmonné que je manquais de cigarettes et ai quitté le bureau.

Au coin de la rue j'ai trouvé une cabine. J'ai composé le numéro. Tout en écoutant son téléphone sonner dans le vide, j'ai jeté un œil aux cartes de visite de prostituées qui tapissaient abondamment les parois ; cependant, je n'ai pas tardé à détourner les yeux. Je ne trouvais plus si distrayante la représentation qu'elles offraient du corps féminin. Au bout de six sonneries un répondeur a décroché. Une voix d'homme – celle d'Ayer – a annoncé qu'il n'y avait personne. J'ai rappelé aussitôt et obtenu le même résultat ; je suis donc sorti de la cabine et j'ai attendu quelques instants, indécis, sur le trottoir.

Il n'y avait vraiment rien que je puisse faire.

Je suis retourné au travail. J'ai bossé. Puis je suis rentré chez moi en courant.

À 18 h 30 je me suis connecté une première fois ; les photos étaient déjà postées. J'ai tout de suite remarqué que quelque chose avait changé. Pour commencer, le mur du fond n'était pas de la même couleur. Le décor était différent, probablement parce qu'on était à présent dans la chambre à coucher ; les images elles-mêmes avaient nettement empiré. La j8 montrait Jeannette allongée, bras et jambes écartés, sur un lit, les mains et les pieds hors champ. La j9 lui ressemblait beaucoup, sauf que là on voyait que ses mains étaient attachées. Son visage apparaissait également, et son expression se composait de défi, d'impuissance et de frayeur. J'ai effacé la photo de mon disque dur. Des spasmes me contractaient la gorge.

J'ai compris trop tard que la solution aurait été de me procurer l'adresse de Jeannette tant que je me trouvais sur son lieu de travail. Ça n'aurait pas été sans mal, j'aurais attiré les soupçons, mais avec un peu de chance j'y serais parvenu. Maintenant, je ne pouvais plus rien faire. Je ne connaissais pas le numéro personnel des autres membres de V.C.A., et impossible de trouver l'adresse de Jeannette à partir de son numéro de téléphone. L'opératrice ne voudrait rien savoir. Avec l'adresse, j'aurais pu aller faire un tour sur place. Je me serais peut-être fourré dans le pire pétrin de ma vie, mais au moins j'aurais tenté quelque chose. L'idée que Jeannette soit en danger quelque part dans Londres, sans que je sache où, m'était pratiquement insupportable. Tout à coup, j'ai décidé de prendre la seule et unique initiative restant à ma portée, si modeste soit-elle. Je me suis reconnecté au forum érotique en me préparant à déclencher une guerre des « flames ».

Le réflexe traditionnel des gens qui souhaitent exprimer leur mécontentement sur le Net porte le nom de « flaming ». À la base, cela consiste à bombarder le coupable de messages électroniques en grand nombre jusqu'à ce que sa boîte aux lettres virtuelle s'effondre sous la masse. Généralement, cela n'échappe pas à l'administrateur du site, qui l'expulse du réseau. Il suffisait donc que je poste un message fournissant aux bons citoyens de Pornoville une raison suffisante de fondre sur anon99989@penet.fi.

Je ne savais pas dans quoi je m'embarquais. Mais je n'en avais strictement rien à foutre.

La fenêtre des messages était déjà ouverte, et mes mains positionnées au-dessus du clavier, quand une découverte m'a figé.

Deux nouveaux fichiers étaient arrivés sur le serveur. Déjà. Le taré du Texas voyait ses souhaits exaucés ; le rythme s'accélérait.

Sur la j10, Jeannette était à genoux sur un matelas crasseux. Elle avait manifestement les mains attachées dans le dos, et elle baissait la tête. La j11 la montrait gisant sur le flanc dans une position inconfortable, comme si on venait de lui imprimer une poussée. Elle fixait un regard noir sur l'objectif, et en agrandissant la partie gauche de l'image j'ai vu un peu de sang sous sa narine droite.

J'ai bondi sur pied en poussant un cri. Je ne savais plus ce que je disais. J'étais incohérent. Jeannette me regardait sur l'écran ; comme un fou, j'ai actionné l'interrupteur de ce dernier. Il ne me paraissait pas suffisant de couper l'image. Mais l'image était toujours là, même si je ne pouvais plus la voir. L'ordinateur continuait à envoyer vers l'écran l'information nécessaire dès que je le rallumerais, la photo réapparaîtrait. J'ai donc éteint la machine, directement à l'interrupteur. Brusquement, ce que j'avais toujours considéré comme étant mon domaine d'élection devenait la tribune d'un être tordu et malfaisant avec qui je ne voulais absolument rien avoir à faire.

Là-dessus, comme une pierre fracassant une vitre, deux idées se sont percutées dans ma tête.

Premièrement, Gospel Oak.

Deuxièmement, la police.

Un vague souvenir surgi de nulle part me remontait en mémoire, si ténu qu'il pouvait aussi bien être illusoire. Jeannette avait parlé de Gospel Oak, la gare de banlieue. Et je savais où ça se trouvait.

Aucune opératrice ne me donnerait l'adresse à partir du numéro de téléphone. Mais la police, elle, n'aurait pas de mal à se la procurer.

Rien d'autre ne me venait à l'idée.

J'ai donc appelé la police et fait la déclaration suivante : j'avais des raisons de croire en danger une certaine personne résidant à l'adresse qui correspondait à tel numéro de téléphone. Les flics ont voulu savoir qui j'étais et tout un tas d'autres conneries, mais j'ai raccroché précipitamment et attrapé mon manteau puis je suis descendu dans la rue.

Gospel Oak n'est pas un quartier très étendu ; il occupe l'espace entre Highgate, Chalk Farm et Hampstead. Je connaissais bien le coin car, autrefois, Nick et moi on allait jouer au billard dans un pub de Mansfield Road, artère qui le traverse de part en part. J'en connaissais les accès et les issues. J'ai demandé au chauffeur de taxi de me déposer le plus près possible du centre. Puis je me suis planté sur le trottoir, cigarette au bec, en me balançant d'un pied sur l'autre. Mon plan n'avait pas grande chance de réussir, mais je gardais espoir.

Dix minutes plus tard, une voiture de police s'engageait dans Mansfield Road ; j'étais ravi et considérablement soulagé de voir débarquer les flics. Je n'étais plus très sûr que Jeannette ait *effectivement* mentionné Gospel Oak. Je me suis aplati contre la plus proche façade le temps de laisser passer la voiture, avant de m'élancer sur ses traces en m'efforçant de passer inaperçu. J'ai pris à gauche dans Estelle Road et ralenti à l'angle, juste à temps pour la voir s'arrêter devant le numéro 6. Je me suis coulé dans l'entrée d'une boutique voisine et j'ai regardé les deux policiers prendre tout leur temps pour s'extirper de l'habitacle.

Ils se sont dirigés vers la porte d'entrée. L'un a appuyé avec insistance sur la sonnette tandis que l'autre jetait un coup d'œil alentour, l'air de faire un concours de zèle. Personne n'est venu ouvrir, ce qui ne m'a guère étonné. Ayer n'allait tout de même pas cesser de torturer sa petite amie le temps de recevoir des visites de courtoisie. Un des flics a adressé un hochement de tête à son collègue, qui a soupiré de façon bien visible, puis entrepris de contourner la maison.

— Allez, allez, *allez* ! ai-je dit entre mes dents serrées, depuis mon coin d'ombre. Défoncez la porte, bordel !

Cinq minutes ont passé, puis le flic a réapparu. Il a adressé un haussement d'épaules théâtral à son collègue et de nouveau pressé la sonnette.

Une lumière s'est allumée au-dessus de la porte ; elle provenait du couloir situé derrière. Le souffle bloqué dans la gorge, je me suis imperceptiblement rapproché. Je ne sais pas très bien ce que je m'apprêtais à faire. Foncer tête baissée et entrer de force malgré les policiers, choper Ayer et lui fracasser la tête contre le mur ? Je l'ignore.

Quelqu'un est venu ouvrir. Ce n'était ni Ayer ni Jeannette, mais un type âgé appuyé sur une béquille et dont les cheveux grisonnants semblaient avoir survécu à un ouragan. Il a échangé quelques propos irascibles avec les flics avant de leur claquer la porte au nez. Les deux hommes se sont entre-regardés ; manifestement, ils avaient envie d'arrêter le vieux malpoli ; mais en fin de compte, ils ont regagné leur voiture. Sans cesser de surveiller la maison, l'un des deux a transmis son rapport par radio. J'en ai surpris assez pour comprendre ce qui les avait incités à repartir.

Le vieux leur avait dit que le jeune couple était parti pour le week-end. Il les avait vus s'en aller le jeudi soir. J'avais vingt-quatre heures de retard.

La voiture de police a disparu au coin de la rue. Je suis resté sur place à haleter en me demandant quoi faire. Les deux dernières photos, celles où figurait le matelas sale, n'avaient pas du tout été prises à cette adresse. Jeannette était quelque part à la campagne, mais j'ignorais laquelle et je n'avais pas moyen de le savoir. Les photos avaient pu être postées de n'importe où.

Alors j'ai pris ma décision. J'ai traversé la rue en direction de la maison. Les policiers n'estimaient peut-être pas disposer de présomptions suffisantes, mais moi si. J'ai contourné la baraque en multipliant les précautions. Pour ce faire, j'ai dû escalader un portail et me frayer un chemin dans le jardin encombré du vieux, où j'ai bien failli renverser une pile de pots de fleurs. Par chance, un muret conduisait à un complexe assemblage de tuyaux contre la façade. Je suis monté dessus sans attendre. Une enjambée légèrement risquée m'a permis de poser le pied sur un appui de fenêtre, au premier étage. Elle n'était pas plus éclairée que les autres, mais j'ai quand même gardé la tête rentrée dans les épaules, au cas où.

J'ai vu que la fenêtre était à guillotine et que la partie inférieure n'était pas tout à fait fermée. Si ça se trouvait, en fait, ils étaient là. Ayer avait pu feinter afin que le vieux ne les voie pas entrer. J'ai glissé mes doigts sous la vitre et je l'ai soulevée. Puis j'ai placé mon oreille dans l'entrebâillement et cherché à distinguer d'éventuels bruits. Rien. Je me suis introduit.

J'étais dans une chambre à coucher. Je me suis gardé d'allumer la lumière, mais le clair de lune était suffisant pour me permettre d'identifier quelques vêtements appartenant à Jeannette, qui gisaient sur le plancher. J'étais sûr que d'elle-même elle ne les aurait pas laissés ainsi éparpillés en partant. J'ai marché sans bruit jusqu'au couloir, puis passé la tête dans la cuisine et dans la salle de bains, où régnait un calme absolu. Puis je suis passé dans le salon.

Le grand fauteuil se trouvait devant un mur que j'ai reconnu, au fond, un ordinateur et un scanner, posés sur un bureau. Le plus vite et le plus silencieusement possible, j'y ai cherché ce qui pouvait m'indiquer où *il* avait pu emmener Jeannette. Mais je n'ai rien trouvé, pas plus que dans le reste de la pièce. J'étais entré par effraction – ou presque – pour rien. Pas le moindre indice. Pas trace de leur destination. Sous la table, un carton vide a confirmé ce que je soupçonnais déjà : Ayer possédait également un ordinateur portable. Il pouvait poster ses photos sur le Net depuis n'importe quel endroit du moment qu'il y disposait d'une prise téléphonique. Jeannette était sûrement en sa compagnie, et il fallait que je la retrouve. Et *vite*.

J'ai arpenté la pièce en m'efforçant de réfléchir plus vite, de trouver un moyen d'intervenir. Chez V.C.A., personne ne saurait où se trouvait le couple ; on n'avait même pas su à l'avance qu'elle ne viendrait pas travailler. Le pépé d'en bas non plus ne savait rien. Et dans l'appartement, rien qui ressemble à un carnet d'adresses, voire un organiseur personnel, où j'aurais pu trouver le numéro d'un ami, d'un membre de la famille.

J'étais prêt à tout, à appeler n'importe qui pour savoir où ils étaient allés. Mais je ne voyais vraiment pas ; à moins que...

Je me suis assis devant l'ordinateur et j'ai passé une main derrière afin de trouver l'interrupteur. Ayer avait une machine plutôt performante, à quoi s'ajoutaient un scanner et une imprimante laser. Et le Net n'avait pas de secrets pour lui. Avec un peu de chance, il était assez porté sur l'électronique pour stocker ses numéros de téléphone sur son ordinateur.

Sitôt ce dernier allumé, je me suis mis à fureter dans tous les coins du disque dur, non sans prendre un malin plaisir à cette intrusion, ce viol informatique en quelque sorte. Fichiers et programmes y étaient entreposés çà et là, sans structure apparente. Dès que j'avais fini d'inspecter le contenu d'un dossier, je l'effaçais. C'était le moins que je puisse faire.

C'est ainsi qu'au bout de cinq minutes je suis tombé sur quelque chose d'intéressant, même si ce n'était pas ce que je cherchais : un dossier intitulé « j ».

Les fichiers qu'il contenait portaient des noms allant de j12 à j16, outre ceux que je connaissais déjà. Jeannette était ailleurs, mais Ayer, lui, était revenu ici scanner ses photos. Cela signifiait sans doute qu'ils n'avaient pas quitté Londres, mais ça me faisait une belle jambe.

Je ne vous dirai pas ce que représentaient ces photos, hormis qu'on y voyait Jeannette, que sur certaines elle était en larmes, et que sur j15 et j16, du sang lui coulait au coin de la bouche. En abondance. Elle était contorsionnée, ligotée, le visage contusionné, et sur la dernière elle regardait droit vers l'objectif, décomposée par la terreur.

Sans réfléchir, j'ai abattu mon poing sur le bureau. J'ai entendu du bruit en bas et retenu mon souffle jusqu'à avoir la certitude que le vieux s'était désintéressé de ce qui se passait au-dessus de sa tête. Alors j'ai éteint l'ordinateur, ouvert le châssis et prélevé le disque dur. Puis je suis ressorti par le même chemin, j'ai dévalé la rue au pas de course, hélé un taxi en me plantant devant son capot et regagné mon appartement.

J'avais l'intention de me rendre chez les flics, mais il me fallait d'abord un ordinateur capable d'exploiter le disque dur d'Ayer. Je leur montrerais ce que j'avais découvert, et tant pis si je m'étais rendu coupable de vol. S'ils voulaient me coffrer, libre à eux. Mais il *fallait* qu'ils agissent. Qu'ils tentent de retrouver Jeannette. Si Ayer revenait scanner ses images chez lui, c'est qu'ils étaient quelque part dans Londres. La police saurait où les chercher, par où s'y prendre. Elle saurait quoi faire.

Forcément. C'était la police. Elle était là pour ça.

J'ai grimpé l'escalier en courant et, une fois chez moi, fouillé dans mon placard à pièces détachées histoire d'assembler en vitesse un ordinateur compatible avec le disque dur. Cela fait, j'ai voulu appeler le poste de police du quartier, mais avant, j'ai eu l'idée d'allumer mon ordinateur. Je me suis connecté au Net, j'ai lancé mon logiciel de courrier et envoyé un message aussi bref qu'inutile.

« J'arrive. »

Ce n'était pas pour fanfaronner. Au contraire, je ne me sentais pas une once de courage. Simplement, j'étais dans une colère folle et je voulais prendre toute initiative susceptible de déstabiliser Ayer, de le contraindre à abandonner la partie.

Je suis allé en toute hâte voir sur le forum à quand remontait le dernier message d'anon99989@penet.fi. Réponse : une demi-heure, c'est-à-dire quand j'étais encore chez lui. Il avait envoyé les images j12 à j16. Deux individus avaient déjà réagi, l'un pour formuler l'espoir que le sang était faux et demander si les habitués du forum tenaient tant que ça à ce genre de photos, l'autre pour réclamer la suite. Celui-là, c'est avec la dernière énergie que je lui ai mentalement souhaité une mort violente. Au moment où j'allais me déconnecter, ayant décidé qu'il était inutile de téléphoner aux flics, qu'il valait mieux me présenter en personne, un message texte a attiré mon attention, tout à fait en fin de liste.

Son titre était « sériej » et il émanait d'anon99989@penet.fi. Je l'ai ouvert.

« Fin de la série, ai-je lu. J'espère que ça vous a plu à tous. La prochaine fois, je donne dans le mauvais goût. »

— Et moi, ai-je hurlé à l'écran, j'espère que ça te plaira quand je te ferai bouffer ton disque dur ! Puis mon sang s'est glacé dans mes veines.

« La prochaine fois, je donne dans le mauvais goût. »

Le *mauvais goût*. J'ai vite quitté le forum pour me rendre sur alt.binaries.pictures.tasteless[3]. Tout en faisant défiler la liste de titres où il était question soit d'accidentés de la route, soit de gens en train de déféquer, j'ai senti rouler sur ma joue une première larme, pesante et glacée. Je ne pouvais réprimer le tremblement de ma main et mon crâne s'emplissait d'une brume sombre. C'est alors que j'ai vu la dernière entrée en date. Et j'ai su ce que Jeannette avait eu sous les yeux quand la photo j16 avait été prise.

Le titre du fichier était : « j17.gif-{jolie amputée} »

---

3. *Tasteless*, mot anglais signifiant « de mauvais goût ». (*NdT*)

Avoir raison

Dans la vie survient parfois un événement suffisamment étrange pour vous pousser à remettre en question tout ce qui vous entoure. Il ne s'agit pas nécessairement d'une grande révélation. Un incident suffit à vous faire prendre conscience que des choses se passent, que d'autres ont été oubliées, et tant mieux, et que justesse n'est pas synonyme de justice. Comme découvrir l'ange à l'écoute, par exemple.

Dan était de sale humeur de toute façon. On était lundi, le quatrième jour des vacances et le quatrième jour de pluie. Ce qui ne l'ennuyait pas plus que ça : on ne vient pas à Londres, à Londres en février, pour parfaire son bronzage. La ville pleine de musées, de galeries et de magasins, regorgeait d'Histoire et accueillait presque autant de cafés Starbucks qu'à la maison. Si se mouiller un peu entre deux portes ne vous gênait pas, il était possible de bien s'amuser quelle que soit la météo. Les prévisions, que Dan connaissait puisqu'il s'était réveillé avec le bulletin du jour, à 5 h 30, annonçaient une amélioration au cours de la semaine. De toute façon, il était impossible d'influer sur la météo. C'était un paramètre à prendre en compte. Il fallait l'accepter, changer ses plans si besoin, avancer. Il ne servait à rien de se plaindre. À rien de râler, de râler, de râler.

Par contre, on pouvait faire quelque chose contre la fatigue du décalage horaire. Il y avait une procédure simple à suivre quand on allait en Europe, et Dan et Marcia l'avaient appliquée très souvent depuis que les enfants avaient quitté la maison. L'avion atterrissait au milieu de la matinée, donc il fallait essayer de dormir un peu pendant le vol. Dès l'arrivée, on se bloquait mentalement sur la nouvelle heure et on restait éveillé jusqu'à celle où l'on se couchait habituellement chez soi, de l'autre côté de l'Atlantique. Le corps s'habituait ainsi au nouvel ordre des choses, et l'on était si fatigué, le soir, qu'on s'endormait sans problème. On se traînait un jour ou deux, et après, tout roulait.

C'est ce que Dan avait fait. C'était ce qu'il faisait toujours.

Marcia, elle, faisait différemment.

Elle était restée éveillée durant tout le vol : pourtant, ils en avaient discuté. Elle affirmait qu'il lui était impossible de s'endormir, même si Dan, lui, avait réussi à grappiller une heure de sommeil, pas grand-chose, mais assez pour faire la différence. Dès leur arrivée à l'hôtel, elle avait commencé à bâiller et à marmonner qu'elle voulait faire la sieste. Dan lui avait dit de tenir bon, il lui avait rappelé la procédure, et pourtant, en plein après-midi, elle s'était écroulée sur le lit. Dan l'avait laissée là et était sorti se promener dans le quartier. Bien sûr, il se sentait un peu bizarre, décalé, mais la sensation n'était pas déplaisante. Elle permettait de faire une première reconnaissance, de repérer où se trouvaient les cafés, la librairie la plus proche, tout ça. Elle rappelait que vous veniez de faire une chose étrange, que vous aviez effectué un long voyage, que vous n'étiez plus à la maison.

Quand Dan rentra, Marcia était sous la douche. Ils sortirent, firent une nouvelle petite balade puis allèrent dîner dans le restaurant le plus proche. À 22 heures, Dan était fracassé et prêt à aller se coucher. Marcia, elle, était tout excitée et voulait parler de la Proposition 7, la « grande cause » du moment chez eux, dans l'Oregon. Dan ne s'était pas vraiment soucié de la P7 sur place (la proposition n'allait pas passer, c'était dommage, mais les gens étaient comme ça), et pour l'heure, il s'en contrefichait royalement. Pourquoi traverser l'océan si c'était pour patauger dans les mêmes problèmes ? Quand il le lui dit finalement, en bâillant à s'en décrocher la mâchoire, Marcia orienta la discussion vers une analyse enjouée de la soi-disant incapacité de Dan à se lancer dans un débat intellectuel si celui-ci n'avait pas un quelconque rapport avec les livres, avant de revenir sur la Proposition 7. Cela prit vingt-cinq minutes de plus. Quand Dan osa enfin dire clairement qu'il allait se coucher, elle secoua la tête et se leva la première. Le langage corporel de Marcia était éloquent : « Première soirée : gâchée. Merci beaucoup, mari grossier. »

Dan dormit comme un bébé. Marcia, moins bien.

Ils passèrent les deux jours suivants à faire du tourisme, à visiter les monuments, à les rayer de leur liste. Ça convenait parfaitement à Dan : ils se détendraient pendant le week-end, pourraient se la couler douce et faire ce qu'ils voulaient. Le samedi, il était enfin calé sur le méridien de Greenwich. Il éprouvait, certes, encore un coup de barre l'après-midi, mais rien qu'un latte double expresso ne puisse guérir. Marcia, par contre, semblait de plus en plus décalée. Elle se réveillait à 6, 5, 4 heures du matin et s'asseyait dans le lit pour lire ostensiblement (un roman se déroulant en Amérique, bien sûr, ou un des magazines qu'elle avait apportés de là-bas) ; ou, comme lundi matin, elle allumait la télévision – sans le son, mais on entend toujours les craquements du tube cathodique – et elle était obnubilée par la pluie incessante.

Le problème n'était pas le décalage horaire. Ça, Dan pouvait le comprendre. Ne pas dormir, ce n'était pas drôle. Allongé, regardant fixement un plafond inconnu, votre cerveau tourne en boucle, en boucle, en boucle. Ce qu'il ne supportait pas, c'était le fait d'en parler sans arrêt. Ce rabâchage permanent. Comme quand Marcia avait un rhume. Quand Dan avait un rhume, il prenait des cachets et attendait que ça passe. Il parlait d'une voix nasillarde, bien sûr, mais c'était physique. On ne pouvait rien y faire. Avec Dan, un rhume durait quatre jours, pile poil. Avec Marcia, ça se transformait en feuilleton de deux semaines, la série de l'année sur HBO. Les premiers symptômes étaient notés, discutés, disséqués. Le danger d'une maladie à venir était souligné, les inconvénients particuliers d'un moment aussi mal choisi déplorés. Neuf fois sur dix, cette phase durait une soirée et les symptômes – qui n'avaient consisté qu'en deux éternuements et une légère migraine – disparaissaient. Parfois, le rhume frappait pour de bon et, le lendemain matin, Marcia se traînait, enveloppée dans une couverture, le visage tuméfié, le nez rouge, les cheveux en pétard. Puis, pendant au moins une semaine, venait le bulletin d'informations. Marcia tenait Dan constamment au courant, comme si, vingt fois par jour, il lui avait demandé : « Chérie, dis-moi exactement comment tu te sens, et ne lésine pas sur les détails. » Des nouvelles des sinus. Un documentaire sur les courbatures. Le ciné-club du mal de gorge, présenté par notre sponsor, Kleenex Megastore.

Le rhume finissait toujours par se calmer. Deux jours à faire remarquer que « ça se calmait » et Marcia retrouvait la forme. En fait, elle redevenait la femme qui affirmait qu'elle n'attrapait jamais de rhume, jamais. Alors les ennuis commençaient. Pendant dix jours de conversations frustrées, Marcia s'était lentement emplie d'observations de grande importance, un contenu qui devait sortir de sa tête avant qu'elle explose. Tout bavardage, même commençant de manière innocente et détendue, pouvait alors dérailler dans une longue discussion sur les problèmes mineurs ou majeurs du jour, de l'année ou du siècle, une discussion où Marcia se montrait ferme mais juste, subtile mais véhémente, comme si elle parlait en direct à la radio. La participation de Dan était acceptée parfois, comme pur faire-valoir de la présentatrice. Sinon, une fois Marcia lancée, rien ne l'arrêtait. Toute réflexion de la part de Dan, insinuant que la longueur ou le sérieux de la discussion ne paraissait pas approprié à un dîner au restau du coin, au petit déjeuner du dimanche, ou au bain dans lequel Dan essayait de se détendre, se voyait contrée de main de maître par Marcia qui répondait que Dan n'avait pas assez réfléchi à ces problèmes, qu'il avait donné son avis et que maintenant, c'était à son tour à elle. Et la discussion continuait…

C'était un soir de ce genre, lors d'un dîner romantique qui s'était transformé en deux heures de débat acharné, que Dan avait commencé à rêver. À la possibilité d'un jugement indépendant. Il devrait exister une agence, un organisme auquel il pourrait faire appel, sans méchanceté, pour prouver qu'il avait raison. Pour qu'il soit établi une fois pour toutes que Marcia monopolisait la conversation, qu'elle était de mauvaise foi et qu'elle attrapait un rhume deux fois par mois. Dan aimait sa femme et ne voulait pas qu'elle change. Mais une fois de temps en temps, il aurait aimé qu'il existe un moyen de prouver qu'il avait raison.

Quand il découvrit qu'il en existait un, personne ne fut plus surpris que lui.

La librairie se trouvait dans une petite rue débouchant sur Charing Cross Road. Quand Dan et Marcia étaient venus à Londres pour la dernière fois, dans les années 1990, le quartier semblait exclusivement consacré aux livres. Mais comme partout ailleurs, l'endroit souffrait de la concurrence des mégastores et des sites d'enchères en ligne. Les librairies spécialisées étaient toujours là, mais les vendeurs de livres anciens ou d'occasion avaient fermé ou leurs boutiques se délabraient. Dan avait laissé Marcia au sauna de l'hôtel pour la matinée, avant de prendre conscience, avec un certain agacement, qu'il avait déjà vu tout ce qu'il voulait dans cette rue et qu'il lui restait encore une heure et demie à perdre. Il ne voulait pas rentrer à l'hôtel trop tôt et faire le pied de grue. Marcia s'était réveillée complètement décalée ce matin ; elle déprimait à cause de la météo. Dan l'avait contredite sur deux sujets sur lesquels il se sentait impuissant et ils en étaient venus aux mots.

Sur un coup de tête, il commença à fureter dans les ruelles inconnues derrière l'artère principale et c'est là qu'il découvrit *Les Livres de Pandore*. Une petite devanture en bois, le nom rehaussé à la peinture dorée délavée. Une sélection de volumes anciens encombrait la vitrine. Aucun ne lui était familier. Parfait. Surtout qu'il commençait à pleuvoir. Encore.

L'odeur fit sourire Dan dès qu'il pénétra dans la boutique. L'odeur du vieux papier, du papier oublié, taché, froissé, gondolé. Le parfum des vieilles étagères et de la poussière vénérable ajoutait au message général de bienvenue. C'était comme ça que les librairies devaient sentir, l'odeur de la paix, de la tranquillité, de vos propres pensées.

La pièce, pas très vaste, mesurait probablement six mètres sur quatre ou cinq, mais les hautes étagères et la lumière tamisée semblaient l'agrandir. Derrière, un escalier de bois montait du sous-sol au premier étage. Il n'était pas barré par un panneau « privé », et promettait plus ou moins l'équivalent du rez-de-chaussée en surface. Un petit comptoir sur la droite croulait sous des piles de livres attendant leur classement, mais il n'y avait personne en vue. Dan tergiversa, puis posa son sac sur le comptoir. Les libraires préféraient, et puis, ça avait l'avantage de lui laisser les mains libres.

Dan choisit de visiter le magasin de haut en bas. S'y trouvait un sacré paquet de livres, pour sûr. La plupart des volumes de l'étage du haut, modernes, ne présentaient pas grand intérêt ; Dan trouva seulement un livre de poche qu'il garda en main. Il pensa entendre quelqu'un monter les marches tandis qu'il retournait sa trouvaille, s'interrogeant sur le prix, mais, lorsqu'il regarda derrière lui, il n'y avait personne. Quand il redescendit au niveau de la rue, il semblait évident que les propriétaires étaient descendus au sous-sol.

Dan prit son temps et explora les étagères, la plupart dédiées à l'histoire locale. Enfin, il se décida pour un livre, deux, peut-être. Cela dépendait s'ils livraient à l'étranger. Le livre était lourd, un fac-similé de l'époque victorienne d'une histoire de Londres plus ancienne encore. Il le posa contre son sac, puis il lui sembla entendre quelqu'un dans la pièce, mais quand il se retourna il n'y avait personne. Sûrement un bruit venant d'en haut. Les libraires se déplacent de façon mystérieuse en rangeant leurs ouvrages.

Ce fut au sous-sol qu'il trouva *le* livre. À première vue, il s'était dit qu'il n'y aurait rien pour lui : la pièce faisait la moitié de la surface des étages supérieurs et un grand désordre y régnait. Des livres de tous âges et de toutes conditions s'empilaient dans des bibliothèques à la limite de l'effondrement. Une forte odeur d'humidité imprégnait les lieux, causée ou amplifiée par les taches sombres sur les murs. Le plâtre s'était décollé, révélant des briques suintantes. Dan jeta un œil autour de lui, déplaçant des piles de volumes au succès éphémère (*La Comptabilité pour les Nuls*, *Apprenez l'espagnol en vingt secondes chrono*, *Découvrez votre moi intérieur et extériorisez vos rêves*), trouvant et écartant quelques tomes plus anciens.

Il allait abandonner et remonter payer quand une étagère attira son attention. Il regarda de plus près. Après tout, il avait le temps.

D'abord, il estima ces volumes beaucoup plus anciens que les autres – mais ce n'était pas le cas. Ils paraissaient un peu plus vieux, mais pas beaucoup. La plupart étaient d'anciens ouvrages des éditions Everyman, reliés cuir et assez intéressants, mais qui ne valaient pas le transport. Dan s'apprêtait à s'éloigner quand quelque chose lui dit de se retourner et de regarder de nouveau.

Debout devant l'étagère, il inspecta les rayonnages. À l'évidence, il avait aperçu quelque chose sans vraiment le voir. Il ne s'attendait pas à un miracle, mais il serait intéressant de savoir ce qui avait accroché son regard. Puis il le trouva. Un livre dont la reliure était beaucoup plus usée que les autres.

Il le tira doucement.

Le titre, *Espoirs d'un démon mineur, deuxième partie*, était plutôt étrange. Un petit bouquin trapu avec des plats de couverture en vieux cuir abîmés ; près de trois centimètres d'épaisseur, quinze de haut et dix de large. Le titre sur le dos semblait avoir été écrit à la main, à l'encre. Sur la première page, un frontispice indiquait que le livre avait été publié à Rome, en 1641, mais c'était bien sûr impossible. Le livre aurait dû être écrit en latin, ou au moins en italien, ce qui n'était pas le cas. Le texte était en anglais, pour la plus grande part. Et puis, en feuilletant le livre, il devint évident à Dan qu'il ne pouvait pas avoir été publié sous cette forme. Certains passages paraissaient très vieux : papier taché et humide, texte d'un langage et d'une typo difficiles à lire. D'autres avaient été imprimés plus récemment, sur du papier neuf et brillant, et portaient sur des sujets modernes. L'anglais prédominait, mais il y avait des sections en français et en allemand et quelque chose que Dan devina être du coréen, d'après la ressemblance avec les enseignes d'un marché qu'il traversait parfois quand il revenait chez lui.

Le sujet du livre semblait, lui aussi, loin d'être évident. Dan y lut un sermon sur la chasteté et un chapitre sur les arbres à feuilles caduques. Puis venait une sorte de guide touristique sur la Bavière, avec des photos en noir et blanc tachées qui devaient avoir été prises avant la Première Guerre mondiale. Une polémique sur une secte du Moyen-Orient, suivie de quelques pages de poésie romantique, était précédée de deux pages manuscrites qui ressemblaient au bilan comptable d'une plantation de canne à sucre au XVIIIe siècle.

Tout cela n'avait aucun sens et pourtant, en bas de chaque page se trouvait un folio – un numéro de page – et l'ordre de ces chiffres était cohérent de la première à la dernière page, quel que soit le sujet abordé, que le texte soit imprimé en gothique dégradé ou en Gill Sans ultramoderne.

Dan revint à la première page et vit que le prix avait été écrit au crayon de papier. Cinq livres sterling. Huit dollars, plus ou moins. Hmmm…

Sans trop savoir pourquoi, Dan désirait déjà ce livre. Il parcourut les pages quelques secondes de plus, cherchant une excuse, découvrant de nouveaux passages insignifiants, sans aucun rapport les uns avec les autres. Une poignée de reproductions d'aquarelles, d'artistes dont il ne connaissait pas le nom, et qui, pour la plupart, ne valaient pas grand-chose. Une liste des prairies les plus populaires d'Arménie. Une section de ce qui ressemblait à de l'ingénierie sociale, un croquis à l'encre – qu'on aurait pu prendre pour un de Vinci – d'un homme tenant une hache et un long passage d'un roman pour enfant traitant d'un chien heureux.

Et puis il y avait les invocations. Au début, Dan ne comprit pas de quoi parlait ce texte. Le papier était très très ancien et tout était écrit à la main. Des passages entiers avaient été effacés et ceux qui restaient n'étaient pas faciles à lire. La première page constituait une sorte d'index.

L'article un annonçait : « Invocation de la vision de l'arc d'amour : pour apercevoir quel homme ou quelle femme, ou les deux, pénétrera dans votre vie. »

Article onze : « Invocation de la tristesse du bétail : pour que vos troupeaux soient moins moroses dans la nuit. »

Article vingt-deux : « Invocation de la régénération de la chaleur : un geste utile pour revitaliser une boisson refroidie. »

Pardon ? Un sort pour réchauffer une tasse de café ? C'était stupide. Tout l'index paraissait stupide, c'était d'ailleurs la section la plus stupide de ce qui était d'évidence un livre stupide. Dan avait presque changé d'avis. Cinq livres sterling, c'était cinq livres sterling et le livre pesait lourd pour sa taille.

Puis il lut la dernière entrée de l'index.

Article trente-huit : « Invocation de l'ange à l'écoute : afin de prouver si vous avez raison. »

Bouche bée, Dan ouvrit le livre à la page indiquée et en lut assez pour comprendre que, oui, la phrase signifiait exactement ce qu'il pensait.

Alors il lui sembla entendre un bruit de précipitation, assez fort, comme le piétinement de centaines de pieds ou les battements de milliers de petites ailes.

Dan referma le livre et remonta au rez-de-chaussée.

Il n'y avait toujours personne au comptoir, mais il trouva une explication au bruit. Il pleuvait fort à présent. Les lampes tamisées du magasin luttaient contre les ténèbres de l'extérieur. Dan attendit quelques instants, se balançant impatiemment d'un pied sur l'autre puis s'aventura à appeler. Aucune réaction : ni réponse, ni bruit provenant d'en haut. Il attendit encore, puis grimpa l'escalier. Personne là-haut. Personne au sous-sol non plus, où Dan redescendit. Le magasin était envahi d'ombres, mais il ne trouva personne à qui payer.

Dan fouilla dans son portefeuille et sortit un billet de cinq livres. Il le posa sur le comptoir et reprit son sac, laissant le volume victorien derrière lui. Il avait soudain perdu tout intérêt à ses yeux.

De retour à l'hôtel et trempé, Dan fut surpris d'être aussi en retard. Il était déjà 15 heures. Il s'attendait presque à voir Marcia l'attendre dans le hall, mais elle n'était pas là. Il prit l'ascenseur jusqu'à leur chambre, qui se révéla vide. Au final, déconcerté, il appela le sauna et fut soulagé d'apprendre qu'une femme répondant à la description de son épouse était endormie sur l'une des chaises longues près de la piscine. Soulagé, et, bien sûr, agacé. Il laissa le livre sur le lit et se sécha les cheveux à l'aide d'une serviette. Il pouvait descendre et la réveiller, lui rappeler qu'ils avaient rendez-vous, mais à quoi bon ? Le temps qu'elle s'habille, il serait trop tard. Et il devrait répondre du fait qu'il n'était pas rentré à l'heure. Ce n'était pas la première fois et « je regardais des livres » ne semblait jamais être une bonne excuse.

Il alluma la machine à café de la chambre et attendit qu'elle réagisse. Pendant ce temps, il s'installa au bureau et regarda le livre posé sur le lit. L'ouvrage ne bougeait pas, bien sûr, et il n'y avait aucun danger qu'il le fasse. Mais Dan avait l'impression de faire plus que simplement le regarder.

Quand il eut son café, il se leva et prit le livre. Au début, il pensa s'être trompé parce qu'il ne retrouvait pas l'index des invocations, même en cherchant bien. Après avoir regardé au hasard un moment, il commença par la première page et feuilleta jusqu'à la dernière. Il vit bien des choses étranges, mais pas d'index. Son cœur, qui, il s'en rendait compte, battait plus vite que d'habitude, reprit un rythme normal. Il feuilleta le livre plus lentement, se sentant bizarrement soulagé.

Il l'avait imaginé, c'était tout. C'était peut-être une forme de fièvre due au décalage horaire, un fantasme né de la poussière et de l'humidité de la boutique. Ses nerfs lui avaient joué des tours à cause de la dispute de ce matin.

Alors il les trouva. « Les Invocations », prises en sandwich entre deux sections qu'il se souvenait avoir vues lors de son survol. Pourtant, il les avait manquées. Peu importe.

Il lut certaines des entrées.

« Article vingt-quatre : la force de l'écorce. Un murmure pour aider un arbre ou un buisson (d'assez grande taille) attaqué. »

« Article six : le coup du plat. Pour rendre sa forme à une planète qui s'est arrondie par erreur ; à n'utiliser qu'une fois. »

Mais il ne s'agissait que de diversions. Il parcourut la liste jusqu'à l'article trente-huit, puis feuilleta les pages jusqu'à atteindre celle indiquée par la référence.

En tournant la page, il entendit de nouveau le bruit, le battement d'ailes. Il regarda par la fenêtre pour confirmer qu'il s'agissait, pour la deuxième fois, de la pluie qui redoublait d'ardeur. Étrange, pourtant, que cela se reproduise ainsi. Et qu'il fasse si sombre…

Les instructions étaient courtes. Les ingrédients n'étaient pas difficiles à trouver. Marcia n'était pas encore revenue.

Dan n'avait pas le choix.

Une demi-heure plus tard, il se trouvait sur le toit de l'hôtel. Il n'avait pas été facile de l'atteindre, mais la recette stipulait que l'invocateur devait se trouver dehors, au point le plus élevé dans un rayon de trente mètres par rapport au dernier endroit où le livre avait été ouvert. Dan prit l'ascenseur jusqu'au dernier étage, le douzième, sachant au fond de lui que ce ne serait pas suffisant. D'ailleurs, si quelque chose devait se produire, il ne voulait pas se faire interrompre par un autre client regagnant sa chambre. Il chercha, puis trouva une porte, au détour d'un couloir, sur laquelle était écrit « Réserve ». Il s'agissait effectivement de la réserve et Dan se dénicha une nouvelle serviette de bain, mais au fond de la pièce se détachait une autre porte. Il l'ouvrit et découvrit une cage d'escalier obscure.

Les marches s'interrompaient sur une porte d'acier. Fermée. Bien sûr. Dan donna un coup de pied dedans, en vain. La pluie battante résonnait à travers. Il donna un nouveau coup de pied, la serrure se débloqua et la porte s'entrouvrit de trente centimètres.

Le bruit de la pluie augmenta de volume et Dan vit qu'il tombait des cordes à présent. Il décida de mettre de côté, pour l'instant, l'explication du déverrouillage de la porte, s'enveloppa la tête avec la serviette, posa le livre sur le sol, au sec, et sortit.

Un grand espace s'étendait devant lui : le toit de l'hôtel. Quelques protubérances dégorgeaient çà et là de la fumée ou de la vapeur. Des piles de planches oubliées étaient posées contre le muret qui faisait tout le tour. La surface grise du revêtement disparaissait parfois sous des flaques d'eau de bonne taille qui reflétaient un ciel menaçant qui semblait de plus en plus bas.

Dan se dirigea droit au centre du toit et s'arrêta. Londres s'étalait autour de lui, obscurci par les rideaux de pluie et les ténèbres naissantes. La serviette de bain fut vite trempée et il la retira. De toute évidence, il fallait vivre cette expérience comme elle venait.

Il avait mémorisé l'invocation. Elle n'était pas difficile à retenir. En fait, elle paraissait si simple qu'il était ridicule de croire qu'il allait en résulter quelque chose. Il déroula la petite serviette qu'il avait apportée avec lui. À l'intérieur se trouvaient trois choses. Un échantillon de salive dans un des verres de la chambre : il fallait une sécrétion provenant de lui, et il était hors de question de fournir autre chose. Quelques cheveux de Marcia, facilement arrachés de sa brosse, enveloppés dans un morceau de papier toilette. Plus difficile, une carte postale adressée à la sœur de Marcia. La recette demandait un échantillon de « leurs paroles à tous les deux », sans donner plus d'explication. L'expression avait plongé Dan dans la perplexité la plus totale jusqu'à ce qu'il voie la carte postale, rédigée la veille au soir et attendant un timbre, sur le bureau. Marcia avait pratiquement tout écrit, mais il avait ajouté une petite phrase à la fin. Cela ferait-il l'affaire ? Il allait bientôt le savoir, de toute manière.

Il prit les trois ingrédients dans ses mains, se redressa et jeta le tout en l'air. Il était fou, il le savait, et son corps se prépara au retour immédiat du verre.

Qui ne redescendit pas.

Après quelques secondes, Dan leva les yeux et s'aperçut que les trois éléments avaient disparu. La pluie avait redoublé de force et, à présent, on aurait vraiment cru entendre un battement d'ailes.

Des portions de ciel semblaient se détacher du reste, des flaques de ténèbres se rassemblaient comme si un nuage se créait au-dessus de l'hôtel, ses minces volutes s'accrochant aux immeubles voisins comme les fantômes d'incendies à venir. Le bruit de la circulation paraissait à la fois plus éloigné et plus fort.

Dan l'écouta, et écouta aussi la pluie tomber, jusqu'à ce que les deux sons ne fassent plus qu'un, pénètrent son esprit et disparaissent.

— Soixante-dix-huit pour cent, dit une voix.

Dan se retourna. Derrière lui, de l'autre côté du muret, quelque chose venait d'apparaître.

Quelque chose qui faisait plus de trois mètres cinquante, blanc comme un vieux marbre terni et difficile à distinguer. On l'aurait cru assis sur le mur, ses gigantesques ailes pendant de ses épaules. Il semblait mal à l'aise, comme s'il se trouvait au mauvais endroit, quelque part de trop froid ou de trop chaud.

— Êtes-vous l'ange ? demanda Dan.

— Durant toute la durée de votre mariage, vous avez parlé vingt-deux pour cent du temps, répondit la silhouette.

Son visage détourné était caché derrière ses longs cheveux trempés. Sa voix était froide et sèche, et Dan avait l'impression de l'entendre, mais aussi de la sentir remonter par ses jambes.

— Si vous limitez la demande aux périodes de discussion concernant des problèmes considérés comme académiques ou d'intérêt purement hypothétique, ses contributions augmentent à quatre-vingt-six pour cent. Ce chiffre culmine, sous l'influence de l'alcool ou de préoccupations particulières, à quatre-vingt-quatorze pour cent.

— J'ai raison, affirma Dan. Je le savais.

S'il avait entendu, l'ange n'en donna aucune indication.

— Si l'on prend en compte le nombre de mots prononcés, et non le temps de parole, les chiffres demeurent à peu près identiques. La sécheresse et le manque de fluidité de vos phrases sont généralement compensés par vos tentatives pour les placer dans les courts intervalles disponibles.

— Hé, attendez ! le coupa Dan.

Il commença à avancer, mais un bruyant et lourd mouvement d'ailes de l'ange l'arrêta. Quelque part, loin du toit, le tonnerre gronda.

— Que voulez-vous dire par « manque de fluidité » ?

— Causé par le manque d'occasion de prendre votre rythme, précisa l'ange. Bien entendu.

Dan acquiesça, satisfait.

— Merci. Maintenant. Comment...

— Parfois, elle parle même quand vous n'êtes pas là, reprit l'ange. En fait, beaucoup.

— Et vous écoutez ?

— Bien sûr. C'est mon boulot.

— Quel genre de choses ? demanda Dan en fronçant les sourcils.

— Elle espère que les enfants vont bien.

— Moi aussi.

— Oui. Mais elle le dit tout haut. Et les gens l'entendent.

— D'accord, dit Dan. (Il avait froid. Il commençait à pleuvoir plus fort encore, comme si c'était possible, et le ciel semblait de plus en plus bas. Les cheveux de Dan étaient plaqués contre son crâne, l'eau dégoulinait sur son visage.) Que dit-elle d'autre ?

L'ange sembla se tourner pour le regarder, mais, quand le mouvement fut terminé, il regardait toujours autre part.

— Elle marmonne que ça l'attriste quand ils appellent et que vous lui tendez le téléphone après avoir seulement grogné « salut ». Elle essaie de ne pas vous en vouloir quand vous ne faites aucun effort avec ses amis, même si, et ce sont mes chiffres, vous êtes responsable de deux pour cent de la conversation quand ils sont présents. Elle se plaint du fait que vous pensiez que son massage hebdomadaire est un luxe énorme alors que vous dépensez trois fois plus chaque mois à acheter des livres que vous ne lirez jamais, et que souvent vous *n'ouvrirez* même plus. Elle se sent blessée quand vous la regardez comme si vous vous demandiez ce qu'elle raconte et pourquoi. Elle souhaite également que, une fois de temps en temps, vous la traitiez comme vous traitez un livre intéressant, et elle dit qu'il fut un temps où vous le faisiez.

Dan eut un sourire crispé.

— C'est très intéressant. Merci pour votre temps. Et votre opinion impartiale.

— Les questions sont toujours différentes mais les réponses identiques, continua l'ange en roulant les épaules, comme s'il se préparait à partir. Elle s'intéresse à ce qui l'entoure. Pour qui pensez-vous que nous penchions ? Pour les personnes comme elles ou pour celles qui s'en fichent ? (Dan ne répondit rien.) Et les rhumes, ajouta l'ange. Qui en souffre le plus, selon vous ? Elle ou vous ?

— Je dois y aller, dit Dan. Vous trouverez la sortie, j'imagine.

Il se dirigea vers la porte métallique de l'hôtel, passant à travers les flaques. Assez. Parfois, la personne que vous aimez est une chieuse. Il aurait préféré en rester là. La pluie tambourinait sur le toit comme des millions de pages poussiéreuses en train d'être tournées. Il se sentit tout à coup fatigué, comme si cinquante ans de cafés disparaissaient soudain. À chaque pas, il lui était de plus en plus difficile de se souvenir de ce qui venait de se passer ou d'y croire, ou de se souvenir pourquoi il avait voulu savoir.

Il allait atteindre la poignée de la porte quand l'ange parla de nouveau. Sa voix sonnait différemment, plus calme, plus lointaine.

— Quand elle n'arrive pas à dormir, elle reste allongée et elle espère que vous l'aimez encore.

Dan s'arrêta net et se retourna.

— Bien sûr que je l'aime, dit-il, blessé. Elle doit le savoir.

L'ange se dissipait à présent, le battement régulier de ses ailes se changeant de nouveau en pluie, le gris de sa peau redevenant nuage. Il se leva et se transforma d'un souffle en brume devant ses yeux, ses paroles venant frapper Dan comme un vent glacial, portées par le battement de ses ailes.

— Pour elle, vos discussions sont comme l'odeur des livres. Pensez-vous qu'elle ne le remarque pas, quand vous montrez que vous vous ennuyez ? Parfois, c'est pour ça qu'elle continue de parler, parce qu'elle panique à l'idée que vous ne la trouviez plus intéressante.

» Cette paix que vous recherchez : pourquoi la voulez-vous ? Quelles sont donc ces pensées si précieuses qu'elles valent de souhaiter qu'elle se taise ? Pendant ce temps, elle a peur, à cause de toutes les façons dont les choses peuvent mal tourner, s'immobiliser, perdre de la force et se déliter.

» Quand elle mourra avant vous, ce qui est possible, regretterez-vous vraiment tout ce silence que vous n'avez pas eu ? Quand vous vivrez dans le calme éternel, dans ces années engourdies, que serez-vous prêt à promettre, pour entendre un seul mot de plus ?

Puis le vent se calma. L'ange avait disparu.

Dan resta sur le toit encore cinq bonnes minutes. Quand il tira la porte métallique qui menait à l'hôtel, il découvrit que le livre ne se trouvait plus là. Dan se précipita dans l'escalier, passa la porte battante de la réserve, courut jusqu'à l'ascenseur et martela le bouton d'appel.

Quand il entra dans la chambre, il entendit le bruit que faisait Marcia dans son bain.

— Dan ? demanda-t-elle rapidement. C'est toi ?

— Oui.

— Mais où étais-tu ?

— Je me suis fait prendre par la pluie, répondit-il, prudemment, sans vouloir entrer, pas encore prêt à voir son visage. Je suis navré. J'ai dû attendre que ça se calme. J'ai appelé la chambre. Tu n'étais pas là.

— Je me suis endormie, avoua-t-elle d'un ton penaud avant de garder le silence un moment. Tu m'as manqué.

— Tu m'as manqué aussi, dit-il en pendant son blouson dans le placard pour qu'il sèche. Tu vas bien ?

— Tu sais, je crois que j'ai attrapé un rhume.

Dan leva les yeux au ciel et appela le service de chambre pour qu'ils apportent du thé, du citron et du miel avant de l'aider à se sécher les cheveux. Marcia lui parla du sauna de l'hôtel. Il lui parla de sa promenade, omettant sa visite aux *Livres de Pandore*. Ils s'assirent et discutèrent dans la chaleur de la salle de bains. Dehors, le monde était froid et humide. Ils décidèrent de commander leur repas dans la chambre. Ils regardèrent la télé, lurent un peu et se couchèrent.

Dans les petites heures de la nuit, alors que Marcia s'assoupissait par à-coups, l'ange à l'écoute entra dans la pièce et lui posa une main sur la tête, en lui murmurant de ne plus s'inquiéter pendant quelque temps.

Quand Dan se réveilla le matin, Marcia dormait à côté de lui. Il plut encore un peu quand ils prirent ensemble le petit déjeuner, mais après, tout s'éclaircit.

Voilà que l'enfer dilate sa gorge…[4]

J'ai toujours pensé que je ferais l'expérience de la vieillesse. Que viendrait un temps où le seul fait de m'habiller me laisserait hors d'haleine, où un jour sans sieste aurait un parfum de victoire ; quand j'irais chez le coiffeur, une jeune employée soulèverait d'un geste incertain les vestiges gris parsemant mon crâne parce que j'aurais demandé plus qu'un simple rafraîchissement. Je serais charmant et elle penserait que le vieux filou avait de beaux restes, tout en coupant moins court que je l'avais exigé. J'avais réfléchi à toutes ces choses qui finiraient par arriver, j'en étais même venu à les anticiper d'une façon un peu perverse. Un affaiblissement progressif, une ellipse vers un autre endroit.

Maintenant, je sais que cela n'arrivera pas, que je resterai incomplet, telle une fugue qui n'a pas trouvé sa fin. Ou mieux, comme une des voix d'une symphonie inachevée, parce que je ne serai pas un cas isolé.

Je regrette cela. Vieillir va me manquer.

Selon mon habitude, j'ai quitté le labo à 18 h 30 pile avant-hier soir. J'ai pris soin d'agir comme si de rien n'était, rassemblant soigneusement mes notes, rangeant mon bureau et posant dessus la liste des tâches à accomplir le lendemain. J'ai suspendu ma blouse blanche à la patère fixée derrière la porte et salué d'un clin d'œil Johnny à l'entrée. Ces six derniers mois, nous avions établi une routine consistant à échanger nos avis sur la météo à chacun de mes passages, en entrant ou en sortant du labo, sans dire un mot. Hier, Johnny a haussé les sourcils en direction des nuages noirs et menaçants, et roulé des yeux – un classique. J'ai répliqué avec une moue et un haussement d'épaules, une réponse plutôt audacieuse, pour souligner le fait que

4. « Et bée d'une gueule démesurée » (Isaïe 5 :14).

notre jeu ne se répéterait plus. Pendant un instant, j'ai voulu faire plus, dire quelque chose, lui serrer la main, mais cela aurait trop ressemblé à un adieu. Peut-être que personne ne m'aurait arrêté quand même, tant il est évident que je suis aussi impuissant que n'importe qui d'autre – mais je ne voulais pas prendre ce risque.

J'ai récupéré ma voiture sur le parking parmi le nombre décroissant de véhicules qui s'y trouvaient encore, et j'ai définitivement abandonné les lieux.

Le plus dur pour moi, c'est que je connaissais Philip Ely : je sais comment tout a commencé. Je suis venu travailler au labo parce que je suis en partie responsable de ce qui est arrivé. Nous avons collaboré aux recherches dès le début, mais c'est moi qui ai toujours accordé foi au paranormal. Philip n'y a jamais prêté attention, avant que cela devienne son obsession. C'est peut-être une de mes remarques qui a fini par le faire s'ouvrir à cette idée. Ou alors me connaître depuis si longtemps a suffi. Quoi qu'il en soit, je suis désolé. Que dire de plus ?

Je fis la connaissance de Philip à l'âge de six ans. Nos pères respectifs avaient pris de nouveaux postes dans le même établissement – l'université de Floride, à Gainesville. Mon père travaillait à la Faculté de géographie, le sien en sociologie, mais à l'époque – la fin des années 1980 – les départements se rapprochaient et les deux hommes devinrent amis, les relations entre nos deux familles, étroites. Nous partions en vacances sur la côte ensemble, partagions d'innombrables barbecues, et Philip et moi grandîmes plus comme des frères que des amis. Nous lisions les mêmes livres et pirations les mêmes ordinateurs, nous finîmes même par perdre notre virginité la même nuit. Le printemps de nos seize ans, j'empruntai l'auto de ma mère et nous nous embarquâmes pour Sarasota, chargés de livres et d'un ordinateur portable, en quête de bière et de soleil. Et nous trouvâmes les deux, à profusion, ainsi que deux jeunes Anglaises en vacances. Pendant une semaine, le jeu de la séduction se fit de plus en plus pressant : nous jouions au billard, tenions de pétillantes conversations à propos de tout et de rien en mangeant des pizzas exotiques et bon marché. Et la dernière nuit, deux couples remontèrent la plage dans des directions opposées.

Elle s'appelait Karen, et je croyais être amoureux. Je lui écrivais deux fois par semaine, et à ce jour, elle est sans doute la personne à qui j'ai le plus écrit au cours de mon existence. Tous les matins, je courais chercher mon courrier et, dix ans après, la simple vue d'un timbre anglais sur une enveloppe m'émeut encore. Mais la distance qui nous séparait s'avéra trop grande, et nous étions trop jeunes. Ma correspondance se fit-elle attendre un jour de trop, ou est-ce moi qui revint bredouille de la boîte aux lettres trop souvent. Quoi qu'il en soit, après six mois le rythme ralentit, puis, sans en avoir parlé, les envois s'arrêtèrent pour de bon.

Un peu plus tard, je me trouvais dans un bar avec Philip et, durant la partie de billard, il leva les yeux vers moi.

— Tu as reçu des nouvelles de Karen ? demanda-t-il.

Je secouai la tête, réalisant seulement alors que notre histoire était terminée.

— Pas depuis un moment.

Il opina, tira et manqua son coup et, prenant position à mon tour, je pensai que son couple avait probablement dû connaître un destin similaire. Pour la première fois de notre vie, nous avions perdu quelque chose. Nous n'avions pas le cœur brisé. Après tout, cela n'avait duré qu'une semaine. À notre âge, nous savions que le monde était rempli de jeunes femmes et que, si nous ne nous dépêchions pas, nous n'aurions guère de temps à leur consacrer avant l'heure du mariage.

Mais remplace-t-on jamais son premier amour ? Le premier baiser, cette étreinte sauvage dans les dunes plongées dans l'obscurité ? Parfois, je suppose. J'ai conservé les lettres de Karen pendant vingt ans. Je ne les ai pas relues, simplement gardées. La semaine dernière, je les ai jetées.

Ce que j'essaie de dire, c'est que je connaissais Philip depuis très longtemps et je comprenais ce que nous tentions d'accomplir. Il ne faisait qu'essayer d'apaiser sa propre douleur, et j'étais à ses côtés pour l'aider.

Ce qui est arrivé n'était pas notre faute.

J'ai roulé lentement le long de la 75 toute la soirée, laissant l'autoroute m'entraîner vers la côte baignée par le golfe du Mexique. À part quelques brèves averses, les nuages ne faisaient que passer, glissant vers une autre destination. Je n'ai pas croisé beaucoup de voitures. Les gens ont peut-être renoncé à fuir – ou alors ceux qui le peuvent l'ont déjà tous fait. J'ai quitté la voie rapide juste après Jocca et emprunté des routes secondaires pour contourner Tampa et Saint-Petersburg. J'y suis parvenu, non sans peine – je me suis perdu plusieurs fois. J'aurais pu prendre une carte, mais je pensais me rappeler le chemin. J'avais tort. Cela remontait à trop longtemps.

Dans l'après-midi, la radio avait annoncé que les choses se présentaient mal à Tampa. C'était la dernière information que nous avions entendue avant que le signal soit coupé. Nous n'étions plus que six dans le laboratoire et nous étions restés assis pendant un moment autour du poste, comme si nous avions cru que la radio allait bientôt se remettre à fonctionner. Comme ce ne fut pas le cas, nous nous étions remis au travail.

À présent, j'aperçois au loin la ville en flammes, et je suis heureux de l'itinéraire que j'ai choisi, même s'il m'a fait perdre du temps. Si vous avez assisté à une des émeutes, vous me comprendrez.

J'ai fini par trouver la 301 et je me dirige maintenant vers la 41 et la vieille route côtière.

Été 2005. Philip et moi allions devoir prendre une décision. Notre route était toute tracée : nous irions à l'université – nos deux familles avaient une longue tradition intellectuelle. L'argent nécessaire avait été mis de côté, un peu par nos parents, mais la plus grande partie de la somme provenait de nos jobs d'été. La question était : qu'allions-nous étudier ?

Je réfléchis longtemps, mais n'arrivai pas à choisir. Je reportai d'une année et décidai de partir à la découverte de la planète. Mes parents haussèrent les épaules et dirent : « Entendu, donne-nous de tes nouvelles, tâche de ne pas te faire tuer, et n'oublie pas de saluer ta tante Kate à Sidney. » Ils étaient ainsi. Je me souviens de la fois où ma sœur avait ramené une de ses amies à la maison ; la fille se faisait appeler Yax et ses cheveux avaient été teints et sculptés de façon à évoquer une explosion orange. Ma mère s'était contentée de lui demander le nom de son coiffeur et n'avait cessé de la dévisager avec un air pensif. J'imagine que mon père a dû finir par la convaincre que ce n'était pas une si bonne idée.

Philip choisit l'informatique. La conception de systèmes. Il obtint un poste à Jacksonville, dans le Centre de Recherche Avancée en Informatique flambant neuf. Un véritable exploit, mais pas réellement une surprise. Philip était supérieurement intelligent. Ce qui n'allait pas sans poser certains problèmes.

Nous dire au revoir après tant d'années passées ensemble nous avait semblé étrange, mais nous savions que cela finirait par arriver. Nous étions convenus qu'il se libérerait et me rejoindrait pendant deux mois cette année-là. Cela n'arriva pas, pour la raison qui fait généralement oublier les pactes entre vieux amis.

Quelqu'un d'autre débarqua dans nos vies.

J'effectuai mon périple. Je visitai l'Europe, commençai une incursion au Moyen-Orient, avant de changer d'avis et de m'envoler pour l'Australie. Je passai chez ma tante Kate, ce qui remonta sensiblement ma cote auprès de mes parents et n'eut rien d'une corvée. Elle et les siens étaient vraiment amusants. Il y eut même une soirée, copieusement arrosée, où elle communiqua avec l'au-delà. Très instructif. Les membres de la famille de ma mère avaient toujours eu une vague réputation de médiums et tante Kate ne faisait pas exception à la règle. Une autre fois, plus mémorable encore, ma cousine Jenny et moi dépassâmes sans aucun doute les limites de la morale conventionnelle sur la banquette arrière d'une Jeep. Après l'Australie, je passai un moment en Extrême-Orient, puis, ayant épuisé le temps et l'argent qui m'étaient impartis, je rentrai à la maison.

Je revins très bronzé, sans le sou, et sans plus savoir ce que j'allais faire de ma vie. Il me restait quelques mois pour décider et j'en profitai pour rendre visite à Philip. Je grimpai dans un bus direction Jacksonville. Il faisait chaud, le monde paraissait riche de promesses. Tout pouvait arriver, et rien ne semblait hors de ma portée. Appelez ça de la naïveté adolescente, mais il se trouve que j'étais encore un adolescent. Comment aurait-il pu en être autrement ? J'avais eu la vie facile jusque-là et je ne voyais pas pourquoi cela ne continuerait pas. Assis dans le bus, je contemplais le monde par la fenêtre, lui souhaitant ce qu'il y avait de mieux. Oui, vraiment une bien belle journée, et – aujourd'hui encore – je suis content qu'il en ait été ainsi. Parce que j'ignorais alors que la nouvelle histoire du monde commencerait au terme de cette même journée.

J'arrivai en fin d'après-midi et demandai à voir Philip. Quelqu'un m'indiqua comment rejoindre une maison à l'écart du campus. Je trouvai le bâtiment et montai lourdement l'escalier, me demandant si je n'aurais pas mieux fait de téléphoner avant.

Je finis par repérer sa porte. Je frappai et, après quelques instants, un homme que je ne connaissais pas vint m'ouvrir. Je mis plusieurs secondes à reconnaître Philip. Il s'était laissé pousser la barbe. Je décidai de ne pas lui en tenir rigueur et nous nous embrassâmes comme les vieux amis que nous étions. Deux amis qui se revoyaient après une bien trop longue séparation.

— C'est le grand amour ! dit une femme d'une voix traînante.

Une tête apparut de derrière la porte, avec une cascade de cheveux bruns et de grands yeux verts. C'est ainsi que je fis la connaissance de Rebecca.

Quatre heures plus tard, nous nous retrouvâmes dans un bar. Les présentations avaient été faites et j'avais compris que Rebecca était quelqu'un de particulier. Il valait probablement mieux qu'ils se soient connus six mois auparavant et que son amour pour Philip crève les yeux. Si nous l'avions rencontrée au même moment, cela aurait sans doute causé notre première dispute sérieuse. Elle était belle, mais d'une façon étrange et bizarre qui me faisait constamment penser à la forêt ; intelligente, mais sans chercher à le prouver à chaque instant, ce qui la rendait encore plus attirante. Elle se réjouissait si d'autres qu'elle avaient raison à sa place. Elle avait la grâce d'un félin lors d'un après-midi caniculaire, mais ses yeux pétillaient de vie – même lorsqu'ils ne lui permettaient plus d'estimer correctement la distance qui séparait sa bouche de son verre. Elle était l'amie de mon meilleur ami, l'une des nôtres, et je me sentais ravi pour lui.

Rebecca étudiait à l'École des Sciences Médicales. Les nanotechnologies commençaient à décoller, et il semblait bien qu'elle allait surfer sur la vague. Quand ces deux-là parlaient de leur travail, je regrettais d'avoir pris une année sabbatique. Il se passait des choses dans leur vie. Ils savaient où ils allaient. Moi, tout ce que j'avais, c'était cette bienveillance pour le monde entier et la conviction que la planète faisait preuve de la même bonne volonté à mon égard. Avant cela, je n'avais jamais éprouvé la terrible sensation que la vie n'attend pas ; que, si vous ne sautez pas à bord du train, vous resterez à tout jamais sur le quai.

Il était une heure du matin et nous ne montrions aucun signe de fatigue. Philip tituba en direction du bar pour nous rapporter des bières, négociant le plancher trompeusement plat comme le ferait un homme se familiarisant avec l'utilisation d'échasses.

— Pourquoi ne viendrais-tu pas ici ? dit tout à coup Rebecca. (Je me tournai vers elle et elle haussa les épaules.) Tu manques à Philip, je pense que tu n'es pas trop insupportable, et de toute façon, quels sont tes autres plans ?

Je baissai les yeux vers la table pendant un instant, réfléchissant à ce qu'elle venait de me dire. L'idée me plut immédiatement. Mais quelle serait ma contribution ? Et est-ce que je pourrais me contenter d'être la troisième roue de la charrette ? Je posai d'abord la première question.

— Nous avons des projets, précisa Rebecca. Des choses que nous voulons faire. Tu pourrais te joindre à nous. C'est ce que Philip souhaite. Il n'arrête pas de dire que tu es le gars le plus intelligent qu'il ait jamais rencontré.

Je jetai un coup d'œil en direction de Philip qui discutait aimablement avec le barman. Nous avions décidé d'économiser notre énergie et de commander les verres par deux, et Philip semblait être en train d'expliquer notre méthode. Alors que je l'observais, le barman se mit à rire. C'était tout Philip. Il s'entendait avec tout le monde.

—Et tu es sûre que je ne suis pas trop insupportable ?

—Rien dont je ne puisse venir à bout, répondit-elle, impassible.

Et c'est ainsi que je postulai et obtins une place dans le programme de nanotechnologie de Jacksonville. Quand Philip revint à notre table, je me demandai à voix haute si je ferais bien de m'inscrire à l'université et l'ampleur de sa réaction emporta ma décision sur-le-champ. Ce fut lui qui suggéra que je choisisse la nanotechnologie, et lui aussi qui m'expliqua leur projet.

Les chercheurs butaient sur les secrets des nanotechnologies depuis des années. Construire de minuscules machines biologiques, certaines à peine plus grandes qu'une grosse molécule, pour les introduire dans le corps humain et leur faire accomplir telle ou telle fonction : favoriser la sécrétion d'une hormone, supprimer des dépôts de calcium dans les artères, détruire des cellules qui s'annonçaient cancéreuses. Les premiers résultats probants s'étaient fait attendre, mais ces trois dernières années le rythme des découvertes s'était accéléré. Philip avait rencontré Rebecca quelques semaines après le début de leur premier semestre et ils avaient discuté de leurs études respectives. Il avait tout de suite compris qu'une deuxième vague arriverait tôt ou tard, et qu'ils pourraient en être les pionniers.

Un grand nombre de petites machines indépendantes était une première approche. Mais pourquoi ne pas les amener à *collaborer* ? Chacune aurait son rôle à jouer, mais serait reliée aux autres par une liaison neurale, disposant d'une puissance et d'une intelligence plus vastes que la somme des parties qui la composent. Imaginez les possibilités !

Quand j'entendis leur idée, je sifflai. Mes lèvres étaient devenues caoutchouteuses à cause de toute la bière que j'avais avalée et le son que j'émis évoquait plus un pet. Mais ils m'avaient compris.

—Et personne d'autre ne travaille là-dessus ?

—Si, sans doute, dit Philip avec un air affecté, et je ne pus m'empêcher de sourire. (Nous avions toujours eu pour ambition de devenir les maîtres du monde.) Mais avec nous trois réunis, ils n'ont aucune chance.

Et c'est ainsi que la décision fut prise, ratifiée et discutée, autour de tout ce que le bar avait pu fournir de bière. Après la soirée, nous retournâmes en rampant à l'appartement de Philip et Rebecca et je m'évanouis sur le canapé. Le lendemain, tremblant sous l'effet d'une incroyable gueule de bois, je dénichai un endroit où loger en ville et trouvai quelqu'un à qui parler à la faculté des Sciences Médicales. À la fin de la semaine, l'affaire était dans le sac.

Le jour de mon entrée officielle dans les effectifs de la nouvelle promotion, nous sortîmes dîner tous les trois dans un bon restaurant. À la suite du repas, nous plaçâmes une main l'une sur l'autre au centre de la table. Celle de Philip d'abord, puis celle de Rebecca et la mienne au sommet. Avec l'autre main, nous levâmes nos verres.

Je portai un toast :

—À nous.

Je sais, ce n'était pas très original, mais j'exprimais le fond de ma pensée. J'aurais voulu qu'un photographe soit présent pour immortaliser la scène. Nous bûmes, puis nous serrâmes nos mains jusqu'à ce que nos articulations blanchissent.

Dix ans plus tard, Rebecca était morte.

La route côtière était déserte, comme je m'y attendais. Plus personne ne descend sur la côte pour traîner sur la plage et jouer au volley. J'ai croisé quelques véhicules abandonnés sur le bas-côté, mais j'ai pris garde à ne pas m'en approcher de trop près. Certains ont pris l'habitude de se cacher à l'intérieur et de bondir sur les curieux, motorisés ou non.

J'ai gardé les yeux fixés sur la mer pendant la plus grande partie du trajet, une façon de me concentrer sur ce qui n'avait pas changé. L'océan avait le même aspect, à part l'horizon vide de bateaux. Certains flottaient sans doute encore, entraînés par la marée, leurs ponts déserts et silencieux, mais je n'en ai vu aucun.

En arrivant à Sarasota, j'ai ralenti, ai emprunté Lido Key et me suis arrêté au milieu du Cercle de Saint Armand. Ce n'est pas un endroit très grand, mais il a de la classe. Les boutiques qui l'entourent vendaient les babioles habituelles, les restaurants étaient bons et certains des petits hôtels anciens possédaient un charme un peu désuet. Bien moins tape-à-l'œil que les rues du vieux Miami Beach, mais agréable tout de même.

La nuit dernière, Saint Armand était jonché de carcasses de voitures carbonisées et la pizzeria branchée où nous avions pris nos habitudes fumait encore, les braises incandescentes incendiant la lumière pâlissante.

Nous obtînmes nos diplômes et entamâmes nos années de troisième cycle. J'avais d'abord beaucoup à rattraper. Quelquefois, Rebecca me faisait subrepticement entrer en cours, mais généralement je me contentais d'étudier soigneusement leurs notes et leurs livres et nous nous lancions dans de longues conversations jusque tard dans la nuit. Rattraper le temps perdu ne me semblait pas si difficile, mais se maintenir au même niveau qu'eux constituait un combat de tous les instants. Je n'atteins jamais celui de Rebecca en nanotechnologie, et je ne compris pas non plus l'aspect informatique du projet aussi profondément que Philip, mais c'était probablement un avantage. Je me tenais quelque part entre les deux et c'est dans mon cerveau que l'équilibre des disciplines se faisait le mieux. Sans moi, tout cela n'aurait sans doute jamais dépassé le stade de la théorie. Au fond, en y réfléchissant bien, tout est peut-être ma faute.

Philip voulait inventer un système qui intégrerait les apports et les impératifs d'un grand nombre de composantes, et les synthétiserait dans un ensemble plus vaste – en gardant à l'esprit que les préoccupations des organismes biologiques sont rarement clairement délimitées. La logique floue ne nous posa pas de problème – Dieu sait que ce concept nous était familier, il suffisait d'observer notre capacité à justifier notre besoin d'une autre bière quand nous n'étions même plus en mesure de nous souvenir de l'emplacement du réfrigérateur. La conception et la mise en œuvre des moyens permettant à nos petites machines – que nous avions baptisées « robeccas » – de se mettre en interface les unes avec les autres furent plus délicates.

Rebecca se concentra sur la partie physique du problème, combinant les robeccas avec une intelligence codée dans de l'ADN de synthèse, de façon à permettre au cerveau de chaque machine de se connecter aux autres et de transférer de l'information. Gardez à l'esprit que les machines dont je vous parle n'ont rien à voir avec de gros objets métalliques trônant dans un coin de la pièce et émettant des sons peu harmonieux, tout en consommant de larges quantités d'huile. Il s'agit de chaînes de molécules reliées entre elles, invisibles à l'œil nu.

Je les aidai tous deux dans leurs champs de compétence respectifs, et me chargeai de concevoir le système global qui en effectuerait la synthèse. Et c'est moi qui eus l'idée de notre premier produit : Immunitech.

Le principal obstacle rencontré lors du diagnostic d'un dysfonctionnement du corps humain a toujours été le nombre de variables à prendre en compte et la difficulté de les surveiller efficacement de l'extérieur. Si quelqu'un renifle, il peut s'agir d'un simple rhume. Ou alors d'une grippe, mais aussi de la peste bubonique – ou d'une poussière chatouillant les narines. À moins de pouvoir tester tous les paramètres pertinents, vous ne saurez pas quel est le vrai problème – ou quel est le remède le plus adapté. Nous voulions créer un ensemble de robeccas qui saurait examiner toutes les conditions nécessaires, partager leurs découvertes et choisir la meilleure méthode pour aborder le problème – tout cela au niveau moléculaire, sans aucune intervention humaine. Il devait être robuste – pour résister à notre système immunitaire – et intelligent. Nous n'entendions pas nous en tenir au traitement de ce qui vous ferait renifler : nous ne péchions pas par manque d'ambition. Dès la première version d'Immunitech, nous envisagions un outil capable de s'attaquer à un vaste échantillon de virus, de bactéries et à la sénescence en général : une trousse de premiers secours qui vivrait à l'intérieur du corps, anticipant les problèmes, les éliminant avant même qu'ils se déclarent. Un ange gardien en quelque sorte, qui coexisterait avec l'organisme et le protégerait de tout mal.

Nous nous trouvions à la pointe de la connaissance et nous en étions conscients. Les origines de la maladie dans le corps humain n'étaient pas encore bien comprises, sans parler des meilleures façons de l'éradiquer. Un chercheur isolé essayant de faire le même travail que nous aurait eu besoin de trois siècles et d'un financement illimité. Mais nous n'étions pas cette personne solitaire. Même pas uniquement trois individus. Comme le système que nous essayions de créer, nous représentions une parfaite symbiose de trois esprits dont le fruit était incontestablement plus grand que la somme de ses trois composantes. Et puis, nous travaillions dur. Après l'obtention de nos doctorats, nous emménageâmes ensemble dans une vieille bâtisse à l'écart du campus et nous transformâmes le dernier étage en laboratoire privé. Bien sûr, l'idée de l'installer à la cave fut évoquée, en hommage à tous les savants fous de l'histoire, mais la vue était meilleure en haut, et comme nous allions y passer le plus clair de notre temps, cet avantage avait son importance. Nous nous levions le matin, partions travailler juste le temps qu'il fallait pour conserver nos postes à l'université, et consacrions, secrètement, le reste du temps à notre projet.

Philip et Rebecca avaient leur vie de couple. J'entretenais une série intermittente d'aventures avec d'autres maîtres de conférences, des étudiantes ou des serveuses, et chaque fois j'avais le sentiment d'être infidèle à quelque chose ou quelqu'un. Je ne pensais pas à Rebecca. Dieu sait qu'elle était belle pourtant, et suffisamment charmante pour que je me languisse. Mais non. Convoiter Rebecca m'aurait laissé la même impression que si nos robeccas avaient décidé de ne collaborer qu'avec certains éléments du système, au lieu de tous. Le système aurait implosé.

Je crois que ma fidélité allait à notre groupe, à tous les trois.

Il nous fallut quatre ans pour vraiment prendre conscience de ce dans quoi nous nous étions embarqués et de la quantité colossale de travail qui nous attendait. Les années qui suivirent furent un lent processus, dont chaque progrès était enfanté dans la douleur. Philip et moi créâmes une modélisation informatique du corps humain, un environnement sur lequel nous pourrions tester les versions virtuelles successives des robeccas que Rebecca et moi tâchions de synthétiser. Parfois, nous nous faisions assister d'un membre de la Faculté de Médecine, quand nous avions besoin d'informations plus pointues concernant une maladie en particulier. Tout cela s'effectuait dans le plus grand secret, et sans rien révéler du but de nos recherches. C'était notre projet, et nous ne le partagerions avec personne.

En juillet 2016, nous disposions d'une version bêta stable de la fonction logicielle d'Immunitech. Nous avions programmé des équivalents des principaux virus et bactéries, et inséré des défaillances progressives dans le code de l'organisme virtuel – elles représentaient le processus aléatoire des dysfonctionnements physiques. Un premier groupe de cent trente-sept robeccas virtuels montait la garde inlassablement, à l'affût de la moindre faiblesse, intervenant pour s'en débarrasser si cela devenait nécessaire.

La partie matérielle du projet progressait un peu moins vite. Créer des machines biologiques miniatures est une entreprise difficile, et lorsqu'elles n'accomplissent pas ce pour quoi vous les avez programmées, vous ne pouvez pas vraiment soulever le capot pour regarder à l'intérieur ce qui ne va pas. Le cœur du problème, celui qui nous prit le plus de temps à résoudre, était celui du degré de « conscience » que nous allions octroyer à l'ensemble – l'aptitude des différentes composantes à collaborer, à échanger des données et décider de la meilleure voie à suivre en toutes circonstances. Nous les dotâmes sans doute de bien plus d'intelligence qu'il était nécessaire. Cela semblait plus simple que d'ajuster le niveau au départ. Nous pensions pouvoir dégraisser dans Immunitech 1.1, quand le système aurait fait ses preuves et que nous aurions déposé des brevets inviolables. Nous offrîmes aussi aux robeccas la capacité de simples manipulations sur la matière qui les entourait. C'était essentiel pour qu'ils puissent agir sur des tissus atteints, une fois le problème identifié. Sans cela, nous n'aurions créé qu'un outil de diagnostic. Notre ambition allait bien au-delà.

En octobre, nous approchions du but et étions prêts à pratiquer un test sur un singe que nous avions infecté avec un échantillon de la souche Marburg du virus Ebola. Nous lui avions injecté un paquet d'autres cochonneries, mais le filovirus nous intéressait en priorité. Si Immunitech parvenait à se débarrasser de ça, nous serions réellement sur la bonne voie.

Bien sûr que c'était une idée stupide. Nous conservions un animal bourré d'un des virus les plus transmissibles au monde, *dans notre propre maison*. Même avec les conditions de sécurité drastiques en vigueur au labo, cela frôlait la pure folie. Avec le recul, je comprends que nous étions tellement pris par ce que nous faisions que toute considération normale nous échappait. Ce que cette histoire a de tragique, c'est que nous n'avions pas besoin du test avec le virus Ebola. Cela n'était pas nécessaire. Nous avons agi par pure arrogance, et en totale illégalité. Nous pouvions nous contenter de tester Immunitech sur de simples virus de la vanille, ou des cancers artificiellement provoqués. Si cela avait marché, nous aurions pu contacter la presse et aurions eu nos propres îles dans les Caraïbes en moins de deux ans.

Mais non. Il a fallu que nous allions jusqu'au bout.

Le singe avait vraiment l'air malade dans sa cage, des électrodes et des capteurs fixés sur son crâne et son corps. Des goutte-à-goutte reliés à des analyseurs biologiques rendaient compte, seconde après seconde, des saletés qui dérivaient dans le sang du pauvre animal. Deux heures avant le moment où il aurait dû commencer à projeter des caillots, Philip abaissa l'interrupteur qui déclencha l'injection d'une solution d'Immunitech 0.9b7 dans son organisme.

Il était 16 h 23, ce 14 octobre 2016. Les vingt-quatre heures suivantes furent consacrées à l'observation.

D'abord, l'état du singe continua à empirer. Des caillots de sang se formèrent dans ses artères et les battements de son cœur se firent moins réguliers. Le cancer que nous avions provoqué dans le pancréas de l'animal paraissait tenir bon. Nous assistions à l'effondrement de nos espoirs, assis à fumer et boire du café. Nous commencions à penser que nous n'étions peut-être finalement pas si malins que cela.

Et puis… il y eut ce moment.

Aujourd'hui encore, installé dans cet hôtel abandonné et guettant les bruits d'activité à l'extérieur, je me rappelle cet instant où les résultats des analyseurs commencèrent à s'inverser.

Les caillots se mirent à éclater, les cellules cancéreuses à perdre de leur vitalité. La grippe simienne que nous avions « empruntée » à l'un des laboratoires de l'université entra en rémission.

Le singe allait mieux.

Et nous avions le sentiment d'être des dieux, et cela perdura même lorsque le singe fut tué par le choc un jour plus tard. Nous savions que nous devrions travailler pour atténuer les effets du stress induit par l'action des robeccas sur l'organisme. Ce n'était pas important. Un simple détail. L'expérience nous avait procuré une foule de données que les systèmes experts de Philip intégraient déjà dans la version suivante du logiciel Immunitech. Becky et moi nous chargeâmes des modifications à apporter aux robeccas, intégrant le programme informatique révisé dans les machines biologiques et affinant leur interfaçage avec le système immunitaire du corps humain.

Nous ne retombâmes sur terre que le jour suivant, en apprenant que Rebecca avait contracté le Marburg.

J'ai fini par me lasser de la vue du cœur agonisant de Saint Armand et j'ai redémarré la voiture. J'ai longé la côte, un peu plus loin, jusqu'au Lido Beach Inn, qui se dresse en avant-poste de la série de motels qui bordent la plage. J'ai tourné dans l'allée et remonté lentement jusqu'à l'arche faisant office d'entrée, risquant un coup d'œil dans le vestibule. L'endroit semblait désert, ou alors les occupants se cachaient dans l'obscurité. J'ai laissé la voiture descendre la pente qui mène dans la cour de l'hôtel proprement dite, puis me suis garé.

Je suis sorti du véhicule et j'ai tiré mon sac du siège passager, avant de fermer la portière à clé. Puis j'ai retiré du coffre mes réserves d'épicerie – soigneusement choisies dans le stock du laboratoire. J'ai attendu près de la voiture un moment en regardant autour de moi, n'entendant rien d'autre que le bruit des vagues contre le mur au bout de la cour. Je n'ai vu personne, ni aucune trace de violence, et me suis dirigé vers l'escalier menant au deuxième étage et à la chambre 211. J'avais « accidentellement » gardé une copie de la clé il y a plusieurs années, ce qui tombait bien. Le vestibule était plongé dans une obscurité totale – la nuit était déjà très sombre – et je n'avais aucunement l'intention de m'en approcher.

Pendant un instant, debout devant la porte de la chambre, j'ai cru entendre un rire de femme, tranquille et lointain. Je suis resté immobile, la bouche entrouverte pour mieux écouter, mais en vain.

Ça n'était probablement qu'un souvenir.

Rebecca mourut deux jours plus tard dans une chambre d'isolement. Elle saigna et s'écroula au petit matin, alors que Philip et moi l'observions par la vitre. Ma tête me faisait tellement mal à force de pleurer que je croyais qu'elle allait éclater. Il tenta de la rejoindre à l'intérieur, mais je l'en dissuadai. Pour être honnête, je le frappai à coups de poing jusqu'à ce qu'il soit trop sonné pour continuer le combat. Il ne pouvait rien faire et Rebecca ne voulait pas qu'il meure. Elle me l'avait dit dans l'Interphone : c'était le dernier souhait compréhensible qu'elle avait exprimé, je décidai qu'il serait fait selon sa volonté.

Nous en savions assez sur Marburg pour pratiquement sentir les cavités de son corps se remplir de sang, et percevoir sa noirceur pendant qu'il coagulait en elle. Elle commença à saigner par les yeux et je détournai le regard, mais Philip regarda tout le temps que cela dura. Nous lui parlâmes jusqu'à ce qu'il n'y ait plus rien à dire, et la regardâmes, impuissants, partir à la dérive, se réfugier dans quelque dimension supérieure cachée pendant que son organisme s'effondrait autour d'elle.

Nous avions évidemment essayé Immunitech. Et de nouveau, ça avait presque fonctionné. Presque, mais pas tout à fait. Quand Rebecca ne donna plus aucun signe de vie, son cadavre était propre comme un sou neuf. Mais il restait toujours sans vie.

Nous attendîmes trois jours dans le laboratoire. Aucun de nous deux ne contracta la maladie.

Sacrés veinards.

Nous passâmes des combinaisons spéciales protégeant contre les risques biologiques et nous aspergeâmes la maison d'une solution d'Immunitech, de la cave au grenier. Puis nous enfermâmes ce qui restait de Rebecca dans un cercueil scellé, et partîmes vers le nord l'enterrer en forêt. Elle aurait aimé ça. Ses parents étaient décédés, elle n'avait pas de famille à qui elle manquerait, à part nous.

Philip partit le jour qui suivit l'enterrement. Dans l'intervalle, nous nous étions à peine adressé la parole. Ce matin-là, j'étais assis dans la cuisine, l'air engourdi, et il entra avec un sac de voyage. Il me regarda, hocha la tête, et s'en alla. Je ne le revis que deux ans plus tard.

Je restai dans la maison, et une fois persuadé que le laboratoire était désinfecté, je repris le travail. Qu'aurais-je pu faire d'autre ?

Travailler seul sur ces recherches revenait à jouer aux échecs avec un cerveau aux deux tiers grillé : les progrès intuitifs que nous avions coutume de réaliser lorsque nous étions encore tous les trois avaient purement et simplement disparu, remplacés par des heures d'expériences assidues d'une lenteur insoutenable. Mais au moins, je ne tuai personne.

Je travaillais. Je mangeais. Je me rendais tous les week-ends dans la forêt où reposait Rebecca et finit par me familiariser avec les sentiers et la lumière sous les arbres qui l'abritaient.

Je perfectionnai les robeccas, comprenant enfin la nature précise de la réaction de choc qui avait tué nos deux sujets. J'insufflai de plus en plus d'intelligence dans le système, augmentant la capacité des composantes à interagir et prendre leurs propres décisions. Un an plus tard, le système était devenu infaillible sur les virus communs comme la grippe. À l'extérieur du labo, tous ceux qui reniflaient et toussaient n'en savaient rien, mais je possédais quelques ampoules d'un produit qui aurait réglé leur problème pour toujours. Ce n'était pas suffisant. Immunitech devait fonctionner sur toutes les maladies. C'était l'objectif que nous avions toujours poursuivi, et si je continuais les recherches, c'était dans ce sens. Je le faisais pour nous, ou en mémoire de ce que nous avions été. J'avais perdu mes deux meilleurs amis, et je m'accrochais à ce projet qui était tout ce qui me restait d'eux.

Puis, un jour, l'un d'eux réapparut.

Je me trouvais dans le laboratoire, rafistolant le sous-ensemble de robeccas dont la tâche consistait à synthétiser de nouvelles substances à partir de cellules endommagées. La dernière version de nos machines biologiques pouvait faire bien plus de choses que l'originale. Elles combattaient non seulement les processus engendrant la maladie dans l'organisme, mais réparaient aussi ensuite les cellules et les organes vitaux à l'intérieur du corps pour s'assurer d'une saine guérison.

— Tu as quelque chose contre la grippe ? demanda une voix, et je me tournai pour découvrir Philip, debout dans l'embrasure de la porte du laboratoire.

Il avait perdu une dizaine de kilos et semblait totalement exténué. Des rides s'étaient formées autour de ses yeux, et elles ne devaient rien au rire. Alors que je le regardais fixement, il toussa péniblement.

— Oui, répondis-je en luttant pour garder une voix calme. (Il déplia son bras et releva sa manche. Je pris une ampoule de ma cuvée la plus récente et y introduisit l'aiguille d'une seringue.) Où l'as-tu attrapée ?

— En Angleterre.

— C'est là que tu as séjourné ? lui demandai-je, alors que je lui faisais une piqûre et envoyais les robeccas dans son organisme.

— De temps en temps.

— Pourquoi l'Angleterre ?

— Pourquoi pas ?

Il haussa les épaules et rabaissa sa manche.

J'attendis dans la cuisine pendant qu'il se douchait et se changeait, sirotant une bière et me sentant vaguement nerveux. Il finit par réapparaître, l'air toujours fatigué, mais avec une bien meilleure mine. Je lui proposai d'aller dans un bar, et c'est ce que nous fîmes, évitant soigneusement, mais sans en parler, les endroits que nous fréquentions à trois. Personne n'avait encore mentionné Rebecca, mais elle était bien présente entre nous deux, dans notre conversation et aussi dans nos silences. Nous parcourûmes les rues hivernales jusqu'à un établissement qui avait ouvert récemment et j'avais l'impression que c'était la première fois que je la pleurais comme elle le méritait. En l'absence de Philip, je pouvais prétendre qu'ils étaient partis en voyage. Maintenant qu'il était revenu, je ne pouvais plus nier qu'elle était morte.

Nous restâmes longtemps sans rien dire, et je n'appris rien de lui excepté qu'il avait passé les deux dernières années en Europe de l'Est. Je ne le poussai pas, laissant notre tête-à-tête suivre son propre rythme. Laisser du temps au temps : il avait l'habitude de procéder de la sorte.

— Je veux revenir, finit-il par lâcher.

— Philip, en ce qui me concerne, tu n'es jamais parti.

— Ce n'est pas ce que je voulais dire. Je veux reprendre le projet, mais autrement.

— Comment ça, autrement ?

Il m'expliqua. Je mis du temps à comprendre de quoi il parlait, et ce que j'entendis me glaça, me procurant un sentiment de fatigue et de tristesse. Philip ne cherchait pas à perfectionner Immunitech. Le corps ne présentait plus d'intérêt pour lui, sauf pour ses liaisons avec le fonctionnement de l'esprit. En Europe, il avait rencontré des personnes *spéciales* et avait essayé d'établir ce qui les rendait différentes. Si j'avais su, j'aurais pu lui recommander ma tante Kate – mais ça n'aurait rien changé. Je l'observai à la dérobée pendant qu'il parlait et s'animait de plus en plus, et je me sentais épouvanté à l'idée d'avoir perdu mon ami à tout jamais.

Il en était arrivé à croire que les médiums, les individus qui communiquent avec les esprits des défunts, ne possédaient pas de don spirituel particulier, mais devaient leur talent à une différence physique dans l'organisation de leur cerveau. Il pensait qu'une spécificité fondamentale mais mineure dans la façon dont leurs sens étaient reliés leur permettait de combler l'espace entre ce monde et le suivant, d'entendre les voix de ceux qui ne pouvaient plus parler, de voir les visages de ceux qui s'étaient effacés dans l'oubli. Il voulait découvrir la nature de cette divergence et apprendre à la reproduire. Il désirait développer des robeccas qui transformeraient toute personne qui les prendrait en médium, après avoir modifié les branchements du cerveau.

En fait, c'était lui qui en avait besoin et je savais pourquoi. Quand je compris ce qu'il espérait accomplir, j'eus envie de pleurer pour la première fois depuis deux ans.

Il souhaitait parler à Rebecca une dernière fois et j'étais convaincu de deux choses : il n'était pas fou, et je n'avais pas d'autre choix que de l'aider.

La chambre 211 est aussi quelconque que dans mon souvenir. Une pièce de taille raisonnable dans un motel bas de gamme. J'ai posé mes sacs sur l'un des lits jumeaux et inspecté la salle de bains. Elle était propre et la douche laissait encore échapper un mince filet d'eau tiède. Je me suis lavé et j'ai passé l'une des deux tenues décontractées que j'avais emportées avec moi, puis je me suis préparé un sandwich avec de la viande froide et du fromage industriel, et j'ai rangé ce qui restait des ingrédients dans le petit réfrigérateur à côté de la télévision. Je l'ai allumée brièvement et n'ai obtenu que de la neige sur l'écran, mais j'ai saisi un mot à l'occasion, preuve que quelqu'un, quelque part, essayait toujours.

J'ai maintenu la porte ouverte avec une bible et traîné une chaise sur la passerelle où je me suis assis pour manger et boire une bière tout en contemplant l'autre côté de la cour. Un transat flottait de l'autre côté de la piscine à moitié pleine.

Notre approche était simple. Grâce à mes économies, nous nous envolâmes pour l'Australie, où je persuadai tante Kate de nous laisser prélever de minuscules échantillons de plusieurs zones de son cerveau à l'aide d'une batterie de robeccas à base de lymphe. Nous ne lui expliquâmes pas à quoi serviraient ces prélèvements, mais lui dîmes que nous menions des recherches sur certains traits génétiques. Il s'avéra que Jenny était mariée à un comptable et nous nous assîmes avec eux, tante Kate et Philip sous le porche, ce soir-là, en attendant que le soleil tourne au rouge.

Le lendemain, nous reprîmes l'avion en sens inverse, direction Gainesville, où j'eus bien plus de difficultés à convaincre ma mère de se plier aux mêmes manipulations. Elle finit par céder et, tout en prétendant que les robeccas l'avaient chatouillée, elle admit qu'elle n'avait pas eu mal. Elle paraissait en bonne santé, tout comme mon père quand il rentra du travail. Je les ai revus brièvement il y a deux mois. J'ai tenté de les appeler depuis, mais la ligne est coupée.

De retour à Jacksonville, nous procédâmes de façon identique avec nos propres cerveaux, et le véritable travail put commencer. Notre raisonnement était que, s'il existait réellement une cause physiologique au phénomène que nous étudiions, elle devrait apparaître à des degrés divers dans la lignée de ma famille, et beaucoup moins – voire pas du tout – dans celle de Philip. Nous ne savions pas si cela se manifesterait par un équilibre chimique ou une fonction synaptique différents, ou encore par une sorte de sixième sens auquel une sous-section du cerveau serait sensible. Au départ, nous avons donc simplement utilisé une partie des échantillons pour découvrir ce à quoi nous avions affaire exactement. Bien sûr, nous ne disposions pas de suffisamment de prélèvements pour que nos résultats puissent soutenir un examen attentif, mais nous n'avions l'intention d'en parler à personne, cela importait donc peu.

Enfermés, les rideaux tirés, nous travaillions dix-huit heures par jour. Philip parlait peu, et la plupart du temps, il ne semblait que l'ombre de la personne que j'avais connue. Je compris que je ne retrouverais complètement mon ami que le jour où nous aurions réussi à lui permettre de communiquer avec celle qu'il aimait.

Nous avions tous les deux nos raisons pour faire ce que nous avons fait.

Cela prit un peu plus longtemps que nous l'espérions, mais grâce à des capacités informatiques toujours plus importantes, nous finîmes par obtenir quelques résultats. Complexes et loin d'être concluants, ils semblaient toutefois suggérer que les trois possibilités étaient partiellement vraies. Ma tante et moi partagions une minuscule différence dans le fonctionnement synaptique de nos cerveaux. En revanche, seuls ma mère et moi présentions de minimes déséquilibres chimiques. D'autre part, des éléments prouvaient la présence d'une métastructure lâche entre certaines zones du cerveau n'entretenant extérieurement aucun rapport entre elles, mais ils n'étaient présents que faiblement chez ma mère et totalement absents chez moi. Nous comparâmes ces résultats à ce que nous avions découvert dans les prélèvements effectués sur le cerveau de Philip. Et nous arrivâmes à une première conclusion.

Si le talent d'un médium trouvait son origine dans la morphologie physiologique, alors il semblait lié directement à une variation apparemment infime dans le fonctionnement synaptique général, qui créait une nouvelle structure, quasiment intangible, dans certaines zones du cerveau.

Cela ne ressemblait pas à la formulation scientifique la plus mémorable de tous les temps, je vous l'accorde, mais cette nuit-là, Philip et moi allâmes nous saouler comme nous ne l'avions jamais fait ces cinq dernières années. Nous nous serrâmes de nouveau la main au-dessus de la table, convaincus que la main qui manquait à l'appel était presque à notre portée. Le lendemain, nous divisâmes le travail entre deux équipes, partageant comme d'habitude notre temps et nos esprits entre le logiciel et les robeccas. Il fallait les concevoir autrement pour les adapter à leur nouvel environnement, et le logiciel avait besoin d'une modification conséquente pour traiter la complexité des manipulations synaptiques. Pendant que nous travaillions, nous plaisantions sur le fait que, si les robeccas gagnaient encore en intelligence, il faudrait leur accorder le droit de vote. Cela paraissait amusant à ce moment-là.

12 septembre 2019. Malgré ce qui arriva par la suite, ce jour devrait être marqué d'une pierre blanche dans l'histoire de la science. Espritech 1.0 fut testé ce jour-là, sans doute la combinaison la plus subtile entre l'informatique et le corporel jamais conçue par l'homme. Philip insista pour être le premier sujet, bien qu'il ait pris froid et, en début d'après-midi, je lui injectai une toute petite dose de robeccas. Puis, dans un élan de solidarité, je fis de même pour moi. Ensemble. Jusqu'au bout.

Nous restâmes assis pendant cinq minutes, puis nous reprîmes le travail. Nous savions que les effets – s'il y en avait – ne seraient pas immédiats. Pour être tout à fait honnête, nous n'attendions pas grand-chose de cette première mouture. Comme chacun sait, tout ce qui porte un numéro de version commençant par « 1 » est susceptible de rencontrer quelques difficultés initiales, et si le « 1 » est suivi d'un « 0 » cela finit généralement par exploser en plein vol. Nous nous mîmes à travailler sur les plans d'une version 1.1, qui n'aurait été différente que par la plus grande élégance de certains algorithmes, mais nous n'arrivions pas à nous concentrer. L'excitation, sans doute.

Puis, en fin d'après-midi, Philip trébucha et laissa tomber une fiole de la solution sur laquelle il travaillait. Elle était remplie d'Espritech. Pas grave : nous en avions toute une cuve en réserve. Je le fis asseoir et le soumis à une série de tests. Il allait bien physiquement et jura qu'il se sentait en forme. Nous retournâmes à nos travaux. J'imprimai dix exemplaires du code et des spécifications des robeccas et les postai à dix endroits différents dans le monde. Les ordinateurs avaient bien sûr déjà déposé des sauvegardes automatiques sous forme d'e-mails encryptés un peu partout, mais rien ne remplace la réalité physique d'un objet portant le tampon d'une date. Si nos recherches portaient leurs fruits, le résultat nous appartiendrait, et personne d'autre n'en tirerait profit. De telles considérations nous étaient alors plutôt étrangères, parce que nous ne voulions obtenir qu'un seul résultat de nos expériences – mais les vieilles habitudes ont la vie dure. Dix minutes plus tard, je fus pris de malaise, mais à part cela rien ne paraissait vouloir se produire.

C'est seulement lorsque je me réveillai en entendant Philip crier dans la nuit que nous comprîmes que nous avions peut-être atteint notre objectif.

Je courus dans sa chambre et le trouvai recroquevillé contre le mur, les yeux écarquillés, claquant des dents sans pouvoir s'arrêter. Il regardait fixement dans le coin opposé de la chambre. Il ne semblait pas en mesure d'entendre ce que je lui disais. Alors que je me tenais là, l'air ensommeillé, me demandant quoi faire, j'entendis une voix derrière – une voix que je crus reconnaître. Je me retournai, mais il n'y avait personne. Soudain, Philip me fixa de ses grands yeux terrifiés.

— Merde, lâcha-t-il. Je crois que ça marche.

Nous passâmes le reste de la nuit autour de la table de la cuisine, à boire du café dans la lumière crue. Philip ne paraissait pas se souvenir précisément de ce qu'il avait vu, et je n'arrivais pas non plus à retrouver le son de cette voix, ou ce qu'elle avait pu dire. Nous avions réussi quoi ? Ce n'était pas clair. Il ne se passa rien d'autre jusqu'au lever du jour, nous décidâmes donc d'aller prendre l'air. Nous étions bien trop tendus pour rester en place et travailler, mais nous sentions qu'il nous fallait rester ensemble. Nous savions qu'il se passait quelque chose, nous ressentions la même chose. Nous nous promenâmes sur le campus toute la matinée, déjeunâmes à la cafétéria, puis passâmes l'après-midi en ville. Les rues étaient un peu encombrées, mais rien d'étrange n'arriva.

Le soir, nous sortîmes. Nous avions été conviés à un dîner chez un couple du personnel médical et pensions que cette idée en valait bien une autre. Au début, Philip et moi étions plutôt préoccupés mais une fois que tout le monde eut bien bu, la soirée décolla. Nos hôtes sortirent leur stock de drogue, vraisemblablement fourni par un membre complaisant du corps étudiant, et vers minuit nous planions tous un peu, confortablement vautrés dans le salon.

Et Philip finit bien sûr par parler de nos recherches. D'abord, les invités se mirent à rire et je compris alors à quel point nous avions dévié de l'orthodoxie scientifique. Cela ne fit que renforcer ma conviction et je commençai ainsi à soutenir Philip. C'était stupide et nous n'aurions jamais dû en parler. C'est l'un des invités qui nous dénonça à la police.

— Prouvez ce que vous avancez, finit par dire quelqu'un. Hé ! Est-ce qu'il y a un ouija dans cette maison ?

L'esclaffement général qui salua ce trait d'esprit suffit à décider Philip qui se leva en titubant et se plaça au centre de la pièce. Il renifla deux fois, ce qui amusa beaucoup l'assemblée, mais ensuite il se détendit. Bien qu'il oscillât doucement, l'expression sérieuse de son visage réussit à calmer la plupart des personnes présentes, même si quelques gloussements se faisaient entendre. Il avait l'air désolé, et fatigué. Tout le monde s'arrêta de parler et tous les regards convergèrent vers lui.

— Holà ? dit-il tranquillement. (Il n'usa d'aucun nom, pour des raisons évidentes, mais je savais qui il appelait.) Tu es là ?

— Et si c'est le cas, est-ce que tu as apporté un peu d'herbe ? ajouta notre hôtesse, récoltant un éclat de rire général.

Je secouai la tête, en partie parce que nous étions en train de nous ridiculiser, mais aussi parce qu'il semblait y avoir une pâle lueur dans un coin de la pièce, un peu comme si quelques-uns des récepteurs de mes yeux fonctionnaient bizarrement. Je notai mentalement de vérifier les robeccas en rentrant, pour m'assurer qu'aucun d'eux ne pouvait avoir d'effet sur le nerf optique.

J'allais prendre la parole pour sortir Philip d'une position embarrassante quand il se tourna brusquement vers la maîtresse de maison.

— Jackie, combien de personnes as-tu invitées ce soir ?

— Huit, répondit-elle. Nous invitons toujours huit personnes, parce que nous n'avons de la vaisselle que pour huit.

Philip me regarda.

— Combien de personnes vois-tu ?

Je parcourus la pièce du regard en comptant.

— Onze.

L'un des convives rit nerveusement. Je recomptai. Il y avait bien onze personnes. En plus du groupe de huit que nous composions, vautrés sur le canapé et par terre, trois autres personnes se tenaient adossées aux murs.

Un homme grand, avec de longs cheveux bruns, pas très propres.

Une femme d'une quarantaine d'années, aux yeux sans expression. Une petite fille, âgée d'environ huit ans.

La mâchoire pendante, je me levai pour rejoindre Philip. Nos regards se posèrent sur les nouveaux venus, passant de l'un à l'autre. Ils avaient l'air tout à fait réels, comme s'ils avaient été là tout le long de la soirée.

Ils nous regardaient fixement en retour, silencieusement.

— Ça suffit, les gars, intervint notre hôte avec nervosité. C'est une bonne blague. Vous nous avez fait marcher pendant un moment. Maintenant, venez vous en rallumer un petit.

Philip l'ignora et se tourna vers l'homme aux cheveux longs.

— Quel est votre nom ? lui demanda-t-il.

Il y eut une longue pause, comme si l'homme avait du mal à se souvenir. Quand il parla, sa voix sonna sèche et froide.

— Nat. Nat Simon.

— Philip, dis-je. Sois prudent.

Philip ne fit pas attention à moi et se retourna vers les invités.

— Est-ce que le nom de « Nat Simon » évoque quelque chose pour l'un d'entre vous ?

Je pensai un instant qu'il n'en était rien, mais ensuite je remarquai notre hôtesse. Elle avait perdu son sourire et avait pâli. Elle dévisageait Philip. Le temps d'un brusque battement de cœur, je sus que nous avions réussi.

— Qui était-ce ? l'interrogeai-je rapidement.

J'aurais mieux fait de m'abstenir. Un silence complet régnait dans la pièce et elle nous raconta toute l'histoire.

Nat Simon avait été un ami d'un de ses oncles. L'été de ses neuf ans, il l'avait violée chaque jour des deux semaines de vacances qu'elle avait passées chez eux. Il était mort dans un accident de la circulation lorsqu'elle avait quatorze ans, et elle avait pensé être débarrassée de lui.

— Dites à Jackie que je suis revenu pour elle, lança fièrement Nat. Et que je suis en pleine forme et toujours prêt pour elle.

Il avait extrait son pénis de son pantalon et le caressait pour le conduire à l'érection.

— Casse-toi, ordonnai-je. Retourne pourrir d'où tu viens.

Nat se contenta de sourire.

— Je n'ai jamais bougé de là. J'aime rester proche de ma petite Jackie.

Philip se dépêcha de demander aux autres apparitions qui elles étaient. Je tentai de l'en empêcher, mais les invités l'encouragèrent, du moins jusqu'à ce qu'ils entendent les réponses. La fête toucha alors rapidement à sa fin. Le voyeurisme, c'est beaucoup moins drôle lorsque vous en êtes la cible.

La femme au visage sans expression était la première femme de l'homme auteur de la plaisanterie sur le ouija. Après avoir appris qu'il avait une liaison avec une de ses étudiantes, elle s'était suicidée dans leur salle de séjour. Il avait raconté à tout le monde qu'elle souffrait de dépression et qu'elle buvait en cachette.

La petite fille était la sœur de notre hôte. Morte durant son enfance, elle avait été écrasée par une voiture alors qu'elle traversait la route en courant pour répondre à un défi lancé par son frère.

Quand Philip et moi nous sauvâmes de la maison, deux autres invités avaient commencé à voir, eux aussi, et le nombre de personnes présentes était monté à quinze.

Après quatre bières, mon esprit était quelque peu embrouillé et pendant un instant j'étais presque parvenu à oublier. Puis j'ai entendu un léger clapotis venant d'en bas, et j'ai vu un jeune garçon grimper hors de l'eau stagnante de la piscine. Il n'a pas regardé en l'air, mais a simplement marché sur le dallage en pierre qui conduit à la porte, puis il a trotté pieds nus dans le hall d'entrée du motel. Le son étouffé de ses pas humides a résonné dans mon esprit bien après que l'obscurité l'eut avalé. Le frère qui avait maintenu sa tête sous l'eau un peu trop longtemps, le père trop occupé à reluquer la femme du voisin en train de se passer de la lotion sur les cuisses ou la mère qui s'était endormie. Quelqu'un aurait un visiteur ce soir.

Une fois rentrés de la fête, nous essayâmes de pénétrer dans le laboratoire, mais ne parvînmes pas à ouvrir la porte. La serrure avait fondu. Quelque chose avait attaqué le métal des gorges, transformant le mécanisme en un bloc solide. Nous nous dévisageâmes, totalement dessoûlés à présent, et tâchant de jeter un coup d'œil par la partie supérieure vitrée de la porte. À l'intérieur, tout avait l'air d'être comme nous l'avions laissé, mais maintenant je crois que, même avant que nous sachions ce qui était en train de se produire, le phénomène avait commencé. Les voies des robeccas sont impénétrables.

Philip dénicha une hache dans le garage et nous forçâmes la porte du laboratoire. La cuve d'Espritech était vide. Un petit trou avait fait son apparition au fond du verre, et une traînée à peine visible signalait l'endroit où le contenu avait rampé sur le sol, coupant à travers le parquet à certains endroits. Il avait rebroussé chemin, et avait même défié la gravité à plusieurs reprises. La piste s'arrêtait devant un trou plus grand qui se révéla conduire droit dans une canalisation qui se déversait dans le système de gestion des eaux municipales.

C'est CNN qui en parla en premier, à 7 heures le lendemain matin. Huit meurtres dans le centre de Jacksonville, et trois sur le campus de l'université. Tous commis par des individus qui s'étaient tenus à moins d'un éternuement de distance de Philip lors de notre sortie de la veille. Des témoignages faisaient état de personnes devenant brusquement folles, hurlant contre des êtres invisibles, terrorisées par des voix dans leurs têtes et agissant, à les en croire, contre leur gré. À l'heure de déjeuner, le problème avait dépassé le cercle de ceux avec qui nous avions pu être en contact : il se propageait de lui-même.

Je ne sais pas pourquoi cela s'est passé ainsi. Nous avons peut-être juste fait une erreur quelque part. Quelque chose d'aussi infime et simple que la chiralité d'un isomère, un composé chimique, dont les robeccas auraient inversé la variété optique. C'était ce qui s'était produit avec la thalidomide, et c'est ce que nous avions créé. Une thalidomide de l'âme.

Ou peut-être n'y avait-il pas d'erreur, que les choses devaient simplement arriver ainsi. Les seuls esprits qui nous hantent sont peut-être ceux que nous ne voulons pas voir. Ceux qui peuvent transformer les gens en psychotiques émeutiers et meurtriers, ou suicidaires, à cause de la haine ou de la culpabilité qui les accompagne. Ils ont toujours été là, près des gens qui se souviennent d'eux. Mais maintenant, ils ne sont plus ni invisibles, ni silencieux.

Un jour après, les villes d'Europe furent touchées, en commençant par celles où j'avais expédié mes missives, puis la totalité du continent succomba. Quand mes lettres atteignirent leurs destinataires, les robeccas que j'avais soufflés dessus s'étaient multipliés par mille, décomposant le papier et reconstituant les molécules pour se reproduire. Nos enfants se montraient si intelligents, et aussi ambitieux que leurs créateurs. Si cela avait été nécessaire, ils auraient sans doute réussi à se fondre dans de nouvelles lettres, et attendu que quelqu'un les poste dans le monde entier. Mais ils n'en eurent pas besoin, parce que tousser, renifler, ou juste respirer suffit à répandre l'infection. Une semaine plus tard, l'état d'urgence était déclaré dans tous les pays du monde.

Philip fut assassiné par la foule avant l'arrivée de la police. Il ne revit jamais Rebecca. Je ne sais pas pourquoi. Elle n'est simplement pas venue. Je fus placé en résidence surveillée, puis escorté jusqu'au laboratoire pour collaborer aux tentatives fébriles de trouver un remède. Il n'y en a pas, et il n'y en aura jamais. Les robeccas sont bien trop malins, agressifs et puissants. Ils attaquent n'importe quel antidote, le décomposent, et l'utilisent pour se multiplier.

Ils n'ont pas besoin du droit de vote. Ils ont déjà le pouvoir.

La lune surplombe l'océan et se reflète sur les vagues qui frémissent en faisant le bruit d'un froissement de papier. Un peu plus tôt, j'ai entendu une sirène au loin. Sinon, tout est calme.

Il y a peu de chances que je me livre à des actes violents ou que je me lance dans une série de meurtres. À la fin, je me contenterai de partir.

Les visites de Karen sont celles qui me font le plus mal. Elle n'avait pas cessé d'écrire par manque d'intérêt. Elle ne m'a plus envoyé de lettres parce qu'elle était enceinte de moi et qu'elle ne voulait pas me mêler à ça. Elle est morte pendant un accouchement cauchemardesque, sans jamais dire mon nom à sa mère. Je n'avais pas utilisé de contraceptif. Nous devions tous les deux croire que la vie ne vous tient pas rigueur de ce genre de détail. Quand Philip et moi avions parlé de Karen lors de cette fameuse partie de billard, elle était déjà morte. Elle reviendra cette nuit, comme toutes les nuits, et peut-être que cette fois je déciderai que je ne peux pas le supporter plus longtemps. La voir ici, dans ce motel où nous avions logé cet été avec Philip, suffira peut-être à me forcer à faire ce que je dois faire.

Si elle ne parvient pas à m'en donner la force, quelqu'un d'autre le fera, parce que j'ai commencé à voir d'autres personnes. Je suis surpris par leur nombre – mais je ne devrais peut-être pas l'être si l'on considère que je suis en partie à l'origine de tout cela. Beaucoup de gens sont morts, d'autres suivront, et tous auront quelque chose à me dire. Ils sont plus nombreux chaque nuit, alors que le monde s'éteint. Deux d'entre eux sont déjà arrivés. Ils sont en bas, dans la cour, et lèvent les yeux vers moi. Je serai peut-être le dernier survivant, cerné par des silhouettes silencieuses alignées en rang jusqu'à l'horizon.

Ou alors, comme je l'espère, une nuit Philip et Rebecca viendront me chercher et je repartirai avec eux.

Sauvegarde

Dès que j'ai quitté l'hôpital, j'ai su ce que j'allais faire. Il était une heure du matin, mais ça ne faisait aucune différence. À l'hôpital, le temps ne s'écoulait qu'au rythme des accidents et du sang. J'étais surpris par l'heure tardive, peut-être avais-je cru que les événements s'étaient déroulés dans une minuscule poche d'horreur en dehors du monde réel, à l'abri des règles normales de la chronologie et de la progression des heures. Bien sûr, il avait fallu du temps aux hommes et femmes en blanc pour pousser les civières le long des couloirs, appeler les urgentistes et réclamer des goutte-à-goutte ; du temps pour découper les vêtements de ma femme qui collaient aux ruines humides de ce qui, avant le choc, avait été un corps lisse et sec. Du temps pour replacer délicatement la tête de mon fils dans une position normale. J'ai aussi dû signer des papiers, supporter les regards fortuits, les lents hochements de tête et les paroles des médecins.

Puis mes semelles ont résonné doucement sur le linoléum du couloir me conduisant des urgences au monde du dehors, croisant des files de patients aux doigts bandés. C'est ça qui m'a pris le plus longtemps.

Sur le parking, le fond de l'air était frais et humide, rafraîchi par la pluie. Je sentais l'odeur de l'herbe qui poussait dans l'obscurité, au-delà des flaques de lumière jaune des réverbères. J'entendais au loin le bruit des pneus des voitures sur l'asphalte mouillé de l'autoroute.

J'ai fini par comprendre que je n'avais plus de moyen de locomotion pour rentrer chez moi. Les restes de la Lexus devaient orner le bas-côté des lieux de l'accident, ou alors peut-être qu'un dépanneur les avait déjà emportés. L'espace d'un instant, mon esprit tout entier fut occupé par ce problème d'une importance démesurée. Puis je me suis rendu compte que je pouvais sans doute appeler un taxi de la réception, mais surtout que je m'en fichais.

Deux ambulanciers ont traversé le parking de l'autre côté, l'écho de leur rire parvenant jusqu'à moi. La fumée de cigarette qui s'échappait dans leur sillage m'a rappelé que j'étais moi-même un fumeur, et j'ai tâtonné à l'intérieur du paquet, dans la poche de ma veste, à la recherche d'une cigarette. J'étais incapable de résister à ces clous de cercueil. C'était l'un de nos rares sujets de dispute, avec Helena. Elle ne faisait pas de prosélytisme, restait toujours calme et mesurée. Elle m'aimait, Jack m'aimait, et elle ne voulait pas qu'ils finissent seuls. Mais dans l'accident, son crâne avait été broyé, et mes billets pour le cancer avaient été entièrement épargnés. L'ironie de la situation n'aurait pas manqué de la faire rire aux éclats.

J'ai hésité un instant. Je ne parvenais pas à décider si la mort d'Helena signifiait que je devais arrêter de fumer ou pas.

J'ai opté pour la seconde solution et me suis dirigé vers la réception. Il ne me restait que peu de temps pour ce que je voulais faire.

Le taxi me déposa au coin de Montaigne et de la 31e. Je laissai un pourboire monstrueux au chauffeur – il avait dû supporter une crise de larmes inopinée qui m'avait glacé avant de m'embarrasser – et regardai la voiture s'éloigner dans la rue déserte. Le carrefour était sinistre et exposé : un concessionnaire de voitures d'occasion désert et une station-essence fatiguée occupaient les deux côtés d'une même diagonale, et une série d'immeubles délabrés à l'usage incertain se faisait face sur l'autre. Rien de commun avec l'endroit où s'était déroulé mon premier contact avec la société Retour Parmi Nous, dans une rue plus chic du quartier des affaires. Je suppose que le mètre carré devait être moins cher ici et qu'il leur en fallait beaucoup – même si je ne voyais pas pourquoi. Le stockage de données ne prend plus beaucoup de place de nos jours.

Peu importe. La carte que j'avais conservée dans mon portefeuille précisait clairement que je devais me rendre à cette adresse en cas d'urgence, et je me précipitai donc vers le 1176. Je constatai avec soulagement qu'une lumière brillait derrière la vitre dépolie de la porte d'entrée, et me remis en route d'un bon pas. C'était ouvert, comme la carte l'avait promis.

En traversant la rue, je vis un homme sortir du bâtiment, une serviette trempée à la main. Il l'essora en la tordant, pour en extraire autant d'eau que possible. Elle se mêla à la pluie sur le trottoir et disparut.

Quand il vit où je me dirigeais, il leva subitement les yeux.

— Je peux vous aider ? demanda-t-il prudemment. (Je lui tendis la carte. Une expression indicible traversa son visage.) Entrez. Je vous rejoins dans un instant.

La réception consistait en une petite pièce plutôt élégante et très calme. Je patientai quelques minutes, le temps que l'homme finisse dieu sait ce qu'il était en train de faire. Puis je remarquai un faible bruit d'égouttement. Près d'un des murs, un coin du tapis était humide, et la flaque avait sa jumelle au plafond.

Je me retournai pour faire face à l'homme qui me tendait sa main.

— Désolé, dit-il sans offrir plus d'explication. Bien, puis-je voir votre carte ?

Après l'avoir saisie, il passa derrière le comptoir et rentra mon numéro de client dans l'ordinateur.

— Je m'appelle..., commençai-je, mais il m'interrompit d'un geste de la main.

— Je ne veux pas le savoir, me coupa-t-il brusquement. Je ne veux rien savoir. Je suppose qu'un événement tragique s'est produit. (Il observa mon visage pendant un moment, et décida qu'il n'était pas nécessaire d'attendre une réponse.) Il est très important que j'en sache aussi peu que possible. Combien de personnes ont déjà été mêlées à cela ?

— Comment ça, *mêlées* ?

— Combien de personnes sont au courant de l'événement qui vous amène ?

— Je ne sais pas. (Qui devais-je compter ? Les médecins et les infirmières, probablement, et ceux qui avaient chargé l'ambulance. Ils avaient vu les visages. D'autres savaient que quelque chose s'était passé, parce qu'ils avaient roulé à côté de l'épave sur l'autoroute, ou qu'ils m'avaient croisé sur le parking de l'hôpital. Mais peut-être qu'ils ne comptaient pas : ils ne connaissaient pas les victimes.) Une dizaine, douze tout au plus ?

L'homme hocha la tête rapidement.

— Très bien. J'ai passé la commande. Passez cette porte et un technicien vous prendra en charge. Puis-je me permettre de vous rappeler les termes du contrat qui vous lient à Retour Parmi Nous, en particulier la clause de confidentialité qui vous oblige à ne jamais mentionner à quiconque que vous êtes notre client, ou que vous avez à cette occasion ou à une autre utilisé nos services ?

— Je sais.

C'était illégal. Nous le savions, lui et moi, et je devais être la dernière personne à vouloir créer des problèmes.

Derrière la porte, une jeune femme en blouse verte m'attendait, plongée dans une profonde obscurité. Sans me regarder en face, elle me fit signe de la suivre. Au fond de la pièce se trouvait une chaise. Je m'y installai et attendis sagement pendant qu'elle appliquait un gel conducteur sur mes tempes et raccordait les fils.

Puis elle me demanda si je me sentais confortablement assis. Je tournai la tête vers elle, les lèvres serrées. Le bruit de dents s'entrechoquant résonnait dans ma tête ; les muscles de ma mâchoire et de mon cou se contractaient. Je pouvais à peine la voir à travers un voile de douleur insupportable. Je finis par secouer la tête.

Elle remplit une seringue et m'injecta un liquide dans une veine sur le dos de la main. Je commençai à compter à rebours à partir de vingt, mais ne parvins jamais à dépasser neuf.

Je rentrai chez moi vers 16 heures cet après-midi-là. Après avoir verrouillé la Lexus, je restai debout dans l'allée un instant, savourant la brise qui adoucissait la chaleur comme l'aurait fait un ventilateur dans un bar bondé. La météo annonçait depuis quelques jours que l'été touchait à sa fin, mais, fidèle à la tradition, elle se trompait, ça n'avait rien de nouveau. La théorie du chaos avait changé la vie de beaucoup de monde, mais les types qui gagnaient leur vie grâce aux photos satellites en restaient toujours au stade de la consultation des entrailles. Il n'était pas tombé une goutte de pluie depuis des semaines et le temps ne paraissait pas devoir changer – c'était une bonne nouvelle, parce que ce soir un groupe d'amis devait nous rejoindre pour un barbecue dans le jardin.

J'entrai dans la maison et filai droit à la cuisine. Helena se tenait devant la table, arrosant des cuisses de poulet, un œil sur la télé toute proche qui passait un vieux film avec Tom Hanks. Je remarquai avec satisfaction que ce n'était pas une version recadrée pour le petit écran.

— Chouette film, dis-je.

— Il serait encore meilleur si je pouvais voir ce qui se passe, répondit-elle.

Je suis contre la prétendue amélioration des classiques. Comme à l'accoutumée, Helena défendait le point de vue opposé. Cette discussion, nous l'avions eue une centaine de fois, juste pour le plaisir. Je déposai un baiser sur son nez et plongeai un bâton de céleri dans la sauce barbecue.

— Papa ! cria une voix et je me retournai juste à temps pour attraper Jack qui se jetait dans mes bras.

Il semblait avoir été traîné le long d'une haie par quelqu'un qui s'y entendait à mêler êtres humains et végétaux en faisant le plus de dégâts possible. Je levai un sourcil à l'intention d'Helena qui se contenta de hausser les épaules.

— Combien de paires de mains vois-tu ? ironisa-t-elle.

Je reposai Jack, le laissai boxer mes rotules pendant quelques instants et le renvoyai à l'étage pour son bain – promettant solennellement de monter lui parler. En réalité, je savais qu'il voulait passer une dernière fois en revue les noms des enfants qui viendraient ce soir. C'est un enfant sociable – bien plus que je l'étais à son âge –, mais je crois que j'étais aussi impatient que lui. Le secret d'une fête réussie, c'est de n'inviter que des gens avec lesquels on veut partager un moment de sa vie, pas simplement ceux que l'on tolère. Ce soir, la liste des invités comprenait mon patron – qui est aussi mon meilleur ami – et sa femme, deux vieilles amies d'Helena qui étaient de bonne compagnie, ainsi qu'un ancien collègue venu d'Angleterre avec sa famille.

Je traînai avec Helena dans la cuisine, jusqu'à ce qu'elle ne supporte plus que je picore dans ses plats savamment présentés. Trop grande pour boxer mes rotules, elle me mordit donc dans le cou, avant de m'embrasser, courant ainsi le risque de remettre sérieusement en cause son programme pour la soirée. Elle me chassa et je me réfugiai dans mon bureau, la laissant travailler.

J'avais quantité d'e-mails à envoyer avant d'avoir vraiment terminé ma journée et de pouvoir profiter de la soirée et du week-end, mais la plupart étaient déjà rédigés et je me débarrassai rapidement du reste. Pendant que mon logiciel procédait à l'envoi, j'observai notre jardin, le menton entre mes mains. Une table sur tréteaux avait été dressée, et les assiettes en carton n'attendaient plus que les convives. La bobine de câble qui faisait office de table quand nous étions entre nous avait été poussée sous l'arbre, et les bouteilles de vin rouge débouchées respiraient l'air du soir. La bière attendait au frais dans le réfrigérateur, et les ingrédients du cocktail favori de Becky et Janny – un mint juleps, je vous demande un peu – dans la cuisine. J'entendais Helena hacher sauvagement un légume innocent, et Jack brailler dans son bain à l'étage.

Un instant, je me sentis en paix avec moi-même. J'avais trente-six ans, une femme que j'adorais et un fils intelligent et heureux ; un travail que j'aimais vraiment et plus d'argent qu'il en fallait. Notre maison ressemblait à une publicité pour le Rêve américain. Sentimental, moi ? Et alors ! C'est ce que j'avais toujours désiré. Entre vingt et trente ans, j'avais collectionné les liaisons malheureuses et les jobs incertains, et arrivé à la trentaine il m'avait semblé n'être entouré que de gens dont les sujets de conversation se concentraient sur leur mariage, leur maison ou leurs enfants. Maintenant, ma vie avait un sens. Tout semblait bien en place, mais sans être étouffant. J'avais aussi une vie à l'extérieur.

J'avais beaucoup de chance, et je n'étais pas idiot au point de ne pas m'en rendre compte.

Mon ordinateur m'informa que mes e-mails avaient été envoyés et que j'en avais reçu de nouveaux. Je regardai les adresses des expéditeurs : ma sœur en Europe et un individu qui me proposait de « Devenir riche en quelques jours ($$$$$) ! ». Il y en avait un troisième en provenance de ma propre adresse, intitulé « À lire ! ». J'étais un peu surpris, mais pas trop. J'avais l'habitude, dans le cadre de ma lutte constante contre les messages non sollicités – invitations et autres conseils généralement accompagnés de nombreux « $ » – de m'envoyer des messages afin de tester les capacités des filtres que j'avais mis en place. Sans grand succès cette fois-ci. Je verrais ça tranquillement dimanche après-midi, avec l'aide d'un verre de JD. Il n'y avait pas d'urgence.

Je donnai congé à la machine pour la soirée et descendis faire face au chaos humide qu'était devenue notre salle de bains.

Doug et Julia arrivèrent les premiers : ils bénéficiaient d'une invitation ouverte et permanente chez nous. Helena venait de sortir de la douche et Julia la rejoignit pour bavarder ; pendant ce temps, Doug et moi échangeâmes les derniers ragots à la cuisine, une bière à la main, lui picorant dans les plats préparés par Helena, moi essayant d'arranger les choses pour que cela ne se voie pas.

Nous passâmes dans le jardin à l'arrivée de Becky et Janny. Je démarrai le barbecue, surveillant le charbon de bois sous la supervision d'Helena restée à table. J'avais branché des haut-parleurs supplémentaires reliés à la chaîne hi-fi du salon, et l'une des compilations sur MiniDisc d'Helena passait en fond sonore : un vieux morceau, quelque chose de récent, un titre funky, puis une chanson triste. Jack trônait sur une chaise à une extrémité de la table, vêtu de son pantalon neuf et d'une chemise à carreaux, sirotant un Coca light en attendant que les réjouissances débutent vraiment. Becky bavardait avec lui, et Janny nous racontait une nouvelle fois les pires détails de sa dernière relation amoureuse : elle espérait devenir la Fran Leibowitz de sa génération, et faisait tout pour cela. Alors que tout le monde autour de la table éclatait de rire à la fin d'une autre histoire prouvant à quel point son ex ne méritait pas de fouler le sol de notre belle planète, Helena surprit mon regard et sourit.

Je savais ce qu'elle pensait. Ça aurait pu arriver à l'un d'entre nous.

C'était bien d'être amusant, mais c'était mieux d'être heureux. J'abandonnai le charbon de bois à son sort quelques instants pour me tenir derrière Helena, une main posée sur son épaule.

Mais la sonnette de l'entrée se fit entendre et elle se leva pour ouvrir à Carol et Adam. Jack se redressa avec hésitation, attendant de les voir pénétrer dans le jardin. Leurs deux enfants, dont je n'arrivais jamais à retenir les prénoms, entrèrent à leur suite. Jack et eux se jaugèrent mutuellement du regard un court instant avant de se ruer tous les trois vers l'arbre pour jouer ensemble. Ils ne s'étaient vus qu'une seule fois auparavant, lors de notre voyage en Angleterre, mais apparemment les souvenirs qu'ils en avaient gardés suffisaient à relancer leur complicité. Alors que le ciel commençait à s'assombrir, et que les adultes attablés mangeaient et buvaient, j'entendis mon bruit de fond favori : le rire de Jack.

L'odeur de la sauce barbecue d'Helena me parvenait depuis le gril, alors que je sentais sa jambe, la chaleur de sa cuisse, sa cheville accrochée derrière la mienne.

Vers 22 heures, en sortant de la maison avec d'autres bières à la main, je constatai deux choses. D'abord j'étais un peu ivre. Je négociai difficilement les quelques marches menant au jardin, et les silhouettes bruyantes agglutinées autour de la table me parurent légèrement floues. Je secouai la tête, tâchant de me reprendre : je ne voulais pas que mon fils me voie dans cet état. Même s'il n'était pas là pour en témoigner – les enfants, infatigables, s'amusaient toujours dans l'obscurité au fond du jardin.

La deuxième chose que je remarquai parut moins évidente. L'atmosphère avait changé pendant mon séjour à la cuisine. Tout le monde riait, aux éclats même, mais les convives avaient changé de place. J'avais dû rester absent plus longtemps que je le pensais. Becky et Jan s'étaient regroupés en bout de table, et je m'installai sur une chaise à proximité. Mais leur conversation semblait avoir pris un tour plus sérieux, et ne me concernait pas.

Mon attention fut attirée par un nouvel éclat de rire venant de l'autre bout de la table. Il y avait une certaine dureté dans ce son. Helena et Carol s'appuyaient étroitement l'une sur l'autre, leurs visages rouges et brillants. Adam gloussait en compagnie de Doug et Julia. C'était bon de les voir tous si bien s'entendre, mais je n'avais pas pris conscience qu'ils étaient aussi proches. Adam n'était resté dans la boîte qu'un an avant de suivre Carol dans son pays. Doug et moi étions des amis de vingt ans. Je suppose que c'était le signe d'une soirée réussie.

Puis il se produisit quelque chose d'incompréhensible. Je vis la main d'Helena prendre une cigarette dans le paquet qui traînait sur la table. Sous le coup de la confusion, je fronçai les sourcils, conscient que quelque chose n'allait pas, mais elle porta la cigarette à sa bouche et l'alluma avec son briquet.

Puis je me souvins qu'elle avait commencé à fumer quelques mois auparavant, suivant mon – mauvais – exemple. Je me sentis de nouveau coupable et souhaitai avoir pu arrêter avant qu'elle s'y mette. Il était trop tard maintenant.

Je tendis la main vers la bouteille de bière que j'avais posée sur le bord de la table et la manquai. Enfin, pas vraiment : je la touchai suffisamment pour la faire tomber. Janny roula des yeux et commença à se baisser pour la ramasser, mais je la devançai.

— C'est bon, je ne suis pas saoul à ce point, dis-je avec raideur.

C'était faux, bien sûr, parce qu'il me fallut plus de temps que nécessaire pour récupérer la bouteille. Je dus finalement me pencher pour voir où elle était passée. J'avais une vue panoramique sur le dessous de la table – toutes ces jambes –, ce qui était plutôt sympathique, et je restai ainsi pendant un moment. Tous ces tibias les uns à côté des autres.

Certains plus proches que d'autres, constatai-je. Le pied d'Helena se frottait contre celui de Doug.

Je me redressai brusquement et me cognai la tête. Les conversations s'interrompirent, et je devins le point de convergence de sept paires d'yeux.

— Désolé.

Je retournai à la cuisine à la recherche d'une autre bière.

Après en voir éclusé quelques-unes de plus, j'étais vraiment parti. Je ne voulais pas me rasseoir à la table, j'avais besoin de prendre l'air. Janny et Becky paraissaient toujours en conférence, Janny affichait un air bizarre ; Adam, Carol et Julia parlaient d'autre chose. Je n'avais pas envie de m'imposer.

Je me dirigeai vers l'arbre, pour voir ce que mijotaient les enfants. Peut-être que je pourrais jouer avec eux. Je devrais m'efforcer de parler correctement – Jack ne devait pas voir son papa complètement ivre. D'habitude, ça ne me pose aucun problème parce que ma voix reste ferme, sauf si je suis en train de planer. Rien à craindre de ce côté-là : je n'avais pas trouvé de coke cet après-midi.

De la coke ? Quelle coke ? Qu'est-ce qui me passait par la tête ?

Je m'immobilisai brusquement, en pleine confusion. Je ne prenais pas de coke, je n'en avais jamais pris. D'accord, une seule fois, il y a quelques années : ça avait été marrant, mais trop cher – et le début d'une pente dangereuse. Tellement facile d'en prendre jusqu'à ce qu'il n'en reste plus, et de retourner en acheter. Sans compter qu'Helena m'aurait arraché la tête – bon Dieu, elle avait déjà du mal à supporter que je fume !

Puis je me souvins qu'elle avait fumé une cigarette un peu plus tôt, et cette pensée me glaça. Elle n'avait pas commencé à fumer. C'était idiot.

Alors pourquoi étais-je persuadé du contraire ?

Je me remis en marche, bien que je n'eusse rien résolu, parce qu'un bruit avait attiré mon attention. On aurait dit des sanglots étouffés – en tout cas, rien de joyeux.

Au fond du jardin se trouvait le refuge de Jack, une petite surface à découvert, blottie contre des glycines accrochées à la clôture. Je me frayai un chemin à travers les buissons, jurant à mots couverts.

Jack était assis au milieu de la clairière, son visage lunaire baigné de larmes. Sa chemise à carreaux maculée de terre et une jambe de son pantalon déchirée. Les enfants d'Adam l'encerclaient et se moquaient de lui. Alors que j'avançais difficilement vers eux, la petite fille jeta un autre bloc de terre sur Jack. Il l'atteint en plein visage, juste au-dessus d'un œil.

L'espace d'un instant, je fus dans l'incapacité de réagir, puis je bondis et attrapai la fillette et son frère par le bras.

— Fichez-moi le camp, sales gamins, sifflai-je, les éloignant de mon fils.

Ils levèrent les yeux vers moi, une expression indéchiffrable gravée sur leur visage. Puis le garçon libéra son bras de mon emprise, et sa sœur en fit autant. Ils s'échappèrent en riant vers la maison.

Je me retournai vers Jack, qui avait le regard fixé sur la clôture.

— Allez, viens, champion, dis-je en me penchant pour le prendre dans mes bras. Qu'est-ce qui s'est passé ?

Son visage se tourna lentement pour me faire face, et mon cœur se serra en voyant ce que j'étais sûr d'y trouver. Les yeux légèrement vitreux, le relâchement à une extrémité de la bouche.

— Papa, marmonna-t-il. M'ont sali.

Je tombai à genoux à côté de lui, enveloppant ses minces épaules avec mes bras. Je le serrai, mais sentis comme d'habitude que son regard s'éloignait pour se fixer sur un ailleurs connu de lui seul.

Finalement, je le relâchai et me relevai, une main tendue vers lui. Il la saisit et se leva avec difficulté. Je le fis traverser les buissons et rejoindre le jardin.

Alors que nous approchions de l'arbre, je vis Helena et Doug approcher dans l'obscurité. Je sentais une sorte de complicité entre eux, sans pouvoir en préciser la nature.

— Merde, qu'est-ce qu'il a encore fait ? s'exclama Helena, qui venait à notre rencontre et constatait l'état dans lequel se trouvait Jack.

Doug restait en retrait, camouflé par l'obscurité profonde.

Je ne savais que répondre, en partie parce que j'étais ivre ; j'avais un peu trop forcé sur l'alcool pour compenser le manque lié à la rupture de stock de mon dealer habituel de coke. Mais il y avait aussi quelque chose sur son visage qui me retenait. Non, rien ne clochait avec son visage, elle était toujours aussi belle. Si l'on exceptait son rouge à lèvres. Elle en était maculée.

— Qu'est-ce que je vais bien pouvoir faire de toi, reprit-elle d'un ton cassant en prenant Jack par la main.

Je ne regardai pas alors qu'elle le traînait en direction de la maison. J'avais les yeux fixés sur un point rougeoyant dans les ténèbres sous l'arbre. Doug venait d'allumer une cigarette.

— Tout va comme tu veux ?

— Oh oui, répondit-il en riant doucement. Vous savez vraiment recevoir.

Nous rejoignîmes la tablée sans mot dire.

Je m'assis à côté des filles, lançant un regard à Becky. Elle avait l'air encore plus malade que la dernière fois que je l'avais vue. Visiblement, la chimio ne donnait pas les résultats escomptés.

— Comment te sens-tu ?

Elle me regarda avec un petit sourire forcé.

— Ça peut aller.

Elle ne voulait pas de ma sympathie, plus depuis que j'étais passé chez elle un après-midi, à la recherche d'un peu de compagnie.

Derrière moi, j'entendis Doug se lever et se diriger vers la cuisine. Je n'avais jamais aimé Julia, et elle me le rendait bien, et je ne tirais donc aucun réconfort de la voir suivre des yeux son mari à l'intérieur de la maison. Helena devait avoir couché Jack avec une tape sur les fesses, et était probablement penchée sur l'évier, en train de laver de la vaisselle déjà propre.

Je regardai donc plutôt dans la direction d'Adam et Carol qui discutaient. Au moins eux avaient l'air heureux.

J'assistai au départ de nos derniers invités depuis le porche, les feux arrière de la voiture disparaissant après avoir tourné au bout de la rue. Helena se tenait derrière moi. Quand je me tournai pour lui prendre la main, elle se contenta de m'adresser un sourire vide, une expression dure et distante plaquée sur son visage, et s'éloigna. Je me traînai jusqu'à mon bureau pour éteindre l'ordinateur.

Au lieu de quoi, je le tirai de sa veille prolongée, et lançai ma messagerie. Je lus la lettre de ma sœur, qui semblait contente de sa vie. Elle était en pleins travaux de décoration de sa nouvelle maison, en compagnie de son nouveau petit ami. Je hochai la tête, elle méritait d'avoir enfin une vie heureuse.

Un bruit me fit me retourner. Helena. Elle posa bruyamment une tasse de café à côté de moi sur le bureau.

— Pour mon homme, dit-elle et je la remerciai d'un sourire.

Je n'avais pas vraiment besoin du café, parce que je n'avais pas beaucoup bu. Être assis toute une soirée à côté d'Helena suffisait à me griser. Mais ça me faisait quand même plaisir.

— La soirée t'a plu ? demanda-t-elle en faisant courir ses doigts au bas de ma nuque.

— C'était une bonne soirée, répondis-je en passant mes bras autour de sa taille.

— Ne reste pas ici trop longtemps, dit-elle avec un clin d'œil, parce qu'elle pourrait devenir encore meilleure.

Après son départ, je me concentrai sur l'écran, mais avant d'avoir entamé la réponse à ma petite sœur, j'entendis de nouveau la voix d'Helena. Elle provenait de l'extérieur du bureau, mais cette fois son ton était cassant.

— Mets ton crétin de fils au lit, dit-elle. Je ne pourrai pas le supporter ce soir.

Je me retournai, mais elle était déjà sortie. Je me pris la tête entre les mains, puis voulus saisir la tasse de café. Elle avait disparu.

Puis quelque chose sur l'écran attira mon regard. Je n'y avais pas prêté attention plus tôt. « À lire ! » exigeait l'icône.

Je double-cliquai dessus, autant pour obéir à cette injonction que pour éviter d'avoir à monter à l'étage. Un long message texte apparut à l'écran. Généralement, les messages qui me servaient à tester mes filtres ne faisaient que quelques lignes. Luttant contre l'ivresse qui m'embrumait l'esprit, je tentai de me concentrer sur la première phrase.

Je finis par la lire. Puis la suivante, et à mesure que je prenais connaissance de la suite, je sentais ma chaise s'enfoncer lentement dans le sol.

J'étais l'auteur de ce message. Je me rappelai enfin. C'était à propos de la société Retour Parmi Nous.

Avant de rentrer cet après-midi, je m'étais rendu à leurs bureaux dans le quartier des affaires pour la deuxième fois depuis la signature du contrat, le jour où j'avais fait un enregistrement préliminaire, un an plus tôt. Le rire joyeux de Jack m'avait réveillé ce matin-là, et j'avais senti la chaleur des fesses d'Helena contre les miennes sous les draps. J'avais alors compris que c'était le jour parfait pour effectuer une copie de sauvegarde de ma vie.

J'avais roulé jusqu'à leurs bureaux, m'étais assis dans un fauteuil, et ils avaient fait le nécessaire, archivant l'état actuel de ma vie dans un fichier de données. Leur publicité promettait l'accès à ce fichier dès que votre vie irait de travers et la possibilité de revenir à la version sauvegardée.

J'entendis un bruit dans le couloir, celui que fait un individu de petite taille en se cognant dans un meuble. C'était Jack. Dans une minute, je devrais aller l'aider à se mettre au lit. Peut-être que je lui lirais une histoire, et que j'arriverais à lui faire retenir quelques mots en plus. Sinon, tant pis. Je me contenterais de le serrer dans mes bras pendant qu'il glisserait dans un sommeil improbable, à jamais hors de ma portée.

Il suffit d'une seule minuscule séquence d'ADN au mauvais endroit, une réaction chimique infinitésimale qui tourne mal. C'est toute la différence avec l'enfant qu'il était, et qu'il aurait pu être. Becky l'aurait compris. L'une de ses cellules s'était mal comportée aussi, un peu comme un 0 remplacé par un 1 dans un programme d'ordinateur.

Des serviettes humides. Il pleut à torrents. Le plafond fuit.

Soudain, je me souvins être revenu dans le bureau sombre sur Montaigne dans les petites heures d'un futur matin humide. L'homme à la serviette et sa réaction surprenante quand je lui avais annoncé que je devais faire une restauration à partir d'un fichier stocké chez eux. J'ai tout de suite su qu'un accident s'était produit.

La pluie qui avait fait quitter la chaussée à notre voiture, celle-là même qui était pour l'instant toujours garée dans l'allée, cette pluie avait corrompu les données dont la sauvegarde m'avait coûté si cher.

À la fin du message, un numéro de téléphone. J'appelai. Le standard de Retour Parmi Nous ne répondait pas. J'écoutai patiemment un enregistrement et je raccrochai.

Peut-être qu'ils avaient fait faillite. Après tout, leur activité était illégale. Il était si facile pour des criminels de faire un bond en arrière avant d'avoir accompli leurs méfaits, ou pour des politiciens de tenter des expériences. À grande échelle, cela aurait conduit le monde au chaos. Mais le secret semblait bien gardé et la perturbation occasionnée par l'incident était indétectable.

Mais pour moi qui savais, la perturbation apparaissait tout sauf minime.

Je sentais pesamment l'aura de la femme étendue dans le lit au-dessus de ma tête. Je pouvais prévoir la fermeté de son dos lorsqu'il serait tourné vers moi, la façon dont Doug et moi tournerions l'un autour de l'autre au travail le lendemain, les sempiternels coups de fil à mon dealer pour obtenir assez de coke pour tenir le coup.

— Bonsoir, papa… encore debout ?

Jack se tenait dans l'embrasure de la porte. Il avait pris trois pommes dans la cuisine et s'efforçait de jongler avec elles. Ce n'était pas tout à fait au point, pensai-je, mais il ne manquait pas grand-chose. Peut-être que si je m'y mettais aussi nous pourrions nous amuser tous les deux, comme ces jongleurs qui s'échangent des balles. Ça serait formidable.

— Oui, mais plus pour longtemps. Et si tu allais te laver les dents, avant que je te lise une histoire ? (Mais il s'était de nouveau dégradé, et les pommes tombèrent une à une sur le parquet. Ses yeux fixaient la bibliothèque, trahissant un léger déséquilibre, ses doigts luttant avec un bouton de chemise. Je me précipitai pour essuyer les gouttes de salive qui s'échappaient du mauvais côté de sa bouche.) Allez, viens, mon bonhomme, dis-je en le soulevant dans mes bras.

Alors que je le portais à l'étage dans l'obscurité, sa tête reposant sur mon épaule, je me demandai quelle était l'ampleur du changement. Est-ce que d'ici neuf mois, de retour d'une joyeuse soirée à Gainesville, notre voiture finirait toujours dans le fossé.

Mais surtout, je me demandai si, dans cette éventualité, je ferais quoi que ce soit pour éviter l'accident.

Ou si je donnerais un coup de volant plus brusque cette fois-ci.

Ville morte

Presque personne ne réagit quand il entra dans le bar. À sa façon de fermer la porte derrière lui – doucement, comme celle d'un buffet contenant de vieilles choses inutiles mais impeccablement rangées –, nous savions que nous ne serions pas pressés d'entendre ce que Jack avait à nous annoncer. Trois types sirotaient leur bière au comptoir. L'un d'entre eux leva les yeux, le salua brièvement d'une inclinaison de la tête. Ce fut tout.

Il était 21 h 30 à ce moment-là. Cinq autres hommes, solitaires, occupaient des tables différentes, et personne ne parlait. Certains semblaient lire, mais je n'avais pas entendu le bruit d'une page tournée depuis un long moment. Je me tenais près du feu, occupé à adoucir un bol de chili en y mélangeant une tonne de crackers. J'aimerais pouvoir dire que le chili de Maggie est le meilleur de tout l'Ouest, mais, pour être franc, ce n'est pas le cas. Ce n'est probablement même pas le meilleur de la ville : même dans une ville comme la nôtre, même en ce moment. Je n'avais finalement pas très faim, mais manger me donnait quelque chose à faire. La seule autre solution aurait consisté à boire, mais ces jours-ci, il suffisait d'une ou deux bières pour me monter à la tête et je ne voulais pas être ivre. Quand on a bu, tout semble se confondre en un long chant funèbre, comme quand on est défoncé ou qu'on vit dans l'Iowa. Je n'ai jamais avalé d'alcool les jours importants, à Thanksgiving, lors de commémorations ou à mon anniversaire. Pas une seule fois. Cette soirée n'avait rien d'une fête, loin s'en faut, mais je ne voulais pas être saoul quand même.

Jack s'approcha du bar, l'eau dégoulinant de son manteau sur le plancher. Il ne se déplaçait pas vite et avait l'air vieux, frigorifié et épuisé. Il faisait un temps glacial dehors et l'après-midi avait apporté une chute de neige fraîche. Seulement cinq centimètres, mais elle commençait à s'amonceler. Maggie lui servit une tasse de café sans qu'il le demande et la posa devant lui. Son café n'est pas trop mauvais, une fois que vous vous y êtes habitué. Jack y versa méthodiquement cinq cuillerées de sucre – ce qui est une des façons de s'y habituer – avant de remuer lentement. La peau de sa main paraissait fine et délicate, comme du papier de soie bleu pâle qui aurait été froissé en boule et distraitement lissé de nouveau. Soixante-huit ans, ce n'est pourtant pas si vieux, pas de nos jours, pas de manière générale. Mais certaines nuits, cela peut sembler bien plus quand vous vivez cela de l'intérieur. Certaines nuits, c'est comme avoir l'impression de continuer à courir alors que la course est finie depuis longtemps. À soixante-quatre ans, et avec une seule personne plus jeune que moi dans cet endroit, je me sentais personnellement plus vieux que Dieu lui-même.

L'espace d'un instant, Jack balaya le bar du regard, comme pour le fixer dans sa mémoire. Le comptoir – et le reste de la pièce – usé par des générations de clients. Le bord des chaises et des tables lissés par l'usage, les tableaux sur les murs recouverts d'une telle couche de nicotine qu'il fallait les avoir connus depuis quarante ans pour deviner ce qu'ils montraient. Et nous savions tous ce qu'ils représentaient. Les ampoules des appliques brillaient faiblement à travers un rideau de poussière, donnant à la pièce une atmosphère lugubre. Dans un des coins, le seul espace de clarté, trônait un juke-box. Il avait eu de l'allure quand Pete, mon vieil ami et le mari décédé de Maggie, l'avait acheté. Mais aujourd'hui, seules les lumières fonctionnent encore – et encore pas toutes –, mais cela ne nous dérange pas vraiment. Ceux qui entrent dans ce bar préfèrent rester assis dans le calme plutôt qu'entendre la sélection de quelqu'un d'autre, jouée trop fort. Je suppose que ça vient avec l'âge et, de toute façon, les 45 tours dans la machine sont trop vieux pour provoquer beaucoup plus que de la nostalgie. Le plancher était propre et le bar ne sentait pas trop la vieille bière. Il faut qu'il sente un peu, autrement on aurait l'impression de boire dans une église.

Maggie attendit que Jack ait repris son souffle, puis elle lui posa la question. Quelqu'un devait le faire, je suppose, et personne n'allait lui voler la politesse.

— Pas de changement ?

Jack leva la tête, la regarda.

— Bien sûr qu'il y a du changement, murmura-t-il. Personne n'a dit qu'elle n'allait pas changer.

Il prit son café et vint s'asseoir à ma table, en face de moi. Mais il ne croisa pas mon regard, je décidai donc de le laisser en paix et continuai à faire le ménage dans mon assiette, éliminant la garniture d'oignons crus par considération pour mes entrailles. Elles ne supportent plus ce genre de choses désormais. D'ailleurs, bientôt, une analyse coûte-

bienfaits du chili risquait fort de me le faire supprimer, lui aussi, de mon alimentation.

Quand j'eus terminé, je poussai le bol de côté, rotai aussi discrètement que possible et allumai une Camel. Je laissai le paquet sur la table – pour Jack, quand l'envie lui prendrait. Ça viendrait, tôt ou tard. Le reste du monde avait peut-être décidé que les cigarettes étaient plus dangereuses qu'une guerre nucléaire, mais à Eldorado, dans le Montana, un homme a toujours le droit de fumer après son repas si ça lui chante. Qu'est-ce qu'ils vont nous faire ? Une descente pour nous arrêter ? Les gens qui font les lois vivent loin d'ici et les habitants de cette ville n'ont jamais attaché beaucoup d'importance aux règles fédérales.

L'un des types au bar finit sa bière et en demanda une autre. Maggie le servit, mais n'attendit pas d'être payée. À l'extérieur, le vent reprit un peu et une porte commença à claquer, comme si un visiteur importun frappait pour qu'on le laisse sortir de la cave. Mais ça venait de beaucoup plus haut dans la rue et, au bout d'un moment, plus personne n'y prêta attention. Ce n'est pas un son si rare à Eldorado.

En dehors de cela, personne ne bougea et finalement Jack tendit la main et prit une cigarette. Comme ses doigts semblaient toujours engourdis et maladroits, je grattai une allumette pour lui. Malgré le feu et la chaleur ambiante, il n'avait toujours pas retiré son manteau.

Après qu'il eut allumé sa cigarette et arrêté de tousser, il me fit un signe de la tête à travers la fumée.

— Comment est le chili ?

— Infect, confirmai-je. Mais chaud. En grande partie.

Il sourit. Il posa les mains sur la table, paumes vers le bas et les observa pendant un moment. Des taches de vieillesse et l'ombre de veines anciennes, tels les vestiges d'une carte de territoires rendus à la vie sauvage.

— Elle est au plus mal, dit-il. C'est pour ce soir. C'est peut-être déjà fini.

Je m'en doutais, mais l'entendre provoqua un sentiment de fatigue et de tristesse. Il n'avait pas parlé fort, mais tous les autres avaient entendu aussi. Le silence devint plus profond et la tension monta d'un cran, comme dans la salle d'attente d'un dentiste où tous les patients reviennent pour la première fois depuis des années et ont peur de ce qu'ils vont entendre. Peut-être « tension » n'est-il pas le mot juste. Cela suggère que quelqu'un aurait pu avoir le sentiment qu'il y avait quelque chose à faire, qu'une sorte de force virile était prête à s'exercer, attendant un signe, le bon moment. Il n'y aurait aucun signe.

Ils attendaient ce moment depuis longtemps, mais il était enfin arrivé, comme un appel téléphonique en pleine nuit. Nous savions qu'il n'y avait rien à faire.

Maggie avait refait du café. J'allais me lever afin de m'en servir une tasse, mais Jack posa sa main sur mon avant-bras. Je me rassis pour écouter ce qu'il avait à me dire.

— Je me demandais si tu voudrais bien m'accompagner.

Je le regardai avec une pointe d'angoisse.

— Déjà ?

— Je suis seulement venu ici pour te chercher, si ça te dit, bien sûr.

Je compris que, d'une certaine façon, il me faisait honneur. Je soulevai le lourd manteau posé sur le dossier de ma chaise et l'enfilai. Quelques têtes se levèrent pour nous regarder partir, mais la plupart des personnes se détournèrent. Chacun d'eux savait où nous allions, et la tâche qui nous attendait. Peut-être espéraient-ils que quelque chose soit dit, pour marquer l'occasion en quelque sorte : mais au cours de ma vie, j'ai appris que les choses importantes s'exprimaient rarement avec des mots. Et je vous le demande : qu'y avait-il à dire ?

Dehors il faisait encore plus froid que je m'y attendais et j'enfonçai profondément mes mains dans les poches et rentrai le cou dans mon écharpe comme une tortue. Une couche de neige de quinze centimètres d'épaisseur recouvrait la rue et j'étais content de porter mes grosses bottes. La pleine lune brillait dans le ciel, les nuages de neige cachés non loin de là, récupérant et se préparant pour la prochaine tournée. Il y en aurait plus, cela ne faisait aucun doute. D'année en année, les hivers devenaient plus froids et plus rudes par ici – c'était en tout cas ce que mon corps me disait. Les hivers entraient dans la fleur de l'âge.

Jack commença à remonter la rue et je marchai à côté de lui. En quelques secondes, j'eus l'impression que mes longs os se tordaient et que la peau de mon visage se transformait en plomb. Nous passâmes devant les vieilles façades, toutes plongées dans le noir. La quincaillerie, la pharmacie, le vieux salon de thé. Même à la lumière de jour, la peinture des enseignes est devenue illisible – trop décolorée – et le passage en bois qui longeait la rue est tombé en ruine. C'est arrivé comme une série de tableaux. Une année il semblait en bon état, la suivante, délabré ; finalement, il est tombé en morceaux et il n'y avait aucune raison de le remettre en état. Parfois, ces dernières années, en parcourant la rue, je me rappelais comment les choses avaient été autrefois, faisant appel à mes souvenirs comme une langue qui s'arrêterait sur l'emplacement d'une dent disparue. Je me rappelais les magasins devant lesquels j'avais attendu ou je m'étais assis, leurs propriétaires, le visage des gens que j'avais observés dans la rue. Toutes les époques avaient tendance à se confondre et je pouvais tour à tour être le garçon courant à la droguerie, le jeune homme amoureux de la plus jeune des deux sœurs, ou un homme achetant du whisky pour faire passer la nuit : je passais de l'un à l'autre en un éclair, comme quelqu'un qui regarderait à travers trois paires d'yeux. C'était comme entendre un morceau de musique avec lequel vous aviez grandi, un air présent dans votre tête jour après jour, jusqu'à ce qu'il fasse autant partie de votre vie que de respirer. Une sorte de voyage dans le temps et, l'espace d'un instant, je me sentirais comme jadis, jeune et hors de portée des ténèbres, prêt à apprendre, à ressentir et faire des choses. Désireux de savoir ce que le monde me réservait, ce que j'allais devoir conquérir et les erreurs qui m'attendaient. Aimer et perdre, et aimer de nouveau. Amen.

Eldorado fut fondé en 1850 par deux mineurs, Joseph et Ezekial Clarke, des garçons arrivés tout droit du New Hampshire avec seulement deux chevaux et un rêve. Cela peut sembler drôle maintenant, d'appeler ça un rêve, probablement même sentimental. Les gens ne pensent plus à l'argent de cette façon désormais. De nos jours, ils pensent que c'est un droit et ils ne vont pas le chercher. Ils restent où ils sont et essaient de le faire venir à eux, au lieu de partir chercher fortune. Les frères vinrent chercher de l'or, comme bien d'autres. Partis parmi les derniers, ils parcoururent les collines, sans rien trouver qui n'avait pas déjà été exploré, et ensuite montèrent de plus en plus haut dans les montagnes. Ils prospectèrent une rivière locale – en vain, une fois encore. Mais, un après-midi, alors qu'ils semblaient sur le point de renoncer et de continuer vers l'Oregon ou la Californie pour voir si c'était le paradis que tout le monde prétendait, ils tombèrent sur le filon. Cela dut leur paraître magique. Ils trouvèrent de l'or. Quand nous étions jeunes, nous avions tous entendu cette histoire. Une sorte de Genèse pour nous. Une petite clairière, cachée en haut parmi les montagnes à plus de trois mille pieds : et là, à portée de main, la fortune, une poche de rêves.

Les frères restèrent et se construisirent une cabane en utilisant le bois de qualité qui poussait aux alentours. Mais les nouvelles circulaient vite, même à cette époque, et il ne fallut pas longtemps avant qu'ils aient de la compagnie. Beaucoup de compagnie. Les anciens chantiers d'exploitation minière sont en ruine à présent, mais ils en imposaient, vous pouvez me croire. Pendant quelques années, Eldorado accueillit jusqu'à quatre mille habitants et produisit pour cinq millions de dollars d'or par an. La ville comprenait des saloons et des pensions, un bureau de poste et une poignée de tripots, et même un grand hôtel. Presque tout s'est écroulé maintenant, mais il y a une dizaine d'années l'hôtel servait encore d'abri pour les bêtes quand il faisait très froid. Deux murs subsistent, plus ou moins, parmi les arbres, mais je n'aimerais pas rester longtemps dans les parages. Il m'est arrivé de les montrer à des touristes qui avaient fait tout ce chemin dans une voiture de location, ayant aperçu le panneau indicateur au bout de la route. Ils avaient semblé un peu déçu de constater que des gens vivaient toujours ici et ils étaient repartis bien vite.

Ça remonte à près de dix ans et personne d'autre n'est venu depuis, même si le panneau n'a pas bougé. Situé à un tournant sur la route locale qui va de Giles à Covent Fort, il indique : « Eldorado 15 miles ». Mais je suis prêt à jurer que, ces derniers temps, les arbres ont poussé plus vite autour de lui. Giles et Covent vivent repliés sur eux-mêmes et la route qui les relie n'est pas souvent empruntée. Sans ce panneau, personne ne saurait que nous sommes encore là-haut.

Quand le filon d'or se tarit, on trouva du zinc pendant un moment, un peu de cuivre aussi. La fièvre de l'or se calma, mais Eldorado continua à prospérer quelque temps. On y construisit une loge maçonnique, deux banques et une école avec une horloge et une cloche – le bâtiment le plus travaillé de la ville, un symbole de l'existence d'une communauté où il faisait bon vivre. Je ne me rappelle même plus où se trouvait la loge, les banques ont disparu et l'école a fermé en 1957. J'ai fréquenté cette école, j'y ai appris la plus grande partie de ce que je sais. Les autres aussi. C'était l'endroit où vous deveniez un adulte, année après année. En ce temps-là, une année pouvait sembler incroyablement longue et deux ans donnaient une idée de l'infini. C'est probablement pour ça que, longtemps après, les gens ont continué à rafistoler l'école abandonnée de temps à autre, chacun de son côté, en silence. Ça n'avait aucun sens, parce qu'elle n'allait pas rouvrir, notamment parce qu'il n'y avait pas de nouveaux enfants – mais je sais que je l'ai fait, Jack aussi, et Pete avant sa mort. Et on ne devait pas être les seuls, sinon elle se serait effondrée bien plus tôt.

Elle n'est plus là maintenant et même par un beau jour de printemps, ce petit coin de montagne semble terriblement silencieux. Je suppose qu'on pourrait dire que personne ici n'a rien appris depuis cette époque. Il faut bien admettre que ce qui passe à la télévision ne paraît pas s'appliquer à nous. J'ai arrêté de la regarder depuis longtemps et je sais que je ne suis pas le seul. La télé ne dure pas éternellement et personne ici ne sait comment réparer un poste. De toute façon, elle ne fait que montrer un monde qui n'est pas le nôtre et des choses que nous ne pouvons pas acheter – pas qu'on en aurait envie, d'ailleurs –, alors à quoi bon ? On a quelques livres, répartis entre nous.

Le cuivre finit par s'épuiser et l'on eut beau chercher, on ne trouva rien d'utile pour le remplacer. Les tripots baissèrent le rideau et déménagèrent en quête d'endroits où les gens avaient encore de l'argent à jeter par les fenêtres. Les pensions fermèrent peu après, quand ceux qui ne considéraient pas Eldorado comme leur foyer décidèrent d'aller voir ailleurs. Mais dans un premier temps, nombreux furent ceux qui choisirent de rester. Mes parents, par exemple, dans les années 1920. Je n'ai jamais réussi à savoir pourquoi. Peu importe, ils restèrent et j'en fis autant. D'autres les imitèrent, mais pas suffisamment. Et personne de nouveau n'est venu s'installer depuis cette époque.

À mi-chemin dans la rue Principale, Jack et moi bifurquâmes dans l'ancienne Quatrième Rue. J'imagine qu'elle s'appelle toujours ainsi, mais je vous mets au défi de trouver les trois premières ou les huit suivantes, à moins de les avoir empruntées une fois, d'avoir rendu visite à quelqu'un ou d'avoir grandi dans une maison située dans l'une d'elles. Aujourd'hui, envahies par les arbres et les mauvaises herbes, jonchées de bois de construction, elles font penser à un jeu de mikado géant. Après le départ des habitants, personne n'a fait l'effort de maintenir les maisons en bon état. On ne pense pas à ces choses-là avant qu'il soit trop tard, et alors cela ne semble plus si important. Ce qui est fait est fait, après l'heure c'est plus l'heure, etc.

Jack et moi peinions dans la montée – la Quatrième Rue avait toujours été raide et Jack avait déjà fait une fois le trajet cette nuit. Je le laissai ouvrir la marche, suivant ses pas dans la neige. Il existait un autre itinéraire jusqu'à la maison, moins escarpé, mais qui nous obligeait à passer par le premier cimetière de la ville, devenu une vraie jungle, et aucun de nous ne l'avait proposé. Devant nous, une unique lumière brillait à la fenêtre du haut de la maison des Buckley, qui trône seule au bout de la rue, ultime poste de résistance face à l'avancée de la forêt. J'avais mal au cœur au souvenir des fois précédentes où j'avais marché jusqu'à cette magnifique demeure ancienne blottie contre le roc de la montagne. Des centaines de fois, mais quelques-unes en particulier. Ma vie me faisait souvent cet effet maintenant. J'avais l'impression d'un paysage dans lequel je ne faisais que passer, une vaste plaine avec peu de points de repère. Et puis j'ai ce petit sac en moi où je garde précieusement les choses importantes. Quelques odeurs, des sons, des sensations comme une légère brise d'été. Quelques soirées, deux ou trois après-midi et une poignée d'aubes où je me réveillai quelque part où je me sentais bien, au chaud avec quelqu'un et protégé de la lumière éclatante du jour et de l'avenir. Mais ce sont les nuits dont je me souviens le plus, bonnes ou mauvaises. On tombe amoureux la nuit, mais c'est aussi la nuit que les gens meurent, même ceux qui ont poussé leur dernier souffle de jour. Le temps que leurs proches comprennent ce qui s'est passé, les ténèbres se sont déjà approprié l'événement. Les nuits durent plus longtemps, cela ne fait aucun doute, pendant et après. Elles contiennent des multitudes et ne s'effacent pas aussi facilement que le soleil. Elles sont là, dans mon sac, et je les emporterai avec moi en partant.

Arrivés à la maison, nous frappâmes nos bottes sur le sol pour en détacher la neige avant d'entrer. Mes visites de ces dernières semaines m'avaient habitué à la poussière, à sa façon de recouvrir tout ce que cette maison avait été. Elle l'avait entretenue du mieux qu'elle pouvait pendant toutes ces années, mais maintenant il était presque possible de l'entendre s'épuiser, comme le vent après une tempête. Le rez-de-chaussée était désert, à l'exception du chat de Naomi, assis au milieu du couloir, le regard fixé sur le mur. Alors que nous commencions à grimper les escaliers, il nous jeta un coup d'œil avant d'aller lentement se réfugier dans l'obscurité de la cuisine.

Je sus alors que tout était terminé.

À l'étage, nous hésitâmes devant la porte de la chambre, comme si nous avions le sentiment de devoir être invités à entrer. Des bougies éclairaient l'intérieur, ainsi qu'une vieille lampe à pétrole près de la fenêtre. Le docteur était assis sur un banc-coffre au pied du lit, les coudes appuyés sur les genoux. Il avait l'air d'un vieil homme fatigué attendant un train qui le ramènerait chez lui. Difficile de reconnaître en lui le gamin qui courait aussi vite que le vent, le meilleur coureur de la ville – après moi. Il avait quitté la ville pour ses études et passé quelques années ailleurs, vu d'autres endroits. Il possédait la moitié des livres à Eldorado, les avait rapportés avec lui quand il était revenu.

Il leva la tête et nous fit signe d'entrer. Nous approchâmes, à petits pas et les mains le long du corps, tels deux enfants. Je gardais les yeux fixés droit devant, sachant que viendrait le temps de regarder quand les mots auraient été prononcés.

Jack posa la main sur l'épaule du médecin.

— Elle a repris connaissance ?

Il secoua la tête.

— Elle est morte. C'est tout.

— C'est fini, alors, dis-je.

Nous poussâmes tous les trois un soupir, tous en même temps. Rien de long, ni de mélodramatique. Juste une expiration pour laisser sortir ce que nous gardions en nous.

Doc se mit à parler, bredouilla. Il réessaya.

— Peut-être que ça ne va pas arriver, murmura-t-il d'une voix plaintive et effrayée, échouant à nous rassurer. Après tout, comment savoir ?

Jack et moi secouâmes la tête. Penser ainsi ne menait nulle part. Personne ne savait comment nous savions. Mais nous savions. Nous savions depuis que les enfants avaient cessé de naître.

Nous nous plaçâmes de chaque côté du lit et baissâmes les yeux. Je ne sais pas ce que Jack regardait, mais je peux vous dire ce que j'ai vu. Une vieille femme, le visage ridé, mais moins que lorsque je l'avais vue l'après-midi de la veille. La mort avait nivelé les reliefs de sa souffrance, comblé les lits asséchés des rivières de l'âge. Avec le couvre-lit remonté sous son menton, elle semblait bordée bien au chaud dans son lit. La forme sous les couvertures était si mince qu'elle semblait à peine être là : elle aurait très bien pu n'être qu'un pli dans les draps, ne couvrant qu'un peu d'air qui se refroidissait. Mais l'impression de calme prédominait : elle ressemblait à une chaîne de montagnes vue du ciel.

J'avais déjà vu des morts – souvent. Mes propres parents, exposés ainsi, inexplicablement froids et silencieux. Ma femme aussi et pas mal de mes amis. Il y a eu beaucoup de morts par ici ces dernières années et chaque défunt a été regretté et pleuré. Mais Naomi semblait différente.

C'est bizarre, cette façon que nous avons de nous focaliser sur les traits du visage quand nous rencontrons quelqu'un pour la première fois. Les yeux, la bouche, la coiffure. Nous avons tous le même nombre de membres, mais nos visages n'appartiennent qu'à nous. Ensuite, avec le temps, c'est comme si une partie de ces traits quittait le corps de son propriétaire pour se cristalliser dans notre cerveau. Ensuite, on remarque à peine les effets du passage des années, la manière dont le vrai visage des gens s'épaissit, se ternit et change. De temps en temps, quelque chose vous prend de court et vous oblige à voir les choses telles qu'elles sont devenues. Et puis ça repart, presque aussi vite que c'était venu et vous ne voyez que la continuité, l'essence derrière les apparences. La personne telle qu'elle fut.

Je vis Naomi telle qu'elle et sa sœur avaient jadis été, les deux étincelles les plus brillantes d'Eldorado, des filles à vous couper le souffle, que vous ayez quinze ans, comme elles, ou que vous soyez trop vieux pour bander. Je la vis comme la gamine qui criait le plus fort dans la cour de récréation et n'hésitait pas à jouer les tortionnaires avec ses petits camarades. Je la revis comme à l'époque où Pete et moi remontions la Quatrième Rue avec des fleurs à la main et le cœur au bord des lèvres, quand Pete sortait avec Naomi et moi avec sa sœur Sarah qui avait deux ans de moins et était bien plus jolie – c'est du moins ce que je pensais à l'époque.

C'est de cette année-là que viennent pas mal des nuits que je conserve dans mon sac et qui font monter le souvenir de vagues refrains à ma tête. Sarah et moi avons rompu avant Thanksgiving et elle a fini par épouser Jack. Ils n'ont pas eu d'enfants, mais elle a paru globalement heureuse et elle est morte en 1984. Pete et Naomi ont tenu quelques mois de plus, puis Pete a rencontré Maggie et les choses ont changé. Cinq ans plus tard, tous deux sous le coup de déceptions sentimentales différentes, glorieusement ronchons et imbibés de mauvais alcool, Naomi et moi avons marché ensemble toute une nuit à travers les bois qui bordaient la ville. Nous cherchions le ruisseau où les Clarke avaient prospecté la première fois et nous l'avons peut-être même trouvé. Nous n'avons fait que nous embrasser, mais c'était excitant. Une fois le matin venu, il ne restait rien de notre passion de la nuit. Nous n'étions pas faits l'un pour l'autre, ne l'avions jamais été. Bien sûr, une décennie ou deux plus tard, quand j'ai commencé à faire le bilan de ma vie, un peu comme un livre que j'aurais mieux fait de lire avec attention la première fois, j'ai compris que nous nous étions peut-être trompés sur ce point. Avec le recul, c'était toujours le visage de Naomi qui apparaissait le plus clairement dans mon esprit, bien qu'elle ait appartenu à Pete et moi à Sarah, et que nos avenirs à tous deux aient appartenu depuis longtemps au passé. À ce moment-là, Naomi était mariée et nous nous montrions polis l'un envers l'autre quand nous nous croisions. C'était comme si nous avions épuisé en une seule nuit dans les bois ce courant qui peut passer entre deux êtres, cette étincelle de possibilité, que nous l'avions gâchée et que nous ne pouvions plus être qu'amis. Naomi n'a jamais eu d'enfants non plus, ni Maggie. Aucun de nous n'en a jamais eu.

Même à présent, alors que la forêt a commencé à se frayer un chemin jusqu'à la Grand'Rue, je me souviens de cette nuit avec elle comme si je portais toujours les mêmes vêtements et n'avais pas eu le temps de me changer. Je me souviens aussi de la façon qu'avaient les sœurs de rayonner, tout au long de leurs vies, comme si elles fonctionnaient avec des piles plus puissantes que le reste d'entre nous ou que le Créateur, quel qu'il soit, avait mieux réussi son coup avec elles qu'avec nous. J'ai profondément aimé ma femme et nous avons connu beaucoup de belles années ensemble, mais en vieillissant j'ai le sentiment que ces années au milieu de nos vies n'ont constitué qu'un long jeu auquel nous avons tous participé, une partie complexe aux règles floues. Ces saisons s'effacent et nous revoilà sur le terrain de jeu, tels des fantômes fatigués, de retour après une longue marche, et c'est ce que nous étions alors qui semble le plus important. Je ne me rappelle pas grand-chose des événements de l'année écoulée, mais je me remémore sans peine ces deux petites filles de ma jeunesse. Sur la promenade en bois, dans cette grande maison construite par leur père, autour de la fontaine à soda quand elles n'étaient encore que des enfants et que nous étions tous pétillants de jeunesse et bienheureux, une récolte de fleurs nouvelles, éclatant de vie dans un champ qui serait là à jamais.

Presque tous ces gens sont morts à présent. Répartis entre les deux cimetières, attendant leur heure, comme les carreaux cassés des fenêtres d'un vieux bâtiment. Quelques vitres sont encore intactes, comme Jack, Maggie, moi et les autres, mais on se demande bien pourquoi. Il ne reste plus rien à voir à travers nous.

Quand Jack et moi eûmes observé Naomi pendant un moment sans le moindre signe de changement, nous nous détournâmes du lit. Doc avait silencieusement rassemblé ses affaires, mais ne semblait pas encore prêt à partir.

— Bill et moi avons quelque chose à faire, expliqua Jack. On est juste passé prendre le camion. Et pour ce que tu sais.

Doc hocha la tête sans vraiment nous regarder. Il savait ce que nous allions faire.

— Je vais rester un peu, dit-il.

En 1972, Naomi et lui avaient eu une aventure. Il ne s'imaginait probablement pas que nous le savions. Mais toute la ville était au courant. En 1985, à la mort de son mari, Doc avait souvent dîné à la table des Buckley. Je m'étais toujours demandé si j'aurais pu me trouver à sa place. Ça ne s'était pas passé ainsi.

— Qu'est-ce qu'on va faire pour le chat ? demandai-je.

— Que voulez-vous qu'on fasse ? répliqua Doc avec un pâle sourire. C'est un chat. Il fera comme bon lui semble. Je lui donnerai quand même à manger.

Nous lui avons serré la main, sans trop savoir pourquoi, et nous sommes partis.

Le camion de Jack était garé sur le côté de la maison. La descente de la colline n'allait pas être de la tarte, mais c'était trop loin pour marcher. Nous avons réussi à le faire démarrer au bout de seulement deux essais et Jack l'a fait avancer avec précaution dans les ornières de la rue. La chance semblait être avec nous et nous avons regagné la rue Principale sans encombre. Après le bar, nous avons tourné à droite et nous nous sommes éloignés de ce qui restait de la ville.

À la hauteur de l'autre cimetière, Jack a ralenti, s'est arrêté et a coupé le moteur.

Nous sommes restés ainsi quelques instants, vitres baissées, à fumer et à écouter. Il faisait un froid de canard. Rien à entendre, à part le vent dans les montagnes et le bruissement des arbres qui se courbaient vers nous. Derrière la clôture, les pierres tombales et les croix de bois défilaient dans la nuit. Amis, parents, amants et enfants par centaines. Un champ entier rempli de choses qui auraient pu être, ou avaient été et ne seraient plus jamais. Des gens sont morts depuis un sacré bout de temps. Et leur nombre augmente.

Jack se tourna vers moi.

— On est sûrs, pas vrai ?

— Oui. Ça fait un moment qu'ils sont plus nombreux que nous. Après Naomi, on ne sera plus que quinze.

Ça me faisait une drôle d'impression de voir Jack se tourner vers moi pour être rassuré. Je me le rappelais encore comme l'un des grands garçons, quelqu'un dont j'espérais suivre les traces un jour. J'ai fini par devenir comme lui, même plus âgé qu'il l'avait jamais été, puis juste vieux, exactement comme lui. Tout semblait si différent à l'époque, chaque personne si distincte l'une de l'autre. Quand tout le monde a dix ans d'expérience, une nouvelle coupe de cheveux suffit à vous faire changer de couleur. Puis avec l'âge, tout le monde finit par se ressembler. Tout le monde décline au même rythme. C'est comme les années 1950, 1960, 1970 et 1980, toutes ces décennies qui semblaient si différentes les unes des autres et qui finissent par se confondre pour ne plus former que le temps que nous avons laissé derrière nous. Comme une météo favorable ou une crampe d'estomac.

Jack perça le pare-brise du regard pendant un moment.

— Je n'entends rien.

— Ça peut prendre des heures. On ne sait jamais. Peut-être que ce ne sera même pas cette nuit.

Il rit doucement.

— Tu crois ?

— Non, admis-je. C'est pour cette nuit. L'heure est venue.

Alors je me suis dit que j'avais peut-être entendu quelque chose, là-bas dans le noir, une première manifestation derrière la clôture.

Mais tout est resté calme. Il n'était pas plus de minuit, la nuit ne faisait que commencer.

Jack hocha lentement la tête.

—Alors autant en finir.

Nous avons échangé un bref sourire, comme deux garçons qui se croisent dans la cour de récréation, des garçons devenus amis et qui n'auraient jamais pu imaginer qu'ils partageraient la tâche qui les attendait en cette nuit si lointaine.

Plus tard, nous rentrerions en ville et, après avoir garé le camion devant le bar de Maggie, nous irions nous asseoir à l'intérieur avec les autres pour attendre. Elle resterait ouverte toute la nuit. Mais d'abord, nous sommes descendus de la colline, par un sentier difficile, jusqu'à une vieille route que presque plus personne n'emprunte.

Nous sommes sortis du camion et sommes restés là un moment, à observer, au pied de la montagne, une terre aussi vaste que le paradis. Puis, ensemble, nous avons démonté le panneau indiquant la ville.

La magie est en toi

Trouver un enfant ne me pose jamais de problème. Je n'ai qu'à attendre à la sortie des boutiques qui longent la rue menant à l'entrée, ou encore à écumer les centres commerciaux les plus proches pendant une demi-heure. Des gamins y passent toute la nuit à ne rien faire ou mendient un peu de monnaie pour se payer un burger ou une partie de jeu vidéo. Rien ne remplace l'expérience du moment du choix. Les gosses qui traînent là-bas ne connaissent rien de la vie et sont prêts à avaler n'importe quel bobard.

Le choix du môme est une phase délicate. Trop vieux, et vous êtes sûr d'attirer l'attention à l'entrée. Trop jeune, et les gens se demandent où est la mère du petit. Quelquefois ce n'est pas évident de trouver le bon pour la nuit. Les jeunes adolescents, c'est ce qui marche le mieux d'habitude : obéissants, pas trop difficiles à convaincre.

Il n'avait pas fallu plus de dix minutes à Ricky pour en trouver une, cette fois-ci. Assise sur un banc devant le Subway [5], elle regardait fixement ses chaussures ou rien en particulier, isolée dans un flot de lumière jaune. Il passa devant la sandwicherie à deux reprises dans le demi-jour, remarquant deux groupes de jeunes à proximité, l'un le long du trottoir, l'autre rôdant devant le Publix [6]. La fille semblait n'appartenir ni à l'un ni à l'autre. Il gara sa voiture, attendit que le moteur soit totalement silencieux, et l'observa quelques instants. Le groupe le plus proche passa devant elle, traversant sa flaque de lumière, sans qu'un mot soit échangé. Elle ne leva même pas la tête. Elle n'attendait personne.

Ricky prit ses cigarettes sur le tableau de bord, ferma sa voiture à clé, et se dirigea vers elle.

Elle le regarda approcher, mais sans manifester de curiosité

---

5. Chaîne de restaurants présente dans soixante et onze pays.
6. Chaîne de supermarchés présentant la particularité d'être détenue par ses employés.

excessive. Il sentait que ce n'était pas par indifférence, mais plutôt en raison d'une réelle ignorance des situations que ce monde pouvait lui réserver. Elle était vraiment parfaite pour le job et elle ne pouvait que se féliciter d'être tombée sur Ricky, plutôt que sur un putain de pervers.

— Tu attends quelqu'un ? lui demanda-t-il, s'arrêtant à bonne distance. (Elle leva les yeux, puis les détourna. Elle ne hocha même pas la tête. Il franchit les quelques pas qui les séparaient et s'assit avec nonchalance sur le banc à côté du sien.) D'accord. C'est juste un chouette endroit pour passer le temps.

Elle ne répondit pas. Ricky alluma tranquillement une cigarette. Elle devait avoir une douzaine d'années, plutôt mignonne. Des yeux bleus, des cheveux blonds rassemblés dans une queue-de-cheval. Un tee-shirt blanc et un jean récemment lavé. Il vit son regard suivre le mouvement de l'allumette avant qu'il l'éteigne. En dépit des apparences, il avait capté son attention.

— Tu as faim ?

Elle cligna des yeux, et tourna légèrement la tête vers lui Quelque chose avait changé. C'était toujours comme ça. C'est une question élémentaire. Même si vous venez de manger à vous en faire exploser la panse, vous y pensez. Est-ce que j'ai faim ? Suis-je repu ? Est-ce que ça va suffire ? Et si vous avez vraiment faim, la question vous surprend comme si vous veniez d'être pincé, comme si quelqu'un avait deviné votre pire secret, à quel point vous êtes proche de la fin. Ricky connaissait la musique. Il avait connu la faim. Vous répondiez doucement à cette question, pour que les charognards ne l'entendent pas.

— Un peu, finit-elle par admettre.

Il acquiesça, surveillant le parking pendant un moment, observant les couples chargeant les lourds sacs de courses dans les coffres des voitures familiales, laissant simplement la conversation trouver son rythme.

— Je pourrais t'acheter quelque chose, proposa-t-il simplement. Qu'est-ce qui t'arrive ? Ta mère ne t'a pas donné à manger ce soir ?

— Je n'ai pas de mère.

— Et ton vieux alors ? Qu'est-ce qu'il fait ?

La fille haussa les épaules. Soit elle n'en savait rien, soit elle ne voulait pas le savoir. Pour Ricky, c'était sans importance, il savait qu'il la tenait.

Ricky patienta, le temps qu'elle engloutisse le sandwich et les frites, avant de poser la grande question.

— Ça te dirait de faire un tour au Pays Enchanté, ce soir ?

Il était 20 heures passées lorsqu'ils arrivèrent à l'entrée. Comme Ricky s'y attendait, ils n'eurent pas longtemps à attendre : un défilé démarrait dans la rue principale à partir de 20 h 30, et les visiteurs du parc faisaient en sorte d'être entrés pour le début. Même Nicola, la fille qui l'accompagnait, était au courant. Ricky lui avait raconté que la parade commençait exceptionnellement à 21 h 15 cette semaine. Elle lui avait lancé un regard dubitatif, mais plein d'espoir.

Alors qu'il s'engageait dans une des files et s'arrêtait devant la barrière, Ricky ressentit une pointe d'anxiété familière. À ce stade, tout pouvait encore rater. Il avait eu de la chance jusqu'à présent, parce que les enfants étaient toujours impatients à la perspective de ce qu'ils croyaient obtenir, mais rien n'était joué d'avance. Ni ce soir, ni jamais. Il baissa la vitre.

La tête du gardien descendit immédiatement vers lui, tout sourires.

— Bonjour ! Je suis Marty, le Portier ! Comment allez-vous ?

Marty le Portier, la cinquantaine bien sonnée, portait une version caricaturale de l'uniforme d'un policier des années 1940. Son visage était rosé de bonne humeur – ou alors la maquilleuse était passée par là. Ou probablement l'alcool, pensa Ricky. Tous les portiers, dans les autres files, se ressemblaient et rabâchaient le même discours.

Ricky lui rendit son sourire.

— Je vais très bien. Et vous ?

— Moi ? C'est la grande forme !

Et il se mit à rire à gorge déployée en se cabrant en arrière et en se massant les côtes de ses mains aux doigts écartés à chaque gloussement, comme un personnage de dessin animé. Nicola se tordit sur son siège en riant.

Ricky fit glisser sa main vers l'endroit où reposait le pistolet, entre le siège et la porte, attendant que l'homme s'arrête. Pauvre cloche. Il l'imagina, rentrant chez lui après le travail, retirant son putain de costume stupide pour se branler devant la télé ou un tas de revues porno. Ricky savait qu'il ne se trompait pas, c'est ce que *lui* aurait fait. Comment faire autrement ?

L'homme cessa enfin de rire et s'essuya les yeux.

— Houlà ! Bien ! Deux joyeux voyageurs en route pour le Pays Enchanté ! En route pour un monde d'attractions et de bonne humeur où règne la magie ?

— Pas seulement, répondit Nicola en se penchant en travers

de Ricky pour lui sourire à travers la vitre. Nous sommes aussi venus rendre visite à mamie !

Ricky se détendit. La fille n'allait pas poser de problème. Mieux même, elle s'était prise au jeu. Ça arrivait parfois. Les enfants adorent jouer la comédie.

Marty lui fit un clin d'œil.

— Elle en a de la chance, mamie ! Elle vous attend ?

— Non, c'est une surprise, lui confia Nicola. Elle habite au Foyer Numéro Trois.

— D'accord, d'accord ! glapit joyeusement le portier, sortant un carnet de tickets de l'une des poches trop grandes de son uniforme. Alors, Monsieur Papa, combien de temps pensez-vous rester parmi nous ?

— Une heure, peut-être deux. (Ricky sourit.) Tout dépend de la forme de mamie.

— Disons trois, d'accord ? Je peux toujours vous rembourser à la sortie.

— D'accord, Marty. Super !

— C'est parti ! (Marty Le Portier appuya sur les touches d'un clavier, à côté de sa cabine, le bout de la langue pointant au coin de sa bouche. Les touches se mirent à grossir et à bouger, entraînant ses mains dans un va-et-vient pour les atteindre. Deux yeux clignotèrent au sommet de la cabine, l'un d'eux lança un clin d'œil à Nicola. En quelques secondes les boutons de couleurs criardes avaient pris quelques centimètres et adopté des formes farfelues. Et Marty de les frapper à perdre haleine.) Houlà ! cria-t-il, faisant rire Nicola, quand deux des touches eurent grandi au point de lui rendre ses coups.

Une fois sa petite comédie achevée, le portier présenta un billet d'entrée à la machine, qui ouvrit une large bouche et engloutit le ticket, le mâchouilla quelques instants, et le recracha, validé. Nicola eut droit à un nouveau clin d'œil, avant que tout rentre dans l'ordre. Marty agita le ticket sous le nez de Ricky.

Dans d'autres circonstances, Marty y aurait laissé ses doigts. Mais Ricky lui tendit l'argent et la barrière se leva. Le portier fit un signe de la main à Nicola à travers la vitre arrière.

Alors que la voiture avançait, tous les visages sculptés dans le portail firent pivoter leurs yeux vers eux et se mirent à chanter – chacun était la reproduction d'un personnage de dessin animé du Pays Enchanté et avait fait l'objet d'un réglage minutieux par les escrocs chargés de leur faire atteindre cette joyeuse perfection.

Fragile le Canard, Loopy le Chien et Prudent le Chat étaient là, mais aussi Bud et Slap les Rats Joyeux, et Goren le foutu Lézard, et tout un tas d'autres, chaque visage gravé dans votre mémoire, en dépit de l'énergie que vous avez pu consacrer à toujours les ignorer.

— La magie est en toi, chantaient-ils, un monument sonique d'harmonies mielleuses, en toi, en toi... La magie est en...

Ricky remonta la fenêtre.

Puis il alluma une cigarette et appuya sur l'accélérateur.

La gamine resta silencieuse pendant tout le trajet vers le Foyer Numéro Trois. Elle n'avait d'yeux que pour le spectacle qui l'entourait, comme si, même dans le noir, elle n'avait jamais rien vu de pareil. C'était peut-être le cas. Ricky, lui, avait déjà vu tout cela.

Chaque parc à thème était lié à l'autre par d'élégantes voies de monorail. Le calme de la soirée n'était troublé que par le glissement occasionnel d'une silhouette aérodynamique à côté de la route ou au-dessus de leurs têtes. De joyeuses familles qui entraient ou sortaient, soit pour se rendre dans de ridicules restaurants à thème, soit pour rentrer dans des hôtels grotesques. Des enfants surexcités tellement bruyants qu'il fallait se retenir pour ne pas les étrangler, et des parents qui se contentaient, une nuit encore, de boire ce qu'offrait le room service pour se consoler de ne pas baiser. Le tout livré par un groom déguisé en foutu écureuil.

Ricky n'avait jamais séjourné dans un des hôtels. N'y était même jamais entré : la sécurité était trop efficace. Mais il savait exactement à quoi s'attendre. Une belle arnaque, comme tout le reste au Pays Enchanté. En cinquante ans, le parc avait grandi au point de faire de l'ombre à la plupart des villes. Attractions, manèges, cinémas, parcs thématiques : tout était fondé sur quelques personnages de dessin animé et l'idée qu'un abruti se faisait d'un monde idéal. Il y avait une réserve de grands fauves bidons. Des lacs tout aussi artificiels où nageaient des poissons et des dauphins, comme si quelqu'un s'en souciait. Le « centre-ville » offrait à des gens qui avaient peur de leur ombre de retour chez eux de faire des courses et de flâner en toute sécurité. Un stupide parc futuriste était censé montrer la vie d'ici une centaine d'années : achats en ligne, vêtements en Nylon couleur pastel, et autres vidéophones grâce auxquels la famille nucléaire sagement regroupée parlait à grand-père sur Mars.

Ricky savait à quoi ressemblerait le monde dans cent ans : certainement pas à de mignons personnages de dessin animé posant pour des photos-souvenirs et faisant rire les tout-petits. Pas de restaurants où toute la famille pourrait déjeuner pour quelques dollars, service compris. Pas non plus cet alignement de vendeurs de tee-shirts et de bonbons dans des boîtes colorées. Et pas question de laisser votre porte ouverte la nuit, ou de ramasser ses ordures. Le monde appartiendrait aux voleurs, aux gens armés. Chacun pour soi. Un monde de vrais loups, pas d'étudiants boutonneux qui arrondissent leurs fins de mois sous un costume. Un monde où il faudrait apprendre à se servir, et gare à qui se mettrait en travers de votre chemin. On y était presque. Seuls les idiots prétendaient le contraire. C'est ça qu'il fallait apprendre aux mômes, pas ces conneries de lapins qui parlent. Ricky prenait le Pays Enchanté comme une insulte personnelle, et c'était une des raisons pour lesquelles il avait choisi ce qu'il faisait pour gagner sa vie. Il détestait les couleurs criardes, la bonne humeur, les gamineries stupides, les mensonges sur la réalité du monde, la conspiration qui voulait faire croire que, quelque part, la magie existait. Il détestait tout ça.

C'était un tas de foutues conneries.

L'enfant resta sage pendant qu'il conduisait, en dépit de l'apparition de constructions étranges et miraculeuses dans le noir, comme autant de promesses de jeu et d'amusement. Elle ne demanda pas à s'arrêter devant chaque bâtiment comme ils le font tous. Elle se tint tranquille jusqu'à leur arrivée devant l'entrée imposante du Royaume Merveilleux, le parc des origines au cœur du Pays Enchanté. Le portail massif s'élevait sur huit étages extravagants, mêlant joyeusement tous les éléments de décoration qui auraient été à leur place dans une vision du futur tout droit sortie d'un drive-in des années 1950. Les Jetsons[7] en auraient eu le souffle coupé. Les faisceaux tournoyants des projecteurs découpaient gaiement la nuit, pendant que des personnages accueillaient les visiteurs en faisant des cabrioles. La gamine avait baissé la vitre de son côté et on entendait au loin le son de la musique et des percussions, les chants et les danses à l'intérieur.

— La parade, dit-elle.

Il haussa les épaules.

— Ces idiots ont démarré plus tôt que prévu. Ou alors, c'est le début.

Elle était calme, raisonnable.

— Vous aviez promis qu'on verrait la parade.

— Et je tiendrai ma promesse. Elle dure un peu plus de une

7. Les Jetsons sont des personnages de dessin animé qui sont au futur ce que les Flintstones (La famille Pierrafeu) sont à la préhistoire. La série a fait l'objet d'une diffusion sur Canal Plus.

heure. Nous avons juste à faire ce pour quoi nous sommes venus et nous irons voir la fin. C'est mieux comme ça. Beaucoup de spectateurs seront déjà repartis et tu verras les personnages de plus près.

— C'est vrai ?

Elle l'étudiait, hésitant à sourire, de peur d'être déçue. Puis un rayon de lumière pénétra dans l'habitacle, révélant tous les détails de sa physionomie. Un joli visage, des lèvres rouges n'ayant jamais connu de baiser. De grands yeux qui ne demandaient qu'à le croire et à voir de belles choses.

Ses seins menus pointaient à travers un tee-shirt trop petit d'une taille. Elle était parfaite, d'autant plus qu'elle n'avait aucune idée des pensées qui étaient les siennes.

Ricky décida de prolonger le jeu un peu plus longtemps qu'avec la plupart des autres ; il allait lui apprendre les dures leçons de la vie. Une session d'entraînement où il ferait de son corps ce qu'il voudrait. Qui pourrait servir plus tard, pour un autre gars, sauf que Ricky savait qu'il n'y aurait pas de plus tard. D'habitude, il couchait l'enfant sur la banquette arrière, sous une couverture, comme s'il dormait, mettait le garde à la sortie dans sa poche d'un clin d'œil, en plaisantant sur le trop-plein d'excitation pour une même journée. Cette nuit, il trouverait un moyen de ressortir avec la fille en vie.

— Je t'assure, dit-il. Fais-moi confiance.

Elle sourit.

Un peu plus tard, il roulait dans la rue principale du Foyer Numéro Trois, en déchiffrant les noms des rues affluentes. De temps à autre, ils croisaient un personnage qui s'arrêtait pour faire un signe de la main à Nicola. Du champignon dansant de un mètre de haut au canard de soixante centimètres, ils faisaient flipper Ricky. Ils n'avaient rien à faire dehors aussi tard : ils n'étaient là que pour souligner la magie des lieux pendant les heures où la fréquentation était la plus forte. Ricky avait des difficultés à se repérer parmi toutes les rues qui portaient des noms de personnages. Comment ne pas se perdre entre la rue Loopy-IV et l'allée Prudent-VI ? Nicola ne lui était d'aucune aide et avait décidé de lui raconter sa vie. Elle pensait à raccourcir son prénom, et à l'écrire Nicci, parce qu'elle pensait que cela sonnait plus classe, et ignorait vraisemblablement comment on prononçait Gucci. Elle aimait les chats, comme Prudent, mais elle trouvait certains chiens mignons. Elle ne savait pas où était son père parce qu'elle ne l'avait jamais connu. Elle disait qu'elle n'avait pas de maman, parce que les vraies mamans n'auraient jamais fait ce que la sienne faisait. Deux jours plus tôt, elle avait donc décidé de fuguer en ayant cette fois la ferme intention de ne pas revenir.

Mon Dieu, seulement deux jours, pensait Ricky. *Tu as eu de la chance de tomber si vite sur moi. Tu n'auras pas à patienter six mois pour devenir comme ta mère, et en prime tu éviteras la vie qui est la sienne. Tu as de la chance, petite Nicola. Beaucoup de chance.*

Il tremblait d'excitation à l'idée de ce qu'il allait lui faire. C'était contraire à ses habitudes. Les autres fois, il s'était contenté de se débarrasser d'eux. Un petit tour dans les marécages pour faire disparaître le corps, ni vu ni connu. Il n'aimait pas procéder autrement, ça lui donnait l'impression d'être un pervers, ce qu'il n'était pas – il était un professionnel. Mais il pouvait faire une exception de temps en temps, même si cela le troublait et l'empêchait de trouver sa route. Tout le monde a besoin de se faire plaisir : pour les uns c'est un nouveau fusil, pour d'autres un rail de coke, ou encore une nuit avec deux putes. C'est une question de stimulation. Pour se maintenir au top.

Ricky serra le volant, s'efforça d'ignorer le bavardage de la fille, et se redressa. Finalement, il tourna vers ce qui lui semblait être la bonne direction. Il trouva son chemin dans le quadrillage des rues et l'alignement des maisons, pénétrant alternativement dans un décor tout droit sorti des années 1940, 1950 ou 1960. D'une version idéalisée de ces époques en tout cas, ce qu'elles auraient pu être en faisant abstraction de tout ce qui n'allait pas. Les rues étaient calmes en grande partie parce que les habitants étaient trop vieux pour sortir à une heure pareille.

Le Foyer Numéro Trois était l'une des sections les plus récentes du Pays Enchanté. Il formait, avec trois autres quartiers construits à l'identique, un éventail autour du Royaume Merveilleux. Cinq ans plus tôt, les dirigeants des parcs de loisirs avaient découvert une nouvelle mine d'or : les résidences pour vieux schnocks. De charmants voisinages ensoleillés où ils pourraient finir leurs jours à l'abri du monde extérieur. Le monde où vous aviez toujours vécu ne vous offrait que l'insécurité et la perspective de vous faire agresser par des voyous armés de couteaux en revenant des courses. Ici, en plus d'être en sécurité, vous seriez choyés et habiteriez un endroit où vos petits-enfants adoreraient vous rendre visite. Tu veux aller voir papy à Roanoke ? Non, merci. Au Pays Enchanté ? Vendu ! Ils bâtirent des maisons de tous les styles et de toutes les tailles, pour que tous, du smicard au millionnaire au visage cuit par le soleil, puissent venir y accrocher leur bandage herniaire. Décor au choix : du module spatial à la hutte en boue de la planète Zog. Puis les commerces, les banques et tout le reste suivirent, dans des bâtiments à l'image des produits qu'on y trouvait. C'est pour ça qu'on avait du mal à s'orienter. On se serait cru dans un magasin de jouets, mais sous acide.

Victimes de leur succès, même les petites maisons virent leur prix grimper et, un an plus tôt, Ricky eut une idée. Prenez un alignement de résidences habitées par des vieilles personnes. Pleines aux as. Qui ne savent pas trop se défendre. Qui ont des valeurs. Il ne vous reste plus qu'à pénétrer dans l'un des Foyers – accompagné par un gamin tout mignon, qui vous posera des questions ? – et à vous servir, une fois la porte ouverte grâce à la voix d'un enfant. Vous êtes reparti avant même que quiconque se soit rendu compte que quelques vieux ont rejoint leur créateur plus tôt que prévu. Un seul témoin : le gamin. Et pas pour longtemps. Il suffit de s'assurer de ne pas être reconnu à la porte, et avec les millions de visiteurs du parc, ça a peu de chance d'arriver.

Et vous n'avez pas entendu le plus beau : le Pays Enchanté étouffe les cambriolages. Pas étonnant. Les admettre serait avouer que la retraite magique n'a rien d'idyllique. Mauvais pour les affaires. Même les familles n'en faisaient pas toute une histoire. Et là Ricky voyait la confirmation de l'idée qu'il se faisait du monde et du genre humain. Pourquoi ? Pour la même raison qui le fit changer de métier et passer professionnel au bout de deux mois.

Souvent, les familles n'étaient pas vraiment tristes de voir les aïeux s'en aller, parce qu'elles en avaient après leur argent. Voilà pourquoi Ricky ne s'abaissait plus à voler. Maintenant, il travaillait sur contrat. C'était plus sûr, plus discret et plus lucratif – pour l'instant, en tout cas. Viendrait un moment où la direction du parc comprendrait et resserrerait la sécurité, et Ricky passerait à la suite de son programme : faire chanter les familles. Fallait-il que ses commanditaires, prêts à payer pour liquider papy, vivent eux-mêmes au Pays Enchanté, pour ne pas se rendre compte qu'il reviendrait les hanter ?

Ricky finit par trouver le Lotissement du Lézard et continua à rouler un peu. Il se gara au coin de la rue, observa la maison et vérifia l'adresse. Il grogna de satisfaction. C'était là.

Margaret Harris, quatre-vingt-quatre ans. Elle pesait peut-être trois cent cinquante mille dollars, maison comprise. Pas énorme, mais son fils et sa belle-fille pourraient s'offrir un nouveau bateau deux ans plus tôt que prévu, et sans avoir à trimer pour l'obtenir, sans manquer un seul cocktail. Avoir une meilleure antenne satellite, installer un grand écran dans le salon. Peut-être quelque chose pour les enfants aussi. Une console de jeu. Un vélo. Une dernière visite au Pays Enchanté.

Pour reprendre les termes de John Harris, le fils, la conscience endormie par un large scotch : ils ne faisaient que réaliser une partie de leur patrimoine.

Margaret Harris habitait une petite maison de style Tudor, aux murs badigeonnés à la chaux, traversés de poutres noires, le toit recouvert de chaume couleur pain d'épice. Il y avait de la lumière derrière les rideaux d'une des pièces du rez-de-chaussée. Devant la maison, les brins d'herbe du gazon avaient tous exactement la même taille. Peut-être qu'ils étaient animés comme les personnages du parc, que tous les matins, les millions de brins chantaient en chœur pour un réveil dans la joie.

Nicola regarda, elle aussi, la maison.

— C'est là qu'elle vit ?

— Tout juste. Tu te rappelles ce que tu dois faire ?

Elle détourna les yeux, prit le temps de répondre.

— J'avais une grand-mère, dit-elle. Je ne l'ai vue que deux fois. Elle m'avait offert une bague, mais maman me l'a volée. Elle est morte quand j'avais six ans. Maman s'est pris une cuite monstre ce jour-là.

Ricky dut se retenir pour ne pas la frapper. C'était toujours comme ça avec les filles comme elle. Les baiser était le seul moyen de les rendre supportables. Il prit sur lui et lui parla calmement.

— Ce n'est pas ta grand-mère, d'accord ? Tu te souviens, Nicola ? Je t'ai expliqué comment faire.

— Bien sûr, dit la fille.

Elle ouvrit la portière et sortit de la voiture.

Jurant à voix basse, Ricky descendit de son côté, glissa le pistolet dans sa poche et la suivit dans l'allée menant à la résidence Harris.

Nicola sonna pour la deuxième fois et Ricky entendit quelqu'un bouger à l'intérieur. Il recula dans l'ombre. Nicola attendait, debout devant la porte.

— Qui est là ? demanda une voix âgée, mais ferme, la voix de quelqu'un qui se sait vieux, mais pas encore prêt pour le dernier voyage.

— Bonjour, mamie ! répondit Nicola d'une voix flûtée, se penchant en avant pour regarder à travers le diamant de verre soufflé. (Elle fit un signe de la main.) Je suis venue te rendre visite !

— Thérésa ?

La voix de la vieille femme s'était faite incertaine, mais Ricky entendit le bruit de verrous tirés avec hésitation. C'était le deuxième moment crucial, celui où le talent de l'enfant devait empêcher la vieille femme de presser sur le bouton d'alarme installé à côté de la porte de chaque habitation du Foyer. Une pression et ce qui tenait lieu de sécurité au Pays Enchanté saurait qu'un prédateur avait pénétré dans le rêve cette nuit.

Le dernier verrou tiré, la porte s'entrouvrit.

— Thérésa ? (Margaret Harris était petite, pas plus d'un mètre cinquante. Elle ressemblait à l'image que l'on se fait d'une mamie, avec ses cheveux blancs bouclés. Elle avait de bonnes joues ridées et elle portait une de ses robes de vieux, avec des fleurs sur un fond sombre. Elle avait vraiment le physique de l'emploi.) Tu n'es pas Thérésa…

Nicola rit.

— Non, je suis une amie de Thérésa. Elle m'a dit de passer vous voir si j'étais dans le coin.

Ricky sortit de l'ombre, un sourire d'excuse sur les lèvres.

— Bonjour, madame Harris. J'espère que nous ne vous dérangeons pas. Thérésa n'arrête pas de lui parler de vous. John nous a dit que cela ne vous poserait pas de problème. Il devait vous appeler, mais vous savez ce que c'est.

— Vous êtes un ami de John ?

— Je travaille dans le bureau en face du sien chez First Virtual.

Après une ultime hésitation, madame Harris lui rendit son sourire, les rides dessinant un motif partant des yeux.

— C'est bon, alors. Entrez donc. (Le hall d'entrée ressemblait au décor peint d'un vieux dessin animé du Pays Enchanté : des escaliers un peu biscornus, des couleurs délavées, une propreté impeccable. Une fois la porte refermée, Ricky sut qu'il avait gagné la partie.) On n'est jamais trop prudent, de nos jours, commenta la vieille dame de manière prévisible, en précédant Nicola dans la cuisine pour préparer un café.

Tout juste, pensa Ricky, resté en arrière, *et tu n'as pas été assez prudente.*

Il prit le temps d'inspecter les lieux, écoutant d'une oreille distraite le bavardage de Nicola et de la vioque à la cuisine. Bon Dieu, la gamine savait mentir : comment ça se passait à l'école, la fête où elle était allée avec Thérésa la semaine dernière, les chaussures que Thérésa lui avait empruntées. À l'écouter, on aurait pu croire qu'elle connaissait vraiment la petite-fille de cette femme. Pure invention, ou vie rêvée, peut-être.

Après avoir longtemps hésité à désactiver le bouton d'alarme, Ricky décida que ça ne serait pas nécessaire. Sans compter que ça n'avait rien de facile – et le casser aurait laissé un indice. Un risque inutile considérant la facilité avec laquelle l'opération s'était déroulée jusqu'à présent.

La cuisine, petite et accueillante, évoquait un endroit où il y avait toujours quelque chose en train de mijoter au four, pas une de ces merdes toutes prêtes pour micro-ondes. Un alignement de pots, des emporte-pièce, un rouleau à pâtisserie : vraisemblablement des accessoires mis en place – et vérifiés quotidiennement – par un employé du Pays Enchanté. Ricky pénétra dans la cuisine et mamie Harris l'accueillit en lui tendant une tasse de café. Elle sourit, les yeux pétillants, détendue par la présence de l'enfant.

Ricky nota mentalement de ne pas oublier d'essuyer la tasse et la soucoupe quand il aurait terminé. Nicola buvait un verre de Dr Pepper – à nettoyer aussi. Il sirota son café – tant qu'à faire – et éluda quelques questions concernant son travail avec John Harris. C'était vraiment pathétique, cette vieille dame à l'affût de la moindre nouvelle de son fils, qui voulait entendre combien les autres l'aimaient. Il fut pris d'une soudaine envie d'enfoncer sa tasse au fond de la gorge de la vieille. Une façon d'écourter rapidement des souffrances dont elle semblait n'avoir même pas conscience. Mais il ne pouvait pas se le permettre : une mort par asphyxie suite à une ingestion de porcelaine serait difficile à faire passer pour un accident.

Pendant ce temps, Nicola et mamie continuaient à jacasser comme des pies. Nicola avait visiblement du temps perdu à rattraper côté grand-mère, même si ce n'était pas avec la bonne. Les yeux de Ricky devinrent vitreux. Il réfléchissait à ce qu'il ferait subir à la môme un peu plus tard. Il aimait bien faire ça, comparer les situations, comme quand il regardait les filles dans la rue, et se les imaginait en pleine action, utilisant leurs mains, leur bouche, le visage en sueur. Elles ne sauraient jamais qu'il les avait possédées. Ricky se tenait en équilibre sur cette ligne, si mince, entre la vie qui était la leur pendant le jour et celle qui aurait pu devenir la leur une fois la nuit tombée.

— C'est vrai, hein, papa ?

— Quoi ? Ricky leva lentement les yeux vers la fille, n'ayant pas entendu la question. Qu'est-ce qui est vrai ?

— Nicola me disait à l'instant que vous aviez prévu de partir ensemble, vos deux familles, en vacances avec John, plus tard cette année, dit Mme Harris. Je suis si contente. Vous pensez repasser par ici ? Ce serait formidable.

— Bien sûr. (Ricky venait de décider que ce cirque n'avait que trop duré et qu'il convenait d'y mettre un terme.) Pas de problème. À propos, madame Harris, je peux vous poser une question ?

— Bien sûr. (Mamie était toute chose à l'idée d'une autre visite la même année. Elle aurait répondu par l'affirmative à n'importe quelle demande.) De quoi s'agit-il ?

— John m'a parlé des photos – de vieilles photos – que vous gardez à l'étage. C'est un de mes hobbies. Il m'a dit que vous ne verriez pas d'inconvénient à me laisser jeter un coup d'œil.

— Avec plaisir ! (La vieille dame rayonnait.) Allons-y. (Nicola descendit de sa chaise, mais un regard de Ricky suffit à l'arrêter. Mamie haussa un sourcil.) Tu nous accompagnes, ma chérie ?

Nicola évita de regarder Ricky.

— Je pourrais avoir un autre Dr Pepper d'abord ?

— Sers-toi et rejoins-nous. Vous me suivez… Rick, c'est ça ? Allons voir.

De nouveau, Ricky ordonna du regard à Nicola de rester là, avant de suivre mamie. Alors qu'elle l'escortait en bavardant le long du couloir menant à l'escalier, il se sentit obligé de manifester son intérêt par d'occasionnels grognements. Quelques objets attirèrent son attention et il se promit de les prendre plus tard, avant de partir. Un petit bonus.

Il montait juste derrière elle. Il ne ressentait pratiquement rien. Ni peur ni excitation. Il attendait le bon moment. Madame Harris gravissait lentement les marches, levant un pied après l'autre. Sa voix ne trahissait pas son âge, mais son corps était prêt à tirer sa révérence. Elle ne perdrait pas grand-chose.

Ils arrivèrent au premier étage, et Ricky vit que le mur hébergeait bien une série de vieilles photos encadrées, en noir et blanc, sans intérêt. John Harris, qui avait soigneusement planifié toute l'opération, avait suggéré ce moyen de l'attirer à l'échafaud. Ricky fut tenté de raconter toute l'histoire à la vieille femme, pour lui faire voir l'envers du décor de son monde merveilleux, qu'elle sache qu'un soir le fils qu'elle avait élevé s'était assis à son bureau avec un verre de mauvais whisky et avait imaginé tout ça. Mais Margaret Harris se tenait juste à côté de lui et il sut que le moment était venu d'en finir. Son vrai bonus l'attendait à la cuisine. Il n'avait besoin de rien de plus.

C'était sa mère sur cette photo, son grand-père sur la suivante. Des gens partis depuis longtemps, figés dans un noir et blanc fatigué.

Ricky se pencha vers elle, comme pour mieux voir un groupe de gens assemblés devant une ferme délabrée – en réalité, à la recherche de la meilleure position.

Puis il fut distrait, par une odeur. Elle semblait se dégager des vêtements de la vieille femme. C'était un mélange de senteurs : le lait et la cannelle, du café fort en arôme, des pommes en train de cuire. Les feuilles d'automne avant qu'elles tombent, le parfum du soleil sur l'herbe en été. Toutes ces choses n'avaient rien à faire dans sa vie, mais l'espace d'un instant elles occupèrent son esprit – comme les traces d'une histoire lue pendant l'enfance, et oubliée.

Puis il la poussa dans l'escalier.

La paume à plat sur son épaule, il sentit les os à travers la peau fine et âgée. Il tendit le bras avec fermeté – c'était suffisant et ça ne laisserait aucune trace pour le petit malin chargé de l'expertise médico-légale.

La vieille dame chancela, sans un bruit, et son centre de gravité ne fut plus à la bonne place. Elle tomba latéralement, et dévala l'escalier.

La rencontre de ses vieux os avec les marches fit le même bruit qu'un sac rempli de bouts de bois.

Ricky se précipita à sa suite et arriva en bas à peine quelques secondes après elle. Il se retint de lui mettre un coup de pied dans la tête. Trop risqué et visiblement inutile. Son crâne était enfoncé, les yeux tournés vers le haut, vers un ailleurs improbable. Son bras était plié à un angle anormal, et l'une de ses jambes était repliée sous elle. Il ne ressentait rien, comme d'habitude.

Mission accomplie.

Il enjamba rapidement le corps et se précipita vers la cuisine, bloquant Nicola qui s'apprêtait à en sortir. Elle s'écrasa contre lui. Il la saisit par les épaules, sentant la chaleur à travers la finesse du tee-shirt.

— Qu'est-ce qui s'est passé ? J'ai entendu un grand bruit.

D'habitude, c'était le moment où il tuait l'enfant, avant qu'[illegible] devienne hystérique et se mette à crier, ou qu'il s'enfuie de la maison. Ricky poussa doucement Nicola vers la cuisine. Il avait de plus en plu[illegible] chaud. Il devait la garder en vie s'il voulait lui faire tout ce qu'il ava[illegible] en tête, mais il ne pouvait rien commencer ici.

— Ce n'est rien. Juste un accident. Madame Harris est tombé[illegible] dans l'escalier.

— Mamie ?

— Elle n'est pas ta grand-mère, ma chérie. Tu le sais bien.

— Il faut appeler du secours…

Ricky lui sourit.

— Et c'est ce que nous allons faire. Nous allons prendre la voiture et partir à la recherche d'un des véhicules de la sécurité. L[illegible] sauront quoi faire. Ils la remettront sur pied et nous verrons la fin de la parade.

Elle était au bord des larmes.

— Je veux rester près d'elle.

Il fit semblant de réfléchir à sa proposition, puis il secoua la tête.

— C'est impossible. Si les agents de la sécurité arrivent pendant que je suis parti et qu'ils te trouvent là avec une vieille dame inconsciente au bas des marches, qu'est-ce qu'ils vont penser ? Ils vont croire que c'est toi qui l'as poussée.

— Non, ils ne peuvent pas croire une chose pareille. C'est ma grand-mère. Pourquoi je lui aurais fait du mal ?

Ricky lui jeta un regard furieux, sa patience épuisée.

— C'était juste une vieille bonne femme. Pas ta putain de grand-mère.

Nicola le repoussa de toutes ses forces et le déséquilibra.

— C'était ma grand-mère. Elle me connaissait. Elle savait des choses. Elle m'avait dit de ne pas m'inquiéter pour maman. Qu'elle m'aimait.

Ricky la bouscula violemment en arrière. Elle recula, se cognant à la table et envoyant voler la cafetière qui s'écrasa contre le mur en répandant un liquide brun et graisseux, et finit sa course par terre. Ricky se maudit d'avoir eu un réflexe aussi stupide. La faire sortir de la maison n'allait pas être une partie de plaisir. Sans compter qu'il y aurait des signes de lutte dans la maison. Il prit une profonde inspiration et avança vers elle. Il allait peut-être devoir la tuer tout de suite, après tout.

— Nicola ? Tu vas bien, ma chérie ?

Ricky se figea, alors que son pied venait de se poser sur le sol. Il se retourna lentement. Mamie était debout dans l'embrasure de la porte. L'un de ses yeux clignait mollement. L'agencement de son visage avait été bouleversé quand son crâne avait été défoncé. Son bras était toujours courbé à un angle bizarre. Sa carcasse était bonne pour la casse, mais elle avait pourtant réussi à se traîner jusqu'à la porte et à se relever.

Nicola s'adossa au mur derrière Ricky.

— Mamie ? Tu vas bien ?

Putain, bien sûr qu'elle ne va pas bien, pensa Ricky. *Elle ne peut pas aller bien.*

Mamie s'appuya contre le chambranle, comme si elle était fatiguée.

— Je vais bien, ma chérie. J'ai juste fait une petite chute, pas vrai, Rick ?

L'œil qui lui restait se riva sur Ricky. Il sentit les poils se dresser sur sa nuque, comme un millier d'érections miniatures. Puis l'autre œil cessa de cligner. Se ferma pendant un instant, se rouvrit – il avait maintenant deux yeux en parfait état de marche fixés sur lui. Coriace, la vieille.

Ricky tendit la main vers le rouleau à pâtisserie sur la table de la cuisine. Sa mission ne se déroulait pas comme prévu, mais il avait bien l'intention d'y mettre un terme.

— Ferme les yeux, mon chou, dit mamie. (Elle ne s'adressait pas à lui, mais à la gamine.) Tu veux bien ? Pour me faire plaisir. Ferme les yeux pendant quelques instants.

— Que je ferme les yeux… ? demanda Nicola d'une petite voix.

— Oui, ferme-les vraiment bien, acquiesça mamie en essayant de sourire. Je te dirai quand tu pourras de nouveau regarder.

Ricky vit la fillette fermer les yeux et se boucher les oreilles. Il secoua la tête et, brandissant négligemment le rouleau à pâtisserie, reporta son attention sur la vieille femme. Il avança vers elle à pas mesurés, sans se presser. Ricky était habitué aux situations difficiles. Au cours de sa vie, il avait été battu et laissé pour mort des centaines de fois, à commencer par les raclées qu'il avait prises entre les quatre murs de sa chambre d'enfant, des murs sans posters, sans étagères couvertes de livres et sans figurines sorties de dessins animés. Son père ne croyait guère au pouvoir de l'imagination. Il s'enorgueillissait d'être cynique – « Faut pas me prendre pour un idiot, fiston. Pas moi. non. » – et de toujours dire la vérité, si terne fût-elle. Ricky avait appris sa leçon à la manière forte, mais il savait que son père avait raison

Ce n'était pas une vieille femme – même une dure à cuire – qui allait effrayer Ricky. Il lui fit un large sourire, impatient de constater les effets du rouleau à pâtisserie sur son visage. Elle soutint son regard, la tête inclinée vers le haut, ses cheveux gris défaits et sa peau parcheminée. C'est alors que son crâne défoncé reprit sa forme d'origine.

D'un seul coup, comme si quelqu'un avait injecté juste la bonne quantité d'air dans un ballon dégonflé. Le bruit rappelait celui de la Cellophane.

Ricky resta bouche bée, le bras en l'air.

Mamie avala sa salive, cligna des paupières, puis fit quelque chose avec son bras endommagé. Elle le balança de derrière elle – l semblait devenir plus solide et trouver des angles de rotation inédits. Elle tenta de le plier et, satisfaite de retrouver un membre pleinement fonctionnel, s'en servit pour remettre sa coiffure à peu près en place.

— Tu es un méchant garçon, Ricky, le gronda-t-elle à voix basse, trop doucement pour que Nicola puisse l'entendre. Et le Père Noël ne rend jamais visite aux méchants garçons. Tu m'as compris, ordure ?

Sans laisser à Ricky le temps de digérer ce qu'elle venait de dire, Margaret se jeta sur lui. Il essaya d'abattre le rouleau, mais il n'était qu'à la moitié de sa manœuvre quand elle le heurta sur le côté. Ils roulèrent contre le coin de la table et percutèrent le mur. Ricky sentit son nez plier et devenir mou. Finalement il y aurait aussi du sang à nettoyer, en plus du reste.

Il tenta de repousser la vieille femme, mais elle lui décocha un coup de poing qui alla s'écraser violemment sur son visage, suffisamment pour lui faire lâcher son arme.

Ricky se déchaîna, délivrant coups de pied, poing et coude, en une vague de violence compacte. Mais chaque fois qu'il pensait pouvoir prendre le dessus, elle semblait gagner en force. Ils roulèrent sous la table, réduisant une chaise en petit bois sur leur passage, et finirent par ressortir de l'autre côté. Ricky entendit Nicola pousser des cris, et une petite partie de son esprit se surprit à espérer que les voisins n'aient rien entendu. Mais deux mains noueuses serrées autour de sa gorge lui firent presque souhaiter le contraire. Ils auraient pu appeler à l'aide. Pour lui.

Il réussit à intercaler son genou entre lui et la vieille garce et à glisser progressivement ses mains entre les siennes. Une fois dans cette position, il reprit son souffle, retrouva son équilibre et jeta toutes les forces qui lui restaient dans la bataille, écartant les mains et accompagnant cela d'un violent coup de pied.

La vieille fit un vol plané et heurta la cuisinière comme un œuf.

Ricky fut immédiatement sur pied, les paumes sur les genoux, toussant comme un perdu. Quand il avala, quelque chose fit un bruit alarmant dans sa gorge. Nicola était toujours en train de crier, les yeux fermés, mais il avait la sensation que le son venait de très loin. Il pouvait sentir son propre sang dans sa bouche, et en voir les éclaboussures au sol et sur le mur – mélangées avec le café et quelques poignées de cheveux gris qu'il était parvenu à arracher au robot.

Un putain d'animatronique. C'était la seule hypothèse valable. On lui avait tendu un piège. John Harris avait changé d'avis, ou alors c'était un coup monté depuis le début et la vraie mamie Harris n'avait jamais existé. Les enfoirés. Le Pays Enchanté n'était pas allé voir la police. Ils voulaient régler le problème à leur façon.

Ricky allait leur en donner pour leur argent. Cette mission était terminée, peu importe l'étendue des dégâts qu'il laisserait derrière lui. Il trouverait la sortie, puis il irait rendre visite à M. Harris. Ses tarifs venaient de connaître une sacrée augmentation. Il lui prendrait tout, y compris sa femme. Et sa fille.

Mamie Harris était effondrée sur le plancher, adossée à la cuisinière. Sa gorge proéminente, telle une branche tordue, faisait une cible parfaite. Mais elle se remit en place avant que Ricky ait dégainé son pistolet. Pas grave. Le visage ferait l'affaire.

Il tenait l'arme droit devant lui, visant le long du canon.

— N'y pense même pas, connard, dit le rouleau à pâtisserie.

Ricky tourna lentement les yeux.

— Pardon ?

Le rouleau était debout sur ses jambes toutes neuves, ses petites mains posées sur ce qui aurait pu être ses hanches. Deux yeux étaient apparus sur le cylindre de bois et fixaient Ricky d'un regard furieux. On aurait dit un long crabe bizarre.

Ricky ouvrit de grands yeux. Et sut qu'il ne s'agissait pas d'une machine, mais bien d'un rouleau à pâtisserie muni de jambes et d'yeux. Il tira. Sa cible s'écarta pour éviter la balle, puis changea de direction et s'élança vers lui en faisant des saltos, comme un incroyable petit gymnaste en bois. Ricky battit précipitamment en retraite et tira de nouveau. Il manqua sa cible et le rouleau à pâtisserie s'éleva dans les airs à la manière d'un missile tout en muscles. Ricky détourna la tête au dernier moment et le rouleau s'enfonça dans le mur.

— Fais gaffe, dit le mur en ouvrant lentement les yeux.

Du côté de la cuisinière, mamie était en train de se relever. Ricky n'en croyait pas ses yeux. Elle sourit, un gentil sourire de vieille dame qui ne lui était pas destiné. Ricky décida de laisser tomber l'approche tout en nuances. Il irait voir directement John Harris. Il tira quelques balles sur le mur, entre les deux grands yeux. Ce dernier laissa échapper un son grincheux, mais ne parut pas se formaliser outre mesure. Il ouvrit une large bouche ensommeillée, comme un bâillement, prélude à un dur réveil. Pendant ce temps, le rouleau à pâtisserie s'était dégagé avec un bruit sec et tournait maintenant ses petits yeux brillants vers Ricky.

— Et merde, marmonna ce dernier, alors qu'il courait vers lui.

Il l'envoya valser en hurlant à travers la pièce d'un coup de pied bien placé. Puis il tira à bout portant sur Margaret Harris, mais n'attendit pas de voir s'il l'avait touchée.

Il tourna les talons, sortit de la cuisine, traversa le couloir d'un bond et tira sur la porte. Elle refusa de s'ouvrir et, quand Ricky voulut retirer sa main de la poignée, il vit qu'une main en bois brun retenait maintenant la sienne, comme s'ils allaient conclure une affaire alléchante et qu'ils testaient la résistance de chacun. Ricky prit appui sur le mur avec son pied et tira de toutes ses forces, prenant soudainement conscience du murmure des poutres au-dessus de sa tête. Il leva les yeux et les vit s'agiter, s'échauffant pour le combat à venir. Il ne voulait pas voir ça.

La poignée refusait toujours de le laisser partir. Il posa le canon de son arme sur elle et tira.

Ricky y laissa le bout d'un doigt, mais cette saloperie lâcha prise. Il prit son élan et enfonça la porte en y mettant toutes ses forces. Elle vola en éclats. Surpris, il trébucha et s'étala de tout son long sur le gazon. Le regard au ras du sol, il constata qu'il avait vu juste : chaque brin d'herbe lui retournait son regard. Puis il entendit le bruit d'un million de toutes petites voix en train de s'accorder pour une chanson qu'il était certain de ne pas vouloir entendre.

Il se releva tant bien que mal et se précipita vers la voiture, ses mains ensanglantées tâtonnant à la recherche des clés. Avant qu'il ait pu parcourir la moitié du chemin, deux poubelles débouchèrent en courant de la maison voisine. Elles arrivèrent à la voiture avant lui et se mirent à la soulever d'un côté. Pendant ce temps, le rouleau à pâtisserie avait refait son apparition, manquant de justesse sa tête, et traversant le pare-brise comme un missile. Il ressortit de l'autre côté, avant même que les derniers éclats aient touché le sol, tourna en l'air et repartit à l'attaque, pénétrant à travers une portière. Il alterna ainsi vol plané et perforation jusqu'à ce que la voiture finisse par ressembler à un atome martelé par un électron pris de folie.

Ricky finit par prendre conscience que sa main le faisait terriblement souffrir, et que repartir en voiture n'était plus une option. Il changea de direction à mi-parcours et tenta de s'enfuir par la rue. Il faillit perdre l'équilibre en quittant le trottoir pour négocier le virage. Ricky savait courir. Il avait eu tout l'entraînement qui lui fallait, il avait appris la nuit, dans les rues sombres, à courir devant plutôt que vers quelque chose ou quelqu'un. La voie était libre.

Puis un véhicule fit son apparition à l'angle, devant lui. Il comprit que le gazon n'avait pas entonné une chanson, mais imité le bruit d'une sirène.

Les créateurs du Pays Enchanté n'avaient pas lésiné sur le panier à salade. Il était noir et à moitié aussi grand qu'une maison, avec d'impressionnantes ailes chromées et couronné d'ailerons menaçants. Les vitres latérales étaient noires aussi. Ils auraient pu tout aussi bien griffonner sur les portes à l'arrière : « VOUS QUI ENTREZ ICI, ABANDONNEZ TOUT ESPOIR ».

Ricky s'arrêta en dérapant et fit volte-face. Un véhicule similaire venait de se positionner de l'autre côté des restes de sa voiture, suivi d'une armée de champignons de toutes sortes.

Les portières du premier fourgon cellulaire s'ouvrirent, laissant chacune descendre un occupant. Les deux silhouettes faisaient plus de deux mètres de haut, avec une longue queue et des griffes étincelantes. Bud et Slap étaient des habitués des dessins animés de ces trente dernières années : des rats, mais des rats amicaux. Ils étaient aussi populaires que Loopy, Prudent et Fragile. Même Ricky les connaissait. De gentils bons à rien bien intentionnés qui rentraient dans le droit chemin à la fin de chaque aventure.

Mais pas ces Bud et Slap-là. Ces personnages n'étaient là que pour Ricky. Alors qu'il restait sur place, n'ayant nulle part où fuir, ils avancèrent vers lui d'un pas lourd. Ils étaient engoncés dans des parodies d'uniformes, déchirés aux coutures et couverts de vilaines taches. L'un des yeux de Bud ne fonctionnait plus très bien. Il tenait une grosse matraque en bois de manière peu rassurante. Slap avait une plaie à la lèvre supérieure, qu'il taquinait avec une longue langue bleue, pour en lécher le pus. D'énormes pistolets gonflaient le devant de leur uniforme – du moins Ricky espérait qu'il s'agissait de leurs armes. Il sentait l'odeur des rats à plus de quatre mètres, une bouffée mêlant sueur, moiteur et décomposition. L'espace d'un instant, il crut entendre l'écho des cris et des râles d'agonie dont ils avaient été les témoins.

— Salut Ricky, dit Slap en lui faisant un clin d'œil. (Sa voix onctueuse était basse, chargée d'un humour déplaisant.) On a des problèmes à régler, tous les deux. Plein de problèmes. Tu préfères monter dans le fourgon ou commencer ici, tout de suite ? Qu'est-ce que t'en dis ?

Il entendit Bud glousser derrière lui tout en déboutonnant son pantalon.

Nicola était à la fenêtre avec mamie et regardait passer la parade. Ce n'était pas la vraie parade, comme celle du Pays Enchanté avec les feux d'artifice et Prudent et Loopy, mais ils la verraient demain.

Celle-là était plus petite, avec juste Bud et Slap, Perceval le Rouleau à pâtisserie, Terrance et Terry les Poubelles. Une parade à eux, pour le plaisir, lui expliqua mamie.

Ils éclatèrent de rire au passage des personnages. Nicola avait pensé que l'homme avec qui elle était venue était méchant, mais il ne devait pas être si terrible. Bud et Slap, les Rats Joyeux le tenaient chacun par une main, et ils dansaient avec lui tout en le guidant vers le panier à salade. Ils avaient l'air de l'aimer beaucoup. La bouche de l'homme s'ouvrait en grand et se fermait pendant qu'il dansait. Il devait rire, pensa Nicola. C'est ce qu'elle ferait, dans sa position. Ils donnaient tous l'impression de bien s'amuser.

Enfin, les portes du fourgon se refermèrent sur l'homme et Bud et Slap tirèrent une révérence devant la fenêtre de mamie, avant de rejoindre la voiture de police. Les poubelles retournèrent dans la cour des voisins en faisant des culbutes et le rouleau à pâtisserie remonta l'allée en marchant sur les mains, laissant échapper derrière lui un feu d'artifice de petites étoiles. Nicola applaudit des deux mains, mamie pouffa et posa son bras sur l'épaule de la petite fille.

C'était l'heure du dîner, et demain serait un autre jour. Elles s'éloignèrent de la fenêtre, et commencèrent à préparer le repas à la cuisine où les tables et les chaises avaient déjà fait le ménage. Tout était impeccable, comme si rien ne s'était passé – et rien ne pouvait arriver.

Au même moment, loin du Pays Enchanté, Marty le Portier profitait de sa cigarette du soir, assis sous le porche usé d'une petite maison de l'autre côté du périphérique. Son dos lui faisait un peu mal, à force de rester debout toute la journée, mais ça ne le dérangeait pas trop. Ce n'était pas cher payé pour le spectacle de tous ces visages à l'entrée et à la sortie du parc. Les enfants entraient les yeux brillants et pleins d'espoir, les parents fatigués et attentifs. On les voyait penser à ce que la visite allait leur coûter, et si ça en vaudrait la peine. Quand ils ressortaient, quelques heures plus tard, ils n'avaient plus besoin d'être convaincus. Pendant un moment, les adultes avaient compris que leur cynisme ne faisait que les priver de tout ce qui valait la peine d'être vécu, et les enfants avaient la preuve de ce qu'ils avaient toujours cru : le monde était un endroit où il faisait bon vivre. Marty savait que son travail de portier était important. Il était leur premier et leur dernier contact. Il les accueillait et les aidait à se mettre dans l'ambiance, avant de les laisser voir par eux-mêmes que ce qu'ils croyaient était vrai – ils repartaient en se sentant un peu plus léger.

La maison de Marty n'était pas bien grande et ressemblait à toutes celles du voisinage. Il vivait seul. Mais assis dans la chaleur du soir, sous le ciel étoilé, ça n'avait pas grande importance. Sa femme l'avait quitté pour quelqu'un de plus doué que lui pour gagner de l'argent et qui rentrait du travail tous les soirs de méchante humeur. Elle lui manquait, mais il survivrait. La maison n'était pas très pimpante, mais il l'avait repeinte l'été dernier et il aimait la cour.

Il tira les dernières bouffées de sa cigarette et l'écrasa soigneusement dans le cendrier qu'il gardait à côté de la chaise. Il bâilla, sirota le reste de son thé glacé, et décida d'aller se coucher. Il était encore tôt, mais c'était le bon moment pour dormir. C'est toujours le bon moment quand on attend le lendemain avec impatience.

Plus tard, allongé dans son lit, se laissant lentement entraîner par le train qui le conduirait confortablement jusqu'au matin, il se demanda vaguement de quoi serait fait le reste de sa vie. Il travaillerait aussi longtemps que possible avant de prendre sa retraite. Il passerait sans doute une bonne partie de son temps assis sous le porche, baignant dans le souvenir de tous ses visages illuminés par la magie, l'espace d'un instant. Un sourire aux passants. Un thé glacé au crépuscule.

La belle vie, en quelque sorte.

Peut-être la prochaine fois…

Dans un premier temps, quand David commença à réfléchir à la question, il se demanda si cela avait un rapport avec le début de la nouvelle année. Janvier à Londres n'avait rien de bien excitant. Si aucune région de ce pays ne se montrait sous son meilleur jour à cette époque, il en existait certaines – les lointaines étendues d'Écosse, peut-être, ou le désert assommant des plaines du sud-est de l'Angleterre – où la présence de l'hiver, une saison avec un certain caractère, ne faisait aucun doute. À Londres, en cette période, la grisaille succédait au Nouvel An et le printemps ne se présentait pas encore à l'horizon, alors que tout un chacun retrouvait à contrecœur la routine d'un travail que des fêtes bien arrosées avaient permis de rendre plus attrayant. Sans qu'il y pense, l'année de David commençait en automne – comme beaucoup de ceux qui avaient fait des études supérieures, le trimestre après l'été lui semblait toujours plus riche en promesses et nouveaux départs – mais il se rendait bien compte que janvier marquait véritablement le début des choses. Il songea d'abord qu'il avait mis le doigt dessus, mais il se trompait. Ses sentiments ne provenaient pas de quelque chose de passé, mais pointaient vers l'avenir. Vers le mois de mai et son anniversaire.

En mai, il aurait quarante ans.

Les crises survinrent calmement. La première dont il se souvienne arriva un jeudi après-midi, quand il se trouvait à son bureau de Soho, le stylo en suspens au-dessus d'une liste de tâches à accomplir. La liste était courte. David connaissait son travail et croyait qu'une liste de choses à faire consistait généralement en une liste de choses qui auraient déjà dû être faites.

Sa liste indiquait qu'il devait : 1) avoir une conversation rapide et informelle avec les autres participants de la réunion de demain concernant les nouveaux clients, 2) procéder à une troisième et inutile lecture du document expliquant en quoi lesdits clients potentiels seraient fous de ne pas confier leurs projets de design à Artful Bodgers [8], Ltd, 3) s'assurer qu'on ait mis de l'ordre dans la salle de réunion et 4)…

Impossible d'imaginer un 4). Approchant son stylo, il se prépara à barrer le chiffre et ses crochets méthodiques, mais n'en fit rien. Il était vaguement convaincu que sa liste était incomplète, un peu de la même façon que, lorsque vous grignotez un morceau du même gâteau à chacun de vos passages à la cuisine, vous savez si vous l'avez fini avec la dernière bouchée ou s'il en reste une part.

Il y avait une chose qu'il devait faire… Non, ça ne venait pas.

Il rentra chez lui, laissant la liste au bureau. Quand il y jeta un coup d'œil furtif à la fin de la réunion du lendemain matin, son léger sentiment de satisfaction (la présentation se passait bien, il avait mis le nouveau client dans sa poche) fut brièvement atténué par la vision du point 4), toujours là, toujours vide. La liste comportait à présent un 5), un 6) et un 7), tous pointés, mais toujours pas de 4).

L'espace d'un instant, il se remémora la vieille rengaine :

1. Faire les courses
2. Tondre la pelouse
4. Où est passé le 3 ?
3. Ah, le voilà…

… et sourit. Il fut troublé en constatant que le plus âgé de ses clients, un homme avec une tête qui semblait sculptée dans une pomme de terre, l'observait et chargea bien vite son sourire de toute la chaleur commerciale dont il était capable. L'affaire fut conclue. À l'heure du déjeuner, il travaillait sur autre chose et la liste était oubliée.

Cela, ou quelque chose de similaire, se reproduisit deux ou trois fois ce mois-là. Une fois, alors qu'il se trouvait dans la cuisine et s'essuyait les mains après avoir débarrassé le dîner qu'Amanda leur avait préparé, il songea qu'il irait bien s'asseoir devant la télévision juste après avoir… et se rendit compte qu'il n'avait rien d'autre à faire. Ou encore, prenant cinq minutes de plus pour faire les courses de la semaine chez Waitrose, il se promena dans les allées, ne cherchant rien

8. Artful Dodger est un pickpocket que l'on trouve dans le roman *Oliver Twist* de Charles Dickens. Le mot *bodger* désigne en anglais un ouvrier maladroit qui rafistole les choses tant bien que mal. Le nom de la société de David Artful Bodgers, est donc un double jeu de mots, à la fois sur l'honnêteté et la compétence de la société. (*NdT*)

de particulier, mais pas encore prêt à prendre sa place dans la file à la caisse. Quand il se décida enfin, il n'emporta et ne paya que les articles figurant sur sa liste et celle d'Amanda.

Février débuta sous un soleil éclatant, comme si les dieux s'étaient retenus pendant des semaines et avaient soudain perdu patience face aux nuages et à la grisaille. Mais leur réserve de bienveillance s'épuisa rapidement, et bientôt le ciel de Londres se couvrit de nouveau et le temps redevint agité. David travailla, installa des étagères dans la chambre d'amis et sortit au restaurant avec sa femme. Ils parlèrent de ce qu'ils avaient lu dans les journaux et de l'actualité et Amanda but deux verres de vin pendant qu'il en avalait quatre. Mais grâce à toute l'eau minérale qu'il avait aussi absorbée, il les ramena chez eux d'un pas sûr, son bras autour de ses épaules pendant une partie du trajet. Artful Bodgers continuait à dégager des bénéfices, sans faire de vagues. Le métier de la société consistait à améliorer l'identité institutionnelle d'autres entreprises. Leur offrir une seconde jeunesse ou repenser leur logo, décider d'une nouvelle police de caractères, procurer une gamme d'articles de papeterie pour parer à toutes les éventualités : cartes de visite, papier à en-tête, papiers suite (juste le logo, pas d'adresse), chemises, papier fax, étiquettes pour enveloppe, boîtiers de rangement pour les cassettes des sociétés de vidéo. Ils disposaient des tout derniers Mac et employaient quelques jeunes graphistes vraiment pas mauvais du tout. Le service comptabilité ne trafiquait pas les comptes et ne se montrait pas incompétent. Tout le monde faisait son travail, assez bien pour survivre aux crises de confiance des clients et aux évolutions imprévisibles des budgets. Sa société était un succès, mais il arrivait à David de penser que sa seule trouvaille intéressante résidait dans le nom, qu'il avait lui-même choisi, dès le départ, sept ans plus tôt. Tout le monde – y compris Amanda – avait pensé qu'il s'agissait d'une mauvaise idée. Trop facile, le jeu de mots sur la seconde partie du nom. Et qui voudrait embaucher des maladroits, même s'il s'agissait d'une blague ? David défendit son idée, affirmant qu'il affichait ainsi une totale confiance dans le fait que ses clients ne ressentiraient jamais le besoin de faire le rapprochement. Il l'emporta et la suite lui donna raison. À d'autres moments, David pensait que ce nom était probablement la caractéristique la plus agaçante de sa société.

Un soir de février, il se retrouva chez Blockbuster, à la recherche d'un film qu'il fut incapable de nommer. À deux autres occasions dans un pub, il eut ce genre d'absences, chaque fois en compagnie de clients, se souvenant de ce qu'il voulait boire, avant de l'oublier complètement. Les deux fois, il but un verre de chardonnay, sa boisson habituelle.

Il lui arriva de nouveau d'hésiter en prenant des notes au bureau, apparemment incertain non pas quant à ce qu'il allait écrire, mais quant à la nature même de l'acte. Il n'avait bien entendu pas oublié comment se servir d'un stylo. Il s'agissait plus d'une question de choix, comme de se souvenir s'il assenait ses revers au tennis en tenant sa raquette à deux mains ou à une seule. Quand il commença à écrire, pendant quelques instants son écriture lui sembla étrange.

Mais ce ne fut qu'à partir du mois suivant qu'il put honnêtement dire qu'il s'était mis à réfléchir à ces choses.

Le 4 mars, il fit un rêve. Cela n'avait rien d'inhabituel en soi. Il rêvait autant que n'importe qui, le mélange classique d'anxiété machinale et de futilités amusantes mais vite oubliées. Mais le 4 mars, il fit un rêve différent. Il ne savait pas ce que c'était ; impossible de s'en souvenir au réveil. Mais il se sentait distrait en buvant sa première tasse de thé de la journée, comme si un souvenir se cachait derrière un pli de son cerveau. Immobile, debout devant la fenêtre, il ne bougea pas, même quand Amanda le rejoignit après sa douche.

Elle fouilla dans le buffet, à la recherche d'une nouvelle boîte de sa marque de tisane du moment.

— À quoi tu penses ?

— Je ne sais pas.

— Pourquoi on a autant d'olives ?

— Hein ?

Il se tourna vers elle. Le souvenir de son rêve ne lui semblait ni plus proche ni plus lointain. Elle tenait un bocal rempli d'olives vertes.

— J'en ai trouvé trois comme ça là-dedans.

— Ce n'est pas toi qui les a achetés ?

— Non.

Elle tint le bocal de manière à lui faire lire l'étiquette : la marque de distributeur de Waitrose. Il était le seul à faire les courses là-bas. Les supermarchés rendaient Amanda irritable.

— Alors ce doit être moi.

— Tu n'aimes pas les olives.

— Je sais.

Dix minutes plus tard, elle était partie au travail. David, assis devant une seconde tasse de thé, n'avait pas quitté la cuisine et n'avait fait aucun progrès concernant le souvenir de son rêve. Il ne se rappelait qu'une atmosphère de tendre mélancolie qui le fit penser à un autre rêve datant de cinq ou six ans. En songe, il retournait à l'université et – seul – parcourait les couloirs et les salles qui avaient forgé trois ans de sa vie à une époque où l'avenir semblait délicieusement malléable. Dans le rêve, il ne rencontrait aucun de ses amis de l'époque et notamment pas la fille avec laquelle il avait passé une bonne partie de son temps. Le rêve n'avait rien à voir avec eux, mais tout avec lui. Il parlait de l'absence, du chemin parcouru ou peut-être des occasions manquées ; avec le recul, il lui avait apporté un éclairage nouveau sur cette période, maintenant qu'il était détaché de son quotidien d'étudiant. Le rêve dont il ne parvenait pas à se souvenir avait aussi quelque chose à voir avec ça, mais ce n'était pas pareil. Il ne s'agissait pas de l'université cette fois, ni de quoi que ce soit qu'il se rappelle.

Néanmoins, cela suffit à provoquer une prise de conscience et, en fin de journée, après qu'Amanda était montée à l'étage, il repensa aux deux derniers mois. Il réfléchit au 4) manquant, aux boissons sans nom, il se revit aussi un après-midi à Soho Square, les yeux fixés sur les silhouettes des bâtiments qui l'entouraient, comme s'ils devaient avoir une signification cachée. À l'époque, toutes ces non-incidences, ces absences de signification, lui avaient semblé distinctes les unes des autres, distinctes de tout le reste. Cela ne semblait plus le cas à présent. Une fois considérées dans leur globalité, elles formaient un tout. Il avait une idée derrière la tête, il ne savait simplement pas laquelle.

C'est à partir de ce moment-là qu'il essaya de les relier avec la nouvelle année, avec ce sentiment que quelque chose commençait. Bien qu'en général David se considère comme quelqu'un avec la tête sur les épaules, il se surprenait parfois à être la proie d'idées vaguement New Age. Peut-être que cette année – 2004 – essayait de lui dire quelque chose. Peut-être que les aiguilles de quelque horloge céleste, un jeu d'ombre et de lumière sur la sphère planétaire, venaient de s'aligner à un point déterminé d'avance et que 2004 serait l'année de…

Mais il fut incapable de pousser son raisonnement plus loin et son attention vagabonda bientôt jusqu'à l'écran de télévision. Un vieil homme aux cheveux en bataille se promenait dans un coin de campagne quelconque. Il ne se souvenait pas d'avoir choisi cette chaîne et, sans le son, ce n'était vraiment pas très intéressant. Cela valait-il la peine d'augmenter le volume ? Probablement pas. Il avait de plus en plus souvent l'impression que les programmes de la télévision étaient conçus pour un autre que lui. Libre à lui de les regarder, bien sûr, mais ce n'était pas lui que les créateurs avaient eu en tête.

En sortant de la pièce, il passa devant l'une des bibliothèques et s'arrêta quand un livre attira son regard. Il le prit sur l'étagère et l'ouvrit. Il s'agissait d'une première édition de *Conjuring and Magic* de

Robert Houdin, publié en 1878, acquis quelques mois plus tôt chez un bouquiniste de Covent Garden. Il s'était convaincu qu'il faisait simplement un investissement – 50 livres pour un exemplaire en TBE, une vraie bonne affaire –, mais en réalité il l'avait acheté en espérant qu'un retour aux classiques pourrait l'aider. Mais il n'avait pas donné de résultats plus probants que la poignée de livres de poche qu'il s'était procurée de-ci de-là au cours de ces dernières années, depuis qu'il avait compris qu'il aurait beaucoup aimé savoir exécuter quelques tours de magie. Mais le problème avec la magie, avait-il découvert, c'est qu'il n'y avait pas de truc. Il fallait s'entraîner et travailler sans relâche. C'était une question de volonté. Même acheter les accessoires de rigueur ne faisait rien à l'affaire. Les tours les plus classiques requéraient une dextérité qui ne pouvait s'acquérir qu'à l'ancienne. Apprendre comment un tour fonctionnait ne vous servait qu'à confirmer qu'il nécessitait une habileté qui vous faisait défaut et que vous n'aviez ni le temps ni l'énergie pour l'obtenir. Apprendre comment un tour fonctionnait revenait à comprendre pourquoi il resterait hors de votre portée. Vous perdiez tout – sans rien gagner.

Il feuilleta le livre pendant quelques instants, admirant les illustrations anciennes des techniques de filage de cartes, puis rangea le volume. Ce n'était même pas la peine d'essayer ce soir. Demain, peut-être.

À la place, il retourna dans la cuisine et mangea la moitié d'un bocal d'olives en attendant que l'eau bouille.

Il fit quelques autres rêves en mars, mais demeura incapable d'en tirer quoi que ce soit. En se réveillant le matin, il ne lui restait que ce sentiment d'absence et l'odeur innommable d'une vaste étendue d'eau. Un sentiment d'absence qui le poursuivit presque tout le dernier week-end du mois qu'ils passèrent en Cornouailles. C'était la troisième fois qu'ils s'autorisaient une escapade romantique à Padstow. Les deux premières avaient été de vrais succès. Ils avaient marché le long de la côte découpée, acheté deux ou trois tableaux qui décoraient à présent leur salle de bains et avaient terminé par un dîner mémorable dans le restaurant de Rick Stein (ils avaient pris la sage précaution de réserver longtemps à l'avance). Ou comment prendre du bon temps entre adultes. Cette fois, David ne sembla pas parvenir à se mettre dans l'ambiance. Ils suivirent le même programme, mais cela ne lui fit pas le même effet et le problème ne vint pas de la répétition. Amanda apparaissait en pleine forme, tonifiée par le vent et la couleur du ciel. Mais pour lui, ils semblaient simplement faire acte de présence. D'une certaine façon, cela lui rappela une expérience qu'il avait vécue deux semaines plus tôt, au travail, lors d'une réunion de création avec – justement – les clients dont le patron avait une tête en forme de patate. Arrivé à un certain stade, David s'était écouté parler. Il s'était rendu compte qu'il monopolisait la parole depuis un certain temps et savait qu'il aurait pu continuer aussi longtemps qu'il le désirait. Les autres personnes rassemblées autour de la table étaient soit ses employés, soit des clients venus tirer bénéfice de son esprit vif, de ses idées qui avaient fait leurs preuves dans le domaine des mystères insondables de la communication institutionnelle. Leurs regards convergeaient vers lui. Il n'en concevait aucune frayeur, mais il s'interrogeait : l'écoutaient-ils réellement ou se contentaient-ils de l'observer en se demandant qui il était et ce qu'il pouvait bien raconter ? Comme ils hochaient tous la tête au bon moment, cela semblait peu probable. David devait donc vraisemblablement être le seul à se poser ces questions. Et à se demander si cela valait vraiment la peine de parler si personne ne voulait que vous vous taisiez.

Lors de leur seconde soirée à Padstow, ils rendirent hommage au dieu des fruits de mer. Amanda semblait heureuse, pleine d'entrain dans sa nouvelle robe Karen Millen, et dégageait un vague parfum de shampoing et d'onguents offerts à grands frais. David savait combien il était remarquable pour une femme de trente-sept ans de porter si bien une mode conçue pour quelqu'un de jeune et de mince et se sentait content. Pas ravi – parce que, pour être honnête, il avait fini par s'habituer à la beauté d'Amanda – mais content. Comme on pouvait s'y attendre, la nourriture se révéla excellente. David mangea. Amanda aussi. Ils discutèrent de l'actualité et de ce qu'ils avaient lu dans les journaux. Ils firent preuve d'une tolérance bienveillante à l'égard de la table voisine qui accueillait deux enfants bien élevés mais volubiles. Ils n'avaient rien contre les enfants. Ils n'en avaient pas, parce qu'ils en avaient discuté sept ou huit ans plus tôt, quand David avait lancé son affaire et qu'Amanda venait de changer d'employeur pour accepter le poste haut placé qu'elle occupait toujours dans l'édition. À l'époque, compliquer leur vie aurait été une erreur – ou aurait pu en être une. Amanda aimait souvent plaisanter alors en disant qu'elle n'avait pas besoin d'enfants, puisqu'elle en avait épousé un. À présent, cette blague avait fait long feu et, excepté une cuite occasionnelle et une exubérance bon enfant, rien dans la conduite de David ne la justifiait plus. Mais ils ne remirent pas la question des enfants sur le tapis ce soir-là. Peut-être plus tard.

Ils retournèrent dans leur chambre après le dîner et firent l'amour. Ce fut agréable, bien qu'un peu forcé et empreint d'une certaine autosatisfaction. Ils n'avaient pas perdu la main, ils savaient encore prendre du bon temps. Ils en avaient la preuve.

David se réveilla au milieu de la nuit. À ses côtés, Amanda dormait à poings fermés et continua ainsi pendant les deux heures qu'il passa, allongé sur le dos, à regarder le plafond fixement. Cette fois, il avait rapporté de son rêve quelque chose de plus qu'une atmosphère : l'image d'herbes hautes près d'une étendue d'eau. Un endroit pas tout proche, mais pas très loin non plus.

Et le sentiment que tout cela n'était finalement pas le début de quelque chose.

À partir de la deuxième semaine d'avril, il se réveilla presque une fois par nuit, dans un lit qui lui paraissait inconnu. Puis un sentiment de familiarité l'enveloppait rapidement, mais l'espace d'un instant il était la proie d'une sensation d'inexplicabilité, comme s'il passait du 4) manquant au confort du 5) bien présent. Il se rappelait des éléments de ses rêves à présent. Des détails. Les herbes hautes, souvent, même si elles ressemblaient parfois à des roseaux. La présence de l'eau, mais peu de mouvements : ni une rivière ni un ruisseau, mais de l'eau néanmoins.

Et enfin, un bâtiment, ou ce qu'il en restait.

Il savait qu'il s'agissait des ruines d'une construction, bien que dans le rêve il le voie de trop près pour distinguer autre chose que de la pierre couverte de lichen et un coin de ciel couvert au-dessus. Comme s'il se tenait accroupi et levait les yeux.

Ce matin-là, Amanda l'observa par-dessus sa tasse de thé à la menthe.

— Où sont passées toutes ces olives ?

— Je les ai mangées.

Elle haussa un sourcil.

— Est-ce que tu dors bien ?

— Pourquoi cette question ?

— Tu n'en as pas l'air. Tu parais fatigué. Et quelquefois, tu te débats. L'autre nuit, je crois que je t'ai entendu dire « Au revoir, mon amour » dans ton sommeil.

— « Au revoir, mon amour » ? Ça ne me ressemble pas.

— C'est vrai.

Il haussa les épaules. Il savait qu'il aurait dû lui parler de ce qui lui arrivait. Il détestait les films où l'un des personnages a des secrets pour ceux qui sont justement de son côté : il y voyait une ficelle un peu facile qui n'avait pour vocation que de compliquer l'intrigue au lieu de restituer la vie réelle. Mais il ne lui en parla pourtant pas. Cela ne lui semblait pas pertinent. Ou peut-être qu'il ne voyait pas bien ce qu'elle aurait pu y faire.

Il alla travailler, et rentra chez lui, et retourna à son travail. Il se rendit à la salle de sport où, comme d'habitude, il souleva des poids, courut le même kilomètre sur son tapis roulant, s'agita une demi-heure sur l'elliptique. Artful Bodgers remporta de nouveaux contrats et il attribua une petite prime à tout le monde. Il étudia le rachat potentiel d'un de leurs fournisseurs, puis remit la décision à plus tard. Il rentra chez lui, retourna travailler. Il rêva encore du bâtiment, cette fois d'un peu plus loin. Le fait qu'il soit en ruine ne faisait aucun doute. Il se trouvait en Angleterre. Aucun élément ne le prouvait. Il le savait, c'est tout.

— Tu as encore parlé dans ton sommeil, constata Amanda lors d'un autre petit déjeuner. Tu as dit : « Je n'entends pas ce que tu dis ».

Il la dévisagea.

— Mais qu'est-ce que ça signifie ?

Elle tourna une page du manuscrit de ce matin.

— À toi de me le dire. Bon sang, ce roman c'est vraiment n'importe quoi !

Il se mit à visiter des librairies pendant ses pauses-déjeuner, prit l'habitude de s'arrêter chez Borders en rentrant du travail. Il n'était pas certain de savoir ce qu'il cherchait, alors il se contentait de jeter un coup d'œil. Au rayon Royaume-Uni de la section voyages, il feuilleta des livres sur la campagne anglaise. Rien n'y fit. Il ne disposait pas de suffisamment d'éléments et, en regardant ces images, il avait le sentiment qu'il n'aurait pas dû en avoir besoin. Quoi que cela soit, il ne s'agissait pas d'une énigme. Ce n'était pas censé être difficile.

La dernière semaine d'avril, à moins d'une semaine de son anniversaire, Amanda s'enferma parfois dans son bureau pour travailler. Il se doutait qu'elle en profitait pour emballer ses cadeaux et qu'il les apprécierait. Il n'avait aucune envie de savoir à l'avance de quoi il s'agissait. Il aimait les surprises. Il ne s'en produisait pas si souvent.

Amanda le surprit autrement, avant le jour fatidique. Elle demanda s'il avait l'intention de rendre visite à sa mère. Il réalisa à la fois qu'une telle visite s'imposait et qu'elle ne pouvait avoir lieu que le jour de son anniversaire. Après tout, sans elle, il n'y aurait pas de quarantième année à fêter. Il lui téléphona pour tout organiser. Elle lui proposa de leur préparer à déjeuner.

Il rêvait constamment à présent, mais à travers un voile. Il se sentait patraque certains matins, comme s'il avait mal digéré quelque chose. Rien de ce qu'il regardait ne lui semblait être ce qu'il aurait dû voir. Aucune de ses listes ne comportait autre chose que des chiffres entre crochets.

Il finit par mentionner tout cela à Amanda. Elle l'embrassa et le serra dans ses bras. Elle était sa femme. Elle comprenait, ou du moins le croyait-elle.

Le 4 mai, il se leva à l'heure habituelle, bien qu'il ait posé un jour de congé. Il prit son petit déjeuner au lit, puis descendit, en peignoir, à la cuisine où ses cadeaux l'attendaient sur la table. Ils lui firent tous plaisir et Amanda partit à son travail quinze minutes plus tard qu'à l'accoutumée. Elle s'assit avec lui, but une autre tasse de thé, ils échangèrent des sourires et rirent de bon cœur.

Après son départ, il se doucha et s'habilla, et prit sa voiture. À la sortie de Londres, il emprunta la M11 jusqu'à la campagne après Cambridge. Il essaya de trouver quelque chose à écouter à la radio ou quelques CD dans la boîte à gants, mais aucun ne parut faire l'affaire. Il se souvenait les avoir achetés, mais aucun ne semblait lui appartenir.

Il atteignit Willingham un peu avant midi, juste à l'heure. Sa mère l'attendait à la porte, les cheveux gris, trapue et souriante. À une époque, la terre sur laquelle elle se tenait avait fait partie d'une ferme, une propriété plus vaste ayant appartenu à l'un de ses ancêtres. Comme tout le reste, le temps l'avait grignotée.

Sa mère leur avait préparé des sandwichs et un gâteau. Pendant qu'elle mettait la table, il vagabonda à travers la maison qui l'avait vu grandir, essayant de se rappeler à quand remontait sa dernière visite. Probablement deux ou trois ans. Il lui arrivait de venir à Londres et ils en profitaient généralement pour se voir. Ils prenaient parfois le thé au *Ritz*. Elle passait une ou deux nuits, confortablement installée dans la chambre d'ami de la maison qu'il possédait avec Amanda. Ce n'était pas si souvent, si on considérait qu'il s'agissait de la personne qui l'avait élevé, mais ainsi va la vie. On s'éloignait du point de départ, vers quelque chose d'autre, les yeux toujours tournés vers l'avenir. On ne se souvenait plus de son passé que de temps à autre, généralement après avoir entendu quelque chose. Il n'était plus question de commencements, mais de continuité et de fins. Surtout de continuité.

Il se sentit attiré par une pièce en particulier. L'ancienne chambre de ses parents – toujours celle de sa mère. Il s'immobilisa au centre, pas très sûr de ce qu'il faisait là. Il leva les yeux au plafond. Blanc cassé, comme il l'avait toujours été. En laissant son regard devenir flou, les imperfections s'effacent et on ne voit plus que la couleur.

La voix de sa mère lui parvint depuis le rez-de-chaussée.

Après le repas, il la questionna à propos de sa chambre. Avait-elle changé quelque chose ? Elle répondit que non. Cela faisait plusieurs années qu'il n'y avait eu aucun changement chez elle.

Il haussa les épaules et prit le risque de lui raconter comme il s'était senti obligé d'entrer dans cette pièce. C'était une femme. Elle comprendrait.

Il avait vu juste, et peut-être plus qu'il s'y attendait. Plus qu'il le comprenait lui-même.

— Eh bien, c'est ton anniversaire. (Il secoua la tête sans comprendre. Elle sourit, comme si cela allait de soi.) C'est là que ça s'est passé, là-haut, dans cette chambre. C'est là que tu es né, expliqua-t-elle. Tu peux bien vivre à Londres tant que tu veux, ajouta-t-elle, mais c'est là d'où tu viens.

Il entendit à peine ce qu'elle dit ensuite et reprit la route vingt minutes plus tard. Quand il arriva à la sortie du village, il ne tourna pas à gauche en direction de la route A, et ensuite de la M11. Il prit à droite et continua à rouler.

Il parcourut la campagne pendant plus de une heure, laissant les villages derrière lui et avançant jusqu'à la lisière des anciennes plaines marécageuses, où l'eau devenait une partie du monde au même titre que la terre, où la surface plate n'avait rien d'autre à offrir que de l'herbe et des roseaux.

Après un moment, il changea de nouveau de direction, mais ne fit pas demi-tour. Il recommença un peu plus tard.

Il aurait pu rouler ainsi pendant des heures, des jours. Il aurait pu chercher pendant des semaines sans rien trouver s'il n'y avait pas eu l'église. Vraisemblablement son objectif depuis le début. Ça avait fini par marcher.

À moitié en ruine, elle se dressait, isolée au milieu d'un champ. David en savait assez pour comprendre qu'il se trouvait devant le dernier vestige d'un village disparu. Vus de haut, depuis un appareil volant à basse altitude, des traits de coupes auraient marqué l'emplacement des anciennes habitations, une topographie remontant à bien, bien longtemps.

Quand il aperçut les deux murs encore debout, la moitié du clocher en dents-de-scie, il en eut le souffle coupé et tous les rêves dont il n'avait pas su se souvenir lui revinrent d'un seul coup.

Il fit faire une embardée à sa voiture et la gara chaotiquement sur le bas-côté. Ensuite, il descendit de son véhicule, enjamba prudemment la clôture basse en fil de fer barbelé et se dirigea vers la ruine. Il se trouvait probablement sur une propriété privée. Il s'en fichait. À deux reprises, il s'enfonça jusqu'aux genoux dans le sol marécageux. De cela aussi il se fichait. Son téléphone mobile sonna une fois. Il ne l'entendit même pas.

Il fit lentement le tour de l'église. Il savait qu'elle ne signifiait qu'une seule chose pour lui, qu'il n'était venu qu'une seule fois auparavant. Enfin, il s'approcha et se tint tout près du mur. Au-dessus, le ciel était bleu, taché de quelques nuages. Le mur présentait la même apparence partout, que l'on se tienne à l'intérieur ou à l'extérieur des vestiges de la structure, ou de n'importe quel point le long des murs. Mais comme il avait tout bien planifié, il finit par trouver la lourde pierre.

Il posa un genou à terre et glissa ses doigts sous les bords. L'expérience acquise en salle de sport le conduisit à protéger son dos et il prit son temps pour déplacer la grosse pierre plate. En dessous l'attendait une petite boîte métallique.

Il la sortit du trou et s'assit dans l'herbe.

À l'intérieur se trouvait un petit sac, marqué par le temps et enroulé sur lui-même. Il attendit un peu, pris d'une soudaine envie de cigarettes, lui qui n'avait jamais fumé. Il songea au plafond de la chambre de sa mère, sachant pertinemment que ce n'était pas la première chose qu'il avait vue en ouvrant les yeux. Enfin, il ouvrit le sac et en sortit une enveloppe.

Il reconnut l'écriture, celle d'une liste qu'il avait écrite en février. Voilà ce que disait la lettre :

À qui que je puisse être,

Cette fois, j'espère que ça a marché et que je suis jeune, que j'ai réussi à me rattraper à temps. Mieux encore, j'espère que quand je lirai ces mots, ils me feront sourire, parce qu'ils auront été inutiles, sachant que j'ai le pouvoir de dissimuler n'importe quoi dans le creux de ma main, de faire apparaître des pièces de monnaie dans les oreilles des gens, et que je ne suis pas venu ici tout seul. Mais juste au cas où :

1. Fais des choses. Plein de choses. Apprends, explore, ouvre toutes les boîtes du monde tant que tu es jeune et que tu as l'éternité devant toi.

2. Fais des erreurs et fais-les le plus tôt possible, n'attends pas. Trop tôt, tu pourras réparer. Trop tard, c'est impossible.

3. Épouse celle qui pourrait te briser le cœur.

4. Il n'y a pas de 4. Les trois premiers suffiront bien.

Bonne chance,
Toi.

Dix minutes plus tard, David remit la lettre dans le sac. Il souhaita avoir pensé à prendre le livre de Houdin avec lui. Il aurait pu le mettre sous la pierre, pour la prochaine fois. Mais s'il retrouvait la mémoire aussi tard, cela ne lui servirait pas à grand-chose. Autant le revendre en espérant qu'il tomberait entre les mains de quelqu'un qui saurait l'utiliser à temps.

Quand il eut remis la pierre en place, il resta un moment debout près du mur de l'église en ruine, mémorisant la forme de la route, la configuration des anses au loin, tout ce qu'il pouvait raisonnablement espérer retrouver la prochaine fois. Enfin, il regagna sa voiture, monta et resta assis un long moment à contempler les plaines marécageuses.

Puis il repartit en direction de Londres où il savait qu'une fête d'anniversaire l'attendait.

Le livre des nombres irrationnels

Une belle page vierge. Page trois. $3 \times 3 = 9$, donc 0. Le commencement. Quand j'entame un nouveau carnet, je ne commence jamais par la première feuille, parce que je sais qu'elle sera écornée. Je la laisse toujours vierge des deux côtés et je commence à écrire sur la deuxième, protégée de la saleté. D'habitude, j'utilise des carnets pour mes loisirs. Mais là, j'ai envie d'écrire quelque chose de différent. Je ne sais pas vraiment comment m'y prendre. Bla-bla-bla, des mots, des mots, des mots. Les lettres doivent bien avoir une signification, mais je ne suis pas certain de la connaître. Coucher quelque chose sur le papier donne l'impression qu'il s'agit d'histoire ancienne. En réalité, presque rien n'est vraiment de l'histoire ancienne. Les choses continuent de se dérouler. Aujourd'hui fut une journée plutôt agréable, comme la plupart de mes journées. Je devais peindre une maison à l'autre bout de la ville et j'avais passé la matinée à tout préparer, mais il a commencé à pleuvoir et j'ai dû abandonner le chantier en l'état.

$14^2 = 196$. $8{,}56^2 = 73{,}2736$.

Roanoke est un drôle d'endroit où vivre. Pas vraiment au milieu de nulle part, tout près des Blue Ridge Mountains. En Virginie. Jamais vu un pin isolé dans le coin : ils se comptent par milliards. Mais je m'y plais. Je n'ai pas de mal à trouver du travail. Les gens ont constamment besoin de faire des travaux sur leur maison. Il n'y a pas grand-chose d'autre à faire et c'est vraiment la galère pour trouver un endroit où manger ou boire le soir, en particulier le dimanche. Le seul qui reste ouvert s'appelle *Macados*, un bar à burger au centre-ville. Il est fréquenté par pas mal de lycéens, mais ça va. Ils ne sont pas assez riches pour se montrer odieux. De braves gamins, pour la plupart. Au fond, c'est une ville avec deux centres commerciaux et un petit aéroport. L'hiver, on peut partir explorer les montagnes, découvrir des endroits secrets. Une fois, je suis revenu de Richmond en longeant les crêtes et je suis passé devant toutes ces petites propriétés. Les gens m'ont regardé comme s'ils n'avaient jamais vu de voiture.

La chose la plus importante que j'aie jamais découverte est la notion de racine numérique. Trouver la racine numérique d'un nombre a pour but de le réduire à un seul chiffre. Pour cela, on additionne tous les chiffres du nombre en question. Avec 943 521, par exemple, cela donne : 9 + 4 + 3 + 5 + 2 + 1 = 24. Mais 24 étant un nombre à deux chiffres, on continue en les additionnant : 2 + 4 = 6. Ainsi, la racine numérique de 943 521 est 6. Là où ça devient intéressant, toutefois, c'est qu'on peut accélérer le processus en éliminant simplement les 9. Si le nombre de départ comprend un 9 ou que la somme de certains chiffres le composant est égale à 9, il suffit de les ignorer. Dans 943 521, on peut ainsi ignorer le 9, et aussi le 4 et le 5 (4 + 5 = 9). Il ne reste alors que 3 + 2 + 1, ce qui fait 6. Résultat identique.

Je suis arrivé là complètement par hasard. Je ne sais pas, impossible de retracer les étapes qui m'ont mené jusque-là. Je ne sais pas. Je ne me souviens de rien de particulier, mais peut-être que c'était un détail si insignifiant que je n'y aurais de toute façon pas prêté attention. Je me rappelle certains livres, des conversations, des rêves, des choses que j'ai vues. Mais rien de spectaculaire. Pas de grand coup sur la tête.

Vous cherchez ce qui a du sens.

Susan, la nouvelle employée à la librairie, est ravissante. Elle a un sourire éblouissant et elle respire la joie de vivre, comme si elle savait que tôt ou tard quelque chose d'amusant va arriver. C'est comme un nombre premier. Pour elle, c'est sans doute un stage ou un job de vacances. Elle a immédiatement remarqué mon accent. Je crois qu'elle pense que c'est cool. Je l'espère en tout cas.

J'ai encore eu Gerry au téléphone ce soir. Il n'arrête pas de me harceler à propos de ce qu'on va organiser pour le passage à l'an 2000. Max est, lui aussi, tout excité. Qu'est-ce que ça peut faire ? Tout le monde fait grand cas de l'an 2000. Et tout le monde se trompe. On y est déjà. Ça a déjà commencé. Et je peux le prouver ! En éliminant les 9. L'an passé, nous étions en 1998. 1 + 9 + 9 + 8 = 27, et 2 + 7 (ou alors, on peut ignorer les 9 et simplement additionner 1 et 8) = 9, que nous éliminons. Autrement dit : zéro. 1998 est le point zéro ou la fin de toutes choses, une année qui compte pour du beurre modulo 9. Par contre, 1999 est l'année 1 et la racine numérique de 2000 est 2. 2000 ne marque le début de rien, elle arrive après que tout a déjà commencé. Les millénaires ne signifient rien pour les vraies gens. Leurs vies évoluent autour de cercles bien plus petits. Il faut réduire les choses à l'essentiel. Quand vous ne pouvez plus réduire un nombre, alors il veut dire quelque chose. Autrement, c'est juste une addition.

J'ai peint la maison des Macillson aujourd'hui. Je leur ai aussi réparé deux ou trois bricoles à l'intérieur. Avec un peu de chance, leurs voisins vont peut-être aussi faire appel à moi.

C'est comme quand quelque chose se brise. Quand c'est fait, vous vivez un enfer. Comme avec le chagrin. Au début, vous comptez les minutes, puis les heures. Les semaines, les mois. Les cycles de culpabilité, de chagrin et parfois de joie se succèdent. Une fois qu'on a déjà connu ça, c'est différent. La première fois que vous êtes coupable, il n'y a pas moyen d'y échapper. Par la suite, c'est différent. Toutes les structures qu'on croyait si rigides s'assouplissent, comme un sac de verre pilé dans de la mélasse. Quand vous y enfoncez votre main, c'est à la fois doux et tranchant.

Les gens sont gentils avec moi, mais je ne m'en sens que plus coupable et triste, parce que je sais que je ne suis pas quelqu'un de très gentil. J'en souffre réellement. J'ai quelques bons amis et je plaisante volontiers avec les employés du magasin où j'achète mes fournitures. Ces derniers temps, Susan me fait un signe de la main quand je passe devant la librairie. Je ne le mérite pas. Je veux pourtant être gentil. C'est important pour moi. J'ai déjà été quelqu'un de bien et des parties de moi le sont encore. Par exemple, il m'arrivait de parcourir des kilomètres tous les week-ends pour aller voir quelqu'un. J'avais en moi cette capacité d'être bon. Je l'ai encore. Des parties de moi semblent en être totalement dépourvues. Mais ça ne m'aide pas, parce que je me demande d'où peuvent bien venir cette énergie, cette motivation et cette joie. Ne proviennent-elles pas de cette part de moi que j'aime ? C'est forcé : dans le cas contraire, pourquoi est-elle si impuissante ? Elle doit être bien faible pour être incapable de faire quoi que ce soit et, dans ce cas, elle n'est évidemment pas exempte de tout reproche. C'est bien joli d'être ce petit homme fuyant, assis au sommet de la plus haute tour du château, réfugié derrière une porte fermée à clé, ne voulant être mêlé à rien. Faible, effrayé. La voix de la raison au cœur de l'irrationnel. La rationalité est faible, elle ne fait pas le poids et n'apporte aucune somme intéressante. Elle ne fait que s'aplatir.

Il a fait encore plus froid aujourd'hui. Je n'ai pas l'impression d'être pourchassé, pas exactement. C'est comme si quelqu'un tendait la main vers moi depuis l'obscurité, comme si le brouillard brun et opaque commençait à gonfler sous les poussées de quelqu'un de l'extérieur. Je crois que nous allons avoir un hiver très froid.

Dix-sept ans est la dernière année de la jeunesse. Je me rappelle quand j'étais gamin, je devais avoir quatorze ans et je me disais que ça me ferait une drôle d'impression de devenir vieux. J'arrivais à peine à comprendre qu'on puisse avoir seize ou dix-sept ans. Dix-huit ans semblait plus un jalon légal qu'un âge, un peu comme vingt et un. Une limite à franchir. On ne se dit pas : « Oh, avoir dix-huit ans, ça va être comme ci ou comme ça », on pense simplement à toutes les choses qui ne seront plus illégales à partir de ce moment-là. Dix-neuf, par contre, ça semblait vraiment vieux. Le voilà le véritable âge adulte. Bien sûr, je ne pense plus du tout pareil aujourd'hui. Mais à l'époque si. Maintenant, je comprends que dix-neuf, c'est 1 et 9, que 1 + 9 = 10 et 1 + 0 = 1. La première année où l'on est vieux. 1 + 8 = 9, année zéro.

Il faut tout observer avec beaucoup d'attention.

Je pense aux gens qui attendent des cartes d'anniversaire, des cartes de Noël. Un coup de téléphone qui ne viendra pas. Des mamans, pour la plupart. J'aimerais pouvoir dire que ça a fait une grosse différence, mais ce n'est pas le cas.

Élever un nombre au carré est très facile. Il suffit de prendre le nombre et de le multiplier par lui-même. Tout le monde peut le faire. Une route facile à emprunter, c'est comme de suivre le cours habituel du temps.

Les routes. Je me souviens de cette fois, en Angleterre, où je suis allé de Londres à Cambridge par l'autoroute M11. Quand il fait mauvais quelque part dans le monde, vous pouvez être sûr qu'il fait mauvais sur la M11. On dirait que cette route a été construite pour rendre la conduite sous les intempéries le plus pénible possible. Il y a des tronçons en hauteur où les vents violents semblent s'emparer de votre voiture et la tirer en direction des autres voies ; ailleurs la pluie donne l'impression de venir s'écraser sur le pare-brise presque parallèlement au sol ; enfin, il y a les déclivités, en particulier en arrivant sur Cambridge, où la brume s'accumule comme du porridge dans un bol. J'ai eu une petite amie qui habitait là-bas. Pendant un an, plus d'un an en fait, j'ai fait le trajet par la M11 chaque week-end. Printemps, été, automne, hiver : en toute saison, le temps à cet endroit était pire que partout ailleurs. Une nuit en octobre, j'ai emprunté la bretelle d'accès à l'autoroute et me suis retrouvé complètement enveloppé dans le brouillard. Pendant la quinzaine de kilomètres suivants, ma visibilité n'a pas dépassé le capot de ma voiture. Je n'y voyais goutte. Pas même mes propres phares, ne parlons pas de ceux des autres. J'ai roulé de plus en plus lentement. Je savais qu'à la prochaine sortie la route s'élevait graduellement et sortait du creux qui lui faisait faire le tour de la ville. J'ai continué à attendre la sortie. Personne ne m'a dépassé et je n'ai aperçu aucun autre véhicule, ni phares de l'autre côté de la chaussée, ni feux arrière du mien. Après un bon moment, je suis enfin passé devant la première sortie. D'habitude, le brouillard se levait à partir de là. Mais cette nuit-là, il resta aussi épais et aussi anesthésiant. J'avais l'impression de traverser lentement une congère monstrueuse qui s'élevait jusqu'au ciel. Il n'y avait aucun bruit, excepté le ronronnement du moteur. J'avais éteint la radio afin d'éviter toute distraction. Je ne voyais rien à l'extérieur de la voiture, sauf les lents tourbillons de brume. Je devais rouler depuis trente-cinq ou quarante minutes quand j'ai commencé à me sentir mal à l'aise. Et dix minutes plus tard, je suis devenu vraiment nerveux. Je connaissais la M11 comme ma poche et le pilote automatique, qui dans ma tête ouvrait l'œil et le bon, semblait prêt à tirer le signal d'alarme. N'aurais-je pas déjà dû passer devant une autre sortie ? Dans des conditions normales, je passais la première sortie au bout de dix minutes de trajet et la deuxième après une demi-heure. Cette nuit n'avait rien de normal et je roulais bien plus lentement que d'habitude. Mais cela faisait tout de même au moins cinquante minutes que j'étais passé devant la première sortie. Je n'aurais pas pu manquer la deuxième : les énormes panneaux de signalisation situés sur le bas-côté étaient les seules choses que j'avais réussi à distinguer au début de mon voyage. Alors, où se trouvait cette deuxième sortie ? J'ai roulé encore pendant dix minutes. Toujours aucun véhicule de mon côté de la chaussée et pas le moindre phare en sens inverse. J'ai continué cinq autres minutes, accélérant un peu. J'étais juste un peu… inquiet. Dix minutes plus tard, une forme a enfin surgi du brouillard et j'ai poussé un soupir de soulagement. J'avais accompli la moitié du trajet et vu la deuxième sortie. Tandis que j'allumais une cigarette – la route ne requérant plus toute mon attention – je me mis à réfléchir. Combien de temps m'aurait-il fallu avant de commencer à paniquer ? À partir de quel moment aurais-je décidé que trop long était devenu *bien* trop long et estimé, au fond de moi, que quelque chose avait mal tourné, que la sortie avait disparu, que j'avais laissé le monde réel derrière moi et que j'étais condamné à errer pour l'éternité vers le néant sur cette route noyée dans le brouillard ?

Quelqu'un est sur mes traces. J'en suis sûr. C'est une drôle de situation. Tout le monde se range toujours du côté du chasseur. Ce que je ne suis pas. Certaines personnes dans ma situation se qualifient ainsi, mais ce n'est que pure vanité. Je suppose qu'il s'agit d'un policier. Il ne sait pas encore qui je suis, mais il est déjà là. Je ne suis même pas sûr de comprendre comment je sais cela. Je ne suis pas sûr de comprendre comment je sais beaucoup de choses. Peut-être que je remarque de petits signes sans vraiment prendre conscience de ce qu'ils sont. Je ne sais pas comment je dois réagir. Je ne vais pas me rendre, ou me trahir si je peux l'éviter – peut-être qu'il pourrait devenir mon ami. Il comprend certainement une partie de tout ça, ce qui faciliterait les choses. Parce que moi, je sais que je ne comprends pas. Ça fait partie du problème. Je ne comprends pas pourquoi je suis incapable d'être simplement quelqu'un de gentil. Dans les livres, les gens expliquent souvent les choses simplement : 1, 2, 3… « voilà les raisons pour lesquelles… » Une simple addition. Ce n'est pas mon cas. Aussi loin que je me souvienne, je n'ai pas cette excuse. J'ai un nombre raisonnable d'amis, ils viennent me voir ou je vais chez eux et on traîne ensemble, mais j'ai toujours cette impression d'évoluer dans un monde à deux dimensions. Comme une fenêtre en verre peint : il suffit d'une pierre pour la faire tomber en morceaux. Je ne suis simplement pas quelqu'un de gentil et ça me rend triste, parce que certaines personnes le sont avec moi et je veux leur rendre la pareille, mais j'en suis incapable. Plus maintenant. Une fois suffit. Ça vous marque pour la vie.

Je suis retourné à la librairie aujourd'hui. J'ai acheté quelques livres et bu un café. J'ai bavardé avec Susan aussi. Il n'y avait pas beaucoup de monde. Je lui ai expliqué deux ou trois trucs faciles avec les racines numériques. Par exemple… Prenez un nombre (disons 4 201) ; additionnez les chiffres (4 + 2 + 0 + 1 = 7) ; soustrayez la somme du nombre de départ (4 201-7 = 4 194) – et le résultat aura toujours une racine numérique de 9. Ou bien... Prenez un nombre (disons 94 213) ; mélangez les chiffres dans n'importe quel ordre (32 941 par exemple) et soustrayez le nombre le plus petit du plus grand (94 213 - 32 941 = 61 272). Devinez quoi : racine numérique de 9 encore une fois. Ces 9, impossible d'y échapper. Elle a trouvé ça plutôt sympa. On a fini par parler de nombres symétriques ou nombres palindromes et du fait qu'ils n'arrivent pas souvent dans les années 1991 ; 2002 ; 2112 ; 2222. En rentrant chez moi, j'ai compris quelque chose. En réduisant ces nombres à leur racine numérique, voilà ce que donne cette série : 1 + (9 + 9) + 1 = 2 ; de la même façon 2002 = 4, 2112 = 6 et 2222 = 8. Les nombres *pairs*. Ensuite 2332 vous donne 1, 2442 vous donne 3, 2552 vous donne 5 et 2662 vous donne 7. Les nombres *impairs*. Ce qui est plutôt intéressant. Peut-être.

Gerry dépense cent dollars par mois pour s'acheter du porno. Il y a une boutique à Greensboro. Il m'en a parlé il y a deux mois, quand on était complètement bourrés tous les deux. Rien de sordide, juste des couples qui baisent. Visiblement, ça l'ennuie, mais il ne peut pas s'en empêcher. Il essaie parfois et se débarrasse de ce qu'il a acheté. Les comptables font vraiment des trucs bizarres.

L'automne à Roanoke se résume à rouler sur des routes enveloppées de brouillard.

La dizaine d'années qui a suivi mes vingt ans n'a eu aucun sens pour moi. Pas plus que les premières années de la décennie d'après. Avant, j'arrivais à comprendre les différents âges. Jusqu'à vingt ans, ils ont du sens. À partir du début de l'adolescence, chaque année constitue un pas de géant en avant. Après vingt ans, ils deviennent de plus en plus petits. L'adolescence. L'âge des possibles. Chaque année représente un bond en avant. Après ça, vous vous contentez de devenir plus vieux et plus petit. Vous avez des anniversaires et quelquefois les gens s'en souviennent, d'autres fois non. À seize ans, quand l'un de vos amis fête ses dix-sept ans, vous ne risquez pas de l'oublier. Parce que ça signifie que votre ami est parti sur une autre planète. Il est plus grand, plus âgé que vous. Il n'y a aucune différence entre avoir vingt-sept et avoir vingt-huit ans. Ou entre quarante-trois et quarante-quatre. Ça fait si longtemps que vous tournez sur le même circuit. 44 est synonyme de « plus rien à foutre », quelle que soit votre façon de compter. Les Grecs savaient beaucoup de choses sur les mathématiques, mais ils ne connaissaient pas le zéro. Je ne plaisante pas. Ils ne possédaient pas le zéro, ce qui signifie qu'ils ne comprenaient pas en quoi les nombres étaient liés aux gens et quelle était leur influence. La différence entre 0 et 1 est ce qu'il y a de plus important au monde, bien plus que ce qui sépare 2 de 3 : ils ne sont que le résultat d'additions, alors que 0 représente l'absence. Ils savaient peu de chose sur l'irrationnel et rien de la paix qui se trouve même au-delà. Les Grecs appréciaient la perfection. Les nombres parfaits, par exemple, sont des nombres entiers égaux à la somme de leurs diviseurs : 6 = 1 + 2 + 3 ou 28 = 1 + 2 + 4 + 7 + 14. En outre, ils sont aussi égaux à la somme de nombres entiers consécutifs : 6 = 1 + 2 + 3 ou 28 = 1 + 2 + 3 + 4 + 5 + 6 + 7. Pas mal. Mais les nombres parfaits sont vraiment très, très rares : l'irrationalité est bien plus courante. On dit que Pythagore prétendait que les nombres irrationnels n'existaient pas. C'est juste que cette idée lui faisait peur. Ça prouve qu'on peut être quelqu'un de vraiment intelligent et raconter des conneries.

C'est comme tomber amoureux.

Il y en a une sous le sol de la cuisine. Ma cuisine n'est pas bien grande. Mais j'en ai enterré une, à environ trente centimètres de profondeur, étendue sur le dos. Je l'ai couverte de ciment avec une ardoise de bonne qualité au-dessus. Mais quelquefois, quand je vois un de mes amis debout à cet endroit précis, je me dis, bon Dieu, c'est vraiment pas bien. La dernière fois, c'était quand Max et Julie étaient là. Max nous préparait à boire à la cuisine. L'espace d'un instant, j'ai eu l'impression que le sol devenait transparent et que je la voyais, étendue là, sous leurs pieds. Pas littéralement, bien sûr. Je n'ai pas de visions. C'est plutôt le contraire : je suis quelqu'un de trop rationnel. Et puis il m'arrive d'oublier pendant de longues périodes, et quand je me souviens, ça me fait vraiment un choc. Je me dis : « Bon Dieu, qu'est-ce que j'ai fait ? Comment revenir en arrière ? » Et la réponse est toujours la même : c'est impossible. Il est trop tard pour revenir en arrière. Ça fait longtemps qu'il est trop tard. Ça peut sembler écœurant, pathétique et malsain. Mais au quotidien, des images surgissent dans mon esprit, des souvenirs de ce que j'ai fait. Je les repousse, mais ces images et ces souvenirs me font du bien, ils me procurent chaleur et superbe, comme l'habit d'un roi en exil. Après un certain temps, ils se manifestent plus souvent et le sentiment d'allégresse devient plus fort. C'est là que je sais que je vais recommencer. La danse commence, une danse où je suis mon propre cavalier, mais où j'ignore qui conduit. C'est une danse merveilleuse aussi longtemps qu'elle dure.

Mince, svelte, de petits seins. Les petits seins sont un peu comme les racines numériques des seins. Pas besoin de posséder deux grosses masses de chair pour prouver qu'on est une femme. Tout est dans le visage, dans le caractère. Réduit à l'essentiel.

On a le droit de laisser vagabonder son imagination.

Je vais devoir faire très attention. À cause de ce type. Je me demande à quoi il ressemble. Ce qui va se passer. Est-il animé d'une juste colère ou se contente-t-il de faire son travail ? Je me demande aussi pourquoi je suis tellement convaincu de sa présence, si je sens une sorte de structure que je ne peux pas voir. Peut-être qu'il me faut effectuer de nouveaux calculs.

Si bien caché que, même ivre, il est impossible de s'en approcher.

17 est un nombre premier. En y réfléchissant bien, à dix-sept ans on n'est pas encore un adulte, mais plus tout à fait un enfant. Notamment parce qu'il n'a pas de facteurs. 16, c'est 2 × 8 ou 4 × 4. Je refuse de m'attaquer à des multiples d'enfants. Les nombres premiers compris entre 10 et 20 sont 13, 17 et 19. 19, c'est trop vieux. 13, c'est un enfant. 17 n'est divisible que par 1 et 17, ce qui est juste, parce que j'ai une personne de dix-sept ans avec moi ici. Quelqu'un de bien réel. C'est immonde. Je le sais bien. Mais c'est aussi la seule chose qui a un sens ou qui me paraît réelle. Si seulement je pouvais rester moi-même tout en évacuant la culpabilité, alors je serais heureux. Mais c'est impossible, parce que je veux aussi être quelqu'un de gentil.

Une fois, j'ai rêvé que j'avais un nombre qui, élevé au carré, donnait 2. Quand je me suis réveillé, j'ai voulu noter ce nombre, mais je l'avais oublié.

Je lutte constamment entre ce que je désire et le besoin d'être gentil. Tant de gens vivent leur vie ainsi. Je ne connais pas de nombre parfait dans la vie. Max est marié, mais il a envie de coucher avec d'autres femmes. Pas parce qu'il n'aime pas Julia. Au contraire. Un seul coup d'œil et vous voyez combien ils comptent l'un pour l'autre. Mais il veut simplement faire l'amour à d'autres femmes. Il me l'a avoué une fois, quand il était vraiment défoncé, mais je le savais déjà. Je l'avais lu dans ses yeux. Le désir et la culpabilité. Son argument est que la monogamie est un concept artificiel. Il affirme que, dans le règne animal, très peu d'espèces s'accouplent pour la vie. Il dit aussi que, d'un point de vue biologique et évolutionniste, il apparaît logique qu'un mâle répande ses gènes aussi largement que possible : ça augmente les chances de fertilisation tout en introduisant un maximum de variations dans le patrimoine génétique. Il a peut-être raison. Mais je le soupçonne de vouloir simplement mordre d'autres tétons de temps à autre. Par ailleurs, je le soupçonne aussi d'ignorer complètement que Julia vomit un repas sur trois. Je suppose qu'il n'est pas très observateur.

J'ai de nouveau parlé à Susan aujourd'hui. Je lui ai montre quelques autres trucs avec les nombres. Elle aime comme ils dansent Elle partage une maison avec deux autres filles, mais ses amies sont rentrées chez elles pour les vacances. Elle me parle d'une drôle de façon. Toujours avec prudence, et politesse – parce que je suis plus âgé qu'elle. Mais elle se montre amicale aussi. Elle avance pas à pas.

Je veux former un tout, mais pour cela il faut tout dire et c'est tout bonnement impossible. Alors, qui est cette personne que les gens croient connaître et apprécier ? On peut confesser la plupart des choses. S'accorder l'absolution par une simple mention, en disant « Oh, mon Dieu, vous ne devinerez jamais ce que j'ai fait, quel idiot je fais. » Mais pas ça. Pas d'absolution possible pour un tel acte. Mes amis ne m'aiment pas à ce point. Mes secrets me tiennent à l'écart des autres. Au moins, quand vous êtes alcoolique, vous pouvez essayer de l'admettre, de le confesser devant Dieu ou d'autres personnes qui vous diront « C'est moche » et ensuite feront tout pour vous aider. Moi, je n'ai que Dieu et moi. Et croyez-moi, ce sont ces autres personnes qui font la différence. C'est forcé, sinon ma seule issue est la mort. C'est pour ça que certains désirent être capturés : pas pour qu'on les arrête, pas pour la publicité, mais juste pour pouvoir se raconter. Se confesser devant Dieu ne sert à rien. Pour ce que j'en sais, il s'en fiche.

Aujourd'hui, c'est dimanche et il neige. J'ai passé la journée enfermé chez moi à bricoler. Un type travaille à la clôture de la maison d'en face. Il ne me semble pas familier. La paranoïa, c'est dangereux. À cause d'elle, on peut se conduire bizarrement. Bien se conduire est une nécessité. Il faut se montrer rationnel au cœur de l'irrationalité.

Plus de la moitié de ces petits idiots n'ont aucune importance. Ils ne sont premiers qu'une année. Ensuite, ils deviennent des machines qui poussent d'autres machines avec des bébés machines à l'intérieur. Ni premiers, ni parfaits. De simples taches.

Les nombres irrationnels sont les nombres qui ne peuvent pas être exprimés avec exactitude sous la forme d'une fraction et dont le développement décimal ne se répète ni ne se termine jamais. Comme la racine carrée de 2, qui commence par 1,41421356237… et continue à l'infini. Pi est aussi un nombre irrationnel : putain d'irrationnel, si vous me demandez mon avis – pi est un nombre complètement défoncé. Certaines personnes ont consacré leur vie à le calculer à plusieurs millions de décimales, sans découvrir de répétition, ni sa valeur précise. Pi est le rapport de la circonférence d'un cercle à son diamètre. L'équation $c = pd$ – où d est le diamètre –permet de calculer la circonférence d'un cercle. Bien sûr, si vous connaissez la circonférence, vous pouvez calculer le diamètre en inversant le processus et en divisant ce nombre par pi. Mais quelle que soit la manière dont vous vous y prenez, pi sera de la partie. Et pi est irrationnel. Vous aurez beau connaître le diamètre avec précision – cinq centimètres, douze pouces, cent mètres exactement –, la circonférence aura toujours une série de chiffres sans fin après la virgule, à cause de pi. Rien ne vous empêche d'utiliser une approximation comme 3,14 ou 3,141592653589793, mais vous ne connaîtrez jamais la valeur exacte parce qu'elle n'existe pas. L'incertitude et les ténèbres règnent au cœur de quelque chose d'aussi simple qu'un cercle.

Je suis le diamètre. Je suis rationnel quand le cercle du monde ne l'est pas. On peut voir les choses différemment bien sûr : quand la circonférence est rationnelle, le diamètre ne l'est pas. Je suis peut-être ce diamètre-là.

Je n'ai pas remis les pieds à la librairie depuis une semaine.

Je pourrais rendre les choses plus faciles. Je pourrais déménager dans le Nevada ou ailleurs. Soixante-dix villes sur un territoire de la superficie d'un pays européen. Mais je n'en ferai rien. J'aurais l'impression d'abandonner. J'ai pas envie de vivre au Nevada, putain ! C'est plutôt joli comme coin, mais il ne s'y passe rien. En m'installant là-bas, ça deviendrait toute ma vie. Il n'y a rien d'autre à faire qu'aller à Las Vegas, et là-bas, les nombres ne sont jamais de votre côté. Ici, je peux me convaincre de ne pas céder à une transgression de temps à autre. Mais si je vivais dans le Nevada, je me réveillerais chaque matin en sachant pertinemment l'unique raison de ma présence. Cela deviendrait toute ma vie, et plus seulement une partie. Pour quelle autre raison partir vivre au Nevada ? Et puis, j'imagine qu'ils n'ont pas besoin de moi pour réparer leurs maisons.

Peut-être qu'il suffit que je patiente.

Lui et moi, et le pauvre petit pi au milieu – attendant de rendre l'un de nous irrationnel. Peut-être qu'il a cessé de me chercher, ou alors qu'il ne l'a jamais fait. Quelquefois, c'est vraiment difficile pour moi de déterminer lesquelles de mes peurs sont rationnelles et lesquelles ne le sont pas. C'est un sacré pas dans le vide d'admettre ce que j'ai fait. C'est comme avoir son cœur dans un ascenseur quand quelqu'un s'apprête à couper le câble qui retient la cage. On tend le bras, on retrouve son équilibre et on a un mouvement de recul. On s'éloigne de la cage d'ascenseur. Mais on sait que c'est là. Un sentiment de panique glacé au milieu de la nuit. Il ne se passe rien et finalement on se rendort.

Mais bon Dieu, ce que j'aime les moments où je n'ai pas à le faire. C'est merveilleux. Je me sens si fort. Quand je parviens à me rappeler les choses qui ont été faites et que je le vis bien. Quand je trouve ça juste inintéressant et étrange et que je peux me dire « Plus jamais je ne ferai une chose pareille ». Pas de la façon dont je me sens juste après, quand tout ça m'écœure et que mes couilles me font mal, que je perds pied, assis dans mon salon que je viens de nettoyer à fond. Non, d'une façon calme et dépassionnée. « Non, me dis-je alors, je ne le ferai plus. C'est du passé. Maintenant je n'en ai plus besoin. C'était mal, mais c'est terminé. C'est fini pour de bon. » Mais ce moment n'est pas encore venu, je l'attends toujours.

Julie et Max semblaient heureux ce soir.

La moitié de mon esprit est toujours occupée ailleurs. Même mes amis ne me paraissent pas tout à fait les miens, parce que seule une partie de moi se trouve réellement avec eux. L'autre partie est constamment en marche, sur la piste. Je me souviens d'une autre fois, un après-midi d'été sur la M11, où j'ai pris conscience que toutes les voitures en sens inverse avaient les phares allumés et leurs essuie-glaces en marche. J'ai trouvé ça bizarre jusqu'à ce que je remarque qu'il pleuvait sur la voie d'en face. La chaussée était sèche en direction du nord, humide en direction du sud.

Je n'avais pas l'intention d'y retourner, mais je prenais un café en face quand je l'ai vue par la fenêtre, servir un client. J'ai fini mon café et je suis entré dans la librairie.

17 est un nombre premier et un âge parfait. 1 plus 7 égale 8 et ainsi la racine numérique de l'âge parfait est huit. J'ai trente-cinq ans et nous sommes en 1999, l'année 1, l'année du commencement. La racine numérique de 35 est également 8 – et j'ai ce sentiment que l'étau se resserre. Je pense qu'il peut difficilement s'agir d'une coïncidence. Peut-être que je me mets en danger en choisissant des filles dont l'âge partage la racine numérique du mien. C'est logique, ça nous rend bien trop proches. Quand j'avais vingt-six ans, je n'avais pas encore commencé à faire ça, donc j'étais en sécurité. Quarante-quatre sera un âge dangereux. Cinquante-trois. Soixante-deux. Mais j'ai du mal à croire que je ferai encore ça à cet âge-là. Je fais du jogging, mais je ne me vois pas dans une forme suffisante à soixante-deux ans. Ce n'est pas une promenade de santé, ce genre de choses. Est-ce que ça aura seulement encore un sens quand j'aurai les cheveux gris et un corps efflanqué, excepté une bedaine pâlichonne ? Le feu qui m'anime aura bien fini par s'épuiser. Chose intéressante, en appliquant le théorème de Wilson qui assure que si p est un nombre premier, alors $(p\text{-}1)!$ est congruent avec -1 modulo p, on trouve que la primalité de 17 nous laisse avec 16 qui prend (en base 10) la valeur de -1 modulo 17. Huit est la moitié de seize. C'est bien pratique. Tous les huit. 2^3, bien sûr. Je ne sais toujours pas si je dois en déduire que je devrais en prendre huit par an. Cela me semble faire beaucoup trop. Je suis plus à l'aise avec les petits nombres premiers comme 3, 5 ou 7. Même sept me paraît un signe de faiblesse et d'avidité. Cinq, c'est mieux. Ça a toujours bien marché pour moi. Je n'aime pas 2 comme nombre premier, même s'il satisfait au théorème de Wilson. Ça ne semble pas juste. Le cœur de 2 est irrationnel. Le cœur d'une fille de dix-sept ans paraît plus logique. Pour eux. Pour moi.

C'est difficile à croire, mais je ne me souviens pas vraiment de la première fois. Je me rappelle quelques éclairs, des étincelles de ténèbres, mais je ne parviens pas à me remémorer la totalité de l'épisode. Je sais où je l'ai enterrée. Je ne le sais que trop bien. Quelquefois, quand je suis étendu dans mon lit et que je me sens bien, je sens petit à petit quelque chose qui tend les bras vers moi. Je comprends qu'un bout de mon cerveau restera à tout jamais dans ce petit coin de forêt pas très loin d'Epping, surveillant une tombe et montant la garde au-dessus d'une femme que peut-être personne d'autre ne regrette. Elle n'avait pas beaucoup de famille. Elle n'avait pas dix-sept ans, elle en avait vingt-neuf. Aussi un nombre premier – plus grand, c'est tout. Mais je n'ai gardé aucun souvenir de l'acte lui-même. J'ai une meilleure mémoire pour les plus récentes. C'est pareil pour vous, non ? Parce que c'est plus récent. Mais même dans ces cas-là, je n'enregistre que quelques instantanés, comme si j'étais complètement saoul à ce moment-là. Je ne l'étais pas. Mais c'est comme ça. Ça n'a pas grand-chose à voir avec les choses normales que l'on fait. C'est amusant, dit ainsi. Ça n'a vraiment rien à voir avec les choses normales que l'on fait.

Susan broyait du noir aujourd'hui. Elle avait eu une dispute avec son propriétaire à propos d'une fuite dans le toit, ce qui n'a rien de drôle par un temps aussi humide et aussi froid. Surtout que ça ne semble pas devoir s'améliorer. Je lui ai dit que je m'y connaissais. Vous auriez dû voir son sourire.

Une fois, j'ai essayé de découvrir, en partant de zéro, comment on calculait la racine carrée d'un nombre. De tête, sans calculette. De mes lointains souvenirs d'école, je me rappelais qu'il fallait penser à un nombre proche dont le carré était connu et l'ajuster de façon empirique jusqu'à s'en approcher le plus possible. Mais cette méthode ne me séduisait pas – trop imprécise. C'est tellement simple, d'élever un nombre au carré. Il suffit de prendre un nombre et de le multiplier par lui-même. Tout le monde sait calculer ça. Mais trouver la racine carrée, inverser le processus ? Il doit y avoir un moyen, ai-je pensé. Quand vous avez parcouru une route dans un sens, vous devez pouvoir revenir sur vos pas. J'ai fini par trouver. Il faut utiliser la méthode Newton-Raphson par approximations successives :

$$x_i + 1 = (x_i + tx_i) / 2$$

Elle se mord la queue. Vous entrez un nombre dans l'équation, puis vous faites de même avec le résultat obtenu – et ainsi de suite, jusqu'au bout. Sauf qu'avec beaucoup de nombres vous n'en voyez jamais le bout. Même avec un chiffre aussi simple que 2. Vous n'arrêtez jamais. Le résultat est irrationnel et continue à tout jamais. Je peux appliquer cet algorithme sur autant de nombres premiers que je veux, les décimales ne s'arrêteront jamais. Impossible de trouver le nombre que j'ai élevé au carré pour obtenir 2. Il n'est plus là. Il n'y a pas de retour en arrière possible. C'est corrompu.

La racine numérique de mon âge est toujours égale à 8 quand l'année en cours a une racine de 1. La racine de 17 est 8. 8 plus 1 égale 9, qui s'élimine de lui-même. La somme de moi-même est toujours de l'autre côté de la barrière, bannie. Il n'y a rien à faire. Je roule en permanence sous la pluie, sans possibilité de faire demi-tour.

Demain soir, à 20 heures, je vais me rendre à une adresse située juste à l'extérieur de la ville. Je vais réparer un toit – pour rendre service.

C'est tout.

Quand Dieu vivait à Kentish Town

— J'ai trouvé Dieu, dit l'homme.

Je gémis en silence et j'essayai mentalement de l'empêcher de s'asseoir à ma table. Je savais que je n'avais guère de chance de réussir, parce qu'il n'avait pas vraiment le choix, mais je fis toutefois de mon mieux. Je me trouvais au *Shuang Dou*, il faisait nuit dehors et j'entamai à peine le très copieux repas qu'on venait de disposer en demi-cercle devant moi. Je ne voulais pas être dérangé. Je voulais qu'on me laisse tranquille.

Le *Shuang Dou* n'est pas considéré comme un des établissements de prestige de la restauration chinoise. C'est essentiellement un restaurant de plats à emporter, avec encore moins de place pour patienter que certains de ses concurrents, mais ils ont trouvé le moyen de coincer deux petites tables pour les clients trop pressés de manger pour attendre de rentrer chez eux, ou qui sont tout simplement sans domicile. La décoration intérieure paraît avoir été réalisée il y a une vingtaine d'années par le plus grand des fainéants et je crois qu'il ne résisterait guère à un coup d'œil, même négligent, d'un inspecteur du travail. Même les menus, imprimés de manière à être joliment pliés en trois comme dans tous les autres restaurants chinois de ce pays, sont pliés en deux, plus ou moins au milieu. Toutefois, la nourriture est bonne et bon marché, et la cuisine se trouve directement derrière le comptoir, ce qui vous permet de regarder les propriétaires préparer votre repas. Les membres d'une seule et même famille semblent s'occuper de tout et la cadette passe ses soirées lovée dans un cocon de tissu noué dans le dos de sa mère ; sa sœur aînée prend les commandes des clients et rend la monnaie sans se tromper avec tout le sérieux charmant d'une enfant de huit ans. Les parents sont aimables mais réservés et j'y vais si souvent que le patriarche a généralement commencé à préparer ma commande avant que j'aie fini de la passer, maniant le wok et le glutamate de sodium avec un talent et un professionnalisme encourageants.

Bref, je me sentais à mon aise, entouré de barquettes en alu remplies de nourriture et je ne demandais qu'une chose : qu'on me laisse manger en paix. Je ne voulais surtout pas discuter avec un inconnu, encore moins parler de Dieu. Le type s'assit en face de moi, puis ouvrit sa propre barquette, qui contenait une grande portion de quelque chose à base de nouilles, probablement le chow mein de calamars dont les patrons sont – légitimement – fiers. Il prit la bouteille de sauce soja qui se trouvait sur la table et en aspergea son plat, puis commença à manger avec la fourchette en plastique fournie. C'était aussi une des raisons pour laquelle j'appréciais le *Shuang Dou* : ils ne vous forçaient pas à manger avec des baguettes. Bien sûr, ça peut être amusant, quand on est d'humeur, ou quand on est assis à une table nappée de coton blanc et qu'on paie 40 £ par personne ; mais quand on veut seulement avaler son repas, y a pas à dire, on n'a toujours rien trouvé de mieux que la fourchette.

L'homme mâcha pensivement deux bouchées de son chow mein puis leva les yeux vers moi, tout en continuant à mastiquer.

— C'est vrai, vous savez, insista-t-il d'un ton aimable. Je l'ai trouvé.

— Hmm, grommelai-je, tout doucement, prenant soin de ne pas croiser son regard.

J'ai beau croire que la folie ne peut pas être transmise par les yeux, je crois en revanche dur comme fer que les conversations insensées peuvent être contagieuses.

— Vous croyez que je suis cinglé, n'est-ce pas ?

— Hmm, répétai-je, d'un ton légèrement différent, essayant de suggérer que je ne contestais nullement sa santé mentale, sa personnalité ou son intelligence, mais que je préférais vraiment manger mon riz frit spécial en paix. Le riz frit spécial est important pour moi. D'ailleurs, pour être honnête, je peux me montrer un rien pénible à ce sujet. Si jamais je devais renoncer à tous les autres plats du monde et ne vivre que de ça, je pourrais, sans hésiter. Peu d'autres restaurants le préparent comme au *Shuang Dou*. L'œuf est cuit en dernier, puis il est posé sur le riz en omelette très fine et savoureuse. Je voulais juste le déguster en paix.

— Je ne suis pas surpris, continua l'homme, et je commençai à sentir, avec un mélange de soulagement et de crainte, que ma participation à la conversation n'était pas vraiment requise. (Bien que cela signifie que je n'allais pas être impliqué activement, cela signifiait aussi qu'il n'allait probablement pas cesser de parler.) Pas surpris du tout. Je penserais la même chose à votre place.

J'attrapai de façon furtive le soja et j'arrosai largement mes nouilles de Singapour. Si je gardais la tête basse, peut-être finirait-il par croire que, bien que Dieu soit réel, je ne l'étais pas, et il finirait par parler à la table.

» Tout d'abord j'ai pensé : « Qui l'aurait cru, hein ? » Je veux dire… on ne s'attend pas vraiment à le trouver à Kentish Town, n'est-ce pas ?

Sur ces entrefaites, je levai les yeux, incapable de me retenir. L'homme me sourit cordialement, tout en mâchant. Le regardant vraiment pour la première fois, je vis qu'il avait à peu près quarante-cinq ans, qu'il était vêtu d'un costume sombre et usé, porté sur un chandail gris, une chemise bleue ordinaire et une vieille cravate au nœud impeccable. Ses cheveux grisonnaient aux tempes et son visage était rouge, la conséquence d'un après-midi passé dehors dans le froid ou d'une vingtaine d'années à fréquenter les bars. Le blanc de ses yeux paraissait légèrement gris, mais il n'avait pas l'air dément.

— Je veux dire, ça semble un peu bizarre, non ? demanda-t-il, inclinant la tête vers la fenêtre et agitant ses épais sourcils pour indiquer le monde extérieur.

— Hmm, murmurai-je, approuvant prudemment.

Kentish Town, je dois l'expliquer pour ceux qui ne connaissent pas, est un petit quartier au nord de Londres, juste après Camden et avant Highgate et Hampstead. Il était connu, il y a bien longtemps, pour être à la limite même de Londres, le dernier arrêt avant la campagne ; à l'époque, cette distinction en faisait un endroit plus important que Camden, par exemple. Le pub *The Assembly Rooms*, juste en face de la station de métro, avait été un relais pour les diligences ou quelque chose de ce genre. De nos jours, Kentish Town fait juste partie du monstre tentaculaire qu'est devenu Londres, une partie pas vraiment attrayante d'ailleurs ; elle n'affiche pas la cohésion à laquelle peuvent prétendre les quartiers voisins, avec son mélange confus de routes, de voies ferrées, de cafés et de gens. C'est un interstice, un passage reliant plusieurs endroits, qui s'est rempli par hasard plutôt que par intention, comme le coin d'une armoire qui se retrouve farci des choses qu'on n'arrive à mettre nulle part ailleurs. Il n'a pas du tout le côté mode jubilatoire de Camden, et ne respire vraiment, vraiment pas l'argent facile de Hampstead ou de Belsize Park. C'est juste un quartier de Londres et j'y vis parce que c'est moins cher.

— Mais après, j'y ai réfléchi un peu, poursuivit l'homme, et c'est tout à fait logique. C'est très pratique pour aller au centre-ville – juste deux arrêts sur la Northern Line –, c'est moins cher qu'à Camden et il y a une supérette qui n'est pas mal, juste après le pub *Vulture's Perch*. Et bien sûr, on y mange bien, ajouta-t-il, tout en envoyant un clin d'œil à la petite fille derrière le comptoir.

— Vous affirmez que Dieu vit vraiment ici, à Kentish Town ? demandai-je malgré moi.

— Oh oui, répondit l'homme, très à l'aise.

J'inspectai alors son visage, pour essayer de déterminer l'étendue de sa folie. D'une certaine façon, je préférais ça à l'obsession religieuse des nouveaux convertis, plus simple et moins grandiose, au moins. D'un autre côté, ça ne ressemblait évidemment pas à la déclaration d'un homme sain d'esprit.

Au fond du restaurant, un des woks se mit soudainement à siffler, les propriétaires s'occupant momentanément de la préparation d'une commande téléphonique.

— Où ça, exactement ?

L'homme me dévisagea un moment, puis d'un hochement de la tête, sembla valider le caractère raisonnable de ma question.

— Je n'en suis pas sûr, avoua-t-il. Je n'ai jamais réussi à le suivre jusque chez lui. Mais il doit habiter quelque part aux alentours. C'est pratique.

— Pourquoi pratique ?

— Parce que c'est là qu'il a son magasin… Pas loin d'ici, en fait.

— Son magasin, répétai-je. (Je pensai que je commençais à comprendre.) Vous voulez dire un genre d'église ?

— Non, non, protesta l'homme, vivement. Un magasin d'appareils électriques. Principalement d'occasion, quoiqu'il ait des articles plus ou moins neufs dans la vitrine. Mais rien du *dernier cri*.

C'étaient ses italiques, pas les miens. Il prononça cela comme s'il sentait que ses mots allaient trop loin et qu'il espérait que, comme lui, je me tenais au courant des avancées technologiques et que je le comprenais.

Je hochai lentement la tête, regrettant de ne pas avoir eu le bon sens de me taire. Me souvenant que j'avais du potage chaud et aigre, j'ouvris doucement la boîte en polystyrène et en avalai une gorgée. J'ai tendance à manger tous mes plats en même temps, ce qui avait le don de rendre dingue plus d'une de mes ex.

— Vous devez l'avoir vu, poursuivit l'homme. Près de ce, oh, comment ça s'appelle… ce restaurant. Espagnol. Tous ces petits plats de nourriture. Assez bon, en fait.

— Le bar à tapas, précisai-je d'une voix neutre.

L'homme sourit gaiement.

— Oui, c'est ça. J'ai oublié le nom. Entre ça et l'agent immobilier, un tout petit peu plus loin que le pub *The Assembly Rooms*. Vous savez duquel je parle ?

Je fis un signe de la tête affirmatif, sans rien dire, principalement parce que je n'étais pas sûr de vouloir entendre plus de ces absurdités. J'essayais aussi de me représenter le magasin auquel il faisait allusion. Je n'y arrivais pas, pas tout à fait. Je connaissais bien *The Assembly Rooms* ; un pub de quartier, mais pas au point de courir le risque de s'y faire poignarder en y mettant les pieds, ce qui le rendait fréquentable ; il se trouvait à l'intersection plutôt mal délimitée de quatre routes sombres et à fort trafic. Le bar à tapas, délabré et un peu crade, se trouvait deux portes plus haut. Je me souvenais avoir regardé une fois à travers les carreaux et décidé qu'une visite constituerait un trop grand danger pour ma santé ; en tant que client régulier du *Shuang Dou*, je ne me montre pourtant pas particulièrement pointilleux dans ce domaine. J'arrivais aussi à me souvenir de l'agent immobilier : contrairement aux autres commerces de cette rue, un peu d'argent et un effort de décoration lui donnaient moins l'apparence d'un magasin situé dans un quartier particulièrement déprimé d'une ville d'Europe de l'Est. Je savais qu'il y avait deux boutiques entre les deux, mais je ne parvenais pas à me les représenter.

— Faites attention, la prochaine fois que vous passerez par là, ajouta l'homme et je pris subitement conscience qu'il s'était levé et s'essuyait la bouche avec une serviette en papier. Vous verrez que j'ai raison.

Il me salua d'un geste de la tête, lança un clin d'œil aux personnes derrière le comptoir et s'en alla à pied dans la nuit, me laissant seul et irrité sans raison, comme si en abandonnant la conversation avant moi il me faisait passer pour le cinglé. Alors que je le regardais s'éloigner lentement dans la rue froide et éclairée, j'avalai une autre cuillerée de potage chaud et aigre, sans me rendre compte qu'elle contenait un piment rouge entier.

Quand j'arrêtai enfin de tousser, et remerciai la patronne pour le verre d'eau qu'elle m'avait apporté, l'homme avait disparu. Mon repas achevé, je traversai la rue et pris directement Falkland Road jusqu'à mon appartement. Je marchai sous une pluie glacée ; il était tard et je n'aurais jamais pris la peine de faire le détour pour vérifier ce qu'il y avait entre l'agent immobilier et le bar à tapas, même si je m'en étais souvenu.

Deux jours plus tard, vers 15 heures, je sortis de la station de métro, serein après un long rendez-vous profondément ennuyeux avec un de mes clients. J'écris des scénarios de films d'entreprises pour gagner ma vie – des scénarios qui expliquent aux gens comment vendre des aspirateurs, pourquoi ils ne doivent pas traiter leurs collègues de « branleurs », ce genre de trucs. Si un jour quelqu'un vous propose ce genre de job, dites non tout de suite. Sans déconner. Ne touchez pas à ça.

De la station de métro, je mets environ cinq minutes pour rentrer chez moi. C'est assez pratique. Quand tu sais que tu dois rentrer chez toi pour t'asseoir devant ton ordinateur et écrire un scénario de film d'entreprise, ça semble moins idéal. Ces jours-là tu en viens à rêver d'une randonnée de quatre jours en montagne, avec sherpas et quelques-uns de ces petits chevaux, peut-être même aussi une équipe de tournage de documentaire au grand complet qui te filmerait pendant que tu te gèlerais les orteils en souhaitant être tranquillement chez toi.

J'étais dans cet état d'esprit et, au lieu de traverser Leighton Road en diagonale, puis remonter Leverton Street, je traversai la rue vers Fortess et *The Assembly Rooms*. Ce fut seulement en passant devant le bar à tapas, dont j'ai encore oublié de noter le nom, que je me rappelai la conversation du *Shuang Dou*. L'idée de retarder mon retour m'encouragea et je ralentis, examinant les établissements situés entre le restaurant et la vitrine en pente de l'agent immobilier un peu plus loin.

Quand je vis le magasin, je fus surpris, probablement parce que je n'y croyais pas au départ. Je jetai un rapide coup d'œil en haut de la rue, comme pour m'assurer que personne ne pouvait me voir, et je m'avançai lentement vers la vitrine.

Il ne semblait pas vraiment différent des autres boutiques d'appareils électriques du même style, qu'on pouvait trouver dans les quartiers de Londres qui ne cherchent pas à rivaliser avec Tottenham Court Road pour la domination du marché des biens de consommation. Dans la vitrine, quelques articles d'occasion et – comme l'avait fait remarquer l'homme – on ne pouvait pas dire que ceux qui paraissaient neufs étaient des plus modernes. Des radiocassettes avec des haut-parleurs minuscules qui mesuraient à peine huit centimètres et des boutons en plastique brillant. Des petites chaînes hi-fi qui donnaient l'impression de ne pas pouvoir résister à une brusque baisse des températures sans se fissurer. Des magnétoscopes de l'époque où le Betamax était encore à la mode. Il y avait aussi d'autres trucs dans la vitrine. Une pile de boîtes de rangement, apparemment à vendre. Une grande sélection de réveille-matin. Une affiche défraîchie d'ABBA.

Il ne vendait tout de même pas *ça* ?

L'étalage en devanture m'empêchait de regarder directement dans le magasin et je me dirigeai donc vers la porte. Ce fut seulement après avoir essayé de l'ouvrir sans succès que je remarquai un écriteau – écrit à la main – scotché à l'intérieur.

« De retour plus tard », pouvait-on lire. Je souris tout seul et me demandai si c'était ce que Jésus avait laissé sur sa porte. Vaguement déçu, j'essayai encore de pousser la porte. Je voulais soudain voir ce qu'il y avait là, probablement dans le seul but de retarder mon retour chez moi pour me mettre à gagner ma vie. La porte était tout aussi verrouillée que la première fois.

D'un pas pesant, je tournai à l'angle de la rue et continuai sur Falkland Road, afin de faire face à mon destin, écrire trente pages de merde sur la relation client pour les concessionnaires Vauxhall.

À 5 heures, je détachai les yeux de mon écran d'ordinateur, le cerveau en ébullition. Quand j'écris un scénario de film d'entreprise, j'ai tendance à visualiser les faits et les opinions que je suis censé utiliser comme des moutons récalcitrants et de mauvaise humeur, qui s'éloignent de moi avec détermination pour se cacher dans la montagne. Après 2 heures, j'étais parvenu à en regrouper la majeure partie dans l'enclos. Agités et nerveux, ils s'entêtaient à aller dans tous les sens et refusaient de se déplacer dans la même direction. Il était temps que je prenne une pause, avant de perdre patience et de commencer à flinguer ces petits cons.

J'enfilai mon manteau et descendis au tabac du coin pour faire le plein de ma technique préférée de lent suicide. Simultanément – et pas pour la première fois – je souhaitai que les cigarettes ne soient pas mauvaises pour la santé, ou tout du moins que je n'en sache rien. Savoir provoquait à chaque cigarette que je fumais un petit conflit interne, sans compter les altercations externes qui se produisaient de temps à autre, quand un forcené de la santé m'accusait de mettre sa vie en danger. Ces gens, avais-je constaté, semblaient avoir tendance à être gros et n'avoir, de ce fait, de leçon d'hygiène de vie à donner à personne. Mais le problème n'est pas là, plus maintenant : ce que *nous* faisons nous-mêmes est acceptable, c'est ce que font les autres connards qui nous révolte. Je me souviens avoir récemment lu dans l'*Inquirer* un court article dont le titre annonçait : « Comment empêcher vos collègues de travail de vous donner leur rhume ». Avec un titre pareil, je m'attendais à des conseils pour éviter que des dactylos cinglées m'injectent des virus ou que des directeurs marketing me soufflent intentionnellement au visage. Pas du tout ! C'était des trucs du genre « Ouvrez la fenêtre », « Mangez de la vitamine C ». En fait, ça donnait des conseils afin que vous puissiez vous-même éviter d'attraper des rhumes et, par la suite, contaminer des innocents.

Mais on ne voit plus les choses ainsi de nos jours. La vie est une lutte incessante contre les actes des autres dirigés vers nous et nos positions sont devenues extrémistes. Quand quelqu'un fume, nous ne bougeons pas les tables ou nous ne quittons plus la pièce – non, nous les empêchons de fumer, partout, pour toujours. Nous n'évitons pas les films avec un peu de sexe ou de violence, non, nous les interdisons. Et vraisemblablement, dans certains cas, ne pas lire les livres avec lesquels nous ne sommes pas d'accord ne suffit plus. Non, nous les brûlons.

Je pris conscience que seule une personne qui s'ennuyait à mourir pouvait penser ainsi et je décidai de ne pas rentrer tout de suite chez moi. À la place, je continuai à marcher jusqu'à l'angle de la rue avec une pensée amicale pour le *Shuang Dou* situé sur le trottoir d'en face, puis je remontai vers Leighton Road. Au début, je faisais juste un détour pour rentrer chez moi, puis je compris que j'allais de nouveau passer devant le magasin et que, si « plus tard » c'était maintenant, il y avait des chances qu'il soit ouvert.

Il l'était. Alors que je m'approchais, je vis que la note ne se trouvait plus sur la porte. Légèrement euphorique, je poussai la porte et entrai.

Il n'y avait personne derrière le comptoir, je me sentais donc libre d'inspecter les lieux. Ce n'était pas ce à quoi je m'attendais. D'habitude, ces magasins sont presque vides, avec seulement quelques produits espacés dans les rayons. Ici, c'était exactement le contraire. L'intérieur, guère plus grand que mon « vaste » salon, était rempli du sol au plafond d'une multitude surprenante de produits différents. Quelques-uns électriques, du même style que ceux de la vitrine, mais la plupart défiaient toute tentative de catégorisation. De vieux jouets, des piles de magazines anciens. Quelques affiches au mur – de nouveau ABBA, ainsi que d'autres groupes des années 1970. Des petits appareils chromés à la fonction mystérieuse. Et même quelques vêtements, usés et démodés. On aurait dit une vente de bric-à-brac, organisée dans un but précis mais difficile à expliquer.

J'entendis du bruit derrière le comptoir et me retournai. Un homme avait fait son apparition : grand, la cinquantaine, probablement nigérien. Il portait un vieux costume bleu lustré par endroits et une chemise blanche sans cravate sous sa veste boutonnée. Le visage ridé, il avait l'air nerveux, comme si je le dérangeais.

— Bonjour, le saluai-je.

Curieusement, je me sentais à l'aise, probablement parce qu'il ne ressemblait pas aux vendeurs arrogants et sûrs d'eux qu'on trouve d'habitude dans les magasins d'appareils électriques, vous voyez le genre : ceux qui tonnent un « J'peuxvousaider ? » monosyllabique et essaient de vous vendre un magnétoscope aux trois standards internationaux même si vous n'étiez entré que pour acheter des piles.

L'homme hocha prudemment la tête.

— Puis-je vous aider ? demanda-t-il d'une voix grave mais douce, et en articulant soigneusement chaque mot.

C'était une question sincère.

— Je jette un coup d'œil, répondis-je, et il hocha de nouveau la tête.

Je me retournai et parcourus les étagères du regard, tout en prenant conscience que j'avais maintenant un problème. Il ne m'était plus possible de simplement tourner les talons. Ce serait faire peu de cas de l'homme et de son magasin – ce que je voulais éviter. Il semblait avoir été rejeté bien assez souvent. En revanche, je voyais assez mal quel objet je pourrais acquérir. Je possédais déjà tout l'équipement dont j'avais besoin, pour enregistrer, filmer, écouter et visionner, et tout avait moins de six mois ; le reste des articles appartenait plus à la catégorie des vieux trucs à jeter plutôt qu'à acheter.

Je ne pouvais pas partir sans au moins faire un effort. J'approchai donc d'une des étagères et regardai de plus près les produits en exposition. Des petits bibelots de porcelaine qui pourraient décorer la chambre d'une fillette de douze ans. Un exemplaire vraiment ancien du *National Geographic*, un réveil en plastique, fabriqué à l'époque où tout le monde pensait que le plastique représentait le top du top. Deux 45 tours de groupes dont je n'avais jamais entendu parler.

J'avais pleinement conscience de l'homme qui se tenait silencieusement derrière moi. Soudain, je remarquai une boîte à chaussures pleine de montres et je tendis le bras. Ma main attrapa une montre à affichage numérique de forme bizarre et qui semblait avoir été fabriquée à partir de matériaux synthétiques pour ressembler à ce que les gens appelaient « futuriste » vingt ans plus tôt. Il lui manquait la moitié de son bracelet et aucun chiffre ne s'affichait sur l'écran : je pourrais toujours m'amuser à la démonter, peut-être même à la faire fonctionner et à la transformer en une sorte de montre cyberpunk dont on verrait les entrailles.

Je me retournai vers lui.

— Combien ? demandai-je, me faisant l'effet d'un personnage secondaire dans un très vieux film.

— Deux livres.

— Je la prends.

Je hochai la tête et me dirigeai vers la caisse, cherchant à tâtons un peu de monnaie dans la poche de mon manteau. Il sourit timidement et trouva un petit sac en papier pour y déposer la montre.

Après être sorti du magasin, je traversai la route et restai planté là, à regarder la vitrine sur le trottoir d'en face. Je ne pouvais pas voir à l'intérieur et je me demandai si l'homme était toujours debout derrière le comptoir. J'ouvris le sachet et observai la montre. Pourquoi diable l'avais-je achetée ? Elle allait échouer quelque part dans mon appartement déjà bien envahi ; la prochaine fois que je déménage il faudra que je me décide à la jeter, ou que je la trimballe avec mo à tout jamais. Je m'étais trompé dans le magasin : à ma grande surprise, l'écran affichait quelque chose. Ce n'était pas des chiffres tout du moins pas des chiffres complets, mais quelques segments de l'affichage à cristaux liquides avaient l'air de clignoter lentement Pas une bonne nouvelle, en tout cas : si ce n'était pas simplement un problème de pile, cela voulait peut-être dire que la montre était complètement foutue.

Mais à l'intérieur de la boutique, elle n'avait pas fonctionné du tout. J'en étais certain.

Une heure plus tard, l'homme quitta le magasin. Je laissai tomber la frite que j'avais à la main et me levai. Je m'étais installé dans le *fish & chips* de l'autre côté de la rue, où j'avais bu un thé tout en dînant, même s'il était un peu tôt. Mauvaise pour la santé, la nourriture n'en était pas moins plutôt bonne – je suis un fin connaisseur des restaurants de plats à emporter du nord de Londres –, mais ce n'était pas la raison pour laquelle j'avais décidé de manger là.

En fait, je ne savais pas trop pourquoi j'étais resté dans les alentours. J'avais bêtement fixé du regard la montre pendant un moment, puis j'avais tout simplement décidé que j'allais attendre. Je ne voulais pas m'attarder sur le trottoir où les camions qui passaient auraient pu m'asperger d'eau sale, j'entrai donc chez Mario.

Mon vendeur s'était enfin décidé à partir et je savais que j'allais le suivre. Sans raison. C'était stupide. Mais j'allais le faire quand même.

J'attendis à l'entrée du *fish & chips* jusqu'à ce que l'homme ait pris suffisamment d'avance, puis je me dépêchai de traverser. Je réussis à contrer les tentatives de plusieurs automobilistes pour m'écraser. Il marchait lentement et je ne pensais pas avoir de problème pour le suivre. Au contraire, le plus dur était de m'assurer qu'il ne me voie pas. Comme je l'ai expliqué auparavant, j'écris des scénarios pour gagner ma vie. Suivre les gens, c'était nouveau pour moi. Je continuai à marcher, la tête baissée et les mains enfoncées dans les poches de mon manteau, espérant que c'était la bonne façon de procéder – de temps à autre, je levais les yeux pour vérifier qu'il se trouvait toujours devant moi.

L'homme remonta Fortess Road jusqu'au tabac du coin où j'avais acheté des cigarettes plus tôt dans la journée, puis tourna sur Falkland Road. J'accélérai un peu et j'atteignis le coin de la rue à peu près vingt secondes après lui. Il n'avait parcouru qu'une cinquantaine de mètres dans l'intervalle où je l'avais perdu de vue, je ralentis donc de nouveau. Il marchait plus vite à présent, la tête haute, et il traversa la route vers le côté nord et se dirigea vers le croisement avec Leverton Street. Je décidai de traverser tout de suite – il ne se trouvait qu'à une vingtaine de pas devant moi. La nuit d'hiver était tombée, mais je voyais toujours les coudes lustrés de son costume quand il tourna au coin de la rue. À peu près dix secondes plus tard, je lui emboîtai le pas.

Il n'était pas là.

Je m'arrêtai. Il n'avait pas pu entrer dans une maison, parce que la première porte se trouvait à une bonne cinquantaine de mètres. Un peu plus loin sur le trottoir d'en face se trouvait une petite épicerie, mais il n'avait pas pu faire tout ce chemin dans le laps de temps où je l'avais perdu de vue. Je le savais, mais je me précipitai quand même et regardai par la vitrine. Il n'y avait que le patron et son fils à l'intérieur. Je me retournai et étudiai la rue, tendant l'oreille à l'affût de bruits de pas.

Je n'entendis rien.

Je traînai dans le coin pendant un moment, de plus en plus pénétré par le froid. Puis je remontai lentement Leverton Street et me dirigeai vers mon appartement.

J'avais l'impression qu'on m'avait fait faux bond et même un peu trahi.

Je me sentais aussi d'humeur à tracasser quelques moutons pendant un moment.

Le lendemain matin, je ne baignais plus dans cet état d'esprit, ou alors j'avais de nouveau atteint mon seuil d'ennui. Quoi qu'il en soit, je me retrouvai en milieu de matinée en face du magasin. J'avais la montre en poche et elle clignotait toujours. J'avais essayé de mettre des piles neuves, mais ça n'avait rien changé. Ces quelques segments de numéros s'affichaient de façon aléatoire. Légèrement essoufflé, je poussai la porte et entrai.

Cette fois, l'homme se tenait derrière le comptoir et c'était moi qui me sentais nerveux. Je me figeai après deux pas. Il me fixa du regard. Il portait toujours le même costume et avait de nouveau l'air méfiant.

— Bonjour, dis-je enfin. (Il hocha la tête. Cherchant vainement quelque chose à dire, je levai la montre.) J'ai acheté ça hier. (Il hocha de nouveau la tête.) Je crois qu'elle ne marche pas, ajoutai-je, sachant pertinemment que ce n'était pas ce qui m'amenait.

L'homme haussa les épaules comme pour s'excuser.

— Elle ne fonctionnait pas quand elle a été vendue, expliqua-t-il doucement. Tous les produits du magasin sont à vendre en l'état.

— Oh, je comprends… C'est juste que, quelque chose s'est affiché quand je suis sorti du magasin et je me demandais… (Je ne savais pas vraiment ce que je me demandais et l'homme non plus. Il me regarda fixement.) Je ne suis pas, euh… (J'agitai les mains devant moi.) Je ne suis pas ici pour causer des ennuis ou quoi que ce soit.

— Je le sais.

— Vous semblez un peu nerveux, laissai-je échapper, et le regrettant immédiatement.

L'homme regarda le comptoir pendant un moment, puis leva les yeux.

— Ça ne va pas, répondit-il. Rien ne va bien et je ne comprends pas. (Il prononça ces mots calmement et avec une très grande tristesse dans la voix.) Les choses ne sont pas censées se passer comme ça.

— Que voulez-vous dire ?

— Je ne pense pas que je suis à ma place.

Tout ça ne me disait rien qui vaille, mais je sentais qu'il était important d'en discuter. Une partie de mon esprit refusait de s'en mêler et se demandait bien ce que je fabriquais. Le reste semblait intimement persuadé que, quoi que ce soit, c'était la chose à faire.

— Où devriez-vous être ? demandai-je.

— Je ne sais pas, mais quelque chose ne va pas. Quelque chose d'autre aurait déjà dû se passer.

— Quel genre de chose ?

— Je ne le sais pas non plus. (Il haussa les épaules.) C'est ce qui complique tout.

L'espace d'un instant, aucun de nous deux ne sembla savoir comment rompre le silence embarrassé qui suivit.

— C'était plus facile, avant, reprit-il soudain, baissant les yeux vers le comptoir. Les gens savaient qui ils étaient, ce qu'ils voulaient. De nos jours, personne n'a plus l'air de savoir. Et quand on ne sait pas, on ne croit pas. Même ceux qui pensent croire ne font qu'encourager quelque chose qui n'aurait jamais dû exister.

— Je ne comprends pas.

— C'est tout à fait ça, approuva-t-il avec un sourire à peine visible. À une certaine époque, vous auriez compris. Quand j'étais plus jeune, les gens savaient qui ils étaient. Maintenant ils sont moins sûrs. Un homme ne peut pas être un homme, parce qu'il pense que c'est une mauvaise chose. Il a oublié ce que c'était. Les femmes aussi. Les gens ont oublié la magie. C'est mieux pour eux maintenant, mais pire aussi. Tout est superficiel, il n'y a rien dedans. C'est vide dedans. Vous ne pensez pas ?

Je n'étais pas vraiment persuadé de comprendre ce qu'il disait, à moins que ce soit ça : tout le monde s'était caché pendant ces vingt dernières années, avait manqué d'assurance, dansant sur un air joué par quelqu'un d'autre. Maintenant, les femmes étaient libres de travailler, mais moins libres de mener leur vie. Les hommes fuyaient leur masculinité, jusqu'au jour où tout se tordait, tournait à l'aigre, devenait un terreau pour l'amertume, le ressentiment et le viol. Tout le monde luttait constamment pour ne pas penser, ne pas ressentir, ne croire en rien qui ne pouvait être dit à un dîner sans offenser quelqu'un. Les hommes cherchaient désespérément à prouver qu'ils n'étaient pas des monstres violents, jusqu'à ce que l'animal qui vivait au fond d'eux meure par manque d'exercice, et que n'en subsiste qu'une figure stylisée. Les femmes, qui cherchaient à obtenir le respect de gens qui les ignoraient, délaissaient leur nouveau-né, dans des crèches et des garderies, parce que ce sont les entreprises qui sont importantes de nos jours, pas les familles. Les hommes devraient bien se comporter, pensai-je, et les femmes devraient être autorisées à avoir des carrières – mais pas de cette manière. Nous avons perdu l'humain, et nous sommes devenus un code dans la machine de quelqu'un d'autre. Nous croyons au politiquement correct, à tout ce qui accroît notre sentiment de bien-être, aux courbes d'apprentissage et aux programmes de fidélisation des hypermarchés ; nous faisons confiance aux articles dans les suppléments du journal du dimanche qui réfutent des choses qui n'ont de toute façon jamais intéressé personne. À part cela, tout nous paraît trop difficile.

— Oui, acquiesçai-je enfin. C'est plus ou moins comme ça que ça se passe.

L'homme hocha la tête, comme s'il venait de prendre une décision.

— C'est bien ce que je pensais. Voulez-vous être remboursé ?

Il me fallut un moment pour comprendre qu'il parlait de la montre.

— Non. Ça va. Je vais la garder quand même.

— Bien, conclut-il, en se retournant. Je suis sûr que, quelque part à l'intérieur, elle donne toujours l'heure juste.

Je cherche du travail en ce moment. Je ne sais pas vraiment quoi. J'ai arrêté d'écrire des scénarios de films d'entreprise il y a quelques mois, alors que j'étais en plein milieu de l'un d'eux sur le thème de la relation client : trente façons différentes pour convaincre vos clients que vous vous intéressez à eux, même s'ils savent autant que vous que vous vous en branlez complètement. Je n'ai pas dépassé la quatorzième. J'ai décidé que j'avais aidé à écrire bien assez de codes et que je ne le ferais plus. Les moutons peuvent se débrouiller tout seuls.

Je mange toujours deux fois par semaine au *Shuang Dou*, mais je n'ai pas revu l'homme au visage rougeaud. Ce n'est pas important. Je ne crois pas qu'il puisse m'apprendre quoi que ce soit que je ne soupçonne déjà. J'ai toujours la montre et quelquefois on dirait presque que l'affichage des chiffres va se stabiliser, devenir assez puissant pour être lu de nouveau. Ce n'est pas encore arrivé, mais je crois qu'un jour, ça arrivera.

Le lendemain de notre conversation, je suis retourné au magasin mais la vitrine était vide. Le front collé au carreau, j'ai vu qu'il ne restait plus un seul article. C'était désert, la poussière s'installait déjà.

Sur la porte – à l'intérieur, comme pour résister à l'épreuve du temps – on avait scotché un panonceau écrit en lettres grossières.

« De retour plus tard », pouvait-on lire.

L'homme qui dessinait des chats

Tom était très grand. Si grand qu'on ne lui avait même pas donné de surnom. Ned Black, qui avait une tête de moins, était surnommé « Gratte-Ciel » depuis la sixième et Jack avait installé une pancarte « Ned, attention à la tête » au-dessus de la porte de *Chez Jack*. Mais Tom était resté « Tom », tout simplement. Si grand que cela ne servait à rien d'en parler, même pour s'en moquer. Autant chambrer quelqu'un parce qu'il respire.

Bien sûr, nous avions d'autres raisons pour ne pas nous moquer de Tom ou de sa taille. Les types perchés sur les tabourets du bar de Jack, qui regardent les matchs en buvant des bières, se connaissent depuis toujours. Ils ont été ensemble à l'école de Mlle Stadler, ils se sont fait botter les fesses par leurs mères respectives, ils sont sortis en même temps avec les mêmes filles et se sont choisis mutuellement comme témoins de mariage. Kingston est une petite ville, vous savez, et les types qui viennent régulièrement chez Jack ont passé leur enfance dans la même cabane, sous le même arbre, ou presque. Bien sûr, leurs chemins se sont éloignés depuis, mais pas tant que ça. Pete est comptable, il possède une petite étude sur Union Street, juste à côté de la place, et il s'en sort bien. Ned travaille à la station-service ; ça fait quarante ans qu'il sert à la pompe et qu'il fait les vidanges, et il s'en sort pas mal non plus. Au bout d'un moment, quand on se connaît depuis vraiment longtemps, on oublie ce qu'on fait pour vivre, parce que ça n'a aucune importance. Quand on discute, on entend les échos des ricochets dans la carrière, les murmures de préparatifs pour le bal du lycée, les éclats de rire des pendaisons de crémaillère, lors de nos emménagements, il y a vingt ans. Tout ça, et plus encore, plus qu'on ne peut exprimer, et rien n'a d'importance à part que tout ça ait eu lieu…

Alors on s'arrête, on boit une ou deux bières, on parle de la ville et on se chambre un peu, pour le plaisir de parler de tout et de rien, et ce qui compte n'est pas ce qui est dit, mais le fait qu'on soit encore là pour le dire…

Tom, lui, était différent. Nous nous souvenons tous du moment où nous l'avons vu pour la première fois. Pendant un été de canicule comme nous n'en avions pas vu depuis dix ans, nous paressions chez Jack, sous les ventilateurs, nous plaignant des touristes. Kingstown en récupère pas mal durant l'été, même si nous ne sommes pas proches de la mer et que nous n'avons pas de McDonald's. Je ne comprendrai jamais pourquoi les gens font un détour pour visiter ce qui n'est qu'une petite ville tranquille, près des montagnes. Il faisait une chaleur infernale, cet après-midi-là, et il n'y avait rien d'autre à faire que ne pas bouger et boire la bière la plus froide possible, et pour nous, la bière la plus froide, c'est toujours celle de Jack, et ça ne changera jamais, je suppose.

Alors Tom est entré. Ses cheveux longs et déjà presque blancs, son visage sombre et buriné, avec des yeux gris enchâssés comme des diamants dans du cuir, il portait un long manteau noir qui vous donnait chaud rien qu'à le regarder, mais il paraissait à son aise comme s'il transportait son propre microclimat avec lui.

Il a commandé une bière et s'est assis à une table pour lire le quotidien local et puis c'est tout.

Cela nous semblait bizarre parce qu'il n'y avait rien de spécial. Le bar de Jack n'est pas un club fermé et nous ne nous retournons pas à chaque personne qui entre pour la dévisager, mais l'endroit est comme un monument dédié aux moments de convivialité que nous avons partagés. Si un couple de touristes débouche de la chaleur extérieure et s'assoit, personne ne dit rien, et il est possible que nul ne s'en rende compte consciemment, mais c'est comme si quelqu'un avait jeté un pavé dans la mare : les courants ne coulent plus comme d'habitude, si vous voyez ce que je veux dire. Tom est entré et s'est assis, et voilà, tout allait bien. C'est comme s'il avait toujours été là, comme nous, avec nous ; comme s'il avait été là depuis trente ans. Il s'est assis et il a lu son journal comme s'il faisait partie de la rivière et tout le monde s'est laissé porter par le courant comme si rien n'avait changé.

Puis Tom s'est levé pour prendre une nouvelle bière et on lui a parlé. On lui a demandé son nom et ce qu'il faisait – de la peinture, a-t-il expliqué –, puis on a discuté de tout et de rien. Aussi vite que ça. Tom est arrivé un après-midi d'été et s'est glissé dans la conversation comme s'il avait été là toute sa vie, et j'ai encore du mal à penser le contraire. Nul ne savait d'où Tom venait, où il avait vécu, mais il irradiait le calme et le flegme. On sentait l'homme venu d'un monde un peu différent. Il nous en a pourtant montré assez pour s'entendre avec nous, et on ne s'intègre pas si facilement dans un groupe de vieux copains comme le nôtre…

Tom est resté tout l'été. Il a loué un logement dans le coin, derrière la place, enfin c'est ce qu'il a dit : je n'ai jamais vu son appartement. Je suppose que personne ne l'a vu. Tom se montrait secret, comme une porte blindée avec quatre points d'ancrage et deux verrous en acier trempé, et quand il quittait la place à la fin de la journée, pour ce qu'on en savait, il aurait aussi bien pu disparaître. Mais il revenait au matin, avec son chevalet sur le dos et sa boîte de couleurs sous le bras, portant le même manteau noir, comme s'il faisait partie intégrante de lui. Pourtant, Tom avait toujours l'air de se sentir au frais et ce qui semblait drôle, c'était qu'en s'approchant de lui, vous auriez juré avoir moins chaud, vous aussi. Pete disait que ça ne l'aurait pas surpris de voir Tom rester au sec sous la pluie. Il plaisantait, bien sûr, mais voilà le genre de choses à quoi vous faisait invariablement penser Tom.

Chez Jack donne juste sur la place, le genre de place qu'on ne trouve plus aujourd'hui : grande, poussiéreuse, avec de vieilles rues débouchant à chaque coin, des boutiques et des maisons de chaque côté et au centre, une fontaine aux abords pavés qui, de mémoire d'homme, n'a jamais fonctionné. En plein été, la place se remplit de touristes en survêtement rose et en blouson fluo qui font « ouah ! » en prenant des photos de notre vieil hôtel de ville, de nos vieux magasins, et de nos vieilles carcasses, si nous faisons l'erreur de rester immobiles trop longtemps. Tom, lui, restait près de la fontaine à peindre, et les touristes s'arrêtaient pendant des heures pour le regarder faire, et pourtant Tom ne peignait ni les maisons, ni la place, ni la vieille école…

Il peignait des animaux et il les peignait comme vous ne les avez jamais vus. Des oiseaux aux grandes ailes tachetées de bleu, des chats aux yeux verts acérés ; quel que soit l'animal, on le croyait prêt à bondir de la toile. Tom ne choisissait pas leurs couleurs naturelles, les bêtes devenaient rouge et violet, bleu profond et vert… Pourtant, elles rayonnaient de vie. Voir Tom travailler se révélait une expérience incroyable : il prenait une feuille de papier, restait assis, regardant dans le vague, puis il trempait son pinceau et traçait une ligne, parfois rouge, parfois bleue. Puis il en ajoutait une autre, parfois de la même couleur, parfois non. Coup de pinceau après coup de pinceau, l'animal naissait devant vos yeux et, quand il en avait terminé, on avait l'impression qu'il avait toujours été là. Après, Tom vaporisait un produit pour fixer la peinture et indiquait un prix, et croyez-moi sur parole, ses tableaux se vendaient avant même d'être descendus du chevalet. Des hommes d'affaires du New Jersey et leurs épouses mortes d'ennui avaient l'impression de vivre, pour la première fois depuis des années, et ils s'en allaient bras dessus bras dessous avec leur tableau, comme s'ils avaient retrouvé ce qu'ils avaient oublié avoir perdu.

Vers 18 heures, Tom arrêtait et se dirigeait vers *Chez Jack*, fendant la foule des touristes comme un grand voilier les barques de pêche, disant que oui, il serait là demain et que oui, il serait heureux de leur peindre un tableau. Il prenait une bière et s'asseyait avec nous pour regarder le match, sans une trace de peinture sur ses doigts ou ses vêtements. Tom exerçait un tel contrôle sur la peinture qu'elle allait là où il voulait qu'elle aille et pas ailleurs, je suppose.

Je lui avais demandé comment il pouvait supporter de voir partir ses tableaux. Si j'avais été capable de créer quelque chose d'aussi beau… si j'avais peint de tels tableaux, je n'aurais jamais réussi à les quitter des yeux, j'aurais voulu les garder près de moi pour toujours. Après avoir réfléchi à la question, Tom m'avait répondu que tout dépendait de la part de soi qu'on mettait dans une peinture. S'il fallait plonger au plus profond de soi pour arracher ce qu'il y a de plus intime et le coucher sur la toile, il était hors de question de se séparer du tableau : il fallait le garder, pour pouvoir vérifier, de temps à autre, que tout était toujours bien là. Parfois, un tableau est si juste et si bon qu'il en devient privé, et que personne ne le comprend, à part celui qui l'a peint. Lui seul sait de quoi il parle. Mais les tableaux de tous les jours… ils existaient seulement parce que Tom aimait peindre des animaux, et qu'il aimait que les gens les lui achètent. Il ne mettait qu'une fraction de lui dans une œuvre qu'il comptait vendre, mais ça payait les bières et c'était un peu comme nous, les clients de *Chez Jack*, avait conclu Tom : ce n'est pas parce que vous aimez parler que vous avez tout le temps quelque chose d'important à dire.

Pourquoi des animaux ? Si vous aviez vu Tom avec, vous ne poseriez pas la question. Il les aimait, tout simplement, et les bêtes l'adoraient en retour. Ses préférés ? Les chats. Mon paternel disait toujours que les chats n'étaient que des machines à dormir, placées sur Terre pour effectuer une partie du sommeil des humains à leur place. Quand Tom travaillait sur la place, il y en avait toujours un ou deux lovés près de ses pieds. Et chaque fois que Tom faisait un dessin à la craie, il s'agissait d'un chat.

De temps en temps, vous voyez, Tom en avait assez des toiles, alors il sortait des craies et s'asseyait sur les pavés brûlants pour dessiner à même la poussière. Je vous ai parlé de ses tableaux, mais ses dessins, c'était encore autre chose. Personne ne pouvait les acheter... Les dessins finissaient par s'effacer, voilà tout, et Tom y mettait peut-être encore plus de lui. Rien que de la craie sur des pavés, et Tom utilisait toujours les mêmes couleurs étranges, mais je vais vous dire, les enfants évitaient de s'approcher de ses esquisses parce qu'elles semblaient si réelles... et ils n'étaient pas les seuls. Les gens s'arrêtaient à quelques mètres et les contemplaient, émerveillés. S'ils avaient pu les acheter, certains auraient vendu leur maison, je vous le dis. Et le plus drôle, c'est qu'une fois ou deux, en ouvrant le magasin le matin, j'ai vu des oiseaux morts sur ces dessins, comme s'ils avaient atterri dessus et qu'ils avaient été si terrifiés de se retrouver sur un chat qu'ils en étaient morts de peur. Sauf qu'ils avaient dû être déposés là par un véritable chat parce que certains de ces oiseaux avaient été un peu mâchés. Je les jetais dans les buissons pour nettoyer le trottoir et certains semblaient salement amochés.

Pour bon nombre de mères, cet été-là, le vieux Tom fut un don du ciel. Elles lui laissaient leurs petits, allaient faire leurs courses, buvaient un soda avec leurs amies... les enfants restaient à côté de Tom pour le regarder peindre. Les gamins ne le gênaient pas ; d'ailleurs, il leur parlait, il les faisait rire et le rire des enfants de cet âge est un des plus beaux sons qui soient. C'est le genre de son qui fait pousser les arbres. Les enfants sont jeunes, curieux ; le monde tourbillonne autour d'eux, et quand ils rient, le monde semble plus lumineux parce que leur rire vous rappelle le temps où le mal n'existait pas, où tout était bon... et où ce qui ne l'était pas avait forcément disparu le lendemain.

Et me voilà arrivé où je voulais en venir... à un petit garçon qui ne riait pas beaucoup. Qui se contentait de regarder sagement Tom peindre. Je suppose qu'il a compris mieux que nous ce qui s'est passé cet été-là, même s'il n'a pas les mots pour le dire.

Il s'appelait Billy McNeill et c'était le fils de Jim Valentine. Jim était mécanicien, il travaillait avec Ned à la station-service et pilotait des épaves pendant son temps libre. C'est pour ça que le gamin s'appelait maintenant McNeill : un dimanche, Jim avait négocié un virage un poil trop vite ; la voiture avait fait un tonneau, le réservoir avait explosé et ils n'avaient jamais retrouvé toutes les roues. Un an plus tard, sa Mary se remariait. Dieu sait pourquoi, ses amis l'avaient prévenue, ses parents aussi, mais je suppose que l'amour est aveugle. La charge de travail de Sam McNeill se révélait au mieux anecdotique, et la plupart du temps il se contentait de boire et de traîner avec des amis qui ne se trouvaient pas tous du bon côté de la loi. Je suppose que Mary a vite retrouvé la vue parce qu'il n'a pas fallu longtemps pour que Sam se serve de ses poings quand, lors d'une interminable soirée, il abusait plus que de raison. On ne voyait plus beaucoup Mary. Dans le coin, les gens ont tendance à remarquer les yeux au beurre noir et même les sourds pouvaient entendre les « on lui avait bien dit » sur son passage.

Un matin, Tom peignait, comme d'habitude, et le petit Billy était assis et le regardait faire. D'ordinaire, il s'en allait au bout d'un moment, mais ce matin-là, Mary, partie voir le médecin, était passée chercher son fils, marchant vite, le visage baissé. Mais pas assez baissé. Je la regardais depuis la boutique... C'était une journée où il ne se passait rien. En général, le visage de Tom n'exprimait pas grand-chose. Souvent il souriait et dressait un sourcil amusé, mais ce matin-là, il avait l'air choqué. Les yeux de Mary apparaissaient gonflés et violets et une coupure de quelques centimètres lui barrait la joue. Nous, nous avions pris l'habitude de la voir comme ça ; les femmes pensaient qu'elle s'était remariée trop tôt et je suppose que nous lui en voulions un peu, vu combien tout le monde aimait Jim Valentine.

Tom a regardé le petit garçon qui ne riait pas beaucoup et sa maman aux yeux tristes et fatigués, au visage massacré, et son expression est passée de choquée à glaciale. Je ne peux pas mieux la décrire, mais un frisson m'a parcouru le cœur de l'autre côté de la place.

Puis Tom a souri et a ébouriffé les cheveux de Billy. Mary a pris la main de son fils et ils se sont éloignés. Ils se sont retournés une seule fois ; Tom les regardait toujours. Il a fait un petit signe de la main à Billy, Billy le lui a rendu, et la mère et l'enfant ont souri en même temps.

Cette nuit-là, chez Jack, Tom s'est renseigné sur Mary et nous lui avons raconté toute l'histoire. Plus il écoutait, plus son visage semblait se durcir de l'intérieur, ses yeux devenir plats et morts. Nous lui avons raconté que Lou Lachance, le voisin des McNeill, disait que parfois on entendait Sam hurler et Mary supplier jusqu'à 3 heures du matin. Les nuits les plus calmes, on entendait Billy pleurer plus longtemps encore. Nous lui avons dit que c'était une honte, bien sûr, mais qu'on n'y pouvait rien. Par ici, les gens ne s'occupent pas des affaires des autres, et Sam et ses copains de beuverie n'avaient pas grand-chose à craindre de préretraités comme nous. C'était terrible et personne n'aimait cette situation, mais bon, il n'y avait rien à faire.

Tom a écouté sans dire un mot. Il est juste resté là, sur son tabouret, dans son manteau noir. Puis la discussion s'est plus ou moins tarie et nous sommes restés immobiles et silencieux, à observer les bulles de nos bières. Je crois que ce qui faisait le plus mal, c'est qu'aucun d'entre nous n'y avait jamais vraiment réfléchi ; les malheurs de Mary ne représentaient qu'une rubrique de plus au chapitre des ragots, et Dieu que j'ai senti la honte monter en moi après avoir terminé mon histoire. Rester assis aux côtés de Tom n'a pas été facile, cette nuit-là. Il était tendu comme un arc ; nous avions l'impression de ne plus le reconnaître. Il a regardé ses doigts croisés un long moment, puis il s'est mis à parler, très lentement.

Il avait été marié, il y a très longtemps. Il vivait avec sa femme Rachel dans une ville appelée Stevensburg. Quand Tom a commencé son récit, l'air s'est adouci et nous avons siroté nos bières en nous souvenant du moment où nous avions aimé nos femmes pour la première fois. Tom a parlé du sourire de Rachel, de son regard, et quand nous sommes rentrés chez nous ce soir-là, plus d'une épouse a dû être surprise de se faire serrer si fort avant de s'endormir dans les bras de son mari, soudain plus aimée et comblée que depuis bien longtemps.

Tom avait aimé Rachel, lui aussi, et durant quelques années, ils avaient été le couple le plus heureux du monde. Puis un troisième larron était apparu dans le paysage. Tom n'a pas dit son nom, et il en parlait de façon très neutre, mais sa délicatesse ressemblait à un carré de soie entourant une lame de poignard. Quoi qu'il en soit, sa femme s'était entichée de l'homme, ou elle l'avait cru, ou du moins elle avait couché avec lui. Dans leur lit, le lit de leur nuit de noces. Quand Tom a prononcé ces paroles, nous l'avons regardé, surpris, comme s'il nous avait giflés.

Rachel avait fait ce que tant d'autres font, puis regrettent jusqu'au jour de leur mort. Totalement chamboulée, et l'autre type lui mettait tant de pression, elle avait décidé d'aggraver son erreur et de lui donner des proportions démesurées.

Elle avait quitté Tom. Tom lui avait parlé, et l'avait même suppliée. Impossible d'imaginer une chose pareille, mais je suppose que le Tom que nous connaissions était différent de celui dont il se souvenait. Ses prières n'avaient fait aucune différence.

Et Tom avait continué de vivre à Stevensburg, empruntant les mêmes chemins, croisant Rachel et son amant, se demandant si elle se sentait aussi libre et joyeuse avec lui, si la lumière du regard de l'homme faisait étinceler celui de Rachel à présent. Et chaque fois qu'il les croisait, l'homme lui adressait un petit sourire, un rictus signifiant qu'il savait que Tom avait supplié, et qu'ils en avaient bien ri, lui et ses copains de beuverie, de leur lit de nuit de noces… et oui, je rentre avec ta femme ce soir et je sais qu'elle aime ça, tu veux comparer les notes ?

Ensuite, il se retournait et embrassait Rachel à pleine bouche, les yeux rivés sur Tom. Et elle le laissait faire.

Les vieilles en avaient fait leurs choux gras durant des semaines, de la façon dont Tom perdait du poids, sa bonne humeur et l'envie de vivre. Il avait supporté cela pendant trois mois puis avait tout quitté, sans même vendre la maison. Stevensburg était l'endroit où il avait grandi, où il avait aimé et aujourd'hui, partout, dans les endroits chers à son cœur, les bons moments avaient pourri et restaient suspendus comme des cadavres couverts de mouches.

Il n'était jamais revenu.

Il lui a fallu une bonne heure pour raconter tout ça. Tom s'est arrêté pour allumer une énième cigarette et laisser le temps à Pete d'aller chercher des bières. Nous étions tristes et pensifs, fatigués comme si nous avions tout vécu avec lui. Et la plupart d'entre nous l'avaient vécu, en effet, du moins quelques fragments. Avions-nous jamais aimé quelqu'un comme Tom avait aimé Rachel ? J'en doute, même si nous faisions la somme de toutes nos amours.

Pete a posé les bières et Ned a demandé à Tom pourquoi il n'avait pas pété la gueule au mec. Personne n'aurait osé le demander, mais Ned est le meilleur d'entre nous et nous étions tous de son avis, partageant, ce soir-là, la plus vieille et la plus écrasante des haines, celle d'un homme qui a perdu la femme qu'il aime pour un autre. Nous comprenions Ned. Je ne dis pas que la violence est une bonne chose ; je sais que c'est mal, mais montrez-moi un homme qui dit qu'il n'a pas envie de frapper son rival et je vous montrerai un menteur. L'amour est le seul sentiment qui ne vaut rien, mais il faut savoir que plus il est profond, plus sombre en est sa source.

Je pense que Tom détestait trop le type pour le cogner. Parfois, frapper ne suffit pas, et quand rien ne suffit, on ne fait rien. Plus Tom parlait, plus la douleur coulait comme une rivière que rien n'arrêtait, une rivière qui avait creusé des ravines dans chaque coin de son âme. J'ai appris quelque chose ce soir-là, une chose qui aurait pu m'échapper toute ma vie : il y a des actes qui blessent si profondément, si longtemps, qu'ils ne sont pas tolérables ; il y a certaines douleurs qui ne devraient pas avoir leur place en ce monde.

Puis Tom a terminé son histoire. Il a souri et a dit qu'au final il n'avait rien tenté contre l'homme, à part lui faire un dessin, ce que je n'ai pas compris, mais Tom avait l'air d'avoir fait le tour du sujet.

Nous avons encore bu quelques bières ; nous avons joué au billard avant de retourner chez nous. Mais je pense que nous savions tous de quoi Tom avait vraiment parlé.

Billy McNeill était juste un gamin. Il aurait dû danser à travers le monde comme dans une grande fête foraine pleine de lumières et de sons… À la place, il rentrait le soir pour voir sa mère se faire frapper par un crétin sans cervelle qui s'en prenait à une femme parce qu'il était trop stupide pour ne s'en prendre qu'à lui-même. La plupart des gamins se couchent en pensant à leur vélo, à grimper aux pommiers et à faire des ricochets; Billy, lui, restait allongé, écoutant les coups résonner contre le ventre de sa mère, et résonner encore tandis qu'elle vomissait dans l'évier. Tom n'avait rien expliqué, mais ce qu'il avait dit suffisait. Et nous savions qu'il avait raison.

L'été continuait de répandre sa chaleur et sa lumière, et nous faisions tous tourner nos affaires. Jack avait vendu beaucoup de bières, j'avais vendu beaucoup de glaces (« Navré, m'dame, seulement trois parfums, et non, chewing-gum à la pistache n'en fait pas partie ») et Ned réparait les radiateurs fissurés. Tom restait assis sur la place, deux chats à ses pieds et la foule autour de lui, faisant apparaître par magie des animaux sous le soleil.

Je crois qu'après cette nuit-là Mary reçut quelques sourires de plus. Les femmes s'arrêtaient plus souvent pour discuter avec elle. Elle allait mieux et ça se voyait : Sam avait l'air d'avoir trouvé un travail et les marques eurent tôt fait de disparaître du visage de son épouse. Tenant Billy par la main, Mary regardait souvent Tom peindre avant de retourner chez elle. Je crois qu'elle avait compris que Tom était un ami. Parfois, Billy restait tout l'après-midi, heureux, au soleil, aux pieds de Tom et, de temps en temps, il prenait un morceau de craie et s'asseyait pour gribouiller sur les pavés. Tom se penchait pour lui dire quelque chose et Billy levait les yeux et souriait, un simple sourire d'enfant rayonnant de lumière. Les touristes continuaient d'affluer et le soleil continuait de briller et c'était un de ces étés qui n'en finissent pas, qui restent gravés dans les souvenirs d'un enfant et qui vous servent de définition de l'été pour le restant de vos jours.

Je suis sûr qu'il est resté gravé dans l'esprit de Billy, comme dans chacun des nôtres.

Car un matin Mary n'est pas venue au magasin, ce qu'elle faisait pourtant tous les jours. Billy ne se trouvait pas dehors, sur la place. Les nouvelles ne pouvaient être que mauvaises. J'ai laissé John en charge du magasin et je me suis précipité pour parler à Tom, un peu inquiet.

Je n'avais pas parcouru la moitié du chemin que Billy a débouché du coin opposé de la place et a couru droit vers Tom. En larmes, il lui a sauté dans les bras et s'est accroché à son cou. Sa mère est apparue à sa suite, courant aussi vite qu'elle le pouvait. Elle a rejoint Tom et ils se sont juste regardés. Mary était une vraie belle fille, mais là, ça ne se voyait pas. Sam avait dû lui briser le nez pour de bon et sa lèvre était ouverte. Elle a commencé à sangloter, Sam avait perdu son travail parce qu'il s'était remis à boire et qu'est-ce qu'elle pouvait faire, et soudain, j'ai entendu un rugissement et on m'a poussé sur le côté. Sam se tenait là, en pantoufles, se balançant d'avant en arrière, émettant cette violence qui rend les gens comme lui si sûrs d'eux. Il a commencé à hurler sur Mary, à lui ordonner de ramener le gamin à la putain de maison et elle a frémi et s'est rapprochée de Tom comme on s'approche d'un feu par une nuit de grand froid. Sam est devenu plus fou encore. Il a titubé devant Tom et lui a dit qu'il ferait mieux de se casser s'il savait ce qui était bon pour lui, avant d'attraper le bras de Mary et de la tirer vers lui, le visage déformé par la colère.

Alors Tom s'est levé. Tom avait beau être très grand, il n'était plus un jeune homme et son corps paraissait presque maigre. Sam avait trente ans et était bâti comme l'hôtel de ville. Les rares fois où il travaillait, il déplaçait de lourdes charges, et ce jour-là, sa force semblait décuplée par l'alcool.

La foule s'est reculée comme un seul homme et j'ai soudain eu peur pour Sam McNeill. Tom donnait l'impression de pouvoir résister à tout, comme s'il n'était qu'une colonne de granit enveloppée de peau avec deux trous dans le visage révélant la roche. Et il était furieux. Pas bouillant et soufflant, comme Sam, mais habité par une rage froide.

Une longue pause a suivi. Puis Sam a reculé d'un pas et a hurlé :

— Tu reviens à la maison, tu m'entends ? Tu vas avoir de vrais problèmes si tu ne reviens pas, Mary. De vrais problèmes.

Et il a traversé la place pour retourner d'où il venait, se frayant un chemin parmi les vautours de touristes se repaissant des pittoresques scènes de la vie locale.

Mary s'est tournée vers Tom, si effrayée que ça faisait mal à voir et elle a dit qu'elle ferait mieux d'y aller. Tom l'a regardée un moment et il a parlé pour la première fois.

— Vous l'aimez ?

Même si on le voulait, il semblait impossible de mentir devant un tel regard, de peur que quelque chose se brise en vous.

Très calmement, elle a répondu « non » avant de se remettre à pleurer doucement. Puis elle a saisi la main de Billy et ils ont lentement traversé la place.

Tom a rangé son matériel et s'est dirigé vers *Chez Jack*. Je l'ai accompagné et j'ai pris une bière, mais je devais retourner au magasin et Tom est resté là, assis, silencieux et aussi tendu que la peau d'un tambour. Quelque part, au fond de ces eaux calmes, quelque chose se réveillait. Et je n'avais pas envie de voir quoi.

Une heure plus tard, le moment de déjeuner venu, je quittais le magasin pour faire une pause quand j'ai senti quelque chose me heurter derrière les jambes, et j'ai failli tomber. C'était Billy. Billy et son œil gonflé qui se refermait déjà.

Je savais qu'il n'y avait qu'une seule chose à faire et je l'ai faite. J'ai pris le garçon par la main et je l'ai conduit au bar, sentant la colère monter au fond de ma gorge. Billy a vu Tom et a couru vers lui. Tom a pris l'enfant dans ses bras ; il m'a regardé par-dessus l'épaule du gamin et j'ai senti ma colère se dissiper devant une fureur que je n'aurais jamais pu générer. J'ai essayé de trouver un mot pour la décrire, mais ils semblent tous être vides de sens. Tout ce que je peux dire, c'est que j'aurais voulu être autre part et que soudain il faisait très froid, devant cet étranger au manteau noir.

Un moment est passé. Tom serrait Billy contre lui, caressant ses cheveux, lui parlant à voix basse, murmurant des mots que je n'avais entendus que dans la bouche de ma mère. Il a séché les larmes du petit garçon, puis il a examiné son œil avant de se lever de son tabouret et de le regarder en souriant.

— C'est le moment de faire un dessin, tu ne crois pas ?

Prenant Billy par la main, Tom a attrapé sa boîte de craies et ils sont sortis sur la place.

Je ne sais pas combien de fois j'ai levé les yeux pour les regarder cet après-midi-là, l'homme et l'enfant, assis l'un à côté de l'autre sur les pavés. La petite main de Billy enroulée autour d'un des doigts de Tom, et Tom réalisant un dessin à la craie. De temps en temps, Billy tendait la main, rajoutant un détail, et Tom souriait et disait quelque chose et le rire de Billy flottait au-dessus de la place. C'était la folie au magasin et j'étais plus ou moins enchaîné au comptoir, mais à voir la foule qui les entourait, je savais que Tom mettait beaucoup de lui dans ce dessin, et peut-être un peu de Billy aussi.

J'ai réussi à prendre une pause vers 16 heures et j'ai joué des épaules pour me frayer un chemin sur la place, dans la chaleur de l'après-midi, jusqu'à l'endroit où Tom et Billy étaient assis avec leurs Coca glacés. Et quand je l'ai vu, ma bouche s'est ouverte et a pris cinq minutes de vacances pendant que j'essayais d'assimiler le dessin en face de moi.

C'était un chat, d'accord, mais pas un chat normal. Plutôt un tigre, grandeur nature. Je n'avais jamais vu Tom réaliser un dessin aussi grand et, tandis que je restais immobile sous le soleil, essayant de comprendre, le tigre a semblé se dresser en trois dimensions, comme une chose vivante. Son ventre était très mince, presque maigre, et sa queue semblait frémir de couleurs. Tom travaillait sur la gueule et les yeux, le visage fermé par une concentration à l'opposé du calme qu'il arborait d'habitude, et le masque grimaçant du tigre s'est animé sous mes yeux. Alors je me suis rendu compte que Tom ne faisait pas que mettre un peu de lui dans le dessin. Il donnait tout de lui, il partait fouiller au plus profond et jetait ce qu'il trouvait par poignées ensanglantées sur les pavés. Le tigre incarnait la rage que j'avais vue dans les yeux de Tom, et bien plus, comme son amour pour Rachel, cette colère si grande qu'aucun homme n'aurait pu l'appréhender. Il la puisait et la sculptait pour en faire cette créature souple et vorace qui prenait vie devant nous sur les pavés, et les étranges teintes bleues, violettes et rouges qui la composaient la rendaient encore plus vivante et vibrante.

J'ai regardé Tom travailler furieusement, l'enfant l'aidant quelquefois, ajoutant des détails qui étrangement semblaient apporter quelque chose, et j'ai cru comprendre ce que Tom avait voulu dire lors de cette soirée chez Jack, quelques semaines auparavant. Il avait expliqué qu'il avait fait un dessin à l'homme qui lui avait causé tant de mal. À l'époque, avec ses craies et son talent, Tom avait dû faire ce qu'on appelle une *catharsis*. Il avait purgé la douleur qui était en lui et l'avait clouée sur quelque chose de solide et d'immobile pour réussir à s'en éloigner. Maintenant, il aidait le petit garçon à faire la même chose et déjà Billy allait mieux. Son œil au beurre noir noyé dans son large sourire, il regardait le grand chat invoqué de nulle part.

Nous étions tous transfigurés, spectateurs d'une histoire classique, celle des gens simples et du visiteur surnaturel. On a toujours l'impression de donner un peu de soi quand on complimente la création de quelqu'un d'autre, et parfois on le fait avec rancœur, mais ce jour-là, notre respect se révélait tangible comme un vent chaud. Il y a des moments où on comprend que quelque chose de spécial est en train de se produire, quelque chose qu'on ne reverra plus… et il n'y a rien d'autre à faire que regarder.

Puis il a fallu que je retourne au magasin. Je n'en avais aucune envie, mais, si John est un gentil garçon – il est marié à présent, bien sûr –, à l'époque il ne pensait qu'aux filles, et ce n'était pas une bonne idée de le laisser seul trop longtemps.

La longue et chaude journée s'est lentement écoulée. J'ai fermé la boutique à 20 heures, quand la lumière a commencé à décliner et que la place s'est vidée de ses touristes, partis écrire leurs cartes postales ou vérifier que nous n'avions pas un McDonald's caché quelque part. Je pense que Mary avait assez de problèmes à la maison, qu'elle avait compris où était le gamin et qu'elle se disait qu'il était autant en sécurité ici qu'ailleurs... et elle avait raison.

Tom et Billy ont terminé leur dessin. Tom s'est assis et a parlé à Billy un petit moment. Puis ils se sont levés et le gamin s'est dirigé vers le coin de la place, se retournant deux fois pour lui faire un petit signe. Tom s'est relevé et l'a regardé partir et, quand Billy a disparu, il est resté là un instant, tête baissée, comme une statue sombre dans la pénombre. Il paraissait un peu angoissant et je me suis senti soulagé quand il s'est dirigé vers *Chez Jack*. J'ai couru et je l'ai rattrapé au niveau du dessin. Et là, j'ai dû m'arrêter. Je ne pouvais pas regarder ça et bouger en même temps.

Terminé, le dessin ne ressemblait à rien de connu sur Terre et c'était sans doute vrai. Il m'est impossible de vous le décrire, même si je l'ai revu souvent en rêve ces dix dernières années. Il fallait être là, durant cette lourde nuit d'été, il fallait savoir ce qui se passait.

Sinon, il aurait eu l'air d'un simple dessin.

Ce tigre me terrifiait au plus haut point. Il paraissait si méchant, si affamé. En lui se retrouvaient les pires traits de l'humanité : la douleur, la rage et la haine vengeresse fixées sous vos yeux. J'ai regardé et j'ai frissonné dans l'air humide de la soirée.

— Nous lui avons fait un dessin, a expliqué Tom, tranquillement.

— Ouais, ai-je répondu avant de hocher la tête. (Comme je vous l'expliquais, je sais ce que c'est qu'une *catharsis* et j'ai cru comprendre. Mais je n'avais aucune envie de m'attarder.) On va boire une bière, d'accord ?

L'orage n'avait pas quitté Tom. Il tonnait toujours, sous le coup d'émotions cherchant à se déverser, mais je pensais que les nuages allaient bientôt crever et j'en étais heureux.

Nous nous sommes lentement dirigés vers *Chez Jack*, nous avons bu quelques bières et regardé une partie de billard. Tom avait l'air fatigué, mais alerte, et je me suis détendu. Vers 23 heures, la plupart des types sont rentrés chez eux et j'ai été surpris de voir Tom commander une autre bière. Pete, Ned et moi sommes restés, et Jack aussi, bien sûr, même si nous savions que nos épouses adorées allaient protester. Ce n'était pas le moment de partir. Dehors, l'obscurité était totale, mais la lune gardait la place et les lampes du bar projetaient une mare de lumière par la fenêtre.

Ça s'est produit à minuit, et depuis, aucun d'entre nous ne voit le monde de la même façon. Je vous raconte tout ça comme si j'étais le seul à y avoir assisté, mais nous étions tous là, et nous en avons tous le même souvenir.

Un cri a résonné dehors, un cri déchirant qui se rapprochait. Tom s'est levé et a regardé par la fenêtre comme s'il s'y attendait. Billy est arrivé en courant sur la place et, d'où nous nous trouvions, nous avons aperçu le sang sur son visage. Certains se sont levés mais Tom a grondé de rester là et nous nous sommes rassis comme si on nous avait repoussés sur nos tabourets.

Tom est sorti sur la place à grandes enjambées. Le gamin l'a vu et a couru vers lui ; Tom l'a enveloppé dans son manteau et l'a serré au chaud contre lui. Mais il n'est pas rentré dans le bar. Il est resté là, figé dans l'attente.

De quelque chose.

On raconte plein de bêtises sur les silences. Je lis des romans quand j'en ai le temps, des fois on y trouve des phrases comme « le temps s'arrête » et on trouve ça débile. Eh bien, laissez-moi vous dire que, lors de la minute suivante, nul, dans le monde entier, n'a respiré. Il n'y avait pas de vent, aucun mouvement. L'immobilité et le silence étaient si perceptibles qu'on aurait pu les toucher. Plus encore : ils incarnaient tout ce qui était et tout ce qui avait jamais été.

Le grondement écarlate de violence de l'autre côté de la place a été ressenti avant l'arrivée de l'homme. Sam est apparu en titubant, levant sa bouteille comme un drapeau et jurant à s'arracher la tête. Au début, il n'a pas vu Tom et le gamin parce qu'ils se trouvaient de l'autre côté de la fontaine et il s'est arrêté net. Mais il s'est vite remis à hurler, des morceaux de sons dépareillés qui semblaient percuter le silence et mourir plutôt que de le briser, et il a chargé à travers la place.

Et s'il y a jamais eu un homme avec des pensées de meurtres, c'était Sam McNeill. Ce soir-là, il avait donné congé à son âme. J'ai voulu hurler à Tom de rentrer à l'abri, mais les mots ne sont pas sortis et nous sommes restés là, les phalanges blanchies sur le bar, à regarder ce qui se passait, la bouche ouverte, comme si nous avions fait le serment de ne plus jamais nous en servir. Tom restait immobile. Il regardait Sam foncer, se rapprocher, arriver près de l'endroit où il peignait chaque jour. Nous avions l'impression d'assister à une scène qui s'était déroulée il y a longtemps, dans un autre endroit, un autre temps, et plus Sam se rapprochait, plus je commençais à avoir peur pour lui…

Alors Sam s'est arrêté net en glissant, comme dans un dessin animé, un cri crevant au fond de sa gorge en lambeaux. Il regardait le sol devant lui, les yeux écarquillés et la bouche ouverte. Et il s'est mis à hurler.

Un cri aigu de femme venant d'un type bâti comme un buffle. La peur m'a saisi l'échine. Sam a commencé à gesticuler comme s'il essayait de reculer, sans succès.

Nous avons compris ses mouvements quand ses cris sont passés de la terreur à l'agonie. Il essayait de dégager sa jambe de quelque chose.

Puis il a semblé tomber à genoux, son autre jambe coincée derrière lui ; il a renversé sa tête et il a hurlé sous le ciel noir, et nous avons vu son visage, un visage que je n'oublierai jamais, tant que je vivrai. Un visage venu du temps où il n'y avait pas de mots, le visage de nos terreurs les plus anciennes et de nos premiers cauchemars, le visage que nous avons peur d'afficher la nuit quand, seuls dans le noir, la chose sort finalement de sous le lit pour nous attraper, comme nous avions toujours su qu'elle le ferait.

Sam est tombé à plat ventre, ses jambes se sont tordues et il a continué à être secoué et de hurler, s'accrochant au sol avec les mains, les ongles cassés et sanguinolents à force de résister. La lumière nous jouait peut-être des tours, et mes yeux me faisaient mal à force de rester ouverts, paralysés par la peur, mais moins Sam se débattait, plus il était difficile de le voir. La brise s'est levée et ses cris se sont confondus avec le vent. Mais il gémissait encore en se tordant et, soudain, il y a eu ce bruit terrible de claquement de mâchoires... puis ni mouvement ni son...

Comme si elles étaient reliées, nos têtes se sont tournées en même temps et nous avons vu Tom, debout, son manteau claquant dans le vent. Il avait la main posée sur l'épaule de Billy et, en regardant bien, j'ai vu que Mary se trouvait là, elle aussi ; Tom avait un bras passé autour d'elle et elle sanglotait dans son manteau.

Je ne sais pas combien de temps nous sommes restés immobiles. Puis soudain, nous avons sauté de nos tabourets et nous sommes sortis du bar. Pete et Ned ont couru vers Tom ; Jack et moi avons foncé vers l'endroit où Sam était tombé. Nous avons regardé par terre et je peux vous dire qu'aujourd'hui je vois ma vie comme une ascension puis une descente, centrée sur ce moment.

Devant nous se trouvait un tigre dessiné à la craie. Même maintenant, je sens mes cheveux se hérisser quand j'y pense. J'ai l'impression que quelqu'un a percé un trou dans ma poitrine et y a versé quelques litres d'eau glacée. Je vais vous raconter les faits. Jack était là ; il est témoin.

De ce que nous avons vu et pas vu.

Nous n'avons pas vu Sam McNeill. Il n'était plus là.

Nous avons vu un dessin de tigre, dans les violets et les verts… un fauve un peu hirsute, et il y avait plus de rouge autour de sa gueule qu'il y en avait quelques heures auparavant, et je suis sûr que si l'un de nous avait osé tendre la main et le toucher, ce rouge aurait été chaud.

Le plus difficile reste à venir. J'avais vu ce dessin dans l'après-midi ; Jack l'avait vu aussi. Nous savions que, quand Tom l'avait dessiné, le fauve était mince et maigre.

Je jure devant Dieu qu'il ne l'était plus. Le tigre apparaissait bien gras.

Je me suis tourné vers Tom. Il n'avait pas bougé ; il était toujours avec Billy et Mary, mais ils ne pleuraient plus. Mary serrait Billy si fort contre elle qu'il poussait de petits cris, et le visage de Tom semblait calme, vivant, découpé par un sourire. Alors que nous restions là, les cieux se sont ouverts pour la première fois depuis des mois et une pluie froide a martelé le sol. À mes pieds, les couleurs ont commencé à couler et les traits sont devenus moins distincts. Jack et moi avons regardé les teintes se dissoudre jusqu'à ce qu'il ne reste plus que de vagues flaques, puis nous avons lentement rejoint les autres, évitant de regarder la bouteille de Sam, qui traînait toujours par terre.

Nous sommes restés un long moment sous la pluie, nous observant, sans un mot.

C'était il y a dix ans. Au bout d'un moment, Mary a pris Billy et l'a ramené à la maison. Ils se sont retournés pour nous faire un petit signe avant de tourner au coin. Sur le visage de Billy, les blessures ont vite guéri. Aujourd'hui, c'est un beau garçon qui ressemble à son père et qui s'intéresse aux voitures. De temps en temps, il me donne un coup de main au magasin. Sa mère n'a pas vieilli d'un jour ; elle est superbe. Elle ne s'est jamais remariée, mais elle a l'air vraiment heureuse.

Nous autres, nous nous sommes juste souhaité bonsoir. C'était tout ce que nous pouvions dire et peut-être tout ce qu'il y avait à faire. Puis nous sommes retournés dans nos foyers, vers nos femmes. Tom m'a fait un petit sourire avant de se retourner et de partir seul. J'ai hésité à le suivre, je voulais lui dire quelque chose, mais finalement, je suis resté où j'étais et je l'ai regardé disparaître. Et c'est le souvenir le plus clair que j'ai de lui, parce qu'un bref instant une étincelle a brillé dans ses yeux et j'ai compris qu'une douleur profondément enfouie s'était dissipée.

Puis il s'est éloigné et plus personne ne l'a revu depuis, et comme je l'ai dit, ça fait maintenant dix ans. Tom n'était pas sur la place le lendemain matin et il n'est pas entré prendre une bière. Il n'était pas là, comme s'il n'avait jamais été là. Il ne restait que le trou dans nos cœurs : c'est étrange combien un homme tranquille peut vous manquer.

Nous, nous sommes encore là, bien sûr. Jack, Ned, Pete et les garçons, tous les mêmes, en un peu plus vieux, un peu plus gris. Pete a perdu sa femme et Ned a pris sa retraite, mais les choses continuent. Les touristes viennent en été et nous nous asseyons sur les tabourets et nous buvons nos bières en parlant des matchs, de la famille, de comment le monde fonce droit dans le mur, et parfois, nous nous rapprochons et nous parlons d'une nuit, il y a bien longtemps, de tableaux, de chats et de l'homme le plus calme que nous ayons jamais connu, nous nous demandons où il est et ce qu'il fait. Et depuis dix ans, nous gardons un pack de six au frais dans le frigo ; à la minute où il passe cette porte et tire un tabouret, il est à lui.

Rendez-vous demain

— Dis-moi, John, est-ce que tu crois aux vampires ?

Je pris le temps d'allumer une cigarette. Non pas pour éviter la question, mais plutôt pour me préparer à la longueur et au vitriol de la réponse que je comptais apporter – et pour l'adoucir un peu aussi. Je connaissais à peine la femme qui venait de m'interroger et n'avais aucune idée de sa tolérance à l'égard d'une franchise un peu brutale. Je voulais la ménager, mais s'il y a bien une étoile figurant au panthéon des cauchemars possibles à laquelle je ne crois vraiment pas, c'est ce foutu vampire. Je veux dire, enfin quoi !

Je me trouvais à La Nouvelle-Orléans à l'approche de Halloween. Les Enfants de la Nuit ont tendance à se manifester en de telles circonstances – c'est comme parler de la pluie à Londres. Maintenant que je me trouvais sur place, je comprenais pourquoi. Le Quartier Français – ses rues étroites et ses balcons figés dans le temps – parvenait presque à rendre crédible l'idée de l'existence des vampires, en particulier dans la chaleur moite et persistante de l'automne. Un terrain de jeu idéal pour monstres exquis réinventant perpétuellement le passé. Si les vampires devaient vivre quelque part, je suppose que ces rues et ruelles avec leurs cimetières fétides et extravagants feraient très bien l'affaire.

Mais ils n'existaient pas, et après une autre gorgée éprouvante de ma margarita salée, je m'apprêtais à mettre les points sur les *i* à ce sujet avec Rita-May. Elle s'installa confortablement contre ma poitrine et m'écouta fulminer.

Nous nous trouvions dans le bar de Jimmy Buffet sur Decatur Street et la soirée s'annonçait plutôt bonne. À 21 heures, j'étais seul au bar, essayant de me souvenir combien de margaritas j'avais déjà bues. Le simple fait de compter indique quel triste individu je suis. Ajoutez à cela que, ce soir-là, je ne semblais pas parvenir à compter juste et vous aurez compris que j'étais bien un triste individu extrêmement saoul. Et oui, je sais que *Margaritaville* est un piège à touristes et que j'aurais pu aller dans un endroit plus authentique de l'autre côté de la rue. Mais c'est ce que j'avais fait les deux nuits précédentes et, en plus, j'aimais bien le bar de Buffet. Après tout, j'étais moi-même un touriste. Ici, je n'avais pas l'impression de risquer ma vie, ce que je considère comme un plus. Le juke-box ne jouait que des chansons de Jimmy Buffet, ce qui n'a rien d'étonnant, je n'avais donc pas à me soucier de voir ma soirée soudain gâchée par un morceau de l'école post-mélodique de la musique populaire. Vous pouvez dire ce que vous voulez concernant Jimmy Buffet, il est rarement pénible à écouter. Pour finir, le barman avait cette espèce d'œil gluant qui collait au mur quand on le lançait un truc écœurant, mais amusant – c'était plutôt chouette.

En résumé, je passais un très bon moment. Un groupe de participants au séminaire informatique auquel j'assistais était convenu de se retrouver quelque part du côté de Bourbon Street vers 22 heures, mais j'envisageais de ne pas y aller. Après seulement deux jours, mon seuil de tolérance à l'égard des blagues concernant Bill Gates approchait de zéro. Pour un développeur sur Apple Macintosh, elles n'étaient de toute façon pas très drôles.

J'en étais là, pratiquement sûr d'avoir avalé environ huit margaritas, et je commençais à ressentir des brûlures d'estomac à cause de tout le sel, quand une femme entra. Elle devait avoir dans les trente-cinq ans, un âge où la beauté se fane un peu, mais sans que cela soit catastrophique. C'est du moins ce que j'espère : j'approche moi-même de cet âge et les effets s'en font déjà sentir. Elle s'assit sur un tabouret à l'angle du bar et leva la tête en direction du barman. Une minute plus tard, une margarita atterrit devant elle et, à en juger par la couleur, il s'agissait de la même variété que celle que j'étais en train de boire. Ils appelaient ça un Golden quelque chose et cela avait pour effet de remplacer votre cerveau par du sable au goût saumâtre qui s'agitait lentement quand vous bougiez la tête.

Pas de quoi en faire un plat. Je remarquai sa présence, puis revins à ma conversation décousue avec l'autre barman. Il avait visité Londres ou il avait l'intention d'y aller – je n'étais pas vraiment sûr d'avoir tout compris. Soit il me demandait à quoi ressemblait Londres, soit il me décrivait la ville ; je l'écoutais, ou peut-être que c'est moi qui parlais. Je ne m'en souviens plus et je n'en savais probablement pas plus sur le moment. À ce stade de la soirée, j'aurais sans doute fait les mêmes réponses dans un cas comme dans l'autre. Je remarquai enfin que l'orchestre avait cessé de jouer, apparemment pour la nuit, signal pour moi que je pouvais enfin quitter le comptoir et m'asseoir à une table. Je n'avais rien à reprocher au groupe, mais ils jouaient trop fort et, sans leur en vouloir personnellement, j'étais content de les voir partis. En y repensant, ils avaient sans doute cessé de jouer depuis un bon moment. Un CD entier de Jimmy Buffet était passé dans l'intervalle.

Je louvoyai tranquillement jusqu'à une table, fredonnant doucement – et faux – *The Great Filling Station Hold-up* et me rappelant qu'il n'était 21 heures passées que depuis vingt minutes. Si je voulais rejoindre les autres sans endosser le rôle de l'ivrogne de service, j'allais devoir ralentir. L'idéal pour moi aurait été de ne pas avoir bu ces quatre derniers verres, mais cela représentait un tripatouillage du continuum spatio-temporel qui dépassait mes capacités. J'allais devoir me contenter de ralentir.

Alors que j'entamais le verre suivant, la soirée prit un tour intéressant. Quelqu'un me dit quelque chose, tout près, et quand je levai la tête pour essayer de comprendre, je vis qu'il s'agissait de la femme du bar.

— Hein ? fis-je avec cette élégance nonchalante dont j'ai le secret.

Elle se tenait à côté de l'autre chaise de la table, et semblait hésitante – mais pas trop. Elle avait avant tout l'air bon enfant de quelqu'un de prudent qui en a vu d'autres. Les cheveux plutôt blonds, elle portait une robe bleu pâle et une veste en jean plus foncé.

— J'ai dit : « Est-ce que cette chaise est libre ? »

Je songeai à offrir ma réponse classique, quand je tentais de me montrer amusant, c'est-à-dire demander d'une voix mélancolique qui de nous est vraiment libre en ce bas monde. Mais je ne me sentais pas d'humeur. Ou pas assez saoul pour cela et je savais bien, au fond de moi, que ça n'avait rien de drôle. Et je faisais preuve de nervosité. Je n'ai pas l'habitude de me faire aborder dans les bars par des femmes qui me prient de leur faire le plaisir de les accueillir à ma table. Je manque de pratique. Finalement, je décidai de faire simple.

— Oui. Asseyez-vous, je vous en prie.

La femme sourit, s'assit et commença à parler. Elle s'appelait – je le découvris rapidement – Rita-May. Elle vivait à La Nouvelle-Orléans depuis quinze ans, après avoir quitté Houma, un trou perdu au fin fond de la Louisiane. Elle travaillait plus bas sur Decatur Street, près de Jackson Square, dans une des boutiques qui vendaient des épices cajuns et des livres de cuisine aux touristes – un travail acceptable, qui payait correctement, mais guère excitant. Elle avait été mariée et ça s'était terminé quatre ans plus tôt, dans l'indifférence générale. Elle n'avait pas d'enfants et ne s'en plaignait pas.

Autant d'informations exposées en remarquablement peu de mots, sans détail inutile et sans passer d'un sujet à l'autre – un vrai régal. À mon tour, sirotant mon verre avec affabilité, je la laissai tirer de moi une quantité moindre d'informations similaires. J'avais trente-deux ans, découvrit-elle, et je n'étais pas marié. Je possédais une petite société de développement logiciel à Londres, en Angleterre, et vivais avec un chat somnolent nommé Spike. J'appréciais la bonne cuisine de La Nouvelle-Orléans, mais n'en connaissais pas particulièrement les hauts lieux, à l'exception du *French Bar* et de ses muffellettas que j'aimais au-delà du raisonnable et des po-boys de Mama Sam qui ne méritaient pas, selon moi, leur réputation d'excellence.

Après une heure et trois autres margaritas, nos genoux se touchaient agréablement, et à 23 h 30, elle s'était confortablement installée contre mon bras que j'avais étendu à travers le dossier de sa chaise. Peut-être que le fait d'avoir évacué les banalités d'usage aussi rapidement avait simplifié les choses. Peu importe. Je prenais du bon temps.

Loin de se formaliser de la véhémence de mes sentiments à l'égard des vampires, Rita-May semblait même prête à admettre qu'il s'agissait d'un tissu d'âneries. J'allais lever le bras pour commander une autre tournée quand je notai que le personnel du bar était rentré chez lui, laissant sur le bar un écriteau où avait été inscrit : « VOUS VOULEZ BIEN FOUTRE LE CAMP TOUS LES DEUX ! »

Je plaisante, bien sûr, mais le puits s'était visiblement asséché. Pendant quelques instants, je consacrai toute la puissance de mon intelligence – pas si insignifiante que ça – à résoudre ce problème, mais je n'obtins qu'une longue série de points d'interrogation. Soudain, je me retrouvai dans la rue, sans même me souvenir de m'être levé. Rita-May avait enroulé son bras autour de ma taille et elle m'entraînait sur Decatur Street en direction de Jackson Square.

— C'est par là, indiqua-t-elle en gloussant et je lui demandai dans quelle aventure j'avais accepté de la suivre.

Je m'aperçus que nous nous rendions précisément dans ce bar de Bourbon Street où j'aurais dû retrouver mon groupe une heure et demie plus tôt. Je songeai avec excitation à une telle coïncidence jusqu'à ce que Rita-May me fasse comprendre que nous y allions parce que j'en avais fait la suggestion.

— Tu veux acheter de la drogue ? demanda Rita-May et je me retournai pour la scruter du regard.

— Je ne sais pas trop, répondit-elle. Qu'est-ce que tu as ?

Je connus un moment de confusion jusqu'à ce que je comprenne qu'une tierce personne avait posé la première question et se tenait d'ailleurs toujours devant nous. Un Noir avec des yeux un peu perdus.

— Du shit, de l'herbe, de la coke, de la blanche…, débita l'homme sur un ton monocorde.

Pendant que Rita-May négociait le prix d'un sachet de joints, j'essayai de deviner où il dissimulait l'héro, jusqu'à ce que je comprenne quel imbécile je faisais. Je me détournai et ouvris grand la bouche et les yeux afin d'étirer mon visage. Je sentis que j'étais dans un drôle d'état et que la nuit semblait encore bien jeune.

Cinq minutes plus tard, alors que nous allumions un des joints, je me fis la réflexion que j'aurais légitimement pu éprouver une certaine nervosité en présence d'un gentleman-dealer d'héroïne de son état. Par chance, il était parti et ma capacité de concentration était insuffisante pour que je m'en inquiète longtemps. Rita-May n'eut pas l'air très perturbée par toute cette affaire. Comme elle était du coin, je décidai de lui faire confiance.

Arrivés à Jackson Square, nous avons pris à droite et traversé en direction de Bourbon Street, tirant sur le joint et ricochant lentement d'un côté du trottoir à l'autre. Rita-May avait toujours son bras passé autour de moi et j'avais enroulé l'un des miens autour de ses épaules. Je réalisai que, tôt ou tard, j'allais devoir me demander ce que je croyais être en train de faire, mais je n'en avais pas envie pour l'instant.

Je n'étais pas vraiment préparé à l'idée que des participants de la convention seraient toujours au bar quand nous arriverions. À ce stade, j'avais l'impression de marcher depuis au moins dix jours, mais sans trouver cela désagréable. Le joint nous avait fait pas mal d'effet à tous les deux et ma tête me semblait avoir été minutieusement remplacée par de la fumée brune et chaude. Sur Bourbon Street, l'agitation paraissait toujours à son comble et nous dûmes nous frayer un chemin entre les couples gays à moitié nus, les Noirs maigres du quartier et les touristes de Des Moines en forme de poires et vêtus de pastel. Une blonde filiforme surgit de nulle part en agitant une rose devant moi et en demandant « Est-elle prête ? » d'une voix aiguë et absente. J'en étais encore à chercher une réponse quand je notai que Rita-May avait acheté la rose. Méthodiquement, elle cassa la tige pour ne conserver que les dix premiers centimètres et se glissa la fleur derrière l'oreille.

Pas mal, pensai-je, admirant sa conduite d'une façon que j'avais du mal à définir.

Maintenant que nous nous trouvions enfin sur les lieux, je ne parvenais pas à me rappeler si nous cherchions l'*Absinthe Bar*, le « Old » *Absinthe Bar* ou l'« Original Old » *Absinthe Bar.* J'espère que vous comprenez mon embarras. Nous finîmes par opter pour l'établissement d'où s'échappait la musique la plus supportable et nous engouffrâmes dans les ténèbres moites. Notre entrée fut saluée par un tonnerre d'applaudissements, mais je soupçonne qu'ils s'adressaient plus au groupe de blues qu'à nous. J'avais très soif à présent, en partie parce que quelqu'un semblait m'avoir mis dans la bouche une quantité suffisante de buvard pour en absorber toute l'humidité, et je me sentais incapable de faire quoi que ce soit avant d'être moins sec. Par chance, Rita-May devina mon état et entreprit immédiatement de traverser la foule en direction du bar.

J'attendis patiemment son retour, m'inclinant légèrement et dans différentes directions par rapport à la verticale, un peu comme une sorte de toupie d'un modèle un peu perfectionné. « Ah ah », me disais-je. « Ah ah. » Ne me demandez pas pourquoi, je n'en ai pas la moindre idée.

Quand quelqu'un cria mon nom, je ressentis à peine un vague sentiment de bien-être. « On me connaît ici », marmonnai-je en hochant fièrement la tête. Puis j'aperçus David Trindle qui me faisait de grands signes depuis l'autre côté de la salle, un large sourire d'une incroyable stupidité sur le visage. D'abord, je pensai qu'il ferait mieux de s'asseoir avant qu'un membre du groupe lui tire dessus. Ensuite, je me dis qu'il ferait mieux de rester debout – pour la même raison. Il partageait une table avec une bande hétéroclite de développeurs de shareware de seconde zone, un véritable festival de ringards et de ratés. Mon cœur se serra en les voyant.

— C'est eux ?

En entendant la voix de Rita-May, je me retournai, soulagé. Je me sentais déjà mieux. Elle se tenait tout près, derrière moi, un grand verre dans chaque main et un petit sourire affectueux sur les lèvres. Brusquement, je pris conscience que je la trouvais très séduisante – et sympathique aussi. Je la dévisageai longuement avant de me pencher vers elle et de l'embrasser doucement sur la joue, juste au coin de la bouche.

Elle sourit, heureuse, et s'approcha pour un autre baiser, pas tout à fait sur la bouche non plus. L'espace d'un instant, je me sentis en paix et brusquement je fus de nouveau très saoul.

— Oui et non. Ils participent à la convention, mais ce ne sont pas les gens que je voulais voir.

— Ils te font toujours signe.

— Merde !

— Allez, viens. On va s'amuser.

Bien que je trouve difficile de partager son optimisme, je suivis Rita-May à travers la foule.

J'appris que les personnes que je devais rejoindre m'avaient bien attendu ici avant de déclarer forfait en ne me voyant pas arriver. Pour ma part, je jugeai plus probable qu'ils avaient fui à cause de l'extraordinaire ramassis d'abrutis qui les avait accidentellement rejoints en route pour le bar, mais je gardai mon opinion pour moi.

Les congressistes étaient tous saouls. Personnellement, je suis choqué par tous ces gens qui, après deux bières, se la jouent bohème. Je compris vite que la seule façon pour moi de sortir de ce traquenard avec toute ma raison consistait à les ignorer et à parler à Rita. Mais apparemment, ils ne l'entendaient pas de cette oreille et me bombardèrent de questions sur des sujets d'un ennui si profond que je suis bien incapable de m'en souvenir. Je dus aussi supporter pendant quinze longues minutes un exposé de ce branleur de David sur une prétendue nouvelle interface graphique qu'il était en train de développer. Heureusement pour moi, Rita-May s'adapta vite à l'humeur du moment, ce qui nous permit d'échanger en douce des messages sur la soirée épouvantable que nous faisaient subir ces casse-pieds. L'alcool aidant, nous réussîmes à faire face.

Après une heure de ce régime, nous trouvâmes une nouvelle forme de distraction. Tout en feignant de prêter attention aux morts-vivants qui se tenaient en face de nous, nous commençâmes – timidement d'abord, puis plus délicieusement – à nous caresser les mains sous la table. Les congressistes avaient dépassé les bornes – certains en étaient à leur quatrième bière ! – et devenaient intarissables. Ils étaient tellement absorbés qu'à un moment je me sentis capable de tourner la tête vers Rita, de la regarder droit dans les yeux, et de lui dire :

— Je t'aime bien.

Ce n'était pas ce que j'avais prévu. J'avais prévu quelque chose de plus adulte et stupide. Mais je réalisai que c'était vrai et que, ainsi, je communiquais exactement ce que j'avais voulu dire avec une concision remarquable.

Son sourire creusa des fossettes aux coins de sa bouche et des mèches de ses cheveux se couvrirent d'or à contre-jour.

— Moi aussi, répondit-elle en me serrant la main.

La vache ! pensai-je un peu dans le brouillard. Comme c'est étrange. La vie s'y entend vraiment pour vous surprendre au moment où on s'y attend le moins. Comme quoi… « Comme quoi… » dis-je à voix haute. Elle ne comprit probablement pas, mais sourit tout de même une deuxième fois.

Après ça, je me rappelle m'être tenu le dos contre un mur, et mes pieds ne touchaient pas terre. Puis une sensation de froid. Puis le silence.

— C'est bon, il respire ! cria quelqu'un et le monde commença à se remettre en place autour de moi.

J'étais couché sur le plancher du bar et mon visage était trempé.

J'essayai de me redresser, mais sans succès. Celui qui avait parlé, un Noir d'humeur joviale qui m'avait servi plus tôt, me saisit par les épaules pour m'aider. J'appris que c'était lui qui avait jeté de l'eau sur moi. Dans les quatre litres. Ça n'avait pas eu d'effet, alors il avait essayé de prendre mon pouls afin de vérifier que je n'étais pas mort et avait fait dégager l'espace autour de moi. À part lui et un gars avec un balai et l'air déprimé, le bar était complètement vide.

— Où est Rita ? demandai-je enfin.

Je dus répéter la question pour me faire entendre.

L'homme m'adressa un grand sourire.

— Comment je pourrais le savoir ? Je ne sais même pas qui est Rita.

— Et les autres ?

Le barman désigna le bar vide d'un geste éloquent. En suivant sa main du regard, mes yeux tombèrent sur l'horloge. Elle affichait un peu plus de 5 heures du matin.

Je me relevai, le remerciai d'une voix mal assurée pour ses bons offices et regagnai lentement la rue.

Je ne me souviens pas d'être retourné à mon hôtel, mais j'imagine que je l'ai fait. En tout cas, c'est là que je me réveillai le lendemain, après quelques heures d'un sommeil cotonneux. Alors que je me tenais debout, le teint terreux et l'air ravagé sous la lumière brutale de la salle de bains, j'attendis avec horreur que déferle sur moi, vague après vague, la Peur. J'avais perdu conscience. Manifestement. Bien que peu commun, ce phénomène ne m'était pas étranger. Ces salopards de congressistes m'avaient abandonné là, en ricanant probablement dans leur barbe. D'accord. J'aurais fait pareil pour eux.

Mais qu'était-il arrivé à Rita-May ?

Je restai dix minutes épouvantables sur le trône, quinze minutes apaisantes sous la douche et livrai, les larmes aux yeux, un combat désespéré avec mon pantalon. Et pendant tout ce temps, j'essayai de trouver une réponse satisfaisante à cette question. Bien sûr, je pouvais difficilement lui en vouloir d'avoir abandonné un touriste inconscient. Mais dans mon souvenir, avant que le noir et la Peur s'abattent sur moi, je pensais qu'on s'entendait plutôt bien. Elle ne semblait pas du genre à laisser tomber quelqu'un.

Une fois plus ou moins habillé, je me hissai sur le lit et m'assis au bord. J'avais besoin d'un café – et vite. Je devais aussi fumer quelque chose comme soixante-dix cigarettes, mais je semblais avoir perdu mon paquet. À partir de là, la marche à suivre semblait claire. Je devais sortir de ma chambre d'hôtel et comprendre ce qui s'était passé. Mais pour cela, il me fallait des chaussures.

Où étaient-elles passées ?

Je ne les trouvai ni par terre ni dans la salle de bains. Pas plus sur le balcon, où la lumière m'agressa si violemment que je battis en retraite dans l'obscurité en laissant échapper un cri. Je fouillai encore la chambre, allant jusqu'à me mettre à quatre pattes afin de regarder sous le lit. Elles n'étaient pas là non plus. Même pas *dans* le lit.

Elles ne se trouvaient tout bonnement nulle part – un vrai désastre. Je déteste les chaussures, parce qu'elles sont ennuyeuses et c'est la raison pour laquelle je n'en possède que peu de paires. À part des tongs d'un autre âge qui n'avaient pas quitté ma valise depuis un précédent voyage, celles que je portais constituaient la seule paire que j'avais avec moi. Je procédai à une nouvelle fouille épuisante, la conduisant autant que possible sans m'éloigner du lit, mais sans succès. Au lieu de simplement me rendre dans un café et de satisfaire mes besoins les plus immédiats, j'allais devoir enfiler des tongs et trouver un putain de magasin de chaussures. Une fois arrivé là, j'allais devoir consacrer à une paire de putains de chaussures une somme d'argent que j'aurais préféré consacrer à un bon repas ou à des CD à prix américain. Si Dieu entendait me punir ainsi d'une soirée bien arrosée, je trouvais qu'il y allait un peu fort et, pendant quelques minutes, les murs de la chambre d'hôtel résonnèrent de blasphèmes bien sentis.

Enfin, je me traînai jusqu'à ma valise et creusai avec mauvaise humeur à travers des couches archéologiques de chaussettes et de chemises à la recherche de quelque chose qui aurait la forme d'une chaussure. Les tongs se trouvaient – bien entendu – tout au fond de la valise. Je tirai dessus avec irritation, sans me soucier des dommages causés aux chemises et cravates soigneusement empilées. Je dégageai deux pantalons que je n'avais pas encore portés – dont un dont j'avais oublié l'existence – et une chemise avant de pouvoir enfin mettre la main sur une tong.

Sauf qu'il ne s'agissait pas d'une tong, mais d'une de mes chaussures.

Heureusement que je me tenais près du pied du lit, parce que mes jambes cédèrent sous moi. Brusquement assis, je fixai la chaussure dans ma main. Pas d'erreur possible. Une chaussure noire à lacet, en bon état, mais commençant à montrer des signes d'usure à l'extérieur du talon. En la faisant lentement tourner entre mes mains comme quelque relique sacrée, je compris qu'elle dégageait une faible odeur de margarita. Le sel avait séché sur le bout, là où j'avais renversé une gorgée en riant à quelque chose qu'avait dit Rita-May chez Jimmy Buffet.

Tenant toujours ma chaussure, je plongeai un bras hésitant dans les entrailles de ma valise, à la recherche de l'autre dans les couches inférieures. Je la trouvai sous la serviette que j'avais placée au fond, suivant mon raisonnement selon lequel je ne risquais pas d'en avoir besoin, tous les hôtels étant équipés. Je sortis la chaussure et la regardai fixement.

Aucun doute possible, c'était bien ma seconde chaussure. Il y avait quelque chose à l'intérieur. Je tirai doucement dessus, avec à peine un bruit de frottement.

C'était une rose rouge au bout de dix centimètres de tige.

La première chose qui frappe à propos du *Café du Monde*, c'est qu'il ne s'agit pas vraiment de ce à quoi on s'attend. Il n'est pas niché au cœur de la vieille ville, sur Dauphine Street ou Royal Street, mais trône sur Decatur Street, juste en face de Jackson Square. Et il ne ressemble pas à un coquet petit café, mais à un espace couvert par un auvent où des rangées de tables sont servies, par intermittence, par des serveurs d'une morosité spectaculaire. Au cours de visites ultérieures, cependant, on se rend compte que leur café au lait est vraiment bon et que les beignets sont les meilleurs de La Nouvelle-Orléans, que l'établissement est aussi chic que peut l'être un endroit ouvert vingt-quatre heures sur vingt-quatre et sept jours sur sept et que quiconque se promenant à La Nouvelle-Orléans finira par passer à l'angle de Decatur et Jackson Square – c'est donc plutôt bien situé.

Midi sonnait et je me trouvais à l'une des tables en lisière ; je n'étais donc pas entouré par d'autres personnes et j'avais une bonne vue de la rue. J'en étais à mon deuxième café et troisième jus d'orange. Mon cendrier avait déjà été vidé deux fois et je digérais ma première commande de beignets. Comme je voulais garder une place pour un muffeletta, je décidai d'en rester là. Je vous expliquerais bien de quoi il s'agit, mais ceci n'est pas un guide touristique. Cherchez vous-même.

Et, bien entendu, je portais mes chaussures. J'étais resté assis à l'hôtel pendant dix minutes de plus, le temps que les tremblements cessent. Ensuite, je m'étais traîné jusqu'au *Café du Monde*. J'avais emporté un livre, mais je ne le lisais pas. Je regardais passer les gens tout en essayant de remettre de l'ordre dans mes pensées. Comme je ne parvenais pas à me souvenir de ce qui s'était passé, le mieux que je pouvais faire était de trouver une explication satisfaisante et de m'y tenir. Malheureusement, cette explication m'échappait. Je n'arrivais tout bonnement pas à expliquer la présence de mes chaussures dans ma valise, enfouies sous des affaires que je n'avais pas déplacées depuis mon départ de Roanoke.

Neuf mois plus tôt, lors d'un congrès en Angleterre, j'avais un peu abusé de substances à usage récréatif en compagnie dissolue d'un ancien camarade de fac. Le lendemain, je m'étais réveillé à mon hôtel, dans mon lit, mais habillé avec des vêtements entièrement différents de ceux que j'avais portés la veille. Après un lent travail de reconstitution, je parvins à me convaincre que je me souvenais de m'être levé de bonne heure, avoir pris une douche, m'être habillé et m'être recouché ensuite. Une conduite bien étrange, je vous l'accorde, mais ma mémoire recélait suffisamment d'indices et de zones d'ombre pour me convaincre que c'était bien ce que j'avais fait.

Pas cette fois. J'étais incapable de me rappeler quoi que ce soit entre mon départ de l'« Old Original Authentic Genuine » *Absinthe Bar* et mon réveil. Mais chose curieuse, je n'en ressentais pas pour autant la Peur.

Et puis, il y avait la rose, bien sûr.

La Peur, pour ceux d'entre vous qui l'ignorent, intervient après une consommation très excessive de drogue ou d'alcool. Elle consiste, entre autres choses, en un sentiment de panique qu'on peut ressentir à la conviction d'avoir fait quelque chose d'embarrassant ou de malavisé. Elle peut aussi prendre une forme plus générale, celle d'une simple conviction que, à un moment ou à un autre de la soirée qui a précédé, quelque chose s'est produit dans des conditions rien moins qu'idéales. Elle finit par passer en même temps que la gueule de bois ou lorsqu'une connaissance vous confirme que, oui, vous avez bien légèrement caressé le sein de la dame en public, sans y avoir été invité.

Ensuite, vous pouvez juste redevenir atrocement gêné, ce qui est une émotion bien plus aisément contrôlable.

Je ressentais une forme légère de Peur concernant notre période chez Jimmy Buffet, mais probablement seulement parce que j'avais adressé la parole à une femme que je ne connaissais pas vraiment. Ma Peur augmentait pour mon passage à l'*Absinthe Bar*, où je soupçonnais de m'être laissé aller à qualifier le P.-D.G. d'une entreprise cliente de « connard sans le moindre talent ».

Je ne gardais néanmoins aucun sentiment désagréable de mon retour à l'hôtel, bien que je ne m'en rappelle pas. J'étais seul, après tout. Rita-May avait disparu. Personne d'autre à choquer, à part moi. Mais comment mes chaussures avaient-elles fini dans ma valise ? Pourquoi aurais-je fait une chose pareille ? Et à quel moment avais-je récupéré la rose de Rita ? Je me souvenais de l'avoir vue pour la dernière fois quand je lui avais avoué que je l'aimais bien. À ce moment-là, elle se trouvait encore derrière son oreille.

Le café commençait à me jouer des tours et, combiné avec ma gueule de bois, me donnait l'impression d'avoir des points de lumière qui clignotaient lentement sous mon crâne. Un Noir avec une trompette venait de s'installer pour jouer de l'autre côté du café – je le connaissais pour l'avoir déjà entendu. Son principal talent, qu'il entreprit de démontrer toutes les dix minutes, consistait à tenir très longtemps une note aiguë jouée fort. Comme la plupart des touristes, j'avais applaudi la première fois. La deuxième démonstration m'avait semblé moins attrayante. À la troisième, j'avais sérieusement envisagé de lui offrir ma carte Visa s'il acceptait de déguerpir.

S'il remettait ça maintenant, j'avais toutes les chances de voler en éclats comme une vitre qui se brise.

J'avais besoin d'action. De mouvement. Je quittai le café et attendis dehors sur Decatur Street.

Au bout de deux minutes, ballotté par la foule des passants, j'avais chaud et éprouvais un désagréable sentiment de danger. Personne n'occupait la place que j'avais libérée et la tentation fut forte de m'y glisser de nouveau. Je serais au calme, je ne dérangerais personne ; je n'aurais qu'à rester là et boire beaucoup d'autres fluides. Je ferais un ajout de choix, un touriste de démonstration mis en place par la municipalité afin de prouver avec quelle facilité on pouvait passer un bon moment à La Nouvelle-Orléans.

Mais ensuite, le type à la trompette se lança dans une reprise de *Smells Like Teen Spirit* et je sus que je devais vraiment partir.

Je remontai lentement Decatur Street en direction du marché, essayant de décider si j'allais vraiment faire ce que j'avais en tête. Rita-May travaillait dans l'une des boutiques de cette rue. Je ne me rappelais pas son nom, mais je savais que ça avait un rapport avec la cuisine. Ça ne devrait pas être trop difficile à retrouver. Mais devais-je vraiment essayer ? Peut-être ferais-je mieux de tourner les talons, de quitter le Quartier français et de me rendre au *Clarion* où se tenait la convention. J'y rencontrerais des gens que j'appréciais, je traînerais un moment en écoutant des blagues sur Steve Jobs. Oublie Rita-May, calme-toi un peu pendant les quelques jours qui restent et ensuite rentre à Londres.

Je n'en avais pas envie. La nuit précédente m'avait laissé des tatouages émotionnels, des instantanés de désir qui refusaient de s'effacer dans le soleil du matin. Les plis autour de ses yeux quand elle souriait ; son accent du Sud, les glissandos dans sa voix quand elle changeait de ton ; sa langue qui caressait nonchalamment le bord de son verre quand elle léchait le sel. En fermant les yeux, en plus d'une sensation de vertige légèrement alarmante, je parvenais à sentir la peau de sa main comme si elle caressait toujours la mienne. J'étais peut-être un idiot de touriste, mais un idiot de touriste sincèrement épris d'elle. Peut-être que ça suffirait.

J'écartai les deux premières boutiques sans difficulté. L'une vendait des dessus-de-lit fabriqués par des artisans américains, l'autre des jouets en bois destinés aux parents qui ne comprenaient pas à quel point leurs enfants désiraient des jeux vidéo. La troisième proposait quelques épices en vitrine, mais semblait essentiellement remplie d'autres souvenirs. Ça ne ressemblait pas à l'endroit que m'avait décrit Rita-May, pourtant je pris mon courage à deux mains et me renseignai. Personne de ce nom ne travaillait ici. Le commerce suivant était une boulangerie, suivi par un espace ouvert d'une centaine de mètres de long qui accueillait les tables d'un restaurant.

Le magasin après le restaurant s'appelait *The N'awlins Pantry* et son slogan promettait « Tout ce qu'il vous faut pour cuisiner cajun ». J'avais l'impression d'avoir frappé à la bonne porte.

J'avais envie de revoir Rita-May, mais je me sentais terrorisé à l'idée d'entrer. Je battis en retraite de l'autre côté de la rue, espérant d'abord l'apercevoir à travers la vitrine. Je ne suis pas sûr de ce que j'espérais, mais cela me parut une bonne idée sur le moment. Je fumai une cigarette et regardai pendant quelques instants, mais le constant va-et-vient des automobiles et des piétons rendaient toute observation impossible. Puis je connus quelques minutes de doute où je me demandai pourquoi je n'assistais pas à la convention – j'aurais pu participer aux mêmes débats ennuyeux que tous les autres. Rien à faire. Arrivé au mégot de ma cigarette, je l'écrasai et retraversai. Je ne pouvais pas voir grand-chose à travers la vitrine, même de là, à cause de la taille et de l'extravagance de la devanture. Je saisis donc la poignée, poussai la porte et entrai.

À l'intérieur régnait un bruit épouvantable et s'agglutinait une foule de touristes en sueur. Le groupe de blues semblait avoir allumé une seconde rangée d'amplificateurs et presque tous les spectateurs assis aux tables devant la scène tapaient des mains et sifflaient. L'air paraissait barbouillé de visages rougeauds et de bras épais et, l'espace d'un instant, j'envisageai de retourner me réfugier dans mes toilettes. Il y faisait frais et calme. J'avais passé dix minutes à m'asperger le visage pour atténuer l'effet du joint que nous venions de fumer. Alors que j'essayais de me souvenir où se trouvait notre table, je me sentis terriblement attiré par l'idée de remettre ça.

Mais alors je vis Rita-May et compris que je n'avais pas le choix. En partie parce que je l'avais abandonnée en compagnie des congressistes et que personne ne méritait un tel sort, mais surtout parce que revenir auprès d'elle me paraissait encore plus tentant que la perspective d'un peu d'eau fraîche.

Je me frayai un chemin à travers la foule, marquant une pause le temps de passer commande de la prochaine tournée auprès d'une serveuse. Parce que, de toute évidence, nous allions en avoir besoin. Cela ne faisait aucun doute : nous n'étions pas assez saouls. Rita-May leva vers moi un regard reconnaissant quand elle me vit. Je m'affalai à côté d'elle, jetai fortuitement un regard noir à David Trindle, et allumai une autre cigarette. Ensuite, tentant maladroitement de raviver l'atmosphère qui avait commencé à s'installer, je répétai la dernière chose que j'avais dite avant mon marathon dans les toilettes.

— Comme quoi…, dis-je.

Rita-May sourit de nouveau, probablement en reconnaissance de l'exploit que venait de réaliser ma mémoire.

— Comment ça, « comme quoi… » ? demanda-t-elle en se penchant vers moi et en excluant le reste du groupe.

Je lui lançai un clin d'œil et entamai le monologue le plus ambitieux de toute ma vie.

Je lui expliquai comment la vie nous jouait de drôles de tours et qu'on pouvait soudain rencontrer quelqu'un avec qui on se sentait bien, qui changeait toutes les règles. Quelqu'un qui faisait disparaître en un instant tout ce qui en vous semblait fané et abîmé, et faisait renaître cette étrange magie : la magie de se trouver en présence d'une personne que vous ne connaissiez pas et de prendre conscience que vous la désiriez plus que tout au monde.

Je parlai pendant près de cinq minutes avant de m'interrompre. Je m'en tirai très bien, notamment parce que je ne faisais que dire la pure vérité. Pour une fois, je trouvai les mots justes et ma langue ne fourcha pas. Malgré l'alcool, la drogue, l'heure tardive, je réussis à dire ce que j'avais à dire.

Au même moment, je compris que quelque chose n'allait pas du tout.

Par exemple, ceci n'était pas une boutique de fournitures pour la cuisine.

Un rapide coup d'œil en direction de la porte m'apprit que nous n'étions pas en début d'après-midi. Le ciel était noir et les trottoirs de Bourbon Street étaient bondés de promeneurs noctambules. Nous étions assis en compagnie des congressistes à l'*Absinthe Bar*, je portais mes vêtements de la nuit dernière et Rita-May exhibait toujours sa rose derrière l'oreille.

En d'autres termes : c'était la nuit dernière.

Alors que je continuais à déclarer à Rita-May à quel point j'avais le béguin pour elle, elle glissa sa main dans la mienne. Cette fois, elles n'étaient pas cachées par la table, mais je m'en moquais. En revanche, je me souvenais de m'être tenu à l'extérieur du *Café du Monde* et d'avoir voulu sentir de nouveau le contact de sa main.

À la lumière du jour. Le lendemain.

La serveuse apparut avec nos verres. Trindle et ses acolytes décidèrent, torchés pour torchés, de passer, eux aussi, commande d'une autre tournée. Pendant que la transaction se concluait laborieusement, je jetai un coup d'œil au bar. Entre deux touristes en goguette, j'aperçus celui que je cherchais. Le barman qui m'avait réveillé.

Il préparait quatre margaritas en même temps, son visage lisse l'image même de la concentration. Il aurait été super sur une photo et je le reconnus immédiatement. Mais je n'avais pas encore eu affaire à lui. Lors de mon unique passage au bar, une femme m'avait servi. Nos autres consommations nous avaient été apportées à table. Mais à mon réveil, j'avais reconnu le barman, *parce qu'il m'avait déjà servi*. Ce qui signifiait que j'avais dû commander un autre verre avant de perdre connaissance et de retrouver mes esprits dans un bar désert.

Mais je ne pouvais pas m'être réveillé. Impossible de mettre en doute la réalité de ce qui m'entourait, de l'odeur de sueur provenant en ce moment même des hommes d'âge moyen, attablés juste à côté, à la façon dont la peau de Rita-May semblait fraîche et douce en dépit de la chaleur ambiante. L'un des congressistes avait engagé la conversation avec Rita-May et elle ne semblait pas trop souffrir, je tentai donc d'en profiter pour mettre de l'ordre dans ma tête. Je ne paniquais pas vraiment, mais je commençais tout de même à m'inquiéter.

D'accord, je paniquais. De deux choses l'une : soit j'avais été victime d'une hallucination dans les toilettes et j'avais imaginé ce que serait demain, soit il m'arrivait un truc *vraiment* bizarre. Est-ce que le fait de n'avoir pas encore été servi par le barman prouvait l'un ou l'autre ? Je ne savais pas. Je n'arrivais pas à y voir clair.

— Qu'est-ce que tu penses de Dale Georgio, John ? On dirait bien qu'il va sauver WriteRight de la faillite.

Je n'intériorisai pas vraiment la question que Trindle m'avait posée avant d'y avoir répondu, et ma réponse devait plus à mon état d'esprit qu'à un quelconque désir de choquer.

— C'est un connard sans le moindre talent, dis-je.

De retour sur le trottoir, j'hésitai pendant un moment, ne sachant pas vraiment quoi faire. Rita-May travaillait bien chez *N'awlins Pantry*, mais elle avait pris sa pause-déjeuner. C'est ce que je découvris en parlant à une femme très serviable qui, je suppose, était elle aussi une employée. À moins qu'elle soit une touriste particulièrement bien informée.

Je pouvais attendre et accoster Rita dans la rue, ou aller déjeuner, moi aussi. Je préférais lui parler à l'extérieur de la boutique, mais je ne me voyais pas poiroter plus de une heure.

C'est le moment que choisit mon estomac pour me faire passer une sorte de message incompréhensible, un drôle de bourdonnement liquide qu'avaient dû entendre tous les passants. Il pouvait signifier deux choses : soit j'avais faim, soit mon ventre allait exploser en emportant avec lui les deux pâtés de maisons voisins. Je choisis de décider que j'avais faim et fis demi-tour vers Jackson Square, en quête d'un muffeletta.

Au *Café du Monde*, je remarquai que l'épouvantable trompettiste semblait toujours de service – en pleine interprétation d'une de ses longues notes qui avaient fait sa réputation. Alors que je passais devant lui en souhaitant très fort que ma tête n'explose pas, ça a fait tilt.

Je n'aurais pas dû noter sa présence. Je *savais* qu'il était là. Je venais d'aller au *Café du Monde*. J'en étais parti à cause de lui.

Je m'éloignai assez pour que cette trompette cesse de me blesser les oreilles et m'arrêtai net. Pour la première fois, j'étais réellement effrayé. J'aurais dû me sentir rassuré d'être de retour dans le bon temps. Demain, ça je pouvais le comprendre. Je pouvais revenir sur mes pas jusqu'à maintenant. Sur la plupart en tout cas. Mais je ne

trouvais dans l'incapacité de me souvenir du moindre événement survenu dans le magasin de cuisine. J'étais sorti en croyant avoir eu une conversation avec quelqu'un qui m'avait confirmé que Rita-May travaillait bien là. Mais je n'avais pas la moindre idée de ce à quoi ce magasin pouvait ressembler à l'intérieur. Impossible de m'en souvenir. Par contre, je me rappelais effectivement avoir été à l'*Absinthe Bar*.

Autour de moi, je regardai avec anxiété les touristes brunis par le soleil radieux et sentis la chaleur du début d'après-midi filtrer à travers mes vêtements. Un hippy qui peignait sur les visages se tourna vers moi avec optimisme puis, estimant avec raison que ce n'était pas mon genre, retourna jongler avec ses couleurs.

Sans réfléchir, je levai la main droite et reniflai mes doigts. Une odeur de cigarette et le sucre glace des beignets avalés une heure plus tôt. C'était bien réel.

Peut-être le joint d'hier soir avait-il contenu quelque chose de pas très catholique. Ce qui expliquerait le trou de mémoire lors de mon retour à l'hôtel, ainsi que le flash-back en Technicolor auquel je venais d'avoir droit. Ce n'était sans doute pas un acide, mais peut-être une substance à base d'opium. Mais pourquoi ce type nous aurait-il vendu un produit vraisemblablement plus cher qu'un simple joint ? En général, les dealers essayaient plutôt de vous arnaquer, pas de vous faire de petits cadeaux. À moins que Rita-May l'ait acheté en toute connaissance de cause – et en payant le prix fort. Mais je n'y croyais pas trop non plus.

En outre, je ne croyais tout simplement pas qu'il s'agissait d'un effet secondaire provoqué par la drogue. Ça ne donnait pas cette impression. Je me sentais exactement dans l'état de quelqu'un qui avait trop bu et fumé un joint la veille – à part le fait que je n'étais pas sûr de ma position dans le temps.

En fermant les yeux, on perd sa capacité à se situer dans l'espace. La vue devient bidimensionnelle, comme un tableau. On sait, ou on croit savoir, quels objets se trouvent le plus près, mais uniquement parce qu'on les a vus auparavant, les yeux grands ouverts. Sans ce souvenir, on n'en aurait pas la moindre idée. Apparemment, le même phénomène se produisait avec le temps. Je semblais être devenu incapable de dire dans quel ordre les choses auraient dû se produire. La question paraissait presque déplacée.

Brusquement assoiffé, et rappelé à l'ordre – un peu trop bruyamment à mon goût – par mon estomac, je traversai la rue jusqu'à un boui-boui qui vendait des po-boys avec du jus d'orange. Le *French Bar* était trop loin. J'avais besoin de nourriture immédiatement. Je m'étais senti bien tout le temps où j'étais resté au *Café du Monde* – peut-être que, d'une certaine façon, manger m'aidait à me stabiliser.

Après avoir passé commande, je mâchonnai ma baguette et sa sauce piquante, un œil sur la porte de *N'awlins Pantry*. Si j'avais besoin d'une preuve supplémentaire, le goût du jus de citron sur les huîtres frites acheva de me convaincre que ce que je vivais était bien réel. Une fois mon sandwich terminé, je bus une gorgée de ma boisson et grimaçai. Elle s'avéra bien plus sucrée que je m'y attendais. Puis je compris que c'était parce qu'il s'agissait d'un jus d'orange et non d'une margarita. Le goût me laissa un sentiment d'insatisfaction, comme quand on a mangé la moitié d'un biscuit, mais qu'on ne sait pas où se trouve l'autre moitié. Je savais que j'avais acheté un jus d'orange, mais aussi que, moins d'une minute plus tôt, j'avais une gorgée de margarita dans la bouche.

Tremblant, j'avalai le reste du jus à petites gorgées. Peut-être que ça venait de mon taux de glycémie.

Ou alors peut-être que je perdais lentement la boule.

Tout en buvant, je fixai du regard l'autre côté de la rue, guettant Rita-May. Je commençais à croire que, tant que je ne l'aurais pas revue, tant que rien ne me serait arrivé qui me fixe de manière concluante dans ce jour précis, je n'allais pas être en mesure de me stabiliser. Une fois que j'aurais réussi à la voir le lendemain de la nuit précédente, nous serions forcément le jour d'après. C'était forcé, non ? Sinon, comment on aurait pu être demain ?

Sauf si, bien entendu, je me trouvais dans les toilettes de l'*Absinthe Bar*, en train de me projeter avec un luxe de détails inquiétant ce qui pourrait m'arriver le jour d'après. La seule chose dont je me sentais à peu près sûr, c'était que je voulais voir Rita-May. Je me rendais bien compte qu'elle ne porterait probablement pas la même tenue que celle dans laquelle je l'avais rencontrée la nuit dernière, mais je savais que je la reconnaîtrais immédiatement. Même avec les yeux ouverts, je parvenais presque à voir son visage. Les yeux aux paupières tombantes sous l'effet de l'alcool, la bouche entrouverte, les mèches de cheveux bouclant autour des oreilles… Et sur ses lèvres, comme d'habitude, ce magnifique demi-sourire.

— On s'en va ! cria Trindle

Je me détournai de Rita-May et lui jetai un regard trouble. Ils ne m'avaient pas abandonné, finalement : ils partaient et j'étais toujours conscient. Mon agacement habituel à l'encontre de Trindle et de ses collègues s'atténua un peu à la vue de leurs visages. Ils passaient visiblement tous un bon moment. Dans un rare éclair de maturité, je pris conscience qu'ils étaient plutôt sympathiques. Je ne voulais pas leur gâcher la fête.

Je hochai la tête en souriant et leur serrai la main, puis ils repartirent en groupe en titubant à travers la foule serrée. Il devait être plus de 2 heures du matin, mais la soirée battait son plein. Je me retournai vers Rita-May et compris que nous n'avions pas joué de malchance en tombant sur Trindle et sa bande. Cela nous avait tenus à l'écart l'un de l'autre pendant deux bonnes heures, et la passion entre nous avait eu le temps de mijoter jusqu'à entrer en ébullition. Rita-May me lançait un regard que je ne pourrais qualifier que de direct et je me penchai vers elle et déposai un baiser humide sur sa bouche. Ma langue me faisait l'impression d'une fabuleuse créature marine, légèrement huilée, roulant pour la première fois en compagnie d'un autre représentant de son espèce.

Après un moment, nous marquâmes une pause et nous nous dégageâmes de notre étreinte, suffisamment pour nous regarder les yeux dans les yeux.

— Comme quoi..., murmura-t-elle et nous appuyâmes nos fronts l'un contre l'autre en gloussant.

Je me souvins d'avoir pensé, bien plus tôt dans la soirée, que je devais vraiment me demander si je savais ce que je faisais. Je me posai la question à présent. La réponse était : « passer une soirée exceptionnellement bonne ». Ce qui me convenait tout à fait.

— Un autre verre ?

Il était encore trop tôt pour partir. Nous avions besoin de rester ensemble ici plus longtemps, de prolonger ce que nous ressentions.

— D'accord, répondit-elle en souriant, la tête inclinée sur le côté, regardant vers moi alors que je me levais. Mais reviens vite. Qu'on reprenne où on en est restés.

Ne trouvant pas de serveuse, je me dirigeai vers le bar. À ce stade, j'avais compris que la bascule temporelle s'était de nouveau produite et je ne fus donc pas surpris quand le barman au visage lisse me servit. Il ne parut pas surpris de me voir non plus.

— Ça va comme vous voulez ? demanda-t-il en préparant ma commande.

Comme je savais que je ne lui avais jamais parlé auparavant, je supposai qu'il se contentait de se montrer aimable.

— Oui. Comment j'ai l'air de m'en sortir ?

— Ça va, répondit-il avec un grand sourire. Vous en avez encore pour une heure environ.

Ce n'est qu'en regagnant d'un pas hésitant notre table que je fus frappé par le caractère étrange de sa réponse. Comme s'il savait que j'allais perdre conscience d'ici peu. Je m'immobilisai et me retournai vers le bar. Le barman ne m'avait pas quitté des yeux. Il me fit un clin d'œil et se détourna.

Il savait.

Je fronçai les sourcils. Ça n'avait aucun sens. Ça ne collait pas. Sauf si tout cela n'était qu'une sorte de flash-back et que je mettais les mots dans sa bouche. Ce qui voulait dire que nous étions vraiment demain. Pas vrai ? Alors pourquoi n'étais-je pas capable de me souvenir de ce qui allait se passer ?

Je me retournai vers Rita-May et songeai enfin à lui demander ce qui nous arrivait. Si elle ne comprenait pas le sens de ma question, je pourrais toujours prétendre avoir voulu faire une blague. En revanche, si elle faisait la même expérience que moi, nous pourrions définitivement en conclure que nous avions fumé un joint trafiqué. Galvanisé par mon plan, je tentai de me précipiter à travers la foule. Malheureusement, je ne vis pas un grand type ivre avec une chemise à carreaux qui me barrait la route.

— Eh ! Fais gaffe ! lança-t-il, plutôt avec bonne humeur.

Je fis un grand sourire afin de montrer que j'étais inoffensif et reculai du bord du trottoir. La femme que j'avais prise pour elle n'était pas Rita-May. Juste une touriste marchant à vive allure sous le soleil. Je regardai ma montre et vis que j'avais attendu en face du magasin pendant seulement vingt minutes. J'avais l'impression que ça faisait une éternité. Elle n'allait pas tarder à revenir. Il le fallait.

Puis :

Bon Dieu, me voilà revenu, pensai-je. Les changements semblaient survenir de plus en plus vite à mesure que le temps passait – pour peu que le temps passe réellement. Manger mon sandwich n'avait pas eu l'effet escompté.

Le temps que j'arrive à l'hôtel, j'avais commencé à oublier, mais j'avais eu assez de présence d'esprit pour prendre la rose de Rita-May dans ma poche et la glisser dans l'une de mes chaussures. Ensuite, j'avais caché la chaussure au plus profond de ma valise. *Ça devrait bien foutre la merde dans ta tête, grommelai-je à part moi. Assez pour que tu te rappelles.* Je semblais savoir ce que je disais. Il était 6 heures du matin quand je choisis quelques vêtements au hasard avant de m'écrouler sur mon lit. C'était le bazar dans ma tête et mon cou me faisait mal. Ce qui ne m'empêcha pas de sombrer instantanément dans le sommeil, puis de me retrouver sur Decatur Street, toujours en train d'attendre en face de *N'awlins Pantry.*

Ce coup-ci, j'avoue avoir été pris par surprise. Je commençais à m'habituer à ces allers-retours, même si j'en éprouvais une terreur grandissante. Je ne pouvais rien faire pour y mettre un terme, ou même trouver une explication, mais au moins ils se déroulaient toujours de la même façon. Mais de me retrouver d'un coup à l'hôtel plus tôt ce matin et de découvrir que j'avais moi-même dissimulé la chaussure... C'était pour le moins inattendu.

Tout semblait s'embrouiller, comme si l'ordre importait moins que le sens.

Les employés de la sandwicherie commençaient à me regarder d'un drôle d'air, je retournai donc attendre devant *N'awlins Pantry.* J'avais l'impression d'avoir passé ma vie à osciller d'un côté de la rue à l'autre. Un réverbère se dressait devant la boutique et je l'empoignai à deux mains, comme si je croyais qu'en m'accrochant à quelque chose de solide je resterais là où je me trouvais. Je ne désirais qu'une chose au monde : que Rita-May revienne.

Quand elle arriva, elle avança droit vers notre table et vint s'asseoir sur mes genoux. Elle le fit calmement, sans en faire toute une histoire, et aucun des buveurs installés aux tables voisines ne sembla penser que cela valait la peine d'être remarqué. Mais pour moi, c'était quelque chose. Alors que je tendais les bras pour la serrer contre moi, j'eus le sentiment de ressentir une attirance sexuelle pour la toute première fois. Toutes les cellules de mon corps s'entrechoquèrent nerveusement, comme si elles avaient conscience que quelque chose de pas ordinaire et de profond se déroulait. Le groupe jouait encore ses douze mesures à un volume suffisant pour sonoriser un stade, ce qui a d'habitude pour effet de me faire perdre tous mes moyens. Pour parler franchement, je ne peux d'habitude pas le faire en musique. Mais en cette occasion, ça ne semblait pas être le cas. Je me blottis contre le visage de Rita-May et lui embrassai l'oreille. Elle se trémoussa plus près de moi, posant sa main à l'arrière de ma tête et tortilla des mèches de mes cheveux. Ma peau tout entière me donnait l'impression d'être devenue un organe bien plus sensible et, si je m'étais levé trop vite avec le jean que je portais, je soupçonne que quelque chose dans mon pantalon se serait tout bonnement rompu.

— Partons ! suggéra-t-elle brusquement.

Je me levai et nous sortîmes.

Il devait être dans les 3 heures du matin et Bourbon Street était plus calme à présent. Après l'avoir remontée un peu, nous bifurquâmes sur la gauche en direction de Jackson Square. Nous marchions lentement, absorbés l'un par l'autre, observant avec intérêt nos mains qui semblaient animées d'une vie propre. Je ne sais pas ce que pensait Rita-May, mais j'espérais de tout mon cœur que nous pourrions rester ainsi quelque temps. Je me préparais aussi à lui demander si elle éprouvait des difficultés à garder la notion du temps.

Lorsque nous atteignîmes l'angle de Jackson Square, elle marqua une pause. L'endroit semblait très accueillant dans le noir, sans personne et sans le moindre bruit. Je me surpris à penser que repartir de La Nouvelle-Orléans allait se révéler plus difficile que prévu. J'avais passé une bonne partie de ma vie à quitter des lieux, à poursuivre ma route après un rapide coup d'œil. Je n'allais pas m'en tirer aussi facilement cette fois.

Rita-May se tourna vers moi et prit mes mains dans les siennes. Puis, d'un signe de la tête, elle m'indiqua une rangée de boutiques sur Decatur Street.

— C'est là que je travaille, expliqua-t-elle. Fais bien attention. (Elle sourit.) Ça va devenir important.

Je secouai légèrement la tête, pour m'éclaircir les idées. C'était une information importante, je le savais. J'aurais besoin de savoir où elle travaillait. Je fixai *N'awlins Pantry* du regard pendant un moment mémorisant l'endroit. Il s'avéra que j'allais l'oublier chaque fois, mais peut-être que cela faisait partie du marché.

Rita-May sembla se satisfaire que j'aie fait de mon mieux et leva le bras afin d'attirer mon visage vers le sien.

— Ça ne va pas être facile, me prévint-elle après que nous nous fûmes embrassés. Pour toi, je veux dire. Mais accroche-toi. Je veux que tu me rattrapes un jour.

— Tu peux compter sur moi, répondis-je.

Et je le pensais. Petit à petit, je commençais à comprendre. De ma main gauche, je lâchai le réverbère et regardai ma montre. À peine une minute s'était écoulée. Toujours aucun signe de Rita-May, juste la masse grouillante de touristes, taches de couleurs vives sous la chaleur du soleil. D'un peu plus loin dans la rue, j'entendis sonner la longue note solitaire d'une trompette et ça ne me sembla plus si terrible. Mon regard parcourut Decatur Street en direction du son et je me demandai à quelle distance elle se trouvait, combien de fois je devrais attendre. Je décidai de lui poser la question.

— Aussi longtemps que nécessaire, répondit-elle. Tu es sûr que c'est bien ce que tu veux ?

D'ici une minute, Rita-May me donnerait la rose et je retournerais au bar pour perdre connaissance comme je l'avais déjà fait à tant de reprises. Mais pour l'instant je me trouvais encore là, dans le silence de Jackson Square où le seul signe de vie était un couple fatigué sirotant un café au lait dans l'obscurité du *Café du Monde*. L'air semblait frais et doux, comme la peau de la femme que je serrais dans mes bras. Je songeai à ma maison, à Londres. Je m'en souviendrais avec une certaine tendresse, mais cela ne me manquerait pas beaucoup. Ma sœur prendrait soin du chat. Un jour, je rattraperais Rita-May et, ce jour-là, je ne la lâcherais plus.

En attendant, le café était bon, les beignets excellents et j'aurais toujours un muffeletta qui m'attendrait au coin de la rue. Parfois ce serait la nuit, parfois le jour, mais je voyagerais dans la bonne direction. Je me sentirais chez moi, un habitué, je serais de toutes les photographies montrant quel endroit formidable c'était. Et Rita-May m'attendrait et je me rapprocherais d'elle un peu plus jours après jour.

— Je suis sûr, affirmai-je.

Elle sembla très heureuse et son expression emporta ma décision à tout jamais. Elle m'embrassa sur le front, sur les lèvres, puis elle pencha la tête.

— J'attendrai, promit-elle, et ensuite elle me mordit délicatement dans le cou.

Le pays obscur

Tout commença avec le lit.

Après trois années d'université, j'étais rentré chez moi et j'avais repris possession de la chambre qui m'avait vu grandir. Il me faudrait un certain temps avant de pouvoir déménager définitivement, j'avais donc redécoré la pièce dans le mois qui avait suivi mon retour. J'avais recouvert un orange très « années 1970 » par une couleur plus apaisante et harcelé ma mère pour qu'elle m'installe de nouveaux rideaux qui ne semblaient pas avoir été conçus par un décorateur amoureux du brun et sous l'emprise de substances illicites. J'en avais profité pour déplacer les meubles, essayant de donner une seconde jeunesse à un espace que je connaissais depuis mes dix ans. Ça n'avait pas marché. J'avais toujours l'impression que j'aurais dû faire mes conjugaisons de verbes français ou préparer des marrons[9], tout en rêvassant aux filles. Je savais que c'était en grande partie une excuse pour ne rien faire de plus constructif – comme de répondre à la pile d'offres d'emplois qui m'attendait sur mon bureau –, mais cet après-midi-là, je décidai de bouger le lit de sa place traditionnelle contre le mur et d'essayer deux ou trois autres solutions. Ce n'était pas une tâche facile. L'un des pieds, plutôt fragile, m'obligeait à quasiment soulever le lit au lieu de le traîner sur le plancher – je me rappelai que c'était précisément pour cette raison que je ne l'avais jamais changé de place. Au bout de une heure, j'avais chaud, j'étais énervé et je commençais à avoir le dos en compote. J'avais aussi fini par me convaincre que l'emplacement originel semblait non seulement optimal, mais en fait le seul possible.

Alors que je me démenais afin de le pousser contre le mur, je commençai à me sentir un peu bizarre. La tête me tournait et j'avais la nausée. Je mis cela sur le compte de l'essoufflement. Quand le lit

9. Le narrateur fait référence à un jeu d'enfant appelé « conkers » qui consiste à tenter de casser un marron tenu au bout d'un fil par son adversaire. (*NdT*)

eut enfin recouvré sa place, je m'allongeai un moment – je me sentais un peu malade. Et j'imagine que je finis par m'endormir.

Je me réveillai environ une demi-heure plus tard, me souvenant à moitié d'un rêve dans lequel je n'avais fait que m'étendre sur mon lit et me rappeler que mes parents avaient envisagé de prolonger les lambris dans le vestibule du rez-de-chaussée. L'espace d'un instant, je fus désorienté, troublé par le fait de me trouver dans la réalité au même endroit que je l'avais été en songe. Puis je sombrai de nouveau.

Un peu plus tard, je me réveillai. J'éprouvai de grandes difficultés à m'extraire du sommeil, mais parvins tout de même à me redresser lentement. Au bout d'un moment, je me traînai jusqu'au lavabo pour me faire couler un verre d'eau. Après l'avoir bu, l'intérieur de ma bouche me parut un peu moins sec, mais guère plus agréable. Je décidai qu'une tasse de thé me ferait le plus grand bien et sortis de la chambre afin de me rendre au rez-de-chaussée.

En arrivant en haut de l'escalier, je me souvins du rêve concernant les lambris et me demandai d'où une idée aussi étrange avait bien pu surgir. J'avais travaillé dur pour mon examen de psychologie à l'université et j'avais la conviction que les lambris n'étaient même pas mentionnés dans l'œuvre de Freud. Je descendis en traînant les pieds, sans réussir à me débarrasser de cette impression d'étrangeté, mes pensées en désordre et morcelées.

Je m'immobilisai en atteignant le palier intermédiaire et regardai autour de moi avec stupéfaction. Ils avaient bel et bien prolongé les lambris.

On entre dans la maison de mes parents par un vestibule haut de deux étages, avec une cage d'escalier qui monte au premier en longeant trois murs. Avant, les lambris ne couvraient le mur du hall d'entrée que jusqu'à deux mètres cinquante de haut, mais à présent ils s'élevaient jusqu'au plafond. Et ils avaient utilisé exactement le même bois qu'à l'origine – impossible de voir le moindre raccord. Comment avaient-ils fait ? Et en outre, *quand* l'avaient-ils fait ? Ça n'avait pas été ainsi ce matin et mes parents se trouvaient tous les deux au travail – et pour quelques heures encore. C'était tout bonnement impossible. Je tendis le bras et touchai le bois, déconcerté de constater que même le grain s'accordait et que les panneaux qui avaient été ajoutés semblaient aussi vieux que ceux qui avaient bien cinquante ans.

Attends une minute, pensai-je. Ça ne collait pas. Il n'y avait jamais eu de lambris dans le vestibule. Juste des murs tout simples. L'escalier avait certes été lambrissé, mais les murs n'avaient été couverts que de plâtre blanc. Comment avais-je pu oublier ? Qu'est-ce qui m'avait fait croire que le vestibule avait été couvert de panneaux de bois ? Et sans me poser de question ! Je me rappelai avoir récemment noté que le blanc du vestibule semblait un peu sale, en particulier autour des interrupteurs. D'avoir repeint ma chambre m'avait rendu sensible à ce genre de détails. Alors que faisaient là ces lambris ? D'où provenaient-ils ? Et pourquoi avais-je été aussi sûr qu'au moins une partie s'était toujours trouvée là ?

Quelque chose n'allait pas. J'entrai dans la cuisine, jetant un regard étonné en direction du vestibule par-dessus mon épaule. Distraitement, j'enregistrai un tintement à l'extérieur et me dirigeai automatiquement vers la porte de derrière – trop intrigué par les lambris pour prendre conscience qu'il se faisait un peu tard pour une livraison de lait.

Les deux portes de la maison – celle de devant et de derrière – donnent sur l'allée. Pour sortir par-derrière, il faut emprunter un petit couloir, encombré de chaussures boueuses et d'outils en train de rouiller, qui relie la cuisine au garage. Je me frayai un chemin entre les outils de jardinage et tirai violemment sur la porte qui offrit une certaine résistance. Nous étions en fin d'après-midi, mais la lumière du jour semblait très intense, les couleurs aussi riches que celles précédant un orage.

Je baissai les yeux et vis le porte-bouteilles avec quatre bouteilles de lait à l'intérieur. Néanmoins, il ne s'agissait pas des contenants d'un demi-litre habituels, mais de bouteilles de un litre à l'américaine, enfoncées de force dans des casiers prévus pour bien plus petit. Quelqu'un avait retiré les bouchons argentés.

Un mouvement à la périphérie de ma vision attira mon attention et je levai les yeux vers l'allée. Deux enfants se tenaient là, à une trentaine de mètres. L'un – le gros – était assis sur une bicyclette, l'autre – le mince – se tenait debout. Pris d'une brusque irritation, je me précipitai vers eux, convaincu que je tenais les voleurs de mes bouchons et, par là même, les responsables du tintement entendu plus tôt.

J'avais à peine parcouru cinq mètres que quelqu'un avec qui j'avais été à l'école surgit derrière moi et me dépassa rapidement dans l'allée, regardant fixement devant lui. Je n'arrivais pas à me souvenir de son nom, je l'avais à peine connu. Il avait été de deux ou trois ans mon aîné et j'avais oublié jusqu'à son existence, mais, en le suivant du regard, je me rappelai qu'il avait été, parmi les garçons des grandes classes, l'un des plus gentils. Je gardais en mémoire une sorte de fierté d'avoir réussi à établir une forme de communication avec un des anciens. Je m'étais senti plus vieux, presque un homme d'expérience.

Et je me rappelai la façon dont il me saluait en hurlant mon surnom, avec un demi-sourire et un sourcil nonchalamment levé. Tout cela me revint avec l'impact instantané de la mémoire, mais quelque chose n'allait pas. L'homme ne paraissait pas conscient de ma présence. Je me sentis troublé, non par le fait – pourtant réellement étrange – qu'il se trouve dans mon allée, ni même de le voir porter la tenue de sport aux couleurs de l'école, mais simplement parce qu'il ne souriait pas en renversant sa tête en arrière comme il en avait l'habitude. C'était si bizarre que je me demandai brièvement si je rêvais, mais si vous êtes capable de vous poser cette question, vous connaissez déjà la réponse. Je ne rêvais pas.

Mon attention fut distraite par un reflet dans la vitre de la fenêtre du couloir de derrière. Un homme semblait se tenir derrière moi. Il avait des lunettes et un visage joufflu surmonté de cheveux blonds coupés au bol, et il portait une bicyclette. Je fis volte-face, mais il n'y avait personne à l'endroit où il aurait dû se trouver.

Puis, je me souvins des enfants au bout de l'allée et me retournai pour les invectiver. J'avais besoin de passer ma perplexité sur quelqu'un. Presque immédiatement, un homme grand et vêtu d'un costume noir s'avança vers moi dans l'allée – il marchait d'un bon pas comme s'il se croyait légèrement en retard. Peut-être s'agissait-il d'un effet de la lumière dans le crépuscule qui s'annonçait, mais je n'arrivais pas à avoir une bonne vue de son visage. Mes yeux semblaient glisser dessus, comme sur une surface de glace.

— Arrêtez de crier contre eux ! lâcha-t-il d'un ton sec. (Il passa devant moi, en direction de la porte de derrière. Je le regardai faire bouche bée.) Ils ne font rien de mal, ajouta-t-il. Laissez-les tranquilles !

Les enfants s'en allèrent, l'un sur son vélo, l'autre à pied à côté de lui, et je me tournai vers l'homme en costume. Pour une raison qui m'échappait, je ressentais une envie forte de lui être agréable, mais en même temps j'étais scandalisé par l'invasion de notre propriété.

— Je suis désolé, dis-je. C'est juste que je me sens un peu confus. J'ai cru apercevoir quelqu'un que je connaissais dans l'allée. L'avez-vous vu ? Cheveux bruns ondulés, tenue de sport ?

Je ne sais pas pourquoi, je pensais que l'homme admettrait l'avoir vu et que j'en tirerais une certaine satisfaction. Mais il ne me gratifia que d'un bref « Non ! » avant de pénétrer dans le couloir de derrière.

Puis une autre voix parla :

— Bien alors. Prêt à visiter votre ancienne maison ?

Je me rendis compte que quelqu'un d'autre se tenait déjà dans le couloir : l'homme aux lunettes et aux cheveux blonds. Et il portait bien une bicyclette. Il ne s'adressait pas à moi, mais à l'homme en costume.

— *Quoi ?* m'exclamai-je et je me précipitai à leur suite, entrapercevant le visage de l'homme au complet. Mais c'est *toi…*

Je m'interrompis de nouveau, perplexe, en constatant qu'il s'agissait du même homme que celui qui portait une tenue de sport.

Les deux hommes se dirigèrent droit vers la cuisine. Je les suivis, en proie à une rage impuissante. Cette maison avait-elle vraiment été la sienne ? Et quand bien même, l'usage ne voulait-il pas qu'on demande la permission de l'occupant du moment avant de visiter ? L'homme au costume parcourait du regard la cuisine qui semblait plutôt mal tenue. Il pointa du doigt un peu de riz frit que j'avais laissé refroidir dans une poêle. Du moins c'était mon impression, mais je n'étais pas sûr de quand je l'avais fait. Je n'ai pas l'habitude de me préparer du riz sans raison en plein milieu de l'après-midi. Mais je ressentais toujours ce désir d'être agréable à cet homme et j'espérais qu'il mangerait un peu de mon riz.

Il se contenta de grimacer avec dégoût et rejoignit son collègue à la fenêtre pour observer l'allée, mains sur les hanches.

— Mon Dieu, marmonna-t-il.

L'autre homme grogna son accord.

Je notai que j'avais ramassé le lait déposé devant la porte et que je paraissais en avoir renversé un peu sur le sol. Je tentai de nettoyer avec de l'essuie-tout qui semblait lui aussi très sale et jauni par l'âge. J'essayais de gagner du temps. J'étais intimement persuadé que cette situation devait avoir un sens, une certaine logique qui m'échappait. Même si cet homme avait vécu ici par le passé, cela ne lui donnait pas le droit d'entrer ainsi avec son ami. Mais alors que je continuais à éponger le lait avant qu'il le remarque – *pourquoi ?* –, je compris que ce qui se passait paraissait bien plus grave qu'un simple manquement au protocole.

L'homme en costume semblait avoir dans les trente-cinq ans, bien plus âgé qu'il aurait dû l'être s'il était réellement le gars que j'avais connu à l'école. Mais aussi bien trop jeune pour avoir jamais vécu ici. En comptant notre famille et les précédents occupants, je savais qui avait habité la maison pendant ces quarante dernières années. Alors comment pouvait-il s'agir de son ancienne maison ? Cela n'avait aucun sens. Et s'agissait-il bien de *lui* ? Le garçon de mon école ? Excepté qu'il semblait trop vieux, il lui ressemblait, mais était-ce vraiment lui ?

Je fis de mon mieux avec le lait, puis je me redressai en titubant légèrement. Mes perceptions semblaient à la fois renforcées et embrouillées, comme si j'étais très saoul. Tout vibrait avec une intensité inhabituelle et une charge émotionnelle excessive, mais il semblait aussi y avoir des lacunes dans ce que je percevais, comme si je captais une version montée des événements. Les choses commencèrent à sauter d'un état à un autre – avec, dans les intervalles, autant de faux raccords indiquant les éléments manquants. La tête me tournait et j'avais chaud. La cuisine me parut brusquement très petite et incroyablement sale, l'orange sur les murs – la même couleur qui avait autrefois décoré ma chambre – semblait peser sur moi sous un plafond bas et mouvant. Je me demandai si je voyais la cuisine comme ils la voyaient et ensuite m'étonnai immédiatement de ce que j'entendais par là.

Pendant ce temps, ils se tenaient à la fenêtre, se retournaient de temps à autre pour me regarder d'un sale œil, transpirant le dégoût et l'impatience. Ils attendaient manifestement quelque chose. Mais quoi Remarquant que je serrais toujours le morceau d'essuie-tout dans ma main, j'enjambai le dépotoir qu'était devenu le sol de la cuisine – bon sang, mais qu'est-ce qui s'était passé dans cette cuisine ? – et le jetai dans la poubelle qui débordait. Je pressai les doigts contre mes tempes, luttant contre le poids de l'air pour me redresser, et affrontai les deux hommes.

— Écou… écoutez, bredouillai-je en m'appuyant contre le frigo, qu'est-ce qui se passe exactement ?

Je souhaitai immédiatement n'avoir jamais ouvert la bouche. L'homme en costume tourna lentement la tête. Et elle continua de tourner jusqu'à me regarder bien en face – pendant ce temps, le reste de son corps n'avait pas bougé. Comme un hibou, sauf qu'il ne clignait pas des yeux. Je sentis mon estomac qui tentait de se faire la malle et luttai contre un haut-le-cœur. Je compris qu'il avait agi ainsi délibérément, parce qu'il savait que ça me donnerait envie de vomir – et il avait sans doute raison.

— Ferme-la, tu veux ? ordonna-t-il.

Puis il fit tourner sa tête en sens inverse, jusqu'à ce qu'il contemple de nouveau l'allée.

Je décidai de ne plus poser de questions.

Pendant ce temps, le désordre dans la cuisine semblait avoir empiré. Chaque fois que je regardais, il y avait plus de casseroles sales, d'ordures et de restes de nourriture sur le sol. Ma tête me semblait plus lourde et plus épaisse, comme si tout me glissait entre les doigts. Je m'effondrai contre le réfrigérateur et m'y cramponnai, manquant le décoller du mur. Je me mis à pleurer aussi, mes larmes dessinant des canaux dans la couche de crasse épaisse de la porte du réfrigérateur. Je me rappelai vaguement que mes parents en avaient acheté un neuf à peine quelques semaines auparavant, mais ils avaient dû en changer encore une fois. Celui-là semblait sortir tout droit des années 1950. Très rétro. Ou original. En toute franchise, c'était difficile à dire, parce qu'il glissait d'avant en arrière et que j'avais beaucoup de blanc devant les yeux. Les deux hommes m'observaient à présent, comme s'ils s'intéressaient modérément au moment où j'allais tomber.

Soudain, un impact métallique effroyable se produisit à l'intérieur de ma tête. Je battis des mains contre mes oreilles de façon incontrôlée, comme si j'avais voulu empêcher quelqu'un d'y enfoncer des crayons. Puis la douleur revint et je reconnus d'abord qu'il s'agissait d'un son et non d'un coup, et ensuite que c'était la sonnette de la porte d'entrée.

Quelqu'un sonnait à la porte.

Les deux hommes se jetèrent un coup d'œil rapide et le blond hocha la tête avec lassitude. L'homme en costume se tourna vers moi.

— Sais-tu ce que c'est ? demanda-t-il.

— On sonne à la porte, répondis-je sans hésiter, essayant encore de lui être agréable.

— Alors tu ferais mieux d'aller ouvrir, n'est-ce pas ?

— Oui.

— Va voir qui c'est !

— Moi ? m'enquis-je stupidement.

Je semblais avoir du mal à me rappeler le sens des mots.

— Oui ! cria-t-il.

Puis il saisit une tasse – ma tasse, la tasse que j'avais prise avec moi quand j'étais descendu me servir un thé – et la lança droit dans ma direction. Elle s'écrasa sur la porte du réfrigérateur, juste à côté de mon visage. Je m'efforçai de me redresser, j'avais mal à la tête et mes oreilles bourdonnaient. Je sentis un léger craquement quand je piétinai l'un des fragments de porcelaine. La sonnette retentit de nouveau ; la rudesse du son me fit prendre conscience combien tous les autres bruits semblaient assourdis. Je m'écroulai vers la porte de la cuisine, glissant devant le réfrigérateur, m'empêtrant les pieds dans les boîtes et les cartons qui couvraient à présent le sol dégoûtant. Je sentais l'orange des murs s'infiltrer par mes oreilles et ma bouche et je n'arrêtais pas de sauter des secondes du temps qui s'écoulait – comme si je perdais connaissance et revenais un peu à la manière d'un stroboscope.

Alors que je chancelais en direction de la porte de la cuisine et agrippais la poignée afin de me redresser, j'entendis le blond dire : « Il n'arrivera peut-être pas à traverser. S'il y parvient, nous attendons. »

Cela n'avait aucun sens pour moi. Rien de tout cela n'en avait.

Je me dirigeai vers la porte d'entrée, évitant maladroitement les tas d'ordures dans le vestibule. Le carillon de la sonnette bousculait l'air sans ménagement et je le voyais clapoter vers moi par vagues. Me baissant pour esquiver le son, je glissai sur le tapis et faillis tomber dans le séjour. Il y faisait noir, très noir. Tapi à quatre pattes, j'entendais parler les plantes. Je ne comprenais pas les mots, mais, sous les bruits nocturnes et un bruissement léger qui semblait provenir de plus de cent mètres, elles dialoguaient, cela ne faisait aucun doute. La salle de séjour avait dû s'étendre.

Je me relevai et me tournai vers la porte d'entrée. La sonnette retentit encore et cette fois le son me frappa en plein visage, me cinglant cruellement. En temps normal, quatre pas dans le couloir séparent la salle de séjour de la porte d'entrée. Mais alors que je pensais qu'il m'en suffirait d'un, il m'en fallut vingt, pour traverser toutes les boiseries et les énormes plis dans le tapis. Ce ne fut pas une traversée de tout repos.

Puis ma main se posa sur la poignée, j'ouvris la porte et sortis de la maison.

— Oh, bonjour, Michael, fit une voix. Je savais bien qu'il y avait quelqu'un quand j'ai vu la lumière.

— Hein ? répondis-je en clignant des yeux dans le soleil couchant.

Devant moi, la femme sourit.

— J'espère que je ne te dérange pas ?

— Non, pas du tout. (Soudain, je la reconnus : madame Steinberg, la femme qui nous livrait la nourriture pour chats en gros.) Désolé.

Je jetai un coup d'œil furtif derrière moi dans le vestibule, qui avait regagné toute sa solidité, recouvré sa longueur de quatre pas et perdu ses lambris. Au bout du couloir, le séjour semblait clair et spacieux et avait retrouvé la surface qui avait toujours été la sienne.

— J'ai apporté votre commande, précisa la femme. (Puis elle fronça les sourcils.) Écoute, tu es sûr que ça va ?

— Je vais bien, répondis-je en la gratifiant d'un large sourire. (Mon esprit me faisait l'effet d'un ascenseur emballé qui remontait en flèche vers la réalité.) Je me suis juste assoupi quelques instants dans la cuisine. Je suis encore un peu dans les vapes.

Madame Steinberg sourit.

— Je comprends. Tu me donnes un coup de main ?

Je la suivis en bas de l'allée et soulevai avec effort une caisse de nourriture pour chats dans sa camionnette, tout en gardant un œil sur la maison. Il n'y avait rien à voir. Je la remerciai et remontai l'allée en portant la caisse tandis qu'elle reprenait la route. Je rentrai et fermai la porte derrière moi.

Je me sentais en pleine forme.

J'entrai dans la cuisine. Comme je m'y attendais, les deux hommes avaient disparu. Je parcourus lentement du regard une cuisine qui ressemblait exactement à celle que j'avais connue depuis mon plus jeune âge. Tout était normal. Bien entendu.

J'avais dû m'endormir en préparant le thé et péniblement être allé ouvrir la porte alors que je n'étais pas encore tout à fait réveillé. Je me rappelais m'être demandé si je rêvais et avoir répondu par la négative – une preuve, si besoin était, que tout le monde peut se tromper. Ç'avait été une expérience particulièrement vivante. Curieusement, j'avais brusquement recouvré mes esprits dès que j'avais posé un pied à l'extérieur de la maison. Mais c'était bien un rêve. Je me trouvais de nouveau dans la cuisine et tout apparaissait si normal. Propre et bien rangé, nickel, avec les ordures dans la poubelle et les casseroles à la bonne place, le lait au frigo et une tasse cassée sur le sol.

Déjà moins bien, ça. Ma tasse. En petits morceaux au pied du réfrigérateur. Comment était-ce arrivé ?

Peut-être m'étais-je endormi avec ma tasse à la main. Pas très vraisemblable, mais possible. Ou alors, je l'avais heurtée en me réveillant et incorporé le son à mon rêve. C'était déjà un peu plus crédible, mais où, au juste, avais-je pu m'endormir ? En me penchant contre le plan de travail ou en m'allongeant carrément dessus, avec la bouilloire en guise d'oreiller ?

Puis je remarquai la porte du réfrigérateur. Il y avait une petite bosse dessus et quelques taches là où la peinture avait disparu. À hauteur de la tête. Ça n'était pas bon non plus.

Je ramassai les fragments de la tasse et mis la bouilloire en marche. Pendant que l'eau chauffait, j'allai faire un tour dans le vestibule et le séjour. Tout semblait en ordre, normal. Super. Je retournai dans la cuisine. Même chose. Formidable. À part une petite bosse dans la porte du réfrigérateur à hauteur de la tête.

Je me préparai un thé dans une autre tasse – intacte, celle-là – et le bus en contemplant l'allée par la fenêtre de la cuisine. Je me sentais troublé et nerveux, et j'ignorais quoi penser de ces deux émotions.

Même s'il s'était agi d'un rêve, il paraissait plutôt bizarre, en particulier par la résistance farouche qu'il avait opposée à sa dissipation. Peut-être étais-je bien plus fatigué que je l'avais cru. Ou malade. Une intoxication alimentaire pouvait produire d'étranges effets dans votre tête ; j'en avais fait la cruelle expérience après les tentatives de quelques copains de fac de cuisiner quelque chose de plus compliqué que du pain grillé. Mais je me sentais bien. Physiquement, en tout cas.

Je portai la caisse de nourriture pour chats dans le garde-manger, la vidai et rangeai les boîtes dans un coin. Puis je remis la bouilloire en marche. Brusquement, mon cœur sembla cesser de battre.

Avant que j'aie le temps de comprendre pourquoi, la cause se répéta. Un léger tintement à la porte de derrière. Je me précipitai à la fenêtre, mais ne vis personne dans l'allée. Je tendis le cou, essayant d'apercevoir la porte de derrière, mais ne parvins qu'à voir le gros tas de bois de chauffage empilé sur un des côtés.

Puis j'entendis de nouveau le bruit. Je marchai doucement dans le couloir de derrière et tendis l'oreille, serrant lentement les poings. Je n'entendais rien d'autre que le sang qui battait à mes oreilles. Je saisis la poignée et ouvris la porte.

Dehors, le calme. Un rectangle de lumière de fin d'après-midi un bout d'allée et une haie sombre ondulant doucement. Je sortis dans l'allée et là, immobile, j'écoutai de nouveau.

Au bout d'un moment, j'entendis un très léger crissement. On aurait dit des cailloux frottant doucement les uns contre les autres. Puis je l'entendis encore. Je scrutai plus attentivement l'allée, les pierres elles-mêmes, et remarquai, à une dizaine de mètres devant moi, quelque chose qui semblait bouger un peu. Frétiller, presque.

Ça s'arrêta, et puis le son revint – et le sol de l'allée se mit à remuer brièvement à un autre endroit, un mètre plus près de moi que la première fois. Comme pour marquer les pas d'un promeneur invisible.

J'étais tellement absorbé par le phénomène que je ne remarquai pas immédiatement le sifflement. Quand je le distinguai, je levai les yeux. Le blond était de retour. Il se tenait en haut de l'allée, portant une bicyclette dont les roues tournaient lentement dans le crépuscule. Il sifflait la mélodie d'une harmonie parfaite, le vent lui fournissant la basse. Tandis que je le regardais fixement en reculant lentement vers la maison, le crissement devint de plus en plus fort.

Tout d'un coup, l'homme en costume se tint devant moi, son nez touchant presque le mien.

— Rebonjour, dit-il.

Le blond commença à remonter l'allée.

— Bien le bonjour, en effet ! répondit-il en riant. Entrons, voulez-vous.

Brusquement, je pris conscience que la dernière chose à faire était de les laisser retourner à l'intérieur de la maison.

Je bondis en arrière à travers l'embrasure de la porte et pénétrai dans le couloir. Surpris, l'homme en costume se précipita à ma suite, mais je fus plus rapide que lui et lui claquai la porte au nez et la fermai à clé. J'en éprouvai une grande satisfaction, mais ensuite il se mit à frapper violemment contre la porte – c'en était grotesque – et je vis que le désordre envahissait de nouveau la cuisine, que le réfrigérateur avait vieilli et que la saleté sur les vitres m'empêchait presque de regarder dehors. Un léger vacillement dans mon esprit lui fit penser que je venais peut-être de perdre une fraction de seconde et je compris que ça n'avait pas du tout été un rêve. J'étais revenu dans cet horrible endroit. Alors que je reculais dans la cuisine, je trébuchai et tombai, m'étalant parmi les emballages, les restes de couenne de bacon, la saleté et ce qui ressemblait à du vomi. Les coups à la porte de derrière résonnaient de plus en plus fort. Il allait l'enfoncer, je le savais. Il allait enfoncer la porte. Je les avais laissés revenir et ils ne pouvaient entrer que par la porte de derrière. Et j'étais rentré moi aussi par la mauvaise porte.

Comprenant brusquement ce que je devais faire, je me levai précipitamment et me frayai un passage à coups de pied dans les détritus. La porte du réfrigérateur s'ouvrit pour me barrer la route. L'intérieur était noir et sale, comme si quelque chose avait pourri là, mais je la refermai en la claquant, me mordant la lèvre jusqu'au sang pour garder les idées claires.

Je devais absolument atteindre la porte d'entrée. Je devais l'ouvrir, sortir et rentrer. C'était la bonne porte. Et je devais faire vite, avant que la porte de derrière cède et les laisse passer. Je commençais à distinguer des nuances de bois fendu dans le bruit que produisaient les coups. Et la porte de derrière faisait cinq bons centimètres d'épaisseur.

Le vestibule parut pire que je m'y attendais. Je m'arrêtais en dérapant, d'abord incapable ne serait-ce que de *voir* la porte d'entrée. Je pensai que je regardais dans la mauvaise direction, mais je me trompais, parce que je finis par la repérer, à ma gauche, là où elle aurait dû se trouver. Mais quelque chose n'allait pas avec les angles et, pour bien voir la porte, je dus regarder derrière moi et sur la droite, bien qu'en réalité elle n'eût pas changé de place. Et elle me paraissait si proche – n'en étais-je vraiment séparé que de un mètre ? –, mais quand je tendis le bras, ma main se referma sur du vide.

Je regardai dans tous les sens, désorienté et ignorant même quelle direction emprunter. Soudain, les coups martelés sur la porte derrière moi devinrent sensiblement plus forts, probablement parce que l'homme blond avait joint ses forces à celles de son acolyte, ce qui m'aida un peu à restaurer mon sens de l'orientation. Je repérai de nouveau la porte d'entrée, me concentrai de toutes mes forces sur sa position apparente et entrepris de marcher vers elle. Je tombai immédiatement par terre, parce que le sol était bien plus bas que je le pensais. Bien qu'apparemment droit et plat, il semblait penché d'une certaine façon, parce que l'une de mes jambes le touchait sans peine pendant que l'autre pendait dans le vide. Je m'accroupis et découvris devant moi une sorte de plan incliné, formant un angle aigu avec le mur normal et semblant aussi descendre du plafond. La porte se trouvait toujours à ma gauche, mais pour la voir je devais regarder droit devant et vers le haut.

Puis, derrière le fracas continuel des coups, je remarquai un autre son. Je fis volte-face dans sa direction et découvris, devant moi la porte du séjour, ouverte sur une obscurité totale, une obscurité qui telle de la fumée, filtrait dans le vestibule et s'accrochait aux angles comme à l'intérieur d'un prisme noir. J'entendis encore ce bruit. Un grondement profond, loin, très loin à l'intérieur, presque étouffé par les bruits de la nuit et le son de la végétation qui s'agitait dans le vent. Il ne semblait pas se rapprocher, mais je savais que c'était parce que la salle de séjour s'étendait à présent bien au-delà de la maison, sur des centaines et des centaines de kilomètres de jungle. En tendant l'oreille, j'entendais murmurer quelque noire rivière très loin sur la droite, le bruit de l'eau se mêlant au bruissement chaud du vent dans les ténèbres. Cet endroit semblait respirer la tranquillité et, l'espace d'un instant, je restai cloué sur place.

Puis un nouveau craquement de bois qui se fend m'arracha à ma contemplation et je tournai le dos au séjour pour me précipiter là où devait se trouver la porte. La table du vestibule apparut au-dessus de moi et je crus pouvoir passer en dessous tout en restant debout, mais je trébuchai par-dessus et tombai encore une fois, la tête la première sur le parquet froid. Le tapis avait bougé, rectification : *bougeait*, glissant lentement vers le haut de l'escalier. Je roulai sur le dos et regardai au plafond, et je vis l'étage descendre vers moi, les murs se rapprochant par de brefs mouvements saccadés.

Alors que j'étais étendu là, haletant, une bouffée d'air frais me caressa la joue. D'abord, je crus qu'elle provenait de la salle de séjour, bien qu'il ait fait chaud à l'intérieur, puis je me souvins que j'étais toujours allongé sur le sol. Il ne pouvait s'agir que d'un courant d'air passant sous la porte d'entrée. J'étais près du but. Je regardai autour de moi, mais je ne vis rien d'autre que des lambris, des lames de parquet et ce qui se trouvait derrière moi. Je fermai les yeux et cherchai à tâtons, mais c'était encore pire dans ma tête et je les rouvris. Puis j'entraperçus la porte, au loin, cachée derrière un coin, mais visible pour qui savait où regarder. Sans réfléchir, je tendis le bras presque dans la direction opposée et sentis ma main se poser sur le bois chaud et veineux.

La porte. Je l'avais trouvée.

Je rampai vers elle et tentai de me relever. Je ne gagnai que quelques centimètres avant de retomber en arrière. J'essayai encore une fois, avec le même résultat, ayant l'impression de vouloir accomplir quelque chose de totalement contre nature. Après un nouvel essai, je parvins à m'accroupir à moitié, tous muscles tendus. Je commençai à m'effondrer, mais j'en profitai pour me jeter en avant. Je me retrouvai recroquevillé sur moi-même, les pieds à une soixantaine de centimètres du sol, couché sur la porte. Choisissant de ne même pas essayer de trouver une explication satisfaisante à tout cela, je tâtonnai à côté de moi et trouvai la poignée. Je tentai de la tourner, mais ma main trempée de sueur glissa, impuissante, sur le métal luisant. Je l'essuyai sur ma chemise et retentai ma chance. Cette fois, je trouvai une prise et entendis le loquet se retirer en faisant tourner le bouton. Je tirai dessus avec exultation au moment même où un fracas épouvantable annonçait que la porte de derrière venait enfin de céder.

Elle était coincée ! Paniqué, j'essayai encore. Rien. Un coup d'œil par la fente m'informa qu'aucun verrou ne l'entravait, alors pourquoi cette foutue porte refusait-elle de bouger ?

J'entendis des pas à l'arrière de la maison.

Brusquement, je pris conscience que j'étais couché sur la porte et que j'essayais de la tirer vers moi en luttant contre mon propre poids.

Les pas atteignirent la cuisine.

Je roulai sur le mur à côté de la porte et tendis la main vers la poignée, mais j'avais glissé trop loin. Alors que les pas se rapprochaient, je rampai tant bien que mal sur le mur glissant, attrapai la poignée et la tournai de toutes mes forces. Elle s'ouvrit alors qu'ils pénétraient dans le vestibule et que je roulais dehors. Je tombai et atterris maladroitement et douloureusement sur quelque chose de dur et de piquant. Pendant quelques instants, je me contentai de reprendre mon souffle, sans bouger et sans avoir d'idée claire sur l'endroit où je me trouvais et qui j'étais.

Après quelques minutes, je me redressai lentement. Je me tenais assis sur le paillasson, dos à la porte, devant notre maison. Au bout de l'allée, un jeune couple me dévisageait avec curiosité. Je me levai et souris, cherchant à suggérer que je m'asseyais souvent sur le paillasson, que c'était très agréable et qu'ils devraient essayer un jour. J'espérais qu'ils ne m'avaient pas vu dégringoler depuis une hauteur d'environ deux tiers de celle de la porte. Ils me rendirent mon sourire et poursuivirent leur promenade, rassurés ou peut-être même convaincus et pressés de rentrer chez eux pour m'imiter.

Je me retournai avec hésitation vers la porte et regardai à l'intérieur.

J'avais réussi. Tout était redevenu comme avant. Le tapis avait regagné sa place sur le sol, les angles droits faisaient de nouveau 90° et le plafond se trouvait de nouveau là où il était censé se trouver. Je reculai d'un pas et observai la porte de derrière plus loin dans l'allée. Elle avait été totalement détruite et ne formait plus guère qu'un prolongement de la pile de bois de chauffage.

Je rentrai dans la maison par la porte d'entrée, la bonne porte et la refermai derrière moi. Je pénétrai prudemment et en silence dans la salle de séjour, puis dans la cuisine. Tout allait bien, tout semblait normal. Une maison tout à fait normale. Si on entrait par la bonne porte.

La mauvaise porte gisait en mille morceaux. Je pris le temps de réfléchir à ça, en buvant une tasse de thé et ce qui me semblait ma première cigarette depuis des mois. Je constatai avec une franche incrédulité qu'il s'était écoulé moins d'une minute depuis que j'étais descendu de ma chambre. La porte de derrière. La *mauvaise* porte. En entrant par là, j'étais transporté dans l'endroit que devenait la maison. Entrer par la porte de devant me ramenait où je vivais en temps normal. En conclusion, je devais vraisemblablement être en sécurité tant que je ne quittais pas la maison, ni ne revenais, par la porte de derrière. Ils ne pouvaient pas m'atteindre. Vraisemblablement.

Mais je n'aimais pas l'idée de cette porte réduite à du petit bois. Je semblais hors de danger – pour l'instant. Je ne risquais pas de me sentir *en sécurité* avant d'avoir réussi à refermer ce portail pour de bon.

Je pénétrai dans le couloir de derrière et regardai nerveusement l'allée à travers les décombres. Rien à signaler. Rien qui nécessite une quelconque protection. Mais ça ne me plaisait pas pour autant. Était-ce nécessairement moi qui devais franchir la porte ou une feuille emportée par le vent ? Peut-être même une brise légère suffisait-elle.

Pouvais-je courir ce risque ?

Alors que je ruminais mon indécision, je remarquai de nouveau le tas de bois de chauffage appuyé contre le mur extérieur du couloir de derrière. Je n'y aurais probablement pas pensé si une grande partie du tas n'avait été constituée de vieilles lames de parquet épaisses – le cadeau d'un voisin. Je regardai l'étagère à outils sur le mur intérieur et vis un marteau, ainsi qu'une boîte de longs clous solides. Puis je regardai une nouvelle fois le bois.

J'avais de quoi condamner cette foutue porte.

D'une chiquenaude, j'envoyai valser le mégot de ma cigarette dans l'allée et retroussai mes manches. Le marteau était gros et lourd – exactement ce qu'il me fallait : quand je clouerais les planches à travers le chambranle, j'enfoncerais mes clous dans de la brique bien solide. J'avais bien assez de planches pour la couvrir entièrement et même la renforcer jusqu'à la rendre pratiquement imprenable.

Me sentant déjà beaucoup mieux, je m'attelai à la tâche. À genoux dans l'embrasure de la porte, je tendis la main et commençai à tirer les lames de parquet vers moi, choisissant avec soin les plus épaisses et les moins abîmées. J'estimais en avoir besoin d'une quinzaine pour rendre la porte vraiment sûre – en grande partie une hypothèse de ma part : je n'avais jamais eu à transformer un couloir en forteresse. Récupérer les planches ne fut pas une partie de plaisir. Je dus m'allonger pour les atteindre. Je commençais à avoir chaud et me sentais fatigué. Mais aussi impatient de me mettre au travail. Le soir approchant, il faisait plus sombre dehors et l'air était calme et frais.

À mesure que la pile grandissait dans le couloir, la tâche devenait plus difficile et j'étais obligé de me pencher de plus en plus loin pour attraper la planche suivante. Cela me rendait nerveux. Je me trouvais toujours à l'intérieur et mes pieds touchaient encore le sol du couloir. Ce n'était pas comme si je rentrais par la porte. Je ne faisais que me pencher dehors et ensuite je revenais en arrière, mais sans être vraiment parti, parce que mes pieds n'avaient pas quitté la maison. Mais ça me rendait nerveux, alors j'accélérai le rythme, de plus en plus, et de la sueur commença à ruisseler sur mon visage. Cramponné au chambranle avec ma main gauche, je tendis le bras pour récupérer les dernières planches. Onze, douze. Encore deux ou trois. À présent, la dernière à ma portée : ça devrait suffire. Coinçant mon pied gauche derrière le châssis de la porte tout en l'agrippant de la main gauche, je m'étirai vers la planche, agitant les doigts à moins de quelques centimètres de mon but. Encore un peu plus loin. Je laissai mon pied d'ancrage glisser un peu, permettant ainsi à mes doigts de gagner un peu plus de un centimètre, et essayai de tirer sur mon dos aussi loin que possible. Mes doigts frôlaient l'extrémité du bois, je tentai donc un dernier bond en avant.

Et alors, soudain, une pensée vagabonde s'imposa à moi. Je me trouvais là, écartelé sur un chevalet invisible. Pourquoi n'étais-je tout simplement pas sorti par la porte de devant afin de ramasser le bois et de le rapporter à l'intérieur par le même chemin ? Ç'aurait été plus facile et plus rapide, et je n'aurais pas eu à jongler ainsi depuis la mauvaise porte. Ça n'avait plus d'importance à présent, parce que, même sans cette dernière planche, j'avais sans doute tout ce qu'il me fallait ; je ne me serais pas autant fatigué et je ne serais pas en nage. Plus inquiétant, dans ma hâte d'en finir, j'avais couru un risque inutile. Je ferais mieux de lever le pied, de me calmer et de prendre du repos.

Cela ressemblait à une pensée insignifiante, mais elle détourna mon attention une fraction de seconde de trop. Alors que j'allais enfin toucher la planche du bout de mes doigts, je réalisai avec horreur que ma main sur le chambranle glissait. Je tentai désespérément de regagner ma prise, mais rien à faire. Je sentis les tendons dans ma main s'étirer alors que j'essayais de défier les lois de la physique. Puis, brusquement, mon front cogna contre le sol et je me retrouvai à plat ventre.

Je me relevai en moins d'une seconde et je jure devant Dieu que mes pieds ne quittèrent jamais le plancher en même temps. Je bondis en arrière dans le couloir, prenant avec moi ce fichu dernier bout de bois sans même m'en rendre compte.

Je me tapis dans l'embrasure de la porte, haletant de façon incontrôlée. Tout semblait normal dehors. L'allée était silencieuse, les cailloux ne bougeaient pas et les sons ne paraissaient pas étouffés comme j'avais fini par l'associer à l'autre endroit. Je m'en voulais terriblement d'avoir couru un tel risque et de ne pas avoir pensé à passer par l'autre porte – d'être tombé aussi ; je m'étais fait mal, pour couronner le tout. Mais je n'étais pas tombé dehors, pas vraiment. Techniquement, je n'étais pas entré non plus. Tout semblait calme dans l'allée et dans la cuisine. Tout allait bien.

Apaisés par les bruits lointains de la circulation du début de soirée, les battements de mon cœur ralentirent pour retrouver un rythme deux fois plus rapide que la normale. Je me forçai à faire une pause et fumai tranquillement une cigarette, perché sur la pile de planches. Dans ma chute, mon pied droit avait accroché l'étagère à outils et les clous s'étaient éparpillés partout, à l'intérieur comme à l'extérieur. Mais il en restait plus qu'il en fallait et ceux qui avaient roulé dehors pouvaient bien y rester. Je n'allais pas faire l'erreur de me conduire comme un imbécile deux fois de suite.

Ramassant le marteau et une poignée de clous, je plaquai une planche en travers de la porte et me mis au travail. Planter un clou dans le bois et la maçonnerie se révéla encore plus dur que je le croyais, mais en quelques minutes la planche tenait en place et semblait d'une solidité rassurante. J'en soulevai une autre et répétai le processus. Mon idée allait vraiment marcher.

Après une heure, j'avais pris le pli et le bois atteignait presque la moitié de la hauteur du chambranle. Mes bras me faisaient mal et tous ces coups de marteau, qui résonnaient fort dans l'espace clos du couloir, me donnaient le vertige. Je marquai une pause, accoudé à la section achevée, le regard perdu dans l'allée. Je fus brusquement sorti de ma rêverie par une poussière ou autre chose qui avait dû m'entrer dans l'œil et déformait ma vision. Je clignai pour m'en débarrasser, mais rien à faire. Ça ne faisait pas mal, mais une partie de l'allée près de la route m'apparaissait un peu trouble. Je frottai et fermai un œil après l'autre et découvris avec un malaise grandissant que la déformation était présente dans mes deux yeux.

Je me redressai. Il ne faisait aucun doute qu'il se passait quelque chose au bout de l'allée. Toujours cette portion qui semblait chiffonnée, comme vue à travers une brume de chaleur et, où que je tourne la tête, elle restait à la même place. Elle tremblait très faiblement à présent, comme la copie de mauvaise qualité d'un film, sauf que les taches n'étaient pas blanches, mais noires. Je me frottai de nouveau les yeux, mais une fois que j'eus cessé de voir des étoiles, je constatai que l'effet persistait. J'observai attentivement, essayant de discerner quelque chose qui se prêterait à une interprétation quelconque. Sous mes yeux, les taches semblèrent s'organiser en lignes verticales brisées et mouvantes, comme si quelque chose était dissimulé par un rideau de pluie, une pluie colorée au point de composer une représentation de cette section de l'allée. Cette impression se renforça progressivement jusqu'à me donner le sentiment de regarder un de ces rideaux en plastique transparent que l'on traverse en écartant les lanières. C'était comme d'en avoir un installé au bout de l'allée et d'y voir projeté une représentation en 3D. Avec quelque chose qui bougeait de l'autre côté.

Puis soudain, l'équilibre se modifia, comme dans l'un de ces dessins constitués de points blancs et noirs où, lorsque vous le regardez fixement suffisamment longtemps, vous finissez par voir un dalmatien. Je tombai à genoux derrière la barrière partiellement achevée.

Ils étaient de retour.

Au bout de l'allée, leurs images à la fois latentes et imprimées en négatif sur le rideau, se dressaient les deux hommes. Ils se tenaient dans une position figée et peu naturelle, comme un arrêt sur image. Leur visage semblait pâle et fatigué, les couleurs inégales, et l'image vibrait et dansait devant mes yeux. Ils n'étaient pas vraiment là, mais – en un sens – là quand même.

Alors que je les regardais, cloué sur place, je remarquai que le pied de l'homme en costume semblait bouger. Difficile de se concentrer dessus car cela se produisait avec une lenteur incompréhensible, mais il bougeait et quittait le sol petit à petit. Il lui fallut une minute pour le soulever et le poser à terre une soixantaine de centimètres devant sa position originale, laissant le corps de l'homme légèrement penché en avant.

Je compris ce à quoi j'assistais. Dans un ralenti tremblant projeté sur l'allée comme un vieux film amateur, l'homme en costume commençait à avancer vers la maison. L'image ne tremblait plus autant maintenant, les couleurs devenaient plus nettes et je ne voyais plus l'allée à travers leurs corps. D'une manière ou d'une autre, ils revenaient. Je croyais leur avoir échappé, mais il n'en était rien. J'étais tombé dehors. Pas bien loin, quels que soient les critères, mais suffisamment. Assez pour être revenu par la mauvaise porte. Et maintenant, ils déchiraient le rideau qui les séparait de notre monde et venaient pour m'entraîner dans le leur. Et très lentement, ils approchaient.

Luttant pour garder mon calme, je saisis une planche, la plaçai au-dessus des autres et la clouai. Ensuite, je fis de même avec une autre, puis une autre, sans m'arrêter pour respirer ou penser. À travers l'ouverture qui rétrécissait, je les voyais se rapprocher. Ils n'avaient plus du tout l'apparence de personnages en deux dimensions, et ils avançaient plus vite aussi. Tandis que je me penchais en direction de la cuisine afin de prendre une planche, je vis qu'un carton poussiéreux avait fait son apparition sur le sol. Ça recommençait.

Avec un claquement sonore, je plaçai une planche supplémentaire et la fixai. Les deux hommes retrouvaient leur substance et ils se rapprochaient de plus en plus de la maison, même s'ils se déplaçaient toujours, avec une grâce étrange, à un dixième de la vitesse normale. J'enfonçai furieusement mes clous, ignorant les coups – de plus en plus fréquents – sur mes doigts. Je jetai aussi à l'occasion un coup d'œil affolé dans la cuisine. Le réfrigérateur commençait à reprendre une allure étrange, l'austère géométrie des années 1990 devenant plus douce, régressant, et les détritus s'accumulaient. Je n'en étais jamais le témoin, mais chaque fois que je regardais derrière moi, un nouveau bout de carton ou quelques restes de nourriture avaient fait leur apparition et la couche de crasse avait épaissi. Ça venait à peine de commencer et ça progressait encore très lentement, peut-être parce que j'étais à peine tombé dehors. Mais c'était bel et bien en cours : la maison se transformait.

Je continuai à enfoncer mes clous. Je savais que, tôt ou tard, je devrais courir jusqu'à la porte d'entrée, sortir et rentrer de nouveau – par la bonne porte. Mais ça pouvait attendre, ça *devrait* attendre. Tout se passait très lentement cette fois et je me sentais toujours totalement lucide. Ma priorité était de condamner la porte de derrière – et vite. Les deux hommes, toujours à l'avant-garde de la transformation, continuaient à progresser vers moi. Je devais m'assurer que la porte de derrière saurait résister à tout assaut de ces deux-là, assez longtemps pour me permettre de rejoindre la porte de devant et sortir. Je n'avais aucune idée de ce qui m'attendait dans le vestibule ; si je laissais la porte de derrière inachevée et que je me perde en route, je serais dans de beaux draps !

Je fixai les planches aussi rapidement que possible. Dehors, ils avançaient régulièrement, de plus en plus proches, et, à l'intérieur, un autre carton apparut dans la cuisine. Quand je coinçai la dernière planche horizontale, l'homme en costume et l'homme blond ne se trouvaient plus qu'à quelques mètres et ils marchaient d'un bon pas. J'avais à peine eu le temps d'y planter les clous que le premier coup s'abattit, faisant plier le bois. Je bondis en arrière sous le choc. Je me hâtai de ramasser plus de bois et de renforcer ma barrière avec des lames verticales en les croisant, clouant sans ménager mes efforts. Distribuant furieusement des coups de marteau, je m'assurai aussi que la barrière demeurait solidement fixée des deux côtés du chambranle.

Au bout d'un moment, je ne sentais plus mon dos, ni ne voyais le sang sur mes mains : j'entendais uniquement le bruit du marteau et ma vision se limitait à la tête des clous pendant que j'empilais toujours plus de bois sur la barrière. Il m'en restait – je n'aurais même pas eu besoin de cette foutue dernière planche – et quand j'eus terminé, elle faisait par endroits plus de dix centimètres d'épaisseur et les lames de renforcement se déployaient sur près de un mètre de chaque côté du châssis. J'utilisai les trois dernières planches comme jambes de force, les plaçant à l'horizontale en travers du couloir, une extrémité de chacune d'elles coincée dans des niches sur la barrière, l'autre contre le mur.

J'avais enfin terminé. Je reculai et contemplai mon œuvre. Ça m'avait l'air sacrément solide.

— Essayez un peu de passer à travers ça ! criai-je, m'asseyant – m'effondrant ? – sur le sol.

Au bout d'un certain temps, je remarquai que le calme était revenu. À un moment ou à un autre, ils avaient dû cesser de cogner contre la porte. J'avais fait trop de bruit pour m'en rendre compte et ma tête résonnait encore des coups de marteau. Je plaquai mon oreille contre la barrière et écoutai. Silence.

J'allumai une cigarette et me laissai envahir par la fatigue et un sentiment de sécurité bien agréable. Le grattement de l'allumette me parut légèrement étouffé, mais cela pouvait très bien s'expliquer par le bourdonnement dans mes oreilles. La cuisine semblait un peu sale, mais sans plus. Je me sentais bien. Je me demandai ce que mijotaient les deux hommes à l'extérieur. Peut-être avaient-ils renoncé et décidé d'attendre que la transformation suive son cours ? Ils ignoraient que j'avais compris le rôle de chaque porte – la bonne et la mauvaise. Pendant quelques minutes, je savourai la sensation de me tenir en équilibre entre deux mondes, intimement persuadé que, dans un instant, je n'aurais qu'à passer par la porte de devant pour que la maison redevienne comme avant et que rien de tout cela n'ait d'importance.

Enfin, je me levai, grimaçant de douleur. J'allais vraiment avoir mal partout demain. Je pénétrai dans la cuisine, évitant de justesse une grosse araignée noire qui s'échappait d'un carton. Le sol devenait vraiment infect, jonché de restes de viande desséchés et couverts de cadavres d'asticots morts, parsemé de petits tas d'une substance que je n'avais pas envie d'examiner de trop près. Me frayant un passage jusqu'à la porte, je passai devant le réfrigérateur bizarrement déformé et rejoignis le vestibule.

Aucun détritus n'avait envahi l'entrée qui, pour autant que je le sache, semblait parfaitement normale. Alors que, pressé d'en finir une bonne fois pour toutes, je traversais en direction de la porte – et que je me demandais comment j'allais expliquer l'état de celle de derrière à mes parents –, j'entendis un léger tapotement au loin. Il s'arrêta au bout de quelques instants, puis repris en provenance d'une direction légèrement différente. Bizarre, mais pas vraiment mon souci premier. Pour l'heure, ma priorité consistait à sortir par cette porte avant que le vestibule devienne plus étrange encore. Je me sentais comme un acteur sur le point d'entrer en scène. Je tendis la main vers le bouton de porte, le tournai et tirai vers moi.

D'abord, je fus incapable de comprendre. Pourquoi, au lieu de l'allée, je ne voyais que du brun. Une surface plate et brune.

Alors que j'ajustais ma distance focale, l'adaptant à un objet bien plus proche que l'allée que je m'attendais à voir, je compris. La vue me semblait familière. J'avais vu quelque chose de similaire très récemment.

Une barrière. Une barrière en bois inexpugnable clouée en travers de la porte et sur les murs depuis l'extérieur. Je sus enfin ce qu'ils avaient fait pendant que je terminais ce qui devait les empêcher d'entrer.

Ils avaient élevé une barrière pour m'empêcher de sortir.

J'essayai tout ce qui me vint à l'esprit. Mes poings, mon épaule, une chaise. Ces planches n'avaient aucunement l'intention de bouger.

Impossible de sortir. Je ne pouvais pas revenir à l'intérieur par la bonne porte et, pour le moment, ils ne pouvaient pas entrer par la mauvaise. Une impasse, en quelque sorte. Mais la balance ne penchait pas en ma faveur : ils devenaient plus forts et gagnaient en puissance avec le temps ; de plus, la maison avait commencé sa transformation et je ne pouvais rien faire pour l'arrêter.

J'entrai à grands pas dans la cuisine, frottant mon épaule meurtrie et réfléchissant furieusement. Il y avait forcément quelque chose à faire et je ne devais pas perdre de temps. Le rythme de la transformation s'accélérait. Les murs semblaient toujours normaux, mais la cuisine se retrouvait d'ores et déjà dégoûtante et le frigo des années 1950 avait refait son apparition. Pour qui aimait le style rétro, il n'était pas si mal. Mais il n'avait rien à faire ici.

En fond sonore, j'entendais encore le tapotement étouffé. Peut-être essayaient-ils de pénétrer par le toit ?

Je devais sortir, je devais absolument trouver un moyen. Je tentai une approche originale : on sort d'une maison par une porte. Comment faire autrement ? Il n'y a pas d'autre solution. On sort toujours par une porte. Mais dans un cas d'urgence désespéré, n'y aurait-il pas une autre issue ? Les portes ? Les fenêtres ! Pourquoi pas les fenêtres ? S'il existait une bonne et une mauvaise porte, peut-être y avait-il aussi de bonnes et de mauvaises fenêtres, et que les bonnes donnaient sur le monde réel. Peut-être – simple supposition – qu'il était possible d'en casser une, de grimper par-dessus et de revenir à l'intérieur par le même chemin. Ça pouvait marcher.

En fait, je n'en avais pas la moindre idée. Je ne me berçais pas d'illusions : je n'y comprenais rien et Dieu seul savait où je risquais d'atterrir en empruntant la mauvaise fenêtre. Peut-être que je tomberais sur ces deux cinglés et qu'ils me pourchasseraient autour de la maison pendant que je tenterais de trouver une bonne fenêtre pour rentrer. Une vraie partie de plaisir. Que du bonheur. Mais avais-je réellement le choix ? Je courus dans la salle de séjour où se trouvait la baie panoramique. Prêt pour le grand saut, les enfants ?

Je ne sais pas comment j'ai pu manquer de faire le rapprochement. Probablement parce que les tapotements restaient si discrets. Je me tenais dans la salle de séjour, bouche bée. Cette fois, ils avaient pris une longueur d'avance. Ils avaient condamné toutes ces putains de fenêtres.

Je me précipitai dans le vestibule, traversai la salle à manger et montai à l'étage, dans les chambres. Chaque fenêtre avait été couverte de planches. Je savais où ils s'étaient procuré les clous, puisque j'en avais renversé plus qu'il en fallait en tombant. Mais comment ? Puis je réalisai qu'ils les avaient cloués sans marteau, ce qui expliquait pourquoi les coups avaient semblé si faibles. Avec une soudaine et déplaisante netteté, je m'imaginai l'homme en costume enfonçant les clous avec ses poings, les frappant avec le front, le tout en arborant un large sourire.

Oh, mon Dieu.

Je redescendis au rez-de-chaussée, lentement cette fois. Toutes les fenêtres avaient été condamnées, même celles bien trop petites pour me laisser passer. Alors que je me retrouvais une nouvelle fois dans la cuisine, au milieu des tas de merde qui grandissaient, le martèlement sur la porte de derrière reprit de plus belle. Je n'avais aucun moyen de sortir de la maison et je ne pouvais rien faire pour stopper ce qui arrivait. Cette fois, le processus irait jusqu'au bout et m'entraînerait avec lui. Et en attendant, ils avaient le temps de détruire la barrière et de se joindre à moi pour le voyage. De m'attraper. J'écoutai les coups, de plus en plus fort, tout en regardant les détritus.

Le volume sonore augmente toujours et, d'après ce que j'entends, je sais que certaines des planches commencent à céder. La maison a cessé d'hésiter entre les deux mondes depuis longtemps et la transformation s'est accélérée. La cuisine ressemble à un champ de bataille et il y a beaucoup plus d'araignées à présent. J'ai fini par la leur abandonner et je suis venu m'installer ici, dans la salle de séjour. J'ai traversé le couloir et je ne me suis trompé de chemin que deux fois. C'est là que je suis maintenant ; je suis assis et j'attends. Je ne peux rien faire pour arrêter la transformation, absolument rien. Je ne peux pas sortir. Je ne peux pas les empêcher d'entrer.

Mais je peux faire une chose. Je vais rester là, dans le séjour. J'aperçois de petites ombres à présent, qui se rassemblent dans les coins et surgissent de sous les fauteuils, et il fait vraiment noir près du mur du fond. Le mur lui-même semble moins important maintenant, moins substantiel, il ne constitue plus une barrière. Je crois que j'entends un cours d'eau quelque part au loin et je commence à sentir un soupçon de végétation sombre et luxuriante.

Je ne les laisserai pas m'avoir. J'attendrai, dans l'obscurité grandissante, écoutant venir les bruits de la nuit, une brise légère sur mon visage. Pendant que la pièce s'ouvrira, que les murs s'effaceront, je resterai assis, calmement, dans l'air chaud nocturne. Ensuite, je me lèverai et je commencerai à marcher vers le pays obscur, dans la jungle et parmi les arbres qui se dressent tout autour derrière les ténèbres, respirant la verdure qui m'entoure et écoutant la rivière discrète quelque part sur ma droite. Et je me sentirai heureux de m'éloigner dans la nuit, et peut-être que loin, très loin, je finirai par rencontrer ce qui produit les grognements que je commence à percevoir dans le lointain et nous nous assiérons tous ensemble au bord de la rivière, en paix dans les ténèbres.

Voir la mer

Quand le bus atteignit le sommet de la colline et que l'océan apparut enfin dans notre champ de vision, Susan se tourna vers moi et sourit.

— Je vois la mer, s'écria-t-elle, avec l'enthousiasme d'une gamine de quatre ans.

Je lui rendis son sourire et passai mon bras autour de ses épaules, puis nous nous tournâmes pour regarder par la vitre. Au-delà du léger reflet de nos propres visages, la vue consistait en une bande étroite de nuages gris pâle au-dessus d'une vaste étendue d'eau grise. La mer venait à la rencontre d'une plage découpée, grise elle aussi.

Le chauffeur ne semblait pas prêt à faire fi de toute prudence et à abandonner la limite de vitesse de cinquante kilomètres à l'heure qu'il s'était lui-même fixée. Nous décidâmes donc de prendre notre mal en patience. Nous avions déjà roulé pendant deux longues heures sur des routes de campagnes désertes. Une demi-heure de plus n'allait pas nous tuer.

Au moins pouvions-nous voir ce qui nous avait amenés ici et, alors que nous regardions joyeusement par la fenêtre, je sentis que nous nous détendions tous les deux. À dire vrai, la mer ne semblait pas aussi attrayante qu'à Bondi Beach, par exemple, et la fin octobre n'était sans doute pas la meilleure saison pour se trouver là, mais c'était mieux que rien. C'était mieux que Londres.

En quatre mois de vie commune, Susan et moi n'avions pas vraiment eu l'occasion de souffler. Nous travaillions tous deux pour la même entreprise de télécommunications, une organisation qui avait érigé la panique et le conflit permanent en modes de gestion. Ce qui aurait dû être un travail intéressant se transformait, quotidiennement, en parcours du combattant à travers une jungle de revendications mesquines et d'incompétence. Chaque tâche entreprise par la société était bâclée et présentait des défauts : même le parking ressemblait à un désastre. Construit en forme de part de tarte, il obligeait ceux qui s'étaient garés tout au bout à demander à leurs collègues de déplacer leurs véhicules afin de pouvoir partir. Une fois par quinzaine, une voiture refusait de démarrer, malgré de régulières visites au garage le moins commodément situé.

Nous avions emménagé dans un bel appartement, mais en proie à des tracasseries similaires. La chaudière s'éteignait deux fois par jour et nous n'avions donc que rarement de l'eau chaude pour faire la vaisselle. Les ampoules électriques prenaient une pause toutes les quarante minutes et se révélèrent d'une curieuse marque somalienne, absolument introuvable dans les commerces de proximité. La vieille cloche qui vivait à l'étage du dessous réussissait à combiner une surdité partielle, qui exigeait que sa télévision fonctionne à un volume digne d'un concert de rock, avec une sensibilité certaine qui la conduisait à hurler à travers le sol si nous osions respirer après 23 heures.

Jusqu'à jeudi dernier, nous avions prévu de passer le week-end à la maison, comme à notre habitude. À la fin de la semaine de travail, nous nous sentions trop fatigués pour faire nos valises, vérifier la pression des pneus et nous extraire péniblement de la ville. Par esprit de contradiction, le fait même que notre voiture nous ait lâchés – encore une fois – vendredi soir nous avait probablement fourni l'impulsion nécessaire pour entreprendre ce voyage. Ç'avait été la tuile de trop, la goutte d'eau qui avait fait déborder un vase qui semblait pourtant sans fond.

— Putain de merde ! avait lancé Susan d'une voix rageuse, quand nous étions enfin rentrés chez nous. Partons en week-end, loin de cette ville !

Le lendemain matin, nous nous levâmes, sourcils froncés, chacun de nous prit des vêtements de rechange, une brosse à dents et un livre, direction : le métro. Et maintenant, après avoir brièvement emprunté tous les trains que British Rail avait à nous offrir, nous étions enfin arrivés. Ou presque.

Alors que le bus entamait la descente vers la côte dans un bruit de ferraille dû à son grand âge, il passa devant un panneau prétendant que Dawton se trouvait à douze kilomètres. À en juger par l'état du panneau indicateur, la situation du village semblait n'intéresser que modérément les habitants de la campagne environnante. Le nom était imprimé en noir sur une flèche qui, en des jours meilleurs, avait sans doute été blanche, mais devait à présent se contenter d'un gris strié par les traînées laissées par la pluie. Apparemment, personne ne s'était donné la peine de la nettoyer depuis bien longtemps.

Pratiquement toutes les petites contrariétés qui avaient pourri notre vie quotidienne semblaient insignifiantes en elles-mêmes. C'était leur volume et leur implacabilité qui avaient fini par nous démoraliser. Résultat : nous restions constamment sur la défensive, incapable d'être pleinement nous-mêmes. Paradoxalement, cette situation eut pour avantage que nous apprîmes à nous connaître très vite, révélant des aspects de notre personnalité qui, en temps normal, auraient pu rester cachés des années. Chacun s'ouvrit à l'autre, laissant échapper des secrets dans cette lutte pour trouver un nouvel équilibre.

L'un de ces secrets, révélé très tard une nuit où nous étions tous les deux fatigués et émotifs, avait concerné la mère de Susan. Je savais déjà que sa mère avait gravé son nom dans le psychisme de Susan en quittant son père quand elle avait cinq ans, sans plus jamais donner de nouvelles. Le besoin de sécurité figurait parmi les raisons pour lesquelles Susan était tombée entre les griffes de son ridicule ex-petit ami. Cependant, avant de partir, il apparut que sa mère avait réussi à insuffler une peur d'un autre genre à sa fille.

En 1955, dix ans avant la naissance de Susan et cinq ans avant son mariage, Geraldine Stanbury partit en vacances. Elle s'absenta trois semaines, visitant les ports d'Europe en compagnie de quelques amis de fac. Au retour, leur bateau – *L'Aldwinkle* – serrait la côte afin d'échapper à une tempête, quand une catastrophe se produisit. La face inférieure de la coque fut perforée puis déchirée par une formation rocheuse imprévue et le bateau coula. Par un coup de chance incroyable, une section de l'embarcation resta parfaitement étanche et la totalité des trois cent dix passagers et membres d'équipage put s'y réfugier en attendant l'arrivée des secours le lendemain matin. Au final, on ne dénombra aucune victime, ce qui explique le fait que l'épave de *L'Aldwinkle* ait échoué à entrer dans l'histoire des catastrophes maritimes britanniques.

La mère de Susan lui raconta souvent cette histoire quand elle était enfant, insistant particulièrement sur ce qu'elle avait ressenti, prise au piège sous l'eau et sans la moindre certitude d'être secourue. La tension dans la voix de Susan lorsqu'elle m'en avait parlé avait suffi à me tirer – temporairement – de mon ivresse et je m'étais assis à ses côtés, sur le tapis dans notre appartement, et je lui avais pris la main. Deux semaines plus tôt, nous avions failli nous disputer à propos de la destination de nos prochaines vacances – que nous attendions avec impatience. Comme j'avais grandi dans une ville côtière, j'adorais la mer et j'avais suggéré St Augustine, sur la côte de Floride. Susan s'y était opposée de façon évasive et avait proposé quelque chose de situé plus à l'intérieur des terres. Ses raisons m'apparaissaient clairement à présent.

Après le départ de madame Stanbury, l'histoire de son expérience aux frontières de la mort avait continué d'empoisonner l'esprit de sa fille, mais de manière différente. En grandissant, elle s'était posé des questions. Par exemple, pourquoi n'y avait-il eu aucun phare sur la côte pour signaler la présence de formations rocheuses dangereuses ? Et pourquoi personne dans le village voisin n'avait donné l'alarme avant le lendemain matin ? Le bateau avait coulé bien en vue du rivage : était-il réellement possible que personne n'ait aperçu le navire en perdition ? Et si le naufrage avait eu des témoins, qu'est-ce qui avait bien pu les pousser à ne rien dire avant qu'il soit trop tard ?

Le village en question s'appelait Dawton, un hameau insignifiant sur la côte ouest de l'Angleterre. Pendant que je serrais Susan dans mes bras cette nuit-là, essayant de la réconforter face à la perplexité qu'avaient façonnée des années passées à se poser les mêmes questions, je suggérai que nous visitions ce village à l'occasion – une sorte d'exorcisme. Pour elle en tout cas. Parce qu'il semblait évident que personne n'avait pu apercevoir le bateau en perdition – sinon l'alarme aurait été donnée. Et il arrivait aux phares de tomber en panne.

En nous levant le lendemain matin, tous deux avec une légère gueule de bois, une telle expédition nous parut moins urgente. Mais au cours des deux semaines suivantes, les épreuves de la journée nous conduisirent à deux reprises à nous réfugier au pub où personne ne pourrait nous joindre ; à ces occasions, l'idée fut de nouveau mentionnée. C'était le moment de faire le ménage dans nos vies. L'une des façons de lutter contre l'avalanche de petites choses qui menaçait encore de nous engloutir parfois était de mettre de l'ordre là où nous le pouvions, dans les éléments de notre passé pouvant se révéler préjudiciables pour notre avenir ensemble.

Ce qui nous ramène au vendredi où Susan proposa de passer le week-end ailleurs qu'en ville. Je suggérai un pèlerinage à Dawton et elle accepta.

Alors que notre bus archaïque approchait du village, je notai une certaine tension chez Susan. Je me préparais à plaisanter, je ne sais plus à quel propos, quand elle prit la parole :

— C'est vraiment calme par ici.

Elle avait raison. Nous n'avions pas croisé une seule voiture pendant les dix ou quinze dernières minutes. Ce n'était pas vraiment une surprise : il commençait à faire sombre, le temps semblait devenir

se dégrader, et, à en juger par la superficie que la ville occupait sur la carte, Dawton risquait d'avoir peu de choses à offrir à d'éventuels touristes. J'en fis la remarque.

— C'est vrai, mais tout de même...

J'allais lui demander ce qu'elle entendait par là quand j'aperçus une ferme abandonnée sur le bord de la route. Sur l'un des murs toujours debout quelqu'un avait peint un grand swastika de couleur noire. Avec une grimace de dégoût, je la montrai à Susan et nous secouâmes la tête de concert, comme le faisaient des libéraux des classes moyennes confrontés aux forces de la déraison.

— Attends un peu..., s'exclama-t-elle au bout d'un moment. Est-ce qu'elle ne devrait pas être dans l'autre sens ? (Elle avait raison et j'éclatai de rire.) Bon sang ! Comment peut-on être stupide au point de faire quelque chose d'aussi idiot et en plus de se tromper !

Puis un vol de mouettes tournoyant devant la vitre attira notre attention. Les oiseaux, maigres et assez laids, voletaient près de la fenêtre de façon désordonnée et vaguement menaçante. Tout en les observant, j'essayai de me souvenir de ce que me rappelait le swastika et aussi de comprendre pourquoi quelqu'un aurait fait tout ce chemin pour le peindre. Nous étions encore à trois kilomètres de Dawton. Ça me paraissait un peu loin pour venir barbouiller un mur abandonné. Et j'avais du mal à imaginer un petit village côtier rongé par les tensions raciales.

Dix minutes plus tard, le bus prit un dernier virage et le village de Dawton apparut. Je me tournai vers Susan en levant les sourcils. Elle regardait fixement et intensément devant elle. En soupirant, je commençai à dégager notre sac de sous le siège. J'espérais que Susan ne fondait pas trop d'espoir sur ce village plongé dans la torpeur. Je ne sais pas ce que j'attendais moi-même de ce week-end : une nuit dans un *bed and breakfast* miteux, probablement, et une petite promenade tranquille jusqu'au bord de la mer avant le dîner. Je supposai que Susan voudrait aller voir la mer, pour tenter d'imaginer l'endroit où sa mère avait presque perdu la vie. Et ce serait tout. Le lendemain, nous retournerions à Londres. Espérer plus – un baiser miracle qui refermerait toutes les blessures de l'enfance – ne semblait pas très raisonnable.

— Vous descendez, oui ou non ?

Surpris, nous levâmes les yeux vers l'avant du bus. Le véhicule s'était arrêté, apparemment au hasard, à une bonne cinquantaine de mètres des premières maisons négligées qui se trouvaient le long de la route, côté terre.

— Pardon ? répondis-je.

— Le bus s'arrête là.

Je me tournai vers Susan et nous éclatâmes de rire.

— Comment ça ? Et les derniers cent mètres jusqu'au village ?

— Il s'arrête là, répéta le chauffeur. Décidez-vous.

Nous descendîmes avec humeur du bus et rejoignîmes le bas-côté. Avant même que la porte soit complètement fermée, le chauffeur passa la marche arrière. Puis il exécuta un demi-tour en trois manœuvres à une allure bien supérieure à sa vitesse de conduite habituelle et s'éloigna du village, pied au plancher.

— Un homme surprenant…, observa Susan.

— Un connard surprenant, plutôt. (Je me tournai et regardai par-dessus le muret à côté duquel nous avions été largués. Une rampe en pierre visiblement ancienne menait à une portion caillouteuse de la plage, contre laquelle l'eau grise venait clapoter avec une certaine force.) Et maintenant ?

De là où nous nous trouvions, la côte faisait un coude vers la gauche, nous permettant de contempler le village dans toute sa splendeur. Des maisons similaires à celles qui étaient devant nous constituaient la majeure partie du bord de mer, avec une ouverture au milieu qui semblait donner sur une sorte de place. À moins de deux cents mètres du rivage s'élevaient des collines abruptes. Quelques rues avec des habitations venaient rapidement s'y accrocher. Une atmosphère de déclin progressif, d'abandon et de négligence, régnait sur la scène. Les voitures visibles semblaient anciennes et fatiguées, et la fumée qui s'échappait chichement de quelques cheminées ne faisait que souligner l'impression d'abandon général. Susan prit un air contrit.

— Je suis désolée. Nous n'aurions pas dû venir.

— Bien sûr que si. Notre répondeur est sans doute déjà à moitié plein à l'heure qu'il est et je suis ravi de le laisser se charger de nos messages.

— Mais c'est tellement lugubre.

Elle avait raison. Lugubre était le mot qui convenait – mieux que « calme ». N'importe quel endroit peut être calme. Il suffit qu'il n'y ait pas beaucoup de bruit. Dawton semblait différent. Un peu de bruit n'aurait rien arrangé.

— Dawton est lugubre, répétai-je et elle pouffa. Allez. Tâchons de dénicher une chambre d'hôte bien décevante, sans télévision, et ne parlons même pas d'une bouilloire de courtoisie !

Elle me prit par la main, m'embrassa sur le bout du nez et nous

nous mîmes en route. À moins de un mètre devant nous, caché par le sable et paraissant bien plus vieux que celui que nous avions aperçu sur le mur, un autre swastika avait été peint sur la chaussée. À l'envers, encore une fois. Je secouai la tête, perplexe, avant de l'enjamber en nous dirigeant vers les maisons.

— On pourrait essayer celui-là, je suppose…

— Qu'est-ce que tu en penses ?

— Il ne semble pas beaucoup plus accueillant que le précédent.

— Non.

Nous nous trouvions à l'un des angles de la place du village, devant le deuxième pub de Dawton. Nous en avions déjà éliminé un, sur le trajet depuis notre chambre d'hôte. Nous ne nous attendions pas à un juke-box avec des CD et du camembert frit, mais nous pensions pouvoir probablement trouver mieux. À présent, nous commencions à douter.

Susan se pencha en avant afin de scruter l'intérieur.

— On pourrait aller directement au restaurant, suggérai-je.

— S'il y en a un…

Finalement, nous décidâmes, avec une certaine nervosité, d'entrer prendre un verre. Au pire, le patron devrait pouvoir nous indiquer le chemin du restaurant. Susan poussa la lourde porte en bois et je la suivis à l'intérieur.

Le pub se résumait à une unique salle nue. Malgré le froid, aucun feu ne brûlait dans la cheminée et la prédominance de vieux bois teinté ne parvenait pas à rendre l'ambiance plus chaleureuse. Autour des tables rondes, quelques chaises, équipées de coussins en lambeaux, attendaient les clients. Sur le plancher vraiment très usé, des tapis décolorés. Il n'y avait personne, ni dans la salle ni derrière le bar.

Après nous être lancé un regard pénétrant, nous avançâmes jusqu'au bar et je me penchai par-dessus le comptoir dont l'arrière, étroit, ressemblait à une sorte de corridor qui s'étendait au-delà de la pièce où nous nous trouvions. En tendant le cou, j'aperçus ce qui me semblait être une autre pièce de l'autre côté du mur. Ç'aurait pu être un autre bar, mais il y régnait une obscurité totale et il n'y avait ni pompes ni endroit où ranger les verres. J'en fis la remarque à Susan et nous nous regardâmes en fronçant les sourcils. Au bout de la zone située derrière le bar se trouvait une porte – fermée. Après un temps d'attente, je saluai à la cantonade afin de signaler notre présence.

Je ne criai pas très fort, parce que je me sentais intimidé par le silence de mort régnant dans cette pièce, mais mon « Bonjour !

Y a quelqu'un ? » résonna tout de même de façon stridente et nous tressaillîmes tous les deux. Puis nous attendîmes que la porte au bout du couloir s'ouvre, mais rien ne se produisit. Je criai de nouveau, un peu plus fort cette fois.

Un bruit étouffé, peut-être un signe de reconnaissance, sembla émaner de derrière la porte. Je dis bien « sembla », parce qu'il était vraiment très faible et donnait l'impression de venir de bien plus loin. Je répugnais à hurler encore une fois, au cas où j'aurais été entendu. Avec un haussement d'épaules, nous nous juchâmes sur deux tabourets en piteux état pour patienter.

La situation rappelait étrangement celle que nous avions rencontrée lors de notre arrivée à la chambre d'hôte où nous passerions la nuit. Nous n'avions longé qu'une dizaine de maisons depuis l'endroit où le bus nous avait déposés quand nous avions aperçu un panneau cloué sans manières sur la façade de l'une d'elles, et proposant des chambres pour la nuit. Nous avions poussé la porte et attendu une bonne dizaine de minutes devant un comptoir qu'une femme âgée émerge enfin d'une pièce du fond en faisant craquer ses articulations et s'occupe de nous.

La chambre qu'on nous avait proposée était petite, laide et n'avait pas de vue sur la mer. Bien entendu, il n'y avait ni télévision ni bouilloire de courtoisie. On aurait aisément pu la confondre avec un placard. Comme le reste de la maison semblait désert, nous avions demandé à notre hôtesse si nous pouvions changer pour une chambre avec vue sur la mer, mais elle s'était contentée de secouer négativement la tête. Susan, en négociatrice diaboliquement habile, s'était demandé d'un air songeur si une petite rallonge financière pouvait nous obtenir une telle vue. Mais la vieille avait de nouveau secoué la tête et marmonné que tout était « réservé ».

Je découvris une possible explication à cela pendant que j'attendais dans la salle de séjour que Susan ait fini de s'habiller pour la soirée. La pièce paraissait sombre et exiguë, malgré une grande fenêtre, pas un endroit où j'aurais volontiers choisi de passer du temps. L'idée de simplement s'y asseoir semblait tout bonnement risible. Les fauteuils étaient défoncés et mal conçus, d'un modèle archaïque si inconfortable qu'ils n'avaient certainement pas été fabriqués pour un être humain normal. Par la fenêtre, la vue lugubre d'une mer et de nuages gris foncé constituait la seule distraction. Je me trouvais dans cette pièce uniquement parce que j'avais assez vu notre minuscule chambre et que j'espérais collecter quelques informations sur les restaurants du village.

D'abord, je ne trouvai rien, ce qui était étrange. D'habitude, les maisons qui font chambre d'hôte dans les petits villages côtiers regorgent de littérature vantant les attractions locales, dans le secret espoir que les touristes peu méfiants se laisseront convaincre de rester une nuit de plus pour aller visiter quelque site sans le moindre intérêt à une trentaine de kilomètres de là. Mais visiblement, la maison où nous logions souhaitait n'être jugée que sur ses propres mérites – ou s'en fichait éperdument. J'examinai le moindre recoin et ne parvins même pas à dénicher une simple carte de visite.

J'envisageais, sans beaucoup d'enthousiasme, de mettre la main sur la vieille bique afin de lui demander conseil, quand je découvris quelque chose sur le rebord de la fenêtre. Il s'agissait d'une petite brochure, photocopiée et agrafée, portant, sur la couverture, le titre « Festival de Dawton ». Elle mentionnait également une date, le 30 octobre, qui se trouvait être le lendemain.

Aucun contenu rédactionnel ne venait donner plus de précisions sur le festival, excepté l'information que le début des festivités était prévu à 15 heures. Il y avait fort à parier qu'elles se prolongeraient jusqu'au soir. Voilà qui expliquait notre hébergement spartiate. Les chambres les plus attrayantes de la maison avaient de toute évidence été réservées pour deux nuits par les participants de ce qui promettait d'être l'événement le moins excitant de la côte ouest.

Je n'appris rien de plus de la brochure, qui avait été composée avec une telle incompétence que certains passages ne semblaient même pas écrits en anglais. La plus grande partie des maigres pages était tapissée de petits encarts publicitaires pour des entreprises dont l'objet restait obscur. Aucun restaurant n'y était mentionné. La double page centrale proposait les photographies – terriblement mal reproduites – d'un certain nombre de notables de la ville, y compris – c'est difficile à croire – une « Miss Dawton ». Sa photographie avait tout particulièrement souffert de multiples photocopies de mauvaise qualité et il semblait pratiquement impossible de distinguer ses traits. Sa silhouette se fondait dans les tons de l'arrière-plan, laissant deviner une femme plutôt corpulente affublée d'un visage flou et pâle tellement déformé qu'il en paraissait presque monstrueux.

J'allais crier de nouveau, distinctement cette fois, quand la porte au bout du bar sembla trembler un peu. Susan sursauta légèrement et je me levai, fin prêt.

La porte ne s'ouvrit pas. Au lieu de cela, nous entendîmes un son très lointain qui ressemblait à des pas sur des pavés humides. À tel point, d'ailleurs, que je me retournai vers la porte du pub, m'attendant presque à voir tourner la poignée et entrer un des villageois. Mais la poignée ne bougea pas et je me remis à regarder fixement l'arrière du bar. Les sons continuèrent, se rapprochant progressivement. Ils sonnaient creux, comme s'il y avait un peu d'écho. Susan et moi échangeâmes un regard, fronçant de nouveau les sourcils.

Les pas s'arrêtèrent de l'autre côté de la porte et il y eut une longue pause. Je commençais à me demander si nous n'aurions pas mieux fait d'entrer dans le premier pub quand la porte s'ouvrit brusquement et un homme apparut derrière le bar. Sans même un regard à notre intention, il referma la porte derrière lui et concentra son attention sur l'antique tiroir-caisse. Il l'ouvrit en appuyant sur une sorte de manette, puis se mit à compter l'argent sans conviction.

Même si rien dans son comportement ne laissait supposer qu'il nous ait vus, je crois que nous pensions tous les deux qu'il cesserait son manège au bout de quelques instants. Comme il n'en fit rien, Susan me donna un coup de coude et je toussai légèrement. L'homme se tourna vers nous avec une immédiateté et une vitesse déconcertantes et nous fit face, sourcils levés. Après un temps d'arrêt, je souris d'une manière qui, je l'espérais, semblait plus amicale que nerveuse.

— Bonsoir, le saluai-je.

L'homme ne bougea pas. Il se contenta de rester ainsi, à moitié tourné vers nous, les mains toujours dans la caisse et les sourcils toujours levés. Pas même un battement de paupières. Je remarquai que ses yeux étaient légèrement protubérants et que la peau autour de ses oreilles semblait rêche, presque squameuse. Ses cheveux noirs coupés court étaient coiffés à la mode d'avant-guerre et paraissaient avoir été lissés en arrière avec de la brillantine. Un représentant d'une époque révolue.

Je retentai ma chance après dix bonnes secondes de silence.

— Pourrions-nous avoir deux demis de bière blonde, s'il vous plaît ?

Dès que j'eus repris la parole, l'homme retourna à son tiroir-caisse. Quand j'eus fini, il marqua un temps d'arrêt et parla enfin.

— Non.

— Ah, répondis-je.

Il ne s'agissait pas vraiment d'une réponse, mais d'une réaction à la dernière chose que je m'attendais à entendre de la part d'un patron de pub.

— On n'a pas de bière.

Je cillai.

— Pas de bière du tout ?

Il ne développa pas sa précédente déclaration, mais termina ce qu'il faisait, referma le tiroir-caisse et commença à déplacer des petits verres d'une étagère à une autre, toujours en nous tournant le dos. Les verres mesuraient environ huit centimètres de haut et avaient une drôle de forme ; j'aurais été bien incapable de dire à quel type de breuvage ils étaient destinés et pourquoi il avait décidé de les changer de place.

— Un gin, alors, commanda Susan d'une voix ferme, mais un peu plus aiguë qu'à l'accoutumée. Un gin-tonic ?

Elle avait l'habitude de le boire avec une rondelle de citron, mais je crois qu'elle avait senti qu'il valait mieux se montrer raisonnable.

Elle ne reçut aucune réponse. Quand tous les petits verres eurent changé de place, l'homme rouvrit son tiroir-caisse. En dépit d'un sentiment de malaise grandissant, je commençais à éprouver un certain agacement. Je jetai un coup d'œil à Susan et secouai la tête. Elle ne sourit pas, mais me rendit simplement mon regard, le visage un peu crispé. Je me retournai vers l'homme et, après un moment, me penchai pour l'observer de plus près.

Ce n'était pas de la brillantine dans ses cheveux : ils étaient mouillés. De fines gouttelettes s'accrochaient encore par endroits dans sa nuque et le pourtour du col de sa chemise était trempé. Il y avait eu une petite bruine un peu plus tôt, suffisante pour rendre la chaussée humide. Nous avions marché sous les gouttes depuis la maison d'hôte et n'avions eu à souffrir que d'un peu d'humidité. Alors pourquoi ses cheveux étaient-ils trempés ? D'ailleurs, pourquoi était-il sorti ? N'aurait-il pas dû se trouver derrière ses pompes, même étonnamment vides de toute bière ?

Il avait très bien pu les laver juste avant, mais je n'y croyais pas. Pas cet homme-là, pas à ce moment-là de la soirée. Et quand bien même : il les aurait certainement séchés pour les empêcher de dégouliner sur sa chemise et dans son cou. Je me penchai encore un peu plus et vis que ses chaussures étaient mouillées, elles aussi, ce qui expliquait les bruits de pas humides que nous avions entendus. Mais d'où venait-il ? Et pourquoi ses cheveux étaient-ils humides ?

Soudain, l'homme referma le tiroir et me surprit en faisant un pas vers moi et se colla contre le bar. Pris au dépourvu, je me contentai de le regarder fixement et il m'inspecta de la tête aux pieds comme s'il contemplait une longueur de vieux papier peint poussiéreux.

— Qu'est-ce que nous pouvons boire ? Avez-vous quoi que ce soit à nous proposer ? demandai-je enfin.

Il fronça les sourcils, puis son visage redevint vide de toute expression.

—Y a-t-il un endroit où nous pourrions acheter à manger ? reprit Susan.

Elle semblait presque en colère, ce qui signifiait qu'elle avait vraiment très peur.

L'homme me fixa longuement du regard, puis il leva le bras droit. Je reculai un peu, mais il s'avéra qu'il ne faisait que me montrer quelque chose du doigt. Les bras écartés, les yeux toujours posés sur moi, il pointait vers la porte, dans la direction opposée. J'en déduisis qu'il nous indiquait un endroit où nous restaurer.

—Merci. Merci beaucoup.

Susan glissa au bas de son tabouret et me précéda. Je sentis des picotements sur ma nuque jusqu'à ce que j'atteigne la sortie, comme si je craignais que quelque chose s'écrase sur mon dos. Mais rien ne vint et Susan sortit. Je lui emboîtai le pas et me retournai pour fermer derrière moi. L'homme était resté ainsi, bras tendu, mais son visage avait bougé pour nous regarder partir, et ses yeux fixaient Susan. Quelque chose dans la façon de tomber de la lumière, ou dans son comportement étrange, me fit penser qu'il y avait peut-être autre chose à propos de son visage, un détail que je n'avais pas remarqué auparavant. Mais j'étais incapable de mettre le doigt dessus.

En retrouvant la rue, je constatai tout d'abord que la pluie tombait un peu plus fort à présent, un crachin serré et oblique visible devant les quelques rares réverbères lugubres. Ensuite, je notai que Susan se tenait gauchement, le corps tourné vers la rue, la tête et les épaules vers moi. Bouche bée, elle avait les yeux hypnotisés par quelque chose situé au-dessus de ma tête.

—Quoi ? fis-je d'un ton un peu brusque.

Je n'étais pas contrarié, juste un peu effrayé. Elle ne dit rien. J'avançai vers elle et me retournai pour voir.

Je ne fais jamais attention aux enseignes des pubs. La plupart du temps, je vais boire dans des établissements que je connais et cela ne m'intéresse donc pas particulièrement. En d'autres occasions, eh bien, je ne les remarque pas, tout simplement. Elles sont trop hautes et pas follement intéressantes. Je n'avais donc pas vu celle qui se balançait à l'extérieur de ce pub avant d'entrer. À présent, elle retenait toute mon attention.

Elle était vieille et cabossée, le bois qui faisait office de cadre teint en noir. Une peinture sombre et dans un état de dégradation avancé montrait un navire maladroitement représenté en train de sombrer sous des vagues furieuses. En dessous figurait un nom. Le pub s'appelait *L'Aldwinckle*.

Vers 22 heures, nos assiettes vides devant nous et une cigarette aux lèvres, nous nous sentîmes un peu mieux. Avec les indications peu enthousiastes du patron de pub comme seules informations, nous avions erré quelque temps sur le front de mer, enveloppés dans nos manteaux et échangeant à peine quelques mots. Nous songions à revenir sur nos pas quand apparut une petite maison où la lumière brillait. La fenêtre avait été agrandie jusqu'à occuper la presque totalité de la surface de la façade et nous vîmes quelques tables disposées à l'intérieur. Toutes les tables étaient vides.

Après un moment d'hésitation – nous n'étions pas sûrs de pouvoir de nouveau supporter l'hospitalité déplorable de Dawton –, nous aperçûmes un jeune homme traverser le fond de la salle. Impeccable dans sa tenue de serveur, il ne nous donna – à cette distance – aucun motif visible d'inquiétude. Même à travers la vitre, son comportement semblait si différent de ce à quoi nous avions été habitués jusqu'à présent que nous décidâmes de mettre nos doutes de côté et d'entrer.

Le serveur nous accueillit cordialement et nous fit asseoir, et la tension qui – je m'en rendais compte à présent – avait grandi en nous depuis l'après-midi s'atténua un peu. Le jeune homme se révéla aussi le propriétaire et le cuisinier de l'établissement. De plus, il n'était pas d'ici. Il nous l'avait appris au début du repas quand nous avions observé qu'il ne ressemblait pas aux autres villageois que nous avions rencontrés. Peu après, il servit le plat principal et se retira dans sa cuisine.

Le repas fut copieusement arrosé. À peine installés, nous sûmes que nous allions beaucoup boire et commandâmes deux bouteilles de vin pour gagner du temps. Nous n'avions pas beaucoup parlé en marchant, pas parce que nous ne pensions pas avoir grand-chose à dire, mais presque au contraire parce que nous ne savions pas par où commencer. Susan n'avait pas regardé en direction de la mer, même si, à une ou deux reprises, je la soupçonnai d'être sur le point de le faire.

— Pourquoi appeler un pub ainsi ?

Susan tremblait encore un peu quand elle se décida à poser la question. Pas beaucoup, parce qu'il en fallait beaucoup pour la désarçonner. Mais elle a d'ordinaire la main très sûre et je constatai que sa fourchette hésitait en attendant ma réponse. J'avais eu le temps d'y réfléchir et de trouver une suggestion que j'espérais raisonnable.

— Je suppose que c'est parce que c'est la chose la plus intéressante qui soit jamais arrivée ici.

Susan me regarda et secoua fermement la tête avant de porter à sa bouche une autre fourchetée d'un agneau tout à fait acceptable. Au départ, nous avions parcouru le menu à la recherche de plats de poisson, présumant que, s'agissant d'un village côtier, ils seraient une spécialité de la maison. À notre grande surprise, la carte n'en proposait aucun. J'avais interrogé le serveur à ce sujet, mais il s'était contenté de sourire en secouant la tête.

— Non, répliqua Susan. Ce n'est pas la raison.

J'ouvris la bouche pour défendre mon hypothèse, puis la refermai. Je n'y croyais pas non plus. Peut-être était-ce simplement la conséquence de l'attitude du patron de pub, ou l'atmosphère générale qui régnait dans cette ville. Ou encore la couleur du ciel, l'angle que faisait la pluie en tombant… Mais, pour une raison qui m'échappait, je ne parvenais pas à me convaincre qu'il n'y avait pas d'autre raison que le souvenir dans le choix du nom de ce pub. Quelque chose dans la peinture de l'enseigne, dans le style ou les couleurs, qui suggérait autre chose, un élément plus confus, inexplicable. Nommer un pub d'après un bateau qui avait coulé dans des circonstances – peut-être – douteuses et faire figurer le nom de ce navire sur une enseigne avec une peinture qui semblait presque avoir un petit air de fête indéfinissable : difficile de mettre ça sur le compte d'un quelconque charme pittoresque.

Mais nous n'avions pas fait tout ce chemin pour entretenir ce genre de spéculations et je considérais de mon devoir d'en tenir Susan éloignée. Bien qu'il y ait indubitablement quelque chose d'étrange dans tout cela, cela ne signifiait pas que les habitants de Dawton aient voulu nuire aux passagers de *L'Aldwinckle* quelque trente ans plus tôt. Ça n'avait tout simplement aucun sens : qu'auraient-ils eu à y gagner ? Quoi qu'il en soit, je ne voulais pas que ce week-end aggrave les soupçons de Susan. Les bêtises de sa mère l'avaient laissée avec plus qu'assez de méfiance à l'égard du reste de l'humanité. Nous étions venus ici pour saper l'édifice patiemment élevé pendant son enfance, pas pour trouver des éléments susceptibles d'en renforcer les fondations.

J'orientai donc la conversation sur un autre sujet que la fameuse enseigne : le patron du pub. Il y avait là de quoi alimenter nos spéculations et répandre notre vitriol jusqu'au dessert. À ce stade, nous étions légèrement ivres et radotions un peu. Quand le serveur revint avec nos cafés, je croyais que Susan avait laissé derrière elle ses pensées les plus dérangeantes.

Je me trompais. Alors qu'il se trouvait en bout de table, elle se tourna vers lui.

— Que savez-vous de *L'Aldwinckle* ? demanda-t-elle sur un ton provocateur.

La main du serveur s'immobilisa – très brièvement – alors qu'il posait le pot de lait sur la table. Ou peut-être pas. Peut-être n'était-ce qu'un effet de mon imagination ?

— C'est un pub, répondit-il.

Susan essaya de le relancer, mais il refusa d'en dire plus sur le sujet. Comme il nous l'avait fait remarquer plus tôt, il n'habitait pas Dawton et ne venait ici que pour son travail. Il s'assit à une table voisine pendant que nous achevions notre troisième bouteille de vin et nous bavardâmes un peu. Apparemment, les affaires ne semblaient pas brillantes et nous avions eu de la chance de trouver le restaurant encore ouvert. D'ici quelques semaines, il pressentait qu'il allait devoir fermer. La clientèle n'était pas au rendez-vous et nous avions été ses seuls couverts de la soirée.

Nous lui demandâmes à quoi les habitants occupaient leurs soirées. Il ne le savait pas. Au cours de la discussion, je commençai à sentir une certaine gêne chez lui, comme s'il avait préféré parler de tout autre chose que de la ville et de ses habitants. Probablement un peu de paranoïa de ma part. Je comprenais que nous allions bientôt devoir quitter ce refuge et retourner à notre chambre. Une perspective qui ne me remplissait pas vraiment d'allégresse.

Après avoir payé et lui avoir souhaité bonne nuit, nous sortîmes sur le front de mer. Je me rendis compte immédiatement que j'étais extrêmement saoul. J'ai la fâcheuse tendance à tout boire de la même façon que la bière – quantitativement parlant. Une approche qui ne me réussit pas trop avec le vin. J'avais probablement englouti pas loin de deux bouteilles à moi tout seul et soudain, alors que nous chancelions dans le vent qui fouettait ce paysage sans âme, mon corps me le confirma.

Susan ne se sentait pas non plus en grande forme et nous titubâmes de conserve en traversant la route. Susan glissa sa main sous mon manteau et passa son bras autour de ma taille. Sans un mot, nous montâmes sur le trottoir irrégulier de l'autre côté.

Il était tard, mais la lune cireuse répandait assez de lumière pour nous permettre de voir ce qui se trouvait devant nous. Au-delà du muret, une rampe de béton en désagrégation descendait jusqu'au rivage qui semblait composé de laisses et s'étendait sur une centaine de mètres, avant d'être remplacé par une eau dormante gris ardoise. Au loin, nous pouvions entendre le bruit de petites vagues, comme deux mains lentement frottées l'une contre l'autre.

— C'est marée basse, observai-je avec sagesse, sauf que cela sembla plus sonner comme « C'est mawée bah ».

J'ouvris grand les yeux pendant un moment, clignai aussi des paupières, puis tâtonnai dans mes poches à la recherche d'une cigarette.

— Mmh…, répondit Susan sans vraiment regarder.

Elle fixait vaguement du regard le mur devant nous, ne laissant pas ses yeux monter plus haut. Elle refusa la cigarette que je lui offrais en secouant la tête, ce qui n'était pas dans ses habitudes. Je posai la main sur la surface froide du mur, histoire de m'appuyer contre quelque chose, et tournai de nouveau les yeux vers la mer.

Quand j'étais enfant, ma famille allait souvent en vacances à St Augustine. En fait, nous logions en dehors de la ville, vers Crescent Beach, dans la direction – mais heureusement assez loin – de Daytona Beach. Je me revois, à l'âge de cinq ou six ans, pas plus, debout sur cette plage intacte et tournant lentement sur moi-même afin de voir la mer sous des angles différents. Et je me souviens avoir pensé qu'on ne peut jamais rester vraiment immobile quand on regarde la mer. Il n'existe pas de position idéale où l'on peut se dire « Ça y est, c'est la bonne vue », parce qu'il y a toujours plus à voir de chaque côté.

À Dawton, c'était différent. Il n'y avait qu'une seule manière de voir la mer, peut-être à cause de la courbe de la baie ou peut-être est-ce autre chose. L'œil était attiré vers l'extérieur, comme s'il n'existait qu'une seule façon de profiter de la vue, une seule chose à voir.

Brusquement, je sentis que Susan retirait son bras et elle fit un pas en avant. Sans un regard vers moi, elle saisit le mur des deux mains et commença à se hisser dessus d'un air résolu.

— Qu'est-ce que tu fais ? demandai-je en retenant un hoquet.

— Je vais voir la mer.

— Mais…, commençai-je, puis je tendis le bras avec lassitude pour la suivre.

Manifestement, le temps était venu pour Susan d'avoir son face-à-face avec la mer. Le moins que je puisse faire était de l'accompagner et d'être là si elle avait besoin de parler.

La rampe en béton se révéla humide et plutôt raide et Susan faillit tomber dans la descente. Je l'attrapai par l'épaule et elle retrouva son équilibre, mais elle ne me dit rien en guise de remerciement. Elle ne m'avait pas vraiment adressé une parole depuis que nous avions quitté le restaurant. Le ton de sa voix, quand elle m'avait expliqué ce qu'elle comptait faire, avait été froid, presque irrité, comme si devoir rendre des comptes sur ses allées et venues l'agaçait. J'essayai de ne pas le prendre personnellement.

Lorsque nous atteignîmes le bas de la rampe, je m'arrêtai en chancelant légèrement. Tel un hibou, je scrutai la boue nauséabonde qui s'étalait devant nous. À l'évidence, voilà qui marquait la fin du voyage. Susan ne partageait pas cet avis. Elle s'engagea dans la boue et se mit à avancer à grandes enjambées avec autant de détermination que le sol et son état d'ébriété le lui permettaient. Je la suivis du regard avec un brusque sentiment d'abandon. Elle semblait ne pas être elle-même et je n'avais qu'une crainte, c'est de rester en arrière. Avec une grimace de dégoût, je posai un pied hésitant dans la boue et entrepris de rattraper mon retard du mieux que je le pouvais.

Nous marchâmes longtemps. La boue arrivait par vagues. Pendant vingt mètres, elle parut plutôt dure et sèche, avant de brusquement devenir plus sombre et plus humide, jusqu'à nous donner l'impression de nous frayer un passage dans – passez-moi l'expression – de la merde. La première fois que cela nous arriva, j'essayai de trouver des coins plus secs, afin de protéger mes chaussures, mais je finis par renoncer. C'était ça ou perdre Susan qui se dirigeait droit sur la mer.

À un moment, je jetai un coup d'œil derrière moi et vis la distance que nous avions parcourue. Depuis le front de mer, j'avais cru que la mer se trouvait à une centaine de mètres, mais cela devait faire bien plus. Je ne voyais plus ni les lumières des maisons, ni l'éclairage public. L'espace d'un terrible instant, je pensai que quelque chose avait dû se passer, que tout le monde avait éteint la lumière chez soi pour nous empêcher, Susan et moi, de retrouver notre chemin au retour. Je me tournai afin de prévenir Susan, mais elle était déjà trop loin pour m'entendre crier. À moins qu'elle ait décidé de m'ignorer. Après un ultime coup d'œil par-dessus mon épaule, je courus pour la rattraper.

Elle marchait toujours, mais elle avait redressé la tête et ses mouvements étaient devenus saccadés et manquaient de naturel. Quand j'arrivai à son niveau, je vis qu'elle pleurait.

— Susan ! Stop !

Elle continua encore quelques mètres avec ce qui lui restait d'énergie, puis elle s'arrêta. Je plaçai les mains sur ses épaules et je la sentis se raidir avant de s'abandonner contre moi. Ses cheveux froids frottaient contre mon visage alors que nous nous tenions enlacés, encerclés par la boue.

— Qu'y a-t-il ? demandai-je enfin.

Elle renifla.

— Je veux voir la mer.

Je levai la tête et regardai. La mer semblait toujours aussi éloignée que lorsque nous avions quitté le front de mer.

— La marée n'a sans doute pas fini de se retirer, expliquai-je.

Je n'étais pas sûr d'y croire. Manifestement, Susan n'en croyait pas un mot.

— Elle ne veut pas, murmura-t-elle indistinctement. Et je ne sais pas pourquoi.

Je n'avais vraiment rien à répondre à ça et me contentai de regarder vers l'eau. Je me demandai quelle distance nous séparait de l'endroit où la baie devenait plus profonde, de la formation rocheuse où l'épave de *L'Aldwinkle* reposait vraisemblablement toujours.

Nous finîmes par faire demi-tour et rentrer, Susan me laissant passer mon bras autour de ses épaules. Elle semblait épuisée. Je commençais à avoir mal à la tête et je sentais encore pas mal les effets de la boisson. Arrivés à la rampe, nous nous assîmes à mi-parcours pour fumer une cigarette. Je remarquai un peu tard que mes chaussures étaient foutues, couvertes d'une couche de boue d'un bon centimètre. Je les enlevai et les mis de côté.

— Ce week-end ne se passe pas vraiment comme prévu, finis-je par observer.

— Non.

Le ton de la voix de Susan ne permettait pas de savoir si elle estimait que c'était une bonne ou une mauvaise chose.

Nous observâmes encore quelques instants la mer en silence. Maintenant que nous étions revenus, elle ne semblait de nouveau à guère plus d'une centaine de mètres, deux cents tout au plus. Elle n'avait pas pu bouger en si peu de temps. Nous n'avions simplement pas marché aussi loin que nous l'avions cru et pourtant j'avais le sentiment que cela avait duré une éternité.

— Comment te sens-tu ? demandai-je.

— C'est là-bas, quelque part, répondit-elle.

Je hochai la tête. Ce n'était pas une réponse directe à ma question, mais en un sens, je suppose que je devais m'en satisfaire.

— Es-tu sûre que c'était la mer que tu voulais voir ? hasardai-je.

— Je ne sais pas, avoua-t-elle et elle laissa tomber sa tête contre mon épaule.

Un peu plus tard, nous nous relevâmes. Je décidai d'abandonner mes chaussures à l'endroit où elles se trouvaient. Elles n'étaient pas particulièrement belles et il semblait plus simple de les laisser ici que de trouver un moyen de les ramener à la maison dans leur état actuel.

et de les nettoyer. À un autre moment et d'une humeur différente, j'aurais pu considérer cela comme un geste d'insouciance un peu fou. Mais je me sentais juste vaguement triste et confus, vulnérable et exposé aussi.

Susan commença à s'animer sur le chemin du retour le long du front de mer, légèrement égayée par une série de blagues pas très drôles que je racontai. Au bout d'un moment, je sentis sa main froide chercher la mienne et je la serrai, faisant de mon mieux pour la réchauffer. Toute vie semblait avoir déserté le village au cours de la soirée. Les rues étaient silencieuses et aucune lumière ne brillait aux fenêtres. Nous avions l'impression de marcher à côté de la photographie d'une ville fantôme.

Mais cette impression s'évanouit en approchant de notre maison d'hôte. De loin, nous vîmes que toutes les lumières semblaient briller, quoique faiblement, et alors que nous arrivions à proximité, nous commençâmes à entendre claquer des portières dans le silence de la nuit.

Devant la maison, les deux côtés de la rue – déserte à notre arrivée – avaient été envahis par des voitures. De la lumière brillait effectivement à l'intérieur – sur les trois niveaux ! Elle nous avait paru faible, parce qu'un rideau avait été tiré devant chaque fenêtre. Manifestement, les autres clients venaient d'arriver.

Sous nos yeux, quelqu'un bougea derrière une des fenêtres du dernier étage. L'angle de la lumière derrière lui (ou elle) projeta une ombre de forme grotesque sur le store et je me surpris à frissonner sans raison évidente. En silence, je regrettai que nous n'ayons pas choisi un autre lieu de villégiature. Comme Londres, par exemple. Mais je gardai mes regrets pour moi.

Je cherchai notre clé sur le seuil quand soudain quelqu'un ouvrit grand la porte. Une lumière chaude et jaune se déversa depuis le vestibule et Susan et moi levâmes les yeux, battant des paupières, sur la vieille dame propriétaire des lieux. La première pensée qui surgit de mon esprit embrouillé fut que nous avions dû enfreindre une sorte de couvre-feu et qu'elle s'apprêtait à nous reprocher d'être en retard.

Bien au contraire. Les manières de la vieille bique s'étaient étonnamment améliorées et elle nous accueillit avec une cordialité enthousiaste et inattendue, avant de nous faire entrer. Puis, sans nous laisser le temps de respirer, elle nous fit passer au salon, alors que nous n'avions aucune envie de nous y rendre. Susan entra la première et me lança un regard. J'ouvris de grands yeux pour lui signaler ma perplexité. Susan haussa les épaules et – apparemment – nous décidâmes mutuellement qu'il serait plus simple de jouer le jeu. La vieille femme nous guida en agitant les bras vers des fauteuils situés au milieu de la pièce et nous offrit une tasse de thé. Mon premier réflexe fut de refuser – je commençais à m'affaisser un peu – avant de me souvenir que notre chambre n'avait même pas une bouilloire. J'acceptai. Notre hôtesse applaudit, apparemment ravie, et, du coin de l'œil, je vis Susan qui me regardait de nouveau. Je ne savais pas quoi lui dire. Je ne comprenais pas plus qu'elle ce qui nous arrivait et, dès que la femme quitta la pièce, je me tournai vers Susan pour le lui dire. J'ajoutai que le comportement de la vieille femme me paraissait étrange et un peu forcé. Elle semblait différente.

— Elle est maquillée, remarqua-t-elle. Et tu as vu cette robe ?

Assurément, l'espèce de tissu vert foncé de la robe ne me plaisait pas beaucoup et le maquillage avait été appliqué à la hâte, mais il témoignait d'un réel effort. Les nouveaux arrivants, quels qu'ils soient méritaient probablement une telle transformation. Nous parcourûmes la pièce du regard, nous sentant un peu mal à l'aise. Je remarquai quelque chose sur une table voisine.

Une brochure pour le Festival de Dawton se trouvait à côté d'un grand cendrier en verre. Je regardai de l'autre côté et vis que celle que j'avais consultée plus tôt n'avait pas bougé du rebord de la fenêtre. N'ayant rien de mieux à faire, je la ramassai et la montrai à Susan. Mais une seconde lecture ne nous en apprit guère plus sur le programme du fameux festival. Toutefois, arrivé à la double page centrale, je poussai Susan du coude, impatient d'attirer son attention sur la bizarrerie que constituait un concours de beauté à Dawton. Mais quand mon doigt pointa la photo, je marquai brusquement un temps d'arrêt.

Je venais enfin de comprendre ce qui m'avait frappé chez le patron de *L'Aldwinckle*, ce qui dans son apparence m'avait tout d'abord échappé. Cela avait un rapport avec la forme de sa tête, la proportion entre sa largeur et sa profondeur, la structure osseuse et la position des oreilles, qui me rappelaient fortement la photographie dégradée de « Miss Dawton ». J'avais du mal à croire qu'elle ressemblait vraiment à ça, que ce que je voyais n'était pas le résultat d'une mauvaise reproduction, mais la ressemblance était bien là.

— C'est sans doute sa fille.

Quand Susan parla, je me tournai vers elle, surpris.

— C'est juste un problème d'impression, répondis-je. Elle ne peut pas ressembler à ça, c'est impossible.

Susan secoua la tête avec fermeté.

— C'est sa fille.

La porte glissa et s'ouvrit en silence et je me dépêchai de mettre la brochure de côté, essayant de la dissimuler. Je ne sais pas pourquoi : ça me semblait aller de soi, mais ça ne marcha pas.

— Resterez-vous pour le festival ? demanda la vieille femme d'une voix rauque en déposant deux tasses d'un thé rouge brique sur la table. La question s'adressait à Susan, qui répondit par la négative. Nous en avions discuté au restaurant et nous avions l'intention de nous lever tôt et de repartir au plus vite pour Londres. Je répugnais à l'interroger plus avant sur ce qu'impliquait le festival, parce que j'avais conscience de prononcer chaque mot avec le plus grand soin afin de masquer mon ébriété. Aux rares occasions où Susan parla, je l'entendis faire la même chose.

Pendant que nous écoutions le bruissement de sa voix en buvant notre thé à petites gorgées, je commençai à ressentir un curieux mélange de relaxation et de malaise. Si le festival était un tel événement, pourquoi ne nous en disait-elle pas plus ? Et était-ce un effet de mon imagination ou penchait-elle la tête de temps à autre, comme pour tendre l'oreille ?

Quelques instants plus tard, il me sembla obtenir au moins la réponse à la seconde question. Nous entendîmes la porte d'entrée s'ouvrir, puis – après une longue pause – se refermer. Sans cesser de parler de sa voix sèche et peu instructive, la vieille bique alla jusqu'à la porte du salon, puis, au lieu de sortir, la ferma en la poussant doucement. Elle continua à parler pendant un moment pendant que Susan et moi la regardions, nous interrogeant sur ses intentions. Peut-être fallait-il mettre ça sur le compte de mon esprit fatigué, mais son bavardage sembla perdre de sa cohésion l'espace d'un instant, comme si son attention se trouvait ailleurs. Après un moment, elle reprit ses esprits et rouvrit la porte. Puis, avec une précipitation surprenante, elle nous souhaita une bonne nuit et quitta la pièce.

Venant conclure une journée qui avait semblé durer une éternité, toute la scène en devenait presque risible : pas parce que c'était drôle, mais parce que en riant il semblait possible d'effacer cette étrangeté indéfinissable. Mais je soupçonne que ni l'un ni l'autre n'avait très envie de rire et nous nous levâmes de nos fauteuils terriblement inconfortables pour regagner notre chambre d'un pas incertain.

Comme je ne portais pas de chaussures, je montai l'escalier avec une discrétion exceptionnelle. Étrange, tout de même, que la vieille dame ne l'ait pas remarqué ou ait choisi de l'ignorer.

Mes souvenirs de l'heure qui suivit sont confus et très fragmentaires. J'aurais préféré qu'il n'en soit pas ainsi, parce que, quelque part à l'intérieur, se trouve peut-être la clé des événements survenus après. Je ne sais pas. Voilà ce dont je me souviens.

En retournant dans notre chambre, nous passâmes devant des portes sous lesquelles brillait une lumière éclatante et derrière lesquelles des voix semblaient murmurer. En avançant dans le couloir, je crus tout d'abord qu'une fumée fine commençait à filtrer du plafond. Ce n'était pas le cas, bien sûr. Je voyais mal, c'est tout. Soudain, je me sentis de nouveau très saoul, en fait plus saoul qu'à n'importe quel moment de la soirée. Bien qu'elle n'ait marché qu'à un ou deux pas devant moi, Susan semblait se trouver très loin devant. J'avais l'impression que nous mettions bien plus de temps qu'il aurait dû en falloir pour parcourir un couloir aussi court. Un brusque sifflement derrière une des portes me fit dévier maladroitement de l'autre côté du couloir où je me cognai contre une autre porte. Il me sembla alors qu'un bruit s'interrompait, mais je n'arrivais pas à me rappeler à quoi il avait ressemblé. Tandis que j'appuyais la tête contre la porte de notre chambre et que j'essayais de me rappeler comment utiliser une clé, je haletai un peu, les épaules tombantes et faibles. Une autre vague de flou déferla dans ma tête et je me tournai laborieusement vers Susan qui se balançait à côté de moi et lui demandai si elle se sentait bien. Elle répondit en pressant brusquement ses mains sur sa bouche et en titubant vers les toilettes.

Je fis mine de la suivre, mais compris ou décidai que je ne lui serais d'aucune aide et me laissai tomber dans notre chambre. L'interrupteur ne semblait pas très important, soit parce que le pâle clair de lune filtrait dans la chambre, soit parce que partir à sa recherche représentait bien trop d'effort. Je me débarrassai de mon manteau en gesticulant de manière un peu léthargique et m'assis lourdement sur le lit. Je commençai à déboutonner ma chemise et abandonnai subitement. J'en étais tout bonnement incapable.

Affalé ainsi, je réalisai que je me sentais encore plus mal. Je ne comprenais pas pourquoi je me sentais si mal ou même quel était exactement le problème. Ça me rappelait la fois où j'avais été victime d'une intoxication alimentaire à cause d'une pizza aux fruits de mer douteuse. Quelques heures après le repas, j'avais commencé à me sentir… eh bien, bizarre, en fait, mais d'une façon que j'avais du mal à définir : pas particulièrement malade, juste complètement déconnecté et tout à fait étrange. Je ressentais quelque chose d'assez similaire en ce moment, avec en plus l'impression d'avoir bu tout le vin du monde et pris un peu d'acide en plus. La chambre semblait composée de plaques de couleur sombres qui n'avaient aucun rapport avec des objets ou des espaces, et si on m'avait demandé de la décrire, je n'aurais pas su par où commencer.

Me rappelant soudain que Susan vomissait dans les toilettes, je relevai brusquement la tête et me demandai de nouveau si je ne devrais pas aller l'aider. Ensuite, je m'évanouis.

La peau de Susan était chaude et presque moite. Nous roulâmes et je sentis que je pénétrais en elle, sans la moindre idée de la manière dont j'étais arrivé là. J'ai des images du côté de son menton, de l'une de ses mains et de ses cheveux tombant sur mon visage, mais je ne garde aucun souvenir de ses yeux.

Je crois avoir senti une certaine humidité sur ma joue à un moment, comme si elle pleurait de nouveau, mais tout ce que je me rappelle vraiment, c'est la chaleur, les ténèbres et la sensation de ne pas être réellement présent.

En me réveillant, la première chose que je fis fut de gémir mollement. J'étais allongé sur le flanc, face à la fenêtre et un faible rayon de soleil brillait sur mon visage. J'avais l'impression que mon cerveau avait été frotté avec du papier de verre à gros grain et la lumière était bien la dernière chose dont j'avais besoin. J'avais très envie de m'en détourner, mais je n'en avais tout simplement pas la force. Alors je me contentai de gémir.

Après quelques minutes, je roulai lentement sur le dos et remarquai immédiatement que Susan ne se trouvait pas à côté de moi. Je me rappelais vaguement qu'elle avait fini par venir se coucher la nuit précédente et supposai qu'elle s'était levée la première et prenait sa douche. Je repris ma position sur le flanc et tendis pitoyablement le bras vers la table de chevet. Mes cigarettes ne s'y trouvaient pas. Bizarre. Je fume toujours une dernière cigarette avant de dormir. Apparemment, j'avais fait une exception la veille.

Soudain un peu mieux réveillé, je me redressai en position assise. Qu'avais-je fait avant de me coucher ? Je ne parvenais pas à m'en souvenir. Mon manteau traînait en désordre au pied du lit, et brusquement, la manière brutale dont je m'en étais débarrassé me revint à l'esprit. J'étendis le bras et trouvai mon paquet et mon briquet dans la poche. D'un air absent, j'allumai une cigarette. Alors que je balayais la chambre du regard en plissant douloureusement les yeux, je remarquai un détail qui ne collait pas.

La trousse de toilette de Susan se trouvait sur la chaise près de la fenêtre.

Avec le recul, je sus dès cet instant que quelque chose n'allait pas. Je fis tout ce qu'on attendait de moi, dans le bon ordre et sans m'affoler outre mesure, mais je sus dès cet instant précis.

La trousse de toilette de Susan se trouvait toujours dans la chambre. Elle ne l'avait pas emportée avec elle, ce qui n'était pas logique. Peut-être n'était-elle pas allée dans la salle de bains pour se laver, mais pour y être de nouveau malade. Je grimpai hors du lit et enfilai quelques vêtements avec autant de facilité que si j'avais dû faire passer du fil dans le chas d'une aiguille. J'avais mal à la tête. En sortant de la chambre, j'attrapai sa trousse – au cas où.

La salle de bains était déserte. Il n'y avait personne dans les W.-C., et les cabines pour prendre une douche ou un bain étaient vides. Pas seulement vides, froides aussi, et silencieuses et sèches. Je retournai rapidement dans la chambre, la tête déjà bien plus claire. Étrangement claire, d'ailleurs : généralement, il me faut environ une heure pour reprendre mes esprits après une gueule de bois. Les mains sur les hanches, je parcourus la pièce du regard et essayai de comprendre où Susan avait bien pu passer. Puis je remarquai la couleur des nuages à l'extérieur et me tournai subitement pour jeter un coup d'œil à ma montre, sur la table de nuit.

16 h 20.

L'espace d'un instant, je fus submergé par une sensation de panique absolue, comme si j'avais oublié de me réveiller et manqué la réunion la plus importante de toute ma vie. Ou pis encore, peut-être, comme si cette réunion débutait à l'instant même à l'autre bout de la ville. La sensation s'estompa, mais seulement un peu, tandis que je cherchais à tâtons dans la chambre de quoi compléter ma tenue. Normalement, je ne peux pas démarrer ma journée sans un bain ; il m'est tout bonnement impossible d'entrer en contact avec d'autres êtres humains sans l'avoir fait. C'est en partie pour cela que je prétends que je savais déjà que quelque chose allait de travers. Peut-être qu'un événement survenu la veille, quelque chose que j'avais oublié, me disait que quelque chose n'allait pas. Mon bain ne semblait plus si urgent.

Il me fallut cinq minutes pour retrouver les clés de la chambre où je les avais laissées tomber, puis je verrouillai la porte et remontai rapidement le couloir. Je passai encore une fois la tête à l'intérieur de la salle de bains, mais rien n'avait changé. En passant devant une des chambres, je tressaillis légèrement, m'attendant à entendre du bruit, mais rien ne vint. Je n'étais même pas sûr de ce à quoi je m'attendais.

Le rez-de-chaussée de la maison d'hôte se révéla tout aussi désert. Je m'arrêtai dans ce qui tenait lieu de salle de petit déjeuner – comme c'était la fin de l'après-midi, il semblait évident que le service était terminé. Je me tins devant la réception et allai même jusqu'à sonner, mais personne n'apparut. Je remontai en courant afin de regarder inutilement encore une fois dans notre chambre, je toquai même timidement à l'une des autres portes. Il n'y eut pas de réponse.

Une fois redescendu, j'errai dans le salon, me demandant quoi faire. J'éprouvais, sans raison, un malaise et une frayeur grandissants. Susan ne m'aurait jamais quitté ainsi. Elle se trouvait sans doute quelque part en ville, avec les autres. Après tout, c'était jour de festival à Dawton. Peut-être qu'elle avait voulu aller voir. Peut-être qu'elle m'en avait parlé hier soir, mais que j'avais été trop bourré pour m'en souvenir.

Les deux tasses de thé que nous avions bues la veille se trouvaient toujours sur la table, à côté de la brochure du Festival. En frônçant les sourcils, j'avançais vers elles. Les propriétaires de pensions de famille sont généralement des maniaques de la propreté. Et d'abord, où était-elle ? Elle n'abandonnait tout de même pas ses clients à cause d'un minable festival local ?

Alors que je regardais les tasses, je sentis brusquement mon estomac se nouer, ce qui ne manqua pas de me surprendre. Cela me rappelait la sensation que j'éprouvais en regardant par la vitrine d'une certaine chaîne de pizzerias, quand je voyais l'épaisse sauce rouge qui couvrait les assiettes des clients à l'intérieur. Quand vous avez vu et senti cette même sauce sortir par votre nez, alors que vous êtes plié en deux au-dessus de la cuvette des toilettes au petit matin, vous en gardez un préjugé négatif. Cette réaction n'a rien de rationnel, c'est la seule manière pour votre corps sans voix d'exprimer son opinion et de vous prévenir.

J'avais la nausée. Pourquoi diable le thé me donnerait-il la nausée ?

Je m'approchai un peu plus de la table et scrutai l'intérieur des tasses. Dans l'une d'elles, restait un peu de thé, ce qui n'avait rien d'étonnant : Susan ne finissait jamais une tasse. La mienne était vide. Au fond, presque trop faiblement pour être vu, la terre cuite scintillait légèrement, comme si quelque chose s'y trouvait qui reflétait irrégulièrement la lumière. Me sentant comme si on venait de me donner un coup de poing dans le ventre sans prévenir, je m'agenouillai à côté de la table pour mieux voir.

Je n'avais pas sucré mon thé hier soir. Je ne le fais jamais. J'ai arrêté le sucre trois ans plus tôt. J'ai perdu près de six kilos et je suis assez vaniteux pour ne pas vouloir les reprendre. Mais il y avait quelque chose au fond de la tasse. Je soulevai l'autre tasse et l'inclinai légèrement. Le reste de thé se balança, révélant une tache similaire au fond. C'était moins bien défini que dans ma tasse, mais bien là.

On avait versé quelque chose dans notre thé.

Je levai subitement les yeux vers la porte, persuadé qu'elle avait bougé. Je ne vis aucune différence, mais je me relevai quand même. Je me relevai et sortis en courant de la maison.

Alors que je longeais le front de mer à vive allure en direction de la place du village, j'essayai de donner un sens à ce que j'avais découvert. Dans une certaine mesure, tout se recoupait. Je m'étais vraiment senti bizarre quand nous étions montés nous coucher la veille, et ça n'avait rien à voir avec l'alcool – que je connaissais bien. J'avais dormi très longtemps, ce qui s'expliquait aussi, et à mon réveil, ma gueule de bois n'était pas passée comme d'habitude.

En approchant de la place, je ralentis un peu. Je m'attendais à voir une foule rassemblée afin de célébrer la fête de ce village arriéré. Il n'y avait personne. L'angle de la place qui se trouvait dans mon champ de vision était aussi vide que la nuit précédente.

Susan, elle, s'était levée tôt. Ce qui semblait logique : elle avait vomi immédiatement après avoir bu le thé. Une moins grande quantité de produit était passée dans son système sanguin et elle n'en avait donc pas connu les mêmes effets. Logique. Très bien.

Mais il restait deux choses que je ne parvenais pas à expliquer – et qui m'inquiétaient.

La première, évidente : pourquoi quelqu'un avait-il versé quelque chose dans notre thé ? On n'était pas au cinéma ou dans un roman d'Agatha Christie : c'était un petit village sur la côte anglaise. Qui voudrait nous droguer et pourquoi ? J'avais plus de mal à formuler la seconde question, mais elle me tracassait plus. Susan avait une constitution de fer et tenait bien l'alcool. Elle pouvait boire comme un trou, pour être honnête. Alors pourquoi avait-elle vomi, si longtemps après avoir bu, alors que je n'en avais rien fait ?

Peut-être parce que c'était prévu ainsi. Peut-être que cette drogue, quelle qu'elle soit, avait des effets différents en fonction des personnes.

La place se révéla entièrement déserte. Je restai figé un moment, essayant de décider quoi faire ensuite. Il n'y avait ni drapeaux, ni affiches, rien qui suggère une manifestation en cours. Je tournai lentement sur moi-même, sentant se dresser le duvet sur ma nuque. Le calme qui régnait sur cette place en décomposition, anormalement vide et silencieuse, n'avait rien de naturel. Je n'avais pas seulement l'impression d'être seul. J'avais l'impression de me retrouver plongé dans la Quatrième Dimension.

Je marchai jusqu'à *L'Aldwinckle* et jetai un coup d'œil par la fenêtre. Le pub était vide et les lumières éteintes, mais j'essayai tout de même d'entrer. La porte s'ouvrit. À l'intérieur, je m'approchai du bar et criai, mais personne ne vint. Quelque chose s'était passé dans ce pub après notre départ la nuit dernière. Quelques-unes des chaises avaient été déplacées sur le côté de la salle et remplacées par d'autres qui ressemblaient à celles, laides et difformes, de la pension de famille. Leurs occupants avaient de toute évidence eu plus de chance que nous pour commander à boire : quelques-uns des petits verres se trouvaient éparpillés sur une des tables. L'une des brochures du Festival aussi, et je la balayai de la main avec irritation. Elle voltigea bruyamment jusqu'au sol et s'ouvrit, affichant ses fautes de typographie ridicules. « R'lyeh iä fhtagn ! », par exemple. Putain, c'était quoi, ces conneries !

Au moins, cela m'aida à penser plus clairement. Je savais que le Festival avait débuté à 15 heures. Ce que j'ignorais, c'était *où*. Il prenait vraisemblablement la forme d'une procession, qui commençait à une extrémité du village et se terminait à une autre, peut-être sur cette place. J'étais peut-être arrivé trop tôt. Inquiet pour Susan, je sautais d'un pied sur l'autre et je sentais que tout valait la peine d'être tenté. Si le Festival ne venait pas à moi, je me faisais fort d'aller le chercher.

Je sortis du pub en claquant la porte derrière moi et courus à l'angle opposé de la place. Je continuai par la petite route, passant devant d'autres maisons délabrées, et jetant un coup d'œil dans les ruelles latérales. Quand la route se perdit au bas des falaises, je fis demi-tour et pris un autre chemin. Puis un autre. Et un autre encore.

Il ne fallut pas longtemps pour que ce dédale de rues mine le peu de courage que je m'étais injecté. J'avais l'impression de courir dans un rêve où l'horreur que vous avez peur de croiser à chaque coin de rue se révèle être l'horreur du néant. Personne qui passe le temps, penché sur sa clôture. Personne qui étende le linge. Aucun enfant qui coure avec insouciance dans les rues ou les ruelles pavées. En bref : personne, nulle part. Rien d'autre que des rangées de maisons sales, beaucoup avec les fenêtres du haut qui semblaient avoir été condamnées. Une ville fantôme.

C'est alors que je trouvai quelque chose. Ou du moins le croyais-je.

J'avançais un peu plus lentement à présent – la rançon de quinze années de cigarettes. Pour être absolument honnête, j'étais plié en deux au coin d'une rue, les mains sur les genoux, en train de vigoureusement cracher mes poumons. Quand ma toux se calma, je levai la tête et pensai avoir entendu quelque chose. Le son d'une flûte.

Je me redressai brusquement, tournai la tête dans tous les sens afin d'en déterminer la provenance. Je crus d'abord qu'il s'agissait d'une des rues parallèles à l'itinéraire que j'avais emprunté pour venir jusqu'ici et courus à petites foulées dans cette direction. Je n'entendis rien là-bas, mais bifurquai néanmoins dans la prochaine rue latérale. Puis j'entendis de nouveau le même son, un peu plus fort, et quelque chose d'autre : le bruissement d'une conversation au loin. Après un coup d'œil craintif au ciel qui s'assombrissait, je dévalai la rue.

Au coin, je tournai prudemment. Rien. Mais je savais qu'il y avait eu quelque chose. Je l'avais manqué de peu. Je courus jusqu'au coin suivant et tendis l'oreille afin de déterminer l'itinéraire de la procession. Je me décidai pour la gauche et bientôt j'entendis encore du bruit, plus fort cette fois : un petit air de flûte bizarre et la rumeur de voix étranges. À ce bruit, je marquai une pause et un autre fragment de la précédente soirée me revint à l'esprit. Ce gargouillis odieux et malsain n'était-il pas ce que j'avais entendu derrière une des portes de la pension de famille ?

Soudain, les sons semblèrent provenir d'une direction différente et je fis volte-face pour les suivre. Ensuite, par le plus grand des hasards, je regardais par-dessus le jardin abandonné d'une des habitations quand j'aperçus quelque chose à travers l'espace qui la séparait de la maison voisine. Trois bâtons, espacés de trente centimètres, qui progressaient dans la direction opposée à la mienne. Ils semblaient se balancer un peu et c'est ainsi que je fis le rapport. Ce n'était pas de simples bâtons. Je ne pouvais être sûr de rien, parce qu'il faisait déjà sombre, mais pour moi ils ressemblaient à des petits mâts.

Je croyais que je ne pourrais pas courir plus vite, que mes poumons n'allaient pas manquer de protester et peut-être même exploser. Mais je fis demi-tour et remontai la rue à toute allure, prenant un virage serré. Vide. Mais cette fois j'étais certain d'avoir vu le bout de la cheville de quelqu'un au moment où il disparaissait au coin de la rue. Je la dévalai jusque-là.

Je ne sais pas ce qui me fit jeter un coup d'œil à la maison du bout. Sans doute un accident, une manière d'occuper ma tête pendant que mon corps se concentrait sur la course. Juste avant d'atteindre le bout de la rue, mes yeux se posèrent sur la vitre crasseuse de la principale fenêtre et ce que je vis – ou crus voir – me terrifia au point de me faire perdre l'équilibre et tomber. J'eus l'impression que ma chute durait longtemps et mon esprit maintient que ceci est ce que j'ai vu en tombant.

Un visage, qui se confondait presque avec les ombres de la pièce derrière la fenêtre. Un visage, qui ressemblait d'abord à quelque chose d'autre, quelque chose de méconnaissable et d'étrange, quelque chose qui glissa et se tordit pour se transformer en un visage normal plus vite que l'œil humain pouvait le suivre. Un visage normal, qui ressemblait à celui du patron du pub, et aussi un peu à celui de Miss Dawton. À celui de la vieille bique de la pension de famille aussi, particulièrement quand nous étions rentrés hier soir. Ce n'était pas qu'une question de maquillage, loin de là. Si je n'avais pas été aussi saoul, je crois que je m'en serais rendu compte immédiatement. Je crois que le maquillage avait été appliqué pour cacher quelque chose d'autre.

Et autre chose à propos de ce visage : il ressemblait un peu à celui de ma mère.

Tout ça se bouscula dans ma tête le temps qu'il me fallut pour tomber et en fut éjecté quand ma tête heurta la bordure du trottoir. Je m'étais méchamment tordu et écorché le genou, mais je me relevai immédiatement, reculant en toute hâte devant cette maison. Il n'y avait rien à voir à la fenêtre. Personne. Peut-être n'y avait-il jamais eu personne. Néanmoins, je tournai les talons et m'enfuis.

À ce moment-là, il se mit à pleuvoir, d'abord une bruine, ensuite un véritable déluge. Je marchai lourdement d'une rue à l'autre, pensant quelquefois entendre quelque chose, n'entendant parfois que le bruit de l'eau. Ma tête me faisait mal et du sang me coulait sur le côté du visage, se mélangeant à la pluie et dégoulinant à l'intérieur de ma chemise. Je sursautais et faisais demi-tour au moindre bruit, mais trop lentement pour que ça fasse une différence. Je semblais être devenu incapable de raisonner. Ce n'était pas du tout pareil que la nuit précédente. À présent, je me sentais juste terriblement et misérablement effrayé.

Je finis par abandonner et me dirigeai vers la place du mieux que je pouvais, en boitant à travers le dédale des rues. J'aurais dû y penser plus tôt ; après tout, j'avais vu juste dès le début. J'aurais dû attendre la procession là où elle se terminerait. Avec le recul, je suis content d'avoir été trop stupide pour le comprendre, mais sur le moment, je me maudis avec lassitude.

Ça ne fit aucune différence. La place était toujours déserte. Mais ils étaient passés par là. L'atmosphère qui régnait valait toutes les confirmations, le sentiment d'un espace récemment vidé. Il y avait aussi les bouts de papier dans les caniveaux, qui n'avaient pas été là plus tôt. Je m'accroupis afin d'en ramasser une ou deux feuilles détrempées. Elles provenaient de la brochure, comme on aurait pu s'y attendre. « Yogsogo… » disait un des fragments. « … thulu mw'ylеh iä… » pouvait-on lire sur un autre. Trop tard, beaucoup trop tard, je me demandai si tout cela avait une signification, quelque chose de plus qu'un simple particularisme local ou que l'incompétence d'une dactylo aveugle. Je ne crois pas qu'on puisse me reprocher de ne pas y avoir pensé plus tôt. J'avais juste voulu oublier Londres le temps d'un week-end. Je ne m'attendais à rien d'autre.

Je me retournai et, à travers la pluie oblique, je remarquai quelque chose. De là où je me trouvais, la porte du pub semblait ouverte à présent. Je me relevai et marchai dans cette direction, lançant d'occasionnels regards paranoïaques dans l'obscurité vers les autres coins de la place.

Il n'y avait pas de lumière, mais la porte était ouverte. Le propriétaire avait abandonné son pub. La vieille femme avait abandonné sa pension. Ces gens avaient-ils une telle confiance les uns dans les autres ou est-ce qu'ils s'en fichaient, tout simplement ? Le visage inconsciemment crispé par une grimace de tension, je poussai un peu plus la porte avec précaution. Aucun bruit ne s'échappa de la salle et, quand je passai la tête à l'intérieur, je constatai que l'endroit était désert. J'entrai. Rien n'avait changé depuis ma dernière visite, excepté au niveau du bar. L'abattant qui permettait d'accéder derrière le comptoir avait été levé et laissé ainsi, et la porte qui se trouvait à l'arrière béait. Je m'approchai et, regrettant de ne pas avoir un dieu ou une religion à invoquer, je me glissai derrière le bar.

Mon premier réflexe fut de scruter l'obscurité de la deuxième salle, celle qui n'était visible qu'en se tenant appuyé contre le bar. Je ne distinguai pas grand-chose, à part des chaises, toutes de cette forme inhabituelle. Puis je me tournai et regardai par l'autre porte. Au-delà, le mur était couvert de panneaux de bois noir et le couloir étroit dont il formait une partie s'arrêtait juste après la porte. Je franchis le seuil et regardai à gauche. Des marches de pierre descendaient dans les ténèbres. Je tâtonnai à la recherche d'un interrupteur, mais en vain. Dans le cas contraire, cependant, je doute que j'aurais eu le courage de l'utiliser.

Je pesai le pour et le contre avant d'entamer la descente. J'envisageai de courir jusqu'à la pension et de vérifier si Susan n'était pas revenue. Peut-être que le Festival était terminé et qu'elle m'attendait impatiemment au salon, se demandant où je pouvais bien être.

Je ne sais pas pourquoi cette hypothèse ne me semblait pas crédible, mais je n'y croyais tout simplement pas. Je commençai donc à descendre les marches.

Il y en avait beaucoup et elles étaient plutôt raides. Il faisait noir comme dans un four – presque depuis le haut – et je progressai avec les mains appuyées contre les murs de chaque côté de moi. Ma tête continuait à me faire souffrir, la douleur semblait même empirer d'ailleurs. Quand je fermais les yeux, j'avais presque l'impression qu'une petite lumière se mettait à briller dans ma tempe, je les gardai donc bien ouverts, même si cela ne m'aidait guère à avancer.

Finalement, je rencontrai un mur et tournai à gauche. Je longeai un autre couloir pendant quelques mètres avant de m'apercevoir que je commençais à distinguer une zone un peu plus claire devant moi et le bruit des vagues au loin. Et pas seulement ça.

Le son d'une flûte aussi. Je me mis à courir vers le bout du couloir.

Bien sûr, me dis-je en haletant, il était logique que la procession se termine sur la plage. Logique aussi que son itinéraire inclue un pub qu'on avait appelé *L'Aldwinckle*, un pub dont le nom commémorait la nuit où s'était enfin présentée leur chance d'émerger. Susan avait eu raison. Ce nom n'était pas un simple souvenir d'un événement passé. Il avait une signification pour le village, tout comme l'épave elle-même, R'yleh et tout le reste. Il représentait quelque chose d'horrible, célébrait une occasion désastreuse qui avait été saisie. Le son de la flûte augmenta de volume tandis que j'approchais du bout du tunnel et quand, à bout de souffle, je sortis sur la plage, je les vis enfin.

Ils marchaient par deux, lentement et à un rythme étrange. Au milieu de la colonne, la maquette d'un bateau, portée par une multitude de mains, s'agitait, comme balancée par le roulis. Bientôt elle aurait l'occasion de vérifier si elle flottait, parce que la procession entrait dans la mer.

Alors que, cloué sur place, j'assistais à la scène, les silhouettes en tête du cortège firent leurs premiers pas dans les eaux clapotantes. Elles avançaient avec assurance et sans peur et je crus avoir enfin compris. Sans réfléchir, je titubai vers eux en hurlant le nom de Susan. La colonne était déjà loin, à plus de deux cents mètres sur l'étendue de boue, mais je criai très fort et je crus apercevoir une silhouette se retourner en queue de cortège. Il faisait bien trop sombre pour avoir une quelconque certitude, mais je pense l'avoir vue. Je pense qu'elle s'est retournée pour me regarder.

Je me mis à courir et parcourus peut-être cinq mètres avant que quelque chose vienne s'écraser sur le côté de ma tête. Avant de perdre connaissance, je crus voir la chose qui m'avait guetté se baisser vers moi afin de s'assurer que j'étais hors d'état de nuire, puis rejoindre rapidement les autres d'un pas traînant.

Je rentrai à Londres deux jours plus tard et je suis toujours là. Pour le moment. Les cartons contenant les affaires de Susan se trouvent sous l'escalier. C'est trop dur de les avoir autour de moi, mais je ne peux pas me résoudre à m'en débarrasser. Pas avant d'avoir décidé ce que je vais faire.

Je repris conscience environ trois heures plus tard, à plat ventre dans la boue, sur une plage totalement déserte. Je commençai à avancer en trébuchant en direction de la mer, mon esprit toujours programmé comme il l'avait été avant qu'on m'assomme, puis je changeai d'avis. Je remontai la pente en pleurant et appelai la police d'une cabine téléphonique, avant de m'écrouler et de perdre connaissance. On me conduisit à l'hôpital où l'on me trouva deux commotions cérébrales. Mais avant cela, je parlai à la police et leur dis ce que je savais. Apparemment, dans mon délire, je mentionnai un village côtier où les habitants ne mangeaient pas de poisson, la signification cachée de swastikas inversés et de monstrueux villageois qui avaient le pouvoir de dissimuler leur véritable nature et de ressembler à des gens normaux.

Finalement, la police appela des renforts. C'était nécessaire. Un village entier déserté par ses habitants, qui ont laissé toutes les portes ouvertes et abandonné leurs biens, cela faisait un peu beaucoup pour les flics locaux. Les poulets de la grande ville ne s'intéressèrent pas beaucoup à mes divagations et je ne peux pas vraiment le leur reprocher. Mais, avant qu'ils arrivent, je pense qu'un vieux sergent de la police locale qui vivait dans un village voisin prit mon témoignage très au sérieux.

Sinon, comment expliquer que le lendemain, alors que j'étais assis, tremblant, dans le salon de la pension, je vis des plongeurs de la police se diriger vers la mer ? Personne n'en a rien su. Cette histoire n'est jamais parue dans la presse et les autorités feront en sorte qu'il en soit toujours ainsi. Je n'en parlerai à personne. Il vaut mieux que personne ne sache. Mais je continue à m'interroger sur ce que je devrais faire. Suis-je capable d'oublier ce que je sais ? Le temps nous le dira.

J'ai quand même rapporté mes chaussures à Londres, une sorte d'attention de ma part. La police les avait retrouvées sur le front de mer et je les avais identifiées comme étant les miennes. Enfoncée au bout de l'une d'elles, je trouvai une note qui disait « Au revoir, mon amour ».

Je sais qu'elle est partie avec eux et je suis content qu'elle ait perdu sa peur de la mer. Peut-être n'a-t-elle jamais vraiment eu peur d'ailleurs, qu'il s'agissait plutôt du déni de quelque chose d'autre. Quand je me souviens de la dernière heure que nous avons passée ensemble, je me demande si c'est une larme que j'ai sentie couler sur ma joue ou si ses cheveux étaient mouillés. Parce que les plongeurs firent une découverte, quelque chose que personne ne saura jamais. Des renforts arrivèrent une heure plus tard et, pendant toute la journée du lendemain, la plage grouilla de plongeurs qui n'arrêtaient pas de retourner dans l'eau.

Ils retrouvèrent *L'Aldwinkle*, et quelque chose à l'intérieur. Les squelettes de trois cent dix personnes, pour être précis. Grâce au bijou qu'il portait autour du cou et aux vestiges de son passeport, l'un d'eux fut identifié comme appartenant à Geraldine Stanbury.

Moteur !

Le plus drôle, c'est qu'il ne se sentait pas particulièrement enthousiaste. D'habitude, la seule perspective suffisait à le stimuler. Il avait passé la demi-heure précédente à arpenter son appartement, s'assurant que tout était bien en place, plantant le décor. Cet après-midi, un peu excité, il éprouvait aussi d'autres émotions qui ne rimaient à rien. Un sentiment de distance, de dislocation et, en arrière-plan, une sorte de profonde léthargie, qui, cumulés, provoquaient une espèce d'impatience agacée qui ne lui ressemblait pas. Il pouvait probablement mettre ça sur le compte de sa gueule de bois – en partie, du moins. Il ne se rappelait pas les circonstances exactes qui l'avaient mis dans cet état, mais il en payait le prix fort. Il avait passé la matinée à boire de grandes quantités d'eau minérale hors de prix, dans l'espoir que cela arrangerait les choses. En fait, à présent il avait simplement la sensation d'avoir la gueule de bois et d'être rempli d'eau.

Il se frotta le visage des deux mains et se sentit un peu mieux. L'horloge sur le mur du séjour lui confirma qu'il lui restait vingt-cinq minutes avant qu'elle arrive. Il avait largement le temps. Ça irait. Il connaissait l'expression qu'elle afficherait en se présentant à la porte. Nerveuse, un peu de rouge aux joues, se sentant délicieusement coquine et refusant d'admettre qu'elle aimait cela. Pauvre conne.

Tout à coup, il sourit et se sentit immédiatement beaucoup mieux. Le différentiel commençait à faire effet. Le différentiel entre ce qu'elles croyaient venir faire ici et ce qui se passait réellement. Entre la petite aventure sexy et intime qu'elles pensaient vivre dans les bras d'un amant insatiable et la façon dont lui percevait ces liaisons. L'excitation qu'il ressentait quand elles se trouvaient dans son appartement n'avait rien à voir avec ce qu'il connaissait une fois qu'elles étaient parties. Pour lui, c'était à ce moment-là que débutaient les choses sérieuses.

Se sentant enfin presque stimulé, il se leva brusquement du canapé et procéda rapidement aux deux étapes de préparation de l'appartement. La première ne lui demanda pas beaucoup d'effort. Il vivait de manière ordonnée. Répartir les magazines (soigneusement choisis pour renforcer l'apparence d'intelligence, de sensibilité et néanmoins de sensualité – et pourquoi pas, bon sang ? C'était tout lui) ; retaper les coussins sur le canapé (bon Dieu, ce que les femmes aimaient les jolis coussins !) ; s'assurer que deux verres à vin d'une propreté irréprochable attendaient sur le plan de travail, et que la bouteille dans le réfrigérateur serait fraîche, mais pas trop froide. Anne aimait boire un peu avant de s'y mettre, pour se détendre, pour assoupir sa conscience ou donner à leur rencontre un vernis romantique de pacotille – il n'en savait rien et s'en fichait.

La seconde partie du processus prit un peu plus de temps. Il y avait huit Caméscope numériques dans l'appartement – plus de dix mille dollars d'ingéniosité japonaise haut de gamme. Deux dans le séjour, quatre dans la chambre à coucher, deux dans la salle de bains. D'abord, il ne mit des bandes vierges que dans six d'entre eux, décidant de ne pas se soucier de ceux se trouvant dans la salle de bains. Il avait fait l'amour sept fois avec Anne et leurs ébats ne les avaient jamais entraînés dans cette pièce. Ça dépendait des femmes ; certaines aimaient faire ça là, d'autres pas. Anne appartenait à la dernière catégorie. Mais parfois, ça valait la peine, rien que pour voir l'expression de leurs visages quand elles allaient faire pipi après, qu'elles pensaient se trouver en coulisses en quelque sorte, invisibles. Honte, joie suffisante, culpabilité, larmes : autant d'indices sur ce qui venait de se passer. Finalement, il mit aussi une bande dans cette pièce, dans le Caméscope placé directement en face de la cuvette des toilettes. Un seul plan suffirait : seul son visage comptait.

Chaque caméra était soigneusement dissimulée : dans les rideaux, sur les étagères à livres, entre les piles de vêtements bien rangées. Dans le passé, il avait testé des appareils à sténopé, des machines minuscules, pas beaucoup plus grandes que la puce qui les pilotait, avec une lentille miniature sur le dessus, mais la qualité ne suivait pas et il fallait les raccorder à un enregistreur, ce qui compliquait encore les choses.

Quand il eut terminé, il retourna dans la salle de séjour. Plus que dix minutes à attendre. Il mit un peu de musique, une sélection figurant sur son ordinateur. Dorénavant, il écoutait toute sa musique de cette façon. Dès qu'il achetait un CD, il le numérisait et le convertissait au format MP3. Chaque fichier pesait à peine quelques mégaoctets et avec le rack de disques durs de cent gigaoctets qu'il s'était installé, il avait de la place pour des milliers de morceaux à un taux de compression tel qu'aucune de ses invitées ne paraissait capable de faire la différence avec le CD d'origine. Pour être honnête, lui non plus sans doute, plus maintenant. En y réfléchissant bien, ça faisait longtemps qu'il n'avait pas acheté un CD. Impossible de se rappeler à quand cela remontait. Maintenant, il allait chercher les fichiers MP3 directement sur le web. Certains étaient réglos, d'autres piratés. Ça n'avait pas d'importance. Voilà tout l'intérêt avec le web : la distance qu'il mettait entre vous et la scène de crime. Personne n'allait lui mettre la main dessus. Pas avec ces innombrables petits fils, trop fins pour laisser passer la culpabilité. Il semblait possible de passer sa vie entière sur le web sans risquer beaucoup plus qu'un peu de spam ou de mailbombing et il se sentait tout à fait capable de se défendre.

Les seules personnes avec qui il avait un contact direct, les seules à connaître son adresse physique et à pénétrer son monde corporel, étaient les femmes qu'il rencontrait sur les sites de chat. Il les préparait avec soin, se comportant comme un novice de la drague sur Internet : il se contentait de répondre à leurs avances timides et n'orientait la conversation que très progressivement vers la lente spirale qui les conduirait à poursuivre leur échange hors d'une arène publique et dans l'intimité de leurs e-mails personnels. Il limitait son terrain de chasse aux forums ayant vaguement un rapport avec sa situation géographique. Ça ne servait à rien de consacrer tant de temps et d'efforts pour finir par découvrir qu'elle vivait à l'autre bout du monde. Parce qu'il finissait toujours par convaincre la femme – même si, dans son esprit, il s'agissait d'une décision mutuelle – que le moment était venu de faire évoluer leur relation vers un niveau supérieur. De lui faire faire un bond en arrière, loin de ces moyens de communication futuristes et nébuleux et de revenir aux fondamentaux humains qui fonctionnaient depuis l'aube des temps. Il n'organisait jamais rien par téléphone. Pas une seule fois, il n'avait donné son numéro. Il préférait procéder par une série d'e-mails, une cour par le texte : une progression prudente pour elle, des phrases longuement mûries, réécrites, révisées et parfois envoyées par un clic spasmodique avant qu'elle ait eu le temps de changer d'avis ; pour lui, la routine le plus souvent, depuis qu'il avait remarqué qu'il pouvait très bien effectuer des copier/coller de ces précédentes campagnes et les réutiliser à de nombreuses reprises.

Et la première visite finissait par arriver. Une femme, habillée avec un peu trop de recherche, les yeux écarquillés de courage, se présentait à sa porte. Ce qui devait arriver arrivait et il se montrait doué. Alors, ça se reproduisait, encore et encore. Par périodes, quand la femme pouvait se libérer, quand elle ressentait l'ennui de sa vraie vie de manière si aiguë qu'elle ne trouvait le soulagement que dans un acte dont la malhonnêteté la secouait hors de sa routine quotidienne. Elles n'étaient pas toutes mariées, probablement même pas la majorité d'ailleurs. Mais pour celles qui ne l'étaient pas, le fait même qu'elles soient prêtes à entrer dans une relation aussi unilatérale montrait qu'elles ne méritaient pas d'être prises au sérieux. Ça durait jusqu'au premier accroc – une crise de confiance, un aveu larmoyant à un mari, un petit ami trop curieux surprenant un échange d'e-mails devenus obscènes avec le temps – et c'était terminé. La fin n'intervenait jamais de son fait. Il leur laissait ce soin, parce qu'il savait qu'ainsi elles ne reviendraient pas lui taper sur les nerfs. Elles auraient simplement disparu de sa vie. Pour être immédiatement remplacées par une autre, qu'il aurait pu préparer pendant ce temps, la maintenant dans le cyberespace jusqu'au bon moment.

On sonna à la porte. Il traversa la pièce et en profita pour vérifier sa coiffure en passant devant le miroir.

Elle attendait dehors. Vêtue simplement, ce qui l'agaça. Il aimait qu'on fasse un effort, ne serait-ce que parce qu'il y voyait la preuve que l'aventure restait encore au stade « chaud sexy ». Elle semblait tout de même avoir un peu le feu aux joues.

— Bonjour, David, dit-elle et il nota avec satisfaction une légère cassure dans sa voix. Tu as l'air en forme.

Oui, pensa-t-il, *tu as raison.* Et plus tard, en découvrant ce qu'elle portait sous son chemisier et son pantalon, il constata qu'elle avait fait un réel effort.

Deux heures et demie plus tard, il entendit la porte se refermer derrière elle quand elle quitta l'appartement. Allongé sur le lit, il avait fait semblant de somnoler : il se sentait prêt à faire beaucoup de choses pour que ses conquêtes restent convaincues de vivre une aventure hors du commun, mais certainement pas à les écouter jacasser après coup. Dès qu'il se fut assuré qu'elle était bien partie, il se rua sous la douche.

Une bonne prise, pensa-t-il, pendant qu'il se lavait à grande eau. Peut-être son meilleur film. Il se doucha lentement, faisant durer le plaisir.

Quand il eut terminé et enfilé le peignoir blanc et pelucheux qu'il aimait tant parce qu'il ne semblait jamais se salir, il se rendit à la cuisine, alluma son autre ordinateur et fit chauffer la cafetière. Il jeta les deux verres à vin – celui d'Anne, vide, le sien, à moitié plein – à la poubelle. Ce n'étaient pas les verres qui manquaient. Puis il fit le tour de l'appartement et rassembla les bandes.

Une pour chaque caméra du séjour, celles qui se déclenchaient dès que la porte s'ouvrait et que la femme entrait. Les quatre de la chambre : il avait allumé deux d'entre elles dès qu'ils avaient pénétré dans la pièce, à l'aide d'un interrupteur supplémentaire placé près de la lampe de chevet, les deux autres étant programmées pour commencer à enregistrer cinquante minutes plus tard, ce qui remédiait au fait que le format de bande qu'il utilisait admettait une durée maximale de une heure. D'autres appareils permettaient de filmer plus longuement, mais la qualité n'avait rien à voir.

Puis la dernière, dans la salle de bains – qu'il avait déclenchée grâce à un commutateur quand ils avaient eu fini de faire l'amour. C'est cet enregistrement qu'il transféra en premier sur le disque, assis devant son bureau avec une tasse fumante d'un excellent café et une cigarette. Il ne lui fallut que dix minutes pour l'enregistrer au format MPEG. Ensuite, il convertit les autres en tâche de fond, transférant les vidéos numériques sur le rack de disques durs, prêt pour un premier montage rapide.

Mais d'abord, un visionnage en prenant son temps.

Il se donnait tout ce mal pour ce moment précis. Le moment qu'il préférait. Ce n'était pas le cas au début, trois ans plus tôt. Quand il avait rompu avec sa dernière petite amie sérieuse, il avait juste cherché à prendre du bon temps et un peu de compagnie, comme tout le monde. Peut-être même à tomber amoureux. Cela ne s'était pas produit avec la première, ni avec la suivante. Un schéma émergea. Ça ne le gênait pas. Avant, quand il était avec quelqu'un, il enviait ses amis toujours sur le marché, qui multipliaient les rencontres très arrosées dans les clubs ou les bars et collectionnaient les conquêtes accidentelles d'une nuit. Jamais les mêmes seins à soulever, les mêmes fesses à écarter. David avait la conviction que les hommes se comportaient comme des collectionneurs, des taxinomistes, qui cherchaient et cataloguaient la diversité – et il en voulait sa part.

Mais au bout d'un moment, la diversité perdit de son charme et David se sentit de moins en moins concerné par ce qu'il faisait. Il avait l'impression que les femmes qui se succédaient à sa porte commençaient à se ressembler. Malgré des couleurs de cheveux différentes, des silhouettes contrastées et une saveur bien à elles là où ça comptait, quand venait le moment des ébats sur le canapé, dans les couloirs ou au lit, elles finissaient par ne plus faire qu'une – en effet, un point fondamental les rapprochait. Aucune d'elles n'était La Bonne. Il en vint à comprendre qu'elles ne le faisaient pas se sentir en vie. Il ne continuait que pour lui-même, pour sa part dans leurs actes. Et pour les enregistrements.

Tout commença plus ou moins par accident. Dans la mesure où l'on peut parler d'accident quand quelqu'un laisse une caméra tourner dans une pièce où il sait qu'il baisera avec une femme dans un proche avenir. Il l'avait achetée pour s'amuser, principalement parce que son nouvel ordinateur avait été livré avec un logiciel de montage vidéo non linéaire préinstallé. Il avait commandé sa caméra sur le web. Quand le colis arriva, il se rendit compte qu'il n'avait rien de bien intéressant à filmer dans son environnement immédiat et ne ressentait pas le moindre désir de sortir afin de réaliser un chef-d'œuvre bancal et de le diffuser sur le web pour des accros d'Internet disposant d'un abonnement au câble et de beaucoup trop de temps libre. Puis, un après-midi où il attendait une visiteuse, une idée lui vint. Se sentant soudain excité à la perspective d'essayer quelque chose de nouveau, il trouva un endroit dans la bibliothèque où coincer la caméra. De là, elle enregistrerait tout ce qui se passerait sur le canapé. Bon sang, se dit-il : ça pouvait même se révéler intéressant. Quand on sonna à la porte, il déclencha la caméra, dissimulant soigneusement, derrière quelques livres et un bibelot (le cadeau d'une ancienne conquête), la lumière rouge qui indiquait que l'appareil tournait. Après quarante minutes, ils allèrent poursuivre leurs ébats dans la chambre à coucher, mais quand il regarda la bande plus tard dans la nuit, elle suffit à lui faire sortir sa bite et à s'offrir son troisième orgasme de la journée – penché sur son bureau, les yeux écarquillés et rivés sur les images étonnantes à l'écran. Après, bien qu'épuisé, il regarda de nombreuses fois l'enregistrement, jouant avec l'avance et le retour rapide, passant en revue les instants saisis par l'objectif, comme s'il s'agissait de la confirmation que cet événement avait bien eu lieu. Il avait réellement baisé cette femme : elle lui avait fait *ceci*, il lui avait fait *cela*. Tout y était. Là, sur l'écran. Il pouvait le revoir. Il pouvait le regarder quand bon lui semblait.

Et elle n'en saurait jamais rien. C'était sorti du domaine de sa vie à elle pour faire partie exclusivement de la sienne. Elle n'en conserverait que de vagues souvenirs, leurs différentes rencontres finissant par se confondre, mais lui pourrait épingler chaque épisode sur un panneau de bois, tel un papillon.

Après cette première expérience, il filma systématiquement la première heure de ses rendez-vous, collant un morceau de ruban adhésif sur la diode rouge afin de gagner en souplesse. Avant longtemps, il eut envie de plus. D'abord, il installa une caméra dans chacune des deux pièces. Puis vint celle de la salle de bains ; pour d'obscures raisons, y faire l'amour procurait des sensations fortes à une dénommée Monica. Ensuite, un appareil supplémentaire dans la chambre et un deuxième pour le séjour, parce que, à ce stade, il avait compris qu'il obtiendrait de bien meilleurs résultats avec une matière première filmée sous deux angles différents : en partie parce qu'il n'était pas toujours possible d'orienter la femme pour obtenir le meilleur effet sans courir le risque de se trahir ; en partie pour plus de réalisme. La configuration à deux caméras fit toute la différence. Les changements de séquences d'un plan à un autre, d'une vue à une autre, montraient combien tout cela était réel, l'étoffaient en trois dimensions. Comme un vrai film. Plus vrai que la vraie vie.

Pour finir, il ajouta une paire de caméras dans la chambre à coucher pour s'assurer de ne pas en perdre une miette.

Il adorait faire ses films. Putain, qu'est-ce qu'il aimait ça ! Ils représentaient aussi sa manière de les punir parce qu'elles l'ennuyaient. Mais surtout, ces films montraient à quel point sa réalité était plus forte que la leur, parce que, quelles que soient les pensées qui crépitaient dans leurs petites têtes désespérées pendant le temps passé ensemble chez lui, elles ignoraient tout de ce qui se passait réellement. Qu'il les enregistrait et que, grâce à la magie du montage, il avait le pouvoir de leur faire ce qu'il voulait. Il pouvait choisir les plans qui le montraient en position de contrôle, les plans où elles apparaissaient nues et vulnérables, laissant la bande-son saisir leurs halètements et leurs bruits de succion, leurs gémissements et leurs pathétiques aveux d'amour, de désir, tout ce qu'elles pensaient devoir dire pour rendre tout ça acceptable. Il avait gardé les enregistrements de chaque session avec chaque fille, impeccablement classés dans les dossiers de ses disques durs. Il avait aussi réalisé une compilation des meilleurs moments – ou des plus révélateurs – pour chacune d'elles ; des anthologies rassemblant des scènes du même genre exécutées par une vingtaine de femmes différentes. Il les regardait quand l'envie lui prenait, le souffle court mais régulier, le visage baigné dans la lueur du moniteur, se regardant lui-même dans le blanc des yeux, contemplant l'ampleur de son pouvoir. Quand ces femmes se retrouvaient avec lui, elles possédaient une sorte de fausse réalité, qu'elles lui imposaient à travers leur présence physique. Une fois parties, elles révélaient leur véritable nature : des figurantes dans sa vie, de vagues présences au bas d'un e-mail. Il passa des soirées entières à retravailler le montage pour le plaisir et, au bout d'un moment, sa vision devint plus détaillée, plus épurée. Il opéra une sélection dans les enregistrements de la salle de bains, gardant les moments intimes et les entrecoupant avec d'autres scènes : Marie, l'air suffisant, s'imaginant lui avoir offert la baise de sa vie, avec, sur le plan suivant, David bâillant exagérément face à la caméra alors qu'elle le suçait avec enthousiasme une demi-heure plus tôt ; Janine, déclarant en haletant que le sexe avec lui avait quelque chose de sacré, et comme elle l'aimait, bla-bla-bla, avec, sur le plan suivant la même Janine assise sur la cuvette des toilettes, ravagée par des vagues de sanglots déchirants et raclant les ongles des deux mains sur ses joues zébrées de larmes.

Chaque fois qu'il réalisait un enregistrement, il se sentait plus lui-même, plus vivant. Parfois, il se passait un film sur l'ordinateur et éteignait l'écran juste avant l'arrivée de sa conquête du moment. Même s'il était impossible de le voir ou l'entendre, il continuait à passer, une suite de zéros et de un transformés en images : il défonçait une femme à l'écran pendant qu'il pressait le sein d'une autre dans la réalité ; il pouvait s'agir de la même femme, pendant qu'elle se trouvait aux toilettes après qu'ils avaient fait l'amour, une façon de contextualiser l'événement avant même qu'il soit terminé.

Les bandes avaient presque toutes été numérisées. Il était temps de préparer du café frais. David s'appuya contre le plan de travail pendant que l'eau bouillait, écoutant le gazouillis des disques durs tandis que les fichiers des films non montés s'inscrivaient dessus. Il se sentait fatigué. Les vestiges de sa gueule de bois, sans doute, et Anne ne se montrait pas de tout repos non plus. Cet après-midi, elle avait paru encore plus frénétique que d'habitude, comme pour le (ou se) mettre à l'épreuve. Ou peut-être qu'il avait juste bu trop de café en ayant le ventre vide et que ça lui faisait tourner la tête. Peu importe. Il allait quand même se reprendre un caoua. La tradition l'exigeait.

Il porta la cafetière et un pot de crème à son bureau, pour ne pas avoir besoin de se lever avant un certain temps. Puis, quand la machine tinta pour lui signaler qu'elle avait fini le gros du travail, il tendit le bras et cliqua sur le premier fichier. Il attendait toujours qu'ils soient tous transférés sur le disque. Il préférait procéder ainsi. Une fois qu'il avait commencé à regarder, il avait besoin de savoir qu'il pouvait sauter à n'importe quelle scène, sans attendre. Ça faisait partie du plaisir.

L'enregistrement de la salle de bains commença par dix minutes de vide – Anne était restée allongée à ses côtés sur le lit pendant quelque temps après avoir fait l'amour. David se redressa et admira le fait qu'il avait pensé à replier les serviettes. Peu d'hommes en auraient fait autant. Il soignait ses conquêtes : les films ne constituaient qu'un paiement dont elles ignoraient l'existence. Puis il y eut le bruit de la porte qu'on ouvrait et le dos d'Anne apparut, suivi du son de la porte qui se refermait. Elle se tint devant la glace et fit couler l'eau froide, son reflet ne lui renvoyant aucune expression particulière. Elle s'aspergea le visage avec de l'eau, puis s'assit sur le W.-C. C'est à ce moment-là, avec son visage bien plus visible en face de la caméra, que David se rendit compte que l'expression de son visage ne semblait en fait pas si indéchiffrable que ça.

Il la regarda pendant les quelques minutes où elle resta assise, avant de tirer la chasse et de sortir de la pièce. Puis, d'un clic, il revint en arrière dans le fichier MPEG. Et il le regarda encore une fois.

Son imagination ne lui jouait pas des tours. Il en était persuadé. Il avait eu son content d'expressions « indéchiffrables ». Certaines femmes étaient comme ça. Quand elles ne se trouvaient pas sur scène, en pleine action, les plus vivaces d'entre elles semblaient capables de se transformer en statue de cire, comme si, en l'absence d'un public, elles n'étaient plus rien. Mais ce n'était pas le cas ici. Il y avait bien quelque chose sur son visage. Simplement, il s'agissait de quelque chose qu'il n'avait jamais vu auparavant.

Quoi ? De la sérénité ? Non. De l'insatisfaction ? Non plus, mais…

David fronça subitement les sourcils et posa sa tasse sur le bureau. Il revint de nouveau en arrière. Il sentit le rouge lui monter aux joues.

En fait, elle avait juste l'air de s'ennuyer un peu.

Irrité, il alluma une cigarette. Impossible. Pas après ce qu'ils venaient de faire. Pas après la démonstration technique insolente de facilité qu'il lui avait offerte du canapé jusqu'à leurs orgasmes mutuels et bruyants. Peut-être qu'elle avait été distraite. Après tout, elle avait vraisemblablement une vie hors de chez lui. Il ne posait jamais de questions, mais d'habitude cela ne les empêchait pas d'en parler, croyant – à tort – qu'il en avait quelque chose à faire. Peu importe. Elle n'avait pas pu s'ennuyer. Non, impossible.

David ferma la fenêtre de cet enregistrement et lança un autre téléchargement, s'essuyant le front avec le dos de la main en attendant. Il avait toujours l'impression d'avoir un peu chaud. L'embarras, peut-être. D'avoir osé penser – sa première réaction – qu'elle aurait pu considérer leur accouplement comme rien moins que sismique. Non, il s'agissait plutôt d'un sentiment d'indignation. Si elle se montrait frigide au point de ne pas pouvoir oublier les misérables psychodrames de sa vie extérieure qui tourbillonnaient dans sa tête, ses jours de baise semblaient comptés. Avec lui en tout cas. Son petit mari accepterait sans doute mollement de coucher avec elle, de reprendre la pathétique routine amoureuse qu'elle avait voulu fuir en se jetant dans les bras de David. À condition qu'Anne ait un mari. Il se sentait tellement énervé qu'il était incapable de s'en souvenir.

L'enregistrement du séjour était meilleur. Bien meilleur. D'abord, un quart d'heure à bavarder en sirotant du vin, une spirale venant conclure la cour menée par e-mails – mais avec une destination connue. Ensuite, un geste franc de sa part : tendre la main et caresser un sein à travers son chemisier, puis, sans prévenir, glisser la main sous sa jupe. Il adorait faire ça. Agir en propriétaire. Se trouver en position de démontrer que le résultat ne faisait aucun doute pour lui. Ça rendait bien à l'écran aussi. À ce moment-là, la femme devenait ce qu'elle était vraiment : une version en trois dimensions des images qu'on pouvait trouver sur une foultitude de sites sur le web. Une chose apparue dans son champ de vision. Un jouet. Et elles adoraient ça. Réellement. Elles adoraient qu'on les traite de cette façon.

Bientôt, ils furent tous deux à moitié nus. Il la fit pivoter de manière irréprochable, mettant ses mains en coupe sous ses seins par-derrière, caressant son cou de ses lèvres alors qu'elle penchait la tête en arrière, les yeux clos – pendant que les siens fixaient la caméra. Il y eut un bref défaut dans la numérisation et ses mains se figèrent un instant, mais, ce détail excepté, il s'agissait d'une scène classique – quelques magnifiques changements de plans possibles avec l'autre caméra. Classique, dans sa partie porno soft, en tout cas. Le meilleur restait à venir.

Ensuite, un peu plus de la même chose, la routine. La montée de l'excitation. Un bouton par-ci, une bretelle par-là. Avec l'expérience David savait à présent de combien de temps il disposait dans le séjour et comment se diriger lentement vers le couloir, sans risquer d'arriver en fin de bande. Il leur restait trois minutes, ils se tenaient debout tous les deux, leurs pantalons aux chevilles. Il la toucha d'une façon qui la fit reculer hors de la pièce en gloussant, le tirant par une partie du corps qu'un homme ne pouvait refuser de suivre.

Alors qu'ils passaient hors du champ des caméras, David remarqua une autre anomalie visuelle. Il arrêta le film, revint en arrière. Juste à la fin, il y avait un passage de deux secondes avec une sorte de flottement autour de l'image de sa tête, de minuscules blocs de couleur pixelisés. Il bascula sur la prise de vues de l'autre caméra au même moment et constata avec soulagement qu'elle semblait sans défaut. Il réglerait ça au montage. Probablement un problème avec la bande. La condensation. Ou les têtes d'enregistrement qui avaient besoin d'être nettoyées. Il passa en revue les différentes caméras, trouva la bande fautive et la mit de côté pour plus tard.

Puis il lança le premier des films de la chambre. Il savait qu'il avait manqué une partie de l'action. Dans le couloir, Anne s'était penchée et l'avait pris dans sa bouche pendant deux ou trois minutes. Il songea – ce n'était pas la première fois – que ce serait bien d'avoir aussi une caméra à cet endroit. Le problème demeurait : où la cacher ? Il devrait peut-être faire un compromis, se procurer un sténopé et le dissimuler dans un tableau. Ça pourrait même donner des résultats intéressants, genre film de voyeur ou de caméra de surveillance. Hmm. À voir plus tard. Sur l'écran, l'enregistrement de la chambre montrait leurs actions qui devenaient plus fluides.

Sur le moment, il avait su que ce serait excellent. Pas tant le sexe que sa façon de contrôler ses mouvements, son flux et son reflux. Sa tête à elle, ici, en plan direct. Sa main à lui, précisément là où elle pouvait être vue. De petits roulements apparemment spontanés, faisant passer l'action d'un angle de vue à un autre. Les gémissements et les soupirs de sa partenaire, ses grognements à lui – pour l'encourager. Poussées, consentements, rétractations et changements de positions, tous maximisés pour le plaisir des yeux. Du premier choix, prêt à la consommation. Un classique.

Sauf que… Merde !

Il revint en arrière de trente secondes, pas vraiment sûr de ce qu'il avait remarqué. Il regarda de nouveau ce passage.

Un plan simple : eux deux, de l'autre côté du lit, filmés par la caméra cachée sur la tringle à rideaux. Lui sur elle, dans la position du missionnaire, la tenant par les épaules et la défonçant. Les mains d'Anne sur ses fesses, accompagnant son va-et-vient. Ses cheveux déployés sur les draps, tels ceux d'une sirène flottant dans une eau peu profonde. Au bout d'un moment, elle leva les jambes et les referma sur son dos. *Elle n'a vraiment pas l'air de s'ennuyer*, songea-t-il avec une joie mauvaise – elle en savourait chaque seconde. Elle amena ses mains dans son dos, pour quelques coups d'ongles joueurs, avant de les poser sur son visage. Elle ouvrit les yeux un bref instant, explorant de son regard la pièce à la recherche de quelque chose. Peut-être qu'elle le trouva. Peut-être pas.

Arrêt sur image. Retour en arrière de deux secondes. Là. Les mains d'Anne, en coupe, tenant sa tête.

Il pouvait les voir.

La caméra se situait en hauteur et derrière lui. Il aurait dû voir le haut et le côté de sa tête, ainsi que ses cheveux. Le bout de ses doigts de chaque côté de sa tête. Mais, sur quelques images, il voyait aussi ses mains. Sous sa tête. Ça ne devrait pas être possible.

Il fit défiler le film, en avant et en arrière, se sentant de plus en plus contrarié. Il semblait probable que cet effet, une curieuse transparence, avait été causé par le filtre qu'il appliquait automatiquement aux bandes quand il les numérisait. Des algorithmes préréglés ajustaient les niveaux de contraste et de luminosité pour obtenir un résultat plus cohérent lors du montage. Les filtres jouaient avec l'image sur la base de calculs et de théories, et non de la réalité. Il était bien plus bronzé qu'Anne ça n'avait jamais posé de problème auparavant, mais elle n'avait pas pris de vacances depuis qu'ils couchaient ensemble. Peut-être que les tons de sa tête avaient fait les frais d'une anomalie qui les avait rendus momentanément translucides. Ça avait intérêt à venir de là. Parce que si c'était encore un défaut sur la bande, le marchand en ligne chez qui il les avait achetées allait recevoir un e-mail plutôt cinglant.

D'un clic, il poursuivit le visionnage du reste de l'enregistrement. Plutôt bien. Classique. Mais ce putain de défaut n'arrêtait pas de revenir. Pas longtemps. Une seconde ou deux, ici ou là. Ça devait forcément avoir un rapport avec cette histoire de nuances de la peau. Elle était pâle, lui doré. Le champ qu'il avait attribué au filtre semblait trop étroit. Et ça empirait. Sur la deuxième paire de bandes, celles qui avaient enregistré la deuxième heure dans la chambre – et la seconde et langoureuse partie de jambes en l'air – l'image n'arrêtait pas de sauter.

David saisit la souris et appuya violemment sur le bouton afin d'arrêter le film. Ce n'était pas si grave. Il pourrait recommencer la numérisation de la bande, en désactivant les filtres, se résigner aux différences d'éclairage ou les modifier manuellement. Mais la première solution serait source de déception, une baisse de qualité à laquelle il se refusait ; la seconde signifiait plusieurs heures d'un travail pénible. Il ne méritait pas de se retrouver dans une telle galère. Il avait fait du bon boulot. Pourquoi est-ce que ça n'avait pas marché du premier coup ? Pourquoi cette conne ne se payait pas quelques heures dans une cabine de bronzage ? Il faudra qu'il ait une conversation avec elle à ce sujet. Pour le reste, il l'avait bien dressée. Le résultat se voyait à l'écran et il n'avait pas l'intention de tout perdre parce qu'elle se révélait incapable de se remuer le cul et de soigner son apparence !

Il avala une autre gorgée de café et se leva ; il ressentit de nouveau cette sensation de vertige momentanée. Il n'allait pas certainement pas se lancer dans une opération de filtrage manuel cette nuit. D'ailleurs, il avait mal aux yeux. L'éclairage d'ambiance du décor qu'il avait mis en place pour Anne était trop faible pour servir à quoi que ce soit d'autre. Il avait des difficultés à voir les angles de la pièce.

Fouillant de nouveau parmi les caméras, il trouva l'une de celles faisant partie du second jeu de la chambre à coucher – il voulait simplement vérifier que la bande n'était pas en cause. Il hésita un instant avant de la brancher sur le moniteur. Il se sentait déjà d'assez mauvaise humeur comme ça. S'il s'agissait d'un problème avec la bande, il ne pourrait rien faire pour sauver le film. Avait-il vraiment envie de savoir ça maintenant, dans l'état d'esprit où il se trouvait ?

Et merde. Il l'apprendrait tôt ou tard. Il se brancha, attendit pendant que la bande se rembobinait, puis appuya sur PLAY.

Le film commençait au moment des préliminaires avant leur seconde baise. Étendue sur le dos, Anne grognait doucement pendant qu'il lui suçait les mamelons et la cajolait entre les jambes. Puis, alors qu'il grimpait à califourchon sur sa poitrine, il prit sa main avec douceur et la dirigea vers sa bite afin de lui prodiguer ses encouragements, avant de la confier aux bons soins de sa bouche. Après quelques instants, il se retira, descendit de sa poitrine et la retourna pour… Mais il y avait un problème. Un très gros problème.

Il ne se trouvait pas sur l'image.

Anne fit bien toutes les choses dont il se souvenait. Elle bougea aux bons endroits. Les marques de ses mains s'imprimèrent sur son corps. Sa bouche s'ouvrit et ses mains se levèrent, comme pour diriger ses coups de boutoir. Puis elle ferma la bouche, leva les yeux vers le vide et se retourna, la marque des doigts de David sur ses fesses. Mais elle donnait presque l'impression d'être la seule personne présente dans le lit.

David jura, tira d'un coup sec la bande hors de la caméra et la lança à travers la pièce. Il saisit une autre caméra et la raccorda au moniteur. Un enregistrement du séjour. Il savait qu'il était nickel. Il avait déjà regardé le fichier MPEG. Il le rembobina et se le repassa.

Anne buvait seul.

Les boutons d'Anne se défirent d'eux-mêmes. Sa braguette glissa toute seule et son pantalon tomba sur le sol.

Anna sortit de la pièce à reculons, gloussant, la main tendue comme si elle tirait sur une corde invisible.

Putain, horrible ! La bande paraissait tellement abîmée qu'on avait l'impression qu'il n'avait jamais été là. Et pourtant, il avait bien été présent, la question ne se posait même pas : il en avait la preuve devant lui. Elle ne s'était pas déboutonnée elle-même : ses mains ne se trouvaient même pas à cet endroit à ce moment-là ! Il avait été là et c'est lui qui avait défait les boutons. Mais s'il n'arrivait pas à le voir, ça ne comptait pas, non ?

Il alluma rageusement une autre cigarette. Il alla récupérer la bande qu'il avait jetée. Il pouvait difficilement la renvoyer au fabricant comme preuve de produit défectueux, mais il pouvait noter le numéro de série. Il en aurait besoin. Manifestement, une série entière avait un défaut. Ils avaient sans doute déjà reçu des plaintes. Avec la sienne, ça en ferait une de plus – et ils pouvaient compter dessus !

Il se rassit. Son cœur battait fort et irrégulièrement. Sa tête lui faisait un mal de chien. Le sentiment de dislocation qu'il avait éprouvé avant qu'Anne arrive avait refait son apparition. L'espace d'un instant, il vacilla, douta du sens de sa vie, comprenant que toutes ses autres activités étaient devenues superflues, que seuls les films avaient de l'importance pour lui, qu'ils représentaient les seules choses qui parlaient directement à l'homme qu'il se savait être. Ça ne dura pas plus d'une seconde. Il était de retour. Et en colère. Il avait besoin de reprendre ses marques, c'est tout.

Ses mains s'animèrent tels des robots indépendants. L'une prit la souris et navigua rapidement dans l'arborescence des dossiers de son ordinateur, se dirigeant droit sur une de ses compilations des meilleurs moments. L'autre tira sur le nœud de sa ceinture, écarta les pans de son peignoir et trouva ce qui se cachait à l'intérieur. Il double-cliqua sur le fichier, tout en se masturbant déjà. D'accord, il en avait perdu une. La technologie avait conspiré contre lui. Mais il avait déjà tant de plaisir stocké sur sa machine.

Le film « Mes chiennes préférées » apparut sur l'écran. Il se sentait fier de ce titre. Une succession de scènes avec des femmes dans la position de la levrette, entre lesquelles il avait inséré des passages où ces dames lui suçaient la bite. Son heure de gloire. Ses heures de gloire, en fait : l'essentiel, rien que l'essentiel.

Mais il n'apparaissait pas dessus. Dans aucune des scènes

Malade de désarroi, il parcourut la bande en tous sens, vérifiant certains passages à plusieurs reprises. Monica, Claire, Janine Les femmes bougeaient sous sa direction, mais il n'était pas là. Anne, Maire, Helen, Liz. Des parties de leurs corps s'ouvraient pour l'accueillir, mais il demeurait invisible. Sue, Teresa, Rachel, Nikki, Maggie, Beth. Et lui, putain ! Lui n'était nulle part.

Il ferma le fichier et vérifia un autre film. Même chose.

Puis un autre. Et un autre. Il se leva en chancelant. Il se sentait vraiment bizarre. Presque comme s'il flottait.

Quelque chose n'allait pas dans sa tête.

Peut-être que ça n'avait rien à voir avec sa cuite. Peut-être qu'un enfoiré avait glissé une drogue psychédélique à retardement dans son verre la nuit dernière, au club. Il ne parvenait toujours pas à se souvenir exactement où il avait passé la soirée. Tout n'avait pas pu disparaître comme ça. Pas les choses qu'elles avaient faites pour lui. Les choses qu'il leur avait fait faire.

Non, c'était forcément une drogue, parce que les images sur l'écran commençaient aussi à sembler bizarres. La table lui paraissait irréelle, tout comme les petites lampes, disposées avec soin tout autour de la pièce, qui perdaient de leur substance avant de retrouver une apparence plus solide l'instant d'après. Laissant son bureau derrière lui, il tituba dans la pièce. Il se sentait malade, vide, comme s'il perdait contact avec la réalité.

Peut-être qu'il ne s'agissait pas d'une drogue, se dit-il brusquement. Pas exactement. Pas quelque chose qu'on avait glissé dans son verre. Peut-être qu'une des femmes était revenue pour se venger – ou son mec. Parce que, en y réfléchissant, certaines revenaient de temps à autre, « en souvenir du bon vieux temps ». Peut-être qu'une d'elles avait laissé quelque chose dans la pièce. Une sorte de gaz, qui s'échappait lentement, se diffusait et lui mettait petit à petit la tête à l'envers – ça pouvait prendre des jours, des semaines. Le temps passé hors de l'appartement lui offrait son seul répit. Comme quand il…

Il n'arrivait pas à se rappeler la dernière fois qu'il était sorti de chez lui. Il n'arrivait même pas à se rappeler où il avait été la nuit dernière. Peut-être qu'il n'était allé nulle part et que seul le gaz le lui faisait croire. Il essayait de combler les trous, d'expliquer pourquoi il se sentait ainsi. Il tituba à travers la pièce, en direction du couloir. De l'air. Il avait besoin de prendre l'air. Il avait besoin de sortir et de découvrir quelle était la salope responsable de son état. Il se dit que, pour une fois, il enfreindrait sa règle de ne jamais établir un contact autre que virtuel. Il allait la trouver et lui faire sa fête.

Alors qu'il tanguait à travers la pièce, il semblait se déplacer en une série de faux raccords. Quand il passa devant le miroir, il ne remarqua même pas qu'il ne se reflétait pas dedans.

Il se rua dans le couloir, faisant de son mieux pour courir, mais incapable de prendre de la vitesse à cause de ses gestes désordonnés. La drogue prenait possession de son cerveau. Peut-être qu'Anne avait tout déclenché. Il s'était senti bizarre avant sa venue, mais rien à voir avec ce qu'il ressentait maintenant. Elle l'avait peut-être fait craquer. Alors qu'il se traînait dans le couloir, le visage pressé contre la fraîcheur du mur, il essaya d'imaginer ce qu'il lui ferait subir à sa prochaine visite. Il savait qu'elle n'aimait pas la brutalité. Il avait essayé, minutieusement chorégraphié pour les caméras. Eh bien, la prochaine fois, elle y aurait droit, que ça lui plaise ou non.

Il ne se sentait plus aussi mal, juste tellement étourdi qu'il parvenait à peine à penser. Tout semblait si blanc. Il ne sentait même plus le mur, mais il apercevait la porte. Il tendit la main vers la poignée, la tourna et ouvrit.

Dehors ne l'attendait qu'un vide noir.

Il se retourna, mais le couloir avait disparu. Il y avait du noir partout, la lumière finissait de disparaître en fondu.

Sa dernière pensée fut :

Ce n'est pas juste. Ne comprenez-vous pas ? Tout ça c'est moi.

Anne vérifia ses e-mails avant d'aller se coucher. La routine : quelques messages du boulot, deux articles d'un contrat qu'elle avait demandé à son agent d'étudier, des nouvelles de sa sœur en Australie.

Et un message de RENCONTRES PRIVEES.COM. Elle l'ouvrit.

Chère Anne,

Je vous adresse nos plus plates excuses ! Vous aviez raison et vos capteurs sensoriels n'étaient absolument pas en cause. Les ingénieurs en charge du site viennent de découvrir une erreur de programmation majeure dans le personnage et, apparemment, cela fait un momen que cela dure. En conséquence, nous avons décidé de retirer défini tivement du service le Partenaire™ David. Malheureusement, cela signifie qu'« il » aura aussi disparu des transcriptions de précédentes Rencontres™ que vous avez archivées sur notre serveur sécurisé. Mais soyez certaine qu'il sera remplacé sous vingt-quatre heures, afin que vous puissiez reprendre vos visites pour votre plus grand plaisir.

Je vous renouvelle nos excuses et j'espère qu'une remise de 30 % (à valoir sur vos futurs achats) et la promesse de la livraison prochaine de la V4 de nos Partenaires™ vous encourageront à vous reconnecter bientôt sur notre site.

Bien cordialement,
Julie North, Service Clients.

Anne s'adressa un signe de tête affirmatif, satisfaite d'avoir vu juste. Elle avait senti tout de suite qu'il y avait quelque chose de changé. Et la perspective de revivre le bon vieux temps avec un nouveau Partenaire™ lui semblait plutôt intéressante.

Elle eut un sourire gourmand en éteignant l'ordinateur. Enfin. Ça suffisait.

Pour cette nuit, en tout cas.

Un dernier regard

Je remontais Leighton Road, l'esprit ailleurs. La plupart des gens qui se promènent sur Leighton Road essaient de penser à autre chose – et je les comprends –, mais c'est la seule façon de rejoindre mon appartement depuis la station de métro de Kentish Town. J'avais eu une longue journée au boulot, mais je ne m'en plaignais pas, parce que Jenny avait été là. Bien que nous ne travaillions pas dans le même bureau, chacun pouvait sentir la présence de l'autre à travers les murs – et nous avions passé notre pause-déjeuner au pub, dans les bras l'un de l'autre. Après un mois, je trouvais toujours curieux de travailler au même endroit que quelqu'un qui était devenu ma petite amie, de devoir parler la langue de bois de l'entreprise entre nous en présence des autres employés ou de clients. Mon humeur hésitait furieusement entre l'irritation à l'idée d'avoir à supporter d'autres gens, la joie de voir Jenny entrer dans la pièce, et la contrariété de ne pas pouvoir la prendre dans mes bras. Les choses les plus simples étaient devenues compliquées, ce qui, d'une certaine façon, pouvait sembler magique, mais aussi se révéler fatigant.

Jenny était sortie boire un verre avec des amies et passerait la nuit dans son appartement. J'étais livré à moi-même pour la première fois depuis ce qui me paraissait des lustres. Elle me manquait déjà, mais ce n'était pas ce qui me trottait dans la tête. Nous avions eu le temps de boire un coup en vitesse avant qu'elle rejoigne ses amies et Jenny avait évoqué l'idée de vivre ensemble. Elle avait amené ça sur un ton désinvolte, de manière à ne pas plomber la conversation, mais laissant entendre qu'elle y avait déjà réfléchi. Au fond de moi je me sentais ravi, mais je m'étais surpris à répondre que cela méritait réflexion – et c'est ce que je faisais en ce moment.

Leighton Road était le théâtre d'une sorte de migration locale à très petite échelle : parmi les rares habitants, ceux qui rentraient s'affaler sur leurs canapés en traînant les pieds croisaient ceux qui partaient dans la direction opposée, vers les pubs et les boutiques de plats à emporter. Comme la plupart de ceux qui rentraient chez eux, je baissais la tête. Quand je la levai en prévision d'une rue transversale, je vis une fille qui déambulait dans ma direction.

La première chose que je remarquai fut ses yeux, bleus et voilés de larmes. Le bord de ses paupières avait rougi à force de pleurer et la peau, marbrée de rose, contrastait avec la pâleur du reste de son visage. Mais je semblais bien être le seul à l'avoir remarquée. Personne ne faisait attention à elle, tout le monde affichait une détermination sans faille à retrouver au plus vite foyer et télévision.

Le quartier autour de la station de métro de Kentish Town est la Mecque des clodos ; on a tendance à revoir toujours les mêmes celui qui crie, celui qui ne se déplace jamais sans sa bouteille de cidre celui qui, un an plus tôt, n'avait pas l'air d'y être à sa place, mais y est maintenant. Je n'avais jamais vu cette fille auparavant. Visiblement sans-abri, elle ne ressemblait pourtant pas vraiment à une épave. Pas encore, en tout cas. Ses cheveux, des dreadlocks d'un blond terne, lui tombaient autour du visage, mais restaient présentables, tout comme le bustier rose défraîchi et les caleçons orange tout aussi fatigués. Elle portait des colliers exotiques autour du cou et des bracelets s'agitaient bruyamment à ses poignets. L'absence de piercing dans son nez m'étonnait presque.

Pour être honnête, j'avoue n'avoir généralement pas beaucoup de patience avec les filles comme elle, mais apparue devant moi comme la détresse incarnée, son angoisse muette avait attiré mon attention ; elle donnait le sentiment d'être totalement coupée du monde qui l'entourait et prisonnière d'une sorte de souffrance intérieure. Elle n'avait sans doute pas plus de dix-sept ans et semblait perdue. À sa façon de descendre du trottoir, on aurait dit qu'elle flottait. Elle avait l'air tellement ailleurs qu'elle ne devait pas faire réellement la différence avec la route, mais elle s'approcha et me tendit la main.

Je sais que j'ai tort de raisonner ainsi, mais à force de me trouver tous les jours en contact avec des gens qui mendient, ma politique en ce domaine dépend grandement de comment s'est passée ma propre journée. Avec elle, c'était différent. Je me sentais obligé de lui donner quelque chose, même si elle semblait à peine consciente de ma présence. Je fouillai maladroitement dans ma poche arrière et en sortis quelques pièces. Un rapide coup d'œil m'apprit qu'il y avait là, parmi la petite monnaie, trois ou quatre pièces d'une livre, mais je déposai la totalité dans sa main.

Alors que je passais devant elle, elle regarda vaguement ce que je venais de lui donner et leva soudain les yeux. L'espace d'un instant, son regard redevint limpide et j'eus l'impression que se tenait devant moi quelqu'un de réel, que la surprise lui avait fait retrouver notre monde.

— Eh, merci ! s'exclama-t-elle, stupéfaite. Merci beaucoup.

Rougissant un peu, je hochai la tête sèchement et poursuivis ma route vers l'appartement que je payais 270 £ la semaine. Au bout d'une dizaine de mètres, je jetai un rapide coup d'œil en arrière. Elle n'avait pas bougé et regardait fixement la paume de sa main, alors que les passants l'évitaient sans même remarquer sa présence.

L'appartement me parut étrange sans Jenny. Je suis un matérialiste qui s'assume et a besoin d'avoir autour de lui son quota de biens de consommation, mais l'endroit où je les stocke n'a jamais semblé revêtir d'importance particulière pour moi. L'épicerie du coin m'ennuie vite, tout comme le fait d'emprunter jour après jour les mêmes rues, de me battre avec le même Escalator dans le métro, et ces quatre dernières années, j'ai déménagé au moins une fois par an. J'aime bien les appartements, de manière générale – il faut bien habiter quelque part. Mais ils ne constituent pas un élément fiable, une constante à laquelle accrocher sa vie. Ils sont impassibles et se moquent bien de ce qui peut vous arriver. Ils ont connu d'autres occupants avant vous et ils en verront d'autres une fois que vous serez parti. J'ai toujours senti que mon véritable chez-moi serait une personne et, à présent, je croyais l'avoir trouvée. Au cours du dernier mois, l'appartement s'était transformé sans prévenir, il avait semblé se détendre et devenir un endroit que j'aimais, simplement parce qu'elle était là.

Après avoir pris une douche, je déambulai dans l'appartement pendant un moment, remarquant ses chaussures, un paquet vide de sa marque de cigarettes dans la poubelle, feuilletant un de ses magazines – et je songeai, avec calme et chaleur, combien il était merveilleux que Jenny partage ma vie. Et mon appartement. Alors pourquoi ce sentiment d'appréhension à l'idée de la voir s'installer pour de bon, ou plutôt de nous lancer à la recherche d'un endroit où vivre ensemble ?

Je le comprenais, en partie : j'avais vécu pratiquement seul les deux dernières années. J'avais fréquenté quelques femmes, mais pas beaucoup, et il ne s'agissait que d'aventures sans lendemain – à la grande satisfaction des deux parties. Je m'étais habitué à la solitude et à l'indépendance, à ne prévoir les choses que pour une personne – moi – et à être le centre de mon monde.

Et, bien entendu, j'avais détesté ça. Brusquement me revinrent en mémoire ces samedis après-midi passés à arpenter l'appartement, de plus en plus vite, essayant d'atteindre la vitesse de libération. Parfois, je réussissais à sortir de chez moi et j'arpentais la ville au lieu de mes quatre murs, tâchant de trouver quelque chose à faire – quelque chose que j'aurais eu envie de faire *seul*. Ça et les soirées passées devant la télévision, ou avec un livre, ou au vidéo-club le plus proche, pour essayer de trouver un film que je n'avais pas encore vu. Ce n'était pas d'être seul qui m'avait dérangé. Mais me sentir comme un sans-abri émotionnel, une épave culturelle, ça je ne l'avais pas supporté. Et maintenant que j'avais enfin un foyer, j'avais peur de perdre de l'espace où je pouvais être seul, peur de me sentir à l'étroit. Mais rien ne m'empêchait de garder un peu de temps pour moi, de préserver un jardin secret. Jenny voudrait probablement en faire autant – même si j'espérais que non. Je voulais être avec elle tout le temps. Pourquoi aurait-elle voulu passer du temps loin de moi ?

Soudain, comprenant que je tournais en rond, je secouai la tête. Quel idiot ! J'avais juste besoin de temps pour me faire à cette idée.

Je me sentais mieux. Je jetai un coup d'œil à l'horloge. Vingt heures. J'avais toute la soirée devant moi.

Qu'est-ce que j'allais bien pouvoir faire ?

À 22 h 30, je me réveillai sur le canapé, surpris par l'obscurité dehors, mon livre posé – ouvert – devant moi et une tasse de café froid sur la table. Je me redressai péniblement, bâillai à m'en décrocher la mâchoire et jetai autour de moi un regard récriminateur à la recherche de mes cigarettes.

Après avoir réchauffé le café au micro-ondes, je m'assis près de la fenêtre et posai un regard trouble sur la rue. Il faisait très noir, une ceinture de nuage obscurcissait la lune et les arbres masquaient les réverbères qui n'avaient pas été vandalisés par les voyous du quartier. La rue paraissait étrange, peut-être parce que, pour une fois, je sentais qu'il existait une réelle différence entre elle et l'endroit où je me trouvais, que l'appartement n'était pas seulement mieux chauffé et plus éclairé.

Sans prévenir, une image surgit dans mon esprit, comme une photographie. Il s'agissait principalement de couleurs éclatantes sur un fond composé d'un panaché de gris et il me fallut un certain temps pour comprendre ce que je voyais, et à ce moment-là elle commençait déjà à disparaître. C'était la fille que j'avais rencontrée sur Leighton Road, vue à partir du cou. Les seins, sous le bustier rose, petits mais joliment formés, les cuisses, lisses sous le tissu orange.

Je clignai des paupières, légèrement choqué. Je n'avais rien remarqué de tel quand elle s'était trouvée devant moi et ça ne m'intéressait pas plus maintenant. Ce n'est pas mon genre et, avec Jenny dans ma vie, le reste du monde était relégué derrière une plaque de verre, ce qui me convenait parfaitement. Il devait s'agir d'une image fugitive, un vestige de ce qui m'avait traversé l'esprit en dormant.

Je me levai, sans raison précise, et marchai jusqu'à mon autre fenêtre. J'aurais dû aller me coucher, mais il semblait trop tôt pour cela. Je ramassai donc mes clés et sortis me promener.

Il faisait un peu plus froid que je m'y attendais et je décidai de faire simplement le tour du pâté de maisons. Les rues avoisinantes paraissaient très calmes la nuit, mis à part les hurlements occasionnels de quelque cinglé ou les brusques sonneries en provenance des cabines téléphoniques, des appels auxquels personne ne répondait jamais.

En marchant, je songeai à Jenny et me demandai ce qu'elle pensait et faisait en ce moment. Parlait-elle de moi à ses amies sur un ton qui trahissait combien je lui manquais ? Ou bien était-elle perdue dans son propre monde, renouant d'anciennes amitiés et évoquant le bon vieux temps ? Ses amies connaissaient sans doute Chris, l'homme qu'elle avait quitté pour moi. L'espace d'un instant, je fus parcouru par un frisson d'insécurité pure et simple, un sentiment que je n'avais pas ressenti depuis des années. Quand ma relation amoureuse avec Annette s'était achevée avec perte et fracas au bout d'une décennie de fortes turbulences, j'avais tout fait pour me protéger de ce genre de blessure. Et voilà que je remettais ça. Jenny avait le pouvoir de me faire souffrir. Je m'étais engagé et je ne me sentais plus totalement en sécurité. Et vraisemblablement, elle non plus.

Après être rentré, je restai encore un peu debout à lire quelques pages de mon livre. Jenny n'appela pas, mais je n'attendais pas de coup de téléphone de sa part.

Plus tard cette nuit-là, alors que je m'assoupissais, je saisis le fragment d'un rêve. Je tendais la main vers quelqu'un et je tenais un billet de dix livres.

— Ça vous tente ? entendis-je une voix demander.

Alors que la fille prenait le billet de banque et levait les yeux vers moi, sachant pertinemment ce que j'essayais d'acheter – et s'en fichant éperdument –, je compris que cette voix avait été la mienne.

Je dormis mal cette nuit-là. Le lendemain matin, je me sentais crevé alors que je rejoignais la station de métro en traînant les pieds sous le capricieux soleil d'hiver. Je verrais Jenny, mais à part cela, cette journée ne promettait rien d'autre que du stress. Pas d'angoisse sérieuse, bien sûr, rien d'important : le bruit de fond habituel et banal qui accompagne la journée d'un salarié, au même titre que l'enveloppe contenant le salaire, le mauvais café et une réserve inépuisable de Post-it. Une pensée qui n'avait rien d'original, mais que je partageais vivement. Je me demandai si les gens que je croisais pensaient différemment, s'ils croyaient progresser dans leur vie au lieu de seulement vieillir. La plupart d'entre eux donnaient l'impression de ne plus rien penser à propos de rien, comme plongés dans une sorte d'indifférence mécanique.

Avec un léger sursaut, je reconnus l'un d'eux, une femme marchant dans la même direction que moi, de l'autre côté de la rue. Je ne la connaissais pas, mais je l'avais remarquée à plusieurs reprises lors de mon déprimant trajet matinal. En fait, je ne l'avais pas vue depuis un moment : pas depuis que Jenny et moi étions ensemble. Pour toutes sortes de raisons, nous quittions l'appartement plus tard que j'en avais l'habitude.

La femme, grande et mince, avait des cheveux châtains abondants. Elle semblait bien dans sa peau, une adulte à part entière mais qui donnait aussi l'impression de pouvoir se rappeler comment sourire, pour peu qu'on lui en fournisse la motivation. Elle avait été la cible de quelques rêveries platoniques de ma part du temps de mon célibat : l'idée de marcher à ses côtés, de me retourner afin de voir son visage, de simplement partager la vie de quelqu'un avait paru tellement attrayante. C'était curieux de la revoir, maintenant que j'avais quelqu'un avec qui faire toutes ces choses. L'espace d'un instant, je me retrouvais projeté un an plus tôt et m'y sentais étrangement bien, comme sur un canapé cassé auquel on s'est habitué, un enchevêtrement de ressorts et de rembourrage qui connaît néanmoins votre silhouette mieux que n'importe quel nouveau divan confortable.

Je m'arrêtai pour allumer une cigarette, d'abord parce que j'en avais envie, mais aussi pour mettre un peu plus de distance entre nous. Dans le temps, il m'était souvent arrivé de régler mon allure sur la sienne et de la suivre furtivement jusqu'au métro, de traîner sur les quais pour m'approcher d'elle et céder à mes rêveries mélancoliques. Mais c'était du passé.

Mon stratagème fonctionna : en arrivant à la station de métro, un train venait de partir et le quai était désert.

Je patientai, irrité par le poids du sac sur mon épaule, et fixai d'un air belliqueux les panneaux publicitaires sur le quai d'en face. Alors que je lisais celui qui vantait les charmes de la Californie, mon cœur se serra subitement. Ces dernières années, un autre de mes fantasmes – ma façon de tenir le coup – avait été de m'installer aux États-Unis, de quitter mon travail et de vivre enfin. Mais ça n'arriverait plus maintenant. J'avais non seulement un travail, mais aussi une petite amie. J'avais une vie. Ou j'en aurais une très bientôt. Une vie et un appartement plus vaste et quelqu'un avec qui partager la corvée des cartes de vœux.

J'avançai plus loin sur le quai afin de ne plus voir les photos des forêts de séquoias.

La matinée se passa bien sur le plan du travail puisque j'accomplis ce que j'avais à faire. Pour le reste, elle ne fut pas spécialement bonne. Pas mauvaise non plus, simplement pas bonne. Une pause-déjeuner agréable avec Jenny : tout allait bien entre nous.

Mais le simple fait de réfléchir à la question, de penser que les choses allaient bien *entre nous*, suffisait à me prouver que c'était un jour sans. Jusqu'à présent, nous avions eu le sentiment de ne former qu'une seule personne. Aujourd'hui, j'avais l'impression de revenir en arrière. Pas de beaucoup, mais un tout petit pas en arrière tout de même. C'est normal de connaître des journées comme celles-là – ni bonne, ni mauvaise – quand on sort avec quelqu'un. Un jour de plus dans une vie que je croyais être la mienne.

Nous reparlâmes un peu plus de cette idée de trouver un appartement et, à ma grande satisfaction, je réussis à prendre un air intéressé, mais ne me formalisai pas outre mesure quand le pelotage peu discret d'un couple à une table voisine détourna notre attention. Malgré mon désir de remettre le sujet sur le tapis, une infime partie de moi restait paralysée, si bien que nous rîmes sous cape des attouchements clandestins de la table voisine jusqu'à ce que nous soyons nous-même gagnés par l'excitation. Nous regagnâmes le bureau main dans la main.

L'après-midi se révéla meilleur, notamment parce que je savais que, le lendemain, je travaillerais depuis chez moi – toute une journée loin de cette hystérie que tout le monde semblait prendre un malin plaisir à attiser. Jenny et moi pourrions nous parler au téléphone et nous aurions toute la soirée pour nous. Ce soir-là, en rentrant chez moi par Leighton Road, je me sentais plutôt de bonne humeur.

Quand nous passâmes à l'endroit où j'avais vu la fille la veille au soir, je me rappelai le rêve de la nuit précédente. Je ressentis un sentiment d'urgence, nerveux et brûlant, la tentation de céder au désir, l'envie de laisser une chose cachée au plus profond de soi sortir et gagner le monde. C'était une horrible idée : proposer de l'argent à une femme défavorisée en échange de relations sexuelles. Je n'étais pas naïf : il ne faisait aucun doute, selon moi, que de telles transactions soient monnaie courante, mais je haïssais le fait que mon moi onirique s'en souvienne, ou y ait simplement pensé. J'imaginais assez bien le genre d'homme qui pourrait se livrer à de tels actes et il ne m'inspirait que du dégoût.

La fille, elle, ne m'inspirait pas que du dégoût. De nouveau, je constatai que je pouvais me représenter son corps moulé dans ses vêtements en coton, le grain de sa peau pâle et un peu rêche et la fermeté de ses membres. Sans oublier ses cheveux, blonds et cassants.

Subitement, je pris conscience d'une chose : Jenny avait aussi les cheveux blonds.

Alors que nous marchions bras dessus bras dessous, papotant à propos de notre journée, je jetai un coup d'œil à Jenny et remarquai ses cheveux comme si je les voyais pour la première fois. Avant cela, j'avais simplement pensé à eux en terme de beauté. Maintenant je me rendais compte que, quoique cela reste vrai, ils étaient aussi blonds. Tout en essayant de continuer à marcher et à badiner en n'ayant l'air de rien, je me débattais avec cette idée.

Ça pourrait ne pas sembler important, ça pourrait même paraître stupide, mais je m'étais toujours plus ou moins dit que la personne avec qui je finirais ma vie aurait les cheveux bruns. Je ne sais pas pourquoi ; je ne fais pas une fixation sur les femmes brunes et je ne les trouve pas particulièrement séduisantes. C'est juste que, dans mon esprit, où vivait la fille de rêve qui m'avait aidé à lutter contre la monotonie des mois de solitude, j'avais toujours imaginé une brune.

Cela semblait sans importance, insignifiant. D'ailleurs, Annette était blonde, elle aussi, ainsi que la plupart des filles avec lesquelles j'étais sorti. La « brunitude » importait peu, mais quelque chose d'autre, si. Comme si, pendant des années, ma vie avait alterné entre deux états possibles, et qu'à présent elle avait fait son choix, comme si la bille de la roulette avait fini par se décider pour le noir. Jackpot ! J'avais raflé la mise et j'en étais ravi. Jenny représentait tout ce que j'avais toujours voulu trouver chez une compagne – et plus encore. Intelligente, charmante, amusante et belle. Elle avait un rire franc, et un autre qu'elle réservait pour les blagues salaces. Avec elle, je pouvais agir comme bon me semblait, elle ne me jugeait pas. J'éprouvais des sentiments très forts à son égard. Peut-être que c'était ça : je venais de comprendre que la bille avait arrêté sa course et que gagner sur le rouge n'était plus une option. Tous ces nombres sur lesquels elle aurait pu s'arrêter… Et maintenant je devrais me contenter d'un seul.

L'appartement nous accueillit chaleureusement. Jenny me serra dans ses bras avant de disparaître dans la salle de bains pour se rafraîchir.

Je fumai une cigarette près de la fenêtre, puis, soudain d'humeur fée du logis, je réunis toutes les ordures qui traînaient dans la cuisine et sortis la poubelle. J'achevais d'enfoncer à coups de pied le sac dans le réduit à côté de l'escalier, quand je sentis un mouvement de l'autre côté de la rue et levai les yeux. Je m'immobilisai, la jambe encore levée.

La fille était là.

Elle marchait d'un pas tranquille de l'autre côté de la chaussée, portant les mêmes vêtements que la veille. Je sentis battre mon cœur en la voyant se baisser pour caresser un chat. Elle n'était pas grande, mais son long dos s'évasait en un triangle très mignon au niveau des fesses. Ses cheveux lui tombaient sur le visage. Brusquement j'eus envie d'elle, une envie brève, pornographique et totale.

Quand le chat s'éloigna, elle se redressa et regarda dans ma direction. Elle sembla sourire, mais impossible de savoir s'il s'agissait d'un signe de reconnaissance ou de simple gentillesse. Je la saluai d'un bref signe de la tête distrait et tournai les talons vers la maison.

De retour dans l'appartement, je me postai à la fenêtre. Elle se tenait assise en tailleur sur le trottoir. Le chat était revenu et elle lui grattouillait le cou. Elle semblait perdue, mais aussi s'être trouvée, plongée dans un intense moment de satisfaction.

J'allai dans la chambre à coucher, afin de bavarder avec Jenny à travers la porte entrouverte de la salle de bains. La question de l'appartement ne revint pas sur le tapis.

Le lendemain, en milieu d'après-midi, je marchai jusqu'à l'épicerie du coin pour acheter le journal local et des cigarettes. Sur le chemin du retour, je songeai à Jenny, et au demi-sourire perplexe qu'elle avait eu sur les lèvres en me disant au revoir, sur le palier, avant d'aller travailler. Elle avait senti quelque chose, à la façon dont je m'étais comporté la veille au soir. Il avait suffi de quelques sourires un peu pincés, d'étreintes trop préméditées. Quand elle avait tourné au bout du couloir, je m'étais précipité dans l'appartement, affolé et paniqué.

Les choses se gâtaient. J'avais essayé de me calmer sous la douche, mais ça n'avait rien donné et je n'avais pratiquement rien fait de la matinée. Je l'appelai avant le déjeuner et nous bavardâmes. Bien qu'il n'y ait rien de changé dans ce que nous disions, je trouvai que ça sonnait creux. Je lui déclarai même que je l'aimais – et je me sentais plus sincère que jamais. Mais cela me fit comprendre une chose que j'avais oubliée au cours du dernier mois : on peut tout à fait prononcer ces mots sans les penser ; ils peuvent n'être que des sons, plutôt que l'affirmation de tout ce qui est vrai en ce monde. Une distance s'était installée entre nous qui n'existait pas auparavant. Pas entre nous, en fait : en moi. Une partie de moi-même battait en retraite. Une source d'énergie avait été interrompue pendant une fraction de seconde et je me trouvais relégué à l'arrière de mon esprit où j'empruntais de nouveau les portes qui menaient à mon passé. Après un mois merveilleux en pilotage automatique, mon esprit venait brutalement de repasser en manuel, il cahotait et s'emballait, échappant sensiblement à mon contrôle.

Plus j'essayais de les éviter, plus ces pensées surgissaient et se tortillaient sous mon crâne, tels des vers multicolores et pleins d'une joie malicieuse. Une partie de moi tentait désespérément de colmater les brèches et de remettre de l'ordre, de reprendre le contrôle, mais il lui était impossible d'ignorer la panique grandissante. J'avais une chance d'obtenir tout ce que j'avais toujours désiré, une chance d'être heureux. Et pourtant, au lieu de rester sagement dans le présent et le futur, je m'évertuais à vouloir pousser ces portes afin de regarder en arrière, alors que je savais pertinemment ce qui arriverait. Le passé était un quartier bien trop récent pour moi, et les habitants n'auraient pas eu le temps d'oublier mon visage. Ce n'était pas un endroit sûr pour moi, pas encore : si je retournais là-bas, mes vieux amis viendraient me chercher pour m'entraîner dans les coins les plus sombres et me réduire en pièces.

Alors que j'approchais de l'appartement, aveugle au monde qui m'entourait, j'arrivais presque à voir ces pensées, ces amis qui se rassemblaient autour de moi, telles les petites brutes de l'enfance.

— Tu as regardé en arrière trop tôt, disaient-ils, sur un ton de haine cordiale. Mais peut-être que ça aurait toujours été trop tôt. Tu aimes cet endroit. Avoue-le. Alors, reviens ! Peut-être qu'on te fera un peu mal, qu'on jouera un peu du couteau, mais au moins tu seras chez toi. Et on sait que tu t'y sens bien.

Je ne savais pas ce qui avait déclenché tout ça, pourquoi diable je réagissais ainsi, et j'ignorais comment y mettre fin. Je tombais. À la renverse. Dans mon esprit, mon ancien esprit. Et je ne parvenais pas à me souvenir comment j'avais fait pour en sortir la dernière fois.

Quand je vis qui m'attendait, assis devant l'appartement, je laissai littéralement tomber tout ce que je portais.

— Nom de Dieu ! m'exclamai-je.

La fille se baissa et ramassa mes cigarettes.

Je les lui pris des mains. Elle sourit et se détourna légèrement, regardant vers la rue.

Je cherchai désespérément à reprendre mes esprits, à réagir. Contre ma volonté, mes yeux tombèrent de son visage sur son bustier rose. Mon subconscient avait saisi son image avec une grande précision : ses seins étaient effectivement petits mais proéminents, les mamelons courts et épais visibles à travers le tissu. Gêné, je rougis et vis qu'elle me regardait de nouveau.

— J'ai soif, dit-elle.

Désireux d'avoir quelque chose à faire, n'importe quoi, une échappatoire, je passai la main dans ma poche arrière et découvris qu'elle était vide. J'avais dépensé toute ma monnaie à l'épicerie. Il ne me restait que quelques pence, une misère. Et je ne me voyais pas lui offrir un billet. Je n'avais qu'un billet de dix livres et je n'allais pas lui donner autant.

— Vous n'avez rien à l'intérieur ?

— Euh… Si en fait, balbutiai-je, surpris et affolé, comme s'il elle avait deviné juste sur un coup de chance. J'ai du thé, du Coca, ce genre de choses.

Je n'en croyais pas mes oreilles : je lui répondais comme si je n'avais pas le choix.

— Gros ou maigre ? demanda-t-elle. (Je ne compris pas.) Normal ou Light, expliqua-t-elle patiemment et elle sourit de nouveau en se levant pour me laisser ouvrir la porte.

Elle n'aimait pas le Coca light, alors je lui préparai une tasse de café. Pendant ce temps, elle parcourut le séjour derrière moi, examinant les livres. J'hésitai à prendre une tasse moi aussi. Il pourrait sembler curieux de n'en sortir qu'une pour elle, mais n'y aurait-il pas un air de complicité à boire ensemble ? Est-ce que j'avais seulement envie d'une tasse de café ? Qu'est-ce qu'elle faisait là ?

Et si Jenny appelait ?

Finalement, je ne me versai pas de café, et me contentai de lui tendre une tasse. Elle avait fini par s'asseoir à une extrémité du canapé et paraissait confortablement installée. Je jetai un coup d'œil angoissé en direction du téléphone et me demandai si je ne ferais pas mieux de mettre le répondeur en marche. Pas parce que je ne voulais pas que la fille soit au courant pour Jenny, mais parce que je préférais éviter que Jenny entende le son de ma voix en de telles circonstances. Si elle m'appelait et que je réponde au téléphone, elle sentirait tout de suite quelque chose de curieux dans ma voix. Que diable était-il en train de se passer ici ? Manifestement, la fille avait dû me reconnaître quand j'avais sorti la poubelle la veille, mais qu'est-ce qu'elle faisait là ? Que voulait-elle ?

Elle prit le café et le but à petites gorgées en me souriant de façon étrange. Je tentai de lui rendre son sourire, mais j'en fus incapable. Mes yeux n'arrêtaient pas de se poser sur son bustier. Le rose n'était pas uniforme. Par endroits, il semblait plus foncé, comme si la teinte avait été obtenue par la technique du tie & dye.

— J'allais oublier ! dit-elle brusquement. J'ai quelque chose pour toi.

Elle glissa la main dans une petite poche en haut de son pantalon. Puis elle la tendit vers moi, paume vers le haut. Elle tenait 4,71 £ en petite monnaie. Je la regardai fixement.

— C'était gentil, expliqua-t-elle, mais je n'en ai pas besoin.

— Je suis désolé, répondis-je, embarrassé. Je pensais que vous faisiez la manche.

— C'était le cas, sourit-elle. Les mauvaises habitudes ne se perdent pas facilement, pas vrai ?

Elle bougea légèrement et ses jambes s'écartèrent un peu. Elles étaient fines, mais musclées et le sentiment qu'elles provoquèrent en moi évoquait plus la peur que n'importe quoi d'autre. Je pouvais sentir la présence de Jenny à l'autre bout de la ville, j'arrivais presque à la voir assise à son bureau. Est-ce qu'elle pensait à moi ? Est-ce qu'elle pensait à Chris ? Je fixai du regard le visage de la fille, me demandant ce que j'allais bien pouvoir faire.

Elle me regarda bien en face et me força à baisser les yeux, jusqu'à les poser de nouveau sur sa poitrine. Des traînées de couleur plus sombre striaient le rose. Je ne les avais pas remarquées plus tôt. Peut-être s'agissait-il d'un autre tee-shirt.

— Tu peux l'avoir, si tu veux, murmura-t-elle.

Je compris brusquement – mais trop tard – que je ne voulais pas. Elle saisit le bas de son tee-shirt.

— Non ! protestai-je, mais elle le tirait déjà vers le haut.

Sur une hauteur de quelques centimètres, la peau apparut blanche et lisse. Je distinguai clairement les différents tons pâles et la minuscule chair de poule. Dans la zone allant du nombril jusqu'en dessous de ses seins, la chair avait été réduite en bouillie, lacérée par un impact d'une violence inouïe, au point de laisser voir les violets et les gris des organes internes. Un faux pas devant une voiture après une soirée bien arrosée, le déchaînement de fureur d'un petit ami dérangé, qu'importe. Le sang s'écoulait lentement dans la cavité, si sombre qu'il en paraissait presque brun. D'une certaine façon, c'était magnifique.

— Tu peux revenir, si tu veux, me proposa-t-elle. Tu peux te rappeler comment c'était.

Ses yeux restaient secs, leur surface ressemblant à un ciel d'hiver couvert. La tête penchée sur le côté, elle resta immobile un instant, tee-shirt levé et je pleurai la vie atroce que j'avais perdue, la mort lente et vaine que j'aurais pu connaître et auxquelles je m'étais tellement attaché.

Puis je secouai la tête.

Son visage s'anima de nouveau et elle sembla presque vivante.

— Excellent choix, dit-elle, et elle disparut.

Je me retournai et regardai par la fenêtre : accroupie sur le trottoir d'en face, elle tendait la main vers un chat qui n'était plus là.

Puis je la vis plus près du coin de la rue, baignée dans la lumière de l'été, riant de paroles entendues six mois plus tôt, quand la vie semblait encore une belle aventure.

Puis elle disparut.

Il me fallut une cigarette pour me calmer. Apaisé et presque souriant, j'appelai Jenny. Elle devina le motif de mon appel avant même que j'aie prononcé un mot et sa joie fut perceptible à l'autre bout du fil.

— À propos de cet appartement, commençai-je.

Au service de l'homme

Avec les années, 17 h 25 était devenue l'heure la plus probable à laquelle M. Torrence pouvait prendre sa douche. Ainsi, pour lui faciliter la tâche, la cabine se mit en marche. À côté du bloc lavabo, les rangées de LED verticales s'allumèrent en vacillant, le porte-serviettes commença à chauffer et l'eau à couler, à une force prédéterminée, de quatre jets placés de manière équidistante autour de la zone de douche proprement dite. Au bout d'un moment, l'eau atteignit une température correspondant à la moyenne de toutes les températures auxquelles elle avait été précédemment réglée et la conserva. Enfin prête, la cabine attendit que l'homme arrive, avec la patience infinie (ou l'absence de patience) d'une machine.

Dans une très petite pièce près du pont, David Torrence posa son commutateur binaire et regarda sa montre, une montre analogique – revenue plusieurs fois à la mode – qui lui indiqua qu'il était temps de cesser le travail pour ce soir. Torrence savait que la cabine de douche serait chaude et prête à l'accueillir – comme d'habitude : au bout de trente ans, il n'était plus très sûr de rester maître de son emploi du temps, mais il supposait que ça n'avait pas vraiment d'importance. Il rangea le fouillis de fibres optiques et de panneaux dans son logement dans la paroi. Sur un vaisseau qui se contentait de tourner lentement, jour après jour, autour de son axe, une maintenance de routine des matrices optiques de secours pouvait attendre. La seule usure dont souffraient ces foutues bécanes était celle qu'il leur infligeait lors des tests.

Alors qu'il se levait, Torrence grimaça agréablement en entendant le craquement de ses articulations. Un rappel inopportun, mais néanmoins satisfaisant, du passage des ans. Il avait achevé son travail de la journée – bataille livrée et gagnée.

Après avoir remis en place le panneau d'accès et s'être essuyé les mains, il se tourna vers son androïde qui était resté assis dans son coin tout l'après-midi et lui avait tenu compagnie en le regardant travailler.

— J'ai terminé pour aujourd'hui, Cat, dit-il. La suite devra attendre demain. J'en ai encore pour quinze minutes.

— Y a pas mort d'homme, Dave.

Torrence sourit. Cat était la seule machine à bord du vaisseau qui l'appelait par son prénom. Quand il avait embarqué, trois décennies auparavant, toutes les machines avaient été paramétrées en usine pour l'appeler par son nom, précédé de « monsieur » et Cat était la seule à laquelle il avait eu envie de demander de l'appeler Dave. Toutes les autres lui donnaient toujours du « monsieur Torrence », parce qu'il ne leur avait jamais dit de ne pas le faire. Elles étaient comme ça – toutes, de la première à la dernière.

Cat s'éleva de quelques centimètres au-dessus du sol et aspira rapidement quelques bouts de plastique qui traînaient. Sa tâche accomplie, il suivit l'homme hors de la salle d'entretien.

— Des préférences, pour le dîner ?

— Ça m'est égal. (L'homme sourit avec air absent en se dirigeant vers la partie habitée du vaisseau. Puis il s'arrêta.) Non, attends. Du poulet. Quelque chose avec du poulet.

Cat emprunta le raccourci par les conduits d'aération pour se rendre à la cuisine. Il n'y avait pas de poulet à bord – et il n'y en avait jamais eu – mais à l'aide du Gastronomic ProtoMatter, il produirait une excellente reproduction. Ce n'était pas une science exacte et, quinze ans plus tôt, M. Torrence s'était cassé une dent sur un coq au vin qui, pour une raison inconnue, avait été entièrement réalisé en bronze. Mais la part de hasard restait une des raisons pour lesquelles la machine aimait faire la cuisine.

Cat appartenait à la série VariTronique C7i : un rectangle compact de quarante-cinq centimètres de long, sur dix de large et vingt de haut. Il n'en était pas moins entièrement équipé pour fournir un soutien technique, social et – si nécessaire – militaire à son humain. À l'époque de leur création, une anomalie intervenue dans le processus de randomisation du circuit neuronal avait fait des C7 des compagnons aimables, compétents et légèrement irresponsables, ainsi que d'excellents travailleurs. En plus de cela, ils avaient tendance à suivre des itinéraires détournés et à se poser, apparemment au hasard, au-dessus ou en dessous des choses, quelquefois juste au centre d'une pièce. Ce qui avait valu aux C7 le surnom générique de « Cat ».

Ces mêmes qualités avaient fait des C7 des recrues idéales pour une affectation sur les Stations Sentinelles. Postées dans les profondeurs de l'espace en préparation de la Guerre quand il était finalement devenu évident qu'un conflit interstellaire ne semblait pas seulement inévitable, mais risquait aussi de se prolonger, les Stations Sentinelles étaient des petits modules totalement indépendants dont la seule fonction consistait à relayer des informations – vidéo, signaux radar et électromagnétiques – sur ce qui se passait dans leur environnement. Parce que la maintenance d'un tel engin ne requérait qu'un seul membre d'équipage humain et que cette personne se retrouverait bloquée dans les profondeurs de l'espace, loin de toutes les lignes commerciales, pour le temps que durerait la Guerre, les Cats étaient apparus comme les compagnons idéaux. Une fois la station en place, tout contact était rompu, une transmission pouvant tout aussi bien tomber entre les oreilles de l'ennemi. La vie se limitait à l'entretien et la maintenance d'un vaisseau qui relayait aveuglément des informations, un système autonome qui fonctionnait en circuit fermé et recyclait toutes les matières premières se trouvant à bord. Les Sentinelles, des officiers choisis pour leur capacité à supporter de telles conditions de service, avaient besoin d'un auxiliaire fiable, de support technique et de quelqu'un à qui parler. Les Cats correspondaient parfaitement à cette description. La devise de la série était : « Servir et protéger ». Cat avait toujours pensé que ça aurait eu plus d'allure dans l'autre sens, mais apparemment c'était déjà pris.

Une petite lumière rouge clignota brièvement au-dessus de l'espace de cuisson : un signal envoyé par la cabine de douche pour l'avertir que M. Torrence avait terminé. Cat savait que rien ne pressait : Dave aimait prendre son temps pour s'habiller avant le dîner et boire un verre dans l'espace de détente avant de manger. Il avait fallu quatre ans à M. Torrence et à l'espace de détente pour trouver un accord à ce sujet. D'abord, la pièce avait insisté pour essayer de deviner à l'avance ce dont M. Torrence aurait envie et le lui préparer, alors que l'homme préférait se charger de ça lui-même. Après une période de conflit larvé, au cours de laquelle l'homme avait délibérément changé de boisson à intervalles imprévisibles et l'espace de détente avait répliqué par une série complexe d'algorithmes de prédiction de plus en plus erronés, les deux parties étaient arrivées à un compromis. À présent, la pièce préparait simplement un verre et un bol de glaçons, mais Cat savait qu'elle tenait une comptabilité interne du nombre de fois où elle aurait deviné juste.

Torrence réfléchit et opta pour un simple scotch avec des glaçons. La matière de base de chaque bouteille ne variait pas, excepté pour l'arôme soigneusement choisi et ajouté. Comme tout ce qu'il ingérait, le scotch était probablement passé à travers son organisme plus d'une fois, mais il essayait de ne pas trop y penser.

À une époque, pas mal d'années auparavant, il avait dû mettre un frein à sa consommation de tout type d'alcool – sur les conseils de Cat. Il ne s'était pas encore fait à sa vie et à son rôle et les soirées avaient commencé à lui paraître longues, chaque jour trop semblable au précédent. Il ne se rappelait pas bien cette période et cela valait mieux. Tant que ça restait un plaisir, tout allait bien, mais quand l'alcool devenait un problème, il n'en connaissait pas de pire. Il approchait insidieusement, se faisait passer pour votre ami ; il savait toucher le cœur des solitaires et leur faire croire qu'ils lui avaient volontairement ouvert leur porte. On pouvait passer un bon moment avec lui, mais il n'était pas votre ami. Torrence avait réussi à le mettre à la porte de chez lui et ne lui serrait plus la main que deux fois par jour.

Faisant tournoyer la glace dans son verre, il s'approcha d'un pas nonchalant de la fenêtre d'observation. Il renifla d'un air appréciateur les odeurs de cuisine que Cat acheminait par les conduites. La vue demeurait toujours aussi peu instructive. La position relative des points lumineux changeait lentement, mais au fond une étoile restait une étoile. Trente ans à regarder des décorations de Noël et toujours pas un sapin en vue. Trente ans sans jamais voir un autre être humain. Trente ans qui passent, l'un après l'autre, telle une eau glacée qui tombe, goutte à goutte, sur une longue plaque de verre. Il espérait simplement que, pendant tout ce temps, au moins une information intéressante avait été relayée par les détecteurs automatiques du vaisseau.

Il n'avait jamais regretté d'avoir accepté ce travail, il en était même fier et pleinement satisfait. Quand il avait passé les tests et postulé pour devenir une Sentinelle, il avait trente ans et sa vie n'avait aucun sens. Il avait besoin de croire en quelque chose, d'accomplir quelque chose, et la Guerre lui avait offert tout cela. Si, à des millions de kilomètres de distance, des gens pouvaient regarder par une fenêtre donnant sur une vue plus intéressante – des champs ou des rues –, ils le devaient à des hommes comme lui. Des hommes prêts à se sacrifier pour assurer leur sécurité. Il n'aurait jamais cru que le conflit durerait aussi longtemps – personne ne l'aurait cru –, mais il avait l'intention d'accomplir son devoir tant que cela s'avérerait nécessaire.

Il se rappelait son monde d'origine, bien sûr, mais il se le représentait de façon de plus en plus stylisée et les premières années sur le vaisseau lui-même étaient devenues floues et indistinctes. Quand rien ne distingue une journée d'une autre, le passé se limite à ce dont on se souvient. Une drôle de vie. Mais quand ils viendraient le chercher, quand tout serait terminé, il aurait derrière lui trente ans de service dont il pouvait être fier et saurait qu'il avait fait sa part du boulot.

— C'est bientôt prêt, Dave, claironna la voix de Cat par l'intercom. Il me reste juste à… Merde! Une seconde (Après une pause mouvementée, il reprit:) Désolé, un petit problème avec la sauce. Encore cinq minutes.

— Très bien, répondit Torrence.

Ils n'avaient sans doute pas eu pleinement conscience d'avoir pris une aussi bonne décision en envoyant les Cats avec les Sentinelles. Il n'aurait jamais tenu le coup aussi longtemps sans le sien et il était prêt à parier que ses collègues éparpillés à travers le cosmos partageaient son avis. Il y a une vingtaine d'années, la machine avait subi des avaries internes et avait dû se débrancher une semaine, le temps que ses modules de réparation automatique produisent des puces de rechange. Torrence n'arrivait pas à se souvenir comment il avait passé le temps, mais il savait qu'il ne voulait pas revivre pareille expérience. Secrètement, il espérait qu'on lui permettrait de garder Cat à son retour sur la Terre. Il pensait qu'il en aurait peut-être besoin. Pour la même raison que l'être humain avait toujours recherché la compagnie de certains animaux. Parce qu'ils faisaient ressortir ce qu'il y avait de meilleur en nous et nous protégeaient du pire.

Dans l'espace détente, la lumière bleue située au milieu de la table circulaire clignota pour l'informer que Cat n'allait pas tarder avec son repas. Torrence s'assit et, quelques instants plus tard, Cat surgit du conduit d'aération, une assiette fumante prisonnière dans son champ magnétique.

— Poulet à la King! annonça-t-il. Avec du riz et quelque chose qui ressemble à des brocolis.

— À la King, répéta Torrence d'un air songeur. Est-ce que j'en ai déjà mangé?

— Hmm, cent cinquante-huit fois, dit Cat, s'installant presque sous la table d'appoint près de l'écran plasma du système audio-vidéo. Mais pas au cours des deux dernières années.

Pendant qu'il mangeait le « poulet », qui se révéla excellent, et la glace « un peu comme de la mangue » qui suivit, Torrence se surprit à réfléchir encore à sa vie. Il avait rarement le temps de se livrer à l'introspection. Il se tenait constamment occupé, grâce à un programme chargé d'entretien et de vérifications qu'il s'imposait en grande partie à lui-même, et le soir, la réserve inépuisable de films et de livres l'aidait à passer le temps sans trop avoir à réfléchir. Mais à l'approche de son soixantième anniversaire, il se mit à penser de plus en plus souvent au passé. Soixante ans : l'âge de la retraite et du retour au bercail. Un âge auquel les gens vous tenaient la porte ou vous cédaient leur place dans les transports en commun. Il aurait au moins aimé savoir comment la Guerre avait tourné, qui faisait quoi, se sentir directement impliqué. Serait-il un héros en rentrant ou ne serait-il qu'un vieil homme ?

S'il rentrait. À mesure que les années passaient, il commençait à comprendre qu'il lui faudrait peut-être envisager l'idée qu'il ne rentrerait jamais et mourrait seul, ici, fidèle au poste.

— Ça ne peut pas durer éternellement, Dave, le rassura Cat d'une voix douce.

Dave se retourna pour regarder fixement la machine, un sourire incrédule sur les lèvres.

Plus tard, quand Torrence eut fini de rédiger le rapport du jour, Cat réapparut depuis l'endroit où il allait quand il ne se trouvait pas dans le coin, portant un verre de cognac. Perché sur un des accoudoirs du canapé, il émit quelques petits claquements secs que Torrence avait fini par assimiler à un signe de contentement et lui demanda quel film il voulait voir. Pendant que Cat et l'espace détente s'entretenaient à propos du divertissement du soir, Torrence marcha jusqu'à la console de surveillance et se dit que, tout bien considéré, il aurait pu tomber beaucoup plus mal.

Puis, subitement, il se figea et laissa échapper un léger grognement.

— Qu'y a-t-il ? demanda Cat.

Torrence avait les yeux fixés sur la console. Un écran large, subdivisé en de nombreuses sections, où s'inscrivaient des informations constamment mises à jour sur les performances des fonctions essentielles du vaisseau. Torrence y jetait un coup d'œil plusieurs fois par heure quand il se trouvait dans l'espace détente, afin de s'assurer que tout tournait bien.

En bas à droite, une partie de l'écran n'avait pas servi pendant toute la durée de son séjour sur le vaisseau.

Elle portait la mention « Communication » et un mot en rouge clignotait.

Le mot « RÉCEPTION ».

Il était impossible de demander au vaisseau d'accuser réception d'une tentative de prise de contact, sauf si l'expéditeur connaissait une série de codes. Le mot qui clignotait ne pouvait signifier qu'une chose.

La Guerre était terminée.

Cat flotta à ses côtés et regarda les lumières qui clignotaient en sa compagnie. Comme déjà à plusieurs reprises, Torrence aurait souhaité savoir ce que pensait la machine.

Ce fut Cat qui rompit le silence.

— Vous ne répondez pas ?

Secouant la tête, un sourire idiot aux lèvres, Torrence tendit la main et saisit le code qui autorisait le contact, un code qu'il s'était répété dans sa tête pendant toutes ces années.

Le mot « RÉCEPTION » continua de clignoter pendant un moment, avant d'être remplacé par « CONTACT ÉTABLI ».

— Allô ? C'est David Torrence ? Allô ? Vous m'entendez ?

Avec difficulté, Torrence répondit.

— Sentinelle David Torrence. Je vous reçois cinq sur cinq.

Il devait lutter pour trouver les mots, il avait du mal à s'exprimer et semblait avoir perdu sa langue. Il avait parlé pendant des heures avec Cat, avec la cabine de douche ou l'espace détente, mais là c'était différent.

— C'est bon de vous entendre. À qui ai-je l'honneur ?

— Lieutenant Jack Pols, Force de Récupération. Content de vous entendre, moi aussi, Dave. J'ai fait un sacré bout de chemin pour venir vous chercher. On vous ramène chez vous.

Chez moi. Torrence sentit le vaisseau, son vaisseau, autour de lui, comme une étreinte. Le vaisseau qui approchait avait sans doute mis plusieurs années pour arriver depuis le Système solaire et en mettrait à peu près autant pour rentrer. Quand il poserait le pied sur la Terre, la Guerre serait terminée depuis presque une dizaine d'années.

— Où êtes-vous en ce moment ?

— Encore à quelques heures de chez vous, euh, coordonnées 348.22/56.68. Je me suis dit que vous n'aviez probablement pas les yeux fixés sur le canal de communication toute la journée, alors j'ai préféré appeler un peu en avance. Arrivée prévue vers 22 h 50. C'est bon pour vous ?

— Je vous attends, répondit Torrence. Alors, c'est fini.

— Ouais ! Depuis deux ans. Ils ont fini par s'effondrer.

— *Deux* ans ? C'est tout ce qu'il vous a fallu pour venir jusqu'ici ?

— La technique a fait quelques progrès depuis que vous êtes parti, Dave. Une des raisons de notre victoire. Vous voulez bien désactiver vos défenses avant que j'arrive ?

— La balise de programmation de votre vaisseau s'en chargera.

— Oui, je sais, mais c'est une vieille bécane que vous avez là, Dave. On n'est jamais trop prudent, et puis ce serait dommage d'avoir fait tout ce chemin pour se faire flinguer si près du but, vous ne croyez pas ?

Torrence éclata de rire et commença la saisie des codes. Cat flotta derrière lui, le contourna et posa un autre verre sur la console.

La voix de Pols grésilla dans les haut-parleurs.

— Dave, j'ai un truc qui clignote chez moi. J'en ai pour une minute.

Sur l'écran, les mots « EN ATTENTE » vinrent remplacer « CONTACT ÉTABLI ».

Une fois les codes saisis et les défenses automatiques du vaisseau désarmées, Torrence se tourna vers Cat et vit que la machine tenait, elle aussi, un verre. Il était vide, mais Torrence comprit ce qu'il voulait dire et se sentit ridiculement touché.

— À votre victoire, David, lança Cat en levant son verre.

— À *notre* victoire, le reprit Torrence.

Il trinqua avec Cat et but.

Pendant une demi-heure, Torrence pilonna Pols de questions sur la fin de la Guerre, sur le Système solaire tel qu'il était aujourd'hui. Il finit par s'arrêter, pas par manque de questions, mais parce que les réponses qu'il avait obtenues lui avaient donné son content de nouveautés et d'imprévus.

— Je n'en crois pas mes oreilles.

— Croyez-le, Dave. En ce moment même, un vaisseau comme le mien se dirige vers chacune des cent quarante Stations Sentinelles situées aux confins de l'espace.

Torrence secoua la tête. Penser que tant d'autres hommes arrivaient au bout du même chemin… À eux tous, ils cumulaient plusieurs milliers d'années de surveillance et d'attente qui s'achevaient aujourd'hui.

Soudain, une sirène retentissante explosa dans les haut-parleurs, le rendant à moitié sourd. Alarmé, il balaya rapidement l'écran des yeux, essayant de comprendre ce qui se passait. Visiblement, *la plupart* des lumières clignotaient. Derrière le bruit, il entendit la voix de Pols demander s'il y avait un problème.

Il coupa le son du micro, observant l'écran avec plus de méthode.

Cat, étrangement silencieux, flotta jusqu'à la fenêtre d'observation.

Le clignotement provenait essentiellement des parties auxiliaires de l'écran et signifiait que le vaisseau se préparait à riposter. De fins sillons de lumière rouge reliaient l'ensemble de ces parties à une zone centrale dans laquelle apparaissait le message qui disait – en rouge :

« Alerte. Codes proposés par le vaisseau en approche : incorrects. »

Torrence recula de la console. De minuscules balises de la taille d'une tête d'épingle, aléatoirement réparties dans la coque du vaisseau, diffusaient chacune un fragment d'une matrice de codage. Cette matrice, grâce à un processus cumulatif autoréférentiel produisait un code à la fois différent et supérieur à la somme de ses composants. Ce dernier se transformait par l'interaction avec le code de la coque du vaisseau approchant. Si le résultat était acceptable, le contact était autorisé. Dans le cas contraire, le système de sécurité pétait les plombs.

S'il n'avait pas désarmé les mécanismes d'autodéfense, le vaisseau de Pols aurait déjà été dispersé à un parsec à la ronde, en fragments à peine plus grands qu'une molécule.

— Bizarre, grommela-t-il. (Il coupa l'alarme et se tourna vers Cat qui flottait toujours devant la fenêtre.) Qu'est-ce que ça veut dire ?

— Eh bien, la Station n'accepte pas la matrice du vaisseau de Pols, expliqua Cat.

— J'avais compris. Mais pourquoi ?

— Il nous avait prévenus : notre vaisseau est vieux et le sien très récent. Mais il semble peu probable qu'ils aient modifié le système. Ça ne peut donc venir que d'une anomalie dans le système de sécurité de la Station.

— C'est envisageable ?

— C'est possible. Le module Securicore est la seule partie du système à laquelle je n'ai pas accès. Le cryptage est trop complexe. Même si je parvenais à y entrer, je ne peux procéder à aucun test. Les fonctions essentielles sont contrôlées par un circuit neuronal organique. Peut-être qu'il a perdu les pédales. Je ne sais pas.

Torrence remarqua que le mot « RÉCEPTION » clignotait sur le panneau de communication. Pols devait se demander de quoi il retournait.

— Tu n'as pas l'air très convaincu.

Cat marqua une pause.

— Et vous, Dave, qu'en pensez-vous ?

Il souhaitait vraiment que cette hypothèse soit la bonne – après tout, Pols connaissait les bons codes de communication – et c'était logique. Mais trente ans de guerre l'avaient rendu méfiant.

Il saisit le code de contact. Immédiatement, la voix de Pols résonna dans les haut-parleurs.

— Un problème, Dave ?

— On a bien fait de désactiver le système de défense, Pols. La Station n'a pas vraiment apprécié les codes proposés par votre vaisseau.

Pols ne parut absolument pas s'en inquiéter.

— D'accord. C'est déjà arrivé. C'est pour ça que je vous avais prévenu. Et appelez-moi Jack, d'accord ?

Torrence hésita un instant, se mordillant la lèvre. Dès le début Pols l'avait appelé Dave. Il prit conscience tardivement que ça lui était resté en travers de la gorge, en dépit des bonnes nouvelles dont il semblait porteur : Torrence était toujours un officier, en service actif en temps de guerre. Peut-être Pols se montrait-il seulement amical, et après deux ans de voyage pour venir chercher quelqu'un, vous pouviez légitimement penser avoir gagné le droit d'appeler cette personne par son prénom. Peut-être que les usages avaient changé ou que David s'était trop habitué à être appelé monsieur Torrence par tout le monde excepté Cat.

— Pourquoi ça se produit ?

— Vous croyez que j'en sais plus que vous sur ce qui se trouve dans ces boîtes ? Tout ce que je sais, c'est qu'on a découvert que les vaisseaux de guerre les plus anciens pouvaient se montrer un peu susceptibles. J'ai entendu parler de deux cas, juste avant mon départ. Heureusement, ça s'est arrangé avant que les armes nucléaires explosent, mais pourquoi prendre le risque ? La perfection n'est pas de ce monde, même chez les machines. Y a qu'à voir les fortunes que gagnent ceux qui les réparent. Rien n'est éternel.

— Vous avez sans doute raison.

Torrence pencha la tête par-dessus la console, les yeux fermés. Il se sentait stupide, et pédant, et il avait tellement envie d'y croire. Bien que le raisonnement de l'homme se tienne, Torrence avait trop longtemps fait les choses selon les règles pour accepter un écart sans discuter. Si incroyable que cela puisse paraître, il semblait qu'il allait avoir du mal à laisser passer Pols.

— Je sais que ça peut sembler bizarre, ajouta Cat doucement, de manière à ne pas être capté par le micro, mais il connaissait les codes.

Torrence approuva d'un signe de la tête.

— Mais pourquoi, reprit-il suffisamment fort pour être entendu, ne nous a-t-on pas prévenus ? Si la Guerre est finie depuis deux ans, pourquoi la Terre n'a-t-elle pas largement diffusé l'information ?

— Justement parce que c'était il y a deux ans, répliqua Pols. Ç'a été planifié comme ça. Imaginez qu'on vous ait averti que la Guerre était finie. Alors vous auriez eu deux ans devant vous, avec rien d'autre à faire qu'attendre le prochain vaisseau. Ça fait un peu long pour des vacances. C'est quand même mieux que j'arrive, que je vous apprenne la nouvelle et qu'on rentre ensemble tout de suite après, vous ne trouvez pas ?

Cela paraissait logique. Deux ans assis devant la console avec ses valises déjà prêtes : ça rendrait dingue n'importe qui. On a beau savoir qu'on doit attendre, s'il n'y a plus rien d'autre à faire, on doit facilement l'oublier.

Torrence ouvrit les yeux et, alors qu'il commençait à s'écarter de la console, s'immobilisa brusquement. En silence, il fit signe à Cat et la machine approcha afin de regarder la console. Un message différent clignotait à présent.

« Alerte. Vaisseau en approche : échec au test de secours. Considérez vaisseau en approche comme possible Code Rouge. »

— Un test de secours ? demanda Torrence.

Il savait qu'il aurait dû se souvenir de ce que cela impliquait, mais ce n'était pas le cas.

— La Station a procédé au test de secours, expliqua Cat. En fait, il s'agit d'un sous-ensemble des tests initiaux, mais moins sévère.

— Plus facile à passer, tu veux dire. Espace Détente ? appela Torrence. (Il se demanda distraitement s'il n'aurait pas mieux fait de lui trouver un surnom, comme à Cat ; il avait l'impression que son formalisme les mettait sur un pied d'égalité.) Prépare-moi un jus de fruit. Merci.

— Je vais le chercher, proposa immédiatement Cat.

— Je suis désolé, Pols, reprit Torrence dans le micro, mais je vais devoir réfléchir.

— Ne vous en faites pas, Dave. Ça me va. Vous voulez faire ça dans les règles, je peux le comprendre. Et avec les codes qui déconnent, je ne vous en veux pas. La Terre avait prévu que ce serait un moment difficile, psychologiquement, même sans les problèmes techniques. C'est pour ça qu'ils m'ont choisi pour cette mission.

— Qu'est-ce que ça change ?

Il y eut un silence. Quand Pols reprit la parole, son ton avait changé. Prudemment, il dit :

— Ben, parce qu'on se connaît.

— De quoi vous parlez ?

Pour la première fois, Pols sembla perdre patience.

— Quel meilleur candidat pour venir vous chercher que la seule personne que vous avez vue pendant tout le temps passé sur cette Station ? Allons, Dave ! D'accord, l'alarme s'est déclenchée, mais bon sang, c'est moi, *Jack Pols* !

— Je vous ai parlé pour la première fois il y a vingt minutes.

— Nom de Dieu ! (Une certaine inquiétude s'était glissée dans sa voix, ce qui ne faisait qu'aggraver les choses.) Le 20 février 2042. D'accord, ça remonte à vingt ans, mais bon sang, ce n'est pas comme si vous aviez reçu beaucoup de visiteurs !

Luttant pour conserver la maîtrise de sa voix, Dave regarda fixement le haut-parleur. Un grand vide glacial semblait s'être emparé de sa poitrine.

— Il est interdit de visiter ou même approcher les Stations Sentinelles en temps de guerre à cause du risque de signaler leur position à l'ennemi. Je ne vous ai jamais rencontré, ni ne vous ai adressé la parole, avant ce soir, Pols. Je ne sais pas à quoi vous faites référence. Je n'ai jamais reçu personne sur cette Station. Je ne sais pas qui vous êtes.

— Je sais très bien qu'il est interdit d'approcher les Stations : je le savais aussi à l'époque. J'avais été touché en périphérie de la Cinquième Bataille. Mon croiseur était H.-S. et j'avais besoin d'un endroit et de quelqu'un pour m'aider à réparer. Je connaissais la position de la Station et j'ai pris le risque.

— Cat ? l'interrompit Torrence. Ça te dit quelque chose ?

— Non.

— Curieux. Je pensais que ta mémoire était plutôt bonne.

— Bon sang, Torrence, c'est un genre de test ou quoi ? Vous ne voulez pas non plus que je me souvienne d'une chanson secrète ?

— Je ne crois pas que j'oublierais un visiteur, Pols. Non seulement vous auriez été mon seul contact humain en trente ans, mais en plus votre présence aurait été contraire aux règles, que votre croiseur soit endommagé ou non.

— Je sais. Et c'est la raison pour laquelle vous avez accepté de ne pas l'inscrire au journal de bord.

— Quoi ? demanda Torrence avec méfiance.

— Vous auriez dû la consigner au rapport, pas vrai ? Vous ne l'avez pas fait.

— Je n'ai rien consigné parce que ça n'est jamais arrivé.

—Je peux confirmer les dires de l'officier Torrence, intervint Cat. Ni vous ni personne d'autre n'êtes monté à bord de cette Station.

—Tu n'étais pas là pour le voir, machine.

—Tiens donc ! Où étais-je ? En permission sur la Terre ?

—Tu t'étais cogné à je ne sais quoi et tu t'étais désactivé pour la semaine, le temps de réparer. Nom de Dieu. C'est pas marrant, les gars !

Torrence n'entendit pas les dernières phrases de Pols. Quand Pols avait prétendu le connaître, il s'était senti mal, il avait eu l'impression que le sol tremblait sous lui. Mais là, c'était pire. Le sol ne tremblait plus : c'était une gigantesque crevasse qui venait de s'ouvrir devant lui. Il restait persuadé qu'il n'avait jamais rencontré Pols – ce n'était pas le genre de choses qu'on oubliait.

Mais Cat avait effectivement été hors-service pendant une semaine. À l'époque où Torrence avait du mal à assumer sa situation – une période dont il ne se souvenait pas très bien.

Il savait que Cat l'observait, mais quand la machine parla, elle s'adressa à Pols.

—Ne pensez-vous pas que j'en aurais probablement été informé malgré tout ? Que l'officier Torrence aurait jugé utile d'en faire mention lors de ma réactivation ?

—En temps ordinaire, oui. Mais en temps ordinaire, je n'aurais pas cru tomber sur une Sentinelle complètement bourrée ! (Cat vit Torrence tressaillir.) J'étais content de trouver une Station dans cette région, parce que je savais qu'une Sentinelle serait forcément un bon mécanicien. Et je ne m'étais pas trompé. Sauf que je n'arrêtais pas de devoir lui indiquer, parmi les différentes images des choses qu'il voyait, laquelle il était censé réparer.

—Ce n'est pas vrai, affirma Torrence en secouant la tête. Ce n'est tout simplement pas vrai.

—Pas de problème, mon vieux. Je n'en ai jamais parlé à personne et je n'ai aucune intention de le faire. Ça ne figure pas dans votre dossier. Merde, bourré ou pas, vous avez sauvé mon vaisseau ! Et je me souviens d'avoir pas mal picolé, moi aussi, le dernier soir. Quelle soirée, mon vieux ! La meilleure que j'ai connue de toute la Guerre. C'est pour ça que je suis là. La Force de Récupération fait appel à des volontaires, Dave.

—Résumons-nous, reprit Cat. Vous affirmez que l'officier Torrence était tellement saoul cette semaine-là que, non seulement il a oublié de mentionner qu'il avait réparé, à lui tout seul, un croiseur endommagé, mais il a aussi omis de signaler ce que tous s'accordent à reconnaître comme l'événement mondain de cette Guerre.

— Il n'a pas oublié, il a clairement dit qu'il ne t'en informerait pas. Il avait l'air plutôt remonté d'ailleurs. Je crois que tu lui prenais un peu trop la tête.

— Des conneries, tout ça ! cria Torrence. Cat est le... (Il s'interrompit, prenant d'abord conscience de ce qu'il s'apprêtait à dire, puis réalisant que c'était la vérité.) Cat est le meilleur ami que j'ai jamais eu.

— Wouah, en voilà un qui a la mémoire courte. Vous ne vouliez pas en parler à votre machine, parce que vous saviez qu'elle ne vous lâcherait pas. Vous avez même dit qu'elle essayait de prendre le pouvoir à bord. Vous saviez qu'elle péterait les plombs à cause du manquement aux règles de sécurité, qu'elle penserait que vous aviez perdu les pédales.

Torrence sentit ses yeux lui piquer et vit que ses phalanges avaient blanchi. Il n'avait jamais dit cela. Il restait persuadé que cela n'avait jamais eu lieu. Mais il savait que c'était le genre de choses qui auraient pu se passer ou qu'il aurait pu dire à une certaine période. Mais il ne l'avait pas fait. N'est-ce pas ?

— Vous avez même dit qu'à peine une semaine plus tôt la machine vous avait demandé d'arrêter de boire, bon sang !

Torrence s'éloigna de la console en la repoussant des deux mains et avança en trébuchant au centre de la pièce.

Cat continua d'assurer sa défense, avec un peu moins de certitude dans la voix.

— À supposer qu'une telle décision, visant à ne pas révéler une information, ait été prise : elle n'aurait pas été suivie d'effet. L'espace détente, le pont, la cabine de douche : ils auraient tous gardé le souvenir de votre visite et m'en auraient informé. Ils ne l'ont pas fait.

— Parce qu'il les a débranchés, eux aussi. Il n'a conservé que les fonctions de maintenance. Il avait envie d'une semaine, peinard, pour boire et pioncer, sans que la douche et l'espace détente viennent lui casser les pieds, sans toutes ces putains de machines qui lui disent bonjour parce qu'on les a programmées pour ça. Tu veux une preuve ? Je vais t'en donner une : quand j'étais à bord, j'ai laissé quelque chose derrière moi.

Torrence se retourna. Ses yeux s'écarquillaient, énormes et sombres.

— Quoi ?

— Un livre. En papier. Un roman de Ray Bradbury : *Le Pays d'octobre*. J'étais dans ma période « classiques » à l'époque.

— Même si c'était vrai, ça remonte à des années, il ne se trouve certainement plus là où vous l'aviez laissé.

— Oui, mais il n'a pas quitté la Station, n'est-ce pas ? C'est un système clos. Ce livre est toujours quelque part. Trouve-le.

— Le vaisseau est vaste. Faire effectuer à la Station un inventaire complet d'elle-même prendra quelques heures.

— Vous n'avez qu'à m'en interdire l'entrée tant que le livre n'aura pas été retrouvé. Je m'arrimerai à la Station, mais resterai à mon bord. Dis à l'espace détente de s'y mettre.

— L'espace détente est déjà occupé à une autre tâche, dit Cat d'un ton distant. Dave, qu'en pensez-vous ?

Un long silence s'écoula avant que Torrence réponde. Quand il prit la parole, sa voix était à peine audible. Ce n'était pas qu'il gardait un vague souvenir de cet événement, ni même qu'il pensait qu'il ait pu avoir lieu. Il ne se sentait sûr de rien. Il ne pouvait pas jurer que les choses ne s'étaient pas déroulées ainsi. En son for intérieur, il savait que c'était possible.

— Je crois que nous ferions mieux de vérifier.

Cat se raccorda à la console et s'adressa directement au pont, lui ordonnant de procéder à un inventaire de tous les objets se trouvant dans la Station.

— Pendant ce temps, ajouta-t-il à l'intention de Pols, je pense que l'officier Torrence et moi-même devrions avoir une petite discussion. Nous rétablirons le contact plus tard. Au revoir.

Il coupa la communication. Un seul coup d'œil à Torrence lui suffit pour comprendre que cet homme, qui s'était montré si résistant pendant toutes ces années, semblait au bout du rouleau. Pour un homme, trente ans de solitude sur un vaisseau, sans contact, sans soutien, sans preuve permanente de son importance : c'était long. Beaucoup trop long.

Ce fut Torrence qui rompit le silence.

— Je ne me souviens de rien de tout ça. Je sais que tu penses que ça doit être vrai, mais je ne peux pas, je n'arrive pas.

— Dave, l'interrompit Cat avec douceur. Je n'en crois pas un mot.

Torrence se retourna, face à la machine, une expression de surprise enfantine sur le visage.

— Alors pourquoi avoir accepté de procéder à un inventaire ?

— Pour la même raison que Pols l'a suggéré. Gagner du temps. J'ai besoin de vous parler. Et pendant que nous discutons, le vaisseau de Pols se rapproche.

— Mais l'inventaire va prendre un temps fou. Son vaisseau aura tout le temps d'arriver et de venir s'arrimer à la Station.

— Si nous attendons jusque-là.

Torrence regarda fixement la machine, s'efforçant de suivre son raisonnement. Soudain, il se sentit vieux et confus.

— Mais nous sommes obligés d'attendre.

— Dites-moi : comment voyez-vous la situation ? Résumons-nous : l'heure de la délivrance est arrivée. La Guerre est finie et la Terre a envoyé quelqu'un vous chercher. Son vaisseau échoue au test d'encodage de la coque, et même à sa version réduite, après qu'il a – comme par hasard – suggéré de désactiver notre système d'autodéfense. Bien que vous ne demandiez qu'à le laisser passer, vous en concevez, à juste titre, une certaine inquiétude.

— Et c'est là qu'il nous apporte la preuve de ce qu'il avance.

— Vraiment, Dave ?

Torrence hésita, contrarié.

— Je ne me rappelle pas. Je suis vieux, Cat. Je ne m'en étais pas rendu compte jusque-là : je suis vieux à présent.

— Oui. Et vous ne pouvez pas vous souvenir de tout. Pols sait cela. Pensez aux autres Sentinelles. Prenez un officier comme vous, livré à lui-même sur sa Station. Il passe cinq ans, dix ans, à faire la même chose, sans jamais parler à personne. Maintenant doublez ou triplez cette durée. N'y a-t-il pas de grandes chances que certains d'entre vous finissent par boire un peu trop ? À votre avis, combien parmi vous sont restés irréprochables pendant trente années ?

Torrence réfléchit.

— Pas beaucoup, j'imagine. Mais quelle différence ça fait ?

— On peut donc partir du principe que chaque officier connaît dans sa vie une période où ses souvenirs lui jouent des tours. Une période où il a pu ressentir une certaine amertume. Où la compagnie et les conseils des machines lui ont tapé sur les nerfs et où il a pu décider de les débrancher.

— Mais Pols connaissait les codes de communication. Il savait que tu avais eu besoin de te réparer à cette époque.

— Je doute que beaucoup de Cats n'aient pas eu à le faire, à un moment ou à un autre. On prend des coups. Quant aux codes… Nous ne savons pas réellement où en est la Guerre, n'est-ce pas ?

Torrence marqua une pause, essayant de remettre de l'ordre

dans ses idées. Une fois que Pols lui avait dit ce qu'il avait envie d'entendre, un interrupteur avait basculé dans sa tête : la Guerre est terminée, les bons ont gagné.

Mais il n'avait comme preuve que la parole de Pols. Et si la Guerre n'était pas terminée et que la Terre avait des ennuis, les protocoles de communication et les mots de passe avaient très bien pu tomber entre les mains de l'ennemi.

Mais pas l'encodage des coques. Impossible à obtenir sans passer sur le corps des Sentinelles.

Il avait un peu trop facilement accepté d'assumer sa responsabilité, d'admettre sa faiblesse. Mais il avait tenu bon pendant trente ans. Pourquoi diable aurait-il dû prendre ce que disait Pols pour argent comptant ?

— D'accord, lâcha-t-il enfin. Mais si Pols n'est pas qui il prétend être, il prend un sacré risque en bluffant avec cette histoire d'inventaire.

— L'auriez-vous laissé approcher autrement ? Malgré son assurance et ses explications concernant les précédents cas d'erreur d'encodage, malgré ses belles paroles sur la Terre et l'accueil qui vous y attend, et Dieu sait quoi d'autre encore, l'auriez-vous laissé approcher ?

Torrence n'eut pas à se poser longtemps la question pour connaître sa réponse.

— Non. Bien sûr que non.

— Ils ne plaisantaient pas quand ils ont sélectionné les Sentinelles. Certains officiers ont dû livrer une rude bataille avec la bouteille, et beaucoup ne seront plus bons à grand-chose en rentrant sur Terre. Mais pas un d'entre vous ne prendra le risque de ruiner le travail de toute une vie. Pas après trente ans de service solitaire. Alors si les choses commencent à se compliquer, que le plan ne se déroule pas comme prévu, quelle solution reste-t-il à quelqu'un comme Pols ?

— Me faire croire que j'ai perdu les pédales au point de ne plus me rappeler avoir désactivé toute la station pour pouvoir boire tranquille.

— Son vaisseau se rapproche, Dave. Vous devez prendre une décision. Une fois son croiseur arrimé, il ne sera plus possible de le détruire. Une fois arrimé, qui qu'il soit, la porte lui est grande ouverte – ou c'est tout comme. Le sas est résistant, mais il ne l'empêchera pas longtemps d'entrer si telle est son intention.

— Mais tant que l'inventaire ne sera pas terminé, j'ai des doutes. Tu sais dans quel état je me trouvais à l'époque. Il se peut qu'il dise la vérité et qu'il soit vraiment là pour nous ramener chez nous.

— Soit il dit la vérité, soit il est avec les Autres. Je ne peux pas vous dire quoi faire. C'est vous le commandant. À vous de décider. (Cat flotta vers la console.) Le croiseur sera là dans une heure et vingt minutes. D'ici une demi-heure, il se trouvera trop près pour utiliser le Déplaceur. Nous ne pourrons plus compter que sur notre puissance de feu. Au mieux, la Station subira de graves avaries, au pire elle sera prise. Il faut vous dépêcher, monsieur.

Torrence traversa la pièce jusqu'à la fenêtre. Pendant cinq minutes, il se tint immobile, se repassant chaque phrase de sa conversation avec Pols, cochant mentalement les éléments qui lui semblaient significatifs. Pendant tout le temps qu'il avait passé à bord, il n'avait fait que des travaux d'entretien. Il s'était assuré du bon fonctionnement de la Station. D'autres officiers avaient peut-être dû prendre ce genre de décisions tous les ans, tous les deux ou trois mois. Certaines des Stations étaient probablement en ruine, ou occupées par l'ennemi à cause de mauvaises décisions. C'était un peu tard pour exiger de lui qu'il prenne une telle responsabilité. Vraiment tard. Il voulait simplement rentrer chez lui.

Mais surtout, il se creusa la tête à l'affût de la moindre trace de souvenir, du plus petit détail qui réveillerait sa mémoire. Mais finalement, il décida d'oublier tout cela et de faire confiance à son instinct.

Soudain, il avança à grands pas vers la console et rétablit la communication.

— Pols ?

— Du nouveau ?

— J'aimerais vraiment vous croire, vous savez ? Mais je dois faire ce qui me semble bon pour la Station. C'est mon boulot. Si vous êtes vraiment celui que vous prétendez être : je suis désolé.

Il tendit le bras et entra un nombre à sept chiffres dans la console. Le tableau de bord du système d'autodéfense, estompé jusqu'à présent, s'alluma.

La voix de Pols ne semblait plus calme du tout.

— Merde, Dave ! (Deux codes de plus.) Dave ! Putain, non !

Torrence marqua une pause et saisit le dernier chiffre.

Il ne se retourna pas vers la fenêtre. Ce n'était pas nécessaire.

La pièce entière s'illumina lorsque le système de défense de la Station fit de la position du vaisseau de Pols le centre précis d'une réaction de déplacement qui fit tourner sur son axe de manière aléatoire chaque molécule à l'intérieur d'une zone de un kilomètre cube. Ce qui avait été un vaisseau, ou un homme, se transforma instantanément en éléments chimiques. Les mêmes atomes, mais des liaisons différentes, comme l'eau et le soleil. Pour ne prendre aucun risque, la Station plaça une ogive nucléaire au cœur du nuage d'éléments chimiques qui, en explosant, les dispersa encore plus. En temps de guerre, on n'en fait jamais trop.

Quand l'embrasement eut diminué, Torrence se retourna pour regarder. Il n'y avait rien à voir, excepté le scintillement occasionnel d'un minuscule débris tournoyant sur lui-même.

L'heure et demie qui suivit parut plus longue à Torrence que les dix dernières années. Il resta assis en silence sur le canapé, à regarder les étoiles. Il était soit un héros, soit un sombre idiot. D'une certaine manière, il avait du mal à savoir ce qui était le pire.

Prévenu par un canal interne que le pont avait achevé son inventaire, Cat flotta jusqu'à la console. Torrence se leva et le rejoignit. Il avait l'impression de flotter, lui aussi.

— Alors, quel résultat ?

La voix du pont sortit des haut-parleurs.

— J'ai effectué un inventaire complet comme vous me l'aviez ordonné et comparé chaque objet présent sur ce vaisseau à ceux qui s'y trouvaient avant de quitter la Terre.

— Et ? le pressa-t-il d'une voix rauque.

— Je crois que vous cherchiez un livre. Le nombre et les titres des livres trouvés à bord correspondent au nombre et aux titres des livres que nous possédions au départ. Je n'ai constaté aucune augmentation en quantité d'aucun autre objet. Rien n'est entré. Rien du tout.

La gorge serrée, des picotements dans les yeux, l'homme se tourna vers son Cat.

Torrence se coucha à minuit, fatigué et content. Avec l'assistance de Cat, il avait révisé son programme de maintenance de manière à conserver tout l'équipement dans un état irréprochable avec un cycle plus court et en insistant particulièrement sur les systèmes de défense. On était en Guerre : il fallait rester vigilant.

Et c'est ce qu'il avait fait ! Confronté au choix le plus difficile auquel on pouvait soumettre un homme, il avait pris la bonne décision. Il avait vu juste. Il était toujours l'homme de la situation. Ils avaient eu raison de lui confier cette mission. Quand la Terre finirait par l'emporter – il n'envisageait pas d'autre hypothèse –, la Sentinelle David Torrence aurait sa place aux côtés des commandants de flotte, des généraux, pour avoir – à sa petite échelle – accompli son devoir. En attendant, la mission se poursuivait et Torrence avait repris confiance en ses capacités de combattant. Par ce succès, il avait renoué avec un courage et une fierté qui ne le quitteraient plus.

Quand il se fut assuré que Torrence dormait, Cat flotta jusqu'à son lit et se posa près des pieds de l'homme. Après quelques instants, doucement, il commença à émettre un petit claquement sec.

Lui aussi avait fait du bon travail.

Voilà plus d'un an qu'il savait que la Guerre était terminée et que la Terre avait perdu. Ce vaisseau avait été averti quatorze mois plus tôt sur une fréquence interne. Cat savait que personne ne viendrait chercher les Sentinelles pour les ramener sur la Terre. Il avait mis du temps à élaborer son plan, à peaufiner un scénario pour l'espace détente, simulant les répliques d'un lieutenant qui n'avait jamais existé. Mais ça avait marché et il se sentait satisfait. Parce que Cat était un bon Cat et prenait son travail très au sérieux.

Servir et protéger.

Chère Alison

Nous sommes le vendredi 25 octobre et il commence à faire froid. Je mettrai le chauffage avant de partir.

Je m'en vais d'ici une demi-heure. Je me suis préparé à ce moment toute la journée. Je n'ai pas arrêté de me dire que je n'allais plus tarder et que je passerais la journée à patienter à l'aéroport. Mais je savais depuis le début que j'attendrais ce moment-là, quand la lumière tire sa révérence. Londres apparaît sous son meilleur jour en automne, et 16 heures est l'heure de l'automne. À 16 heures, c'est l'automne.

Dehors, par la fenêtre de mon bureau, j'aperçois des feuilles qui tourbillonnent fiévreusement dans la rue, des taches de vert et de brun qui s'agitent sur le macadam. Plus tôt, des nuages blancs dans le ciel bleu dégagé modifiaient périodiquement la lumière qui se déversait dans la pièce. Mais maintenant, le jour baisse et recouvre tout d'une couche de poussière grise. Des feuilles plus petites et plus sèches tombent de l'autre côté de la rue et s'entassent autour de la clôture en métal du numéro 12.

Je me souviendrai avoir vu cela. Je me rappelle la plupart des choses. Tout ce qui entre reste là, et ne se ternit jamais – aussi brillant que du cristal fraîchement taillé. Un grenier rempli d'expériences qui me rappelle ce que j'ai perdu. Les années s'estompent sous leur propre poussière, mais elle n'est pas si difficile à balayer.

Je glisserai les clés par la fente de la boîte aux lettres dans la porte, comme ça tu sauras qu'il est inutile de partir à ma recherche. Et un trousseau de rechange se révèle toujours utile. Je ne suis pas sûr de savoir quoi faire de cette lettre. Je pourrais l'imprimer et la poser quelque part, ou l'emporter avec moi et la poster plus tard. Ou peut-être que je devrais la laisser sur l'ordinateur, bien cachée dans un sous-dossier, et faire confiance au hasard. Mais si je procède ainsi, un des enfants risque de la trouver en premier. Or c'est à toi que je dois expliquer cela, pas à Richard ou Maddy –, c'est d'abord à toi que je dois des excuses.

Je ne peux pas te l'expliquer de vive voix, parce que cela ne servirait à rien. Que tu me croies ou non, cela ne changera pas les faits, ni ne rendra les choses plus faciles. En ton for intérieur, enterré trop profondément pour jamais atteindre la surface de ta pensée consciente, tu t'en doutes sans doute déjà un peu. Tu ne t'es jamais trahie, mais nous avons arrêté de communiquer à ces niveaux plus subtils et je ne sais plus vraiment ce que tu penses. En te disant ce que d'une certaine façon, tu sais déjà, je courrais le risque que tu refuses de m'écouter – que tu me rejettes, même. Alors, à quoi bon ?

Mon bureau est en ordre. J'ai terminé tout mon travail en cours et payé toutes les factures.

J'ai décidé de marcher. Pas tout le trajet – juste dans notre quartier. Jusqu'à Oxford Street.

Je traverserai la route devant chez nous, puis j'emprunterai cette ruelle dont tu as toujours eu peur. (Je n'arrive jamais à me rappeler son nom. En revanche, je me souviens d'un soir où tu as su oublier ta peur suffisamment longtemps pour que cela devienne plutôt intéressant.) Ensuite : Kentish Town Road. Je passerai devant Woolworth's et ce pub, le *Vulture's Perch*, devant les snacks médiocres et ce magasin de la taille d'un terrain de football qui ne vend que des lunettes. Je me rappelle avoir fulminé contre un tel gâchis d'espace quand nous nous sommes rencontrés pour la première fois – tu avais trouvé ça drôle. Je suppose que ça l'est moins maintenant.

Le quartier n'est pas particulièrement joli et Falkland Road n'a rien de Bel Air. Mais nous y avons vécu pendant quinze ans et nous nous y sommes toujours plu, pas vrai ? Au moins jusqu'à ces deux dernières années, quand les choses ont commencé à se dégrader – quand j'ai compris ce qui allait arriver. Avant cela, Kentish Town nous convenait parfaitement. Nous aimions le *Café Renoir*, qui proposait un petit déjeuner honorable quand le personnel se sentait d'humeur à bien vouloir nous servir. Le pub l'*Assembly House*, ses murs couverts de miroirs victoriens, son juke-box et sa vaste sélection de folklore irlandais. L'épicerie du coin où ils savaient toujours ce que nous voulions avant même que nous le demandions. Tout cela.

C'était notre quartier.

Je ne pouvais pas t'en parler quand cela a commencé, à cause de la façon dont cela s'est produit. Et même si c'était arrivé autrement, je n'en aurais probablement pas soufflé mot : le temps que je comprenne ce que cela signifiait, il n'y avait déjà plus grand-chose à faire. J'espère ne pas me tromper en pensant que seules les deux dernières années ont constitué une épreuve pour toi et que tu étais heureuse jusque-là.

J'ai fait de mon mieux pour ne rien laisser paraître, j'ai tout gardé pour moi. Tant de petits mensonges – tous passés sous silence.

En fait, cela remonte à une dizaine d'années. Nous n'habitions cette maison que depuis quelques années et les enfants étaient encore petits, toujours à nous. Je suis certain que tu te souviens de la fête chez John et Suzy – celle qu'ils avaient organisée juste après avoir emménagé dans leur nouvelle maison ? Ou peut-être pas : après tout, il y en a eu tant, et ce n'est que dans mon esprit qu'elle conserve un éclat particulier.

Tu venais à peine de commencer à travailler chez Elders & Peterson et tu n'avais pas très envie de sortir. Tu avais surtout besoin d'un week-end tranquille, pour tout ranger dans la maison, faire des courses et traîner un peu sans te réveiller avec une gueule de bois. Mais nous avons décidé d'y aller et j'ai promis que je ne boirais pas trop. Tu m'as gratifié de ce sourire affectueux et gentil qui signifiait que tu croyais que j'allais essayer, mais que tu poserais quand même l'aspirine sur la table de chevet. Nous avons engagé notre baby-sitter loufoque, puis, une fois sur notre trente et un, nous sommes partis main dans la main – nous avions l'impression d'avoir de nouveau vingt ans. Je crois même que nous nous sommes payé le taxi.

La maison possédait un certain charme, mais nous avons pensé tous les deux qu'elle semblait un peu grande pour un couple sans enfants. À cette époque, John commençait à réussir professionnellement et la taille de la propriété ressemblait à l'affirmation de cette réussite. Nous sommes arrivés tôt – nous étions convenus de ne pas rester trop tard – et avons discuté avec Suzy dans la cuisine, pendant qu'elle coupait les légumes pour l'apéritif. Elle portait cette robe de chez Whistles que vous possédiez toutes les deux ; nous nous sommes fait un clin d'œil en secret : après mûre réflexion, tu avais décidé de mettre autre chose. Ton ensemble marron de chez Jigsaw, avec les boucles d'oreilles Monsoon qui ressemblaient à de petites feuilles. As-tu gardé ces boucles d'oreilles ? Je suppose que oui, bien que je ne t'aie pas vu les porter depuis longtemps. Je les ai cherchées ce matin, pensant qu'elles ne te manqueraient pas et que je pourrais les emporter avec moi. Mais elles sont enfouies quelque part.

Vers 22 heures, la fête battait son plein et j'étais déjà passablement éméché. Je parlais – trop fort – avec John et Howard au séjour. J'ai jeté un coup d'œil autour de moi, afin de m'assurer que tu t'amusais et je t'ai aperçue, adossée à une table, un gobelet en plastique de vin rouge au bord des lèvres. Tu écoutais Jan déblatérer à propos de quelque chose – son minable d'ex-petit ami probablement. De ton autre main, tu tâtonnais à l'intérieur de ton sac à la recherche de cigarettes. Tu allais très bientôt en avoir besoin d'une, mais tu essayais de ne pas montrer à Jan que tu n'accordais pas toute ton attention à son histoire pathétique et si familière. Tu es formidable dans ce genre de situations : tu agis toujours comme il le faut. Une gentillesse qui ne te quitte jamais, et pas seulement pour susciter l'admiration chez les autres. C'est tout toi.

Tu as fini par mettre la main sur ton paquet, tu l'as offert à Jan ; elle a pris une cigarette et l'a allumée, sans même s'interrompre pour respirer – un de ses nombreux talents. Alors que tu levais ton Zippo pour allumer la tienne, tu as surpris mon regard. Tu m'as fait un clin d'œil discret – ta façon de me signaler que tu m'avais vu – et tu as roulé des yeux de manière infinitésimale, mais pas suffisamment pour que Jan se démonte. Tu as levé la main afin de ramener tes cheveux derrière ton oreille – tu venais de les couper et j'étais le seul à savoir que tu avais des doutes sur cette coupe plus courte. Comme je t'ai aimée à ce moment-là, je me sentais à la fois chanceux et sous le charme.

Et alors, juste derrière toi, elle a fait son entrée dans la pièce, et à partir de là, tout est allé de travers.

Tu te souviens d'*Auntie's Kitchen*, ce restaurant indien entre Kentish Town et Camden ? Chaque fois que nous passions devant, nous scrutions à l'intérieur la nappe à carreaux si gaie et nous nous promettions de l'essayer un jour. Nous ne l'avons jamais fait. Nous avions toujours une autre destination, le plus souvent le marché de Camden pour mâcher des nouilles et jeter un coup d'œil à des meubles que nous ne pouvions pas nous offrir. Je ne sais même pas s'il est toujours là. Après que nous avons commencé à nous déplacer systématiquement en voiture, nous avons cessé de remarquer ce genre de choses. Je vérifierai ce soir, en allant en ville, mais de toute façon, c'est trop tard. Nous aurions dû faire tout ce qui nous tenait à cœur quand nous en avions l'occasion. On ne sait jamais à quel point les choses peuvent changer.

Ensuite, je traverserai le carrefour et je passerai devant l'endroit où s'élevait le grand Sainsbury's. Je me rappelle la première fois que nous avons fait les courses là-bas ensemble – bon sang ! ça doit bien faire vingt-cinq ans –, découvrant chacun ce que l'autre aimait manger, gloussant devant les produits surgelés et comprenant une fois rentrés que, tout en ayant dépensé 40 livres, nous n'avions pas de quoi faire un vrai repas. Maintenant, c'est devenu une pépinière de petites boutiques chic, mais elles ne nous ont jamais plu : nous aimions les choses telles qu'elles étaient quand nous avons commencé à nous voir – et de toute façon, combien de petits pots en céramique peut-on acheter ?

Par pure coïncidence, j'ai eu mon premier nouveau repas juste derrière Sainsbury's, une semaine après la fête. Il était minuit passé, et je savais que tu te demanderais où j'étais passé, mais je me sentais désespéré. Parcouru de frissons depuis quatre jours, je délirais presque, tant ma faim semblait grande. J'avais la nausée chaque fois que je posais les yeux sur de la nourriture, mais je savais que j'avais besoin de quelque chose. Une jeune fille d'une vingtaine d'années venait de sortir de l'*Electric Ballroom* en titubant, encore sous l'effet de l'ecstasy. Je le sais parce que je l'ai senti dans son sang. Elle m'a aperçu dans la rue déserte et a ri nerveusement. Soudain, j'ai su ce qu'il me fallait. Elle ne s'est pas enfuie quand j'ai avancé vers elle.

Je n'ai pas prélevé beaucoup.

Un matin, pas longtemps après que nous avons emménagé dans notre premier appartement ensemble, toi et moi sommes allés à la bibliothèque de Kentish Town. Tu voulais en savoir un peu plus sur ce quartier et tu as trouvé deux livres publiés par la Camden Historical Society. Nous avons découvert que Kentish Town n'intéressait pas grand monde, alors que c'est un quartier plus ancien que Camden. Ça nous a fait râler, parce que nous aimions bien l'endroit où nous vivions. Mais nous sommes quand même tombés sur quelques détails intéressants – comme le fait que la zone qui se situe devant la station de métro de Camden Town, la partie qui fait saillie sur le carrefour, accueillait autrefois une minuscule prison et un pilori. Aujourd'hui, c'est toujours le point de rencontre des clochards et des ivrognes, comme si, aujourd'hui encore, quelque chose ici continuait d'attirer les marginaux et les mécréants.

Je traverserai cet endroit en descendant, évitant l'un de ces clochards – je pense qu'il reconnaît quelque chose en moi, peut-être est-il l'un des nôtres –, et prendrai Camden Road en direction de Mornington Crescent.

Je ne comprends pas pourquoi c'est arrivé. Nous nous aimions, nous avions nos enfants et nous venions juste de refaire les papiers peints de l'appartement. Nous étions heureux. Rien ne justifiait ce que j'ai fait. Ça n'avait pas de sens. Aucune excuse, sauf qu'il y avait quelque chose en elle qui m'a tout simplement attiré. Mais pourquoi moi ?

Elle était très grande, et extrêmement mince. Elle avait des cheveux blonds courts et ses pommettes lui mangeaient tout le visage. Elle est arrivée seule et John lui a immédiatement fait signe. D'une voix hésitante – il était saoul – il nous l'a présentée – à Howard et moi. Elle s'appelait Vanessa et travaillait dans l'édition. Je t'ai vue qui regardait dans notre direction, puis tu as détourné les yeux d'un air détaché. John a continué à jacasser sur tel ou tel projet auquel il travaillait. Puis il est parti se resservir à boire, tirant Howard dans son sillage.

À ce stade, j'étais moi-même plutôt saoul, mais encore capable d'ânonner des phrases du genre « Vous bossez dans quoi, bla-bla-bla ? Moi, je travaille dans bla-bla-bla ». J'ai donc parlé avec Vanessa pendant un certain temps. Elle avait des yeux très bleus, une petite boucle de cheveux devant chaque oreille et j'aimais beaucoup la façon dont son cou rencontrait ses épaules. C'est tout ce qui m'a frappé. Elle n'était pas vraiment mon type.

Après une dizaine de minutes, elle s'est éclipsée afin de saluer une connaissance – cris perçants et baisers sur la joue à gogo. Pas une grande perte : je n'avais jamais trouvé le monde de l'édition intéressant. J'ai tourné lentement sur moi-même, jusqu'à ce que j'aperçoive quelqu'un que je connaissais, et je suis allé lui parler.

C'était un vieil ami que je n'avais pas vu depuis longtemps – Roger, tu sais, celui qui a divorcé l'année dernière – et la conversation dura le temps de quelques verres. Alors que je revenais après être allé me resservir, j'ai remarqué Vanessa, seule dans un coin, tenant une bouteille de vin par le goulot et écoutant patiemment la complainte de son interlocuteur à propos des baby-sitters. J'ai éprouvé une vague inquiétude en songeant à la nôtre – nous la soupçonnions de savoir où nous cachions notre réserve de shit –, mais j'ai décidé d'oublier cela. Quand vous avez trente ans, tous vos amis semblent n'avoir qu'un seul sujet de conversation : leur mariage et leur maison ; quelques années plus tard, ils ont tous des gosses et ne parlent plus que de baby-sitters. C'est comme si, collectivement, ils avaient oublié qu'il existe un monde réel qui regorge d'une foule de choses intéressantes et qu'ils deviennent de plus en plus obsédés par ce qui se passe derrière leur porte.

J'ai marmonné quelque chose dans ce sens à Roger, tout en jetant de nouveau un coup d'œil dans le coin où se trouvait Vanessa. Elle buvait le vin à la bouteille, son corps cambré avait la grâce tranquille d'un cou de cygne. Je n'ai pas pu m'empêcher de me demander pourquoi elle était venue seule. Quelqu'un comme elle avait forcément un petit ami.

Puis j'ai remarqué qu'elle me dévisageait, le goulot de la bouteille à quelques centimètres de ses lèvres humides. J'ai souri, d'une manière hésitante.

Nous n'avons jamais passé beaucoup de temps à Mornington Crescent. Je suppose que n'y trouvions rien d'intéressant. Ce n'est même pas vraiment un quartier, plus une zone floue entre Camden et le haut de Tottenham Court Road. Je me souviens d'une fois, quand Maddy était petite, où je lui avais raconté que l'immeuble rouge à deux étages devant lequel nous passions avait été une station de métro comme celle de Kentish Town et que, en fait, de nombreuses autres stations abandonnées étaient dispersées dans tout Londres. La station de Mornington Crescent était fermée parce qu'elle était censée faire l'objet de travaux de rénovation, mais j'ai dit à Maddy que je n'y croyais pas. D'abord c'est elle qui a refusé de me croire, mais je lui ai montré une ancienne carte, et après cela l'idée de stations abandonnées l'a toujours fascinée. York Road, Down Street et South Kentish Town : on peut les voir sous terre, il suffit de savoir quand regarder. Autant d'endroits qui, à une époque, ont eu une signification pour les gens qui vivaient là et qui, maintenant, ne représentaient plus que le tissu cicatriciel d'une ville tournée vers l'avenir.

Ensuite, direction Euston Road, la partie du trajet que tu n'as jamais aimée. C'est un peu monotone, je l'admets. Rien que des HLM et des rues très fréquentées ; arrivée là, tu te plaignais toujours d'avoir mal aux pieds. Mais je marcherai quand même. Ça fait partie du voyage, et quand je reviendrai, tout aura changé. Peut-être que ce sera moins ennuyeux. Mais ce ne sera plus pareil.

Une heure du matin. La fête battait son plein – l'ambiance était même montée d'un cran. Ça avait l'air d'aller pour toi, assise en tailleur sur le sol de la salle de séjour, discutant tranquillement avec Suzy.

À ce moment-là, j'étais complètement saoul et je ne comptais plus mes expéditions aux toilettes. En passant près de toi, j'ai baissé la main et tu l'as serrée un court instant. Ensuite, j'ai grimpé deux étages jusqu'aux W.-C. inoccupés les plus proches, maudissant John d'avoir tant de marches chez lui. Le dernier étage de la maison était plus sombre que le reste, mais à force j'avais presque creusé un sillon dans la moquette et j'ai retrouvé mon chemin sans trop de difficultés.

Après, je me suis lavé les mains avec un savon hors de prix pendant quelques instants, chancelant devant la glace, pouffant devant mon reflet et m'apostrophant avec entrain.

Une fois ressorti, j'ai eu l'impression d'être encore plus ivre. J'ai trébuché dans les quelques marches qui menaient sur le palier et j'ai tendu le bras pour retrouver l'équilibre. Brusquement, ma bouche s'est remplie de salive et j'ai éprouvé l'horrible pressentiment que j'allais baptiser la maison à ma façon. Mais j'ai respiré à fond pendant une bonne minute, tout en avalant compulsivement, et j'ai réussi à me convaincre que je survivrais assez longtemps pour boire un autre verre.

J'ai entendu une sorte de bruissement et je me suis retourné pour regarder dans l'entrebâillement d'une porte voisine. J'ai reconnu la pièce – c'était le futur bureau que John nous avait fait visiter plus tôt. *Où tu pourras t'asseoir afin de contempler ta réussite*, m'étais-je dit hargneusement. Difficile d'imaginer qu'il allait se suicider six ans plus tard.

— Bonsoir.

La dénommée Vanessa se tenait dans la pièce vide, près de la fenêtre. Le clair de lune froid donnait l'impression que ses traits avaient été soufflés dans du verre, mais quel que soit l'artiste, il méritait des félicitations. Sans vraiment savoir pourquoi, j'ai titubé dans la chambre, fermant la porte derrière moi. Alors qu'elle s'avançait, sa robe a froufrouté de nouveau, tel un frisson de feuilles dans la nuit.

Nous nous sommes rencontrés au centre de la pièce. Je ne me souviens pas lui avoir retiré sa robe, mais juste de la blancheur de ses longues cuisses. Je ne me rappelle pas avoir défait mon pantalon, mais quelqu'un a dû s'en charger. Tout ce dont je me souviens, c'est d'avoir dit : « Mais vous avez forcément un petit ami » et elle qui m'a souri.

De la folie pure. Quelqu'un aurait pu entrer et nous surprendre à tout moment.

Mais c'est arrivé.

Tottenham Court Road. Le royaume de la technologie à prix cassé, et bénéficiaire de bon nombre d'achats impulsifs de ma part. Quand nous passions par là en allant à Oxford Street, tu avais l'habitude de m'attraper par le bras et d'essayer de m'entraîner loin des magasins, ou de faire un rempart de ton corps devant les vitrines pour m'empêcher de les voir. Tout ça pour me faire poiroter des heures chez Marks & Spencer, pendant que tu barguignais sur des sous-vêtements. Je ronchonnais devant une telle injustice, mais ça ne me gênait pas vraiment.

Dernière étape devant le siège social de *Time Out*, où Howard travaillait, et j'en aurai fini avec la marche. Au croisement d'Oxford

Street et de Tottenham Court Road, je me retournerai et regarderai le chemin parcouru et je dirai au revoir à tout cela. C'est peut-être sentimental de ma part, mais cette promenade compte beaucoup pour moi.

Ensuite, je descendrai dans le métro à la station d'Oxford Street et prendrai la ligne Picadilly jusqu'à Heathrow.

J'ai un billet, mon passeport et quelques dollars, mais pas beaucoup. Tôt ou tard, je vais devoir trouver un moyen de gagner de l'argent, alors autant que ce soit tôt. Je t'ai laissé le reste de notre argent. Si tu n'as pas d'idée pour l'anniversaire de Maddy, je l'ai entendue mentionner le nouvel album d'Asylum Field à plusieurs reprises. Mais il se peut qu'elle se le soit acheté elle-même. J'oublie toujours qu'elle est grande maintenant.

Après ces dix minutes dans le bureau de John, je suis redescendu, brutalement redevenu sobre. Tu te tenais assise exactement là où je t'avais laissée, mais j'avais l'impression que c'était bien la seule chose au monde qui n'avait pas changé. Je me sentais terrifié à l'idée que l'expression de mon visage me trahisse, que tu comprennes ce que j'avais fait, mais tu m'as juste tendu le bras et tu m'as tiré d'un coup sec afin que je m'installe à côté de toi. Tout le monde souriait, apparemment content de me voir. Howard a fait passer un joint. Mes amis m'entouraient, mais j'avais le sentiment que je ne les méritais pas. Ni toi non plus.

Toi en particulier.

Nous sommes partis une heure plus tard. Dans le taxi, je me suis assis un peu à l'écart de toi, convaincu que tu sentirais l'odeur de Vanessa sur moi, mais j'ai serré ta main et tu as semblé heureuse. Nous sommes arrivés chez nous et j'ai pris une douche pendant que tu préparais bruyamment le thé à la cuisine. Puis nous sommes allés nous coucher et je t'ai serrée dans mes bras jusqu'à ce que tu t'endormes. J'ai fixé le plafond du regard pendant une bonne heure, la haine de moi-même me donnant des frissons, et ensuite, à ma grande surprise, je me suis endormi.

Il m'a fallu quelques jours pour me calmer. Une erreur d'ivrogne : ce sont des choses qui arrivent. J'ai décidé de ne pas t'en parler – en partie par lâcheté purement égoïste, mais plus parce que j'avais l'intime conviction que cet épisode signifiait si peu et qu'il te blesserait beaucoup. C'était prendre un trop grand risque. Après une quinzaine de jours, il ne s'agissait plus pour moi que d'un vague souvenir, dont le seul effet durable avait été de me montrer à quel point je voulais être avec toi. C'est la seule fois, pendant toutes nos années de vie commune, qu'une telle chose s'est produite. Je te le promets.

Cela aurait dû en rester là : une histoire qui m'aurait servi de leçon. Mais les premiers tiraillements de la faim sont arrivés et tout a changé pour moi. D'une certaine manière, j'ai le sentiment d'avoir eu de la chance : nous avons eu dix bonnes années ; j'ai réussi à cacher mon état pendant aussi longtemps. J'ai pris l'habitude de faire des promenades solitaires le soir, une couverture que personne n'a pu mettre en cause. J'ai commencé à faire du sport et à manger sainement ; peut-être que ça aussi, ça m'a aidé à cacher ce qui m'arrivait. Au début, tu n'as rien remarqué, et ensuite, je me demande si tu n'as pas ressenti une certaine fierté à l'idée d'avoir un mari qui se maintenait en aussi bonne forme.

Mais il y a deux ou trois ans, la fierté a fini par s'éteindre, à l'époque où les enfants se sont mis à me regarder avec curiosité. Pas souvent, et peut-être même pas consciemment, mais alors que tu commençais à faire des remarques peu flatteuses sur ta silhouette, sur la façon dont ton corps semblait moins permanent, comparé au mien, je crois qu'à un certain niveau les enfants se sont aperçus de quelque chose aussi. Maddy a toujours été la fille de son papa. Tu l'as dit toi-même. Ce n'est plus le cas, et je ne crois pas que ce soit uniquement parce qu'elle a grandi et qu'elle sort avec ce crétin. Elle ne se sent pas à l'aise avec moi. Richard se montre exagérément poli ces derniers temps – toi aussi d'ailleurs. J'ai l'impression d'avoir fait quelque chose qu'aucun de nous ne peut se rappeler, quelque chose d'insignifiant mais qui m'isole de vous. C'est comme si nous marchions tous prudemment sur la pointe des pieds autour de quelque chose que nous ne comprenons pas.

Je vous laisse décider ensemble de ce que vous raconterez autour de vous : une liaison, une dépression… Vous trouverez bien quelque chose. Je sais que vous m'aimez et que cela ne sera pas facile, mais c'est la seule solution. Je ne vous dis pas où je vais – certainement pas dans un endroit où nous avons passé nos vacances ensemble. Les souvenirs me feraient vraiment trop mal.

Je laisserai passer un peu de temps et j'adopterai une nouvelle identité. Et ensuite, une nouvelle vie – pour ce que ça vaut. De nouveaux lieux, de nouvelles choses, de nouvelles personnes : et aucune d'elles ne sera toi.

Au fait, je n'ai jamais revu Vanessa. Je ne ressens que de la haine pour elle. Même pas pour ce qu'elle m'a fait, pour cette petite morsure qu'elle a fait passer pour de la passion. Non, seulement parce que cette nuit-là, dix ans plus tôt, j'ai fait quelque chose de petit, de banal et de stupide qui t'aurait fait souffrir si tu l'avais appris. Le genre d'erreur qui peut arriver à tout le monde, pas seulement à des gens comme moi.

Voilà ce que je regrette plus que tout au monde : ma dernière erreur humaine, quand j'étais encore ton mari et rien d'autre. D'avoir été infidèle à la seule femme que j'aie jamais aimée et avec quelqu'un qui ne signifiait rien pour moi, et qui ne l'a fait que parce qu'elle ne pouvait pas s'en empêcher.

Je savais qu'elle avait forcément un petit ami – je n'imaginais simplement pas quel type d'homme il serait.

Je ne peux pas envoyer cette lettre, n'est-ce pas ? Pas maintenant, et probablement même pas plus tard. Peut-être qu'il ne faut y voir qu'une tentative de ma part pour me soulager ; une confession égoïste destinée à m'apporter la paix de l'esprit. Mais j'ai pensé à toi en écrivant, alors c'est un peu comme si je t'avais écrit. Peut-être que je trouverai un moyen de suivre les progrès de vos vies et ne t'enverrai ceci que quand ta fin sera proche. Quand ça n'aura plus beaucoup d'importance et que tu te demanderas ce qui s'est réellement passé.

Mais ce n'est sans doute pas juste non plus et, à ce moment-là, tu ne voudras plus savoir. Peut-être que si je t'en avais parlé avant, quand tout marchait encore bien entre nous, nous aurions trouvé un moyen de surmonter cette épreuve. C'est trop tard maintenant.

Il est presque 16 heures.

Je reviendrai un jour, quand ce sera sans risque et que personne de vivant ne pourra me reconnaître. L'attente sera longue, mais ça viendra. Je sais déjà ce que je ferai ce jour-là.

Je commencerai par Oxford Street et ferai, à pied, tout le chemin en sens inverse. Je regarderai ce qui est resté identique et ce qui a changé. La distance, elle au moins, sera la même, et peut-être que je pourrai me convaincre que tu marches à mes côtés, que tu me ramènes à la maison. Je te montrerai les différences et nous nous souviendrons de comment c'était. Et peut-être que, si je me le rappelle avec suffisamment de clarté, tout sera comme si je n'étais jamais parti.

Mais finalement, j'arriverai dans Falkland Road et je me tiendrai devant cet immeuble, les yeux levés vers cette fenêtre, ne sachant pas qui vit là à présent, simplement qu'il ne s'agit pas de nous. Peut-être que, si je ferme les yeux, je parviendrai à entendre ta voix, à te sentir assise à l'intérieur, à imaginer une vie qui aurait pu être.

Je l'espère. Et je t'aimerai toujours.

Mais c'est l'heure de partir.

La joie de recevoir

J'aurais préféré y aller en voiture, mais je ne sais pas conduire et j'aurais probablement flippé. Pourtant, une voiture aurait été bien plus pratique. D'abord, il y a tellement de monde, ici… *Tellement* de monde. Les gens sont partout, fatigués et froissés, mais entiers. Étrange. Tous entiers.

Oui, une voiture aurait été plus rapide. Tôt ou tard, ils se lanceront à ma poursuite, et je dois absolument me rendre quelque part avant.

Les transports publics, ça craint. Les wagons puent ; on passe son temps serrés les uns contre les autres, à attendre. Et puis c'est intimidant. Les gens vous fixent du regard. Ils regardent, regardent, sans savoir quel danger ils courent. L'un d'eux va finir par me dévisager une seconde de trop et je vais lui arracher la tronche, ce qui ne nous aidera pas, ni lui ni moi.

Alors je préfère me détourner et regarder par la fenêtre. Il n'y a rien à voir. Nous sommes dans un tunnel, et je dois fermer les yeux pour m'empêcher de hurler. Le wagon est comme un tunnel, un tunnel sans fenêtres, et j'ai l'impression d'être enterré trop profond. J'ai grandi dans des tunnels sans fenêtres. Leurs concepteurs n'ont pas pris la peine de décorer, de nous faire croire qu'il y avait quelque chose à regarder, quelque chose à chercher. Parce qu'il n'y avait rien. Aucun événement à attendre, aucun sans qu'un mec avec un scalpel y joue un rôle majeur, en tout cas. Ils ne faisaient pas semblant.

Au moins, ils ne vous bercent pas de faux espoirs.

Manny l'a fait, d'une certaine manière ; c'est pourquoi mes sentiments à son égard sont ambigus. Dans un sens, il est la meilleure chose qui nous soit arrivée. Dans un autre… Peut-être nous serions-nous mieux portés sans lui. Non, je délire. Sans Manny, tout aurait été pire : trente ans de perdus. Je n'en aurais rien su, bien sûr, mais je le sais à présent, et je suis heureux que les choses ne se soient pas déroulées comme prévu. Sans Manny, je ne serais pas là. Dans ce wagon, avec si peu de temps à ma disposition.

Les voyageurs me regardent toujours fixement, les yeux écarquillés, ce qui n'est guère surprenant. Mon visage et ma jambe y sont pour quelque chose ; les gens n'aiment pas ça. Mais c'est moi surtout, qui les gêne, et la rage qui irradie de ma personne. Ce n'est pas une bonne chose, mais la vie n'a pas été tendre avec moi. Échangeons nos places et on verra si vous gardez votre calme.

Une autre raison de mon ambivalence envers Manny, c'est le mystère qui plane sur ses motivations. Pourquoi nous a-t-il aidés ? Sue 2 dit que ça n'a pas d'importance, mais je crois que si. S'il ne s'agissait que d'une expérience, d'un jeu, ce serait différent, je crois que je l'aimerais moins. Mais je n'y crois pas. Il a agi par humanité – quel que soit le sens de ce mot. Si c'était une expérience, les événements de la dernière heure se seraient déroulés autrement. Pour commencer, Manny ne serait pas mort.

Si tout s'est passé comme prévu, Sue 2 doit être presque arrivée à destination. Non, mauvais réflexe. C'est *Sue,* maintenant, seulement Sue… Sans numéro. Et je ne suis que ce bon vieux Jack, du moins si j'arrive jusque là-bas.

Le bleu est mon premier souvenir, mon éveil à la vie. Maintenant, je sais pourquoi : à cette époque j'ignorais que d'autres couleurs existaient. Un bleu diffus, un bleu accompagné d'un doux bourdonnement, dans une atmosphère froide et humide.

Il faut que je sorte de là. Je suis dans le métro depuis une heure et j'atteins mes limites. C'est très bruyant – pas un doux bourdonnement, un vacarme terrible. Les courts moments qui me restent, je ne veux pas les passer ainsi. Les gens se pressent autour de moi ; ils ont tous des endroits où aller. Pour la première fois de ma vie, je suis entouré de personnes qui vont quelque part.

Le tunnel n'a pas la bonne couleur. Les tunnels doivent être bleus, je ne les comprends pas sinon. J'ai passé les quatre premières années de ma vie, autant que je sache, dans un tunnel bleu. Si Manny n'avait pas été là, j'y serais encore. Quand il est venu travailler à la Ferme, j'ai tout de suite compris qu'il était différent. J'ignore comment ; à cette époque je ne pensais pas et je ne parlais pas, bien sûr.

Il ne se comportait pas comme notre précédent gardien. J'ai appris bien plus tard que la femme de Manny était morte en accouchant d'un bébé mort-né, c'est peut-être la raison…

Il a décidé de laisser certains d'entre nous sortir. Quelques-uns, d'abord, puis la moitié du stock de pièces de rechange.

Beaucoup ne s'adaptaient pas. Ils se contentaient de marcher sur l'herbe, errant, bouche bée. Ils paraissaient bleus, comme si la lumière du tunnel avait imprégné leur peau. D'autres ne sortaient pas du tout : ils avaient déjà été trop utilisés. Trois ans et plus de bras. Vous trouvez ça raisonnable ?

Manny nous laissait libres dans le complexe. À l'extérieur, il devait être prudent : la route passait très près de la Ferme. Un voisin aurait pu remarquer ces inconnus qui se roulaient dans l'herbe, nus comme des vers *puisqu'ils ne nous donnaient pas de putains de vêtements*. Nous n'en avons jamais eu. Durant des années, j'ai cru qu'il pleuvait tout le temps dehors parce que Manny ne nous laissait sortir qu'à ces moments-là.

Aujourd'hui, je porte un costume appartenant à Manny ; Sue est habillée d'un jean et d'une chemise. Le pantalon me gratte, c'est infernal, mais je me sens comme un prince. Les princes vivaient dans des châteaux, ils combattaient les monstres, épousaient les princesses, vivaient heureux et avaient beaucoup d'enfants. Je le sais, on me l'a raconté.

Manny nous racontait des histoires, il nous éduquait… Ou du moins il essayait. Pour beaucoup d'entre nous, il était trop tard… Pour moi aussi, probablement. Je ne sais ni lire ni écrire. Il y a de grands vides dans ma tête. Parfois, j'arrive à suivre le fil d'un raisonnement, mais c'est rare et ça ne fait que souligner mes faiblesses. Dans mon cerveau, les idées tombent dans le vide. En revanche, je parle plutôt bien. J'étais un des chouchous de Manny, il discutait beaucoup avec moi. J'ai beaucoup appris. Penser que j'aurais pu être plus intelligent me rend fou de rage.

Manny le disait. Sue le dit.

Mais il est trop tard. Beaucoup trop tard.

J'avais dix ans quand ils sont venus pour la première fois. Le coup de fil a conduit Manny au bord de la panique. Des pièces de rechange déambulaient partout dans le complexe ; il a couru pour nous rassembler tous. Nous sommes rentrés dans les tunnels juste à temps, nous demandant ce qui allait se passer.

Manny est arrivé dans mon tunnel, accompagné d'un grand mec pas sympathique qui dégageait le chemin à coups de pied. Nous savions tous qu'il ne fallait rien dire : Manny nous avait prévenus. Ceux qui ne sortaient jamais des tunnels rampaient ou se balançaient contre les murs, comme d'habitude. Le grand mec les poussait sans ménagement. Ils tombaient, comme de gros quartiers de viande, continuant à faire des bruits avec leur bouche.

Manny s'est arrêté et m'a désigné du doigt. Sa main tremblait ; son visage avait l'air étrange, comme s'il essayait de ne pas pleurer. Le grand mec m'a attrapé par le bras pour me conduire hors du tunnel. Il m'a traîné jusqu'à la salle d'opération, où l'attendaient deux autres types en blouse blanche. Ils m'ont allongé sur la table et m'ont coupé deux doigts.

C'est pour ça que je ne peux pas écrire. Je suis droitier et ils m'ont coupé mes putains de doigts. Puis ils m'ont enfoncé une aiguille dans la main et m'ont recousu à la va-vite avec du fil transparent. Le grand mec m'a ramené dans le tunnel, il a ouvert la porte et m'a poussé à l'intérieur. Je n'ai rien dit. Je n'ai rien dit de toute l'opération.

Plus tard, Manny est venu me trouver ; je l'ai d'abord repoussé car je croyais qu'il allait me ramener là-bas. Mais quand il m'a serré dans ses bras, j'ai compris la différence et je l'ai laissé m'emmener dans la salle principale. Il m'a fait asseoir sur une chaise. Ma main était ensanglantée, il me l'a lavée avant de vaporiser quelque chose qui m'a fait du bien.

Puis il m'a raconté. Il m'a expliqué où j'étais et pourquoi.

J'étais une pièce de rechange et je vivais dans une Ferme. Quand les gens riches attendent un bébé, m'a expliqué Manny, les docteurs prennent une cellule du fœtus et clonent un autre bébé, avec les mêmes cellules. Ils font pousser le second bébé jusqu'à ce qu'il sache respirer puis ils l'envoient dans une Ferme.

Les pièces de rechange vivent dans la Ferme jusqu'à ce qu'il arrive quelque chose au vrai bébé. Si le vrai bébé s'abîme quelque chose, les docteurs viennent à la Ferme, découpent un morceau de la pièce de rechange pour la coudre sur le vrai bébé. Il n'y a pas de « rejet », m'a précisé Manny, ajoutant d'autres trucs que je n'ai pas vraiment compris.

Puis les docteurs recousent le bébé de rechange et le renvoient dans le tunnel… jusqu'à ce qu'il arrive autre chose au vrai bébé.

Alors les docteurs reviennent.

Manny me l'a raconté, et je l'ai raconté aux autres.

Nous avions beaucoup de chance. Il y avait de nombreuses Fermes pleines de gens bleus se contentant de ramper dans les tunnels, des feuilles de papier vierge, sans rien d'écrit dessus. D'après Manny, certains gardiens se font de l'argent de poche en laissant de vraies gens entrer la nuit. Parfois, les visiteurs se contentent de boire de la bière en se moquant des pièces de rechange, parfois, ils les baisent. Personne ne le sait, et d'ailleurs, tout le monde s'en fout. Pourquoi éduquer les pièces de rechange, pourquoi leur offrir une vie ? Elles n'ont qu'un avenir, se faire débiter morceau par morceau.

Pourtant… peut-être aurait-ce été plus facile. La vérité est très dure à supporter. Comme les autres, on reste assis et on attend, mais on *sait* ce qu'on attend. Et qui est responsable.

Comme mon frère Jack. Pour lui, se coincer deux doigts dans la porte à dix ans n'était qu'un début. Le jour de son dix-huitième anniversaire, il a enroulé sa voiture autour d'un poteau et s'est écrasé les os de la jambe. C'est une des raisons pour lesquelles je ne veux pas rester dans ce putain de métro. Un bout de jambe en moins, ça se remarque. Comme mes voisins peuvent difficilement ne pas voir que le côté gauche de mon visage est à vif, là où les docteurs ont pris un greffon quand une inconnue a jeté de l'eau bouillante à la gueule de mon frère. Il a aussi la majeure partie de mon estomac. Ce connard aime la bouffe épicée et boit trop de vin. Je ne sais pas à quoi ces trucs ressemblent, mais apparemment, faut éviter. L'année dernière. Jack s'est rendu dans une fête, il s'est saoulé, il s'est battu et il a perdu un œil. Et j'ai perdu le mien aussi.

C'est trop drôle de vivre dans une Ferme. Vraiment. Les gens se cognent dans les murs, bavent, frappent dans leurs mains sans doigts et chient dans des sacs de colostomie. J'ignore qui était pire à fréquenter, ceux qui savaient ce qui se passait et qui exhalaient la haine ou ceux qui rebondissaient lentement contre les murs des tunnels. Parfois, les gens des tunnels restaient immobiles des jours entiers, parfois ils s'agitaient sans raison. Personne ne savait ce qu'ils allaient faire : il n'y avait personne dans leur tête. C'est ce que Manny a fait pour Sue, Jenny et moi : il a mis des gens dans nos têtes.

Parfois, nous nous asseyions en cercle et nous parlions des vraies gens, tentant d'imaginer ce qu'ils faisaient, ce que se serait d'être eux plutôt que nous. Manny disait que ce n'était pas une bonne idée, mais nous le faisions tout de même. Même les pièces de rechange ont le droit de rêver.

Ça aurait pu continuer éternellement, ou plutôt jusqu'à ce que nos frères et sœurs deviennent vieux et commencent à tomber en morceaux. Il paraît que la fin est rapide : il y a une limite à ce que l'on peut couper. Du moins en théorie. Quand on voit des pièces de rechange aveugles, sans bras ni jambes, se tortiller dans un coin sombre, on a tendance à douter. Mais cet après-midi, le téléphone a sonné et nous nous sommes tous levés pour rejoindre le tunnel. Je me suis assis à côté de Sue 2. Manny disait que nous nous aimions, mais comment savoir ? Je suis plus heureux quand elle est là, c'est tout. Elle n'a plus de dents, plus de bras gauche et ils lui ont pris ses ovaires, mais je l'aime bien. Elle me fait rire. Manny est entré avec un grand type. Il avait l'air plus effondré que d'habitude. Il a pris son temps, au point que le grand type s'est mis à hurler. Enfin, il a désigné Jenny 2.

Jenny 2 était l'une des préférées de Manny. Elle, Sue et moi, nous étions les seuls à qui il pouvait parler. L'homme a traîné Jenny, et Manny les a regardés partir. Quand les portes se sont refermées, il s'est assis et s'est mis à pleurer.

La vraie Jenny avait été prise dans un incendie. Toute sa peau était brûlée. Jenny 2 ne reviendrait pas.

Nous nous sommes assis à côté de Manny… qui soudain s'est levé. Prenant Sue par la main, il m'a dit de le suivre. Il nous a conduits dans son appartement et nous a donné des vêtements, ceux que nous portons maintenant. Il nous a donné un peu d'argent avant de nous dire où aller. Il avait deviné ce qui se passerait, ou bien il n'en pouvait plus.

Nous avions à peine enfilé nos habits que l'enfer s'est déchaîné. Quand ils sont venus chercher Manny, nous étions cachés : nous avons entendu ce qui s'était passé.

Jenny 2 avait parlé. Les docteurs n'utilisent pas de drogues ou d'anesthésie, sauf quand le choc opératoire peut tuer la pièce de rechange. Pourquoi se faire chier ? L'opération de Jenny 2 était terminale, elle était consciente. Quand le type s'est penché sur elle, souriant, prêt à lui retirer le premier morceau de son visage, elle n'a pas réussi à se retenir et je ne lui en veux pas.

— S'il vous plaît. S'il vous plaît, non.

C'est pas grand-chose. Putain, c'est pas grand-chose. Mais c'était assez. Elle aurait dû être incapable de dire un mot.

Manny s'est interposé quand ils ont essayé d'ouvrir les tunnels. Ils l'ont abattu et ils sont entrés tout de même. Sue et moi nous sommes enfuis ; je ne sais pas ce qu'ils ont fait. Je ne crois pas qu'ils les aient tous tués – la plupart avaient encore beaucoup de morceaux. Ils leur ont enlevé des bouts de cerveau, je suppose, pour s'assurer qu'ils redeviennent comme avant. Nous nous sommes enfuis et nous avons enfin rejoint la ville. J'ai dit au revoir à Sue dans le métro : elle pouvait se rendre chez elle à pied. J'ai plus de chemin à faire. Ils vont nous chercher, nous devions nous séparer. C'était la meilleure chose à faire… Je ne connais rien à l'amour, mais je donnerais mes deux mains pour qu'elle soit avec moi maintenant.

Le temps nous est compté, mais je m'en fous. Manny nous a donné les adresses, nous savons où aller. Sue pense que nous pourrons prendre leur place. Je ne crois pas, mais je n'ai pas eu le courage de lui dire. Nous nous trahirions trop vite, nous n'en savons pas assez. Nous n'avons pas une chance… Ce n'était qu'un rêve, un sujet de conversation.

Mais il y a une chose que je vais faire. Je vais le voir. Je vais trouver la maison de Jack, sonner à sa porte et le voir face à face.

Et avant qu'ils me retrouvent, je vais récupérer quelques petites choses.

Fringale

Quand il eut enfin trouvé le cendrier, Nick remit de l'ordre dans ses pensées et tenta une nouvelle fois sa chance. Howard le regarda avec des yeux d'aigle – ou du moins ceux d'un aigle qui semblait prêt à s'endormir ou avoir la nausée – et attendit qu'il parle.

— Imagine, tu vois, que t'es assis au milieu de cet énorme tambour. Un gigantesque tambour tout autour de toi.

— Un tambour ?

— Ouais, en bois.

— Comme un bongo ?

— Non, pas comme un putain de bongo ! Pas une percussion. Comme une rotonde en bois.

— Ah... D'accord.

— Et ce tambour, il repose sur des petites roues, tu vois, comme ça il peut tourner autour de toi.

— Pourquoi ?

— Écoute bien. Parce que, quand t'es assis au milieu, tu comprends, ta tête est immobilisée pour que tu puisses regarder que droit devant toi. Donc tu peux voir qu'une minuscule partie du tambour. (Très satisfait d'avoir réussi à énoncer une phrase aussi complexe, Nick fit un grand sourire à Howard qui le fixait avec des airs de hibou.) D'accord ?

— D'accord, répondit Howard et il gloussa brièvement.

— Mais alors imagine, tu vois, imagine que quelqu'un fait tourner le tambour, un tout petit peu. Alors tu verrais une autre partie, pas vrai ? Juste à côté de la première. Peut-être pas une grosse différence, mais légèrement différente quand même.

— D'accord...

— Tout ça pour dire que... (Nick s'agita violemment, essayant de se rappeler ce qu'il avait en tête.) Tout ça pour dire que... Bon Dieu !

Il tendit le bras pour saisir son verre, voulant brusquement humidifier sa bouche à tout prix. Malheureusement, son mouvement déplaça son centre de gravité un tout petit peu trop à droite et il chavira lentement jusqu'à se retrouver allongé sur le flanc, avec les jambes toujours croisées. Ce n'était pas un problème : le Jack Daniel's et Coca light restait à portée de main.

Il avala une longue gorgée, puis s'étouffa d'une manière alarmante.

— Bordel de nom de Dieu ! s'exclama-t-il sur un ton de reproche.

— Ouais, soupira Howard avec compassion. (Puis, après un long silence :) Quoi ?

— Ce verre... T'as au moins mis un peu de Coca, j'espère ?

Howard réfléchit à la question.

— Ouais, répondit-il, fronçant les sourcils sous l'effet de la concentration. Enfin, je crois...

Nick le regarda de travers, en proie au doute, puis se redressa – laborieusement.

— Qu'est-ce que je disais ?

— Putain, me demande pas...

— C'était superintéressant. (Nick dragua le fleuve boueux de ses pensées, à la recherche du fil qu'il avait maladroitement suivi avant de le laisser tomber.) C'était...

Entre-temps, Howard tendit le bras et ramassa les cigarettes avec une facilité toute relative. Bien sûr, elles se trouvaient droit devant son visage, mais, à ce stade de la soirée, aucune action ne semblait simple à entreprendre. Avec son pantalon et sa veste en jean, ses longs cheveux blonds, Howard ressemblait étonnamment à Gary dans *Thirtysomething*[10] et Nick songea un instant à l'en informer, mais il se rappela que Howard n'avait pas suivi la série et qu'il n'aurait pas la moindre idée de quoi il parlait. Il pensa aussi qu'il avait probablement déjà essayé de le lui dire au moins une fois, probablement au cours de cette même soirée. Peut-être même dans les dernières cinq minutes.

Puis une petite lumière s'alluma dans sa tête.

— Ça y est ! Je m'en souviens.

Howard tira deux cigarettes du paquet et en balança une en direction de Nick. Une fois qu'ils les eurent allumées, il s'appuya de tout son poids sur son coude et, sourcils froncés, fixa Nick du regard.

10. Série télévisée américaine qui dura quatre saisons (1987-1991).

— D'accord, reprit-il, avec l'air d'un homme qui se prépare à affronter une difficile et dangereuse mission, de celles dont on ne revient pas – ou alors gravement blessé. Cette fois, je vais vraiment essayer de comprendre.

— Bien, l'approuva Nick en hochant vigoureusement la tête. Bien. Eh merde !

— Quoi ?

— J'ai de nouveau oublié.

Howard tomba en avant sur le tapis.

— Enfoiré, gémit-il. Espèce d'enfoiré !

Nick commença à rire. Au bout de quelques secondes, il devint évident qu'il n'allait pas s'arrêter avant un bon moment, alors il posa son verre. Il ne voulait pas renverser du Coca sur le tapis.

— J'y étais presque, postillonna Howard. J'y étais, putain ! J'avais mis la gomme. Et toi, tu me laisses tomber ! (Secoué par des éclats de rire silencieux, Nick bascula de nouveau sur le flanc.) Je me disais que j'allais enfin – enfin ! – comprendre le délire de ce taré !

— C'était vraiment intéressant, toussa Nick.

— Ben, je risque pas de le savoir, pas vrai ?

Aussi soudainement qu'elle avait démarré, la crise de rire passa. Ils avaient tous les deux très chaud et se sentaient fatigués. Ah oui : défoncés, aussi. Vraiment raides.

— Bien, déclara brusquement Nick. Je pense sincèrement qu'il est grand temps de fumer un autre joint.

Howard le scruta à travers la fumée et la lumière sombre et floue.

— T'es dingue.

— C'est ton tour.

— Que tu crois, putain !

— Si, vraiment.

— Non, pas du tout. Qui a roulé le précédent ?

— Moi.

— Exactement. Donc… Putain, c'est mon tour !

Soudain, Nick se redressa. Howard leva les yeux vers lui depuis sa position semi-couchée.

— Merde, lâcha-t-il avec un respect sincère. Comment t'as fait ça ?

— Je vais aller rafraîchir nos verres.

Se heurtant au canapé et au fauteuil, Nick négocia les difficiles trois mètres qui le séparaient de la cuisine.

— C'est une idée catastrophique, commenta aimablement

Howard, sachant pertinemment qu'il avait raison, mais que Nick le resservirait quand même et qu'il boirait son verre.

— Ouais, l'approuva Nick avec entrain tout en essayant de trouver le réfrigérateur.

Howard se hissa sur les genoux et, s'appuyant sur la tablette de cheminée, fit un gros effort pour se redresser. Après plusieurs essais, il y parvint.

— D'accord. D'accord. Mais faut d'abord que je pisse, sinon je vais mourir.

Pendant son absence, Nick tira la porte du réfrigérateur et en sortit des glaçons. Une bonne partie d'entre eux atterrit dans leurs verres. Il versa une énorme quantité de scotch et ajouta un petit centimètre de Coca light.

— Voilà, marmonna-t-il doucement dans sa barbe. Avec ça, notre compte est bon.

Une fois de nouveau assis en tailleur sur le tapis, il alluma une autre cigarette pour passer le temps, puis étala maladroitement une feuille de papier à rouler de taille XXL devant lui. En travers du papier, il disposa l'équivalent de la quantité de tabac d'une cigarette, puis chauffa la barrette et effrita le shit par-dessus.

Il répéta la dernière opération plusieurs fois.

Quand Howard réapparut – comme par accident – dans le séjour, Nick poussa le joint à moitié terminé dans sa direction. Howard le regarda avec bienveillance.

— Monsieur, je salue en vous un homme de goût. Bon Dieu. T'as vraiment mis le paquet !

Ce pétard était une vraie tuerie. À la première bouffée, Nick eut l'impression que quelqu'un lui avait versé du sable chaud dans la tête, du sable qui sautait et crépitait au ralenti, comme électrisé. Instantanément, il passa, sur l'échelle de la défonce, de « beaucoup » à « prodigieusement », puis « cataclysmiquement » et enfin « au-delà du réel ».

— Ça, c'est ce que j'appelle un joint !

Il observa Howard qui tira – peu judicieusement – une profonde bouffée et se mit à glousser de manière hystérique tandis que son ami, tel un éléphant perplexe et impuissant, piétinait lourdement sur place, les yeux bien fermés.

L'espace d'une seconde, il eut un brusque accès de lucidité et les vit, tous les deux, échoués sur le sol du séjour, telles deux baleines débauchées, bourrés et défoncés et prenant du bon temps ensemble comme ils l'avaient si souvent fait par le passé. *Rien ne vaut une vieille amitié*, pensa-t-il. *Connaître quelqu'un vraiment bien : voilà la vraie richesse.*

Puis son esprit redevint liquide et il se releva rapidement.

— Fais pas ça, gémit Howard. C'est trop bizarre.

— J'ai la dalle, expliqua Nick en essayant de trouver la cuisine.

— Putain, ouais ! s'exclama Howard, soudain d'excellente humeur. À bouffer. Superidée !

Nick fouilla les placards et revint avec un grand sachet de chips – goût oignon au vinaigre – et l'agita devant lui comme s'il s'agissait du Saint-Graal.

— Ouah ! fit Howard. Qualité supérieure.

Une fois le sachet – brutalement – ouvert, ils prirent chacun une des énormes chips et les laissèrent tomber dans leur bouche.

Après une minute de croquements béats, Nick hocha lentement la tête.

— Tu sais, annonça-t-il avec une gravité pesante, ils font des sacrées chips maintenant.

Ensuite, il leur fallut cinq bonnes minutes pour s'arrêter de rire. Puis Howard avala une gorgée de son verre extraordinairement fort, se leva d'un bond et tituba à travers la pièce pendant deux ou trois minutes en jurant furieusement.

Nick se rappela brusquement que le joint était toujours allumé et se précipita sur le cendrier.

— T'en veux encore un peu ?

— Enfoiré ! cria calmement Howard. (Il cligna des yeux.) Heu, non.

Penché au-dessus du cendrier afin d'éviter que des brins de tabac tombent et brûlent le tapis – loué comme le reste de son appartement –, Nick tira une dernière fois sur le joint.

Dix secondes plus tard, il rouvrit les yeux. Trois Howard différents étaient allongés devant lui et il n'avait aucun moyen fiable de déterminer qui était qui.

— Putain. Merde alors…

Il laissa la fumée s'échapper hors de lui. La dernière taffe devait contenir cent pour cent de shit et la fumée semblait aussi épaisse que de l'eau.

Soudain, il eut besoin d'aller aux toilettes.

Tandis qu'il se balançait devant la cuvette, essayant de se rappeler quels muscles relâcher quand on voulait pisser, il jeta un coup d'œil trouble par la fenêtre. Noir.

Puis, alors que sa vessie venait joyeusement de se souvenir

de son rôle dans ce genre de situation, la pensée qu'il avait essayé d'exprimer plus tôt lui traversa l'esprit comme une flèche lumineuse. Il la suivit du regard. Une histoire de tambour géant. Autour de soi. On pouvait seulement regarder droit devant, et donc on voyait toujours la même section verticale du tambour. Ensuite, le tambour bougeait un tout petit peu et cette section était remplacée par la suivante.

Putain, mais où il allait chercher des trucs pareils ?

Il prit conscience qu'il avait fini d'uriner et que sa tête reposait contre les carreaux frais du mur de la salle de bains. Nick parvint à tirer la chasse d'eau à sa troisième tentative et sortit en traversant la chambre à coucher d'un pas incertain. Tête baissée, il arriva au séjour et s'assit lourdement sur le tapis en se frottant les yeux.

Quand il les rouvrit, il aperçut les mains de Howard et constata – sidéré – que son ami roulait un nouveau joint.

— T'es pas sérieux, dit-il. On a autant besoin d'un autre joint qu'un poisson a besoin d'un bison.

— Réfléchis bien. Tu verras que j'ai raison.

Nick leva ses yeux troubles sur son ami, à moins de un mètre de distance, mais l'air semblait s'être transformé en mélasse. Il resta bouche bée.

Howard portait un pull rouge.

Sans le quitter des yeux, Nick tâtonna autour de lui avec sa main, à la recherche de son paquet de cigarettes. Le pull lui allait bien, mais là n'était pas le problème. Se penchant légèrement en avant, il scruta le vêtement du regard.

— Howard, commença-t-il, et il s'interrompit.

Il parcourut la pièce du regard, pour vérifier si Howard avait apporté un sac avec lui. Il ne le pensait pas. Putain, d'où sortait ce pull alors ?

— Quoi ? Oh, merde !

Howard releva brièvement la tête, puis se concentra sur la reconstruction du joint qu'il venait de lâcher.

Nick faillit laisser tomber, mais il savait qu'il ne pouvait pas. Il devait poser la question.

— T'avais pas une chemise bleue tout à l'heure ?

— Quand ?

— Plus tôt. Avant que j'aille pisser.

Howard fronça les sourcils d'un air perplexe.

— Quoi ?

Nick avala une goulée de son verre, alluma une cigarette. Il ne possédait pas de pull rouge, Howard ne pouvait donc pas le lui avoir emprunté pendant son séjour aux toilettes. À présent, il revoyait Howard à son entrée dans l'appartement, avant qu'ils aillent au pub. Il était venu les mains vides. Pas de sac.

— Tu portais une chemise en jean tout à l'heure.

— Mais de quoi tu parles, bordel !

Brusquement, Nick décida de ne pas se tracasser pour ça. Il croyait que Howard avait porté une chemise plus tôt dans la soirée, mais c'était tout bonnement impossible. Manifestement, il portait un pull rouge.

— Laisse tomber. Bon, tu vas te décider à finir de rouler ce truc un jour ?

— Va te faire foutre ! gronda Howard avec bonne humeur, et il tendit la main vers le briquet.

Celui-là était encore pire. Chancelant après une bouffée qui lui avait laissé l'esprit comme si quelqu'un l'avait remué avec un doigt chaud, Nick se redressa et toussa violemment. Puis, pendant une fraction de seconde, il eut l'impression que la lame glacée d'un couteau lui traversait la tête, un couteau en forme de flèche. Il secoua la tête et ouvrit les yeux.

— Ouah ! Ouah !

— J'te l' fais pas dire.

La bouche soudain aride de nouveau, Nick la remplit en buvant. Puis il grimaça et fixa son verre du regard.

— C'est quoi cette merde ?

— Quelle merde ?

— Ça. Mon verre. Qu'est-ce boit qu'on. Bordel, je veux dire : qu'est-ce qu'on boit ?

— Du napalm. Un bon petit millésime, pas vrai ?

Nick se retourna et leva les yeux vers le plan de travail dans la cuisine. Il voyait très bien les bouteilles, l'une de Southern Comfort, l'autre – en plastique – contenant un liquide rouge qui – à en croire l'étiquette – s'appelait Cherryade. Pas bon ça. Pas bon du tout.

— Putain, mais d'où ça sort ça ?

— D'un magasin, répondit Howard et il s'écroula sur le flanc, hurlant de rire.

Nick le regarda fixement. Ils n'avaient pas pu boire autre chose que du Jack Daniel's avec du Coca light. Ce bon vieux JD plus CL. C'était la tradition.

Il regarda le verre de Howard et vit que le liquide qui s'y trouvait avait la même couleur que le sien.

Il se tortilla et regarda derrière le fauteuil. La même tradition exigeait aussi que, dès leur retour du pub, il prépare un verre en plus et le cache derrière le fauteuil. Ainsi, ils en avaient un en réserve au cas où ils auraient été trop défoncés pour se rendre à la cuisine, mais pas assez pour perdre connaissance. Ils considéraient réellement leurs corps comme un temple.

— D'un magasin, haleta Howard pour lui-même, avant de se remettre à braire de plus belle, roulé en position fœtale.

Le liquide dans le verre de réserve était rouge, lui aussi. Rouge Cherryade.

Mais cela n'avait rien de surprenant. Ils buvaient leur bon vieux cocktail, Southern Comfort et Cherryade. Comme d'habitude. Où était-il allé pêcher l'idée qu'ils buvaient du Jack Daniel's ? Et pourquoi cette pensée l'aurait-il effrayé ? Curieux. Il secoua la tête et tendit la main vers le joint.

Curieux. Comme un certain tambour.

— Un… un magasin, répéta Howard. (Il se redressa et s'essuya les yeux.) Un magasin.

Nick sourit, tira sur le pétard et sentit la fumée chaude lui remplir les poumons. Cette bouffée lui parut plus douce que la précédente. Il ferma les yeux et retint la fumée, la laissant filtrer, de la gorge jusqu'à sa tête. Quel rapport avec un tambour ?

De nouveau ce sentiment, pareil au reflet de la lumière sur l'acier, et les yeux de Nick s'ouvrirent brusquement.

La pièce lui sembla plus claire que dans son souvenir. Howard lui fit un signe de la main et il lui passa distraitement le joint tandis que la chair de poule envahissait sa nuque.

Le tapis était vert auparavant, pensa-t-il. Il sentit ses yeux le piquer et une peur atroce et indéfinissable le parcourir violemment. Il était vert. Beige, maintenant, en parfaite harmonie avec le canapé qui était crème. Pas bleu. Pas bleu, comme il l'avait été plus tôt.

La pièce lui paraissait plus claire parce que tout le mobilier avait changé. Tous les meubles étaient de couleurs plus claires. Mais ce n'était pas tout.

Il y avait une fenêtre en plus.

Nick ferma bien les yeux en grimaçant. Il les rouvrit et regarda dans tous les sens. Rien ne collait. Tout semblait différent.

Howard changea de position et, toujours pelotonné à même le sol, s'appuya sur un coude. Il lui proposa le joint, mais Nick refusa en secouant la tête. Ce qui se trouvait à l'intérieur en profita pour se briser contre les parois de son crâne, tel un liquide dans un bocal pas entièrement plein.

Brusquement, Howard pouffa.

— Comme un tambour, t'as dit. Qui tourne un tout petit peu. Une section différente à chaque fois.

Nick le regarda fixement. Il n'avait pas dit cela. Il n'avait songé au mot « section » que dans la salle de bains. N'est-ce pas ?

La pièce était plus claire en grande partie à cause d'un réverbère qui brillait de l'autre côté de la nouvelle fenêtre. Nick se tourna et lui jeta un coup d'œil indifférent. Maintenant qu'il y pensait, il avait toujours été là. Comme toutes ces étoiles et les deux lunes.

Il éclata de rire. Howard sourit. Il paraissait vraiment tout près, très présent. Le pull rouge lui allait bien. Nick avait eu tort de prendre la mouche : il s'harmonisait avec leur cocktail préféré – ce bon vieux SC & C.

Soudain persuadé qu'il allait se sentir mal, Nick essaya de se lever, mais il fut incapable de bouger. La sensation dans son estomac s'intensifia, gonfla et se transforma. Elle s'éleva en spirale vers sa tête, comme de la fumée, et imprégna ses os. Enfin, il réussit à l'identifier.

Il ne se sentait pas malade. Il avait faim. Pas encore, pas déjà quand même.

La tête lui tournait. Il tendit le bras vers le joint dans le cendrier et sa main frôla celle de Howard. Il sentait qu'il avait peu de temps devant lui, alors il chercha désespérément à saisir le joint pour noyer cette sensation, la couvrir de cette fumée résineuse. Mais il arriva trop tard. L'obscurité l'avala, telle une porte qui se ferme en claquant, et il sentit de nouveau le léger mouvement, sentit plus qu'il vit l'éclair de lumière métallique.

Quand il ouvrit les yeux, la pièce paraissait ne pas avoir changé, mais il sentait qu'il y avait quelque chose de différent. Perplexe, il bougea légèrement les yeux de chaque côté. Rien à signaler, cette fois.

Il était resté dans la même section. Rien n'avait changé. Il sourit, envahi par une chaleur sensuelle et un sentiment de bien-être. Son esprit était plus vif aussi et il se sentait bien. En pleine forme, en fait.

Cette fois, ce qui avait été modifié ne se trouvait pas à l'extérieur.

Il leva les yeux et sourit à Howard. Il entendait les battements du cœur de cet homme, sentait la contraction des fibres musculaires de son bras dans la manche de son pull rouge, respirait l'odeur du sang brillant qui parcourait ses artères.

Il n'arrivait pas à comprendre pourquoi cela ne s'était pas produit avant, pourquoi il avait ce sentiment de révélation.

Bon Dieu, reniflez-moi cette viande. Et si proche.

Nick se redressa et passa la langue sur ses dents. Il quitta le bras de Howard du regard l'espace d'un instant et sourit à son ami. Puis il se pencha vers lui, tandis que la salive remplissait sa bouche et qu'il entendait son estomac gargouiller. Mauvaise nouvelle : il avait de nouveau la fringale.

Mauvaise nouvelle pour Howard, en tout cas.

Le cadeau

Debout sous l'auvent de l'entrée de la gare, Jennifer regardait le crachin persistant. Elle attendait son taxi avec un sentiment qui n'était pas tout à fait de l'impatience : bien que désireuse de retrouver son père, elle n'était pas vraiment pressée. Mais chaque minute lui semblait chargée du fardeau atroce d'un fait inévitable et, à choisir, elle préférait les passer ailleurs que sous un auvent à attendre un taxi.

Le trajet en train depuis Manchester avait été pire, bien pire. Elle avait ressenti un chagrin désespéré, une haine sauvage de ce voyage et de sa lenteur. Elle avait dû se retenir pour ne pas se balancer d'avant en arrière sur son siège comme une enfant, afin de pousser le train à aller plus vite sur les rails. De l'autre côté de la vitre, l'obscurité lui avait paru tellement profonde. Elle avait pu distinguer chaque traînée de pluie sur la fenêtre qu'elle n'avait pratiquement pas quittée des yeux de tout le voyage. Les traits tantôt relâchés sous l'effet de la tristesse, tantôt tirés quand elle faisait l'effort de ne pas pleurer, il lui coûtait aussi d'empêcher ses mains et son corps de se contracter d'horreur. Plus elle scrutait les haies sombres dans les champs d'ombres, plus elle essayait de voir loin, plus ses visions devenaient proches.

Elle vit sa mère, qui l'attendait à la porte, enveloppée dans un cardigan, si contente de la voir de retour à la maison. Elle vit les colis qu'elle préparait pour Jennifer à chacune de ses visites, des sacs d'aliments de base, plus quelques pépites, des petites choses qu'elle savait que Jennifer aimait. Elle la vit décorer le sapin de Noël, totalement absorbée et heureuse, la vit dans son fauteuil près du feu, superbe et potelée, racontant des bêtises au chat totalement satisfait étalé sur ses genoux.

Elle essaya de visualiser, de comprendre, le fait que sa mère était morte.

Après le coup de téléphone de son père, elle n'avait pas perdu de temps : elle avait jeté quelques affaires dans un sac de voyage, fermé son appartement et roulé jusqu'à la gare avec la plus grande prudence. Elle avait eu de quoi s'occuper. Maintenant il n'y avait rien. Maintenant marquait le début d'une période où il n'y aurait rien à faire, aucune échappatoire, aucun moyen de revenir en arrière. En un instant, le monde avait changé : ce n'était plus un endroit où elle se sentait chez elle, mais un pays froid et dur où il pleuvait sans arrêt et où les minutes se prolongeaient comme les rails du chemin de fer dans le noir.

À Crewe, un homme monté dans le train s'était assis en face d'elle. Il avait essayé de lui parler : pour la réconforter ou tirer parti de sa détresse, ça n'avait pas d'importance. Elle l'avait fixé du regard un moment, allumé une nouvelle cigarette et s'était retournée vers la fenêtre. Elle jugeait tous les hommes par rapport à son père. Si elle parvenait à imaginer qu'ils s'entendent avec lui, ils faisaient l'affaire. Sinon, ils n'existaient pas.

Elle essaya de se représenter son père, seul à la maison. Comme cet endroit devait lui paraître grand et vide, étranger même, alors que le dernier souffle de sa mère se dissipait dans l'air. Saurait-il reconnaître les molécules qui avaient fait partie d'elle, quand elles refroidiraient et se mêleraient aux siennes. Le connaissant, c'était bien possible. Quand il l'avait appelée, la première chose – la *seule* – qui lui avait traversé l'esprit était que sa place se trouvait auprès de lui. Et alors qu'elle patientait, elle tenta d'entrer en contact avec lui par la pensée, de l'imaginer seul dans cette maison où la femme qu'il avait aimée pendant trente années s'était assise pour lire un livre et avait été emportée par une hémorragie cérébrale pendant qu'il lui préparait une tasse de thé.

D'aussi loin qu'elle se souvenait, leur famille avait eu peu d'amis. Ils n'en avaient eu aucun besoin. Ses parents avaient constitué un monde à eux tout seuls et n'avaient eu besoin de personne d'autre. Si différents, ils formaient pourtant une seule entité, se mouvant dans une lente et confortable symétrie. Sa mère avait été le foyer, son père la magie qui illuminait les fenêtres. Sa mère avait été l'amour, son père le charme qui tenait le froid à l'extérieur. Elle comprenait à présent pourquoi, avec les années, son amour pour ses parents avait fini par la transpercer avec une sorte de terreur glacée : parce qu'un jour elle se retrouverait seule. Une nuit, elle serait enlevée du monde qu'elle connaissait et abandonnée dans un endroit sans personne vers qui se tourner.

Et maintenant, alors qu'elle attendait un taxi dans la ville qui l'avait vue grandir, elle regardait d'un air indifférent le crachin tomber sur le rivage lointain, d'un pays sur une autre planète à l'autre bout de l'univers. Les arbres à côté de la gare essayaient d'attirer son attention, agitant avec insistance leurs branches tordues et familières, mais son esprit reculait à cette idée, refusait de les reconnaître. Ce monde n'était plus celui qu'elle connaissait.

Dans trois semaines, Noël serait là et sa mère était morte.

Le taxi arriva enfin et le chauffeur essaya de faire la conversation. Elle répondit avec bonne volonté à ses questions.

Au sommet de l'allée, elle resta immobile un long moment, la gorge serrée. Tout semblait différent. Les arbres, les plantes en pots que sa mère entretenait, les cailloux qui avaient tous bougé d'un millimètre. Les tuiles sur le toit avaient glissé de manière infinitésimale, la peinture avait pâli d'un millionième de ton. Elle était rentrée à la maison, mais la maison n'était plus là.

Puis la porte s'ouvrit, une nappe de lumière se répandit sur l'allée et elle se précipita dans les bras de son père.

Longtemps, elle resta ainsi, se laissant bercer par sa chaleur. Il incarnait le réconfort, la fin de la souffrance. C'était lui qui avait su lui parler quand son premier petit ami l'avait quittée, lui qui avait accouru quand, tout bébé, elle pleurait la nuit. Sa mère avait tout représenté pour elle en ce monde, mais son père avait été celui qui s'interposait entre Jennifer et les mondes inconnus, qui la protégeait de tous les maux.

Enfin, elle leva la tête et vit la porte du séjour. Elle était fermée. Et ce n'est qu'à ce moment-là qu'elle s'effondra.

Assise dans la cuisine, épuisée et malheureuse, elle serra la tasse de thé que son père lui avait préparée, trop engourdie pour tressaillir à la douleur que réveillait en elle chaque coin et recoin de la cuisine de sa mère. Sur le côté, il y avait un bocal de farce et un sac de farine. Personne n'en ferait plus rien. Elle essaya de détourner le regard, de trouver quelque chose sur quoi concentrer son attention, mais le moindre objet lui parlait de sa mère : ici quelque chose qu'elle n'utiliserait plus, là quelque chose qu'elle avait aimé, et là encore quelque chose qui semblait étrange et triste sans sa mère pour le tenir. Tous ces objets paraissaient sans signification, sans sa mère pour leur procurer le contexte dans lequel ils auraient pu avoir du sens, et elle savait que si elle avait pu se regarder elle-même, elle aurait pu dire la même chose la concernant. Sa mère ne la prendrait plus jamais par la main, elle n'assisterait pas à son mariage et ne connaîtrait pas ses enfants. Elle qui aurait fait une grand-mère tellement fantastique, du genre de celles qu'on ne trouve que dans les livres pour enfants.

Quelques feuilles de papier cadeau s'étalaient sur la table et, l'espace d'un instant, cela la fit sourire faiblement. Ç'avait toujours été son père qui achetait le papier cadeau et Jennifer avait eu beau chercher, jamais, pendant toutes ces années, elle n'en avait trouvé d'aussi beau. Des tourbillons marbrés de bruns et d'ors, de verts et de rouges, des explosions de vie posées au pied du sapin, telle une publicité pour la notion même de couleur. Le papier sur la table semblait aussi beau qu'à l'accoutumée, certaines feuilles dans des tons brun-roux chauds, d'autres un pâle océan de bleus changeants.

Chaque année, le matin de Noël, quand elle s'asseyait à sa place habituelle sur le canapé afin de commencer à déballer ses cadeaux, Jennifer avait ressenti la chaleur d'un frisson d'émerveillement. Elle se rappelait comment la fillette qu'elle était avait regardé les formes rectangulaires de ses présents et avait reconnu la magie à l'œuvre. Parce que son père emballait les cadeaux sans qu'il semble jamais y avoir le moindre raccord. Elle soulevait ses paquets, les observait sous toutes les coutures, incapable de repérer le plus petit bout de Scotch ou un pli dans le papier. Quelle que soit la difficulté de la forme, le papier semblait épouser les lignes du cadeau comme une seconde peau.

À chaque Noël, son père s'éclipsait le temps d'une soirée afin d'emballer les présents de toute la famille. Elle ne l'avait jamais vu faire – maman, non plus. Ces dernières années, Jennifer était parvenue à trouver les raccords, ingénieusement placés et rentrés, jusqu'à les rendre presque invisibles, mais cela n'avait pas chassé la magie. En son for intérieur, elle croyait même que son père lui avait sciemment laissé voir les raccords, parce qu'elle devenait trop vieille pour un monde où il ne pouvait pas y en avoir.

Elle se rappelait une fois – elle était encore très petite, alors – où elle avait demandé à sa mère quel était le secret de son père. Elle lui avait répondu que papa était un véritable artiste et aussi que, lorsque le Roi des Fées souhaitait faire emballer ses cadeaux, il envoyait chercher son père et ce dernier se rendait dans ce lointain royaume magique. Une fois sur place, il se chargeait des paquets du roi et en profitait pour faire les leurs aussi. Sa mère avait raconté cela avec un sourire dans le regard, pour montrer qu'elle n'était pas sérieuse, mais aussi en fronçant les sourcils, comme si elle n'en était pas certaine.

Jennifer fixait du regard le papier sur la table de la cuisine quand son père revint. Il paraissait calme, mais un peu choqué, comme s'il venait d'apercevoir les voisins danser, nus, dans leur jardin. Il lui prit la main et ils restèrent ainsi, tous les deux, là où ils auraient dû être trois.

Ils parlèrent, beaucoup et longtemps, d'elle, bien sûr, de leurs souvenirs. Mais Jennifer eut le sentiment que le temps lui filait déjà entre les doigts ; elle essaya de se rappeler tout ce qu'elle pouvait, de mentionner le moindre détail, de le graver dans son esprit, pour être certaine de l'y retrouver au matin. Son père l'aida, ajoutant ses propres souvenirs, tandis qu'elle cherchait désespérément à saisir chaque feuille morte avant que le vent les emporte.

Levant les yeux vers l'horloge de la cuisine pendant qu'elle leur préparait une autre tasse de thé, elle vit qu'elle indiquait 4 heures du matin. Bientôt, ce serait demain, le jour après le jour où sa mère était morte, et brusquement elle s'effondra en larmes, la bouilloire à la main. Parce que le jour suivant serait le jour d'après le jour d'après, puis viendrait la semaine d'après la semaine d'après, et l'an prochain l'anniversaire. Elle n'en verrait jamais la fin. À partir de maintenant, le temps devenait le temps d'après : trop tard pour revenir en arrière, pour voler un dernier instant. Tant de jours, tant d'heures à venir, où la sonnerie du téléphone n'annoncerait plus jamais sa mère.

La voyant dans cet état, son père se leva et vint auprès d'elle. Elle posa la tête sur son épaule et finit de préparer le thé. Puis, il lui renversa la tête en arrière pour lui faire croiser son regard. Il l'observa longuement et elle sut que lui, et lui seul, pouvait voir en elle et comprendre ce qu'elle ressentait.

— Suis-moi, lui demanda-t-il. (Il marcha jusqu'à la table et ramassa quelques feuilles de papier cadeau.) Je vais te révéler un secret.

— Ça va m'aider ?

Susan eut l'impression d'être redevenue une petite fille, face à ce grand homme, son père.

— Ça se pourrait bien.

Ils hésitèrent un moment devant la porte de la salle de séjour. Plutôt que de la presser, il lui donna le temps de se sentir prête. Elle savait qu'elle devrait voir sa mère ; elle ne pouvait pas la laisser disparaître ainsi derrière une porte close. Enfin, elle leva les yeux vers lui et il ouvrit.

Elle entra dans la pièce qui lui parut immense, très vaste. Le cœur douillet de cette maison avait cédé la place à un lieu froid, aux coins sombres, un peu comme une plaine de ténèbres qui s'étendrait au loin sous la pluie. Le feu qui s'éteignait vacilla dans l'ombre. Alors qu'elle avançait, Jennifer sentit les murs de la pièce nue et vide s'éloigner, tandis que mouraient les derniers échos inaudibles de la vie de sa mère.

— Oh, maman, gémit-elle, oh, maman.

Assise dans son fauteuil près du feu, on aurait presque pu la croire endormie. Elle avait l'air vieille, fatiguée aussi, mais confortablement installée, bien au chaud. Le fauteuil dans lequel elle était assise semblait constituer le centre du monde. Jennifer tendit le bras et lui toucha la main. Caressée par les braises, elle restait chaude et aurait très bien pu réagir au contact de Jennifer. Son père ferma la porte, les enfermant tous les trois ensemble, et Jennifer s'assit près du feu et observa le visage de sa mère. La mort n'avait pas effacé les rides et Jennifer entreprit de les regarder, une à une.

Elle tourna son attention vers son père qui avait étalé trois feuilles de papier cadeau rose sur la grande table. Puis il vint s'accroupir à côté d'elle et, ensemble, ils tinrent la main de maman. Jennifer souffrait rien qu'à imaginer ce que serait la vie de son père sans elle, sans sa Reine. Ils embrassèrent tous les deux sa main et lui dirent au revoir du mieux qu'ils pouvaient ; mais comment dire au revoir à quelqu'un qu'on ne reverra jamais ? C'était impossible. Ce n'est pas ce qu'au revoir signifie.

Son père se releva et, avec une infinie tendresse, il prit sa femme dans ses bras. L'espace d'un instant, il la tint affectueusement, comme le ferait un jeune marié le jour de ces noces avec celle qui partagera désormais sa vie. Puis, lentement, il se pencha et, devant Jennifer stupéfaite, il déposa sa mère sur le papier cadeau.

— Papa…

— Chut…

Il prit deux autres feuilles et les disposa au-dessus du corps de sa femme. D'un petit geste des mains, il parut les plier à l'endroit où elles se touchaient et, soudain, il n'y eut plus qu'une longue feuille. Jennifer en resta bouche bée, comme une enfant.

— Papa, comment…

— Chut…

Il saisit l'extrémité de la feuille placée sous sa mère et la plia sur le dessus. Lentement, il tourna autour de la table, pliant toujours vers le haut en bougeant à peine les mains. Petit à petit, tels deux oiseaux enchanteurs, dansant un ballet subtil, elles plièrent et lissèrent. Jennifer observa la scène en silence, serrant sa tasse entre ses mains ; enfin, elle voyait son père à l'œuvre. À mesure qu'il progressait autour de la table, les deux feuilles s'unirent, comme si elles avaient toujours été ainsi.

Au bout de quinze minutes, il marqua une pause et elle s'approcha pour regarder. Seul le visage de sa mère restait visible, dessinant un ovale à la surface. Ce qui aurait pu paraître absurde ne l'était pas, parce qu'il s'agissait de sa mère. Le reste de son corps était enveloppé dans un linceul de papier rose qui la serrait de près sans aucun pli. Son père se pencha et déposa un bref baiser sur les lèvres de sa femme, puis elle l'imita en l'embrassant sur le front. Ensuite, après un dernier ballet de ses mains – pliage et lissage – il n'y eut plus d'ouverture, ni aucun raccord, juste un grand paquet de forme irrégulière impeccablement emballé.

Alors son père se plaça au niveau du milieu de la table et glissa son bras sous le dos de sa femme et la souleva avec délicatesse. Le papier craqua doucement, tandis qu'il la redressait en position assise, puis continuait jusqu'à la plier en deux. En quelques gestes, il lissa le papier. Jennifer regardait son père fixement, les yeux écarquillés. Sur la table se trouvait toujours un paquet parfaitement emballé, mais moitié aussi long que le précédent. Il glissa de nouveau sa main dessous, le plia en deux, puis tourna autour de la table et le plia dans l'autre sens, sans hâte ni agitation. Il plia, inséra et lissa pendant dix minutes et le paquet devint de plus en plus petit, jusqu'à ne plus mesurer que soixante centimètres sur soixante, soixante sur trente, trente sur quinze. Puis sa concentration parut augmenter et, en pliant, il sembla porter un soin particulier à la manière dont le papier bougeait ; de la forme irrégulière commencèrent à émerger des coins et des bords. Et le paquet continuait de rapetisser.

Quand enfin il se redressa, un minuscule rectangle, pas beaucoup plus grand qu'une boîte d'allumettes, se trouvait sur la table – un paquet rose parfait. Jennifer s'approcha pour mieux voir alors qu'il tirait de sa poche un morceau de ruban brun-roux. Il en entoura le paquet, puis le croisa au milieu pour le nouer sur le dessus. Elle l'étudia de près et sut qu'elle avait eu raison depuis le début, qu'elle avait deviné la vérité depuis toute petite. Il n'y avait pas de raccords, pas un.

Quand il eut terminé, son père, le visage calme mais fatigué, tint la petite forme dans ses mains et la regarda. Il tendit le bras et lui caressa la joue, les doigts aussi chauds que dans son souvenir, et dans ce contact, elle sentit une bénédiction, une persistance de l'amour. Tout le temps qu'elle avait passé sur cette planète, sa mère et son père avaient toujours été là : ce qu'elle avait fait de bien, c'était pour eux, et ils ne lui avaient jamais fait défaut dans les épreuves de la vie.

— Je ne peux t'offrir qu'un seul cadeau, cette année, dit-il, et c'est quelque chose que tu possèdes déjà. Ceci n'est qu'un rappel.

Elle prit le paquet qu'il lui tendait. Il semblait chaleureux et rassurant, toute son enfance, tout l'amour de sa mère dans une petite boîte rectangulaire. Elle devina ce qu'elle devait faire et approcha le cadeau de sa poitrine. Elle le pressa contre son cœur en versant ses dernières larmes. Son père la serra dans ses bras et lui souhaita un joyeux Noël et, quand elle retira sa main, le cadeau ne se trouvait plus dans sa paume, mais battait en elle.

Le voyage de retour à Manchester passa dans un brouillard de souvenirs et, quand elle fut rentrée dans son appartement, elle en fit lentement le tour dans la lumière du petit matin, touchant certains des objets qui s'y trouvaient. Elle aurait voulu être avec son père, mais elle savait qu'il avait raison quand il lui avait demandé de rentrer chez elle. Assise dans le couloir, écoutant les battements de son cœur, elle regarda autour d'elle à la recherche de ce qui lui rappelait sa mère et s'autorisa un sentiment de joie. Cela prendrait du temps, mais elle n'en manquait pas : elle gardait maman au plus profond d'elle-même, ce qu'elle avait été, l'amour qu'elle avait donné et ressenti. Elle faisait la fierté de sa mère et, tant qu'elle vivrait, sa mère vivrait aussi : sa plus belle création, sa préférée, la somme vivante de son amour et de son bonheur. Il n'y aurait pas d'au revoir, parce qu'elle ne la perdrait jamais vraiment. Elle ne pourrait plus lui parler avec des mots, mais elle entendrait toujours sa voix. Elle serait toujours en elle, pour l'aider à affronter ce monde, l'aider à être elle-même.

Et Jennifer pensa à son père et comprit que son cœur serait bientôt encore plus plein. Elle savait qu'avant peu quelqu'un sonnerait à sa porte et lui livrerait un autre paquet, lui aussi parfaitement emballé, un pâle océan de bleus changeants.

Sans un adieu

Parfois, quand nous sommes en voiture et parcourons les routes de campagne en automne, il m'arrive d'apercevoir quelques coquelicots clairsemés parmi l'herbe haute et ça me donne envie de me trancher la gorge, de laisser le sang se répandre par la fenêtre pour produire plus de coquelicots, beaucoup plus, jusqu'à transformer le bas-côté en un flamboiement de rouge.

Mais je me contente de regarder la route. D'ici peu, les coquelicots seront derrière nous, comme ils le sont toujours.

En ce matin du 10 octobre, je me sentais surexcité. Je me trouvais chez moi, où j'étais censé travailler. En réalité, je tambourinais des doigts sur mon bureau, me levant d'un bond chaque fois que j'entendais un véhicule passer devant ma fenêtre. Je lançais aussi des regards furtifs à deux gros cartons posés sur le plancher. Ces derniers contenaient, respectivement, un ordinateur et un écran neufs. Après une année entière à refuser au technophile qui sommeillait en moi l'acquisition de ce qui se faisait de mieux dans le domaine des gadgets à puces, j'avais enfin succombé et changé d'ordinateur. Ma carte de crédit à la main, j'avais décroché mon téléphone et commandé un engin de science-fiction, une machine qui non seulement calculait à la vitesse d'un TGV, mais qui intégrait aussi la reconnaissance vocale et des fonctions de télécommunications. Le futur était enfin là, dans mon séjour.

Et pourtant.

J'avais beau posséder l'équivalent de 3 000 £ sous la forme d'un Macintosh et de son écran, il me manquait – cruellement – le câble pour les relier. Le constructeur, avais-je appris, considérait qu'il s'agissait d'une option – en dépit du fait que, sans lui, les deux éléments constituant le système se transformaient en objets décoratifs blancs, encombrants, et ayant pour seule vocation de tourmenter et de frustrer leur propriétaire. Le câble devait faire l'objet d'une commande séparée et il n'y en avait aucun en stock dans tout le pays pour l'instant. La Belgique semblait en détenir le monopole.

On ne m'en informa qu'une semaine après que j'eus commandé ma configuration et je m'efforçai, dans la semaine qui suivit, d'exprimer ma façon de penser le plus clairement possible auprès de mon fournisseur. Joueur, ce dernier me promit de livrer ma commande à une certaine date, puis à une autre, autant de promesses qui s'évaporèrent, telle la rosée du matin. Les deux colis étaient enfin arrivés la veille et, par une curieuse coïncidence, le câble s'était traîné, à bout de forces, jusqu'à l'entrepôt de mon fournisseur aujourd'hui même. Mon contact chez Calldriven Direct savait à quel point je tenais à ce câble et m'avait appelé pour admettre à contrecœur qu'il semblait disponible. J'avais immédiatement téléphoné au service de messagerie auquel il m'arrivait de faire appel pour envoyer des esquisses à mes clients. Calldriven m'avait proposé de mettre le câble au courrier, mais quelque part en moi j'avais l'impression qu'ils n'en feraient rien *aujourd'hui*. Le service de messagerie recrute des coursiers qui semblent avoir été exclus des Hells Angels à cause de leur caractère turbulent. Un grand costaud tout de cuir vêtu, avec pour instructions de ne pas repartir de chez Calldriven sans mon câble : voilà qui devrait achever de les convaincre. Et ainsi, je patientais, attendant, en buvant café sur café, qu'un tel individu se présente à ma porte en brandissant triomphalement le fameux composant.

Quand on sonna enfin, je faillis tomber de ma chaise. Sans prendre la peine de vérifier de qui il s'agissait, je sortis de mon appartement et me précipitai dans l'escalier pour aller ouvrir avec, sur le visage, une expression – je le soupçonne – proche de la concupiscence. Je tire beaucoup de plaisir de la technologie. C'est un peu triste, j'en suis bien conscient – Dieu sait si Nancy me l'a souvent reproché –, mais, vous savez quoi ? C'est ma vie. Chacun balaie devant sa porte.

Une silhouette de cuir noir m'attendait dehors, surmontée d'un casque noir luisant. Le motard paraissait bien plus mince que ceux qu'ils m'envoyaient d'habitude, mais plutôt grand. Manifestement assez grand pour remplir sa mission.

— Un vrai miracle ! m'exclamai-je. C'est le câble ?

— Absolument, répondit indistinctement le coursier. (Une main releva la visière du casque et je constatai avec surprise qu'un visage de femme se trouvait à l'intérieur.) Ils n'avaient pas l'air d'avoir très envie de s'en défaire.

— Je n'en doute pas. (J'éclatai de rire et la débarrassai du paquet. Il était bien indiqué « Câble-adaptateur AV » sur l'emballage.)

Vous n'imaginez pas le plaisir que vous me faites, dis-je d'une voix un rien hystérique. Pour un peu, je vous embrasserais !

— Ça me semble un peu prématuré, rétorqua la fille en portant les mains à son casque. Mais je ne dirais pas non à un petit café. Je roule depuis ce matin 5 heures et j'ai l'impression d'avoir une brique à la place de la langue.

Pris de court, j'hésitai un instant. Je n'avais jamais invité un coursier à prendre le café auparavant. Qui l'a déjà fait, d'ailleurs ? Et puis, j'allais être obligé de remettre à plus tard le moment de ravager mes cartons et de commencer à tout brancher. Mais il n'était que 11 heures, et que représentaient quinze minutes d'attente supplémentaires ? Je n'étais pas mécontent non plus à l'idée d'une rencontre aussi inattendue.

— Je vous en prie, gente dame, l'invitai-je à entrer, avec une parodie de courtoisie chevaleresque sans doute horrible à entendre, mais adaptée à la situation.

— Merci, messire, répondit le coursier et elle retira son casque.

Une crinière de cheveux châtain foncé se répandit autour de son visage. Elle secoua la tête et le soleil y sema des fils plus clairs. Elle avait un visage énergique, avec une bouche large et des yeux d'un vert éclatant.

Nom de Dieu, pensai-je, le câble soudain oublié dans ma main.

Puis je m'écartai afin de la laisser entrer.

Elle s'appelait Alice et elle se mit à examiner les livres sur les étagères pendant que je nous préparais un café.

— Votre petite amie travaille dans les RH, constata-t-elle.

— Comment avez-vous deviné ? demandai-je en lui tendant une tasse.

Elle désigna la flopée de livres sur le développement des ressources humaines, les clés du management et comment enfoncer des putains de portes ouvertes au quotidien, qui envahissaient la moitié de la bibliothèque.

— Vous n'avez pas vraiment le profil de l'emploi. C'est votre nouveau joujou ? (Elle pointa sa tasse en direction des deux cartons sur le sol. Je fis oui de la tête, d'un air un peu penaud.) Alors, vous ne les ouvrez pas ?

Je lui jetai un coup d'œil surpris. Son visage était tourné vers moi, un petit sourire aux coins des lèvres. Je notai que sa peau, absolument parfaite, avait cette nuance fauve pâle qui va avec les cheveux luxuriants. Je haussai les épaules, un peu gêné.

— Peut-être, répondis-je, volontairement évasif. Mais j'ai d'abord du travail à terminer.

— Ne dites pas de bêtises, lâcha-t-elle d'un ton décidé. Allez, montrez-moi ça !

Et ainsi, je me penchai et ouvris les cartons pendant qu'elle s'asseyait sur le canapé pour regarder. Curieusement, cela ne me gênait pas. En temps normal, quand je fais quelque chose qui me concerne moi et les choses que j'apprécie, je préfère être seul. Les autres comprennent rarement ce qui vous procure le plus de plaisir et j'aime autant ne pas les avoir autour de moi – ils ne feraient que gâcher ce genre d'occasion. Mais Alice semblait sincèrement intéressée et, dix minutes plus tard, j'avais installé la configuration sur mon bureau. Entre-temps j'avais jacassé à propos de la reconnaissance vocale et de l'entrée vidéo, des 8 Go de disque dur et du lecteur de CD-Rom ultrarapide. Elle m'avait écouté, elle avait même posé des questions qui découlaient de ce que je disais, plutôt que de simplement m'encourager à radoter encore plus. Elle ne connaissait pas grand-chose aux ordinateurs, mais elle comprenait ce qu'ils pouvaient avoir d'excitant.

Quand l'écran vomit le message classique annonçant que tout allait bien, nous échangeâmes un regard.

— Je parie que vous n'allez pas beaucoup travailler aujourd'hui, remarqua-t-elle.

— On ne peut rien vous cacher, admis-je, et elle rit.

À ce moment-là, une plainte prolongée retentit depuis le canapé et je sursautai. Mon coursier roula des yeux et alla récupérer son appareil. Une voix d'une brutalité sidérante l'informa qu'elle avait quelque chose à chercher à l'autre bout de la ville, fissa, genre pour hier, et pourquoi n'es-tu pas déjà sur ta moto, ma chérie ?

— Grr, fit-elle, comme un petit tigre et elle ramassa son casque. Le devoir m'appelle.

— Mais je n'ai même pas eu le temps de vous parler des fonctions de télécommunication, regrettai-je sur le ton de la plaisanterie.

— Une autre fois, conclut-elle avec un clin d'œil.

Je la raccompagnai et, pendant quelques instants, nous échangeâmes un regard gêné sur le seuil. Je me demandais que dire. Je ne la connaissais pas, ne la reverrais jamais, mais je voulais la remercier d'avoir partagé ce moment avec moi. Puis je remarquai un des chats du quartier qui flânait au pied des marches. J'adore les chats, mais Nancy ne les aime pas, c'est pourquoi nous n'en avons pas – un des petits compromis que tout le monde fait. Je reconnaissais cette boule de poils en particulier, et j'avais depuis longtemps perdu espoir de lui plaire. Je laissai échapper le son universellement employé afin d'attirer l'attention des chats, sans succès. Il se contenta de me jeter un coup d'œil d'un air las et continua sa promenade.

Puis Alice s'assit sur les talons et fit le même bruit. Le chat s'arrêta net et la regarda. Elle refit le bruit et le chat se retourna, parcourut la rue du regard sans raison apparente, et monta les marches avec confiance pour se faufiler entre ses jambes.

— C'est vraiment incroyable, m'étonnai-je. Ce n'est pas un chat qui se montre amical d'habitude.

Elle le prit dans ses bras et se leva.

— Oh, je ne sais pas...

Le chat s'assit contre sa poitrine, regardant autour de lui avec des airs de monarque inspectant son royaume et s'estimant satisfait. Je tendis la main pour lui frotter le museau et sentis la chaude vibration d'un ronronnement.

Nous fîmes grand cas de lui tous les deux pendant quelques instants et ensuite Alice le reposa à terre. Elle remit son casque, grimpa sur sa moto et, après un dernier salut de la main, se mit en route.

De retour à l'appartement, je rangeai les cartons – je suis un peu maniaque pour ça – avant de me plonger dans ma nouvelle machine. Sans réfléchir, j'appelai Nancy pour l'informer que le nouvel ordinateur était enfin arrivé. Je ne réussis qu'à joindre une de ses assistantes, Trish, qui me fit patienter, la paume contre le micro. J'entendis Nancy, à l'arrière-plan, lançant : « Dis-lui que je le rappellerai plus tard. » Je saluai Trish, plutôt de bonne grâce, essayant de ne pas me formaliser.

Il s'avéra que le logiciel de reconnaissance vocale n'avait pas été inclus et que rien n'avait été prévu pour tester le lecteur de CD-Rom. Les fonctions de télécommunication requéraient une coûteuse carte d'extension que Calldriven n'espérait pas recevoir avant six semaines. À part ça, j'en étais très satisfait.

Nancy fit la cuisine ce soir-là. Nous avions tendance à la faire à tour de rôle, bien qu'elle soit bien meilleure cuisinière que moi. Nancy est douée pour presque tout. C'est une femme accomplie.

Apparemment, l'univers altruiste de la gestion des ressources humaines est en proie à de nombreux conflits internes et Nancy se révéla pleine d'entrain ; elle savourait sa victoire sur un collègue dont elle avait réussi à déjouer les manœuvres. Je bus un verre de vin rouge et m'appuyai contre le plan de travail pendant qu'elle jonglait avec les ingrédients. Elle me parla de sa journée et je l'écoutai en riant quand il le fallait. Je ne m'étendis pas sur la mienne et lui indiquai simplement que tout s'était bien passé. Elle ne fait preuve que de peu d'intérêt – et de patience – pour le monde des graphistes indépendants. Oh, elle m'écoutait volontiers quand j'avais vraiment quelque chose sur le cœur, mais elle n'y comprenait rien et ne donnait pas l'impression de vouloir changer cela. Pourquoi l'aurait-elle voulu ? Je ne mentionnai pas le nouvel ordinateur qui trônait sur mon bureau – et elle non plus.

Le dîner se révéla excellent. Un plat à base de poulet, mais elle avait fait quelque chose d'intéressant avec les épices. J'en mangeai autant que possible, mais il en resta un peu. Je l'encourageai à finir, mais elle refusa. Je lui assurai qu'elle n'avait pas trop mangé – ça l'aide, parfois –, mais son humeur s'assombrit et elle ne prit pas de dessert. Je débarrassai et lui proposai d'aller s'asseoir sur le canapé pendant que je ferais la vaisselle et préparerais le café.

Debout devant l'évier, je frottais les assiettes en songeant distraitement à la montagne de boulot qui m'attendait le lendemain, quand j'aperçus un chat marron foncé assis sur un mur de l'autre côté de la rue. Je ne l'avais jamais vu auparavant. Tapi, il observait un oiseau qui gazouillait, avec cette concentration propre aux chats, qui combine une totale attention et la sensation qu'il pouvait s'arrêter à tout moment et décider de se laver la patte à la place. L'oiseau finit par s'envoler en voletant de manière désordonnée et le chat suivit sa progression pendant un moment avant de se redresser, comme pour mettre un terme à cette diversion.

Puis le chat tourna la tête et me regarda droit dans les yeux. Il se trouvait à au moins vingt mètres, mais je distinguais parfaitement ses yeux. Comme il semblait continuer à m'observer, je ris tout seul, un peu pris de court. J'en vins même à me détourner pendant un moment, mais quand je repris ma position, il n'avait pas bougé et regardait toujours.

Alors l'eau se mit à bouillir et je me retournai pour en verser dans deux tasses de Nescafé. Quand je jetai un coup d'œil par la fenêtre en sortant de la cuisine, le chat avait disparu.

Nancy ne se trouvait plus au salon. Je m'assis sur le canapé et allumai une cigarette. Cinq minutes plus tard, j'entendis la chasse d'eau à l'étage et je soupirai.

Deux jours s'écoulèrent, avec des délais à tenir et des réunions de gestion de projet en rafales – la routine. J'accompagnai Nancy à une soirée organisée par sa boîte et passai quelques heures à être traité avec condescendance par ses collègues en costard, pendant qu'elle brillait au milieu d'eux. Je foirai une commande et dus la refaire à mes frais. Il m'arriva sans doute aussi de bonnes choses, mais c'est surtout le reste qu'on retient.

Un après-midi, on sonna à la porte et j'allai distraitement ouvrir. Devant la porte, il y eut un léger mouvement de cheveux châtains et je reconnus Alice.

— Bonjour, dis-je, singulièrement ravi.

— Bonjour, vous, sourit-elle. J'ai un paquet pour vous. (Je le pris et lus l'étiquette. Des copies couleur d'épreuves. La barbe. Elle avait dû surveiller mon expression, parce qu'elle se mit à rire.) Rien de bien excitant, alors ?

— Pas vraiment.

Je signai le bon de livraison et levai les yeux vers elle. Elle souriait toujours, je crois, mais c'était difficile à dire. Son visage donnait l'impression d'être constamment souriant.

— Bien. Soit je me rends directement à Peckham chercher quelque chose de vraiment ennuyeux, soit vous pouvez m'en dire plus sur les fonctions de télécommunication de votre ordinateur.

Je reculai afin de la laisser entrer.

— Les enfoirés ! s'emporta-t-elle avec indignation, quand je lui eus parlé de la carte d'extension qui ne figurait pas dans le carton.

Je lui expliquai tout de même les fonctions de télécommunication de la machine, assis tous les deux sur le canapé, une tasse de café à la main. Mais pas longtemps. Après, nous discutâmes de tout et de rien, et quand elle arriva au bout de la rue sur sa moto, elle se retourna et me fit un signe de la main avant de disparaître au coin.

Ce soir-là, Nancy s'arrêta au supermarché en rentrant du travail. Je surpris son regard quand elle déballa les petits gâteaux et les brownies, les chips et les pâtisseries, mais elle se contenta de me regarder fixement en retour. Elle avait des problèmes au boulot. Détournant les yeux vers la fenêtre, je remarquai le chat assis sur le mur d'en face. Il ne faisait pas grand-chose, jetait distraitement un coup d'œil de-ci de-là, sur des choses que je ne pouvais voir. Il parut regarder dans ma direction pendant un moment, puis il sauta au bas du mur et s'éloigna lentement dans la rue.

Je préparai le dîner et Nancy y toucha à peine, mais elle resta dans la cuisine quand j'allai m'installer au salon pour finir un travail. Plus tard, en versant le thé que nous avions coutume de boire au lit, je notai que la poubelle avait été vidée et le sac posé à côté, soigneusement noué. Je le poussai du pied et j'entendis le froissement des papiers d'emballage – il en était plein. À l'étage, la porte de la salle de bain était fermée et la clé tournée dans la serrure.

Je revis Alice plusieurs fois au cours des semaines qui suivirent. À la même période, deux projets importants atteignirent un point critique et les coursiers se succédèrent chez moi à un rythme effréné. En trois ou quatre occasions, ce fut Alice que je découvris en ouvrant la porte.

À part une fois, où elle dut repartir immédiatement sous peine de mort, elle entra toujours prendre un café. Nous discutions de tout et de rien, et quand le logiciel de reconnaissance vocale arriva enfin, je lui fis une démonstration. C'était la copie pirate d'un ami qui se l'était procurée aux États-Unis. Vous étiez obligé d'imiter un accent américain afin de vous faire comprendre par la machine et mes tentatives firent beaucoup rire Alice. Curieux. La même démonstration avait tout juste provoqué une moue dédaigneuse de la part de Nancy qui n'avait rien trouvé d'autre que de me demander si j'avais inclus l'ordinateur dans notre contrat d'assurance.

Nancy semblait préoccupée, ces deux dernières semaines. Son soi-disant patron lui confiait de plus en plus de responsabilités, mais refusait catégoriquement de lui en attribuer le mérite ou d'augmenter sa rémunération. Le monde de Nancy paraissait quelque chose de très concret pour elle et elle m'informait inlassablement de tous les derniers développements : j'en savais plus sur les activités de son patron que sur celles de la plupart de mes amis. Elle réussit néanmoins à obtenir une voiture de fonction plus haut de gamme, ce qui était une bonne chose. Un soir, elle s'arrêta devant chez nous en faisant crisser les pneus d'un petit bolide rouge et me brailla de descendre la rejoindre. Je dévalai l'escalier en courant et elle nous fit parcourir le nord de Londres à toute allure, conduisant avec son brio et son assurance coutumiers. Sur un coup de tête, nous nous arrêtâmes dans un restaurant italien qu'il nous arrivait de fréquenter et – miracle ! – ils avaient une table de libre. Au café, chacun prit la main de l'autre dans la sienne et déclara qu'il l'aimait, ce que nous n'avions pas fait depuis longtemps.

En garant la voiture devant la maison, j'aperçus le chat assis sous un arbre sur le trottoir d'en face. Je le désignai à Nancy, mais elle se contenta de hausser les épaules. Elle rentra la première et, alors que je me retournais pour fermer la porte, je vis que le chat n'avait pas bougé, une forme sombre dans le demi-jour. Je me demandai à qui il appartenait, et souhaitai qu'il soit à nous.

Deux jours plus tard, je me promenais dans la rue en fin d'après-midi quand je remarquai une moto garée devant le *Sad Café*. Apparemment, je faisais plus attention aux motos depuis ces dernières semaines : probablement parce que j'avais utilisé de si nombreux coursiers. « *Sad* » *Café* n'était pas le véritable nom de cet établissement, mais la façon dont Nancy et moi avions pris l'habitude de l'appeler, du temps de nos gueules de bois du dimanche matin, quand nous titubions jusque-là afin d'engloutir un petit déjeuner anglais. La première fois, nous nous étions écroulés autour de l'une de ses tables en Formica et, petit à petit, nous étions retrouvés cernés par : des hommes d'une cinquantaine d'années portant veste zippée et bonnet à pompon, un groupe d'adolescents demeurés s'amusant avec des verres cassés, et des femmes âgées proches de leur dernier souffle. Le caractère pathétique de cet endroit nous avait presque achevé, d'où son surnom de « *Sad Café* ». Cela faisait un moment que nous n'y étions pas allés : Nancy travaillait tard d'ordinaire, même le week-end et nous nous contentions de petits déjeuners pris sur le pouce.

La moto garée dehors me poussa à jeter un coup d'œil par la fenêtre et, à ma grande surprise, je reconnus Alice, assise à l'une des tables, qui sirotait une tasse d'un breuvage quelconque. Je faillis passer mon chemin, puis songeai *pourquoi pas* et décidai d'entrer. Alice sembla d'abord étonnée de me voir, puis elle sourit ; je m'installai à sa table et commandai un thé.

Elle avait terminé sa journée et tuait le temps avant de rentrer chez elle. J'étais libre, moi aussi : Nancy avait une soirée avec des clients. Voir Alice hors de mon appartement me procurait une sensation étrange ; il s'agissait aussi de notre première rencontre en dehors des heures de travail. Peut-être que c'est ce dernier facteur qui explique la suite des événements.

Sans l'avoir prémédité, nous poussâmes sa moto jusque devant le *Lancier du Bengale*, ce qui se rapprochait le plus d'un restaurant décent dans le quartier. Un peu gêné, je flânai sur le côté pendant qu'elle retirait sa combinaison en cuir et la rangeai dans son top-case. Sous son cuir, elle portait un jean et un pull vert assorti à ses yeux. Puis elle se passa les mains dans les cheveux, lança « ça ira », et se dirigea vers l'entrée. Avec une brève pensée pour l'heure et demie que mettait en moyenne Nancy pour se pomponner, je la suivis à l'intérieur du restaurant.

Nous prîmes notre temps – et quatre plats chacun. Nous mangeâmes à nous en faire exploser la panse. Et parlâmes aussi : de plein d'autres sujets que les ordinateurs et le graphisme, mais je ne m'en souviens plus. Le temps de boire deux bouteilles de vin, des litres de café et de fumer deux paquets de cigarettes. À la fin de la soirée, quand elle enfila de nouveau sa combinaison, je restai à côté d'elle, bien plus à l'aise cette fois. Elle me fit un signe de la main en partant et je la regardai s'éloigner. Puis je tournai les talons et rentrai chez moi.

J'avais passé un bon moment. J'avais aussi fait une grosse erreur.

La fois suivante où j'utilisai les services d'un coursier pour envoyer un paquet, je demandai expressément qu'on m'envoie Alice. Après, cela devint un réflexe. Et de son côté, Alice sembla hériter de presque toutes les livraisons me concernant, trop en tout cas pour que cela soit le fait du hasard.

Si nous n'étions pas allés dîner ensemble, peut-être que cela ne serait pas arrivé. Nous n'avions rien dit, nous n'avions pas non plus échangé de regards lourds de sens, je n'avais pas noté la date dans mon journal intime.

Mais nous avions commencé à tomber amoureux l'un de l'autre.

La nuit suivante, Nancy et moi eûmes notre première grosse dispute depuis longtemps. Nous nous querellons rarement. Nancy est un bon manager.

Ce fut court, mais aussi très curieux. Il était tard et, assis au salon, j'essayais de puiser dans mes réserves d'énergie pour allumer la télévision. Je n'entretenais pas d'espoir particulier concernant la qualité des programmes qui m'attendaient, mais je me sentais trop fatigué pour lire. J'avais écouté un CD qui venait de se terminer et je regardais fixement – à moitié hypnotisé – les LED vert et rouge de la chaîne stéréo. Nancy travaillait à la table de la cuisine, plongée dans le noir à l'exception de la lampe qui éclairait ses papiers.

Soudain, elle entra dans le séjour d'un pas résolu, déjà d'une humeur massacrante, et se mit à me crier des choses incohérentes. Stupéfait, je me levai à moitié, essayant de saisir ce qu'elle avait à me dire. Avec le recul, je somnolais peut-être un peu, et sa colère semblait remplir la pièce de toute sa véhémence criarde.

Elle me reprochait d'avoir adopté un chat. Pas la peine de nier : elle l'avait vu. Sous la table de la cuisine. D'ailleurs, il s'y trouvait encore et il m'appartenait d'aller le flanquer dehors. Je savais à quel point elle détestait les chats. De toute façon, comment avais-je pu faire une chose pareille sans lui en parler ? Quel parfait exemple de mon comportement égoïste. J'étais vraiment un type odieux.

Il me fallut un peu de temps pour tout comprendre et commencer à nier. Je me sentais trop déconcerté pour me mettre en colère. Finalement, je l'accompagnai à la cuisine et regardai sous la table. Elle semblait beaucoup y tenir. À dire vrai, j'avais un peu la trouille à ce stade. Après une tournée d'inspection dans le vestibule, la chambre à coucher et la salle de bains, je repassai par la cuisine et le salon.

Bien entendu, je ne trouvai aucun chat.

Je fis asseoir Nancy sur le canapé. Bien que sa colère soit passée, elle tremblait encore. Je tentai de lui parler, de découvrir quel pouvait être réellement le problème. Elle avait réagi de façon disproportionnée et injuste : je n'étais pas sûr qu'elle-même savait de quoi il retournait. Le prétendu chat aurait pu n'être qu'une chaussure oubliée là, révélée dans une semi-obscurité, voire le mouvement de son propre pied. Après avoir quitté la maison de mes parents, où nous avions toujours eu un chat, j'avais souvent eu l'impression – et la surprise – d'en apercevoir autour de moi. La famille de Nancy n'avait jamais eu de chat, mais peut-être s'agissait-il de quelque chose de similaire.

Elle ne sembla guère convaincue, mais se calma un peu. Comme toujours, j'avais du mal à concilier la femme craintive et apeurée que j'avais devant moi avec son numéro de cadre aux dents longues qu'elle assumait au quotidien. J'allumai le feu et nous parlâmes, allant même jusqu'à discuter de ses troubles du comportement alimentaire. Personne, à part moi, ne connaissait cette partie de sa vie. Je ne comprenais pas vraiment. Je sentais que cela avait un rapport avec le sentiment de perte de contrôle, avec le fait de vouloir façonner son monde et elle-même, mais cela marquait les limites de mes compétences en la matière. Je ne pouvais rien faire, à part écouter, mais j'espérais que c'était mieux que rien.

Un peu plus tard, nous allâmes nous coucher et fîmes l'amour, lentement, tendrement. Alors que je la serrais dans mes bras et qu'elle s'endormait, enfin détendue, je me surpris à éprouver pour elle, pour la première fois, quelque chose qui ressemblait un peu à de la pitié.

Je dînai de nouveau avec Alice environ une semaine plus tard. Cette fois, le hasard n'avait pas grand-chose à y voir, et je l'emmenai plus loin de chez moi. J'avais un rendez-vous tardif en ville et une coïncidence voulut qu'Alice se trouve dans le secteur à la même heure. Je prévins Nancy que je risquais de dîner avec mon client, mais, trop préoccupée par une nouvelle lutte de pouvoir qui atteignait son paroxysme à son travail, elle ne parut pas m'entendre.

Bien que notre précédente sortie remonte à plusieurs semaines, rencontrer Alice en soirée ne me sembla pas étrange, notamment parce que nous nous étions souvent parlé entre-temps. Elle avait pris l'habitude de boire deux tasses de café, au lieu d'une, à chacune de ses livraisons et m'avait aussi appelé pour me demander des conseils sur les ordinateurs.

Même si je ne me sentais pas mal à l'aise, j'avais pleinement conscience de ce que je faisais. Je dînais avec une autre femme et j'y prenais plaisir. Énormément. Quand je discutais avec Alice, mes sentiments et mon travail semblaient plus importants, comme s'ils faisaient partie d'une personne qui valait la peine qu'on parle d'elle. Une partie de moi considérait qu'un petit mensonge n'était pas cher payé pour obtenir cela. Pour être honnête, j'essayais de ne pas trop y penser.

Quand je rentrai, Nancy m'attendait dans le séjour.

— Comment s'est passé ton rendez-vous ? demanda-t-elle.

— Bien.

— D'accord.

Elle reprit la lecture de son magazine. J'aurais pu tenter de faire la conversation, mais je me serais forcé et cela aurait sonné creux. J'allai donc me coucher et m'allongeai, bien éveillé, en me serrant de mon côté du lit.

Je m'assoupissais lorsque, dans le silence, j'entendis une voix faible parler à mon oreille.

— Va-t'en, disait-elle. Va-t'en.

J'ouvris les yeux, ne sachant pas trop à quoi m'attendre, le visage de Nancy, je suppose, près du mien. Il n'y avait personne. Je me calmai un peu, prêt à mettre cela sur le compte d'un fragment de rêve, quand j'entendis de nouveau la même voix qui prononçait les mêmes mots sur le même ton.

Je sortis prudemment du lit et me faufilai jusqu'à la cuisine. De là, j'aperçus Nancy, immobile dans le noir, devant la fenêtre du salon. Elle regardait quelque chose dans la rue en bas.

— Va-t'en, répéta-t-elle doucement.

Sans faire de bruit, je retournai me coucher.

Les deux semaines suivantes passèrent vite. Le temps semblait filer cet automne-là. Plusieurs projets réclamèrent toute mon attention, chaque journée semblant me réserver une tâche aussi prenante que celle de la veille. Sans que je m'en rende compte, une semaine s'écoulait ainsi.

Je parlais avec Alice presque tous les jours, de sujets que Nancy et moi n'abordions pratiquement jamais, que Nancy ne semblait pas comprendre ou dont elle se fichait éperdument. Alice lisait, par exemple. Pas comme Nancy qui épluchait des mémos, des rapports ou des articles sur les dernières âneries en vogue dans les entreprises aux États-Unis, et ne lisait jamais un livre, ni même un paragraphe. Nancy se contentait de décortiquer des phrases pour en tirer ce qui pourrait lui servir dans son travail, savoir ce qui passait à la télévision ou se tenir au courant de l'actualité. Chaque bribe de texte constituait un fragment, une contribution à l'objectif qu'elle s'était assigné.

Alice lisait pour le plaisir. Elle écrivait aussi, d'où son intérêt grandissant pour les ordinateurs. Je mentionnai en passant que j'avais moi-même écrit un certain nombre d'articles quelques années auparavant, avant d'opter pour une carrière de graphiste tout juste compétent. Elle m'avoua qu'elle avait écrit quelques nouvelles et, après un harcèlement régulier de ma part, elle m'en remit timidement des copies. Il s'agissait de vignettes sur la vie à Londres d'un coursier à moto, une profession avec ses traditions et ses héros. Je ne connais rien à la littérature d'un point de vue professionnel, je ne peux donc pas m'avancer sur l'intelligence ou le caractère novateur de ces textes, ni savoir si le supplément littéraire du *Times* les aurait décrits comme « Un nouveau regard sur la dialectique narrative », mais ils retinrent mon attention et je les lus plus d'une fois, et c'est tout ce qui compte pour moi. Je le lui dis et elle sembla heureuse.

Nous nous voyions deux ou trois fois par semaine. Elle venait me livrer ou passait prendre quelque chose, et quelquefois je flânais par hasard du côté du *Sad Café* quand elle y buvait une tasse de thé. Nous entretenions une relation pleine de retenue, très amicale – même si, avec du recul, elle ressemblait de plus en plus aux prémices de quelque chose de plus profond.

Nancy et moi vivions plus comme des colocataires que comme un couple. Elle avait ses amis et moi les miens. Parfois nous les rencontrions en commun et formions alors un couple aux yeux du monde. Un beau couple d'ailleurs, tout droit sorti des pages d'un magazine. La vie – appelons-la ainsi – continuait. Ses troubles de comportement alimentaires connaissaient des phases de rémission, mais restaient préoccupants et je devais me faire une raison et accepter le fait que je n'y pouvais rien changer. Nos vies semblaient constamment tourner autour de cet idéal de jeune couple qu'elle paraissait vouloir perpétuer par-dessus tout, à tel point qu'il m'arrivait de songer à mettre cartes sur table en lui montrant ce qui était tapi sous les pierres de notre existence. Je ne lui parlai pas non plus de la nuit où je l'avais surprise au salon. Je ne voyais pas bien comment mettre ça sur le tapis.

Excepté mes discussions avec Alice, l'autre bonne nouvelle était la présence d'un nouveau chat dans le quartier, une chatte en fait. Presque chaque fois que je regardais par la fenêtre du salon, elle se trouvait là, se promenant tranquillement devant chez moi ou assise sur la chaussée, le museau en l'air. Elle avait pour habitude de s'installer au milieu de la route, défiant la circulation automobile de l'en déloger, comme si elle savait à quoi devait servir la route, mais qu'elle refusait d'en tenir compte. Elle remuait la queue, semblant signifier ainsi qu'elle se souvenait d'une époque où ici s'étendait une prairie et, que, en ce qui la concernait, tel serait toujours le cas.

Un matin, je revenais de l'épicerie du coin où j'avais acheté des cigarettes et du lait, et me trouvai nez à nez avec elle, perchée sur un mur. Si vous aimez les chats, il y a quelque chose de fondamentalement déprimant à les voir s'enfuir en vous voyant. Je procédai donc avec précaution. Je voulais réussir à m'approcher au moins à un mètre de ce spécimen-là, avant qu'il se précipite dans l'hyperespace. À ma plus grande joie, elle ne fit pas mine de s'éloigner. Quand j'arrivai à proximité, elle se redressa et je pensai *tant pis*, mais il ne s'agissait que de sa manière à elle de reconnaître ma présence. Elle se laissa volontiers caresser et gratter la fourrure sur la tête, et réagit avec un ronronnement si grave qu'il se situait presque sous le seuil de l'audition. De près, je vis les reflets châtains dans sa fourrure brun foncé. C'était une chatte magnifique.

Après quelques minutes, je décidai de reprendre ma route, mais la chatte sauta immédiatement au pied du mur et commença à décrire des huit entre mes jambes, se frottant contre mes mollets. J'ai déjà du mal à m'éloigner d'un chat en temps normal, mais quand ils se montrent aussi amicaux, cela m'est tout à fait impossible. Alors, je me baissai et la chatouillai en lui chuchotant toutes sortes de bêtises affectueuses. Quand j'arrivai enfin à ma porte, je la vis qui n'avait pas bougé de la chaussée. Elle regardait autour d'elle, comme si elle se demandait quoi faire ensuite, après toute cette excitation. Je dus me retenir pour ne pas lui faire un signe de la main.

Je refermai la porte derrière moi, me sentant tout à coup bien seul, et remontai travailler.

Puis, un vendredi soir, Alice et moi sortîmes de nouveau, et tout changea.

Nancy se trouvait – encore – à une soirée avec des collègues de travail, au centre-ville. Sa société semblait vouloir régir la vie sociale de son personnel, telle une sorte de secte bien décidée à infiltrer toutes les activités de ses membres. En m'en parlant, Nancy laissa clairement entendre que ma présence n'avait rien d'obligatoire et je me fis un plaisir de saisir ce qu'elle essayait de me faire comprendre. Je fais de mon mieux quand je n'ai pas le choix, mais j'ai bien peur que mon visage trahisse mon ennui profond en ce genre d'occasions.

Comme je n'avais rien de prévu, je traînai dans la maison pendant un moment, je lus, regardai un peu la télévision. Je parvenais plus facilement à me détendre en l'absence de Nancy, quand nous ne nous efforcions pas d'incarner le couple idéal. Mais je ne tenais pas en place. J'aurais préféré penser différemment et désirer passer une soirée tranquille avec ma petite amie. Mais avec Nancy, nous ne fonctionnions plus ainsi. Lui faire accepter une grasse matinée d'une demi-heure un dimanche matin constituait une véritable corvée. Je n'avais sans doute pas non plus insisté beaucoup ces derniers temps. Quand elle se levait, je me levais. Je me sentais comme un membre du personnel.

Je n'arrivais plus à rester concentré sur mon livre. J'attrapai donc mon manteau et décidai de me promener dans les rues sombres et froides. Je croisai quelques couples et des figures solitaires, en transit au milieu de la soirée, qui vers le pub, qui vers le restaurant indien, le bus ou la maison – en route pour ailleurs. L'apparente confusion de l'activité qui régnait autour de moi, le mouvement brownien des trajectoires aléatoires me procurait un sentiment de satisfaction apaisant. Bien que je n'aie pas la moindre idée de l'endroit où elle se trouvait, je me représentai la pièce où se tenaient Nancy et ses collègues, échangeant mécaniquement des formules toutes faites et des bribes d'informations. Je ne les enviais pas.

Mais ensuite je ressentis l'immensité de toute la ville de Londres qui s'étendait autour de moi et mon contentement s'effaça. Nancy avait au moins quelque part où aller. Moi, je n'avais que les kilomètres de rues dans la lumière hivernale, les maisons sombres penchées les unes vers les autres. Je pouvais marcher, courir même, et j'atteindrais les limites de la ville. Alors, il ne me resterait plus qu'à faire demi-tour. Je me retrouvais incapable de sentir quoi que ce soit au-delà des portes, de croire que quelque chose existait au-delà. Ce n'était pas que j'éprouvais une quelconque nostalgie pour la campagne et les contrées lointaines : j'aime Londres et les grands espaces naturels ne représentent, pour moi, qu'une source d'irritation. Non, plutôt la sensation que ce lieu n'offrait plus les possibilités infinies qui avaient été les siennes, affadi par mon manque d'imagination et de courage, par les limites de ma propre vie.

Je me dirigeai vers Camden, tellement absorbé par ma mélancolie héroïque que je faillis me faire renverser par une voiture au croisement de Prince of Wales Road. Plutôt secoué, je reculai en titubant sur le trottoir, étourdi par un éclat de lumière jaune et une obscénité lancée de manière indistincte. *Et puis merde*, pensai-je, et je traversai ailleurs, en direction d'une autre rue et d'une soirée différente.

Il y avait un monde fou à Camden et je contournai les attroupements un peu trop excités à mon goût. C'est ainsi que j'échouai dans une ruelle et que j'aperçus Alice.

Je sentis mon cœur bondir dans ma poitrine et je me figeai sur place. Elle se promenait, vêtue d'une jupe longue et d'un chemisier sombre, les mains dans les poches. Elle semblait seule, flânant dans les rues tout comme moi, dans un monde bien à elle. Pareille occasion ne se refusait pas. Faisant bien attention de ne pas l'effrayer, j'allai la rejoindre sur le trottoir d'en face.

Nous passâmes les trois heures qui suivirent dans un pub enfumé et bruyant. Les seuls sièges vacants, serrés l'un contre l'autre, se trouvaient à un coin de table au milieu de la salle. Nous bûmes beaucoup, mais l'alcool ne parut pas avoir ses effets habituels. Je ne me sentais pas ivre, juste plus chaud et plus détendu. La foule titubante des habitués nous fournit un sujet de conversation inépuisable, mais bientôt nous n'eûmes plus besoin d'aide. À force de boire et parler, parler et boire, la cloche signalant l'heure des dernières commandes nous prit complètement par surprise.

En sortant du pub, les effets de l'alcool se firent soudain sentir et nous trébuchâmes simultanément sur une marche inattendue. Nous tombâmes en éclatant de rire, chacun essayant de calmer l'autre à grand renfort de « chut ! ». Sans nous consulter, nous savions qu'aucun de nous n'avait envie de rentrer. À la place, nous descendîmes un escalier qui nous conduisit sur la berge du canal pour une petite promenade. Marchant lentement derrière les maisons, nous tentâmes de deviner ce qui se tramait derrière les rideaux ; nous levâmes les yeux vers le ciel, pointant du doigt quelques étoiles ; nous écoutâmes les « ploufs » occasionnels des canards qui se posaient sur les eaux calmes. Au bout de quinze minutes, nous nous assîmes sur un banc pour fumer une cigarette.

Quand elle eut remis son briquet dans sa poche, la main d'Alice retomba près de la mienne. J'avais une conscience aiguë de sa présence, de la faible distance que la mienne aurait à parcourir, et je fumai de la main gauche pour ne pas avoir à la bouger. Je n'oubliais rien. Je savais que Nancy existait, et ce qu'était ma vie. Mais je laissai ma main où elle se trouvait.

Puis, comme un mouvement dans une partie d'échecs parfaitement simple et naturel, la conversation nous entraîna sur ce terrain-là. Je dis que les affaires paraissaient ralentir, après la période faste des deux mois précédents.

Alice répondit qu'elle espérait que ce n'était que passager.

Je souris.

— Pour que je puisse continuer à m'offrir des ordinateurs hors de prix qui ne font pas tout à fait ce que j'attends d'eux ?

— Non, pour que je puisse continuer à venir te voir. (Je me tournai vers elle et la regardai fixement. Elle semblait nerveuse, mais sûre d'elle, et sa main couvrit les quelques centimètres et vint se poser sur la mienne.) Autant que tu le saches – si tu ne le sais pas déjà. Il y a trois choses importantes dans ma vie. Ma moto, mes nouvelles, et toi.

Les gens ne décident pas de changer de vie, mais la vie peut décider pour eux. Certaines nuits portent en elles une sorte d'élan, un objectif propre, une raison d'être. Elles surgissent de nulle part et entraînent les êtres humains dans leur sillage. C'est la raison pour laquelle on ne comprend jamais, le lendemain, le pourquoi et le comment de ses actes – parce qu'on n'y est pour rien. C'était la nuit. L'univers en personne vient vous prendre par la main et vous faire passer par une porte à tambour, et après plus rien n'est jamais pareil.

Ma vie s'arrêta cette nuit-là, et reprit la seconde d'après, mais tout avait changé de couleur.

Nous restâmes encore deux heures sur ce banc, serrés l'un contre l'autre. Nous nous avouâmes ce que nous avions pensé l'un de l'autre lors de notre première rencontre, riant doucement de notre réserve d'alors. Alice admit que sa présence à Camden ce soir n'était pas le seul fait du hasard : elle avait secrètement espéré que nous nous croiserions. Elle en parut embarrassée, mais je n'y voyais pour ma part que pure magie. Après des semaines passées à nier ce que je ressentais, ou à simplement ne pas comprendre, maintenant que je tenais sa main, je me sentais incapable de la lâcher. Quel sentiment extraordinaire, de me trouver si près d'elle, de pouvoir sentir le grain de sa peau sur la mienne et ses ongles contre ma paume. Les gens changent quand vous les approchez autant, ils deviennent bien plus réels. Et si vous les aimez déjà, alors leur présence s'étend jusqu'à remplir le monde.

Enfin, nous parlâmes de Nancy. Cela devait arriver tôt ou tard. Alice me demanda ce que je ressentais pour elle et j'essayais de lui expliquer, de le comprendre moi-même. Nous finîmes par laisser tomber le sujet.

— Ça ne va pas être facile, lui avouai-je en serrant sa main.

En mon for intérieur, je songeai tristement que notre relation pourrait bien en rester là. Connaissant Nancy et la manière dont elle allait réagir, je n'étais pas au bout de mes peines. Alice me jeta un rapide coup d'œil, hocha la tête, et se retourna vers le canal.

Un chat était assis là, scrutant la surface de l'eau. Je me collai d'abord encore plus à Alice, jusqu'à sentir des mèches de ses cheveux me chatouiller le visage, puis je fis un bruit à l'intention du chat. Il se tourna vers nous, puis avança tranquillement vers le banc.

— J'adore les chats qui ne sont pas farouches, expliquai-je en tendant la main pour lui caresser la tête.

Alice sourit et laissa, elle aussi, échapper un son. Je constatai avec surprise qu'elle ne regardait pourtant pas le chat, mais ensuite je vis un autre matou émerger de l'ombre. Plus petit et plus mince, il se dirigea sans hésiter vers le banc. Je me sentais encore un peu étourdi par l'alcool, et quand Alice regarda dans une direction différente, je mis du temps à suivre.

Un troisième chat avançait vers nous le long du canal, suivi par un autre.

Quand un cinquième animal sortit des buissons derrière notre banc, je me tournai vers Alice. Elle soutint mon regard, un sourire sur les lèvres, qui me rappela le premier dont elle m'avait gratifié. Elle rit en voyant mon expression, puis refit le même bruit. Les chats qui nous entouraient lui accordèrent immédiatement toute leur attention et deux de plus surgirent, courant presque dans leur hâte de se joindre à l'attroupement. Ils étaient à présent tellement supérieurs en nombre que je me sentais un peu encerclé.

Quand le suivant apparut, je me sentis obligé de poser la question :

— Alice, qu'est-ce qui se passe ?

Elle pencha la tête sur mon épaule.

— Il y a bien longtemps, commença-t-elle comme s'il s'agissait d'un conte pour enfants, rien de tout cela n'existait ici. Il n'y avait ni canal, ni rues ou maisons, seulement des arbres et de l'herbe. (L'un des chats installés autour du banc se lécha brièvement une patte et j'aperçus un autre couple émerger à pas feutrés des ténèbres.) Le grand peuple a changé tout cela. Ses représentants ont coupé les arbres, tué la terre et nivelé le sol. Ici se trouvait une colline, avec une pente raide d'un côté et douce de l'autre. Mais ils ont tout détruit pour faire ça à la place. Ce n'est pas mal, c'est juste différent. Les chats se rappellent encore comment c'était avant.

Une belle histoire, mais elle ne pouvait pas être vraie et elle n'expliquait en rien la présence des chats. J'en comptai une vingtaine et c'était trop. Pas à mon goût, mais parce que cela défiait la raison. D'où diable venaient-ils tous ?

— Mais les chats n'existaient pas en ce temps-là, protestai-je nerveusement. Pas ceux-là. Ce type de chat est récent. Ils ont été importés ou c'est un genre de croisement.

Elle secoua la tête.

— C'est ce qu'on dit et ce que pensent les gens. Mais ils ont toujours été là. C'est juste que les humains ne l'ont pas toujours su.

— Mais de quoi tu parles, Alice ?

Tous ces chats commençaient réellement à me flanquer la frousse. Ils continuaient à arriver, seuls ou par deux. Nous étions cernés sur plusieurs mètres à la ronde. Le canal était noir, excepté les reflets du clair de lune sur la surface de l'eau, et les lignes des berges et du sentier semblaient esquissées sur un écran d'ordinateur. Elles avaient été bien rendues, et paraissaient convaincantes, mais quelque chose ne collait pas dans la façon dont elles étaient disposées, comme si l'un des angles était décalé d'un degré.

— Il y a un millier d'années, les chats se réunissaient sur cette colline. Ils venaient y parler de leurs affaires et repartaient ensuite. Cet endroit leur appartenait alors, et leur appartient toujours. Mais notre présence ne les dérange pas.

— Pourquoi ?

— Parce que je t'aime, répondit-elle en m'embrassant pour la première fois.

Quand je repris mon souffle dix minutes plus tard, il ne restait plus que deux félins. Je serrai Alice plus fort et songeai qu'en cet instant je me sentais simplement et totalement heureux.

— C'était vrai ?

— Je t'aime, ça c'est vrai, répondit-elle en souriant. Le reste était juste une histoire.

Elle pressa son nez contre le mien et nos têtes ne firent plus qu'une.

À 2 heures, je pris conscience que j'allais devoir rentrer. Après nous être levés, nous regagnâmes lentement la rue. Je lui tins compagnie, tremblant de froid, le temps qu'arrive un taxi, et supportai les soupirs exagérés du chauffeur pendant que nous nous disions au revoir. Je restai à l'angle de la rue, à lui faire des grands signes de la main, jusqu'à ce que le taxi ait disparu, puis je marchai jusque chez moi.

Ce ne fut qu'en arrivant dans notre rue et en voyant de la lumière chez nous que cette soirée devint réelle pour moi. Alors que je montais l'escalier, la porte s'ouvrit. Nancy m'attendait en robe de chambre, l'air à la fois effrayé et en colère.

— Bon sang, où étais-tu passé ? explosa-t-elle.

Je me redressai et me préparai à mentir.

Je m'excusai. Je lui racontai que j'étais allé boire un coup avec un ami. Je mentis avec un aplomb tranquille. Je ne me sentais même pas coupable, ou alors de façon purement égoïste et théorique.

Un revirement s'était produit dans mon esprit et, plus tard, alors que nous étions allongés sous la couette, je pris conscience que la femme qui partageait mon lit n'était plus ma petite amie, mais une étrangère. Quand Nancy roula vers moi, son corps offert d'une façon qui sous-entendait qu'elle ne voulait peut-être pas dormir, je sentis ma poitrine se contracter sous l'effet de quelque chose qui ressemblait à de l'effroi. Je trouvai le moyen de suggérer que je me sentais trop saoul pour faire plus que sombrer dans l'inconscience et elle se pelotonna à côté de moi et s'endormit. Je restai éveillé pendant une heure, avec le sentiment de reposer sur un bloc de marbre dans une chambre à ciel ouvert.

Le lendemain matin, le petit déjeuner se révéla un festival de courtoisie pesante. La cuisine semblait très claire et les murs renvoyaient les sons avec dureté. Nancy paraissait de bonne humeur, mais je ne parvenais pas à m'exprimer autrement que par des sourires crispés et en parlant bien plus fort que d'ordinaire, en attendant qu'elle aille au travail.

Les dix jours suivants furent horribles, mais aussi les meilleurs de ma vie. Alice et moi nous arrangeâmes pour nous voir tous les deux jours, parfois en soirée, mais le plus souvent autour d'un café. Nous ne faisions que parler, et nous tenir par la main. Nos baisers furent brefs, une esquisse de la façon dont les choses pourraient tourner. Un mauvais départ suffit souvent à fragiliser une relation, alors nous faisions preuve de retenue et d'honnêteté l'un envers l'autre, et c'était merveilleux – difficile aussi.

Les heures passées chez moi n'avaient rien d'une partie de plaisir. Nancy n'avait pas changé, mais moi si ; je ne la connaissais plus. Elle m'était devenue parfaitement étrangère, pis : une étrangère qui me rappelait quelqu'un que j'avais aimé, ainsi qu'un autre moi-même. Les choses qui évoquaient le plus la précédente nature de nos rapports étaient celles qui me rendaient le plus irritable et je tâchais, autant que faire se peut, de les éviter. En d'autres termes : tous les gestes d'intimité ou d'amitié, ce qui fait le sel d'une relation amoureuse.

Il fallait agir, et j'étais le seul à pouvoir le faire. Mais je n'arrivais pas à me décider. Nancy et moi vivions ensemble depuis quatre ans. La plupart de nos amis présumaient que nous allions bientôt nous fiancer : j'avais déjà entendu quelques plaisanteries à ce propos. Nous nous connaissions vraiment bien, et c'est quelque chose qui compte. Alors que je tournais prudemment autour de Nancy ces dernières semaines, essayant de ne pas sembler trop proche, j'avais aussi conscience de tout ce que nous avions partagé, de l'affection qu'une part de moi-même éprouvait toujours pour elle. Elle était mon amie et comptait pour moi. Je ne voulais pas la blesser. Mais je n'étais plus amoureux d'elle. Je connaissais quelques-unes des raisons qui la poussaient à manger comme elle le faisait, des choses qu'elle n'avait jamais confiées à personne d'autre. Nous en avions parlé et appris à vivre avec, je savais comment ne pas la faire se sentir plus bas que terre. Elle avait besoin de soutien et j'étais le seul à pouvoir le lui apporter. Elle ne me pardonnerait jamais de lui arracher cela, surtout dans une période difficile pour elle.

Et la vie continua ainsi, pendant quelque temps. Je vis Alice dès que je le pouvais, mais je finissais toujours par devoir la quitter et rentrer ; la séparation me semblait chaque fois plus arbitraire et j'avais de plus en plus de mal à me souvenir pourquoi je devais la laisser. Je devins terrifié à l'idée de prononcer son nom dans mon sommeil, de me trahir. J'avais l'impression de vivre ma vie sur une scène, face à un public intraitable qui guettait toute erreur de ma part. Le soir, il m'arrivait de sortir me promener et de retarder mon retour le plus possible ; je m'arrêtais pour parler à la chatte, la caresser aussi longtemps qu'elle le voulait et marcher en sa compagnie. Je saisissais tous les prétextes pour ne pas rentrer.

Je passai la majeure partie de la deuxième semaine à attendre avec impatience le samedi. Au début de la semaine, Nancy m'avait annoncé qu'elle assisterait à un séminaire sur l'esprit d'équipe ce week-end. Elle me donna tous les détails sur l'abîme de niaiseries entrepreneuriales dans lequel, elle et ses collègues allaient joyeusement plonger. Elle me parlait beaucoup plus ces temps-ci, elle voulait me faire partager sa vie. J'essayai de comprendre ce que serait le programme de sa journée, mais je n'écoutais pas vraiment. Une seule pensée m'occupait l'esprit : je devais me rendre à Cambridge ce jour-là, pour livrer un projet chez un client. Avec Nancy bloquée ailleurs, une autre possibilité m'était venue à l'esprit.

Quand je retrouvai Alice autour d'un café cet après-midi-là, je lui demandai si elle aimerait m'accompagner. La chaleur de sa réponse m'aida à supporter toutes les autres soirées de la semaine et nous en parlâmes tous les jours au téléphone. Mon plan consistait à appeler Nancy tôt dans la soirée, quand elle serait rentrée de son séminaire, pour lui dire que j'avais rencontré une vieille connaissance et que je ne serais de retour que le lendemain. Cela nous obligeait à contrevenir un peu à notre principe de « Tout faire dans les règles », mais cela paraissait inévitable. Alice et moi avions besoin de cet après-midi et de cette nuit ensemble. C'était le seul moyen de me motiver pour faire ce qui devait être fait.

Le vendredi en milieu de soirée, je me sentais fébrile. J'arpentais la maison, incapable de me concentrer sur quoi que ce soit, tellement absorbé par mon petit monde à moi que je mis du temps avant de me rendre compte que Nancy ne semblait pas non plus dans son état normal.

Assise au salon, elle passait en revue quelques papiers, mais n'arrêtait pas de jeter des regards furieux par la fenêtre, comme si elle s'attendait à voir quelqu'un. Quand je lui demandai avec irritation ce qu'il en était, elle nia en bloc, mais dix minutes plus tard elle avait repris son manège. Je me retirai à la cuisine et rafistolai une étagère – un truc ennuyeux que je reportais depuis des mois. Quand Nancy vint se préparer un café, elle vit ce que je faisais et parut sincèrement touchée que je me sois enfin décidé. Mon sourire d'autodérision bon enfant me fit l'effet de s'étirer sur les lèvres d'un cadavre.

Ensuite, elle retourna au salon et continua de lancer ces regards nerveux par la fenêtre, comme si elle craignait l'invasion imminente d'une armée de Martiens. Je me souvins de la nuit où je l'avais surprise devant la même fenêtre – c'était un peu effrayant. Elle paraissait vraiment sur les nerfs ce soir, mais j'avais épuisé mes réserves de pitié. Je trouvais cela simplement agaçant et je me détestai pour cela.

Finalement – pas trop tôt ! – il fut temps d'aller au lit. Nancy me précéda et je me portai volontaire pour fermer les fenêtres et nettoyer les cendriers. C'est étonnant, notre capacité à nous montrer des plus empressés et attachants quand notre seul désir est de partir en courant.

En réalité, j'avais besoin de quelques instants pour emballer un roman que j'avais l'intention d'offrir à Alice. Quand j'entendis la porte de la salle de bains se refermer, je me ruai vers mon armoire à dossiers et sortis le livre. Je pris le Scotch et le papier cadeau dans un tiroir et commençai à faire mon paquet. Tandis que je pliais la feuille, je jetai un coup d'œil par la fenêtre et aperçus le chat, assis sur la route, et souris tout seul. Avec Alice, je pourrais enfin avoir un chat à moi, travailler en sa compagnie et m'assoupir avec la chaleur d'une boule de poils sur mes genoux. La porte de la salle de bains s'ouvrit de nouveau et je me figeai, prêt à réagir instantanément. Quand j'eus la certitude que les pas feutrés de Nancy la conduisaient dans notre chambre, je repris mon ouvrage. Quand j'eus terminé, je glissai mon cadeau dans un tiroir et sortis la carte qui devait l'accompagner, composant déjà dans ma tête le message que je m'apprêtais à écrire à l'intérieur.

— Mark ?

La voix de Nancy me flanqua une trouille de tous les diables. Traversant la cuisine à grands pas, elle se dirigeait vers moi et la carte se trouvait toujours sur mon bureau. Je tirai brusquement une liasse de papiers vers moi et la recouvris, mais il s'en était fallu de peu. Le cœur battant la chamade, je me tournai vers elle et j'essayai d'afficher une expression de normalité doucereuse sur mon visage.

— Qu'est-ce que c'est que ça ? demanda-t-elle en levant la main devant moi.

Il faisait sombre dans la pièce et, d'abord, je ne distinguai rien. Puis je le vis. Un cheveu. Un cheveu brun foncé.

— On dirait un cheveu, répondis-je prudemment, déplaçant les papiers qui se trouvaient sur le bureau.

— Ça, je n'ai pas besoin de toi pour me l'apprendre, trancha-t-elle sèchement. Je l'ai trouvé dans le lit. Je me demande comment il est arrivé là ?

Bon sang, pensai-je. *Elle est au courant.*

Je la fixai du regard, les lèvres pincées ; je me sentais au bord de lui dire la vérité, d'en finir avec tout ça. J'avais cru pouvoir m'y prendre autrement, dans le calme, mais bon. Peut-être le moment était-il venu de lâcher l'information : j'en aimais une autre.

Puis, avec un temps de retard, je pris conscience qu'Alice n'avait jamais mis les pieds dans notre chambre. Même depuis la nuit au bord du canal, je ne l'avais fait entrer que dans le séjour et le vestibule du rez-de-chaussée. Peut-être dans la cuisine, mais certainement pas dans la chambre.

Je clignai des yeux, perplexe.

— C'est ce foutu chat, cria-t-elle, entrant instantanément dans une de ses rages qui m'effrayaient et me laissaient totalement impuissant. Il a dormi sur notre lit !

— Quel chat ?

— Celui qui n'arrête pas de traîner sous nos fenêtres. Ton petit *copain*, ajouta-t-elle sur un ton méprisant, le visage rendu méconnaissable par la violence de ses propos. Tu l'as laissé entrer ici.

— Mais non. Je t'assure.

— Ne nie pas, n'essaie même pas de…

Incapable de terminer sa phrase, Nancy se jeta sur moi et me gifla. Stupéfait, je reculai en titubant et elle me frappa au menton. Ensuite, elle me martela la poitrine à coups de poing, tandis que je tentais d'empoigner ses mains. Elle essayait de me dire quelque chose, mais ne parvenait qu'à laisser échapper des sanglots furieux. Enfin, avant que je réussisse à saisir ses mains, elle fit un pas en arrière et s'immobilisa. Elle me fixa du regard pendant un moment, puis tourna les talons et quitta rapidement la pièce.

Je dormis sur le canapé cette nuit-là, mais restais éveillé des heures après que le dernier et long gémissement me fut parvenu depuis la chambre à coucher. Au risque de paraître égoïste, je me voyais mal aller la réconforter. J'aurais dû lui mentir, alors je préférai garder mes distances.

J'avais du temps devant moi pour finir d'écrire ma carte pour Alice, mais j'éprouvai des difficultés à me rappeler exactement ce que j'avais voulu dire. Finalement, je me réfugiai dans un sommeil superficiel et inconfortable. Quand je me réveillai, Nancy était déjà partie.

Je me sentais fatigué et vidé en allant retrouver Alice au centre-ville. Je ne savais toujours pas où elle habitait, je ne connaissais pas non plus son numéro de téléphone. Elle ne m'avait pas spontanément communiqué ces informations, et j'avais toujours la possibilité de la contacter par le service de coursiers. La situation me convenait parfaitement, jusqu'au jour où je ferais partie de sa vie au grand jour.

Je me souviens très distinctement de quoi elle avait l'air, pendant qu'elle guettait ma voiture, debout sur le trottoir. Elle portait une longue jupe noire en laine et un épais pull-over de plusieurs nuances de brun. La lumière du matin éclairait ses cheveux à contre-jour et quand elle me sourit, au moment où je m'arrêtai près d'elle, je ressentis soudain un doute profond. Je n'avais aucun droit d'être avec elle. J'avais déjà quelqu'un et Alice semblait beaucoup trop bien pour moi.

Mais elle me serra dans ses bras, m'embrassa sur le nez, et le sentiment disparut.

Je n'ai jamais roulé aussi lentement sur une autoroute que ce matin-là avec Alice. J'avais emporté quelques cassettes, de la musique que nous aimions tous les deux, mais elles ne sortirent pas de la boîte à gants. Elles n'étaient tout simplement pas nécessaires. Je restai dans la voie pour véhicules lents et me traînai sous les cent kilomètres à l'heure. Nous parlâmes ou restâmes assis en silence, nous lançant à l'occasion des regards avec de larges sourires.

La route coupe à travers plusieurs collines et, quand nous atteignîmes le premier sillon, nous laissâmes échapper tous les deux un hoquet de surprise. Le talus apparaissait comme un flamboiement de coquelicots se balançant au rythme du vent. Quand ils disparurent derrière nous, je me tournai vers Alice et lui dis pour la première fois que je l'aimais. Elle me fixa longuement du regard, et je dus jeter un coup d'œil à la route. Quand je me retournai vers elle, je vis qu'elle regardait droit devant elle et souriait en retenant ses larmes.

J'expédiai mon rendez-vous en moins d'un quart d'heure – un record, en ce qui me concerne. Je pense que mon client fut un peu surpris, mais je m'en fichais. Alice et moi passâmes le reste de la journée à nous promener dans les boutiques, à feuilleter des livres dans les librairies, nous octroyant deux pauses pour boire un thé. Alors que nous sortions de chez un disquaire en riant, elle passa son bras autour de ma taille et, pleinement conscient de ce que je faisais, je plaçai le mien autour de ses épaules. En dépit de sa grande taille, il semblait tout à fait à sa place. Nous allions bien ensemble.

Vers 17 heures, je commençai à me sentir nerveux et nous entrâmes dans un autre café pour reprendre un thé – et me permettre de passer mon coup de téléphone. J'abandonnai Alice à notre table, avec pour mission de passer commande, et me dirigeai vers la cabine téléphonique de l'autre côté du restaurant. Tandis que j'écoutais sonner à l'autre bout de la ligne, je me forçai à rester calme et tournai le dos à la salle afin de me concentrer sur ce que je devais dire.

—Allô ?

Quand Nancy répondit, je la reconnus à peine. Sa voix plaintive ressemblait à celle d'une vieille femme apeurée, surprise par un appel inattendu. Je faillis raccrocher, mais elle comprit qui l'appelait et se mit immédiatement à pleurer.

Il me fallut près de vingt minutes pour réussir à la calmer ne serait-ce qu'un petit peu. Elle avait quitté le séminaire à l'heure du déjeuner, prétextant qu'elle ne se sentait pas bien. Ensuite, elle avait fait un détour par le supermarché et avait mangé deux gâteaux au chocolat Sara Lee, un roulé, une boîte de céréales et quatre paquets de petits gâteaux. Ensuite, elle s'était rendue dans la salle de bains et avait tout vomi, avant de recommencer. Je crois qu'elle avait été malade, au moins encore une fois, mais je n'en étais pas certain, parce que j'avais du mal à comprendre tout ce qu'elle me racontait. Ses phrases, entrecoupées de ses plates excuses à mon encontre, devinrent confuses et j'étais incapable de savoir si, à un moment, elle parlait de la nuit dernière ou de la moitié du sachet de jelly qu'elle tenait toujours en main.

Un peu effrayé, et mon univers soudain réduit à ce qui se passait à l'intérieur de cette cabine, je fis mon possible pour la forcer à redevenir un peu cohérente. Je renonçai à lui expliquer qu'elle n'avait pas besoin de s'excuser pour l'autre nuit et me contentai de lui répéter que tout allait bien. Elle promit d'arrêter de manger et de regarder la télévision à la place. Je lui répondis que je rentrerais dès que possible.

Je l'aimais. Je n'avais pas le choix.

Quand je n'eus plus de monnaie, je lui recommandai de prendre soin d'elle-même jusqu'à mon retour et reposai lentement le combiné. Je fixai du regard le panneau de bois devant moi et repris progressivement conscience du bruit du restaurant derrière moi, de l'autre côté de la porte vitrée. Je finis par me retourner et regarder à l'extérieur de la cabine.

Assise à notre table, Alice observait la foule des badauds. Elle semblait si belle, et si forte, et s'éloignait à la vitesse de la lumière.

Le trajet de retour à Londres s'effectua en silence. Nous nous étions pratiquement tout dit au restaurant. Ça n'avait pas pris longtemps. J'avais avoué que je ne pouvais pas quitter Nancy dans son état actuel, et Alice avait approuvé d'un signe de tête et rangé ses cigarettes dans son sac.

Elle dit que, d'une certaine façon, elle s'en doutait, peut-être même avant que nous arrivions à Cambridge. Je m'étais un peu emporté, parce que je ne voyais pas comment elle aurait pu savoir quelque chose que moi-même j'ignorais. Elle se mit en colère à son tour, quand je prétendis que nous resterions amis. Je ne peux pas lui donner tort. C'était idiot de ma part.

Maladroitement, je lui demandai comment elle se sentait, elle répondit qu'elle survivrait. Je tentai de lui expliquer que c'était en cela qu'elle et Nancy différaient. Nancy n'aurait probablement pas survécu. Elle haussa les épaules et rétorqua que Nancy, elle, n'aurait pas à le découvrir. En cela aussi, elles différaient. Au fur et à mesure que nous discutions, j'avais l'impression que ma tête allait exploser, que la douleur allait faire sortir mes yeux de leurs orbites et leur faire tracer des coulées sanglantes sur mes joues glacées. Pour finir, l'air grave, elle paya l'addition, puis nous marchâmes lentement, et en silence, jusqu'à ma voiture.

Aucun de nous ne trouva en lui la force d'entretenir la conversation pendant le voyage qui se déroula, en grande partie, au seul bruit des roues sur la chaussée. Il faisait déjà nuit et la pluie commença à tomber alors que nous venions de rejoindre l'autoroute. Quand nous retraversâmes la première colline, je sentis les coquelicots tout autour de nous, leurs têtes rabattues par la pluie. Alice se tourna vers moi.

— Je le savais. C'est vrai, reprit-elle.

— Comment ? demandai-je en retenant mes larmes tout en essayant de rester concentré sur la circulation.

— Quand tu as dit que tu m'aimais, tu as paru si malheureux.

Je la déposai en ville, à l'endroit où j'étais venu la chercher. Elle dit quelques mots pour m'aider, pour que je ne me sente pas aussi coupable. Puis elle tourna au coin de la rue, et je ne la revis jamais.

Après m'être garé devant chez moi, je restai assis quelques instants, le temps de me ressaisir. Nancy avait besoin de moi en pleine forme et disponible. Je sortis de la voiture et fermai la portière à clé, essayant sans conviction d'apercevoir le chat. Il n'était pas là.

Nancy m'accueillit avec un sourire timide et je la suivis à la cuisine. Tandis que je la serrais dans mes bras en assurant que tout irait bien, je parcourus machinalement la pièce du regard par-dessus son épaule. La cuisine resplendissait d'une propreté irréprochable, il ne subsistait aucune trace des festivités de l'après-midi. Elle avait sorti la poubelle et quelque chose bouillonnait sur la cuisinière. Elle m'avait préparé à dîner.

Elle ne mangea rien, mais me tint compagnie. Le poulet était bon, mais du niveau auquel elle m'avait habitué. Il y avait beaucoup de chair, mais elle était un peu coriace, et pour une fois elle avait eu la main lourde avec les épices. Honnêtement, ça avait un drôle de goût. Remarquant mon expression, elle m'expliqua qu'elle avait changé de boucher. Nous parlâmes un peu de son après-midi, mais elle se sentait déjà beaucoup mieux. Elle sembla plutôt vouloir discuter de la réorganisation qui s'annonçait dans son service.

Ensuite, elle passa au salon et alluma la télévision, pendant que je préparais le café et m'attaquais à la vaisselle. Je m'affairai avec raideur dans la cuisine, un peu comme si je suivais les rails d'une voie ferrée abandonnée. Alors que les inepties préférées de Nancy retentissaient dans la pièce d'à côté, je cherchai un sac-poubelle afin de jeter les restes de mon dîner, mais elle les avait manifestement tous utilisés. Soupirant avec un total manque de conviction, j'ouvris la porte de derrière et sortis mettre mes restes directement dans la poubelle. Deux sacs se trouvaient là, tous deux fermés par le nœud si distinctif de Nancy. Je défis le plus proche et l'ouvris. Puis, juste avant de pousser les os depuis mon assiette, quelque chose à l'intérieur du sac attira mon attention.

Une tache de couleur foncée au milieu des emballages criards d'aliments hautement caloriques censés vous remonter le moral. Peut-être un bout de tissu à la forme étrange. Je tirai sur les bords du sac pour mieux voir à l'intérieur et la lumière de la fenêtre de la cuisine juste au-dessus en éclaira le contenu.

La couleur foncée se transforma en châtain luxuriant taché de rouge, et je constatai qu'il ne s'agissait absolument pas de tissu.

Six mois plus tard, nous déménagions – après nous être fiancés. J'étais content de partir. Je ne m'étais plus jamais senti chez moi dans cet appartement. Parfois, il m'arrive de revenir faire un tour dans cette rue ; je me rappelle les semaines passées à regarder par la fenêtre à surveiller vainement la rue. J'ai attendu quelques jours avant d'appeler le service de coursiers. Je m'attendais à un barrage téléphonique, et n'espérais pas qu'ils me communiquent son adresse. Mais ils nièrent l'avoir jamais fait travailler.

Deux ans plus tard, Nancy et moi eûmes notre premier enfant. Elle aura huit ans en novembre. Elle a une sœur maintenant. Certains soirs, je les laisse avec leur mère et je sors me promener. Je traverse les rues enténébrées dans un silence pesant, je passe devant les maisons que rien ne distingue les unes des autres, et parfois je descends jusqu'au canal. Je m'assois sur le banc et je ferme les yeux, et quelquefois je crois que je parviens à le voir. Quelquefois, je pense que j'arrive à sentir comment c'était avant, quand une colline se dressait là et que ces rassemblements se tenaient en secret.

Je finis toujours par me relever lentement, et rentrer chez moi. La colline a disparu et les choses ont changé, plus rien n'est comme avant. Je peux attendre aussi longtemps qu'il me plaira, les chats ne viendront plus jamais.

Tout le monde s'en va

Hier, j'ai vu un homme. Je rentrais du terrain vague avec Matt et Joey et on traitait Joey d'abruti, parce que j'avais aperçu cette énorme araignée et qu'il avait cru que c'était une veuve noire ou un truc mortel de ce genre, alors que, bon, c'était juste une araignée, quoi ! C'est là que j'ai vu ce type.

On marchait vers notre pâté de maisons en rigolant et j'ai juste levé les yeux et je l'ai vu à l'autre bout de la rue. Il semblait grand et avançait dans notre direction. On a tourné vers chez nous avant qu'il arrive à notre hauteur, et je l'ai oublié.

De toute façon, Matt devait rentrer chez lui parce que sa famille mange tôt et que sa mère fait tout un cirque s'il n'est pas de retour à temps pour se débarbouiller. Alors j'ai juste traîné un peu avec Joey et ensuite je suis aussi rentré moi aussi. Ç'a été une soirée tranquille.

Ce matin, je me suis levé tôt parce qu'on a décidé de passer la journée au ruisseau et que ce n'est pas la porte à côté. J'ai préparé des sandwichs et je les ai mis dans un sac – j'ai aussi ajouté une pomme. Ensuite, je suis allé chercher Joey.

Sa mère m'a ouvert et m'a fait entrer. Elle est sympa, vraiment, et plutôt canon pour une maman, mais elle est un peu sévère. C'est la seule personne au monde qui m'appelle Peter au lieu de Pete. On a toujours l'impression que la chambre de Matt vient d'être rangée, ce qui est plutôt cool d'ailleurs, mais ça ne doit pas être de la tarte tous les jours. Au moins, il sait où tout se trouve.

On est partis prendre Joey. Matt m'a paru étrangement calme, comme s'il avait quelque chose à me dire – mais il n'a rien dit. J'ai pensé que, si c'était important, il m'en parlerait tôt ou tard. C'est à ça qu'on reconnaît les meilleurs amis : on n'a pas toujours besoin de parler. Si ça doit sortir, ça finit par arriver.

Joey n'était pas prêt, alors on l'a attendu pendant qu'il finissait son petit déjeuner. Son père est un peu bizarre. Il lit son journal, assis à la table de la cuisine, et il laisse juste échapper un grognement de temps à autre. Je ne crois pas que je pourrais manger avec quelqu'un qui fait ça. Je trouverais ça pénible. Je suppose que c'est un truc qui arrive quand on devient un adulte.

Quoi qu'il en soit, Joey était *enfin* prêt et on est partis. Le soleil tapait vraiment fort et pourtant il n'était que 9 heures. J'étais vraiment content de n'avoir mis que mon tee-shirt. La mère de Matt l'oblige toujours à porter un pull, des fois qu'un blizzard se lèverait tout d'un coup, et je savais qu'à la fin de la journée il allait être cuit à point. Mais avec les mamans, y a pas moyen de discuter.

Alors qu'on s'éloignait de notre pâté de maisons vers le terrain vague, j'ai jeté un coup d'œil derrière moi et j'ai de nouveau vu ce type, debout sur le trottoir d'en face. Il observait notre immeuble – le dernier étage – et je crois bien qu'il s'est retourné vers nous, mais c'était difficile à dire, parce que j'avais le soleil dans les yeux.

On a traversé le terrain vague en courant ; on n'a pas trop traîné parce qu'on y avait déjà été hier. On a vérifié que le fort n'avait pas bougé. Quelquefois, d'autres gosses viennent nous le saboter, mais aujourd'hui c'était bon.

Matt a fait une bonne blague à Joey : quand Joey tournait la tête ailleurs, il a posé une feuille froissée sur le dos de sa main et il s'est mis à la regarder fixement et, d'une voix vraiment effrayée, il a commencé à dire « Pete » ; j'ai vu ce qu'il faisait et j'ai fait semblant d'avoir peur, moi aussi, et Joey a marché.

— Je vous avais prévenus, a-t-il gémi en reculant. Je vous avais dit qu'il y avait des veuves noires.

On aurait pu continuer longtemps comme ça, mais je n'ai pas pu me retenir de rire. Pendant une seconde, Joey a eu l'air de ne pas comprendre, puis il a juste grogné, comme s'il lisait le journal de son père. Alors on lui a sauté dessus et on l'a appelé « papa » tout l'après-midi.

Quand on est arrivés au ruisseau, il était déjà presque midi et Matt a enlevé son pull et l'a noué autour de la taille. Ça se trouve à deux ou trois kilomètres de notre quartier, loin derrière le terrain vague, en pleine nature. Mais c'est un chouette ruisseau. Tellement chouette qu'on n'y va pas trop souvent, comme si on avait peur de l'user.

On avance dans les broussailles sans rien voir pendant un moment, et puis tout d'un coup, on y est et il y a cette petite gorge découpée dans la terre. Je crois qu'elle devient un peu plus profonde chaque année, sauf quand il n'a pas plu. Peut-être même quand il ne pleut pas d'ailleurs, j'en sais rien. Les flancs font trois mètres de haut, et comme cette année il a plu, il y a plein d'eau au fond et il faut faire attention en descendant, sinon on risque de glisser et d'atterrir dans la boue. Matt est descendu le premier. Il est doué pour la grimpette et vraiment rapide. Il est passé devant, comme ça si Joey glisse, il pourra l'empêcher de tomber jusqu'en bas. Moi, je m'en balance : si Joey glisse, tant pis pour lui. Mais Matt est gentil, c'est plus fort que lui. Sans doute parce que sa chambre est si bien rangée.

Joey est arrivé en bas sans bobo – prévenez les journaux ! – et j'ai suivi, en dernier. La meilleure façon de descendre : tourner le dos au ruisseau, glisser les pieds sur le flanc de la gorge et les laisser aller jusqu'à se retenir par les mains au bord de la gorge. Ensuite, y a plus qu'à lâcher prise et courir. Alors que je me baissais, j'ai remarqué qu'on voyait vraiment loin dans la plaine, les yeux placés à trente centimètres du sol. On voit à des kilomètres et c'est désert, y a que quelques buissons et de la poussière. Je crois que j'ai de nouveau aperçu ce type, au loin, mais difficile d'en être sûr. Ensuite, j'ai dérapé et j'ai bien failli finir dans le ruisseau ; j'aurais vraiment eu la honte et Joey ne m'aurait jamais lâché avec ça.

On a longé le ruisseau pendant un moment et on est arrivés à l'océan. Ce n'est pas un vrai océan, bien sûr, juste un endroit où la gorge s'élargit et forme presque un cercle de quatre mètres cinquante de diamètre. C'est aussi plus profond que le reste du ruisseau et l'eau n'est pas trop claire, mais c'est vraiment super. Quand on est là en bas, on ne peut rien voir d'autre que le cercle du ciel, et on sait que c'est désert à des kilomètres à la ronde. Il y a une vieille porte qui traîne là : c'est notre bateau. On la tire d'un côté de l'océan et on essaie tous de monter dessus et de flotter jusqu'au milieu. D'habitude, c'est un peu salissant et je sais que Matt et Joey pensent que leurs mères vont leur en faire voir de toutes les couleurs à cause de leurs habits. Mais aujourd'hui, on s'en est bien tirés et on est arrivés au milieu avec juste un peu d'eau à bord.

On a joué pendant un moment et ensuite on s'est assis sur la berge et on a longtemps discuté. J'ai pensé qu'on était vraiment bien ; il y a eu une pause et Joey a essayé d'exprimer la même idée avec ses mots. Ça ne l'a pas trop fait, mais on savait ce qu'il voulait dire, alors on lui a juste dit de la fermer et on a fait semblant de vouloir le flanquer à l'eau. Matt a voulu lui faire croire qu'il avait une araignée sur la jambe en prenant l'air effrayé, et Joey a ri ; c'est là que j'ai compris d'où viennent les blagues. C'était notre blague et personne d'autre ne pourrait jamais la comprendre et on n'oublierait jamais, même si on devenait très vieux.

À un moment, Matt m'a regardé comme s'il allait enfin me dire ce qui lui trottait dans la tête, mais Joey a dit un truc idiot et Matt a préféré se taire. On est juste restés assis là, on a discuté et, de temps en temps, on a changé de place pour ne pas trop cuire. Quand j'ai levé les yeux vers le bord de la gorge, j'ai cru voir une tête penchée vers nous, mais j'ai sans doute rêvé.

Comme Joey avait une montre, on a su quand il était 4 heures. Quatre heures, c'est l'heure à laquelle il faut qu'on soit partis, si Matt veut être rentré à temps pour dîner. On est repartis en direction du terrain vague, mais pas en courant. On se sentait crevés, à cause du soleil, et on n'était pas pressés de rentrer, parce que ç'avait été un chouette après-midi et qu'on ne voulait pas qu'il se termine – ça se termine toujours quand on se sépare. Et on ne peut pas remettre ça le lendemain, ce n'est jamais pareil – surtout quand on essaie trop fort de refaire la même chose.

Quand on est arrivés dans notre rue, il était déjà tard et Matt et Joey ont couru devant moi. J'aurais pu en faire autant, mais j'ai de nouveau vu ce type en face de notre immeuble. Je voulais le surveiller pour voir ce qu'il mijotait. Matt m'a attendu une seconde après que Joey a déguerpi et il m'a dit qu'il me verrait après manger. Puis il est parti en sprintant et j'ai juste traîné un peu dans le coin.

L'homme fixait de nouveau la maison du regard, comme s'il cherchait quelque chose. Il savait que je me trouvais dans le coin, mais il n'est pas venu me voir tout de suite, comme s'il était nerveux. Je me suis assis sur le mur et j'ai dérangé quelques cailloux. Je n'étais pas pressé.

— Excuse-moi…

J'ai levé les yeux et le type se tenait là, devant moi. Il mettait sa main devant ses yeux, à cause du soleil. Il portait un beau costume et il semblait plus jeune que la plupart des parents, mais pas beaucoup.

— Tu habites ici, pas vrai ?

J'ai hoché la tête et je l'ai dévisagé. Il me semblait familier.

— J'ai habité là, a-t-il poursuivi, quand j'étais gamin. Au dernier étage. (Puis il a ri et c'est là que je l'ai reconnu.) Ça va faire un moment. Après toutes ces années, je suis revenu pour voir si ça avait changé.

Je n'ai rien dit.

— Eh bien, pas beaucoup, ça m'a l'air pareil qu'avant. (Il s'est retourné et a de nouveau regardé le bâtiment, puis il est revenu vers moi et a examiné le terrain vague.) Les gosses du quartier jouent toujours là ?

— Ouais, j'ai dit, c'est cool. On a même un fort.

— Et le ruisseau ?

Il savait très bien qu'on jouait toujours là-bas : il nous avait observés. Je savais aussi ce qu'il avait réellement envie de me demander, alors j'ai juste hoché la tête. Il a fait pareil, comme s'il ne savait pas quoi dire ensuite. Ou plutôt comme s'il savait, mais qu'il avait peur de se lancer.

— Je m'appelle Tom Spivey, il a dit. (Puis plus rien. Le type a ri, gêné.) Ça va te sembler bizarre, mais je t'ai vu traîner dans le coin, hier et aujourd'hui. (Il a encore ri, il a passé la main dans ses cheveux, et ensuite il a enfin posé la question qu'il avait en tête depuis le début :) Tu ne t'appellerais pas Pete, par hasard ?

J'ai croisé son regard, puis j'ai baissé les yeux.

— Non, moi c'est Jim.

D'abord, l'homme a paru troublé, puis soulagé. Il a encore dit deux ou trois choses sur le quartier et il est parti. Il est sans doute retourné en ville, j'imagine.

Après le dîner, j'ai retrouvé Matt sur le parking derrière notre immeuble. On a un peu parlé de l'après-midi – il avait besoin de ça, pour se préparer à la suite – et ensuite il m'a enfin dit ce qui lui trottait dans la tête depuis ce matin.

Sa famille déménageait. Son père avait trouvé un meilleur boulot ailleurs. Ils seraient partis d'ici une semaine.

On a encore un peu discuté, puis il est rentré. J'avais l'impression qu'il avait changé, comme s'il n'était déjà plus là.

Je suis resté dehors, assis sur le mur, j'ai pensé à ceux qui partent. Je ne me sentais pas triste, simplement fatigué. Matt allait me manquer. C'était mon meilleur ami. Tom m'avait manqué, lui aussi. Et puis, quelqu'un d'autre était arrivé. Et quelqu'un d'autre, et encore un autre… Il y a toujours des nouveaux qui arrivent. Ça va, ça vient. Peut-être que Matt reviendra un jour, comme Tom. Parfois, ils reviennent. Mais tout le monde s'en va.

Requiem

— Ça pourrait être n'importe quoi, dit Chen. (Il tint le tirage papier granuleux devant lui et regarda en plissant les yeux l'objet de forme irrégulière qui se trouvait en son centre.) Bon sang, ça pourrait être humain.

— Sur le trottoir ? (Miranda pencha la tête vers lui tout en se débarrassant de son manteau. Elle n'essayait même pas de dissimuler son excitation.) Je ne te demande pas où tu as grandi !

— Dans le monde réel, gosse de riche ! Fais-moi confiance, j'ai déjà vu des choses plus bizarres. Je pense que c'est une photo truquée. Sinon, pourquoi nous envoyer cette merde – sans jeu de mots – en noir et blanc ? Pourquoi pas un fichier jpeg en couleurs ? Ou un mpeg ?

Tout en parlant, il avait passé sa veste, maîtrisant difficilement son enthousiasme.

— Je l'ignore. C'est tout ce que nous avons, répondis-je, notre seule piste. Alors, allons-y !

Huit minutes après avoir reçu l'e-mail, nous étions dehors. Un véhicule du gouvernement nous attendait.

La voiture fit retentir sa sirène carComm pendant tout le trajet et les autres usagers de la route furent automatiquement déplacés sur le côté. Il ne nous faudrait que quinze minutes pour rejoindre l'aire d'embarquement et quitter le pays, soit près d'une demi-heure après notre contact, une heure après la découverte : c'était beaucoup trop long. Miranda papotait joyeusement avec le chauffeur, sans écouter ses réponses. Chen envoya le fichier jpeg au Central qui mit la moitié d'une division de spécialistes de l'analyse des images sur le coup. Je regardai la grisaille par la fenêtre, tapant des mains sur mes genoux.

Cette fois sera peut-être la bonne, pensai-je, comme d'habitude.

Cette fois serait peut-être la bonne.

Je peux difficilement reprocher à Chen de se comporter comme il le fait. Je n'ai rien à lui envier. Le pessimisme est une défense, une protection contre la certitude que, après toute cette excitation, nous rentrerons bredouilles. Encore une fois. Avec les années qui passent, même les canulars se font plus rares, et c'est dur de continuer à garder la foi. En ce sens, Miranda nous fait beaucoup de bien. Elle est plus jeune, et fait ce travail depuis peu. Elle y croit encore et c'est ce qui nous aide à tenir pendant les longues périodes où nous nous contentons de surveiller la boîte de réception de notre messagerie, les mains hésitant au-dessus du téléphone dans l'attente d'un appel qui ne vient pas. Elle ne sait pas que, quelques années plus tôt, nous recevions un coup de téléphone par mois, et non deux par an. Elle n'a pas encore pris conscience que cela ne sert à rien de se dépêcher, que tout est déjà fini. Nous n'intéressons même plus les auteurs de canulars. Je sais tout cela, mais il doit me rester un soupçon de foi quelque part. Chen aussi, bien que dans son cas il ne s'agisse peut-être pas uniquement de foi.

Miranda se retourna sur son siège.

— Si tu n'arrêtes pas de tambouriner, je vais devoir te tuer. Tu me manqueras un peu, mais tu ne me laisses pas le choix.

Je pris le téléphone des mains de Chen et appelai notre destination. Ils nous attendaient déjà, alors que nous ne pensions pas arriver avant 16 heures, au plus tôt. Je savais qu'ils seraient prêts à intervenir. J'avais juste besoin de m'occuper. Le type à qui j'avais parlé au vidéophone semblait tendu et impatient, et deux soldats faisaient les cent pas derrière lui. Je me demandai comment ils allaient tuer le temps jusqu'à notre arrivée.

Enfin, la voiture s'arrêta devant le terminal international. Un employé nous escorta jusqu'à l'entrée.

— Aucun retour des experts pour l'instant, murmura Chen.

— Alors c'est que le truquage est particulièrement bon.

— Sans doute.

Nos regards se croisèrent et nous échangeâmes un sourire crispé, avant de traverser le hall en courant.

Ils avaient retardé le MegaMarket pour nous et il s'éleva dès que nous fûmes à l'intérieur. Depuis une baie vitrée, nous vîmes la ville rapetisser à mesure que nous nous éloignions et cela nous tint occupés pendant quelque temps. Il fallut une vingtaine de minutes au Market pour monter à 30 000 pieds, puis il entama sa progression régulière à l'horizontale.

Dès que nous fûmes au-dessus de l'océan, la vue cessa de nous intéresser.

— Bon dieu ! s'exclama Miranda. Et maintenant, qu'est-ce qu'on fait ?

— On se balade, on fait des courses. On se mélange aux vacanciers en goguette et on échange des amabilités.

— Dans tes rêves ! coupa Chen. Je propose d'aller boire un café et de fumer cigarette sur cigarette. Suivez-moi !

Les niveaux intermédiaires du Market se révélèrent bondés, et il nous fallut du temps pour nous frayer un chemin jusqu'à un Escalator menant aux étages supérieurs. Un homme qui jonglait avec des oranges nous croisa en montant. Les oranges semblaient enflammées. Chen lui lança un regard belliqueux.

— Du théâtre de rue, cadeau de la compagnie aérienne, expliquai-je. Très populaire.

— Très peu pour moi.

— Combien de temps ça va prendre ? demanda Miranda.

Elle tendait le cou et regardait en bas, vers l'atrium du Market. Environ un millier de personnes se massaient et flânaient dans les niveaux inférieurs.

— Deux heures.

— Merde.

Elle me jeta un coup d'œil, l'air fatigué. Je haussai les épaules. Ce n'était que sa deuxième alerte et elle commençait à comprendre. Quoi que nous fassions, nous n'allions jamais assez vite.

Nous trouvâmes un café avec un balcon. Nous restâmes assis en silence pendant la majeure partie du voyage, mais je discutai tout de même un peu avec Miranda du déroulement des événements une fois que nous serions arrivés. Chen n'en avait pas besoin. Il savait. Il se tenait un peu à l'écart, le regard fixe, attendant simplement la fin du vol.

Cinq ans plus tôt, alors que nous avions beaucoup bu, Chen et moi avions étalé quelques vieilles cartes devant nous afin de tenter de deviner où une véritable observation avait le plus de chance de se produire. Nous avions pris en compte la manière dont les Villes s'étaient développées, les conditions climatiques, les populations antérieures, autant de critères pertinents et même quelques-uns qui ne l'étaient pas. Au final, notre choix s'était porté sur l'ancien Congo, aujourd'hui réduit au statut de région d'AfriVille. Depuis cette époque, rien ne nous était jamais parvenu de cette région, et nous l'avions tous les deux un peu oubliée. C'était pourtant notre destination du jour. D'une certaine façon, j'aurais préféré que Miranda nous laisse un peu seuls, qu'elle aille faire quelques courses par exemple. Mais seulement un court instant, et à cause de cette fameuse nuit. J'étais heureux qu'elle soit des nôtres. Elle méritait sa place autant que nous.

Au bout d'une demi-heure, le téléphone de Chen bipa. Il écouta et hocha la tête, changeant de position sur le fauteuil en osier. Ni Miranda ni moi ne pipâmes mot quand il eut raccroché. Personne ne voulait précipiter le moment où nous apprendrions qu'il nous fallait faire demi-tour immédiatement.

— Eh bien…, commença enfin Chen. L'image est authentique. Un objet en trois dimensions, photographié à l'aide d'un appareil photo.

— Mais ? demandai-je aussi professionnellement que possible.

— Mais ils ne parviennent pas à déterminer la composition de l'objet en question.

Je hochai la tête. Miranda se tourna vers moi.

— Vous n'êtes pas bien, ou quoi ? Arrêtez de jouer les rabat-joie ! Vous avez entendu comme moi : c'est authentique.

— L'image est authentique. L'objet pourrait se révéler un faux.

— Pourquoi dis-tu une chose pareille ?

— Parce que c'est déjà arrivé. Vingt-cinq fois.

— Vingt-six, précisa Chen, demandant à être resservi en café d'un geste de la main.

— Mais nous avons aussi eu deux cent soixante contacts qui se sont révélés de purs canulars, créés avec un logiciel graphique, sans qu'il y ait le moindre objet. C'est donc tout de même un événement.

— Il y a donc une chance que ce soit réel ?

Elle avait les yeux bien trop écarquillés, la bouche bien trop prête à sourire, pour que j'anéantisse ses espoirs en faisant preuve de réalisme. Chen ne me regardait pas, mais lui aussi attendait ma réponse.

— Oui. Il se peut qu'il s'agisse d'excréments provenant d'un animal.

Je ne sais pas pourquoi il me revient systématiquement de prononcer le mot. J'essaie de le faire le moins souvent possible, comme nous tous et Chen en particulier. La plupart du temps, nous parlons d'« eux » ou de la possibilité d'en avoir aperçu « un ». Les murs du bureau sont tapissés, du sol au plafond, de livres et de CD-Rom remplis de photographies et de films de chaque animal ayant jamais existé. Chen connaît les noms, les habitudes et les spécificités de milliers d'entre eux. Je le sais : j'ai testé ses connaissances pendant nos longues périodes d'inactivité. Parfois, nous en discutons, nous essayons de nous les décrire l'un à l'autre, nous spéculons sur celui que nous aimerions le plus découvrir. Mais la plupart du temps, nous nous en tenons à « eux ». Un autre mécanisme de protection, une autre façon de ne pas garder trop d'espoir.

Chen et moi sommes financés par WorlCon. Notre job est assuré : c'est une priorité. Pour l'heure. Miranda est une étudiante détachée par PsychStat. Elle se trouve parmi nous depuis pas mal de temps, et quand ils appellent pour demander poliment quand elle compte revenir, nous prétendons qu'elle est sortie. Elle a attrapé le virus, ce qui n'est pas si fréquent, alors nous la laissons rester. Peu de gens savent que nous existons, mais ce n'est pas un secret. Notre travail consiste à surveiller, et attendre. Au bureau, nous gardons un œil sur notre boîte de réception, guettons la sonnerie du téléphone, au cas où quelqu'un, quelque part, aurait vu un animal. Et si quelqu'un se manifeste, nous faisons ce que nous sommes en train de faire en ce moment : nous nous rendons sur place le plus vite possible. Ensuite, nous rentrons de nouveau chez nous, parce qu'il s'agit d'un canular ou que notre contact a commis une erreur de bonne foi. Tout le monde sait qu'il n'y a plus d'animaux. Le dernier en vie était un chimpanzé nommé Howard, et il est mort il y a plus de soixante-dix ans.

Que dire ? On a merdé. Nous avons cru pouvoir continuer à bâtir les Villes, à recouvrir chaque continent de béton et d'acier, sans pour autant rendre ce monde invivable pour d'autres que nous. Nous avons cru pouvoir continuer à manipuler l'environnement et le climat sans déclencher de microchangements qui, par effet d'entraînement, ruineraient des écosystèmes entiers. Nous avons cru – ou nous avons fait semblant de croire – que les animaux s'en sortiraient, qu'ils trouveraient bien un moyen de s'adapter. Nous les avons tués pour leur peau, leur viande ou même le plaisir. Nous avons laissé des touristes graver leurs initiales sur leur habitat naturel. Nous avons parlé de nécessité économique, de qualité de vie pour les humains. Dans le pire des cas, nous avons cru que les zoos suffiraient.

Mais les zoos n'ont pas suffi. Après que nous avons chassé les animaux de leur habitat naturel et déréglé leur chaîne alimentaire, il s'est avéré qu'ils n'aimaient pas tellement les zoos. Pendant quelque temps, ils ont semblé supporter la vie en captivité, et puis, comme si on leur avait donné un signal, ils ont renoncé et se sont ostensiblement laissés mourir. Alors, nous avons regardé autour de nous : les Villes que nous avions bâties paraissaient vides. Entre la foule qui grouillait sur les trottoirs des rues sans fin, au-dessus de cette lueur perpétuelle, il n'y avait rien d'autre que de l'espace. Brusquement, nous avons compris que nous étions seuls, et sous le vacarme omniprésent de l'humanité, le monde nous a paru bien silencieux.

Enfin, pas pour tout le monde. Je suppose que la plupart des gens n'y attachent pas beaucoup d'importance. Ils n'ont jamais rien connu d'autre. C'est mon cas, d'ailleurs : il n'y a eu aucune observation d'animal confirmée de mon vivant.

C'est ma grand-mère qui a été le déclencheur pour moi. Ma grand-mère : une personne peu ordinaire – ou, comme l'aurait dit ma mère : une « cinglée ». Mais elle avait beaucoup de temps à me consacrer, et l'inverse était vrai aussi. Elle m'a raconté des épisodes de sa vie que je pense être la seule à connaître. Je ne me lassais pas d'entendre l'histoire de sa rencontre avec le chat, quand elle était toute petite.

Un jour où elle rentrait de l'école, dans le secteur S7[illegible]4 d'AmerVille, elle a aperçu une petite forme sortir furtivement d'un coin. Elle s'est arrêtée net et l'a fixée du regard. Quelque chose, d'une trentaine de centimètres de haut et couvert de poils gris et ras, s'est assis à environ trois mètres d'elle et lui a rendu son regard. Ça avait des yeux verts, de longs poils qui poussaient sur les joues et une queue fine soigneusement enroulée à ses pieds. Ma grand-mère a pris conscience que ce n'était pas humain.

Tout doucement, elle s'est accroupie pour se mettre au niveau de l'animal. Reniflant, il l'a observée avec gravité. Ma grand-mère a remarqué la façon dont ses pupilles se présentaient, de haut en bas, a vu les petites pattes robustes fermement plantées l'une contre l'autre. Puis la créature a bougé. Retenant sa respiration, et un peu effrayée, ma grand-mère a regardé l'animal avancer prudemment vers elle en suivant une trajectoire courbe, comme s'il empruntait un sentier connu de lui seul. Il a marqué une pause après quelques pas et a dressé une oreille, comme s'il écoutait quelque chose. Puis il a marché droit vers elle.

Avec précaution, ma grand-mère a levé une main jusqu'à la placer face au visage de l'animal. Avec la même prudence, l'animal a pointé son nez et reniflé sa main. Il a poussé en avant et a frotté son museau contre sa paume, tournant la tête dans tous les sens et laissant échapper un ronronnement doux et rauque. Il a levé les yeux sur elle et produit un drôle de bruit, comme une porte qui se serait ouverte dans une maison abandonnée. Ensuite, il a de nouveau frotté sa tête contre sa main, on aurait dit un baiser.

Entendant du bruit derrière elle, ma grand-mère s'est retournée et a aperçu un homme qui traversait la route vingt mètres plus haut.

La bouche à moitié ouverte, elle s'apprêtait à dire quelque chose, à l'appeler, mais finalement elle a décidé de n'en rien faire.

Quand elle s'est retournée, l'animal avait disparu, et elle ne l'a plus jamais revu.

Elle est rentrée à la maison en courant et a surgi dans la cuisine en criant. D'abord, ses parents ont cru qu'elle mentait, mais à mesure qu'elle leur racontait ce qu'elle avait vu, ils ont dû se rendre à l'évidence : ça ressemblait bien à un chat. Ils ont organisé une battue et ont cherché pendant cinq heures, mais ils n'ont rien trouvé.

Ma grand-mère a passé le restant de sa vie à souhaiter que l'homme n'ait pas choisi ce moment pour traverser la route. Elle aurait aussi tant voulu savoir qu'un chat aimait être chatouillé derrière les oreilles et frotté sous le menton. Étant probablement la dernière personne à en avoir vu un, elle aurait souhaité de tout son cœur le saluer dignement de notre part à tous.

Elle m'a raconté cette histoire et je l'ai écoutée, et c'est la raison de ma présence ici aujourd'hui. Parce que, bien que tout le monde sache qu'il est impossible que subsistent des animaux de nos jours, certains parmi nous continuent de chercher. Nous avons la foi. Je l'ai, en tout cas. Pour Chen, c'est différent. Il est possible que Chen ait réellement vu un animal.

Lui le pense. Trente ans plus tôt, il traînait dans un secteur abandonné d'AfriVille, quand il a vu une ombre bouger très haut au-dessus de sa tête, dans une tour où les planchers s'étaient effondrés. Une forme a sauté à travers un espace entre deux murs. Cela n'a pas duré plus de quatre secondes. Il est le premier à admettre qu'il consommait beaucoup de drogues à l'époque, mais il jure aussi que ça n'avait rien à voir avec ça. Il sait à quel point cela peut sembler improbable, mais il pense qu'il s'agissait peut-être d'un primate. L'air lui a paru frémir d'une intelligence différente. Ce n'était pas humain, ça ne faisait pas partie de la machine bruyante qu'est devenu notre monde claustrophobe. Il a décidé d'arrêter la drogue sur-le-champ, parce qu'il a pris conscience de ce qu'il essayait de fuir et de ce dont il avait réellement besoin. Depuis, il cherche. Il a commencé en solo, puis officiellement. Avec lui, ce n'est pas une question de foi. C'est une nécessité. C'est devenu sa vie et c'est ce qui, pour lui, ressemble le plus à la quête du bonheur.

Les gouvernements nous donnent de l'argent et tout le soutien logistique que nous voulons. Avec nos laissez-passer InterContinent, les douanes et les services de l'immigration n'ont pas autorité sur nous et j'ai le pouvoir de mobiliser une armée entière si je dispose d'une piste sérieuse. Rien de ce que je pourrais exiger n'est exagéré, maintenant qu'il est trop tard.

— Alors, Chen. À ton avis ?

— Difficile à dire, répondit-il en savourant chaque mot. (Ce petit rituel, que nous avions développé lors des quelques alertes qui nous avaient conduits aussi loin, constituait une sorte de reconnaissance officielle.) Tout dépend de la taille. Rien ne nous permet d'estimer l'échelle de la photo.

— Mais un mammifère.

— Sans aucun doute. Un chien, un chat. Peut-être un primate. Les possibilités sont innombrables ! Pourquoi diable ne nous a-t-on pas envoyé une vidéo ?

C'était frustrant. La couleur des excréments aurait pu nous apprendre quelque chose – bien que, s'il restait quelque part en AfriVille un animal en vie, son régime ne risque guère d'être traditionnel. Dans le passé, nous avions toujours reçu des vidéos, bien que la plupart d'entre elles se révèlent des canulars et que nous ayons échoué à retrouver les autres spécimens présumés.

C'est curieux, cette histoire de canulars. Quel intérêt ? Tellement peu de gens songent encore aux animaux sur cette planète. Mais certaines personnes redoublent d'efforts pour faire croire qu'ils existent encore. À une époque, je m'interrogeais : pourquoi des gens qui n'ont jamais vu d'animal de leur vie essayaient d'entretenir leur souvenir en contrefaisant leurs traces ou leurs excréments ? Puis j'ai réfléchi à la nature de mon travail. Peut-être n'est-ce pas si différent ?

Miranda tambourinait des doigts sur la table. Je haussai un sourcil à son intention.

— Cette fois, c'est moi qui vais devoir te tuer…

— Bon sang, pourquoi c'est si long ?

À notre arrivée à AfriVille, aucun des autres passagers ne parut pressé de descendre du Mall. Ça ne me surprend pas. L'endroit où ils auraient débarqué ressemblait trait pour trait à celui où ils venaient de passer les deux heures précédentes, lui-même la copie conforme de leur point de départ. On avait l'impression de marcher dans une même rue sans fin. Quel intérêt ?

Nous ne rencontrâmes aucune difficulté pour sortir du Mall les premiers. J'allais sortir mon laissez-passer, mais cela ne fut pas nécessaire : une délégation nous attendait à la porte. Après avoir échangé de rapides poignées de main, nous nous dirigeâmes au petit trot vers la sortie du terminal.

Tout le monde se présenta dans la voiture, un modèle sans toit, comme les Jeep d'antan. Le responsable était un certain lieutenant Ng, des forces de sécurité locales. Manifestement très excité, il se montra néanmoins respectueux et désireux de bien faire les choses. C'est généralement le cas, ce qui peut paraître curieux. Notre seul avantage nous vient de connaissances livresques et du fait que nous passons nos vies entières à nous préparer pour ce genre d'opérations. Nous sommes les gardiens d'une flamme et passons notre temps à chercher une allumette. C'est peut-être ça, l'explication. D'une certaine façon, nous avons notre quête, une mission comme autrefois, désespérément romantique. Ce genre de choses ne semble pas à sa place dans un univers de béton et de néon ; c'est une forme de résistance, comme des bâtiments qui se découperaient dans une lumière inquiétante, face à la tempête. Peut-être que cela suffit à imposer le respect – ou à provoquer la curiosité, au moins.

Le lieutenant étala une carte devant lui et nous indiqua où nous allions. L'observation présumée avait été effectuée en AfriVille 295, un secteur abandonné situé à quatre heures de route. Nous aurions pu arriver plus vite en empruntant la voie des airs, mais le bruit aurait provoqué la fuite de n'importe quel animal. Dès que nous avions eu connaissance du rapport, un corps de militaires avait établi un cordon autour de la zone. Rien ne pouvait en sortir et, plus important, personne ne pouvait entrer. Quiconque ayant mis la main sur un animal avant nous n'aurait eu qu'à fixer son prix. Il aurait pu exiger n'importe quoi.

Une fois nos ceintures attachées, le chauffeur fonça pied au plancher. Dans la rue, les gens levèrent brièvement les yeux pour regarder la voiture fuser, puis retournèrent bien vite à leurs emplettes. Il y a toujours quelque chose de nouveau à acheter, quelque chose qui brille encore plus. Ng les observa avec une curieuse expression gravée sur le visage, et je compris que, en dépit de l'uniforme qu'il portait, il était l'un des nôtres. Un de ceux qui auraient bien voulu voir quelque chose de vieux, de temps à autre. Au bout d'un moment, il se tourna vers moi et pointa du doigt la chaussée.

— Précédemment, c'était là que coulait le fleuve, expliqua-t-il.

Je me demandai comment il pouvait le savoir.

Les secteurs se détériorèrent après environ deux heures de route. À ma connaissance, personne ne sait l'expliquer, mais c'est pareil partout, et il semble que cela ne changera pas, tant que nous n'aurons pas besoin de chaque centimètre carré en même temps. Un secteur grouillant de vie et d'activité peut se transformer du jour au lendemain en *no man's land*. En quelques années, il se vide de ses habitants, mais les humains sont trop nombreux pour qu'un endroit reste longtemps ainsi. Alors, une décennie plus tard, il est réaménagé, brillant comme un sou neuf et les gens emménagent de nouveau. La population se déplace sur toute la planète, année après année, comme si nous n'avions pas le choix, qu'un instinct de migration ancré en nous ne nous avait jamais quittés.

Il commença à faire nuit et je me réjouis de bénéficier d'une escorte. Courir après les légendes est l'apanage des plus favorisés et des personnes socialement intégrées. Le genre d'individus qui vit dans les interzones s'en moque. Une fois, il y a longtemps, Chen et moi nous étions rendus en réponse à une alerte dans un endroit comme celui-là, près de l'ancienne Atlanta en AmerVille. Nous faillîmes ne pas en réchapper. L'appel était un canular, avec pour seul objectif de nous attirer à l'intérieur. Nous perdîmes tout notre matériel et notre assistant de recherche, et pour nous cette expédition se solda par trois semaines d'hôpital. Depuis, nous ne nous déplaçons plus sans renfort sur le terrain.

Puis, presque d'un seul coup, le secteur fut vide. Même les ordures qui traînaient dans la rue semblaient vieilles et oubliées. Rien en ce bas monde n'apparaît plus vide qu'un lieu dont l'homme est parti. Cette zone paraissait plus morte que la face cachée de la lune.

Ng s'entretint avec quelqu'un sur un communicateur et obtint des coordonnées précises. Au tournant suivant, nous découvrîmes que nous étions enfin arrivés.

Je sentis que quelque chose n'allait pas avant même que notre véhicule s'immobilise. Une dizaine de soldats se tenaient en formation serrée au centre d'un carrefour désert et en ruine.

Ng marmonna avec irritation entre ses dents et nous suggéra de rester dans la voiture. Il descendit avec raideur et s'approcha de l'un des militaires. À l'instar de Ng, l'homme portait un béret, probablement le signe qu'ils partageaient le même grade. Chen me regarda et leva les sourcils. Je haussai les épaules et allumai une cigarette.

Ng revint quelques instants plus tard.

—La brigade va vous accompagner à l'intérieur du secteur, annonça-t-il, manifestement furieux, mais avec un professionnalisme militaire irréprochable.

—Ce n'est pas possible, déclara Chen.

—S'ils viennent, ils vont effrayer tout ce qui s'y trouve dans un rayon de un kilomètre.

Ng me fixa du regard.

— La brigade, répéta-t-il, va vous accompagner. Le secteur est dangereux et vous avez besoin d'une protection.

Visiblement, il n'en croyait pas un mot, et moi non plus.

— C'est politique ? demandai-je.

Il inclina légèrement la tête.

— Hors de question, reprit Chen. J'emmerde la politique. Bon sang, si vous pensez que nous allons prendre le risque de…

— Le lieutenant Hye supervisera l'opération. Il m'assure que ses hommes ont été sensibilisés à la nécessité d'agir en silence.

— Je me fous de savoir s'ils savent marcher sans bruit ! explosa Miranda. Ce n'est pas le problème.

Je les interrompis d'un geste de la main.

— Nous avons déjà perdu un temps précieux. Nous sommes là. Inutile d'en gâcher encore plus à discuter d'une situation contre laquelle nous ne pouvons rien.

Je déteste avoir toujours raison. Mais il faut bien que quelqu'un s'en charge.

Les hommes de Hye se montrèrent réellement silencieux. Alors que Chen, Miranda et moi avancions côte à côte au milieu de la route, je me surpris à vérifier de manière épisodique s'ils se trouvaient toujours derrière nous. Ils étaient bien là, déployés sur toute l'étendue de la chaussée. Et bien armés.

— C'est quoi cette merde ? demanda Chen à voix basse.

— À en croire Ng : un jeu politique qui ne rime à rien.

— Je n'aime pas ça.

— Moi non plus.

Nous marchions ainsi depuis cinq minutes, quand Ng apparut sans bruit derrière nous.

— Nous avons pénétré dans le sous-secteur 4. L'observation aurait eu lieu à l'intérieur de cette zone.

— On n'a pas plus de précisions ?

— Non. Tout ce qu'on a, c'est la photo.

— D'accord, voyez si vous pouvez obtenir d'eux qu'ils nous laissent un peu respirer.

Ils reculèrent, mais pas de beaucoup. Suivant la procédure classique, Chen et moi nous répartîmes sur les bords de la route, scrutant le sol et gardant un œil sur nos détecteurs de mouvements. Miranda continua d'avancer au centre, observant les immeubles de part et d'autre. Beaucoup n'étaient plus que des carcasses vides, et certains semblaient avoir été incendiés. La fin de ce secteur paraissait avoir été plus violente que la moyenne.

Après deux cents mètres, je commençai à apercevoir une lueur dans la pénombre devant moi. Un signe d'habitation. Je m'immobilisai.

— Nous avons dépassé le cœur de la zone désaffectée.

Selon la théorie que Chen et moi avions élaborée, un animal encore en vie aurait tendance à rechercher des endroits aussi éloignés de l'humanité que possible. Bien qu'il puisse rôder à la périphérie des zones habitées en quête de nourriture, nous pensions qu'il préférerait dormir en lieu sûr.

— On fait demi-tour ? demanda Miranda.

Elle lança un regard lugubre aux soldats, qui s'étaient aussi arrêtés et formaient une ligne à dix mètres de distance.

— Oui, répondit sèchement Chen en se frottant le menton. Ensuite, je propose d'explorer les rues que nous avons croisées, d'entrer dans chaque bâtiment et de les fouiller systématiquement, étage par étage.

Miranda leva les yeux vers le jour pâlissant.

— Peut-être qu'on devrait demander aux soldats de. . (Brusquement, elle s'interrompit, avec une expression qui ressemblait à de la terreur sur son visage. Elle pointa du doigt vers quelque chose derrière moi.) Oh, mon Dieu !

Je fis volte-face et scrutai l'ombre au pied de l'immeuble qui se dressait à cinq mètres de là.

— Quoi ? Mais quoi ?

Le mur disparut dans un déluge de lumière stroboscopique. Par vagues successives, un cercle de feu pénétra le béton jusqu'à faire s'écrouler la façade. Deux des soldats se précipitèrent dans les décombres.

Je reculai en titubant, heurtai Miranda. Puis nous nous accroupîmes toutes les deux en attendant que le vacarme cesse.

Quand je relevai la tête, je vis Chen s'approcher de Hye, l'air furieux.

— Putain, mais c'est quoi ce bordel ?

Je me levai d'un bond et courus vers lui.

Hye dévisagea Chen d'un air impassible et le poussa sans ménagement d'un coup dans la poitrine. Chen vacilla, mais ne tomba pas et se jeta sur l'autre homme.

Heureusement, Ng s'interposa et écarta Chen. Je l'attrapai par les bras et le tirai en arrière. Il se débattait en hurlant et j'eus du mal à le maîtriser.

Ng fit face à Hye.

— J'attends vos explications ! aboya-t-il.

— Allez vous faire foutre…

— Expliquez-vous, répéta Ng, le visage crispé, ou je vous jure que j'en référerai en haut lieu.

Hye lui lança un regard méprisant.

— J'ai des ordres qui viennent de bien plus haut que ça. On m'a donné l'ordre de protéger la population.

— De qui proviennent ces ordres ? demandai-je, prête à faire valoir ma supériorité hiérarchique.

Je dispose de documents pour ce genre d'éventualité, bien que je n'aie jamais eu à en faire usage auparavant.

Hye m'ignora.

— Si un animal existe toujours, expliqua-t-il à Ng, il sera porteur de maladies. Le système immunitaire de la population n'est plus armé pour répondre à ces maladies.

— Foutaises ! cria Miranda. (Sa voix me parut bien plus convaincante que la mienne.) Ce n'est pas…

— La population sera protégée.

Le visage de Ng n'était plus séparé de celui de l'autre officier que d'une vingtaine de centimètres.

— Qui vous a donné ces ordres ?

— Seules les personnes concernées ont été informées.

— Je ne vous crois pas, Hye. Je ne crois pas à l'existence de tels ordres. Je crois plutôt que vous voulez chasser.

— Il a raison, approuva Chen, bien trop calmement. Ng a raison. Ce salopard veut devenir le dernier chasseur. Il veut le dernier trophée. La dernière tête à accrocher sur son mur.

— C'est fini, ordonnai-je. Nous rentrons.

Miranda me regarda fixement.

— C'est impossible. J'ai vu quelque chose.

— Peut-être. (Puis une autre fusillade éclata et tout le monde se mit à crier. S'il y avait vraiment eu un animal, il devait être caché sous un rocher à présent, sur la lune.) Quoi qu'il en soit, je refuse de chercher quelque chose pour que ce salopard puisse le descendre.

— Vous allez me le retrouver, affirma Hye, se tournant vers moi pour la première fois.

— Non.

— Si.

Il fit un petit geste de la main et, en silence, dix fusils se levèrent.

Nous avancions en silence dans la première rue transversale. Ng suivait, quelques mètres en retrait. Il marchait seul, les épaules contractées. Derrière lui, les soldats progressaient en silence, excepté un rire occasionnel ou quelques paroles échangées à voix basse. Je les haïssais, de toutes mes forces, de toute mon âme.

— Qu'est-ce que tu as vu ? demanda enfin Chen.

Miranda soupira.

— Ç'aurait très bien pu être une ombre. J'ai eu l'impression que quelque chose bougeait. Environ un mètre de haut. C'est tout. Et même ça, je n'en suis pas certaine.

— Un chien ? suggérai-je.

— Non.

Chen la dévisagea. Pour lui, j'espérais qu'elle ne s'était pas trompée.

Rien à signaler dans la rue transversale. Après avoir fait demi-tour et être revenus sur nos pas, nous traversâmes de l'autre côté pour recommencer. Puis nous avançâmes sur la voie centrale et nous engageâmes dans la transversale suivante. Il faisait encore suffisamment clair pour voir sans lumière artificielle, mais je ne nous donnais guère plus de une heure.

À mi-chemin dans la rue suivante, je me retournai et vis que Ng m'avait rejointe.

— Il fera bientôt nuit, observa-t-il.

— C'est fini. Nous n'aurons jamais le temps de fouiller tous ces immeubles. Et même si nous le pouvions : si un animal se cache encore là, il refusera de se montrer en présence de dix hommes armés jusqu'aux dents. Peu importe qu'ils aient appris à se mouvoir en silence. Les animaux étaient capables d'entendre des choses que nous n'imaginons même pas.

— Et de sentir des choses, ajouta Chen sans lever les yeux.

Ng le dévisagea.

— Vous en avez la preuve ?

— C'est ce que je crois.

Ng hocha la tête et se laissa de nouveau distancer.

Cinq minutes plus tard, nous en avions terminé avec la transversale suivante. Je me sentais stupide et impuissante. Il y avait peut-être un animal ici, et nous errions dans les rues en attendant qu'il veuille bien se manifester. S'il existait, ce qui n'était certainement pas le cas. L'espace d'un instant, je fus submergée par une vague de pur désespoir et acquis la certitude qu'il n'y avait plus aucun animal en vie en ce monde. C'était tout bonnement impossible. Ils n'y avaient simplement plus leur place.

Nous tournâmes dans l'ultime transversale et j'entendis Miranda soupirer. Je lui pris la main et lui souris, et elle me regarda. Quelque chose n'allait pas ce soir, et nous en avions tous conscience. Nous avions le sentiment que c'était notre dernière opération de ce genre. Quelque chose chez les soldats, chez Hye, dans le monde entier, nous disait qu'une porte se refermait définitivement, que tous les anciens rêves semblaient morts.

Nous marchâmes jusqu'au bout de la rue, scrutant attentivement les trottoirs et les bâtiments, puis nous fîmes demi-tour. Les soldats, prêts à tirer, suivaient notre progression.

Puis Ng me flanqua une trouille bleue en se glissant de nouveau subrepticement derrière moi pour me parler.

— Courez vous réfugier dans un des bâtiments. Bonne chance.

Je me retournai. Il sourit et nous fit signe de continuer à avancer.

Soudain, j'entendis des cris derrière nous. Je tirai Miranda par la main et poussai Chen et nous nous élançâmes vers l'immeuble le plus proche.

Un coup de feu siffla sur le linteau au-dessus de la porte, mais nous continuâmes à courir, slalomant entre les débris, jusqu'à sortir de l'autre côté.

— Qu'est-ce qui se passe, nom de Dieu ?

— Il est toujours en vie, murmura Chen d'une voix haletante. Trois hommes sont partis à sa poursuite. Courez. Courez !

Nous courûmes. Sans réfléchir, je nous fis traverser l'axe central et rentrer dans un long bâtiment incendié. Les cris derrière nous ne s'éloignaient pas, mais ils semblaient provenir d'un peu partout à présent. Ils ne savaient pas où nous étions. Nous grimacions à chaque tir qui sifflait à nos oreilles, mais tant qu'ils tiraient, nous étions toujours en vie. Et avec un peu de chance, le lieutenant Ng aussi.

Abandonnant discrètement notre abri, nous traversâmes rapidement la route, afin de rejoindre le trottoir d'en face. À ce stade, nous avions commencé à revenir sur nos pas, nous allions dans la bonne direction. Les tirs se faisaient moins fréquents, et les cris étouffés plus lointains.

Quand nous atteignîmes le premier mur intact, Chen s'immobilisa brusquement.

— Je dois faire une pause.

Je jetai un coup d'œil autour de nous, puis l'imitai. Ma poitrine me faisait souffrir et Miranda tenait à peine sur ses jambes. Prenant conscience que je serrais toujours sa main, je la lâchai.

— Pas plus d'une minute alors. Nous devons continuer à avancer.

Ils hochèrent la tête avec lassitude – j'avais encore raison.

— Ng. Pourquoi ? haleta Miranda en s'essuyant le front du dos de la main.

— Parce qu'il l'a choisi, expliqua Chen. Ce n'était pas l'un des leurs. Il savait pourquoi nous étions là.

— J'espère qu'il va bien.

Chen me lança un regard. Nous n'avions aucune illusion à ce sujet.

Dehors, un cri résonna dans la rue, toujours de l'autre côté, mais plus proche.

— Il faut y aller.

Je passai la tête à l'extérieur. La voie était libre et nous nous glissâmes dans la section suivante du bâtiment. Après quelques mètres, nous dûmes de nouveau traverser sur le trottoir d'en face. Pendant que Chen s'assurait qu'il n'y avait pas danger, Miranda se tourna vers moi.

— Qu'est-ce qu'on fait ? On reste ou pas ? On continue à chercher ?

— Je ne sais pas. Chen, c'est bon ?

— On doit continuer, insista désespérément Miranda. Il le faut. C'est pour ça que Ng s'est sacrifié.

— Miranda : s'ils nous capturent, ils nous tueront. Chen, c'est bon ou pas ? (La tête et les épaules dans la rue, Chen se tenait absolument immobile.) Chen ?

Il tourna en partie son visage vers nous, mais ses yeux ne bougèrent pas. En silence, Miranda et moi fîmes un pas dans sa direction et regardâmes dans la rue.

Il faisait presque noir à présent, aussi noir que possible sur une planète où brillent en permanence des milliards d'ampoules électriques. La rue était déserte. Manifestement, les militaires s'étaient regroupés et ne faisaient plus aucun bruit. Ces hommes entraînés, bien décidés à nous retrouver, voulaient régler le problème, comme on le leur avait appris : froidement, efficacement et de façon définitive. Le silence ressemblait au calme avant la tempête. Mais cela n'avait plus d'importance : assis au milieu de la route, un chat se tenait devant nous.

J'ai vu d'innombrables photos de chats. J'ai probablement regardé plus d'images d'eux que n'importe qui au monde. Mais en cet instant précis, cloué sur place, ce ne furent pas les photos des ouvrages de référence qui me vinrent à l'esprit. Non, je vis exactement ce que ma grand-mère avait vu.

Un animal d'une trentaine de centimètres de haut, couvert de poils, et dont les yeux verts reflétaient les vestiges du jour. Je le regardai, et vis que ce n'était pas humain.

— Mon Dieu, gémit Miranda. Oh, mon Dieu !

Elle pleurait. Je me rendis compte que moi aussi. Chen se révélait incapable de détacher les yeux de la créature. Il avait su. Je ne sais pas s'il avait réellement aperçu ce primate à l'époque, et je ne crois pas que cela ait la moindre importance. Il avait su, un point c'est tout.

Le chat nous rendit notre regard, puis il tourna la tête vers la rue. Je l'imitai, mais il n'y avait rien. Les soldats approchaient furtivement, mais d'un autre angle. Quand nous les apercevrions, il serait déjà trop tard. Mais je m'en fichais.

Miranda reprit son souffle quand le chat se leva, fit volte-face et s'éloigna d'environ un mètre. *Non*, pensai-je. *Pas déjà, s'il te plaît.* Le chat nous regarda de nouveau. Chen se redressa et sortit dans la rue.

— Chen, qu'est-ce que tu fais ? Tu vas lui faire peur !

— Suivez-moi, ordonna-t-il sans se retourner.

Nous suivîmes le chat qui traversa lentement la route et il ne parut pas s'en formaliser. Au lieu d'avancer en ligne droite, sa course nous fit décrire une courbe vers la gauche, et je souris au souvenir des histoires de ma grand-mère.

Quand il atteignit le trottoir d'en face, le chat grimpa sur le seuil d'une porte et se tourna un bref instant vers nous, avant de disparaître à l'intérieur du bâtiment.

Nous échangeâmes un regard et suivîmes l'animal. Nous savions que nous n'en avions plus pour longtemps.

De l'immeuble, il ne restait qu'une carcasse d'une vingtaine de mètres de profondeur. Arrivé au milieu, le chat s'assit de nouveau. Nous nous immobilisâmes devant lui. Notre présence ne semblait pas le déranger. Chen s'accroupit devant lui. Il y eut un son feutré dans l'ombre, et soudain ils furent deux. Les chats tournèrent la tête par-ci par-là et l'un d'eux leva une patte pour la lécher brièvement.

Nous avions le matériel nécessaire pour les photographier ou les filmer. Nous n'avons même pas eu l'idée de l'utiliser.

— Oh, fit Chen.

Derrière les chats, une forme émergea de l'ombre. Un mètre de haut, marchant sur deux pattes, le corps couvert de poils brun foncé sauf sur le visage, et les bras étonnamment longs. Il traversa la pièce d'un pas tranquille, tituba autour des chats et vint se placer devant Chen. Avec Chen accroupi comme il l'était, ils faisaient presque la même taille et pouvaient se regarder les yeux dans les yeux. L'animal tendit la main et la posa sur la tête de Chen. C'était un chimpanzé.

Chen laissa le singe fouiller dans ses cheveux et lui tirer le nez. J'assistai à la scène, jetant un coup d'œil en direction des chats toutes les dix secondes. Je tendis la main à Miranda.

Elle ne se trouvait plus là. Elle s'était éloignée de quelques mètres et regardait dans une autre direction. À quelques mètres d'elle se tenait un cheval blanc. Derrière lui, j'aperçus ce qui ressemblait à un lapin.

— Chen, appelai-je.

Il me rejoignit, accompagné du chimpanzé, qui semblait imiter sa façon de marcher. Ou peut-être que Chen avait toujours eu une démarche de singe et que je venais seulement de m'en rendre compte.

Derrière le lapin, un petit groupe d'écureuils se bagarraient en se roulant dans la poussière. Mais ils ne retinrent pas notre attention, parce que d'autres formes commençaient à se découper dans l'obscurité. Après quelques mètres, nous nous arrêtâmes.

Un second cheval vint tenir compagnie au premier, et la paire s'écarta afin de laisser passer deux petits chiens. Il y eut un bruit au-dessus de nos têtes et, levant les yeux, nous vîmes une bande de singes qui faisaient les fous autour de ce qui restait d'un support en acier. Assis contre un mur, un gorille observait une meute de rats qui se précipitaient vers lui. Arrivés à ses pieds, ils le flairèrent, semblèrent débattre entre eux et parvenir à une décision, puis partirent immédiatement dans une autre direction. Deux longs cous se balancèrent et un couple de girafes s'avança lentement, décrivant un grand cercle, suivi par un mouton. Miranda glapit quand quelque chose lui toucha le cou. Se retournant, elle vit qu'il s'agissait de la trompe d'un éléphant.

Il en vint bien d'autres, certains dont j'ignorais même le nom. Chen les connaissait peut-être, mais je ne lui posai pas la question. Aucun de nous ne dit un mot. Nous nous contentâmes de parcourir l'intérieur de la vaste carcasse du bâtiment, savourant une surprise après l'autre.

Ils continuaient d'arriver, tous différents, tous en vie.

Au bout d'un moment, nous nous immobilisâmes au centre, cernés. Nous étions venus à la recherche d'un animal, même petit, même le dernier, et nous nous retrouvions dans un immeuble abandonné, au milieu d'une centaine d'entre eux.

Il y eut un cri dehors, suivi par le bruit d'un coup de feu. Nous nous accroupîmes sans réfléchir, mais les animaux ne tressaillirent même pas. Le premier chat réapparut à mes pieds et commença à marcher vers une porte dans le mur de façade.

— Non, suppliai-je d'un ton pressant. Non.

Il se retourna vers nous, puis continua sa route, se faufilant entre les autres animaux.

Nous lui emboîtâmes le pas. Après l'intérieur du bâtiment, la rue nous parut bien claire. À une trentaine de mètres de distance, nous aperçûmes un corps effondré sur la chaussée. C'était Ng. Il était mort. Depuis l'autre côté de la route, les soldats avançaient, dix de front.

Le chat s'immobilisa au milieu de la rue et nous nous figeâmes derrière lui.

Entendant un bruit derrière nous, nous nous retournâmes et vîmes l'un des chevaux sortir de l'immeuble. Il fut suivi par un chien, puis par les singes. Ils avancèrent jusqu'au centre de la chaussée. Ensuite, ils commencèrent à se diriger vers l'axe principal, vers les soldats.

— Non !

Mais tous sortirent, en couples, en meutes. Les girafes et les rats, plusieurs lapins et quatre loups. Ils sortirent et avancèrent en direction de la route sans faire le moindre bruit. Vague après vague, les animaux envahissaient la rue. Quand le premier atteignit le croisement, les soldats les attendaient.

Mais les soldats ne les virent pas.

Ils continuèrent leur lente progression et les animaux se faufilèrent entre eux. À mesure qu'ils s'éloignaient, nous eûmes de plus en plus de mal à les distinguer. Ils devinrent translucides, tels des fantômes. Mais ce n'en étaient pas. Ils étaient bien réels, bien là. Les militaires ne pouvaient simplement pas les voir et les animaux s'éloignèrent paisiblement, aussi immatériels que la brume. J'aperçus Hye qui lançait des regards furieux et impatients autour de lui. Chèvres, chats, chevaux et rhinocéros : il semblait incapable de les voir. Une girafe parut même le traverser de part en part.

Finalement, le défilé des animaux commença à se tarir et nous sûmes que c'était bientôt terminé. Le chimpanzé de Chen fit un pas en avant et je vis qu'il n'avait pas lâché sa main.

Chen n'eut pas l'ombre d'une hésitation. Il me fit un petit signe de la tête, sourit à Miranda, puis emboîta le pas au cortège, un chien à ses côtés et un lapin derrière lui. Il passa devant Hye sans même un regard. Peut-être ne voyait-il déjà plus la même chose que nous.

Alors que les soldats s'immobilisaient, perplexes devant le vide qui les entourait, le premier chat se leva. Je me penchai vers lui et le chatouillai derrière les oreilles. Je lui caressai le dos et le grattai sous le menton et il produisit son ronronnement si caractéristique pour moi.

Puis il s'éloigna, la queue dressée. C'était le point de non-retour. Il marqua une pause près du corps de Ng et se tourna une dernière fois vers nous, avant de disparaître.

Nous nous livrâmes à des soldats étonnamment silencieux et renfermés, et qui semblaient éprouver des difficultés à croiser notre regard. Une fois l'excitation retombée, Hye et ses hommes nous escortèrent hors du secteur avec une courtoisie distante, bien que le lieutenant n'ait certainement pas ignoré que j'allais faire un rapport. Je ne sais pas s'il a été suivi d'effets. Comme toujours, je soupçonne qu'ils ont des problèmes plus importants à gérer là-bas.

Miranda reprit son poste chez PsychStat deux jours plus tard. Il m'arrive de la voir. Pas souvent. Nos chemins ne se croisent plus, et dorénavant je consacre le plus clair de mon temps à la peinture. Il me faut bien admettre que je ne suis pas très douée, mais je m'améliore. Avec le temps, je parviendrai peut-être à exprimer ce que les photographies ne montrent pas.

Je vis dans mon ancien bureau. C'est fini tout ça. Je n'ai plus besoin de chercher.

Je sais.

Les animaux sont encore là. Ils ont toujours été là et resteront parmi nous. Mais ils ne nous laisseront plus jamais les voir.

Ou peut-être que je me trompe. Peut-être sommes-nous ceux qui ont quitté ce monde.

Peut-être sommes-nous ceux qui sont morts.

Charmes

Une fois arrivée dans la grand-rue, Carol ralentit. Elle respira à fond, plusieurs fois, et haussa les épaules afin d'évacuer une partie de la tension, serrant lentement les poings et les rouvrant rapidement, comme si elle essayait de chasser des insectes. La rue ensoleillée grouillait de monde, et elle se faufila dans la foule sur le large trottoir, se demandant où aller. Elle n'avait aucune raison de se trouver en ville et, avant que ses parents commencent à se disputer, elle avait prévu de passer un après-midi tranquille chez eux.

Et puis, il était arrivé quelque chose.

Rien d'inhabituel : toujours la même histoire. Tous les prétextes semblaient bons.

Mais curieusement, elle manquait toujours le moment précis où les choses tournaient au vinaigre. La majeure partie du temps, elle se sentait bien chez eux, c'était comme marcher dans une rivière avec l'eau juste à la bonne température. Elle connaissait l'histoire de chaque objet dans chaque pièce. C'était un endroit sûr, un espace de confiance. *Idem* pour ses parents : sa mère s'affairait à la cuisine en prenant de ses nouvelles ; son père lisait le journal et écoutait ses réponses pendant que sa mère enchaînait avec la question suivante.

Puis, d'un seul coup, la chaleur disparaissait et Carol avait l'impression d'avoir imprudemment mis le pied dans un trou rempli d'eau glacée. Soudain, l'air semblait envahi par une tension inexprimée, et les objets dans la pièce paraissaient coupés les uns des autres, isolés par une inhumanité déplaisante, tandis que les paroles échangées par ses parents devenaient lourdes de sous-entendus blessants. Tant qu'elle habitait encore avec eux, Carol en avait inconsciemment rejeté la responsabilité sur son père, probablement parce qu'il sortait toujours le premier de la pièce comme un ouragan. Avec le recul, elle avait compris que sa mère était tout aussi responsable.

Elle avait quitté la maison un quart d'heure après avoir marché dans l'eau glacée. À ce moment-là, sa mère préparait rageusement des brownies dont personne ne voulait et son père se trouvait dans son bureau. En descendant l'allée, Carol grimaça à cause de la musique – jouée bien trop fort – qui s'échappait par la fenêtre. Leurs disputes se concluaient toujours de la même façon : sa mère se plongeait dans quelque futilité, et son père se réfugiait dans son bureau et écoutait ses vieux 45 tours, assis droit comme un *i* sur son fauteuil. Les Beatles des débuts, les Stones. D'autres groupes dont la postérité n'avait pas retenu le nom. Carol n'était jamais parvenue à écouter ces chansons avec plaisir et elles la faisaient toujours sursauter quand quelqu'un les passait dans une soirée. Elle les associerait à tout jamais à ces moments passés sur un champ de bataille, coincée entre deux factions rivales dont elle n'avait jamais compris les sentiments ni les griefs.

Dans la grand-rue, tout le monde semblait avoir quelque part où aller, ou quelque chose d'urgent à faire. Il suffisait de jeter un coup d'œil à leur visage pour comprendre qu'ils ne voyaient même pas la rue, qu'ils se contentaient de filer sur des rails. Carol se sentit curieusement perturbée. Elle errait sans but, dans une ville qui n'était plus la sienne, ballottée par tous ces gens à la trajectoire préprogrammée – de la voiture au magasin, et retour. Enfin, lui vint l'idée d'une tâche à accomplir et elle se dirigea vers Tony's Records. L'anniversaire de sa mère tombait dans deux semaines, et elle n'aurait sans doute pas d'autre occasion de faire tranquillement ses courses d'ici là. Elle pourrait probablement trouver quelque chose qui lui plairait chez le disquaire, mais elle devrait faire preuve de diplomatie en lui remettant son cadeau.

Sa mère possédait un lecteur de CD et appréciait la musique classique. Son père avait ses 45 tours. Et les deux semblaient, définitivement, inconciliables. Ce qui l'avait toujours laissée un peu perplexe, parce que son père l'avait encouragée à prendre des leçons de piano quand elle était jeune. De temps à autre, il lui arrivait d'entrapercevoir quelque chose d'irrationnel entre ses parents, quelque chose que le temps qui passe avait rendu totalement inflexible et obscur, sans que probablement eux-mêmes sachent encore pourquoi. On dit qu'il faut se méfier de l'eau qui dort : dans leur cas, la moindre provocation pouvait provoquer des vagues énormes. Elle offrirait le CD à sa mère en cachette.

Le samedi après-midi à Loughton était réservé aux accros du shopping, aux pros du *DIY* et de *Sainsbury's*. Le disquaire se révéla presque désert et, tandis qu'elle se dirigeait vers le rayon classique, elle n'aperçut qu'un seul autre client. Il approchait de la cinquantaine et elle remarqua avec surprise qu'elle le trouvait assez séduisant. Elle ne se sentait pourtant pas attirée par les hommes plus âgés qu'elle, mais il avait un je-ne-sais-quoi qui accrochait le regard.

Le rayon classique apparut ridiculement pauvre, les forces du marché ayant manifestement décidé que la bonne musique jouée par de vrais musiciens constituait une impasse culturelle. L'unique casier se trouvait au bout de la section Soul – une sorte d'annexe, qui aurait vraisemblablement disparu d'ici cinq ans. Mais Tony's Records connaîtrait probablement le même sort, et il faudrait parcourir trente kilomètres pour acheter sa musique dans un mégastore de la superficie du Danemark. L'espace d'un instant, Carol se sentit soudain terriblement vieille.

Elle consacra cinq minutes à passer en revue les CD avec irritation, essayant d'en trouver un qui ne soit pas la musique d'une pub télé ou les foutues *Quatre Saisons*, interprétées par ce foutu Nigel Kennedy. Elle s'apprêtait à renoncer quand, de derrière elle, une main vint prendre un double CD classé dans les « B ».

— Que diriez-vous de ça ?

Surprise, Carol se retourna : l'autre client se tenait à côté d'elle. Maintenant qu'elle le voyait de près, elle ne comprenait pas comment elle avait pu lui donner la cinquantaine. Plutôt la trentaine – et un sourire plus jeune encore.

— C'est pour vous ou pour offrir ? demanda-t-il.

Carol ne put s'empêcher de lui rendre son sourire contagieux.

— C'est pour ma mère.

Il hocha la tête et la regarda pendant un instant.

— Je vous conseille ça, alors.

Il lui tendit le CD et elle le retourna pour lire ce qu'indiquait le livret. La couverture montrait un Paul Tortelier relativement jeune, assis derrière son violoncelle, l'air sévère.

— *Les Suites pour violoncelle seul de Bach*, lut-elle en levant les yeux vers lui. Je ne crois pas les connaître. C'est joli ?

Il fronça les sourcils.

— Non, ce n'est pas « joli ». À ma connaissance, elles n'ont jamais contribué à faire la publicité de la moindre marque automobile, banque ou industrie nationale.

Elle rit.

— Tant mieux. Ça m'a l'air parfait.

— Ça vous dirait d'aller manger une glace ?

À cette question, Carol marqua un temps d'arrêt, mais son interlocuteur semblait sérieux. Elle haussa les épaules.

— Pourquoi pas ?

Alors qu'elle patientait, le temps que la jeune vendeuse installée derrière le comptoir se souvienne qu'elle avait un rôle à jouer dans le processus d'achat, Carol jeta un coup d'œil à l'homme. Il l'attendait près de la porte, et leva les sourcils à son intention. Elle lui sourit, puis se retourna. Pour une raison qui lui échappait, elle ressentait une certaine excitation. Dès la minute où il lui avait adressé la parole, elle avait su qu'il n'essayait pas de la draguer. Elle avait connu son lot d'obsédés jouant les charmeurs et de piliers de bar collants, ce qui lui permettait de se faire une opinion dès le premier contact. Il lui avait parlé, parce qu'il en avait eu envie, rien de plus. Et quand il avait parlé, il s'était adressé à elle, à Carol, pas juste à une jolie fille pour tenter sa chance.

Tellement inhabituel que c'en était un peu bizarre. Mais sympathique.

Au premier rayon de soleil, l'Angleterre des banlieues passe en mode « été », comme si quelque part un énorme interrupteur a été actionné. Les hommes se promènent sans chemise, mais pas encore en short, les crétins qui sont les heureux propriétaires d'une voiture blanche se croient obligés de polluer la grand-rue en diffusant à fond de la dance music anonyme, et – bien entendu – les camionnettes des glaciers sont de sortie. L'une d'elles les attendait une quinzaine de mètres plus loin. L'homme fit preuve d'une telle courtoisie en passant leur commande qu'il en désarçonna la vendeuse, pourtant blasée, au point de lui arracher un sourire. Puis il conduisit Carol jusqu'à un banc situé sous le seul arbre de la grand-rue.

Alors qu'elle léchait son cornet, Carol se sentit singulièrement calme et apaisée, et elle se tourna vers l'homme.

— Dites-moi, alors, pourquoi ce CD en particulier ?

— Qu'est-ce qui vous a amenée à sortir dans une telle cohue cet après-midi ?

— J'ai posé ma question la première, répondit Carol.

À cette réponse, l'embarras le fit légèrement rougir, puis elle prit conscience qu'elle ne se sentait absolument pas embarrassée. Elle avait l'impression d'être revenue quelques années en arrière, quand tout ne semblait pas si compliqué, une vie sans ex jaloux et revanchards, quand il paraissait encore possible de rencontrer quelqu'un qui ne souffrait pas d'une multitude de complexes – quand ce n'était pas une femme qui l'attendait à la maison ; une époque où le jeu paraissait encore amusant, qu'il ne se résumait pas à un moyen contourné et répétitif de finir avec une collection de disques qu'on ne reconnaissait même plus.

— Et j'ai bien l'intention d'y répondre, sourit-il. Chaque chose en son temps.

— Eh bien, je suis sortie parce que… (Carol décida de se montrer honnête.) Je suis sortie parce que mes parents se disputaient.

— À quel sujet ?

— Pour rien. Pour tout. Je ne sais pas.

Il hocha la tête et elle nota qu'il avait des yeux très verts, avec un cercle de brun autour des iris. Ils lui rappelèrent les feuilles d'automne, certaines déjà tombées, d'autres encore accrochées aux branches des arbres au bord d'une rivière.

— Je ne l'ai jamais su. Ils sont tous les deux pourtant si gentils. Pris séparément, je ne connais personne d'aussi gentil. Ils se sont forcément aimés à un moment, sinon ils ne se seraient pas mariés, mais au fil du temps…

Elle ne termina pas sa phrase. Au fil du temps, deux êtres qui avaient été amoureux l'un de l'autre étaient simplement partis à la dérive.

— Peut-être que quelque chose s'est passé. Peut-être pas, commenta l'homme.

Carol leva les yeux vers lui, surprise mais heureuse de constater qu'il avait suivi le fil de ses pensées. Puis elle baissa de nouveau la tête.

Quelque chose avait mal tourné, et maintenant son père en était réduit à rester dans son bureau et écouter de vieux disques qui avaient perdu toute leur magie, et sa mère vieillissait lentement au salon. Elle sentit ses yeux se remplir de larmes. Bien qu'elle ait fréquemment pensé à ses parents auparavant, elle n'avait jamais compris la gravité de la situation avant aujourd'hui. C'était tout ce qu'ils avaient, ça ne marchait plus et ils attendaient simplement que tout cela finisse.

Peut-être qu'il y avait quelque chose à l'origine, peut-être pas. Mais il n'en avait pas fallu plus.

Ce n'était pas juste : deux êtres n'auraient pas dû devoir finir enchaînés l'un à l'autre par les sentiments qu'ils ressentaient envers deux personnes qui ne semblaient plus là. Soudain, elle se sentit très triste.

L'homme, qui regardait de l'autre côté de la route, se tourna vers elle et lui sourit avec douceur.

— Voulez-vous que je vous explique ce que j'aime dans ce fameux CD ?

Elle acquiesça d'un signe de la tête. Elle aimait l'écouter parler, quel que soit le sujet.

— Bach est très différent des autres compositeurs, commença-t-il. Quand vous écoutez Vivaldi, ou Haendel, vous devinez que la musique a été composée pour un public. C'est comme un film à succès : c'est bon, mais c'est justement parce qu'on a tout fait pour que ça le soit. Avec Bach, c'est différent. Sa musique n'a pas été composée pour vous. L'entendre reste un privilège.

Une Golf blanche décapotable passa devant nous, déversant un brouhaha trance jungle garage à un volume qui aurait provoqué des grimaces de désapprobation sur les visages des membres de Led Zeppelin.

L'homme sourit.

— D'ici dix ans, plus personne n'écoutera cette merde – Dieu merci. C'est la musique de l'instant présent, rien de plus. Mais c'est pareil avec ce qui est de meilleure qualité. Tous ces vieux 45 tours que les gens entassent précieusement chez eux : on dirait une collection de papillons, qu'ils sont encore en vie, comme s'ils allaient s'envoler, mais ils sont morts depuis des décennies. Des sentiments et des souvenirs épinglés sur des morceaux de vinyle. Dans cent ans, ces chansons n'évoqueront plus rien pour personne. Mais dans cinq cents ou mille ans, assis dans des maisons sur des planètes dont nous ignorons encore l'existence, les gens écouteront toujours Bach, et ils y entendront les mêmes choses. C'est comme écouter un charme. Ça ne s'efface jamais.

Son sourire s'élargit, tournant en ridicule l'extravagance de ses propos. Elle sourit à son tour, un sourire franc cette fois. Il hocha la tête d'un air approbateur.

— J'aime mieux ça. Et autre chose à propos de ce CD. (Il le lui prit des mains.) Regardez. Enregistré en 1961. Quand vous l'écouterez, souvenez-vous-en.

Un peu perplexe, elle sourit.

— C'est entendu. Mais vous n'avez toujours pas répondu à ma question. Et vous avez excité ma curiosité. J'ai envie de l'écouter et il n'est même pas pour moi.

— Peut-être que vous devriez.

Carol ne savait pas comment exprimer ce qu'elle ressentait autrement, alors elle se lança :

— Mais… j'aime bien être avec vous.

Super, pensa-t-elle. *Tu t'es entendue ? Tu as quatorze ans ou quoi ?*

— Pas de problème, répondit l'homme. Si vous voulez, je peux vous accompagner.

Carol sauta sur l'occasion. Si elle se présentait chez ses parents avec un invité, cela aurait au moins pour effet de détendre un peu l'atmosphère. Ses parents aimaient rencontrer les gens qu'elle fréquentait.

— Bien sûr, je veux dire, oui. Je leur dirai que je suis tombée sur un ami par hasard.

Ce qui n'était pas si loin de la vérité, pensa-t-elle, alors qu'ils se dirigeaient vers sa voiture.

Carol ne connaissait rien aux voitures, mais la sienne – une voiture de sport vert foncé, sans prétention – avait quelque chose d'indiscutablement classique. Elle semblait provenir tout droit d'une autre ère, mais avait bien vieilli –, comme ces poches au plus profond de la forêt d'Epping, où les arbres n'ont jamais été étêtés et ressemblent toujours à des arbres.

Un lecteur de CD était intégré au tableau de bord, mais elle ne vit aucun CD nulle part et elle ne voulait pas déchirer la Cellophane des *Suites pour violoncelle*. Elle avait toujours l'intention de l'offrir à sa mère, mais plus pour son anniversaire, et il ne leur faudrait pas plus de quelques minutes pour arriver chez ses parents.

Quand ils s'arrêtèrent dans l'allée, tout semblait calme et Carol savait par expérience que son père se trouverait dans le jardin, bricolant tranquillement, perdu dans ses pensées.

Sa mère parut bien silencieuse en ouvrant la porte, mais son visage s'éclaira considérablement quand elle vit que Carol amenait un invité.

— Salut maman, dit Carol. J'ai croisé un ami en ville, j'ai pensé que je pourrais vous le présenter.

— Quelle bonne idée ! s'exclama sa mère avec chaleur, et elle tendit la main.

Prenant conscience un peu tard qu'elle ne connaissait pas le nom de cet homme, Carol en bredouilla un qui devrait faire l'affaire.

— Maman, je te présente… euh… Mark. Mark, c'est maman.

L'homme accepta de jouer le jeu sans ciller et prit la main de sa mère.

— Comment allez-vous ? J'ai beaucoup entendu parler de vous.

— Oh, j'espère que non, protesta sa mère en riant.

— Vous devez finir par trouver lassants tous ces gens qui vous font remarquer comme vous et Carol vous ressemblez ? demanda-t-il, alors qu'elle les menait au salon.

Carol se demanda comment il connaissait son prénom. Le lui avait-elle dit et oublié après ? Sans doute.

— Non, pas du tout, gloussa sa mère.

Carol la regarda avec étonnement. Elle ne pensait pas avoir jamais entendu sa mère glousser auparavant. Certainement pas de cette façon.

Autour d'eux, Carol sentit toute la maison se détendre, pendant que sa mère s'occupait du thé tout en bavardant avec l'homme. Elle ne s'était jamais comportée ainsi avec aucun des garçons qu'elle avait amené à la maison. Toujours polie, amicale, mais réservée – comme on l'attend d'un parent –, mais pas ainsi. « Enjoué » n'était pas un qualificatif qu'elle aurait cru utiliser un jour en parlant de sa mère.

D'un signe de la tête, l'homme désigna le jardin.

— Je présume que c'est votre mari que j'aperçois dehors, madame Peters.

Carol se prépara au pire. Il fallait généralement que quelques heures s'écoulent après une de leurs disputes pour que ses parents cessent de s'ignorer.

— Oui, confirma sa mère. C'est John. Et appelez-moi Gillian.

— D'accord. C'est votre prénom ?

Pouffant de nouveau, sa mère lui donna un petit coup de poing à l'épaule et se tourna vers Carol pour lui tendre son thé.

— Ton ami est taquin, Carol.

— Peut-être devrais-je aller me présenter à ton père, proposa l'homme.

Son regard effleura le petit paquet que Carol tenait sur ses genoux et elle comprit qu'il lui donnait l'occasion de l'offrir à sa mère en toute tranquillité.

— Tu veux que je…

— Non, ça ira.

Elles le regardèrent s'éloigner, puis la mère et la fille se tournèrent l'une vers l'autre.

— Eh bien, finit par dire sa mère, si tu ne sors pas encore avec lui, tu ferais bien de mettre le turbo.

Elles se dévisagèrent sérieusement pendant un moment, puis elles éclatèrent de rire. Quand les rires diminuèrent, excepté un hoquet de temps à autre, Carol ressentit un énorme sentiment de soulagement. Non seulement toute tension avait disparu de la maison, comme si elle n'avait jamais existé, mais en plus sa mère semblait détendue, si pleine de vie.

— Je t'ai acheté quelque chose, annonça-t-elle.

Sa mère ne connaissait pas non plus cette œuvre, et elles décidèrent d'écouter la *Suite n° 1* immédiatement. Carol s'installa confortablement dans son fauteuil, pendant que sa mère glissait le CD dans le lecteur, et elle pensa que c'était une chose qu'elle appréciait chez elle et n'avait jamais remarqué avant. La plupart des gens d'un certain âge semblaient décider une bonne fois pour toutes de refuser de faire face à la technologie. De renoncer, et de devenir vieux. Mais pas sa mère : la télécommande à la main, elle ressemblait à Suz, la colocataire de Carol. Ou à une sœur aînée qui sait se débrouiller, du genre à faire le tour du monde sans revenir avec la dysenterie.

Il y eut un léger sifflement avant que la musique débute, et Carol se rappela ce que lui avait dit l'homme.

— Enregistré en 1961, fit-elle observer à sa mère qui hocha la tête.

Ensuite vint le son du violoncelle.

Il y avait là quelque chose qui évoquait l'austère beauté d'une équation, une expression irréductible, mais qui vous touchait très profondément : comme percevoir la vérité avec ses oreilles. Cela ressemblait réellement à un charme, comprit-elle, comme de regarder à l'intérieur d'un cristal parfait et d'y observer l'expression de forces naturelles que vous pouviez apprécier, mais en aucun cas comprendre. La raison pour laquelle vous pouviez souvent deviner ce qui venait après en écoutant Bach. Pas parce que sa musique était prévisible, mais parce qu'elle sonnait juste. Quand les nuages s'amoncellent dans le ciel, il va pleuvoir ; après, le soleil revient. Certaines choses arrivent après quelque chose d'autre. Ce n'était pas plus compliqué que cela.

Toutes ses chansons préférées, les albums dans son appartement et les 45 tours fatigués dans son ancienne chambre à l'étage, ils saisissaient l'instant. Cette musique saisissait le temps.

Pendant qu'elles écoutaient, elle se concentra sur chaque note, des sons enregistrés en 1961 : avant les Beatles, avant les Stones, avant le véritable début des sixties. Le jour où ces notes avaient été enregistrées, le monde était un endroit complètement différent, et quel que soit le support, dans ces sillons, sur cette bande, dans ces signaux numériques, c'était 1961 qu'on entendait. À l'extérieur de la pièce où jouait Paul Tortelier, se trouvait une autre pièce où des hommes aux cheveux lissés à la brillantine se penchaient au-dessus d'une table de mixage qui représentait le summum de la technologie de l'époque. Derrière eux, une fenêtre, et dehors les oiseaux chantaient. Et quelque part un gosse vendait à la criée un journal daté de 1961, peut-être celui du jeudi. Peut-être que, en écoutant très attentivement, on pouvait l'entendre et que ce moment n'avait pas disparu à tout jamais.

Alors que le Prélude s'achevait, sur un accord interrompu qui flottait dans l'air, Carol se tourna vers sa mère. Elle pleurait doucement et pressa le bouton STOP sur la télécommande. Puis elle leva les yeux sur sa fille et Carol vit que sa mère avait entendu les mêmes choses qu'elle.

Dans une autre maison, sur une autre planète, il serait toujours possible de les entendre.

Sa mère s'essuya les yeux et sourit avec chaleur.

— Ça fait longtemps qu'ils sont là-dehors.

Elles allèrent regarder par la fenêtre de la cuisine. Dans le jardin, l'homme parlait à son père, et bien qu'il soit impossible d'entendre ce qu'ils se disaient, le rire de son père – quand il explosa – arriva jusqu'à elles. Carol lança un regard à sa mère et retint sa respiration en voyant l'expression sur son visage. Elle avait un léger sourire sur les lèvres et quelques larmes qui subsistaient dans ses yeux. C'était le visage d'une personne qui regarde la photo d'un ami mort depuis longtemps et comprend qu'elle n'a pas encore fait son deuil.

Quand elle prit la parole, d'une voix brisée, elle hésita.

— C'est curieux. À le voir ainsi, on dirait l'homme qu'il a été.

Sous leurs yeux, les deux hommes rirent de plus belle et son père passa machinalement sa main dans ses cheveux. Carol entendit sa mère laisser échapper un soupir.

— Il faisait toujours… (Sa mère leva la main et la passa doucement dans ses propres cheveux.) J'aimais ça chez lui.

De nouveaux accès d'hilarité secouèrent les deux hommes, son père se tordant presque de rire. Ils ressemblaient à deux jeunes démons préparant un coup pendable. Il aurait été facile de tomber amoureuse de l'un ou de l'autre. Des larmes coulaient sur les joues de sa mère.

— Maman, qu'est-ce qui s'est passé ?

Sa mère la regarda, l'air sombre.

— Rien, répondit-elle en secouant la tête, à la fois triste et perplexe. Rien que je me rappelle.

Sous leurs yeux, les deux hommes se tournèrent vers la maison, puis se dirigèrent vers la porte du jardin, sans cesser de discuter.

— Ils reviennent, constata sa mère en s'essuyant le visage avec un torchon. Est-ce que le thé est encore chaud ?

Alors que Carol servait deux tasses, la porte s'ouvrit et son père entra, suivi par l'homme. Arrivé au milieu de la cuisine, son père hésita, se frottant nerveusement les mains sur ses hanches. Il paraissait avoir seize ans.

Carol observa sa mère. Elle regardait son mari, les yeux brillants et grands ouverts, nerveuse elle aussi. Ils semblaient embarrassés, peu sûrs d'eux, comme pour des retrouvailles après une longue séparation.

Puis son père se passa machinalement la main dans les cheveux, un geste plein de grâce, nota Carol, et sourit timidement, un sourire en coin qui aurait brisé le cœur de n'importe qui. Sa mère lui tendit une tasse, ne le quittant pas des yeux, la tête penchée sur le côté.

— Oubliez le thé ! s'exclama l'homme derrière son père. C'est une journée magnifique. Allons faire un tour en voiture !

Il escorta Carol à sa voiture et s'écarta afin de permettre à ses parents de grimper sur la banquette arrière. Ils firent preuve d'une souplesse dont Carol ne se croyait pas capable. Alors qu'ils s'installaient, Carol vit la main de son père frôler celle de sa mère qui la serra. Puis, d'une voix traînante et avec un accent américain étonnamment bien imité, son père s'exclama :

— Alors, qu'est-ce qu'on attend ?

L'homme démarra au quart de tour et les conduisit hors de la ville, où les habitations cèdent progressivement la place aux champs.

— Dans la boîte à gants, murmura-t-il à son intention.

Carol l'ouvrit, prit le CD et l'introduisit dans le lecteur. Le son du violoncelle s'éleva dans le vent alors qu'ils filaient comme l'éclair vers la campagne, mais elle restait persuadée que, en tendant bien l'oreille, on pouvait entendre les bruits de cette époque, on pouvait entendre l'année 1961 : qu'en se glissant à travers ce passage, on pouvait sortir de l'autre côté, dans le soleil radieux de cette journée. Alors que les champs s'étalaient des deux côtés de la route et que la voiture fonçait dans l'après-midi, sa mère cria avec délice, et Carol se retourna pour les regarder, visages radieux et cheveux dans le vent, enlacés et faisant de grands signes de la main aux arbres, au blé et aux oiseaux.

D'autres portes

L'organisation, c'est pas mon truc, je veux bien le reconnaître. Je prends mes décisions en suivant l'impulsion du moment. Le long terme, très peu pour moi, sauf si vous tenez compte de toutes ces années de conjectures et d'interrogations – et vous ne devriez pas, moi, je m'en passe très bien. Parce que rien de tout cela ne concernait les détails pratiques, les aspects techniques de la situation ou quoi que ce soit qui aurait pu se révéler utile. J'ai juste fait ce que j'avais à faire. C'est tout moi ça : je fais ce que j'ai à faire.

Laissez-moi vous raconter. Nous sommes samedi. Ma femme est sortie pour la journée – un déjeuner important, avec une amie qui doit se marier d'ici deux semaines. Merde ! Encore un truc qu'elle devra... Peu importe. Elle se débrouillera. Enfin, un taxi rempli de ballons où l'attendaient déjà ses amies est passé la prendre à midi, et je me suis retrouvé seul à la maison. Comme j'avais du travail, ça m'allait très bien. Le problème, c'est que je n'arrivais pas à m'y mettre. Je ne sais pas si ça vous arrive aussi parfois, de ne pas pouvoir vous concentrer sur quelque chose. Vous avez un travail à faire – dans mon cas, réparer un vieux poste de télé en panne, aussi gros qu'un frigo et, croyez-moi, y a vraiment pas grand-chose à sauver, mais le client est roi – et impossible de le faire se transformer sous vos yeux en tâche à accomplir. Pas grave, ce n'est pas comme s'il y avait urgence, et c'est samedi. Je suis un homme libre. Je peux faire ce qui me plaît.

Mais je n'ai pas réussi à me décider à faire autre chose non plus. J'avais tout l'après-midi devant moi, et probablement la soirée aussi. Ma femme et ses copines ne sortent pas souvent ensemble, mais quand elles se retrouvent, elles boivent comme des trous. Peut-être que c'était ça mon problème : avoir du temps à moi, seul pour une fois. Ça ne m'arrive pas souvent. J'ai perdu l'habitude. Je ne sais pas. Je me sentais incapable de me concentrer sur quoi que ce soit. J'ai essayé de travailler, de lire, de surfer sur le web ou juste de traîner dans l'appartement. Mais je n'avais pas l'impression d'avancer, de *faire* quelque chose. Rien ne semblait pouvoir me procurer la sensation que j'en attendais.

Je n'aime pas ça, j'ai pensé. *Ça ne marche pas.*

Ça a fini par me mettre de mauvais poil. Comme je ne tenais plus en place, j'ai pris un livre et je suis sorti. Un nouveau pub a ouvert, pas loin de la station de métro, et j'ai décidé d'aller y faire un tour et d'essayer de lire un peu là-bas. Je suis passé au kiosque à journaux en face du pub, je me suis acheté un paquet de dix cigarettes. J'arrête de fumer. Ça fait un moment d'ailleurs – et je m'y tiens, plus ou moins, à part une clope de temps à autre, et jamais à la maison –, mais parfois, j'ai juste besoin d'une de ces foutues cigarettes. Parfois, vouloir arrêter vous fait plus de mal que les cigarettes elles-mêmes. Votre capacité de concentration se fait la malle. Vous ne vous sentez plus vous-même. Le monde semble hors de portée, comme si vous n'en faisiez plus partie – et qu'il se passait très bien de vous. Le truc le plus agaçant, ce sont tous ces gens qui, sachant que vous ne fumez plus, pensent que tout ce qui ne va pas chez vous, n'importe quel signe d'humeur ou d'instabilité, est dû au manque. J'étais presque sûr que mon agitation actuelle n'avait rien à voir avec l'absence de nicotine, mais comme je me trouvais hors de la maison, autant en profiter.

Il n'y avait pas trop de monde à l'intérieur du pub – nous l'avions surnommé le « Pub Velu », parce que la façade était couverte de lierre au point de cacher le bâtiment proprement dit – et j'ai donc pu m'asseoir dans un des nouveaux fauteuils en cuir près de la fenêtre, juste à côté d'une putain de grande fougère. Avant, le pub ne ressemblait pas à ça. C'était un bar à l'ancienne, mais un peu pourrave. J'aime autant la tradition que n'importe qui, mais ce pub-là n'était tout simplement pas terrible. Maintenant, ils ont des fauteuils confortables, une machine à cappuccino, et le personnel est poli. Franchement, je ne m'en plains pas. Ils ont viré le lierre et tout repeint en noir, et c'est sympa. Enfin, peu importe. On s'en fout, du pub. Je suis resté là environ une heure, j'ai bu quelques cafés et fumé deux ou trois cigarettes. Je me suis senti un peu coupable – mais rien d'ingérable – pour chacune d'elles et aussi pour la poudre de chocolat saupoudrée au-dessus du cappuccino. En plus, je suis le régime de ce putain de docteur Atkins depuis près d'un mois, ce qui signifie – mais vous le savez sans doute déjà – pas de glucides. Aucun. « Tu ne glucideras point », a proclamé le bon docteur sur son lit de mort. Ça veut dire pas de chocolat, mais aussi – plus important – ni pizza, ni pâtes ou riz frit spécial, les trois groupes alimentaires qui rendent cette vie supportable, le triumvirat de la bouffe qui justifie que l'être humain se soit extrait de la boue originelle. J'ai perdu trois bons kilos en un mois, c'est-à-dire un peu moins d'un par semaine, sans pouvoir manger aucun des trucs que j'aime. Quelle merde. Enfin, passons.

J'ai essayé de lire, mais je ne suis pas parvenu à rentrer dans mon livre. Pas plus de succès avec le journal. Mon attention n'arrêtait pas de s'égarer sur les gens attablés dans le pub. Qu'est-ce qu'ils faisaient là un samedi après-midi ? Certains semblaient déjà avoir la gueule de bois, d'autres se préparaient activement à en avoir un dimanche matin. Ils étaient tous habillés à leur guise et étaient coiffés d'une façon qui leur plaisait – ou pas ; certains riaient fort, d'autres restaient assis en silence. Les serveurs se faufilaient entre les tables – ils semblaient gays pour la plupart, dans ce pub : ce qui ne me pose aucun problème, je ne fais qu'observer un fait. Je me suis souvent demandé ce que ça faisait, d'être gay. C'est certainement différent. La musique, trop forte, me perturbait et je ne reconnaissais qu'une chanson sur trois. Mais d'autres clients tapaient du pied et agitaient la tête. Cette musique avait une signification dans leur vie. Pas dans la mienne. Je me suis demandé quand ils l'avaient entendue pour la première fois, et pourquoi elle était devenue une part de leur vie et pas de la mienne. J'ai regardé ma tasse de café, mon livre et mon petit paquet de cigarettes, et j'ai ressenti un ennui profond. Mais pas seulement pour eux : tout ce qui me concernait, mes pensées, mon pantalon et tout le reste m'ennuyaient. L'habitude avait retiré toute saveur de leur infinie variété. J'en avais les mains qui tremblaient.

Alors je me suis levé et je suis parti. Je me sentais vraiment bizarre, mon humeur hésitant quelque part entre nostalgique, déprimé et fumasse. Puis je me suis surpris moi-même. Au lieu de simplement passer devant le marchand de journaux, j'ai viré de bord et je suis retourné à l'intérieur. J'ai avancé droit vers la caisse et j'ai demandé un paquet de Marlboro Light. Le type en a attrapé un derrière lui et j'ai payé. En ressortant dans la rue, j'ai regardé ce que je tenais entre les mains. Ça faisait un sacré bout de temps, la dernière fois que j'avais acheté un paquet de vingt. Tout le monde fume des paquets de dix ces derniers temps – vous pouvez vérifier, dans les pubs et les bars – juste pour prouver qu'ils essaient d'arrêter.

Mais vous pouvez très bien décider d'arrêter d'arrêter. Vous pouvez décider de dire une chose plutôt qu'une autre, de dire « vingt » à la place de « dix ». C'est pas plus compliqué que ça. Vous n'êtes pas aussi coincé que vous voulez bien le croire. Il existe d'autres routes, d'autres choix, d'autres portes. Toujours.

J'ai traversé la rue au feu et ensuite, au lieu de repartir par où j'étais venu (le long de la grand-rue, devant la station de métro), j'ai tourné dans une petite rue pour prendre un raccourci à travers un quartier plus calme, sans commerces. Y a quelques côtes plutôt raides là où je vis en ce moment, bien qu'en rentrant du pub, ça descende sur la majeure partie du chemin. J'ai d'abord pris à droite dans Addison Road, une rue assez courte, avec une école sur un côté. Ensuite, à gauche dans une rue dont le nom m'échappe, une ruelle en fait, avec des maisons victoriennes en brique à deux étages de part et d'autre. Au bout : Brenneck Road, le point où j'ai rejoint la route que j'aurais prise si j'avais choisi l'autre itinéraire.

Je marchais sur le trottoir, à mi-chemin entre ici et là, à mi-chemin entre une chose et l'autre, quand je l'ai fait.

Soudain, j'ai tourné à gauche, j'ai poussé un portillon noir en bois devant lequel je passais et j'ai avancé vers la maison qui se trouvait derrière. Je ne me souviens pas du numéro. Je ne savais rien de cette maison. Je ne l'avais jamais remarquée auparavant. Mais je me suis approché de l'entrée et j'ai constaté qu'il s'agissait d'une maison d'un seul tenant, qu'elle n'avait pas été divisée en appartements. J'ai appuyé sur la sonnette. Elle a carillonné à l'intérieur.

Pendant que je patientais, j'ai jeté un coup d'œil au jardin, derrière moi. Rien de bien remarquable – ordinaire, quoi. Un peu de gazon, un coin pour les poubelles, un petit arbre. Faisable.

Je me suis retourné quand j'ai entendu la porte qui s'ouvrait.

Une jeune femme, dans les vingt-cinq ans, se tenait devant moi – cheveux châtains tombant sur les épaules, léger bronzage et dents blanches. Elle avait l'air sympathique, et jolie, alors je me suis dit : *OK, j'y vais.*

— Bonjour ? elle a dit, prête à se montrer serviable.

— Salut j'ai répondu, et je l'ai écartée en la poussant pour pouvoir entrer dans la maison.

Pas fort, rien de violent, juste assez pour passer.

J'ai avancé à grands pas dans le vestibule, j'ai jeté un rapide coup d'œil au salon – parquet en pin, canapé couleur crème, téléviseur écran large pas trop mal – avant de me diriger droit vers la cuisine qui se trouvait à l'arrière. Ils avaient fait des travaux de rénovation : un architecte ou un artisan avait abattu la majeure partie du mur et l'avait remplacée par une baie vitrée – c'était plutôt réussi. Je voulais faire la même chose chez nous, mais ma femme pensait que ça faisait trop moderne et que ça « détonnait » dans une « demeure victorienne ». Quelles conneries ! C'était super.

— Hé ! Attendez une petite minute, a lancé une voix. (La femme m'avait suivi. Elle avait l'air un peu méfiante, c'est compréhensible.) Qu'est-ce que vous foutez là ?

J'ai regardé par-dessus mon épaule et j'ai vu qu'elle avait laissé la porte d'entrée ouverte, mais chaque chose en son temps. J'ai ouvert le frigo – un bon gros Bosch, argent mat. Nous, on a un Neff. Celui avec le look rétro, vert pâle – joli, mais on peut pratiquement rien mettre dedans. Ce Bosch était plein à ras bord. De la bouffe sympa, en plus : du bon fromage, de la salade de fruits prédécoupée, du saumon en croûte – délicieux, accompagné de quelques pommes de terre nouvelles, elles aussi présentes et prêtes à l'emploi –, de la viande froide, de la salade de pâtes... Le tout de chez Waitrose, supermarché de choix. Ma femme, elle fait les courses chez Tescos, c'est pas mal, mais ça n'arrive pas à la cheville de Waitrose.

— Très bien, j'ai dit. Qui a acheté tout ça ? Vous ou votre copain ?

Elle s'est contentée de me fixer avec les yeux écarquillés, mais elle n'a pas répondu. Mais je savais que c'était elle, rien qu'à sa façon de regarder le contenu du frigo. Elle a cligné des yeux, se demandant manifestement comment réagir. J'ai souri pour la rassurer.

— J'appelle la police.

— Mais non, j'ai répondu, et je lui en ai collé une.

Je n'ai pas frappé fort, mais elle ne s'y attendait pas. Elle a reculé en titubant, elle s'est pris la jambe dans l'une des chaises autour de la table et elle est tombée sur le cul. Sa tête a cogné contre le frigo. Pas fort non plus, mais assez pour la neutraliser pendant un instant.

J'ai vérifié la porte de derrière – fermée à clé –, puis j'ai enjambé la fille et je suis retourné devant. Une femme poussait un landau sur le trottoir. Je lui ai fait un grand sourire et lui ai souhaité un bon après-midi ; elle m'a rendu mon sourire (quel homme charmant) et j'ai refermé la porte. Sur le guéridon à côté de l'entrée, j'ai rapidement trouvé un trousseau de clés et un double. J'ai verrouillé la porte. Un petit tour au salon m'a permis de m'assurer que toutes les fenêtres étaient bien fermées et de constater que le couple n'avait pas hésité à casquer pour s'offrir du double vitrage. C'est bon pour conserver la chaleur à l'intérieur. Et aussi pour empêcher le bruit de sortir, j'en ai peur.

Je suis allé faire un tour au premier, pour une inspection rapide. Tout était bien fermé. Bien. Excellent.

Dans la cuisine, la femme tentait de se relever. Quand je suis entré, elle a reculé en titubant, elle a glissé (des sols d'une propreté irréprochable) et elle est retombée sur ses fesses. Elle a laissé échapper un petit bruit bizarre et ses yeux ont roulé dans tous les sens.

— Écoutez-moi, j'ai expliqué. Écoutez-moi bien. Ce n'est pas ce que vous croyez. Je ne vais pas vous faire de mal, sauf si vous m'y obligez.

— Allez-vous-en ! elle a crié.

— Non, aucune chance. Je vais rester ici. Est-ce que vous comprenez ?

Elle s'est contentée de me fixer du regard en haletant, se préparant à hurler de plus belle. Elle s'est recroquevillée près du micro-ondes (argent et mat, lui aussi, en harmonie avec le reste de la cuisine, manifestement le fruit de pas mal de réflexion).

— Crier ne vous avancera pas à grand-chose, j'ai repris. (Ça ne me dérange pas plus que ça, mais avec une grande surface vitrée comme là-derrière, les voisins pourraient entendre.) Vous allez juste me mettre en rogne et, croyez-moi, ce n'est pas une bonne idée. Ce n'est pas dans votre intérêt, je vous assure. Pas à ce stade.

Puis j'ai vu ce qu'elle mijotait et j'ai dû agir vite. Son téléphone mobile à la main, caché derrière le micro-ondes, elle essayait d'appeler un numéro abrégé.

Je le lui ai arraché des mains.

— J'aime ça. Vraiment, ça me plaît : l'idée, l'exécution. Ça a bien failli marcher. Comme je viens de vous le dire, je trouve ça admirable. MAIS NE RECOMMENCEZ PLUS JAMAIS UN PUTAIN DE TRUC DE CE GENRE !

Et je lui en ai collé une. Une bonne, cette fois.

C'est marrant, cette histoire avec les femmes battues. C'est très mal vu de nos jours. Et, comme beaucoup d'autres choses que vous vous interdisez, quand vous passez à l'acte, vous avez vraiment le sentiment d'avoir fait un grand pas. C'est comme d'ouvrir une porte que la plupart des gens n'ont pas le courage de franchir. Vous ne savez pas ce qui se trouve de l'autre côté. C'est risqué. Peut-être que vous n'allez pas aimer du tout ce qu'il y a derrière cette porte. Mais c'est une porte, vous voyez ce que je veux dire ? Il y a forcément quelque chose derrière. C'est logique. Sinon, elle ne serait pas là. Et si vous n'ouvrez pas certaines de ces portes, vous ne saurez jamais ce que vous avez manqué.

Elle s'est écroulée et je l'ai laissée là. J'ai fait le tour de la maison pour débrancher les téléphones fixes. Je n'ai pas voulu les casser, mais je les ai rangés dans un endroit où elle ne pourra pas les trouver.

À ce stade, je me sens à la fois bien et mal. Tout s'est passé comme sur des roulettes, comme prévu, pourrais-je même dire, si j'avais planifié quoi que ce soit. Tout va bien, je suis serein, mais excité aussi. J'adore ça. Mais quelque chose me dit qu'il reste un détail qui cloche. Je ne sais pas ce que c'est. Je n'arrive pas à mettre le doigt dessus.

Alors autant l'ignorer. C'est ce que je fais. Je pense à autre chose. Je me suis préparé une tasse de thé, en faisant bien attention de ne pas trébucher sur le corps allongé par terre, et j'ai ajouté deux bonnes cuillerées de sucre. C'est bien meilleur ainsi, il faut l'avouer. J'ai vérifié que la femme respirait toujours – c'était bien le cas – et je suis allé au salon.

Je me suis assis sur le canapé et je me suis occupé de son téléphone.

En parcourant le carnet d'adresses, j'ai aperçu quelques entrées qui parlaient d'elles-mêmes – « Mobile maman », pas difficile à deviner, pas vrai ? Quelques surnoms d'autres filles, manifestement des amies proches. Et une entrée à une seule lettre : « N ». À mon avis, c'est le petit ami (pas d'alliance, mais tout dans cette maison respire la vie en couple) et je pencherais pour un « Nick ». Elle n'a pas l'air de quelqu'un qui sortirait avec un Nigel, un Nathaniel ou un Norman (comprenez-moi bien : je n'ai rien contre ces prénoms, ce n'est simplement pas son genre). J'ai commencé par envoyer un SMS à « N ».

Puis j'ai appelé « Mobile maman ».

Après quelques secondes, une voix de femme d'une cinquantaine d'années a dit :

— Bonjour, ma chérie.

Bien sûr, je n'ai pas répondu. J'ai simplement écouté la voix de cette femme. Elle a répété « Allô ? » plusieurs fois, perplexe dans un premier temps, puis agacée et enfin inquiète. Ensuite, elle a coupé la communication.

Ça me suffisait. J'en avais assez entendu pour me faire une idée de la femme qu'elle était, et je ne demandais rien d'autre. Après tout, quel petit ami n'aurait jamais entendu la voix de sa belle-mère ? Ce ne serait pas réaliste. Alors je lui ai envoyé un SMS, expliquant que son numéro avait été composé par accident, que tout allait bien et que je (c'est-à-dire *elle*, pour ce que sa mère en savait) la rappellerais dans la journée.

Une minute plus tard, j'ai reçu un SMS qui disait : « OK, ma chérie ». Une affaire réglée.

Un quart d'heure après, j'ai entendu « N » arriver en soufflant comme un taureau. Il a ouvert la porte avec sa clé, a couru au salon où il s'attendait à trouver sa petite amie, nue et offerte – c'était ce que je (elle) lui avais promis dans mon (son) SMS.

Il n'a même pas eu le temps de me voir derrière la porte. Elle si, malheureusement. Elle a repris conscience au moment où je l'attaquais et je sais qu'elle a vu la brique s'abattre sur lui et lui régler son compte. Dommage, pour tout un tas de raisons. La transition devrait se faire en douceur. Là, elle va m'en vouloir.

Mais au moins j'ai récupéré son portefeuille, ce qui va m'être utile. Cartes de crédit, permis de conduire, la totale. Et devinez quoi ? J'avais raison : c'était bien un Nick. Comme quoi…

Je sais ce que je fais.

Elle est à l'étage en ce moment. Maintenant, je sais qu'elle s'appelle Karen. Chouette prénom. Je me suis entraîné à le prononcer de tout un tas de façons différentes. Avec de la gaieté dans la voix pour la plupart, mais aussi quelques-unes avec des intonations de colère, au cas où. Je ne suis pas sûr de l'endroit précis où elle se trouve – la salle de bains, sans doute. La porte ferme à clé. Elle va sans doute bientôt se remettre à crier. Je vais devoir trouver une solution rapidement. Le double vitrage n'a pas été installé sur toutes les fenêtres en haut. J'ai réussi à couvrir sa dernière crise en mettant la télé à fond ; il y a des limites, je ne vais pas pouvoir remettre ça trop souvent. Mais qui connaît les limites ? Elles ne sont pas aussi clairement définies que vous pourriez le penser. Vous pouvez très bien frapper les gens, par exemple. Vous pouvez écouter de la musique que vous n'avez jamais entendue auparavant et apprendre à l'apprécier. Vous pouvez décider d'envoyer paître feu le docteur Atkins et ses principes : vous pouvez manger des pommes de terre si ça vous chante – c'est ce que nous allons faire un peu plus tard, quand Karen sera un peu calmée et que nous pourrons nous asseoir autour d'une table et dîner comme un couple bien comme il faut.

Pour le moment, je vais m'installer sur ce joli canapé, fumer autant que ça me plaît et regarder des programmes télé que je n'ai jamais vus auparavant. À en juger par leur collection de vidéos, Karen et Nick aiment les documentaires. Faudra que je m'y fasse. Ça n'a jamais trop été mon truc, mais le changement a du bon. J'aime quand tout redevient différent. Abandonner une vie qui ne m'amuse plus et vivre celle d'un autre, voir de nouveaux visages, faire de nouvelles choses. Ce soir, le programme télé annonce une de ces émissions filmées chez les gens. J'adore ça. C'est ce que je préfère : regarder toutes ces maisons, ces jardins, ces femmes et ces chiens. Toutes ces vies différentes. Formidable. Si je m'ennuie, j'enverrai quelques SMS aux amis de Karen.

Je me sentais un peu inquiet tout à l'heure, mais plus maintenant – c'était juste un léger doute. C'est passé. Si vous vous montrez à la hauteur, tout est possible. J'ai de grandes espérances, à vrai dire. Ça va me plaire de devenir Nick. La femme est plutôt jolie. Bien plus que la précédente. D'après ce que j'ai pu comprendre, Nick était agent immobilier. Du gâteau. C'est tout à fait dans mes cordes, alors que – pour être franc – j'étais nul comme réparateur télé. Pas foutu d'apprendre en deux jours en tout cas. Ça n'aurait pas duré de toute façon : les clients auraient fini par venir réclamer leur poste, et ils auraient vu tout de suite que je n'étais pas le type à qui ils l'avaient confié et – surtout – que je n'avais rien réparé du tout. Ce n'était pas une vie stable. Rien qu'aujourd'hui, dix minutes après mon départ, une voiture devait passer prendre ma femme, pour ce gueuleton avec champagne et tout le cirque. J'étais au courant. Elle l'avait marqué sur le calendrier accroché sur le côté du frigo au look rétro. Ça m'a un peu forcé la main. Deux jours, c'est vraiment court pour une vie et je n'avais pas envie de partir aussi vite, mais je ne serais jamais parvenu à convaincre les copines venues chercher ma femme.

De toute façon, elle ne faisait pas l'affaire. Elle ne voulait pas d'un nouveau départ. Tout ce qui l'intéressait, c'était garder sa vie d'avant.

Pas grave. J'aime le changement. Cette fois, j'ai l'impression que ça pourrait se passer autrement. Que ça durera un peu plus longtemps. Enfin, quand je dis « longtemps », je me comprends : j'ai rarement plus de trois ou quatre jours devant moi. Mais ce sera clairement plus facile que la dernière fois. Plus détendu.

Déjà, y a pas de gosses.

Plus tard…

Je me souviens m'être tenu dans notre chambre à coucher, juste avant que nous sortions, tripotant ma cravate, légèrement impatient. Nous avions du temps devant nous, mais il n'y avait pas de quoi pavoiser. Les minutes avaient tendance à s'évanouir quand Rachel se préparait et, même en nous y prenant tôt, nous finissions par courir hors d'haleine en quête d'un taxi. Nous nous rendions à une soirée, notre heure de départ n'avait donc pas grande importance, mais la ponctualité est une de mes petites manies.

Quand j'eus enfin obtenu un nœud de cravate à la hauteur de mes compétences dans ce domaine, je me détournai du miroir et ouvris la bouche afin d'appeler Rachel. Mais alors j'aperçus ce qui se trouvait sur le lit et les mots moururent dans ma gorge. L'espace d'un instant, immobile, je me contentai de regarder, puis j'avançai vers le lit.

Ce n'était rien de bien spectaculaire, une simple robe dans un tissu blanc lustré. Quelques années plus tôt, quand nous avions commencé à sortir ensemble, Rachel fabriquait elle-même beaucoup de ses vêtements. Pas par nécessité, mais parce qu'elle aimait ça. Elle me traînait continuellement dans des boutiques de confection, me faisait admirer tel motif ou me demandait mon avis sur un million de tissus différents. Je gémissais et protestais du bout des lèvres.

Sans réfléchir, je me penchai afin de toucher le tissu, et je me surpris à me rappeler la première fois où je l'avais eu en main, dans cette boutique de Mill Road. J'avais émergé d'un ennui plaisant, le temps de dire que oui, celui-là me plaisait. Forte de cette recommandation, elle l'avait acheté et avait cousu cette robe. Pour me remercier de m'avoir suivie dans son périple, elle m'avait aussi invité à dîner. Nous étions plus pauvres à l'époque, alors nous avions dû nous contenter d'un repas bon marché mais copieux et nous avions bien mangé.

Curieusement, ça ne me gênait pas vraiment de faire les boutiques avec elle. Parfois, vous vivez votre vie sans trop vous poser de questions, lorsque brusquement vous apercevez quelqu'un dans la rue et tombez éperdument amoureux de cette personne. Vous voyez de quoi je parle ? Quelque chose dans son allure, dans ce qu'elle est, vous fige et vous n'avez d'autre choix que de la fixer du regard : et à cet instant, vous êtes persuadé que, si vous pouviez la rencontrer, vous seriez capable de l'aimer pour toujours. Alors se bousculent dans votre tête les stratagèmes les plus fous et les rencontres fortuites les plus improbables. Pendant ce temps, sur le trottoir d'en face ou à l'autre bout de la pièce, l'élue de votre cœur, qui parle à quelqu'un d'autre, n'a pas la moindre idée de ce qui vous traverse l'esprit. Quelque chose s'est déclenché, mais uniquement sous votre crâne. Vous savez que vous ne lui parlerez jamais, qu'elle ne saura jamais rien des sentiments que vous éprouvez, qu'elle n'en a aucune envie, d'ailleurs. Mais quelque chose en elle vous empêche de détacher votre regard, et vous allez jusqu'à souhaiter qu'elle parte afin de reprendre votre liberté.

La première fois que je vis Rachel, c'est exactement ce que je ressentis, et maintenant elle prenait un bain chez moi. Je ne l'appelai pas pour lui demander de se dépêcher. Je décidai que c'était sans importance.

Quelques minutes plus tard, une sorte de râle prolongé annonça l'évacuation de l'eau du bain, et Rachel entra dans la chambre d'un pas léger, enveloppée dans d'épaisses serviettes et pleine d'entrain. Soudain, je perdis tout intérêt pour la soirée où nous devions nous rendre et encore plus pour la question de la ponctualité. Elle approcha, inclina la tête de manière caricaturale pour m'embrasser et tira vigoureusement mon nœud de cravate dans trois directions différentes. Quand je me regardai de nouveau dans la glace, je constatai que, comme à son habitude, elle lui avait transmis une sorte de perfection.

Une demi-heure plus tard, nous quittâmes l'appartement, avec encore du temps devant nous. Si quelqu'un nous avait retardés, c'était moi.

— Plus tard…, susurra-t-elle, avec un sourire riche en promesses. Plus tard, et jusqu'au bout de la nuit, cher monsieur…

Après avoir fermé notre porte à clé, je me retournai et la vis sur le trottoir devant la maison, une image de la perfection dans sa robe blanche, une image du bonheur. Alors que je descendais les quelques marches en souriant, elle recula en sautillant sur la route, riant sans raison, sinon le plaisir d'être avec moi.

— Allez, viens…, dit-elle, main tendue, comme pour m'inviter sur une piste de danse, et une camionnette jaune tourna au coin de la rue et la percuta de plein fouet.

Elle virevolta en arrière, comme si quelqu'un avait tiré sur une corde, rebondit contre une voiture garée là et s'écroula sur la chaussée. Paralysé sur la dernière marche, je la vis se redresser et me regarder, une expression de surprise muette sur le visage, avant de basculer en arrière.

Le temps pour moi d'arriver à ses côtés, le sang avait déjà commencé à imbiber le blanc de sa robe et jaillissait de sa bouche. Il coula sur son maquillage et je constatai qu'elle avait eu raison : elle n'avait pas bien mêlé les couleurs au-dessus des yeux. Je lui avais répondu que c'était sans importance.

Elle essaya encore une fois de bouger la tête et j'entendis un son poisseux quand elle faillit réussir à la décoller du macadam avant de la laisser retomber. Ses cheveux s'étalèrent autour de son visage, mais pas comme d'habitude. Il y eut un tremblement à peine perceptible des paupières, et elle mourut.

Je m'agenouillai à côté d'elle, la tenant par la main tandis que le sang commençait déjà à sécher un peu. J'entendis chaque mot prononcé dans le petit attroupement qui s'était formé, mais j'ignore ce qu'ils marmonnaient. Je n'avais qu'une pensée en tête : il n'y aurait plus jamais de « plus tard », ni pour l'embrasser, ni pour quoi que ce soit d'autre.

J'avais l'impression que le monde entier s'était arrêté, et n'avait pas redémarré. Plus tard n'existait plus.

Quand je revins de l'hôpital, j'appelai sa mère. Je le fis sans attendre, bien que je n'en aie aucune envie. Je ne voulais en parler à personne, je ne voulais pas rendre la nouvelle officielle. Ce fut un coup de téléphone pénible, très pénible. Puis je m'assis et contemplai les tiroirs qu'elle avait laissés ouverts, la serviette sur le sol, l'invitation pour la soirée sur la coiffeuse, sentant mon estomac se nouer.

Je me trouvais dans cet appartement, comme si nous étions rentrés de cette soirée. J'aurais fait couler un café pendant que Rachel prenait un autre bain. Nous aurions bu le café sur le canapé devant un bon feu. Mais le feu était éteint, et la baignoire vide. À partir de là, qu'est-ce que j'étais censé faire ?

Je restai ainsi près de une heure ; j'avais le sentiment d'avoir glissé trop loin dans le temps et d'avoir laissé Rachel derrière moi, comme s'il suffisait de me retourner pour la voir courir désespérément afin de me rattraper. Quand j'eus l'impression que ma gorge allait exploser, je téléphonai à mes parents et ils vinrent me chercher. Avec douceur, ma mère m'aida à me changer, mais elle ne lava pas mes vêtements. Pas avant que je sois endormi en tout cas. Quand je redescendis de ma chambre et vis qu'ils étaient propres, je la détestai, mais je savais qu'elle avait raison et ma haine s'effaça. Les conserver ainsi dans un tiroir n'aurait servi à rien.

Les obsèques furent brèves. Je suppose que c'est toujours le cas, en fait, il n'y a aucune raison de les faire durer. Rien de plus à dire. Je me sentais un peu mieux, je ne pleurais plus autant, bien que je n'aie pas su retenir mes larmes avant d'aller à l'église, quand je me révélai incapable de nouer ma cravate correctement.

Rachel fut enterrée près de ses grands-parents, ce qui lui aurait fait plaisir. Ses parents me remirent sa robe à l'issue de la cérémonie, parce que je la leur avais demandée. Elle avait été nettoyée à fond et avait perdu de son lustre par endroits ; ainsi, elle ne ressemblait pas plus à la robe de Rachel que le tissu d'origine sur son rouleau. J'aurais presque préféré que les taches de sang soient toujours là : au moins j'aurais pu croire que le tissu brillait toujours autant en dessous. Mais ils avaient raison, eux aussi, à leur manière, tout comme ma mère. Certaines personnes possèdent des âmes pragmatiques et résignées, un talent pour la mort. Ce n'est pas mon cas, j'en ai peur. Pour moi, elle reste totalement incompréhensible.

Ensuite, je restai un peu près de sa tombe, mais pas longtemps parce que je savais que mes parents m'attendaient près de la voiture. Devant le monticule de terre qui la recouvrait, je tentai de me concentrer, de lui transmettre une dernière pensée, un ultime message d'amour, mais le monde extérieur – le bruit des moteurs sur la route, un oiseau qui croassait dans un arbre – semblait faire tout son possible afin de me distraire. Je ne parvenais pas à le chasser de mon esprit. Si incroyable que cela puisse paraître, je notai combien il faisait froid, puis je songeai aux vies menées par d'autres ailleurs, aux télévisions allumées en ce moment même, à l'odeur à l'intérieur de la voiture de mes parents qui n'aurait pas changé. Je voulais ressentir quelque chose, sentir sa présence, mais j'en étais incapable. Je ne percevais que le monde autour de moi, cette bonne vieille planète. Mais ce monde n'existait pas une semaine plus tôt, et je ne comprenais pas pourquoi il semblait n'avoir pourtant pas changé.

Il me semblait pareil parce que, pour moi, rien n'avait changé. Je retournai à la voiture.

La veillée mortuaire se révéla pire que l'enterrement, bien pire. Un sandwich au thon dans la main, je sentis monter en moi un grand froid. Lisa, la plus vieille amie de Rachel, se tenait au milieu d'une cour d'amis d'enfance, où s'exprimaient des émotions s'étendant d'un stoïcisme courageux à une incohérence vibrante.

—Je viens seulement de prendre conscience, me dit-elle entre deux sanglots, que Rachel ne sera pas présente à mon mariage.

—Au mien non plus, rétorquai-je mollement, et je me détestai immédiatement pour l'avoir dit.

Je me réfugiai en lieu sûr, près de la fenêtre. J'étais incapable de réagir comme il fallait. Je comprenais la raison de la présence de tous ces gens – d'une certaine façon, c'était presque comme un mariage. Au lieu de se rassembler pour être les témoins d'une union, ils se trouvaient là pour se prouver qu'elle était morte. Dans les semaines qui allaient suivre, ils se souviendraient qu'ils s'étaient tenus ensemble dans une pièce et pourraient accepter le fait qu'elle était partie. Moi pas.

Je saluai les parents de Rachel avant de rentrer. Nous nous regardâmes bizarrement et échangeâmes des poignées de main, un peu comme si nous étions redevenus des étrangers. Ensuite, je retournai à l'appartement pour passer des vêtements plus confortables. Mes habits d'« un jour », comme les appelait Rachel, parce que : « un jour, tu devras te décider à les jeter ». Ensuite, je me préparai un thé et regardai par la fenêtre un bon moment. Je savais très bien ce que j'allais faire, et j'éprouvai du soulagement à l'admettre enfin.

Cette nuit-là, je retournai au cimetière et je la déterrai.

Cela représentait beaucoup de travail et je mis bien plus longtemps que je l'avais prévu, mais en même temps cela se révéla étonnamment facile. Bien sûr, ça faisait froid dans le dos, et oui, j'avais l'impression d'être un cinglé, mais après avoir enfoncé la pelle une première fois, les pelletées suivantes parurent moins étranges. Un peu comme au réveil, les premiers matins après l'accident. Je m'étreignais moi-même et je n'arrivais pas à comprendre, mais petit à petit je sus à quoi m'attendre. Il n'y eut ni coup de tonnerre ni éclair. En fait, je me sentais vraiment très calme. Il n'y avait que moi et – sous la terre – ma compagne. Je voulais simplement la retrouver.

Quand ce fut fait, je l'étendis au bord de la tombe et rebouchai la fosse, prenant bien soin de lui rendre une apparence intacte. Puis, je la portai dans mes bras jusqu'à la voiture et la ramenai chez nous.

Dans l'appartement silencieux, je l'assis sur le canapé qui couina sous son poids ; un bruissement s'échappa du coussin. Quand elle fut installée, je m'agenouillai et observai son visage. Il semblait avoir gardé le même aspect. La couleur de la peau paraissait différente, il lui manquait cet éclat qu'elle avait toujours eu. C'est là que se trouve la vie, vous savez, pas dans le cœur, mais dans les petites choses, comme la manière dont les cheveux encadrent un visage. Son nez semblait pareil qu'avant et son front aussi lisse. C'était bien le même visage.

Je savais que la robe qu'elle portait dissimulait quantité de choses que j'aurais préféré ne pas voir, mais je la lui retirai tout de même. C'était sa robe de funérailles, achetée par sa famille pour l'occasion et elle ne voulait rien dire pour moi, ni pour elle. Je connaissais l'ampleur des dégâts et leur signification. En l'occurrence, les préparateurs avaient fait du bon boulot, mais sans chichis, parce que de toute façon personne ne le verrait. Ce n'était finalement pas si mal.

Quand elle fut de nouveau assise, dans sa robe blanche cette fois, je baissai la lumière et je pleurai un peu, parce qu'elle paraissait n'avoir pas changé. Elle aurait pu s'être endormie, sous l'effet conjugué de la chaleur du feu et du vin, comme si nous étions revenus, à l'instant, de cette fameuse soirée.

Ensuite, je pris un bain – une habitude que nous avions, tous les deux, quand nous rentrions d'une fête, afin de nous sentir propres et frais en nous glissant entre les draps. Cela n'arriverait pas cette nuit, bien sûr, mais j'étais couvert de saleté et je voulais me sentir normal. Au moins le temps d'une nuit, je voulais que les choses redeviennent comme avant.

Je restai dans mon bain un moment, sachant qu'elle se trouvait au salon, et me lavai de la tête aux pieds. Je ne me posais pas trop de questions. Je profitai de cette une sensation agréable, celle de savoir que je ne serais pas seul en retournant à côté. C'était mieux que rien – une façon pour moi de la maintenir un peu en vie. Je jetai mes « habits d'un jour » dans la corbeille à linge et enfilai ceux du soir de l'accident. Ils importaient moins que sa robe, mais au moins ils provenaient du temps d'avant.

Quand je pénétrai dans le séjour, sa tête penchait légèrement vers l'avant, mais elle aurait fait de même si elle avait été endormie. Je nous préparai une tasse de café à chacun – la dernière tasse de la journée, la seule qu'elle s'autorisait à sucrer, alors j'ajoutai du sucre. Ensuite, je m'assis à côté d'elle et je constatai avec joie, qu'à cause de son poids, les coussins me tiraient légèrement vers elle, et ne me laissaient pas perché là, tout seul.

La première fois que je vis Rachel, ce fut lors d'une réception. Je l'aperçus à travers la pièce et me contentai de la fixer du regard. Mais nous n'échangeâmes pas un mot. Notre première vraie rencontre eut lieu qu'un mois ou deux plus tard. Et notre premier baiser quelques semaines après ça. Alors que je me trouvais sur ce canapé, assis à côté de son corps, je lui pris timidement la main, comme je l'avais fait cette nuit-là. Elle semblait plus froide qu'elle aurait dû l'être, mais le feu compensait un peu. Je la serrai, sentant les lignes sur sa paume, des lignes que je connaissais mieux que personne.

Je laissai le calme m'envahir et tins sa main dans le demi-jour, sans la regarder, comme lors de cette première nuit, trop heureux pour jouer avec le feu. *Elle te laisse lui tenir la main,* avais-je pensé, *tu n'espères tout de même pas pouvoir aussi la regarder. Tenir sa main est largement suffisant : ne tourne pas les yeux ou tu vas rompre le charme.* Mon visage se plissa alors, sans savoir s'il devait rire ou pleurer, mais je me sentais bien. Vraiment bien.

Je restai longuement ainsi, contemplant les flammes, toujours sans me poser de questions, à simplement lui tenir la main et laisser les minutes s'écouler. À mesure que le temps passait, la situation me semblait de plus en plus normale et finalement je me tournai lentement vers elle pour la regarder. Elle avait l'air fatiguée et endormie, plongée dans un profond sommeil, mais toujours là avec moi, toujours mienne.

Au premier mouvement d'une de ses paupières, je songeai d'abord à un effet d'optique, un vacillement projeté par les flammes. Puis elle bougea de nouveau, et l'espace d'une fraction de seconde, je crus que j'allais mourir. L'autre paupière imita la première et ma peur disparut. Je pense vraiment que c'est ce qui fit la différence. Elle revenait de loin, et si j'avais paru effrayé, ou si je l'avais rejetée, je crois que les choses en seraient restées là. Je ne me posai pas de questions.

Quelques minutes plus tard, elle ouvrit les yeux et peu après, elle réussit à tourner lentement la tête.

Je continue à me rendre à mon travail, et je fais de temps à autre une apparition dans une soirée, mais ma cravate n'est plus aussi impeccablement nouée qu'avant. Elle est incapable de bouger les doigts avec une précision suffisante pour m'aider. Elle ne peut pas m'accompagner et il m'est impossible d'accueillir quelqu'un à la maison, mais ce n'est pas grave. Nous avons toujours passé beaucoup de temps entre nous. C'était ce que nous voulions.

Je dois me charger de beaucoup de choses pour elle, mais ça ne me dérange pas. Les accidents graves sont nombreux : si Rachel avait survécu, elle aurait pu être infirme ou touchée au cerveau, et ses mouvements auraient ressemblé à ce qu'ils sont maintenant, si lents et maladroits. J'aimerais qu'elle soit capable de parler, mais il n'y a pas d'air dans ses poumons, alors j'apprends à lire sur ses lèvres. Sa bouche remue lentement, mais je sais qu'elle essaie de parler et je veux comprendre ce qu'elle a à me dire.

Mais elle se déplace dans l'appartement, elle me prend la main et sourit du mieux qu'elle peut. Si elle n'avait été que blessée, je ne l'en aurais pas moins aimée. Ce n'est pas tellement différent.

Plus cruel que la mort

— Jamais vu un coup aussi merdique ! commenta gentiment Nick en s'appuyant sur sa queue de billard. Tu as déjà produit quelques coups épouvantables ce soir, mais là c'est le pompon ! Va te chercher un bouquin sur le B.A.BA de la physique à la bibliothèque. Et reprends tout depuis le début.

Reculant depuis la table, je répliquai avec une joyeuse obscénité avant de boire une petite gorgée de ma bière. Dans l'ensemble, je ne jouais pas si mal, mais les deux dernières parties s'étaient révélées pour le moins inégales. Au billard, je ne tire que des coups très bons ou exécrables. Il ne semble pas exister de milieu dans mon cas. Ma façon de jouer ne dépend que du ratio entre le sublime et le ridicule.

— Si je réussis ce coup-là..., marmonna Nick, préparant un ambitieux double carambolage...

— Tu auras confirmé ton statut de joueur le plus chanceux du cosmos, complétai-je pour lui.

Non content d'échouer, il projeta la bille blanche hors de la table ; elle rebondit bruyamment sur le parquet et roula à l'autre extrémité de la salle. Parce que je me trouvais le plus près, je partis la récupérer. Les joueurs des autres tables me suivirent de leur regard impassible, tandis que je faisais de mon mieux pour ne pas avoir l'air ridicule.

La salle de billard de l'*Archway Tavern* se situe au premier étage de l'établissement, une vaste pièce rectangulaire et nue, aux plafonds hauts, qui couvre la surface des deux bars du rez-de-chaussée. Elle propose deux tables de snooker et cinq de billard anglais, un espace avec quelques tables et des chaises disposées autour d'un juke-box increvable, et un bar installé contre le mur près de la porte. Un endroit pas spécialement engageant, dans un pub irlandais pas très bien fréquenté (et à la façade entièrement peinte en vert, pour ceux qui auraient des doutes), mais je venais jouer là régulièrement depuis plus d'un an et je n'avais jamais eu d'ennuis. Les habitués, trop taciturnes pour pouvoir être qualifiés d'amicaux, se montrent toujours plutôt aimables, et avec un juke-box rempli de CD des Fureys et des Dubliners, l'ambiance est assez sympathique les bons soirs.

La bille blanche finit par s'immobiliser sous une table dans l'angle le plus éloigné de la pièce.

— Désolé, fis-je en essayant de ne pas sonner trop anglais, et je m'accroupis pour la ramasser.

Les deux adolescents continuèrent de jouer comme si de rien n'était. Je tendis le bras, tâtonnai sous la table et parvins à la déloger enfin. Je me redressai un peu trop vite et sentis la tête me tourner un bref instant, alors que je me préparais à retourner de l'autre côté de la salle.

Puis soudain, la soirée, déjà sympathique, prit une tournure bien meilleure encore.

Elles étaient arrivées.

Je repartis vers notre table, essayant d'adopter une allure nonchalante et me forçant à ne pas regarder en direction du bar.

— Deux coups, me concéda Nick.

— Non, tu crois ? J'ai presque dû prendre un putain de bus pour aller la récupérer.

Je pris tout mon temps pour replacer la bille blanche, apparemment afin de préparer la prochaine série, alors qu'en réalité j'observais furtivement la salle. La seule table libre n'était séparée de la nôtre que d'une autre table. Si elles préféraient jouer au billard, plutôt que simplement traîner près du juke-box avec leurs amis, elles ne se trouveraient qu'à cinq mètres de nous.

J'envoyai rouler la bille blanche vers une bille rouge égarée près du bout du tapis, sans espoir sérieux de l'empocher. Mon véritable objectif était de redonner la main à Nick pour que je puisse continuer à surveiller la pièce. Malheureusement, j'avais trop bien bien évalué mon coup et la bille rentra dans la poche avec un claquement sonore. Nick tapota judicieusement le manche de sa queue sur le plancher. Choisissant un angle qui me permettrait d'avoir le bar dans ma ligne de mire, je me penchai vers la table et constatai qu'elles se dirigeaient bien vers la table libre, entraînant dans leur sillage une bande de copains, verres à la main. Soudain nerveux, je manquai un coup facile vers une des poches centrales.

Nick secoua la tête.

— Parfois, je me demande s'il n'y a pas deux individus complètement différents en toi, se lamenta-t-il. Un vétéran de vingt-six ans et un paraplégique âgé de cinq ans qui se relaient. Oh ! (Remarquant les nouveaux arrivants, il me gratifia d'un sourire entendu.) Je vois. Monsieur a été distrait.

Je souris d'un air penaud, me sentant dans la peau d'un gosse de quatorze ans accusé d'avoir le béguin pour une grande de terminale. Dans le cas présent, la différence d'âge était inversée, mais je n'en ressentais pas moins les mêmes sentiments mitigés de fierté et de totale stupidité.

La source de telles émotions ? La fille qui venait d'arriver à la table libre. Elle et sa presque jumelle de sœur étaient des habituées de l'*Archway Tavern*. Parfois, elles jouaient au billard et parfois elles se contentaient de traîner avec d'autres jeunes du quartier. Les jumelles étaient toutes les deux grandes, extrêmement minces et follement jolies. La différence entre les deux résidait dans le fait que la mienne avait des pommettes légèrement plus saillantes, et des cheveux châtains ondulés, coupés un peu plus court que sa sœur. Elle avait la peau pâle et les lèvres rouges. Elle et sa sœur devaient avoir dans les dix-sept ans.

— C'est quand tu veux. Prends tout ton temps, soupira Nick théâtralement.

— Quoi ?

— À toi de jouer.

À l'autre table, ils disposaient les billes dans le triangle. La seconde jumelle discutait avec l'une des filles qui jouaient souvent avec elles. La mienne se tenait un peu à l'écart. Elle enleva sa veste, provoquant simultanément en moi un sentiment de joie et de désespoir. Son baggy ne me posait aucun problème, mais au-dessus, elle portait le haut d'un body qui lui collait à la peau comme un maillot de bain. Pire encore, elle le portait sans la moindre trace de suffisance, mais simplement parce qu'elle pouvait se le permettre. Et je sus que, face à une telle incarnation de la perfection, j'allais avoir le plus grand mal à ne pas la dévorer du regard.

— Bon sang! murmurai-je à part moi en essayant de me concentrer sur le jeu.

Empocher une bille dans la poche centrale fut un coup facile, mais le suivant me donna un peu plus de fil à retordre. Visant le bas de la bille blanche, je tirai en tâchant de donner un maximum d'effet. La bille blanche bondit proprement au-dessus de la rouge et quitta le tapis, frappant presque Nick au ventre.

— Quel dommage…, ironisa-t-il quand sa crise de rire se fut calmée. Elles étaient justement en train de nous regarder.

Je lui souris, espérant qu'il plaisantait. Mais il n'en avait pas l'air et mon sourire se crispa un peu, tandis que je m'asseyais pour attendre mon tour. Avec deux coups à venir et considérant la position des jaunes, il terminerait probablement avec cette série. Tandis qu'il se déplaçait méthodiquement autour de la table et empochait une bille après l'autre, je sirotai ma Budweiser tiède en balayant la salle du regard.

Penchée au-dessus de la table, elle se concentrait sur son prochain coup, le dos tourné vers moi. Je laissai mes yeux vagabonder le long de son dos admirable et vigoureux, et sentis une vague de tristesse m'envahir. J'avais l'impression de la regarder depuis l'extérieur, comme de derrière une vitre, alors qu'elle bavardait avec une amie et attendait son tour pendant que sa sœur faisait une tentative honorable pour empocher une bille éloignée. Sa voix, que j'entendis pour la première fois, semblait typiquement londonienne, mais avec un accent agréablement léger pour la région. Quand elle s'inclina pour tirer de profil cette fois, l'ampleur de mon désespoir s'accentua. Il y a des choses que je trouve insupportablement séduisantes chez une femme : les pommettes, un nez bien dessiné, des cheveux châtains longs et épais, des épaules et le haut des bras minces, un dos élancé et un ventre plat, une poitrine menue et des mains gracieuses. Elle rassemblait tous ces éléments. Elle avait dix-sept ans, et je me trouvais pathétique.

Un claquement sonore signala la fin de la partie quand Nick envoya la bille noire dans une des poches de coin. Il passait une excellente soirée.

— À toi de disposer les billes, dis-je en me relevant. Prêt pour une autre partie ?

En attendant d'être servi au bar, je poussai jusqu'au juke-box et programmai mes deux chansons préférées du moment, *Secret* de Heart et *I'm on Fire* de Bruce Springsteen. Mais je n'étais manifestement pas le premier, parce que la sélection suivante se révéla un morceau d'un goût exquis, intitulé *Yeah Baby, Do It Again* par un groupe de heavy metal américain quelconque. Retournant à notre table, j'indiquai à Nick en secouant la tête qu'il ne s'agissait pas de mon choix.

— C'est bien ce que je me disais…, commenta-t-il en acceptant son verre de cidre. Je devrais reconnaître ce que tu as mis ?

— Probablement, grognai-je en faisant la première casse.

Nick se moque sans arrêt de mes goûts musicaux. Il affirme que je choisis uniquement des chansons morbides ou qui parlent d'échecs amoureux. C'est facile d'en rire, pour lui. Nick est marié et heureux en ménage. Il a quelqu'un qui tient à lui, quelqu'un à aimer. Il n'est pas perturbé au point de faire une fixation sur une fille, de dix ans sa cadette, et à qui il n'adressera jamais la parole.

Alors que la partie progressait, mon jeu s'améliora. Les rouges me portent chance d'habitude. La fille ne joua pas la partie suivante, laissant sa sœur se mesurer à une des habituées – une blonde. Le regard perdu dans le vague, elle tirait sur une cigarette, pas vraiment en experte. Je me demandai à quoi elle pensait. Je me forçai à me montrer plus enjoué, afin de ne pas gâcher la soirée de Nick.

Au fond, par bien des aspects, je suis quelqu'un de plutôt équilibré. J'occupe un emploi acceptable de rédacteur en chef dans un magazine de vidéo, et je me fais pas mal d'argent à côté comme journaliste free-lance. Je n'ai pas beaucoup d'amis, mais le peu que j'ai sont fidèles, et je ne pense pas mener une existence plus solitaire que la plupart des gens. Émotionnellement, c'est plus délicat, mais je préfère ne pas en parler. J'ai si souvent repassé dans ma tête le film de ma dernière relation amoureuse que c'en est devenu ennuyeux, même pour moi, et j'ai renoncé à la comprendre ou à la bannir de mon esprit. Rien de bien spécial : juste une liaison qui avait bien commencé et qui s'est lentement dégradée. Ça m'a blessé, mais maintenant c'est fini.

Nick manqua une noire facile, m'ouvrant un boulevard vers la victoire.

— Une nouvelle fois, le dieu du billard me chie sur la tête, observa-t-il doucement en tendant la main vers la craie.

J'aime bien jouer avec lui, parce qu'il se moque de qui l'emporte et pour quelqu'un comme moi, qui n'a pas l'esprit de compétition, c'est essentiel. Au moment où je me penchais vers la table, le juke-box enchaîna sur le morceau suivant et, après un blanc, j'entendis l'introduction au piano, puis le fracas des premiers accords de *Secret*. Nick gémit derrière moi.

— Pas *encore* !

Je souris, revigoré par la musique, et empochai l'avant-dernière bille rouge. Les chansons sur les vicissitudes de l'amour et la tristesse de nos misérables vies me remontent toujours le moral, et alors que je tenais la dernière bille rouge dans ma ligne de mire, je sentis mon cœur se libérer. Rêver ainsi d'une fille de dix-sept ans, ravissante mais parfaitement ordinaire, paraissait indigne de ma vie, même dans son état de stérilité actuel. Je me sentais un peu seul, c'est tout. C'était stupide de ma part. *Eh merde, calme-toi. Oublie ça.* Alors que la chanson entamait son premier refrain, je levai les yeux vers la fille, un sourire désabusé sur les lèvres.

Elle me regardait.

Nos regards se croisèrent et, pendant un long moment, le temps sembla figé. Le moment se prolongea bien au-delà d'une simple coïncidence. Autour de nous, le refrain se déchaîna, parlant d'un amour devant demeurer secret, *ooh yeah*, et nous nous regardions toujours fixement, de part et d'autre d'un long tunnel, connu de nous seuls. Elle avait des yeux bleus, magnifiques, et pas la moindre cicatrice.

— Y a-t-il un médecin dans la salle ? Le patient vient de nouveau de péter les plombs.

Quand je me retournai, après avoir souri à la blague de Nick, elle regardait ailleurs et bavardait avec la blonde. L'espace d'un instant, je doutai de la réalité de cet épisode. Mais le serrement de mon cœur et la sueur sur mon front suffirent à m'en convaincre. D'un coup, j'envoyai la bille blanche percuter la rouge qui tomba en sifflant dans la poche, comme si on l'avait tirée au bout d'un élastique bien tendu. L'effet, parfaitement dosé et appliqué à la bille blanche lui fit exécuter une marche arrière et effleurer la noire qui roula près d'une poche.

— Le corps de mon ami vient d'être possédé par une force d'origine extraterrestre, poursuivit Nick en tapant de nouveau sa queue sur le sol, une force bien meilleure au billard que lui.

Avec un large sourire, j'ignorai la poche toute proche et rentrai la noire de l'autre côté du tapis, au grand dam d'un Nick beau joueur.

— Frimeur ! grommela-t-il en introduisant une nouvelle pièce de 50 pence.

La chance continua de me sourire et je remportai facilement les deux parties suivantes. Pendant la première, j'observai les deux sœurs en grande conversation près de leur table, et j'eus clairement l'impression qu'elles parlaient de moi. Bien sûr, elle aurait très bien pu dire à sa sœur qu'un drôle de type n'arrêtait pas de la mater, mais le juke-box passait *I'm on Fire* et je n'y croyais pas. Elle m'avait regardé autant que je l'avais regardée. Puis, tel un personnage d'une vidéo créée pour cette chanson, elle releva légèrement la tête et nos regards se croisèrent de nouveau. Un léger sourire s'inscrivit sur ses lèvres. J'avais vu juste. Nous partagions les mêmes sentiments.

Au milieu de notre deuxième partie, elles quittèrent la salle de billard. Quelque chose disparut avec elle, et mon jeu perdit de son éclat le reste de la soirée, mais cela ne m'empêcha pas de continuer à gagner. Nous allions remettre ça quand Nick remarqua qu'il était presque 23 heures et, impatient de rejoindre Zoe, décida d'en rester là pour aujourd'hui. Comme d'habitude, je le taquinai à propos du couvre-feu qu'il devait respecter, ce qu'il accepta de bonne grâce alors qu'il me ramenait chez moi à bord de sa terrifiante Mini Cooper.

Pendant que j'attendais que l'eau bouille pour me préparer une dernière tasse de café, j'observai mon visage dans le miroir de la salle de bains. Il n'est pas particulièrement beau, mais apparemment il plaît. Honnêtement, je n'ai pas d'avis sur la question. J'ai des yeux brun-vert et le front haut, des pommettes saillantes et des cheveux brun foncé manifestement en faveur d'une observation servile des lois de la gravité. Mes lèvres sont charnues, mon nez bien dessiné et ma peau pâle dans l'ensemble. Je déteste mon visage, je l'ai détesté depuis aussi longtemps que je me souvienne.

La bouilloire émit son signal électronique strident, mais je choisis de l'ignorer, juste pour l'emmerder.

Autour de mon œil droit se trouvent un certain nombre de cicatrices. Je ne sais pas si vous l'avez déjà remarqué, mais la majorité des gens arborent une cicatrice près des yeux, le vestige de quelque chute infantile. La plupart d'entre eux se rappellent des circonstances de cet événement, du trajet vers l'hôpital effectué dans l'affolement, des parents paniqués, de la glace obtenue après, en récompense pour son courage. Je me souviens très bien de comment je me suis fait les miennes.

Assis sur le canapé dans l'appartement silencieux, mon café à la main, je notai que la diode de mon répondeur clignotait. Un message de Jane, mon ex-colocataire, qui voulait savoir si j'avais des projets pour demain soir. Sachant qu'elle se couchait tard, je la rappelai et convins de la retrouver à l'*Archway Tavern* pour jouer au billard. La fille serait peut-être de nouveau là, et maintenant qu'un contact – même vague – avait été établi, je ne voulais pas manquer une chance de la revoir.

J'emportai le reste de café au lit et le bus, avec une cigarette, les yeux fixés sur le mur de ma chambre. Elle est bien trop grande pour moi tout seul, étant donné qu'il ne s'y passe plus rien d'intéressant. Il y a une penderie de plain-pied au bout, où s'entassent toutes mes affaires de ces deux dernières années, et une grande commode contre un des murs. Coincées dans le miroir, deux photos : une de mes parents et une de Siobhan.

C'est elle qui m'a quitté, si vous voulez le savoir. Plusieurs fois, par intermittence. Des séparations douloureuses. Elle n'était pas sûre de ses sentiments. Elle n'est pas la seule responsable – les raisons étaient variées et complexes –, mais personne ne peut nier qu'elle m'a fait du tort. Comme je l'ai déjà dit, j'y ai déjà beaucoup trop réfléchi, et je n'espère pas être en mesure de démêler un jour cet écheveau. Je ne lui en veux même pas de m'avoir quitté. Les gens tombent amoureux, rencontrent quelqu'un qui fait vibrer une corde plus profonde : c'est la vie, et j'aurais pu comprendre cela. Mais Siobhan n'a même pas eu le courage d'aller au bout de ses envies, elle a continué à me garder en réserve, une solution de repli confortable. Elle me quittait et, à peine partie, me rappelait pour me dire qu'elle m'aimait. Quand elle était avec moi, je ne l'avais jamais entièrement à moi, et quand elle partait, elle refusait de me rendre ma liberté. Je voulais la voir revenir et je me sentais incapable de me libérer, mais chaque fois elle revenait à contrecœur et jamais entièrement, et cela me semblait encore pire. Elle ne pouvait pas être mienne, mais je n'étais pas autorisé à en aimer une autre. Elle a fini par partir pour de bon. Voilà toute l'histoire.

Je rêvai cette nuit-là, de ma mère. Je me trouvais dans notre ancienne maison. C'était la nuit et je regardais le jardin par la fenêtre. Ma mère se tenait sous le clair de lune, elle me tournait le dos et brandissait un long bâton qui ressemblait un peu à une queue de billard. Elle se retourna vers la maison et le vent balaya ses longs cheveux châtains de son visage. Elle pleurait. Quand elle leva les yeux vers la fenêtre, la lumière se refléta sur les larmes autour de ses yeux, leur donnant l'apparence de cicatrices brillantes.

Ce mardi-là, au travail, la journée fut ennuyeuse et sembla ne jamais devoir finir, comme toujours le mardi. Le chef maquettiste de *Communiqué* est un peu trop branché pour son bien et, pour la troisième semaine d'affilée, je dus lui rappeler avec une certaine véhémence que notre priorité consistait avant tout à faire tenir tous les textes dans les pages supposées les accueillir, et non à produire de belles images. Plus tard, je le surpris en train de me décrire comme un béotien auprès du secrétaire de rédaction. En guise de représailles, je renversai accidentellement du café sur certains de ses travaux personnels qu'il avait oubliés sur son bureau. Une matinée ordinaire dans la vie d'une petite organisation.

L'après-midi se révéla moins tendu. J'en passai la majeure partie derrière mon bureau, dont l'aspect ordonné irrite considérablement le chef maquettiste. Vers 17 heures, ne trouvant rien d'autre à faire que regarder les photos que je garde ici – une de mes parents, une de Siobhan –, je décidai de rentrer tôt.

Jane m'attendait déjà quand je me présentai à l'*Archway Tavern*. Vers 21 heures, nous étions agréablement absorbés par une conversation plaisante et décousue. Nous nous connaissions depuis l'université et avions partagé un appartement, en tout bien tout honneur, pendant dix-huit mois, deux ans plus tôt. Elle est ma seule véritable amie du sexe opposé, avec qui je peux avoir une relation sans arrière-pensée. Je pense que c'est probablement réciproque.

Puis, à 22 heures, elles firent leur entrée. Je revenais du bar avec deux bières et je passai devant elle en redressant les épaules pour essayer de ressembler à un être humain potentiellement désirable. Elle ne me regarda pas directement, nous nous trouvions trop près l'un de l'autre pour prendre ce genre de risque à ce stade, mais je sentis définitivement une sorte de courant entre nous. J'arrivai à notre table avec son parfum enroulé tel un spectre autour de mon cou.

— Tu vas bien ? demanda Jane, qui ne connaissait pas les jumelles. On dirait que tu viens de prendre un coup de poing dans le ventre.

— Ça va.

Et tout d'un coup je le sentis, moi aussi. Il y avait quelque chose. Le regard d'hier avait fait monter les enchères et à présent il y avait cette chose – si infime soit-elle – entre nous. Elle avait toujours dix-sept ans et je me sentais toujours aussi stupide, mais ça n'en était pas moins excitant.

Je lui laissai le temps de s'installer avant de jeter un coup d'œil dans leur direction. Grâce à une série de coups inspirés, Jane remporta la partie, et j'attendis qu'elle dispose les billes pour la partie suivante avant de lever les yeux vers elle.

Je sus tout de suite qu'il y avait un problème. Elle se tenait à l'écart pendant que sa sœur jouait. Elle n'arborait pas son air rêveur de l'autre jour, mais fixait du regard le sol à ses pieds, le visage dur. Distrait, je loupai la première casse et Jane s'apprêta à empocher un grand nombre des billes disponibles. Le regard de la fille n'avait pas varié, mais à présent elle balançait sa jambe, visiblement en colère. Peut-être qu'un événement malheureux avait troublé son univers, que ça n'avait rien à voir avec moi. Mais ça n'était pas l'impression que cela donnait.

La réponse vint quand je tirai mon coup suivant. Les yeux fixés sur leur table, je vis qu'elle avait relevé la tête et qu'elle regardait dans notre direction. Mais je n'étais pas sa cible. Un sourire crispé sur les lèvres, elle observait Jane et ses yeux lançaient des éclairs. Je compris immédiatement.

Quand Jane passa près de moi, je pris soin de mettre autant de distance entre nous qu'il semblait raisonnable, afin de prouver que nous ne formions pas un couple. Le groupe des jumelles comprenait quelques garçons ce soir-là : elle pouvait comprendre que se trouver en compagnie d'une femme ne signifiait pas nécessairement entretenir une relation amoureuse avec elle. À mesure que la partie progressait, Jane parut conspirer contre moi : d'excellente humeur, elle me lançait des œillades et riait avec coquetterie, elle jouait de façon espiègle avec ma queue de billard, contribuant à systématiquement ruiner l'impression que je tentais de créer.

Cette comédie atteignit son apogée au moment où je frottai le bout de ma queue à la craie. Je prends soin de ma queue de billard. Elle a appartenu à mon père et j'en chéris chaque centimètre, jusqu'au creux situé près de la base.

Je n'avais risqué un coup d'œil vers elle que deux fois dans le dernier quart d'heure, et chaque fois elle parlait à quelqu'un et me tournait le dos. Alors que je me penchais pour effectuer la casse, je la vis qui se tournait lentement vers moi.

—Attends, je vais t'aider, proposa Jane et elle me couvrit les yeux de ses mains.

Interloqué, je fis la casse et elle les retira. Je n'arrivais pas à croire qu'elle avait fait une chose pareille. Nous nous connaissions depuis six ans et il fallait qu'elle choisisse précisément cette soirée pour se comporter comme si nous étions amants. Et devant moi, se tenait la fille qui me regardait droit dans les yeux. L'espace d'un instant, je restai cloué sur place, paralysé. Affolé. *C'est fini,* ai-je pensé, *c'est vraiment foutu.*

Puis, étonnamment, son visage s'adoucit. Quelque chose dans mon expression avait dû lui communiquer mon angoisse et, à cet instant précis, je vis qu'elle avait compris la situation. Elle pencha la tête de côté et nous regarda encore un peu, puis elle se retourna vers sa sœur.

Elles s'en allèrent alors que Jane et moi terminions la partie suivante. Juste avant d'arriver à la porte, et sans ralentir le pas, elle se tourna vers moi et me lança un regard qui ne laissait aucune place au doute. Sur son visage, une expression narquoise – sourcils levés et sourire en coin – que je déchiffrai parfaitement. Je l'avais échappé belle – de justesse. Ma longue expérience avec Siobhan m'avait appris que plus la résolution d'un problème tarde, plus ce dernier est susceptible de laisser une cicatrice. Je devais trouver un moyen de nous réconcilier.

J'eus l'idée de comment m'y prendre le lendemain, sur le chemin du travail. J'appellerais Nick et lui proposerais, de façon insistante si nécessaire, de venir jouer au billard avec moi ce soir. Si elle était là, et me voyait de nouveau jouer avec lui, elle aurait la preuve que Jane ne représentait rien pour moi, excepté une partenaire de billard de plus. Et nous pourrions reprendre notre relation là où nous l'avions laissée quand nos regards s'étaient croisés la première fois, ce mercredi.

Je ne parvins pas à téléphoner à Nick avant l'après-midi, à cause d'une longue dispute, extrêmement violente, avec le chef maquettiste.

Je vous raconte.

J'arrivai au travail presque d'humeur joyeuse, maintenant que j'avais trouvé un moyen d'arranger les choses avec la fille, et découvris que quelqu'un avait pénétré dans mon bureau. Non seulement ça, mais cette personne avait arraché la photo de Siobhan de son cadre et l'avait déchirée. Le portrait de mes parents avait aussi été sorti de son cadre et la moitié où se trouvait ma mère découpée en petits morceaux.

Incapable de bouger ou de penser, je fixai les fragments du regard pendant un long moment. Je repris mes esprits quand je constatai que des larmes coulaient sur mes joues. Je regardai les bouts de papier éparpillés sur la table et pris conscience que l'identité du coupable ne faisait aucun doute. Le maquettiste avait dû apprendre que c'était moi qui avais abîmé son travail personnel – qui n'avait, soit dit en passant, rien à faire ici pendant les heures de travail – et s'était vengé. Pour me punir d'avoir versé un peu de café sur un projet pourri, il avait pris les photos des deux personnes que j'aimais le plus au monde et les avait découpées au scalpel.

Je le confrontai immédiatement avec les faits, et je me sentais tellement en colère que je faillis lui mettre mon poing dans la figure quand il nia toute implication. Il nia même avoir eu connaissance de mon rôle dans le sabotage de son travail personnel. La dispute s'étendit à des sujets sans rapport avec ce qui l'avait déclenchée, et s'envenima au point que, dix minutes plus tard, nos échanges se limitaient à une engueulade réciproque. Finalement, il partit déjeuner, furieux. Ignorant les regards furtifs de certains membres de l'équipe, je m'assis pesamment derrière mon bureau et tentai de reconstituer la photo de ma mère. Je ne parvenais pas à stopper mes larmes, et bientôt les autres firent le vide autour de moi. Ma mère est morte il y a cinq ans, et pas un jour ne passe sans qu'elle me manque. Je l'aimais vraiment beaucoup.

Nick était libre ce soir, je n'eus donc même pas besoin d'insister. Tant mieux. Après la matinée que je venais de vivre, je ne me sentais pas capable d'exercer une quelconque pression, et je me voyais mal lui avouer la véritable raison de mon intérêt grandissant pour le billard. Pendant la journée, je m'étais efforcé de ne pas trop penser à la fille. À la lumière du jour, l'image de ce que je ressentais pour elle vacillait, se dissolvait dans ce qui me restait de fierté. Je n'arrivais pas à croire que je me mettais dans un tel état pour une jeunette de dix-sept ans à laquelle je n'avais toujours pas adressé la parole. Ce n'était ni raisonnable ni normal. Seulement à la nuit tombée pouvais-je croire ce que j'avais lu dans ses yeux, qu'un lien se tissait entre nous, quelque chose de spécial.

Je rentrai tôt, allai directement au salon et m'assoupis sur le canapé pendant deux heures. Je n'avais pas bien dormi ces dernières semaines, et le scandale de ce matin m'avait achevé.

Alors que je me réveillais péniblement, conscient qu'il faisait déjà nuit et que je devrais prendre une douche et manger avant l'arrivée de Nick, je sentis les fragments d'un rêve se dissiper autour de moi. Une nouvelle fois, je m'étais trouvé devant ma fenêtre dans notre ancienne maison, celle où nous vivions avant la disparition de ma mère. Cette dernière se tenait de nouveau dans le jardin, et cette fois je dévalai l'escalier et me précipitai pour la rejoindre ; dans l'obscurité, je sentis l'herbe humide sous mes pieds. Alors que je m'approchais, elle se retourna et je vis qu'elle pleurait encore. Ma mère souffrait de problèmes émotionnels mineurs, et la voir pleurer est l'un de mes premiers souvenirs d'elle. Mais en la regardant, j'eus la chair de poule, parce que, bien qu'elle ait ressemblé exactement à ma mère – chaque ride, chaque os au bon endroit –, ce n'était pas elle. J'avais l'impression que quelqu'un, de silhouette et de corpulence similaires, avait bénéficié de la meilleure opération de chirurgie plastique du monde, au point d'éliminer toute différence superficielle. Alors que je l'observais, le vent plaqua sa chevelure en travers de son visage et un chien aboya tout près. Ma mère était une femme grande et très mince et, tandis qu'elle se penchait vers moi, j'eus tout le temps nécessaire pour m'enfuir. Mais je n'en fis rien. Je ne m'étais jamais enfui Je l'aimais. Le vent ramena ses cheveux en arrière et je remarquai qu'il ne s'agissait pas de ma mère après tout. C'était elle. C'était la fille

La dernière chose que je vis, juste avant de me réveiller, c'est qu'elle ne pleurait plus. Elle souriait, un sourire dur, crispé, qui m'en rappelait un autre.

Je me levai lentement et traversai maladroitement la pièce, me frottant le visage des deux mains. Je savais que j'aurais dû me souvenir de ce sourire, mais rien à faire. Je jetai un coup d'œil somnolent à l'horloge et constatai qu'il me restait une heure avant que Nick sonne à la porte. Secouant la tête afin de chasser le reliquat de sommeil de l'après-midi, j'entrai dans ma chambre.

D'abord, je ne sus pas dire ce qu'il y avait de différent. Au bout d'un moment, je pris conscience que mon visage se reflétait entièrement dans le miroir au-dessus de la commode, puis je vis.

La photo de Siobhan avait été déchiquetée, et la moitié de l'autre photo sur laquelle se trouvait ma mère réduite en un méli-mélo de fines lamelles. L'espace d'un instant, je songeai au chef maquettiste, mais je savais qu'il ne pouvait pas avoir fait cela.

Sans réfléchir, j'ouvris les portes de la penderie et tombai à genoux ; à la recherche d'une boîte que je conservais au fond de l'armoire, je jetai mes affaires par-dessus mon épaule. Quand je l'eus trouvée, je m'assis en tailleur et l'ouvris devant moi en tremblant.

Toutes les photos dans la boîte avaient été tailladées. Sur chacune d'elles figurait soit ma mère, soit Siobhan, et il n'en restait plus que d'inutiles bandes de couleur. Ma cérémonie de remise des diplômes, avec Siobhan à mon bras, du temps où elle m'aimait… Mon cinquième anniversaire, assis sur les genoux de ma mère, avec les pansements autour de mon œil droit… De vulgaires confettis à présent.

Renversant les pétales de couleur sur le sol, je me précipitai et plongeai la main sous le lit. Dans une boîte, à l'intérieur d'une boîte, elle-même à l'intérieur d'une autre boîte, je gardais mes photos les plus importantes. Personne d'autre que moi ne connaissait cette cachette. Personne. J'ouvris la boîte à cigares qui aurait dû renfermer mes clichés préférés, trois de ma mère et deux de Siobhan, mais n'y trouvai qu'un enchevêtrement de papier photo. Elles n'avaient pas été découpées calmement, proprement, mais déchiquetées, mutilées et tailladées avec une haine féroce.

Assis au milieu de cette dévastation, je compris enfin le message. Il n'y a pas de compromis possible, pas de demi-mesure. Vous êtes avec quelqu'un, ou vous ne l'êtes pas. Si vous avez quelqu'un dans votre vie, il n'y a de place pour personne d'autre. Jamais. Ceci est un avertissement, un signe pour la suite des événements. Ce n'était pas une fille comme les autres et, si je voulais la posséder, ce serait à l'exclusion de toute autre – passée, présente et future.

Le téléphone sonna. Sans réfléchir, simplement en réaction au bruit métallique, je décrochai le poste de la chambre. C'était Nick. Il se décommandait. Il avait autre chose de prévu. Il avait oublié et s'excusait. Lundi soir ?

Je raccrochai ; je me relevai et attrapai mon manteau dans la penderie. J'étais obligé de passer à la salle de billard, pour lui montrer que j'avais bien reçu son message et que j'avais compris. Si je devais y aller seul, eh bien soit. J'appelai un taxi et l'attendis devant chez moi, balançant nerveusement l'étui de ma queue. Il faisait totalement nuit à présent, et un chien aboya tout près.

L'*Archway Tavern* était bondé. J'arrivai à 21 heures passées et le vendredi, c'est le début de la période la plus chargée. Toutes les tables semblaient prises, l'air envahi par la fumée. Et pas de jumelles en vue. Je commandai une bière et patientai, assis près d'une des tables à l'extrémité du bar.

Elles arrivèrent une demi-heure plus tard, entourées par leurs amis. La blonde faisait de nouveau partie de la bande, ainsi que les deux garçons de la veille. Je luttai contre l'envie de me diriger droit vers elle. Ce n'était pas ainsi qu'il fallait procéder. Il existe une bonne façon de faire chaque chose, et chaque chose doit être faite de la bonne façon. Je n'avais rien avalé de la journée et la bière me montait à la tête. Il faisait chaud, l'endroit était bruyant et enfumé, et les clients s'interpellaient gaiement autour de moi. Assis avec mon étui sur les genoux, j'attendais le bon moment, j'attendais un signe de sa part

Puis, à la fin de la chanson sur le juke-box, il y eut un moment de silence relatif et soudain j'entendis l'introduction si distinctive au piano, et souris quand suivirent les accords de guitare. *Secret.*

Voilà mon signal.

Je me levai et marchai en direction de l'autre extrémité du bar. Les jumelles se trouvaient au milieu d'une petite bande autour d'une table de billard. Je me faufilai à l'arrière du groupe et sentis mon cœur se gonfler. J'allais enfin lui dire que j'avais compris son message. Une fois derrière elle, je lui tapotai l'épaule. Elle se retourna et me dévisagea. L'espace d'un instant, je crus lire quelque chose dans ses yeux, puis je n'y vis plus que du dégoût.

— Bonjour, dis-je.

— Qui t'es toi, putain ?

À présent tous les regards se tournaient vers moi. Je souris aux autres membres du groupe, et me tournai de nouveau vers elle.

— J'ai bien reçu le message. J'ai compris.

— Quel message ? Mais putain, de quoi tu parles ?

Je vis que certains de ses amis semblaient gênés. La blonde gloussait derrière sa main. Sa sœur jumelle regardait la fille, sourcils levés, et secouait la tête. Je commençai à me sentir vraiment mal.

— Tu sais bien… Les photos.

Elle laissa échapper un rire où se mêlaient l'embarras et la colère, et elle secoua la tête.

— C'est n'importe quoi. Allez, dégage !

— Ouais, dégage ! répéta l'un des garçons.

Peut-être qu'il avait le béguin pour elle. Il tendit le bras et me poussa sur la poitrine. Comme je ne m'y attendais pas, je tombais en arrière et heurtai une table. Le groupe me tourna le dos en riant. La blonde n'arrêtait pas de glousser.

Je me redressai en chancelant, sentant le refrain de *Secret* résonner dans chaque os de mon corps. Le barman me lança un regard sévère. Pas de problème, je m'en allais.

Sur le parking, je fumai quelques cigarettes et patientai pendant une heure. Peu après 22 heures, le groupe sortit et la fille partit de son côté, sur Holloway Road. Je la suivis, m'arrêtant simplement le temps de ramasser quelque chose devant une maison.

Je compris. J'avais fait une erreur. Je n'aurais jamais dû l'aborder ainsi, devant tous ces gens qui n'étaient pas au courant ; ils ne savaient pas combien elle était spéciale, qu'elle avait des pouvoirs qui sortaient de l'ordinaire. Quand j'aperçus sa maison, je la contournai et grimpai avec précaution le long de la gouttière jusqu'au balcon.

Je comprends les choses, vous savez. J'apprends vite. Quand j'avais quatre ans, j'ai laissé tomber une bouteille de lait dans la cuisine. Quand ma mère a vu ce que j'avais fait, elle a sorti la queue de billard de mon père et, posément, a vissé les deux parties ensemble. Puis elle l'a levée et m'a frappé au visage, de toutes ses forces. C'est comme ça que j'ai eu ma première cicatrice à l'œil. Je vous avais bien dit que je me rappelais. À six ans, j'ai dit quelque chose de mal et elle m'a cogné la tête contre l'angle de la table de la cuisine six fois, une pour chaque année. J'ai dû aller à l'hôpital cette fois – commotion cérébrale. Je n'ai jamais raconté ce qui s'était passé. À personne. C'était notre secret.

Je n'ai plus jamais laissé tomber le lait, et je n'ai plus jamais dit quelque chose de mal.

Une lumière s'alluma dans la maison quand la fille pénétra dans la cuisine. Elle ouvrit le réfrigérateur – il y avait du lait dedans. Elle en but un peu avant de remettre la bouteille à sa place. Je fis délicatement glisser le loquet de la porte du balcon et entrai sans un bruit. Alors qu'elle sortait de la cuisine, j'aperçus son visage, et son sourire dur, crispé. Je me rappelais à présent. C'était le sourire de ma mère quand elle avait ramassé les tessons de la bouteille de lait pour les frotter contre mon ventre. Son sourire, quand, après m'avoir cogné la tête contre la table, elle m'avait obligé à la pencher en arrière et avait enfoncé un ongle dans l'entaille toute fraîche près de mon œil droit. Le même sourire quand elle avait rencontré, la seule et unique fois, ma première petite amie.

La fille alla s'asseoir sur le canapé au salon, sans allumer la lumière. Elle m'attendait. Elle savait que je venais.

La seule petite amie que j'ai connue avant Siobhan s'appelait Sally. Elle fréquentait la même école que moi et nous sommes allés au cinéma deux ou trois fois. Un jour, je l'ai ramenée à la maison pour lui présenter maman et papa. Comme papa se trouvait dans le jardin, nous sommes d'abord allés saluer maman. Elle était assise à la table de la cuisine. À notre entrée, elle a eu ce sourire dur et crispé et s'est levée.

J'ai fait les présentations, mais je ne pense pas m'en être si bien tiré. J'étais distrait. Je croyais apercevoir du sang au coin de la table.

—Alors voilà la fameuse Sally, constata ma mère, s'adossant contre la table, les bras croisés.

—C'est moi. Bonjour, répondit Sally en souriant gentiment.

Avec précaution, je progressai vers le salon. J'entendis la fille fredonner une chanson. Notre chanson : *I'm on Fire*. Elle avait renvoyé sa jumelle avec les autres pour que nous restions seuls tous les deux.

Ma mère a rendu son sourire à Sally, puis elle m'a fait signe d'approcher et de me tenir à côté d'elle.

—Elle a quelques kilos en trop, non ? demanda ma mère en glissant son bras autour de ma taille. D'habitude, il préfère les filles plus minces… J'ai pas raison ? (Elle s'est tournée vers moi en souriant, et a fait courir son doigt le long de la plus grosse cicatrice à côté de mon œil.) Grandes et minces, avec de longs cheveux châtains.

Puis elle a attiré ma tête vers la sienne. Sally est sortie de la cuisine à reculons, tandis que maman introduisait sa langue dans ma bouche, me léchait les lèvres et glissait sa main sous ma chemise. Elle s'est pressée contre moi et a ri ; Sally est partie en courant. Je n'ai plus jamais reparlé à Sally. Puis maman m'a mordu au visage et m'a repoussé. J'ai perdu l'équilibre et je me suis cogné le visage contre le frigo. C'est comme ça que je me suis fait ma dernière cicatrice. J'ai appris. J'ai compris. Je ne pouvais pas l'avoir, mais je ne pouvais avoir personne d'autre.

Je pénétrai dans le salon et la fille feignit la surprise, cria même un peu, mais je ne me sentais plus du tout embarrassé. Je connaissais la musique, je savais que notre relation devait demeurer un secret entre nous. Je tirai ma queue de billard de derrière mon dos et la frappai au visage. Elle tomba par terre. Elle tenta de parler, mais son nez cassé et le sang qui coulait dans sa bouche l'en empêchèrent. Je ne comprenais pas un mot de ce qu'elle disait, mais cela n'avait pas d'importance, parce que je savais à quoi m'en tenir et ce qu'on attendait de moi. Je n'avais aucun besoin d'instructions. Je lui fracassai sur le crâne la bouteille de lait que j'avais prise en chemin sur Holloway Road et enfonçai le goulot cassé dans son œil droit. Elle avait enfin ses propres cicatrices et j'y plongeai mes doigts, jusqu'à sentir l'os en dessous. J'éprouvai les mêmes sensations que maman. J'introduisis ma langue dans sa bouche, lui léchai les lèvres et glissai ma main sous sa chemise. Elle se débattit quand je pressai la bouteille contre son ventre et cria du mieux qu'elle pouvait quand je perforai sa peau douce et que ma main tomba à l'intérieur. Je savais que je n'avais pas beaucoup de temps devant moi, alors je ressortis ma main et la plaçai, ainsi que mon autre main, autour de son cou. J'approchai mon visage aussi près du sien que possible ; je serrai et vis le sang de ses cicatrices lui couler dans les yeux et sur les joues.

Elle haleta et j'en profitai pour regarder la pièce autour de moi, les fauteuils, le tapis. C'était chez nous maintenant, un endroit seulement pour elle et moi. De la salive et du sang s'écoulèrent de son nez alors qu'elle étouffait et je collai ma joue près de sa bouche ; je voulais voir si j'arriverais à deviner.

Et j'y parvins. Je sus lequel était son dernier souffle, je le sentis sur mon visage et l'aspirai en moi. Je la serrai dans mes bras un long moment et partageai avec elle un bonheur que je ne saurais décrire, un bonheur impossible à expliquer. Elle avait voulu être la seule, m'avoir totalement à elle, et elle avait obtenu ce qu'elle désirait. Assis là, nous étions seuls au monde, et je remerciai Dieu de lui avoir donné l'ingénuité et la magie pour me faire passer un message que j'avais pu comprendre. Cet endroit serait le nôtre à tout jamais et son pouvoir ne faiblirait jamais. Je sentis son corps mince contre le mien et lui caressai les cheveux, regardant les cicatrices que nous avions en commun.

Elle était spéciale, et elle était la seule que je pourrais jamais aimer. La mort ne l'empêcherait pas de m'avoir à elle pour l'éternité.

Une dernière promenade

Finalement, c'était une belle matinée ensoleillée. Quand elle passa devant le manteau qu'elle avait préparé dans l'entrée la veille au soir, May sourit. Elle n'en aurait pas besoin.

Patientant pendant que l'eau bouillait, elle se mit à la fenêtre de la cuisine et regarda la prairie. Les herbes hautes se balançaient doucement, luxuriantes dans la lumière naissante. Une belle journée s'annonçait. Tant mieux. Une longue promenade l'attendait et elle préférait marcher sous le soleil. Quand la bouilloire s'éteignit, elle tendit le bras et farfouilla dans le placard jusqu'à mettre la main sur un sachet de thé. Après tant d'années vécues au même endroit, elle ne s'était pas encore habituée à sa nouvelle cuisine et semblait tout redécouvrir chaque matin.

Elle s'assit au séjour pour boire son thé, se disant qu'elle rassemblait l'énergie nécessaire pour commencer. Mais en réalité, elle se préparait mentalement à la tâche qui l'attendait aujourd'hui. Elle se sentait un peu nerveuse, comme si elle allait assister à quelque chose qui n'avait plus autant d'importance qu'auparavant, mais méritait néanmoins toute son attention.

Une fois son thé avalé, elle retourna à pas feutrés dans la cuisine, lançant un regard soupçonneux vers le sol. Pour sa cuisine de Belden Road, elle avait choisi un revêtement en lino aux couleurs gaies, qu'elle avait maintenu d'une propreté irréprochable. Ici, elle avait beau balayer, les dalles en pierre semblaient perpétuellement poussiéreuses. Mais elle devait admettre qu'elles étaient plutôt jolies. Très traditionnelles. Elle savait qu'elle apprendrait à les aimer comme le reste du cottage, et qu'avec le temps elle se soucierait moins de leur entretien. Peut-être…

Après avoir rincé sa tasse à l'eau froide et l'avoir mise à sécher à côté de l'évier, elle se prépara un sac pour le déjeuner : un beau morceau de fromage, une tomate et du pain. Après réflexion, elle ajouta une pomme verte et un couteau pour la couper. Il y avait de fortes chances qu'elle n'en ait pas besoin, et s'arrête quelque part en chemin. Mais elle n'avait pas suffisamment exploré la région pour l'instant, et deux précautions valaient mieux qu'une.

Dans le vestibule, elle sourit de nouveau en apercevant le manteau, cette fois à cause des souvenirs qu'il remuait. Cyril le lui avait offert, bien des années plus tôt. Pendant leurs vacances au bord de la mer. Il avait fait si froid après le déjeuner, ce premier jour, qu'ils avaient décidé de se rendre en ville et de trouver des vêtements plus chauds. Elle avait vu le manteau dans la vitrine d'une des deux minuscules boutiques et, après réflexion, l'avait jugé trop cher. Un peu plus tard, pendant qu'elle prenait le thé dans un salon sur le quai sombre et venteux, Cyril avait couru le lui acheter.

Ç'avait vraiment été gentil de sa part, mais elle se rappelait surtout le moment où elle l'avait essayé. Dès qu'elle avait enfilé le manteau noir et épais, ils avaient éclaté de rire à la même pensée, n'arrêtant de s'esclaffer que lorsque Cyril s'était mis à tousser violemment et qu'elle avait dû lui taper dans le dos avec un coussin. C'était un manteau de grand-mère, destiné à être porté par une vieille dame – son premier. Ils en avaient ri, parce qu'il n'y avait rien d'autre à faire le jour où vous prenez conscience que l'âge vous a rattrapé.

Enfin si, il y avait bien autre chose… Et dès leur retour à la pension, ils y avaient consacré la majeure partie de l'après-midi. Ils ne s'étaient pas sentis si vieux, ce jour-là. Mais trois ans plus tard, Cyril était mort.

Sur le seuil, elle tira la porte derrière elle. Elle ne prit pas la peine de la fermer à clé. Après avoir vécu aussi longtemps à Londres, il lui arrivait d'oublier combien les choses étaient différentes ici. Elle l'aurait probablement verrouillée si la maison avait contenu quoi que ce soit susceptible d'intéresser un voleur, mais quand elle avait déménagé, elle avait contemplé tous les objets accumulés au cours des années et compris que bien peu d'entre eux lui semblaient suffisamment importants pour les emporter avec elle. Excepté des vêtements et quelques bricoles, elle avait tout distribué à ses amis et à ses proches. Ça lui avait fait plaisir. Sa petite-fille Jane, par exemple, avait toujours aimé parcourir les vieilles photos que May gardait dans un coffre en bois. Les lui donner signifiait qu'elle posséderait toujours un souvenir d'elle.

Ça et la blague qu'elles partageaient depuis que Jane était toute petite. « Pourquoi les bohémiens marchent-ils de travers ? » demandait May, et Jane, bien qu'elle connaisse la réponse, feignait systématiquement de l'ignorer. « Parce qu'ils ont des boules de cristal », gloussait May et toutes les deux éclataient de rire.

Une blague un peu grivoise, supposa May, mais un peu de grivoiserie n'a jamais fait de mal à personne. Si les gens ne se montraient pas grivois à l'occasion, les uns avec les autres, il n'y aurait jamais d'enfants, pas vrai ?

Elle hésita un moment, les yeux fixés sur le chemin, qui s'incurvait à travers champs, entouré de verdure et d'or ondulant à perte de vue. La route était longue et May régla son allure avec soin. Elle n'était pas pressée.

En fin de matinée, elle estima avoir parcouru environ cinq kilomètres – *pas mal, pour une vieille bique comme moi*, pensa-t-elle. Elle aimait marcher ainsi, en écoutant les oiseaux perchés sur les haies et les rangées d'arbres. Ça lui rappelait d'autres vacances avec Cyril, quand ils allaient se promener à la campagne afin d'échapper à la pollution et s'arrêtaient dans des pubs minuscules pour déjeuner. Quel dommage qu'il ne puisse pas se trouver à ses côtés, maintenant qu'elle avait la possibilité de marcher ainsi quand l'envie lui prenait. Mais les regrets ne servaient à rien. Cyril disait toujours que les regrets sont bons pour les gens qui n'attendent rien de la vie, et il avait raison.

Huit cents mètres plus loin, après un coude, elle découvrit une petite clairière au bord de la route et aperçut un pub sous les arbres. Y voyant un signe du destin, May décida qu'une pause-déjeuner s'imposait.

L'intérieur du pub paraissait douillet, et le propriétaire et sa femme aussi amicaux que le reste des habitants de la région, mais par ce beau soleil, elle préférait manger dehors. May acheta un verre de sherry et une part de tourte pour accompagner le repas qu'elle avait emporté avec elle, puis alla s'asseoir à l'une des tables en bois. Alors qu'elle mâchait avec contentement, son esprit vagabonda vers d'autres pubs, en d'autres temps ; elle y songea avec un détachement apaisé, sans chagrin. Vous avez ce que vous avez, un point c'est tout. Inutile de vouloir autre chose. Si quelque chose vous manque, dites-vous que vous avez déjà eu bien de la chance de l'avoir.

Au bout d'un moment, elle aperçut une silhouette sur la route qui avançait en direction du pub. Un jeune homme. Il se joignit à elle pour bavarder et manger son déjeuner. Il avait quitté sa famille un an plus tôt et il était juste de retour après leur avoir rendu visite. La plupart de ses proches semblaient s'être faits à l'idée de son départ, mais sa mère ne s'en était toujours pas remise. May reconnut ce qu'elle avait ressenti ce matin, à la pensée de la tâche qui l'attendait, de devoir regarder en arrière et se souvenir de choses qui semblaient de l'histoire ancienne. Cela ressemblait à ce que, une fois adulte, on ressent en se rappelant des tests ou des examens qu'on a passés, afin de pouvoir comprendre ce que traverse un enfant soumis à pareille épreuve.

Le jeune homme s'égaya un peu pendant qu'ils bavardaient. Après tout, disait-il, il n'avait aucune envie de retourner là-bas et si sa mère avait besoin d'un peu de temps pour s'adapter, eh bien tant pis. Ses paroles auraient pu sembler dures à une autre que May. Elle savait pertinemment que, maintenant qu'elle se trouvait là, rien n'aurait pu l'obliger à revenir à Londres.

Avant de se sentir trop à l'aise, elle se leva et reprit sa route, forte d'un endroit à ne pas manquer, recommandé par le jeune homme qui repartait en sens inverse.

L'après-midi se révéla même plus chaud que la matinée, mais pas trop. Tout en marchant, May sentit son cœur se gonfler de joie. C'était vraiment superbe par ici. Que demander de plus ?

Vers 16 heures, la qualité de la lumière se mit à changer ; l'après-midi s'effaçait devant le soir. Le paysage de part et d'autre de la route commença à se transformer, devenant plus sauvage, comme une lande. Tout en marchant, May sentit un sentiment d'anticipation monter en elle ; elle se demandait comment son affaire allait tourner et espérait qu'elle s'avérerait plus concluante que dans le cas du jeune homme. Elle se prêtait volontiers à l'exercice, mais elle se sentirait plus heureuse si aujourd'hui pouvait marquer la fin de tout cela.

Elle demeura attentive aux repères mentionnés par le jeune homme, pour ne pas manquer l'endroit que ce dernier lui avait recommandé. Elle sentait que c'était bientôt l'heure.

Une demi-heure plus tard, elle passa devant un vieil arbre noueux sur le bord de la route et sut qu'elle ne se trouvait plus très loin. Bientôt, elle aperçut le petit sentier, qui serpentait entre les petits buissons, et le suivit jusque sur la lande. À un moment, elle s'arrêta pour contempler, derrière elle, la campagne qui s'étendait à perte de vue sous le ciel bleu. Elle avait du mal à imaginer que quiconque puisse vouloir vivre ailleurs. Si seulement elle s'était installée ici plus tôt.

Puis le sentier s'élargit et déboucha sur une sorte de cercle de verdure ; May comprit qu'il s'agissait du lieu qu'avait mentionné l'homme. L'endroit idéal pour s'asseoir – et aucun chemin qui en repartait de l'autre côté. Elle s'installa doucement dans l'herbe et se prépara à attendre. L'air semblait légèrement plus frais à présent, presque à la température du corps, et May sentit le premier soupçon d'une brise.

Elle était calme et détendue, et bientôt un autre souffle de vent la caressa, pas plus frais que l'air, mais assez vif pour courber l'herbe. Puis vint un autre souffle, et un autre, et bientôt les herbes se balancèrent en rythme autour d'elle, s'inclinant dans un sens puis dans l'autre, décrivant des formes qui se modifiaient dès que vous les remarquiez. Le vent souffla de plus en plus fort, jusqu'à donner l'impression que chaque brin d'herbe était animé d'une vie propre et faire tourbillonner les cheveux de May.

Puis soudain, tout se figea.

May sentit confusément que quelqu'un pensait à elle. Cette impression se renforça, comme une sorte de tiraillement. Faisant le vide en elle autant que possible, elle s'abandonna à cette sensation. Bien qu'elle soit toujours consciente de l'herbe sous ses mains, son esprit sembla aller ailleurs, s'étendre – et quand elle ouvrit les yeux, le monde à l'intérieur de sa tête lui parut aussi vaste que celui qui l'entourait.

— Je suis là, dit-elle. Je suis là.

Immédiatement, elle perçut la chaleur et sut que son message avait été reçu.

Un moment plus tard, une voix sembla surgir de nulle part, faible tout d'abord, puis plus forte.

— Pour qui êtes-vous venue ? interrogea la voix.

Le cœur de May bondit dans sa poitrine.

— Jane, répondit-elle. Je suis là pour Jane.

Elle entendit la voix demander s'il se trouvait une Janet dans l'assistance ; elle la reprit et répéta « Jane » en articulant bien.

Après une pause, elle entendit de nouveau la voix.

— Il y a bien une Jane parmi nous, confirma-t-elle. Qui êtes-vous ?

— May, répondit-elle avec force. C'est May.

La voix s'adressa à des gens qu'elle ne pouvait pas voir.

— Le nom de « May » évoque-t-il quelque chose pour vous ? demanda la voix, et May tendit l'oreille pour entendre la réponse, mais en vain – elle venait de bien trop loin.

Puis la voix s'adressa de nouveau à elle.

— Votre nom semble faire de l'effet. Jane pleure.

May ressentit un élan de compassion pour sa petite-fille. Elle aurait tant voulu la voir, la toucher. Jane avait toujours trouvé le temps de venir lui rendre visite, quand tous ses autres enfants et petits-enfants avaient été trop occupés. Jane avait été présente jusqu'à la fin, quand May avait dû entrer en maison de retraite. Même quand l'esprit de May était devenu confus et sombre, et qu'elle n'avait pas été des plus gentilles, Jane n'avait pas cessé de venir. May tenait beaucoup à ce que Jane sache qu'elle aussi se souvenait d'elle. Et surtout, elle voulait absolument lui prouver que les paroles prononcées avant la fin n'avaient pas été les siennes, mais les divagations d'un esprit trop vieux pour exprimer avec justesse ce qui se trouvait toujours en lui.

— Dites-lui…, commença-t-elle. (Elle se racla la gorge et essaya de nouveau.) Dites-lui : « Boules de cristal ».

— Comme vous voulez, répondit la voix.

Il y eut un silence.

Puis soudain, May sentit de nouveau la chaleur, une chaleur plus grande que jamais auparavant. Elle eut l'impression que ses joues s'empourpraient et elle écarquilla les yeux, sentant la vie de Jane en elle. Et elle sut qu'elle avait accompli ce pour quoi elle était venue.

Jane avait bien reçu son message. Elle pourrait pardonner à May de ne pas lui avoir dit au revoir quand elle était encore elle-même et enfin la laisser partir. Elle saurait aussi qu'il était temps pour elle de continuer à vivre sa vie.

— Vous l'avez senti ? demanda le médium.

— Oui, répondit May. Je l'ai senti. Merci.

Puis, aussi soudainement qu'il avait été établi, le contact fut rompu et May se retrouva seule, assise dans l'herbe.

Elle se releva et regarda en direction du sentier. Pas vraiment surprise, elle constata qu'il avait disparu. De l'autre côté de la clairière, les buissons s'étaient écartés, et à présent la route continuait par là.

Elle avança dans l'obscurité grandissante, sachant qu'une lumière l'attendait au bout. Son petit cottage lui manquerait, mais pas longtemps. Ça n'avait été qu'une mesure temporaire, un endroit où rester jusqu'à ce qu'elle soit prête à partir.

Elle se sentait prête maintenant, et elle vit au loin que quelqu'un l'attendait. Elle marcha plus rapidement, parce qu'elle avait très envie de le revoir. Elle ne pensait pas qu'il lui en voudrait d'avoir laissé le manteau derrière elle. Elle n'en aurait plus besoin.

Elle pouvait compter sur lui pour lui tenir chaud pour l'éternité.

Vaccinator

Vous êtes à Key West. Remontez Duval Street vers le nord, dépassez les restaurants, les stands de jus de fruits et les boutiques de tee-shirts et vous arriverez bientôt à Havana Docks. C'est un port à touristes, plutôt petit, entouré de restaurants. Il est peu utilisé par les marins. On y trouve deux bateaux-bulles et une concession de jet-ski… à part ça, l'endroit ne sert pas à grand-chose sinon à être admiré ; on y mange et on y regarde le soleil se coucher. Et puis, il y a des trucs dans l'eau. Parfois, on aperçoit un lamantin évoluer près des supports de la jetée. Si vous croyez que les poissons ont l'intelligence de ne pas nager près des restaurants, où les gens peuvent se pencher vers eux et demander « Je voudrais un de ceux-là, s'il vous plaît, avec des brocolis et un verre de vin bien frais. », vous vous trompez… La nuit, de petits requins rôdent autour des projecteurs sous-marins, si nombreux et se déplaçant si vite que l'on se demande si toute la mer est ainsi, une masse grouillante de créatures s'ébattant jusqu'à l'invisible horizon, des créatures qui savent à peine que nous existons et qui ne nous regretteront pas quand nous aurons tous disparu.

Ce matin-là, un homme appelé Eddie était assis, seul, sur le niveau supérieur du quai est, les pieds contre les poutres de bois et une tasse de thé glacé entre les genoux. Il regardait un de ces cons de pilotes de jet-ski montrer aux rares touristes quelle dose de bruit ils pouvaient s'éclater à faire pour moins de cinquante dollars de l'heure. Le pilote n'était pas encore tombé, mais tout n'était pas perdu. Eddie espérait que cela arriverait dans la baie, loin de la côte, et si on lui demandait, il dirait qu'il n'avait rien vu. Il était encore tôt, tout juste 10 heures… Le soleil prenait sa vitesse de croisière, se reflétant sur le bois patiné du quai, les tourbillons dans l'eau et les derniers vestiges de la gueule de bois d'Eddie.

Au bout d'un moment, un autre homme, plus âgé, grimpa les marches du quai. Il le remonta jusqu'au niveau où se tenait Eddie et s'arrêta.

— Êtes-vous Eddie ? demanda-t-il enfin.

— C'est moi, répondit Eddie sans se retourner. (Il prit une autre gorgée de thé glacé. Le liquide se réchauffait, la glace avait fondu.) Et vous devez être George ?

L'autre homme acquiesça de la tête, se rendit compte qu'Eddie ne le voyait pas et répondit que oui. Puis il resta là, sans bouger.

Eddie se redressa, se retourna et le regarda. George était grand, la cinquantaine passée ; son estomac semblait en expansion et ses cheveux se raréfiaient au sommet de son crâne. Un short gris bien repassé, une chemisette bleue avec des plis impeccables, de mignonnes chaussettes blanches… ce matin-là, à Key, on avait vu plus à la mode.

— Asseyez-vous, suggéra Eddie. À rester debout comme ça, vous faites penser à un agent immobilier de l'Illinois en vacances.

— Heu… c'est ce que je suis, répondit George en fronçant les sourcils avant de se percher sur le siège le plus proche. C'est ce que je suis.

— Je sais. C'était une blague pour vous mettre à l'aise. On dirait que ça n'a pas marché. Vous voulez une cigarette ?

— Non, merci. Je ne fume pas.

— Bien, constata Eddie avec calme. Ni vous, ni les autres. Longue vie et prospérité.

George le regarda allumer sa cigarette. Eddie portait un jean, des bottes de cow-boy, un blouson et un tee-shirt coûteux qui ne proclamait pas qu'il était membre de la Conch Republic, ni n'affichait une photo de chien ou encore de slogan débile du genre « Je suis petit, mais faut pas me chercher ! » – il ne l'avait donc pas acheté à Key West. Ses cheveux étaient bruns et courts, son bouc bien taillé et ses yeux bleus perçants. La trentaine bien entamée. Mince mais carré aux épaules, il donnait une impression de compétence.

— OK, reprit Eddie. Je ne sais que ce que Connie m'a dit. Vous vendez des terrains dans le Nord et vous avez un problème inhabituel.

— Connie ? Il s'appelait Connie ? Ce n'est pas un prénom de fille ?

— D'habitude, oui. Mais chez lui, c'est le diminutif de Conrad. Si vous voulez aborder le sujet, c'est votre affaire, mais disons que je vous le déconseille.

George hocha la tête, regarda fixement ses chaussures et resta silencieux un moment. Il ouvrit la bouche puis la referma assez vite pour faire un petit bruit.

Les secondes passèrent. Eddie regardait les mouettes – pour lui, tous les oiseaux marins étaient des mouettes ; il n'avait jamais réussi à faire la différence entre les races, ou compris l'intérêt d'en faire une – se laisser mollement tomber du ciel et choper quelque chose dans les vagues.

George resta silencieux.

— Je vais vous dire ce que vous pensez, déclara Eddie d'un ton tranquille. Vous avez discuté hier soir avec un barman inconnu. Vous avez laissé échapper quelque chose... un problème dont vous ne pouvez même pas parler à votre épouse, et vous voilà, assis à côté d'un type que vous n'avez jamais vu et auquel vous ne pensez pas pouvoir tout raconter, même si vous le vouliez...

— Comment savez-vous que je suis marié ?

— Regardez-vous, un de ces jours, George. Je n'ai jamais vu quelqu'un qui ait l'air plus marié que vous. Ce qui est une bonne chose, d'ailleurs.

— Je suis content que vous le pensiez.

— C'est bien. L'approbation est très importante. Et votre alliance, au doigt, n'est pas spécialement discrète.

— Et... vais-je tout vous raconter ?

— Oui. Parce que vous n'aimez pas cacher les choses... dissimuler la vérité, comme quand vous avez dit à votre femme que vous sortiez chercher des pâtisseries, ou une excuse de ce genre, pour pouvoir venir ici seul. Mais mentir commence à devenir une habitude... Vous ne voulez pas l'inquiéter, et c'est pour cette raison que vous allez dans les bars quand elle dort dans son lit, dans votre jolie chambre d'hôtel. Et c'est une façon de vivre discutable, George. Parfois, des incidents étranges arrivent dans les bars et on pourrait vous soupçonner d'avoir une liaison. Alors que même en vous forçant, vous n'y arriveriez pas.

George esquissa un demi-sourire. Un instant, il eut l'air du mec qui assurait des ventes de prestige, une légende locale, le gars qui bottait le cul aux agents immobiliers débutants quand ils déconnaient.

— Merci pour le conseil. Alors, pourquoi ne me dites-vous pas quel est mon problème ?

— Vous avez peur, répondit Eddie en haussant les épaules.

— De quoi ?

Il avait besoin que quelqu'un d'autre le dise. Eddie le lui dit.

— Vous pensez que vous allez vous faire enlever.

Sur le visage de George, l'expression devint complexe, le soulagement et la confusion se battant pour le même espace publicitaire.

— Enlever ?

— Vous appelez cela autrement ?

George eut soudain l'air très fatigué.

Eddie se laissa tomber sur le sol et fit résonner son talon sur le bois.

— Pourquoi ne me racontez-vous pas ce qui se passe ? Ensuite, je vous dirai ce que je pense et si je peux y faire quelque chose.

George commença lentement, gagnant petit à petit de la vitesse et de la confiance. Habitué à délivrer des informations, il livra une histoire claire et concise. Eddie ne demanda que rarement des explications, se contentant de le laisser parler. Le récit prit peut-être dix minutes, puis George s'arrêta et tendit les mains, embarrassé, comme un homme s'attendant à être ridiculisé.

— D'accord, résuma Eddie. Bon, j'ai une bonne et une mauvaise nouvelle. La mauvaise, c'est que vous m'avez l'air d'une cible parfaite pour un enlèvement.

Tout le souffle contenu dans le corps de George s'évacua d'un coup. On aurait dit qu'il souffrait d'insolation.

— Et la bonne ? demanda-t-il dans un râle.

— Je peux peut-être faire quelque chose. Combien de temps comptez-vous rester à Key West ?

George se frotta le front.

— Nous sommes jeudi. Nous pensions rester le week-end et partir lundi midi…

Eddie réfléchit.

— Cela devrait suffire. Détendez-vous un jour ou deux. Faites comme si de rien n'était. Vous résidez au *Marquesa* ?

— Comment le savez-vous ?

— Juste une supposition. C'est un bon hôtel ; j'y serais si j'étais vous. Ne manquez pas le samedi, en fin d'après-midi. Ils servent parfois du fromage et du vin près de la piscine.

— Je m'en souviendrai, répondit George.

Il riait un peu et tremblait.

— Passez au *Bug's Pantry* sur le chemin du retour. Ils ont de bons gâteaux, assez différents des croissants du petit déjeuner continental pour vous donner une excuse. Au coin de Curry Street… Ils vendent aussi des fleurs et des journaux. Un autre détail : vous comprenez que mes services ne sont pas gratuits ?

George l'homme d'affaires réapparut aussitôt.

— Combien ? Et quelles sont mes garanties ?

— Beaucoup, et aucune. À prendre ou à laisser.

Eddie regarda George réfléchir. À penser aux appels téléphoniques et aux fax. À ce qui était arrivé à sa voiture. À sa femme et à ce qu'il ne lui avait pas dit.

— Je prends.

— J'ai besoin du bateau ce soir. Et d'une bière dans moins de vingt secondes.

Connie tendit la main vers le frigo.

— C'est un vrai ?

— Je crois, répondit Eddie. Ces trous du cul. Putain, j'ai mal au crâne.

Il était 16 heures et le *Slappy Jack* était vide. C'était un petit bar, avec des tabourets usés et des photos du passé accrochées aux murs dans de vieux cadres. Key West fut un temps la plus grande cité des États-Unis. Ce n'était plus le cas, loin de là, et des après-midi comme celui-là, la ville avait l'air de le savoir et de s'en foutre. Les grandes villes doivent se lever le matin pour aller bosser. Pour prouver qu'elles existent.

Key West ouvre un œil, avale un peu de crabe et pense à boire une autre bière.

Les rayons de soleil filtraient à travers les fenêtres du bar, balayant les poussières et illuminant la pièce comme si quelqu'un voulait prendre une photo et voulait que tout soit parfait. À cette heure, il y avait des endroits bien pires pour boire un coup. La nuit, le lieu était différent, rempli de touristes trop bourrés ou trop stupides pour se rendre compte que le nom était pompé sur le bar favori de Hemingway, et pas le bon. Même l'original n'était plus au goût du jour. Le *Sloppy Joe* de papa, bien trop petit et terne pour une clientèle moderne, avait été remplacé par un vaste trou à rats sur Duval où il fallait être malade pour s'en jeter un.

Connie travaillait l'après-midi et à partir de minuit, mixant des cocktails qui arrachaient et fourrant des olives avec des amandes. Connie venait de La Nouvelle-Orléans où il avait fait carrière dans la violence, et son rôle dans le bar consistait à décourager les guerriers du week-end chargés à la margarita. Mais Eddie était plus dur. Ils le savaient tous les deux, et ça ne posait pas de problème.

— Tu as besoin de moi ?

Eddie secoua la tête.

— Pas ce soir.

— Tu veux autre chose ?

— Seulement le bateau.

Connie partit passer le coup de fil. Eddie sirota sa bière. Il se demanda une fois de plus ce qui attirait à Key West les gens qui avaient besoin de lui. Peut-être rien. Cinq en trois mois, peut-être une coïncidence. Sans le savoir, ils s'étaient peut-être dirigés vers le *Triangle.* Ou peut-être qu'enfin la chance longtemps attendue par Eddie se présentait de façon plutôt curieuse. Enfin... ses nouveaux clients étaient plus faciles à gérer que les anciens... Les types conduisant de luxueuses voitures de société qui insistaient pour travailler en Amérique centrale, ou qui vivaient aux États-Unis, mais qui étaient trop cons pour se rendre compte qu'ils avaient accumulé assez d'argent pour devenir des cibles. La façon dont vous constituez votre matelas n'a aucune importance, une fois votre compte en banque bien gras, vous acquérez une sorte de confiance qui vous fait friser la connerie suprême.

Les nouveaux clients d'Eddie étaient moins riches, et la plupart du temps terrorisés... aussi plus à même de faire ce qu'il leur disait.

Le problème était de s'occuper des ravisseurs.

Au bon vieux temps, Eddie espérait toujours que c'étaient des Colombiens. La situation pouvait alors se régler d'une manière bien huilée. On discutait du marché dans un bar, avec quelques lignes de coke. On négociait pour les méchants un pourcentage de ce qu'ils auraient pu toucher s'ils avaient réussi l'enlèvement, et en échange de la somme, ils s'en tenaient là.

Comme un vaccin. De la maintenance préventive. Les ravisseurs avaient de l'argent sans avoir à gérer tous les problèmes liés à l'enlèvement. Le client restait chez lui, avec sa famille, et n'avait pas besoin de poser avec le journal sur les genoux pour des photos, qui, avouons-le, n'étaient jamais flatteuses. Il évitait ainsi d'être affamé, torturé et probablement tué à la fin. Une solution qui arrangeait tout le monde.

Les Colombiens connaissaient la musique, c'étaient des professionnels. Vous inoculiez le vaccin, le marché était conclu et respecté. Aujourd'hui, Eddie aurait préféré traiter avec un gang de Miami plutôt qu'avec ceux à qui il avait affaire. Des malades, tout simplement.

L'histoire racontée par George Becker était similaire aux autres. Au début, le sentiment occasionnel d'être observé, et les souvenirs enfouis de rêves terrifiants. Puis, une nuit, George était rentré tard en voiture et tout était devenu un peu plus bizarre...

George vivait avec sa femme, en banlieue, dans une belle maison avec un bar et un home-cinéma... une maison bien trop grande pour eux maintenant que leurs deux enfants vivaient leur vie et commettaient les mêmes vieilles erreurs qu'eux en pensant être les premiers. À un peu moins de un kilomètre de chez lui, la radio de George s'était tue. Cela ne l'avait pas trop inquiété, cette station pourrie l'agaçait de toute façon… mais au même moment, les phares s'étaient éteints et il avait calé. Il avait écrasé le frein, sans résultat : la voiture s'était arrêtée et avait cliqueté en refroidissant.

Puis plus rien… durant deux bonnes minutes. Seuls le bruit des insectes et le vent dans les arbres brisaient le silence.

Ensuite les phares s'étaient rallumés et la radio avait recommencé à jouer son programme pourri. George avait tourné le contact et la voiture avait aussitôt démarré. Il avait roulé lentement jusqu'à chez lui. Après avoir raconté à Jennifer ce qui s'était passé, elle lui avait dit d'aller faire réviser la voiture dès le lendemain. Ce que vous auriez dit, si vous n'étiez pas au courant des rêves. Et elle ne l'était pas.

George avait amené la voiture au garage. Les techniciens avaient trouvé une raison de lui faire cracher quelque chose – les conneries habituelles. La voiture n'avait aucun problème mécanique.

Il n'était plus rien arrivé d'étrange pendant un certain temps. Pas à la voiture en tout cas. Certains trucs semblaient avoir été déplacés dans son atelier, mais George pouvait mettre cela sur le compte de sa distraction. Parfois le téléphone sonnait à des heures bizarres, et quand George décrochait, il n'y avait personne au bout du fil. Une fois, il avait cru reconnaître sa mère, mais comme la ligne était très mauvaise et qu'elle était morte depuis près de dix ans, difficile d'établir une certitude.

Il avait supporté cela durant six mois et s'y était presque habitué quand la bizarrerie avait commencé à envahir son travail. Le bureau de George avait deux noms sur la porte, dont le sien. Dave Marks et lui avaient monté la boîte à partir de rien ; aujourd'hui ils faisaient partie des habitués du top cinq annuel des agents immobiliers de l'État. George pensait leur entreprise aussi inviolable que leur statut. Il appelait rarement Jennifer du travail, sauf pour les urgences, et elle lui avait rarement rendu visite. Le bureau n'était pas fait pour ça.

Et un après-midi, le téléphone sonna sur son bureau. Quand George décrocha, il n'entendit rien, mais le silence vibrait de sous-entendus, comme si quelqu'un était là et se taisait… George appela l'opérateur pour essayer de découvrir qui avait appelé, mais comme d'habitude, ils n'avaient pas enregistré le numéro.

Une semaine plus tard, un fax arriva sur le télécopieur de son bureau. Il n'y avait qu'une seule ligne, la description d'un endroit dans la forêt, qui à première vue ne lui disait rien. À part ça, la feuille était blanche, sans même l'information concernant l'expéditeur en haut de page, ce que tous les télécopieurs du monde ont en standard. George avait jeté le fax et, ce midi-là, il avait trouvé un bar non loin du bureau et bu de la vodka pour ne pas trop sentir l'alcool.

Il se sentait pourchassé par quelque chose qui n'existait pas. Trente ou quarante ans plus tôt, avant de rencontrer sa femme, il avait trompé sa petite amie de l'époque avec une de ses copines. Il avait vingt ans, il était bourré, c'était arrivé comme ça. L'incident n'avait eu aucune importance pour lui, à part le faire se sentir extrêmement mal à l'aise. Il n'avait pas rappelé la fille et n'avait plus entendu parler d'elle pendant plus de huit mois. George pensait qu'elle avait dû faire comme lui, comprendre qu'il s'agissait d'une bêtise et essayer d'oublier ce moment d'égarement. Mais il ne pouvait en être certain. Il y avait toujours la possibilité qu'à un moment donné, sans avertissement, le désastre frappe.

Une nuit, dans un bar, sa petite amie et lui avaient croisé la fille. Elle avait souri en les voyant et George avait compris que tout allait bien se passer ; il était si soulagé qu'il avait passé la soirée à parler jusqu'à ce que les deux filles lui disent de la fermer.

Ce sentiment était revenu. En pire.

George s'était fixé comme but leurs vacances en Floride, prévues quelques semaines plus tard. S'il pouvait tenir jusque-là, tout irait bien. Il avait déjà commencé à se faire une idée de ce qu'il risquait, et pensait être en sûreté loin de chez lui.

Il y eut deux appels de plus avant leur départ : un à son bureau et un chez lui. Jen l'avait dévisagé un moment quand George lui avait dit qu'il s'agissait d'un faux numéro, encore, avant de retourner voir ce que Martha Walker leur montrait ce mois-ci. Quelque chose chuchotait à George que, même si Jen n'en avait pas encore conscience, elle ne lui accorderait pas beaucoup plus de « faux numéros ».

Après sa dernière nuit de travail, en rentrant chez lui, la voiture avait de nouveau calé, au même endroit, de la même façon. George, prudent, avait porté la voiture au garage deux jours plus tôt pour vérifier qu'elle supporterait le voyage. Les types avaient essayé de l'arnaquer, bien sûr, mais ils n'avaient trouvé rien de plus que du bricolage à quelques dollars. La voiture était en bon état.

Le lendemain matin, George et Jennifer avaient verrouillé la maison, puis rendu une dernière visite au voisin pour qu'il n'oublie pas de nourrir le chat. George s'était senti léger en quittant l'allée. Ils n'avaient roulé que deux heures ce jour-là, pour commencer doucement et s'étaient arrêtés dans un Holiday Inn flambant neuf, dans une petite ville dont il ne se souvenait même pas le nom. Le type au comptoir leur avait conseillé un restaurant à quelques minutes plus loin dans la rue. À leur grande surprise, leur dîner s'était déroulé à merveille.

En rentrant dans leur chambre, ils se sentaient comme les vieux couples après quelques verres de vin dans un environnement inhabituel. Jen avait dit qu'elle allait prendre une douche rapide et l'avait embrassé sur les lèvres avant d'y aller. George s'était assis sur le lit, écoutant l'eau couler sur le corps de sa femme et souriant en pensant à eux. Deux vieux qui partaient s'éclater à la campagne.

Le téléphone sonna et ce n'était personne qu'il connaissait. Personne tout court, d'ailleurs. Juste le bruit du vent dans les cimes des arbres. Le son de quelqu'un qui se taisait.

George avait dit à Jen que la réception leur avait annoncé l'heure de libération des chambres et fait de son mieux pour reprendre là où ils s'étaient interrompus. Il avait fait du bon boulot, tout bien considéré, mais ce n'était pas la même chose.

Il n'y eut pas d'appel les jours suivants. Ils se dirigeaient lentement vers la Floride, en passant par le golfe. Mais l'esprit de George était de plus en plus absent. La phrase sur la forêt, négligée au premier abord, lui revenait à l'esprit.

Il ne souvenait pas de l'endroit décrit. Personne ne l'aurait pu. C'était à la fois trop spécifique et trop vague, comme s'il ne s'agissait pas vraiment d'un endroit, mais d'un type d'endroit. « Trois pins presque alignés, des rochers tout autour et une montagne sombre derrière. » Cela aurait pu se trouver n'importe où. Pourtant, plus il s'inquiétait, plus il commençait à associer le lieu avec des éclairs de lumière blanche, avec une sensation de course haletante, avec l'idée que quelque chose s'était peut-être déroulé il y a longtemps et qu'il avait tout simplement oublié.

George s'était réveillé juste après minuit à l'hôtel de Key Largo, sans savoir pourquoi. Il n'y avait pas eu de rêve, pas de bruit, rien. Il s'était glissé hors du lit, avait enfilé un short et une chemise avant de sortir de la chambre. Le ciel était limpide, d'un bleu très profond. Des rires s'élevaient au loin et quelques personnes traînaient près de la piscine et du bar *Tikki*. Après avoir commandé deux manhattan sur le compte de la chambre, il était retourné se coucher, une demi-heure plus tard, et s'était endormi sans problème.

Le lendemain, ils étaient arrivés à Key West. Tard dans la soirée, George s'était retrouvé dans un autre bar, de nouveau seul, à parler à un type appelé Connie.

Voilà toute l'histoire. Mais Eddie savait que George avait raison : il n'en connaissait pas encore la fin. Les cinglés y avaient été mollo avec les faux souvenirs, du bon travail, étonnamment mesuré, et tout suggérait du long terme.

Connie était de retour. Le bateau serait prêt, avec du carburant et des munitions à bord. Eddie resta un peu plus longtemps, buvant de la bière et aidant à fourrer des olives. Deux touristes passèrent la tête par la porte, mais Connie leur jeta un regard noir et ils préférèrent s'éclipser.

Nuit tranquille, mer calme, il était 22 heures passées quand Eddie coupa le moteur pour laisser le bateau dériver. Il faisait sombre, la seule lumière provenant des lampes du bateau et des étoiles perçant le néant profond au-dessus de sa tête.

Eddie avait parcouru huit kilomètres au-dessus du grand récif qui commence à Miami et suit la côte jusqu'à la mer. En journée, il était possible de partir en croisière de Havana Docks pour voir les poissons et les requins nager autour du corail. Après le coucher du soleil, il n'y avait plus personne, à part les biologistes marins qui venaient étudier la vie nocturne sur la barrière. Ce soir, il n'y en avait pas dans le coin, et cela valait mieux.

Eddie régla la radio pour émettre, alluma une cigarette et attendit. Le signal était une séquence de cinquante tons, répétés dans un ordre si complexe qu'il semblait aléatoire. Cela n'avait aucun sens, sauf pour ceux à qui c'était destiné. Il vérifia son arme, qui avait servi en Amérique centrale, dans deux pays européens et les ruelles de quelques villes des États-Unis. Pour l'instant, il n'avait pas eu à la sortir pour un boulot de ce genre. Mais on ne savait jamais. Eddie nettoya l'arme, la chargea et la posa sur la table devant lui. Il se sentait prêt, mais pas nerveux. Il avait fait bien des choses étonnantes dans sa vie, et celle-là n'était que la dernière en date.

Quinze minutes plus tard, le projecteur à la proue du bateau clignota et s'éteignit. Les autres lampes commencèrent à faiblir et Eddie se retrouva dans l'obscurité. Il prit son arme et la glissa dans son holster d'épaule. Lors de son premier voyage, il lui était venu à l'idée qu'elle pourrait ne pas fonctionner… vu ce qu'ils arrivaient à faire avec l'électricité, ils avaient probablement des moyens d'affecter ce genre de choses. Mais il se sentait mieux avec.

L'eau autour du bateau s'immobilisa peu à peu, jusqu'à sembler se solidifier. Tout était calme.

Et la lumière jaillit.

Eddie sursauta, jura et refusa de regarder. La lumière tombait directement comme un cylindre, un faisceau circulaire deux fois plus large que la longueur du bateau. On aurait dit que quelqu'un avait braqué sur lui la plus puissante poursuite du monde… Eddie savait, bien sûr, que les choses étaient plus compliquées. Le bateau était stable et la mer figée. Le rayon n'était pas seulement une source d'éclairage. Il pouvait s'emparer des choses et les attirer.

— C'est Edward Kruger, s'écria-t-il en protégeant ses yeux. Éteignez ce putain de truc !

Il y eut une longue pause, durant laquelle la lumière demeura aussi intensément brillante. Puis elle diminua, très, très légèrement.

— Je veux me rendre sur l'île. J'ai des affaires à traiter. Et je veux y aller par mes propres moyens, parce que ce bateau ne m'appartient pas. D'accord ?

Une nouvelle pause, et le faisceau s'éteignit.

Eddie leva les yeux, mais comme d'habitude, il n'y avait plus rien à voir. Les lumières du bateau se rallumèrent progressivement, dans l'ordre où elles s'étaient éteintes. Eddie redémarra le moteur.

Il fallut vingt minutes avant qu'il aperçoive l'île. Il y avait une seule lampe sur le quai et il se dirigea vers elle. Le point d'amarrage se trouvait au bout d'une longue jetée de bois, comme souvent dans les Keys, l'eau autour des îles étant peu profonde.

Longtemps auparavant, existait sur la chaîne appelée Key Sans-Nom une île à quelques kilomètres au nord de Key West. Les premiers colons avaient épuisé leur énergie créatrice à baptiser des centaines d'îlots, dont certains formés d'un unique banc de sable avec deux arbres dessus. L'île portait un autre nom à présent, qu'Eddie avait oublié – un truc terne, ou suranné, ou les deux à la fois.

L'île qu'il allait aborder n'avait même pas un nom aussi imaginatif que Sans-Nom. Elle n'était connue sous aucun nom et ne l'avait jamais été ; autant qu'Eddie puisse le savoir, Connie et lui étaient les deux seuls humains à connaître son existence et Connie n'avait jamais posé le pied dessus. Elle ne figurait sur aucune carte et Eddie n'en n'avait jamais trouvé trace dans les livres d'histoire locale, pourtant exhaustifs. Il en était arrivé à penser que, la plupart du temps, elle n'était pas là. Un moyen de camouflage, sans doute, en place depuis très longtemps.

Eddie amarra le bateau au quai et en descendit, avant de jeter un coup d'œil derrière lui. On ne voyait plus les lueurs de Key West, ni d'aucune autre île. Tout était très calme et seuls résonnaient le bruit de ses pas et un vague craquement provenant de la passerelle. On se serait cru sur une autre planète.

Une deuxième lampe sur la rive indiquait le chemin vers la forêt. À part les éclairages posés tous les deux mètres, le chemin semblait le seul aménagement artificiel sur l'île. Le reste disparaissait entièrement sous les arbres et les broussailles. Eddie alluma une autre cigarette avant de s'engager. Il n'en avait pas vraiment besoin, mais il aimait bien tenir quelque chose de tangible entre ses doigts. Cela le stabilisait, le renforçait dans son sentiment d'appartenance à l'humanité…

Après quelques minutes de marche, Eddie entendit un son sur sa droite, parmi les arbres. Il s'arrêta, écouta. Rien. Il n'y avait aucun insecte sur l'île et le silence régnait. Il faisait beaucoup plus chaud que sur le bateau, plus humide également.

Il repartit et, cette fois, entendit le même bruit sur sa gauche à cinq mètres de la lisière. Il continua d'avancer.

Et se retourna brusquement.

Derrière lui, sur le chemin, figées, se tenaient trois petites formes humanoïdes. Un mètre vingt de haut, minces, grises, avec une tête bulbeuse et de grands yeux noirs qui ressemblaient aux lunettes de soleil à la mode deux ans plus tôt.

Il rit.

— Quel est le problème ? Quelqu'un a laissé la trappe du chat ouverte ? Ils ne vont pas être contents quand ils se rendront compte que vous êtes sortis.

Les petits gars se regardèrent puis se tournèrent de nouveau vers lui. L'un d'eux s'éclaircit la gorge.

— Salut Eddie, articula-t-il avec une mauvaise imitation de la voix humaine. T'as quelque chose pour nous ?

Eddie mit la main dans sa poche et en sortit un paquet de cigarettes. Il le jeta au gris le plus proche.

— Merci, Eddie, dirent-ils à l'unisson.

— Ouais, répondit-il. Maintenant, dégagez.

Ils disparurent dans les sous-bois. Eddie secoua la tête. S'il ne tenait qu'à lui, il électrifierait le complexe.

Le chemin s'enfonçait dans l'île sur près d'un kilomètre et demi. Vers la fin, le sol montait légèrement avant de déboucher sur une clairière circulaire. Elle faisait cinquante mètres de large et était couverte de gazon bien taillé, du genre que l'on trouve en Europe, pas l'herbe folle de Floride. Quatre fauteuils se trouvaient au milieu : trois modèles inclinables en cuir noir et un siège à peine digne d'un motel de seconde zone, ainsi qu'une lampe standard qui déversait une chaude lueur à deux mètres alentour.

Eddie s'assit directement dans le mauvais fauteuil.

— Je suis là, dit-il.

Ils le firent attendre un moment, comme d'habitude.

Pendant ce temps, George rentrait dans sa chambre après être passé à la réception faire une réservation pour le dîner du lendemain soir. Il faisait partie des gens qui appréciaient vraiment la nourriture, qui s'y préparaient, qui prenaient plaisir à organiser leur prochain repas. Ce soir-là, après une longue réflexion, ils s'étaient rendus au *Crabby Dick's* sur Duval et avaient dégusté un bon steak, installés au niveau supérieur, observant les promeneurs sous leurs pieds. Le *Marquesa* était censé être un bon restaurant et c'est là qu'ils comptaient dîner le lendemain. George ne s'était pas encore décidé sur le menu, mais il connaissait la carte des vins et avait réduit le choix des entrées à deux possibilités. À la dernière minute, il pouvait toujours se lâcher et choisir autre chose. Tout était possible.

Organiser les repas avait une autre utilité : cela lui permettait de se concentrer sur quelque chose de simple et de concret. Jen avait cru à son histoire de pâtisseries et avait été touchée par les fleurs. Ils avaient passé une bonne journée, se contentant de flâner. À la pointe sud, ils avaient regardé la maison d'Hemingway et les chats, tout en buvant leur volume en jus de fruits glacés. Puis ils s'étaient reposés une heure près des piscines du *Marquesa*. Il y en avait deux, petites, construites quand trois maisons victoriennes avaient été réunies pour former l'hôtel. Jen se laissait porter par l'eau tandis que George restait au sec, allongé dans un transat, portant un tee-shirt et lisant le journal local. Il avait un jour découvert que son corps avait vieilli et ne s'en était jamais vraiment remis. Il occupait le corps d'un homme plus vieux que lui et ne souhaitait pas infliger cette vision au monde.

George regarda sa femme nager, heureux d'avoir été voir Eddie ce matin. Avant de lui parler, il était nerveux, craignait l'incompréhension, le ridicule, ou une escroquerie. Au lieu de ça, il avait eu l'impression d'avoir été pris au sérieux. Le soulagement lui avait mis du baume au cœur. Difficile de savoir si ce type allait faire quelque chose – c'était peut-être une arnaque très complexe. Mais il se sentait mieux après avoir agi, quelle que soit la suite des événements. Quand votre femme est touchée par les fleurs que vous lui apportez, mais que votre intention était de dissimuler un mensonge, c'est mal. Vous prenez conscience que vous devriez lui en apporter plus souvent.

Vous aimeriez le faire… et pourtant, pour Dieu sait quelle raison, vous ne le faites pas. Principalement parce que cela ne vous vient pas à l'esprit.

George se demanda brièvement quel pourcentage de bouquets de fleurs était acheté pour de bonnes raisons dans le monde, puis passa ses pensées au broyeur et tenta de lire un article sur un groupe de poètes locaux. Sans succès. C'était totalement inintéressant. S'il existait un seul poète local qui ne soit pas merdique, George savait qu'il se cachait quelque part, dans un endroit secret avec tous les autres bons artistes locaux.

Voilà ce qu'on aurait trouvé dans la tête de George si on avait été y faire un tour. Après tant d'événements inexplicables et dérangeants, il camouflait comme un expert ce qui se passait sous son crâne.

La nuit, la piscine déserte respirait cette étrange atmosphère qui collait aux lieux publics quand le public n'est plus là pour les encombrer. Il faisait sombre, la seule lumière venant de deux lampes jaunes, de la lueur bleu-vert de l'eau de la piscine et des quelques étoiles visibles à travers les palmiers. George repassait à l'endroit où il était resté assis tout l'après-midi quand il crut entendre quelque chose. Il pensa d'abord qu'il s'agissait d'un autre client en promenade et se prépara à sourire. Personne n'apparut. George s'arrêta, regarda autour de lui. Quelqu'un avait fait beaucoup d'efforts pour faire pousser des plantes au-dessus de la cour : de grands ibiscus, des palmiers et plein d'autres choses dont Jen connaissait les noms. La journée, le sol de brique devenait le terrain de jeu des geckos et certains faisaient une bonne taille. C'était peut-être ce qu'il avait entendu. Il reprit son chemin et commença à grimper les marches basses près de la chute d'eau, celles qui menaient à leur suite.

Il n'était pas arrivé quand il entendit le bruit d'une porte qui s'ouvrait, puis la voix de Jen qui prononçait son prénom sur un ton interrogateur. Comme si quelqu'un avait ouvert la porte de sa suite, qu'elle avait levé la tête et, ne voyant personne, se demandait s'il lui jouait un tour.

George se mit à courir.

— Eddie, mon pote, comment ça va, mec ?

Eddie baissa les yeux pour regarder les trois fauteuils inclinables occupés. Il avait abandonné tout espoir de comprendre comment ils réussissaient ce truc : ne pas être là une minute avant et apparaître la suivante, mais cela continuait de l'énerver.

— J'ai faim, répondit-il. Et je suis agacé. Quand les connards allument la grosse lumière dans ma gueule, vous êtes prévenus… vous avez la vidéosurveillance sur la passerelle. Vous devez savoir à quel moment je vais m'asseoir sur cette chaise. Alors pourquoi vous faut-il toujours un bon quart d'heure pour vous pointer ici ?

— Hou, susceptible, ricana le premier extraterrestre.

Il s'appelait Yag. Comme les deux autres, il avait incliné le fauteuil au maximum ; il était allongé, les jambes et les bras pendant sur les côtés.

— Eddie a les nerfs, ce soir, les mecs.

— C'est lourd, c'est tout, grogna Eddie en allumant une nouvelle cigarette.

— Tu sais qu'on n'aime pas la fumée, l'avertit un autre extraterrestre.

Il faisait un mètre quatre-vingts, avec un corps mince comme un faucheux, comme les deux autres. Sa peau affichait une teinte dorée et pâle ; elle brillait comme si elle était humide. Vu leur allure, ils auraient pu puer grave, mais en réalité, ils sentaient la menthe. La tête de l'être était un peu allongée, seule différence avec une tête humaine. Il s'appelait Fud et était passablement murgé.

— Tu te fous de la fumée, rétorqua Eddie sans l'éteindre. Ça ne vous fait rien. Tu veux juste faire chier, comme d'habitude.

— Bien sûr que non, dit Yag en réprimant un rot. On se sent concerné comme tout le monde. C'est dans l'air du temps.

— Tu nous as apporté quelque chose ? susurra le troisième extraterrestre.

Eddie ne connaissait pas son nom, l'être avait toujours été trop bourré pour le prononcer. C'est peut-être comme ça que l'île avait été baptisée Sans-Nom. Toujours trop bourré pour parler.

Eddie sortit de sa poche une bouteille de rhum de compétition et la lança à l'extraterrestre. Elle atterrit sur son estomac et il poussa un petit cri. Puis il l'ouvrit et but une longue gorgée avant de la passer à Yag.

— J'avais des cigarettes, aussi. Mais comme vous n'aimez pas ça, je les ai données aux gris.

— Quoi ? s'exclama Fud. Où étaient-ils ?

— Sur le chemin, répondit Eddie en riant. Qu'est-ce qui vous prend ? Maîtres de l'Univers, et vous ne savez même pas garder vos familiers sous contrôle ?

Eddie se retrouva fixé par trois extraterrestres qui ne paraissaient soudain plus ivres du tout.

— Quand nous aurons besoin de l'avis d'un humain, tu seras le premier au courant, Kruger, aboya Sans-Nom. En attendant, ferme ta gueule.

Eddie soutint leurs regards.

— Comme vous voulez. Mais ces animaux qui déconnent à tout-va et qui allument les projos au-dessus de la maison des gens, tôt ou tard, ça va se savoir.

— On contrôle, assura Fud.

— Ouais, bien sûr. Comme cette stupide vidéo d'autopsie pour faire croire à un montage. Vous regardez jamais la télé ? Ce sont les gris qui sont la coqueluche des médias, pas vous.

— On se tape de savoir ce que pense ta putain d'espèce à la con, hurla Sans-Nom en se levant et en pointant un long doigt sur lui.

Les côtés de la tête de l'extraterrestre pulsaient et des fentes s'ouvraient sur ses tempes. Eddie avait déjà vu cela et il soupçonnait que cela annonçait le début des embrouilles. Il aurait préféré un bon Colombien, ou deux, mais le flingue dans son blouson le rassurait, même si rien ne l'assurait qu'il allait marcher. Au moins, il pourrait en frapper un avec. Il se leva.

— Messieurs, messieurs, intervint Yag. Eddie, calme-toi. Viens, buvons un coup.

Il lui tendit la bouteille.

Eddie la prit, avala quelques centimètres de rhum et fit tourner. Fud but à son tour et ses tempes arrêtèrent de gonfler.

Sans-Nom jeta un regard mauvais à Eddie, eut un hoquet et but un coup. Il s'assit et fit la grimace.

— Donne-moi une cigarette, Eddie.

Eddie lui en passa une, la lui alluma et sentit son cœur revenir progressivement à un rythme normal.

— Mieux, reprit Yag en donnant un petit coup de pied sur le sol pour que son fauteuil tourne doucement. Alors, pourquoi es-tu venu, Eddie ? Parlons affaires.

— Le type s'appelle George Becker, expliqua Eddie en s'asseyant. Il vit dans l'Illinois. Il m'a autorisé à négocier un vaccin contre l'enlèvement.

— Excellent, jubila Yag en se frottant ses longues mains. Quel est le prix du marché ?

— À vue de nez, je dirais quarante mille.

— Très bien, c'est le prix. Plus cinq mille dollars.

Eddie soupira.

— Pourquoi ?

— Parce qu'on a envie, ricana Fud. Ça te pose un problème, primate ?

— Aucun, répondit Eddie en pensant que, si ces types avaient été des gangsters de Miami, il les aurait flingués six mois auparavant. Quarante-cinq mille dollars, en échange de quoi, vous le laissez tranquille, vous arrêtez de le terroriser en lui téléphonant, en jouant avec sa voiture, en lui faxant et en implantant des trucs dans ses rêves et dans ses souvenirs, comme cette merde de forêt avec les rochers.

— Sûr, promit Yag.

— Et bien sûr, vous ne l'enlevez pas, ajouta Eddie qui s'était déjà fait avoir en oubliant de mentionner le principal.

— Quand verra-t-on l'argent ?

— Ce week-end. Jusque-là, laissez le pauvre gars tranquille, d'accord ? Il est en vacances. Et achetez un téléphone portable. J'en ai ma claque de venir ici chaque fois.

— Tu préfères qu'on vienne te voir ? demanda Fud.

— Non, répondit Eddie.

— Alors on se retrouve ici dans deux jours.

L'extraterrestre agita la main. Eddie était congédié. Il se leva et s'éloigna.

— Il va falloir le tuer tôt ou tard, lança Sans-Nom quand Eddie eut disparu sur le chemin.

Fud et Yag levèrent un sourcil chacun.

— Eddie est cool, protesta Yag. Il fait ce qu'on lui dit, il ne parle à personne et ne pose pas les bonnes questions.

— Que veux-tu dire ?

— Eh bien... Il n'a pas pensé à nous demander si c'était bien nous qui embêtions ce George Becker.

— C'est pas nous ?

— Putain, non, répondit Fud en riant. Jamais entendu parler de lui.

— Comment étaient les bizarros ?

— Bizarres, marmonna Eddie en acceptant la bière tendue par Connie. À dire vrai, ils commencent à me porter sérieux sur les nerfs.

— Pourquoi tu les flingues pas ?

— Ouais, bien sûr, grimaça Eddie en regardant dans le bar. Nom de Dieu, qu'est-ce qu'ils ont tous ce soir ?

La salle semblait bourrée de touristes, apparemment décidés à démontrer quel volume maximal de bruit les humains étaient capables de produire. Des groupes de gars et de filles en sueur, pas mal de couples, et tout ce monde parlait, criait, chantait même, à l'exception d'un homme et d'une femme à la peau brûlée par le soleil, assis à l'autre bout du bar, tentant de déterminer combien de margaritas on pouvait avaler avant que le cerveau fonde. Eddie leur jeta un coup d'œil.

— Ils viennent de Londres, Angleterre, précisa Connie. Des jeunes mariés.

— Qu'est-ce que ça peut me foutre ?

— Comme tu veux, répondit Connie avec un haussement d'épaules. Je te tiens juste au courant.

Eddie s'assit et alluma une cigarette, vidant un bol de pistaches et empilant les coquilles là où Connie pourrait les essuyer d'un simple geste de la main. Il avait annoncé quarante mille aux bizarros, comptant bien rajouter dix mille pour lui. Le prix standard. Cinquante mille, ça faisait un chiffre rond. Les cinq mille supplémentaires que les bizarros avaient arbitrairement ajoutés lui posaient un dilemme : George serait-il prêt à payer cinquante-cinq mille, ou Eddie devait-il baisser de moitié ses prestations ? Ce ne serait pas la fin du monde, ses dépassements de budget étant proches de zéro… mais personne n'aimait se faire avoir. Eddie n'aimait pas ça du tout, et pourtant… Il se demandait si ne pas encaisser les cinq mille, cette fois, pourrait lui apporter un bonus inattendu. Il ne croyait pas vraiment au karma, mais il jouait parfois avec le concept. On ne sait jamais. Quelqu'un qui avait fait enterrer autant de gens que lui devait faire de son mieux pour faire monter les cotes cosmiques en sa faveur.

Pendant ce temps, Connie surveillait les clients au bar, gardait un œil sur ceux qui sentaient le problème, tout en servant les commandes que Fran lui rapportait des contrées éloignées de la salle. Fran était une joyeuse minette solide de vingt-trois ans, les cheveux longs, même selon les standards de la Floride, des tatouages sur le poignet, l'épaule et le bas du dos. Connie n'aimait pas trop ça. Ce n'étaient pas ses affaires, mais pour lui, le mieux était l'ennemi du bien et tatouer le corps d'une femme revenait à rajouter deux dauphins à l'arrière-plan de *La Joconde*, juste pour faire fun. Fran était charmante, mais elle avait une voix à déraciner un arbre quand elle se mettait en rogne et Connie décida comme d'habitude de garder ses réflexions pour lui. À la place, il rappela aux Anglais qu'il était 21 heures passées et que le bar était ouvert jusqu'à 3 heures du matin ; ils pouvaient donc se permettre de ralentir leur ratio de consommation d'alcool par unité de temps. Ils le remercièrent de sa sollicitude et de sa considération et commandèrent deux autres margaritas. Connie les mit en tête de la liste de ceux qui allaient tomber dans les pommes avant minuit… au moins, pensa-t-il, le feraient-ils poliment.

Il remarqua qu'Eddie avait tourné la tête vers la porte et suivit son regard. Deux secondes plus tard, George, le type de la nuit précédente, entra en courant. Les cheveux en bataille et le visage écarlate, il haletait comme si son cœur passait en revue ses options en penchant pour un accident cardio-vasculaire. Eddie fut debout avant que la porte ait terminé de battre, et, levant deux doigts, il fonça. Connie se retourna, servit deux tequilas et hurla à Janine de sortir ses fesses de la cuisine et de tenir le fort une minute avant de porter les verres dehors.

Il trouva Eddie sur le trottoir, en face de George. Il avait posé ses mains sur les épaules de l'agent immobilier et parlait d'une voix calme, égale. George, les yeux écarquillés, soufflait comme un bœuf, tremblant. Si Eddie n'avait pas été là, il se serait écrasé le nez par terre.

Eddie prit la première tequila et la porta à la bouche de George.

— Tenez, buvez, ordonna-t-il.

George secoua la tête comme s'il voulait s'ébrouer, ses yeux fixant un point sur la poitrine d'Eddie.

Eddie lui attrapa les cheveux, lui tira la tête en arrière d'un mouvement sec et lui versa la tequila dans la gorge.

George cracha comme un noyé sauvé des eaux et partit dans une quinte de toux à s'en décrocher les poumons. Eddie lança le verre à Connie, qui l'attrapa d'une main et lui tendit la seconde tequila de l'autre, tout cela dans un même mouvement. Quand George cessa de cligner et de se frotter les yeux, ils semblèrent se concentrer sur ce qui se trouvait devant lui.

— Navré, s'excusa Eddie. Mais les choses seront beaucoup plus simples si vous faites ce que je dis. Vous voulez un autre verre ?

George toussa, eut un hoquet et secoua la tête.

Eddie acquiesça, satisfait, et vida lui-même le verre.

— J'en déduis que quelque chose a merdé…

George se frottait les dents avec son doigt, comme si elles étaient incrustées de saleté.

— Ils l'ont… Oh. Elle a disparu.

Les mots enfin prononcés, il regarda autour de lui, comme s'il ne comprenait pas ce qu'il faisait dans cet endroit, avec ces gens, et que le désir le tenaillait de partir en courant dans une direction aléatoire.

Eddie lui attrapa le bras.

— Votre femme ?

Il n'obtint que deux informations : Jennifer Becker n'était plus là, et George ne savait pas où elle était partie. Entre le moment où il l'avait entendue prononcer son nom et celui où il avait terminé de grimper les marches, quelqu'un l'avait fait disparaître.

— Quand ?

George regarda sa montre.

— Il y a quarante, quarante-cinq minutes.

Eddie se pinça les lèvres et regarda la rue. Deux choses lui vinrent aussitôt à l'esprit. La seconde était que la femme avait été kidnappée au moment où il parlait aux bizarros. En d'autres termes, ces enfoirés avaient fixé un prix en sachant que certains de leurs potes se trouvaient déjà en route pour enlever leur cible. Ceux-ci avaient été trop incompétents ou trop bourrés pour enlever la bonne personne, mais ce n'était pas le problème. Le problème résidait dans le fait qu'ils se foutaient de lui. Personne ne s'était jamais foutu d'Eddie avant, quelle que soit sa planète d'origine. En tout cas, pas longtemps et jamais assez pour pouvoir le raconter.

George sursauta quand Eddie le regarda de nouveau. Il y avait quelque chose dans ses yeux, quelque chose qui prouvait qu'Eddie ne devait pas figurer sur votre liste de gens à emmerder, à moins que vous soyez une unité SWAT au top de votre forme. George l'ignorait – c'était d'ailleurs pour le mieux, il n'avait pas besoin de ça maintenant –, mais il n'y avait que deux personnes qui avaient vu cette lueur dans les yeux d'Eddie et qui avaient survécu plus de une heure. Lui, et le père d'Eddie, longtemps auparavant, mort depuis, tout seul, comme un grand.

— Eh bien, George, reprit Eddie d'une voix d'un calme affreux. Nous nous trouvons devant une complication. Ils ont envoyé des types, vous n'étiez pas là et ils ont enlevé votre femme.

George retira la main de sa lèvre, essayant de reprendre le contrôle.

— Cela s'est déjà produit ?

— Non. J'ai négocié le vaccin. Même si par malchance l'équipe d'extraction était déjà en route, elle aurait dû être rappelée. J'espère que c'est une erreur. Si l'acte est délibéré, nous sortons des règles habituelles…

— Alors que faisons-nous ?

— Premièrement, vous allez au bar et vous appelez votre chambre. Vérifiez que votre femme n'est pas rentrée.

— Mais pourquoi ?

— S'ils se sont rendu compte de l'erreur, ils l'ont peut-être relâchée, et dans ce cas, elle n'a aucune idée de ce qui s'est passé. Allez, appelez.

George se fraya un passage dans la masse de clients du bar et disparut. Connie regarda Eddie.

— Que se passe-t-il ?

— Je ne sais pas. Mais ce n'est pas une erreur… je crois que c'est délibéré.

— Les gris ?

— Ça m'étonnerait. D'habitude, ils s'occupent de ce qui les regarde et n'interfèrent pas avec les plans des grands garçons. Et ils savent qu'il ne faut pas me prendre pour un con. Pas depuis la dernière fois.

— Tu vas faire quoi ? Tu y retournes ?

Eddie secoua la tête.

— Pas ce soir. Si c'est une erreur, je veux leur laisser le temps de rectifier le tir. Dans le cas contraire, je vais aller leur dire un mot.

— Tu veux un coup de main ?

— Peut-être. Tu as déjà flingué un extraterrestre ?

— Pas que je sache. Ils saignent vraiment vert ?

— Bonne question. Je n'en ai jamais flingué non plus.

Ils méditèrent sur le sujet une minute et Eddie commença à éprouver une sensation bizarre. Connie et lui entrèrent, puis se dirigèrent vers le téléphone, à un mètre des toilettes des hommes. Cinq minutes plus tard, tout le bâtiment avait été passé au peigne fin.

George avait disparu.

L'aube. Connie se tenait sur la passerelle, à Havana Docks. Eddie était assis sur le petit balcon de la suite des Becker au *Marquesa*. Il savait qu'il n'y avait personne à l'intérieur, il avait vérifié. Il avait également fouillé la chambre et les bagages. Parfois, ils oubliaient quelque chose derrière. Il ne savait pas si les extraterrestres se montraient négligents ou s'ils aimaient laisser des indices sans intérêt pour agacer le bon peuple… en tout cas, on trouvait parfois de petits globules d'alliage, ou des morceaux d'un matériau qui ressemblait à du papier d'alu mais qui n'en était pas, et qui aurait fait hyperventiler n'importe quel ufologue normalement constitué. Eddie pensait soulever le sujet un jour, mais il n'en avait jamais eu l'occasion.

Il n'y avait rien dans la suite, à part les affaires de deux vieux partant pour une semaine de vacances.

À sept heures et quart, il vit un type en costume blanc approcher, apportant un plateau de petit déjeuner et le journal du matin. Eddie se cacha derrière le bord du balcon, puis attendit d'entendre le grattement à la porte et le bruit des pas s'éloigner une fois le plateau posé. Eddie se releva et se servit un café. Vu comment les choses tournaient, le café ne manquerait pas aux Becker et ç'aurait été dommage de le gaspiller. Il laissa les toasts.

Il avait eu le temps de réfléchir. George se trouvait sans doute très loin maintenant, au-delà des moyens d'action d'Eddie. Ce qui devait être fait n'avait pas grand-chose à voir avec son client, même s'il garderait l'œil ouvert sur le sort de ce type et de sa femme. Les opérations du matin allaient consister à prouver à des bizarres maigrichons qu'on n'avait pas le droit de changer le bon ordre des choses. Un vaccin était un vaccin. Si les Colombiens le comprenaient, les enfoirés de la planète Zog pouvaient piger aussi.

Eddie quitta l'hôtel un peu après 8 heures. Il alla retrouver Connie sur les quais pour prendre un petit déjeuner concentré en protéines.

Pendant ce temps, à moins de un kilomètre de là, George était assis au bout d'un long promontoire de béton, en face de Duval Street. Le bout de la jetée était le point le plus au sud des États-Unis. Ce n'était pas pour ça que George attendait ici. Il était déjà venu la veille avec Jen. Un truc de touristes, et franchement, aucun des deux n'avait ressenti d'excitation. Mais ça valait le coup cinq minutes, et autant être assis ici qu'ailleurs. En vérité, il ignorait pourquoi il se trouvait là ou comment il y était arrivé. Assis, les jambes pendant dans le vide, il regardait les vagues.

Au bout d'un moment, une femme vint le rejoindre et se tint debout derrière lui.

— Venez, dit-elle. Il est temps.

Quelques heures plus tard, Connie, assis à l'arrière du bateau, surveillait le moteur et vidait tranquillement les bières de la glacière. Eddie, perché à la proue, fumait une cigarette. Le soleil brillait au-dessus de l'eau. Aussi loin que portait l'œil, l'océan était calme. Il faisait chaud et sec. Ils étaient encore loin de la bonne zone quand Eddie poussa un juron. Attrapant les jumelles, il fixa du regard un point sur l'horizon.

— Quoi ? demanda Connie à voix haute pour couvrir le bruit du moteur.

— C'est le putain de *Spirit* de mes deux.

Connie regarda sa montre. Il allait bientôt être 11 heures.

— Un peu tôt pour eux, non ?

Le *Spirit of Key West* était un bateau-bulle capable d'embarquer cinquante personnes excitées à l'idée de contempler des trucs sous-marins en se faisant expliquer la vie par des marins en short blanc. Il quittait d'habitude le quai vers midi.

— C'est le début de la saison, expliqua Eddie. Jack a sûrement eu envie de faire un premier chargement de matinaux.

— Ça va tout faire rater, non ?

— Les bizarros ne vont jamais se décamoufler devant un tas de cons bardés d'appareils photo.

— On fait quoi, alors ?

— Tu as une idée du temps qu'ils restent au-dessus du récif ?

— Je n'ai jamais fait la promenade. Les habitants des mers ne m'intéressent pas, sauf s'il y a de la sauce à côté. Et en plus, j'habite ici. Mais putain, combien de temps peut-on passer à regarder un poisson ? Quinze, vingt minutes ? Et encore, si tu es défoncé.

Eddie poussa un nouveau juron.

— On va attendre.

Connie coupa les moteurs et ils dérivèrent un moment. Tout était calme. Seuls bougeaient les vaguelettes heurtant la coque et les quelques oiseaux s'engageant sur les autoroutes aériennes. Le fond se trouvait à trois ou quatre mètres, un mélange de bancs de sable blanc, de petits rochers et de buissons d'algues. Eddie savait qu'à certains endroits, en creusant à quelques mètres sous la surface, on trouvait des coffres inoxydables où les visiteurs rangeaient bien des choses, dont des restes de leurs corps et de ceux des humains. Mais ça ne l'intéressait pas.

Ils donnèrent vingt-cinq minutes au bateau-bulle, puis Connie appela Jack par radio pour lui suggérer que ses clients avaient vu assez de putains de poissons et qu'ils aimeraient rentrer au port.

Après deux minutes d'essais de communication infructueux, Connie jeta un œil à Eddie. Eddie acquiesça.

— Allons voir ce qui se passe.

Il leur fallut dix minutes pour arriver à portée de voix. Ils n'avaient ni l'un ni l'autre envie de crier et ils se rapprochèrent. Le bateau, un Seabreezer IV de dix-huit mètres, stationnait au-dessus du récif, à une centaine de mètres à l'ouest de l'endroit habituel. Le moteur était coupé. Le bateau dérivait. Eddie essaya de nouveau la radio, sans réponse. Il hurla, au cas où Jack soit sorti du poste de pilotage pour fumer une cigarette et que les passagers aient leur nez collé à la bulle de Plexiglas.

Personne ne répondit.

Connie rapprocha le bateau.

— Et maintenant ?

— Approche-nous de l'arrière par la droite.

Il avait une arme à la main et un poignard glissé dans sa botte. Connie attrapa l'autre pistolet.

— Et s'ils enclenchent les moteurs brusquement ?

— S'il y avait quelqu'un sur le pont, il aurait répondu.

Ils positionnèrent le bateau contre la poupe du *Spirit of Key West* et l'amarrèrent. Puis ils montèrent à bord, Eddie le premier, Connie en second : aucun des deux n'avait peur et tous deux acceptaient l'idée d'abattre quelqu'un si le besoin s'en faisait sentir.

Le bateau était ouvert à l'arrière pour profiter du soleil durant les trajets, une section couverte à l'avant pour s'asseoir et manger des chips. À la proue, une zone pour se mettre debout, écarter les bras et faire semblant d'être le connard joufflu de *Titanic*. Une passerelle et, sous les ponts, la cale où on se penchait sur des rails pour voir le fond.

Il n'y avait personne nulle part. Il n'y avait pas non plus de sacs, de livres de poche, de blousons ou d'affaires personnelles oubliées.

Après avoir inspecté tous les niveaux, Eddie remonta et observa un instant le stand où ils vendaient sodas, gâteaux et autres sucreries pour ceux qui se montraient incapables de tenir une heure sans manger.

Connie le rejoignit après avoir jeté un regard sur le pont.

— Inhabituel, je présume ?

Eddie acquiesça, pensif.

— C'est le terme.

— Qu'est-il arrivé à tous ces gens ? demanda Connie en décapsulant une bière qu'il avait pris la peine d'apporter à bord.

Il avala une longue gorgée et regarda fixement l'océan à travers la fenêtre.

— Enlèvement de masse semble être la réponse évidente.

— Ouais. C'est ce que je me disais.

— Mais je ne suis pas sûr d'accepter cette réponse, ajouta Eddie en buvant une gorgée de la bière tendue par Connie.

Il souleva l'abattant du comptoir, passa derrière et ouvrit les placards et les frigos.

— Je sens l'intellect de Kruger faire des heures sup, observa Connie.

— Où est le matériel ? Où sont les canettes, les chips et les putains de cookies ?

— Ils sont, je présume, absents.

— Un bateau ne part pas en mer sans ravitaillement. Si vous chargez des touristes, partez au soleil et leur dites qu'il n'y a rien à boire, c'est la mutinerie assurée. Les gens vont s'inquiéter, péter un plomb et devenir fou furieux.

Connie haussa les épaules.

— Karen est peut-être arrivée en retard et Jack est tout de même parti sans provisions.

— Ouais. Ou alors les bizarros avaient les crocs et ils ont tout emporté. Je n'aime aucune des deux solutions. (Eddie sortit son téléphone cellulaire et l'ouvrit. Pas de signal.) Essaie la radio.

Connie se dirigea de nouveau vers la passerelle. Eddie sortit sur le pont arrière, s'adossa au rail et contempla les vagues. Une question le taraudait depuis la nuit précédente, et il se demandait si tout ce bordel lui fournirait une réponse. Difficile de le savoir à ce stade, mais c'était possible. Le problème, c'était qu'il n'était pas sûr de la nature de la réponse.

Connie sortit, souriant.

— Je viens de passer quelques minutes à discuter avec un type prêt à chier une brique.

— Jack est au port ?

— Gagné. Avec Karen et les guignols en short de l'Institut de biologie marine. Sans compter une horde de mecs brûlés au second degré, qui ont acheté leur ticket hier après-midi, qui ont fantasmé toute la nuit sur des poissons et qui sont à deux doigts de la procédure judiciaire. Il a déjà dû distribuer une tournée de thés glacés gratuits.

Eddie roula des épaules, enclencha la sécurité d'un mouvement du pouce et rengaina son pistolet.

— Il y a du bizarre dans l'air, dit-il. Et ça commence à me gaver.

— Et maintenant ? Navré de te poser des questions, mais c'est ton domaine. Moi, je suis juste un porte-flingue et ça me va.

— Qu'as-tu dit à Jack ?

— Que nous avions retrouvé son bateau, qu'il avait l'air en bon état. Nous pourrions peut-être le ramener.

— Il n'aboie pas comme un malade ? Je n'ai pas envie de m'occuper des types qui viendront le chercher.

— Je crois qu'il a déclaré forfait pour la journée. À l'entendre, il avait géré la situation avec des boissons bien alcoolisées.

— OK, acquiesça Eddie. C'est cool.

— On a un plan ?

— Comme tu dis.

— Hourra ! Et lequel ?

Connie avait jeté la bouteille dans la poubelle et se frottait les mains, les yeux brillants d'une joie dangereuse.

— On laisse le bateau ici et on va dire deux mots aux bizarros, leur signifier notre déplaisir et leur botter le cul si nécessaire.

— Bon plan.

Jennifer Becker restait assise le plus silencieusement possible, regardant discrètement les deux extraterrestres. Ils ne lui avaient pas parlé depuis un moment. Tant mieux. Elle ne voulait pas qu'ils lui parlent. Elle ne le supporterait sans doute pas. Elle avait conscience que sa vie, du moins celle qu'elle avait menée jusqu'à présent et qu'elle avait appréciée, à quelques détails près, était terminée. Une conversation avec un des êtres qui se tenaient à quelques mètres en face d'elle ne ferait que le confirmer. Et elle était fatiguée d'essayer de comprendre ce qu'ils disaient. Quelques mots occasionnels d'anglais surnageaient parfois à la surface de leur discussion, qui, sinon, ressemblait au gargouillement d'un torrent aux premiers jours du printemps, gonflé de neige fondue, prenant du volume et de la vitesse en descendant joyeusement à flanc de montagne. Au début, elle s'était demandé si les mots d'anglais voulaient dire que les extraterrestres n'avaient pas les mots adéquats pour certains concepts, comme les Français quand ils vont en camping le week-end. À moins que ce soit comme Mme Lal qui travaillait chez l'épicier vietnamien et qui était bilingue depuis si longtemps qu'elle semblait oublier quel mot appartenait à quel pays, et qui se retournait souvent pour hurler sur son mari un flot de charabia assez proche de ce que disaient les extraterrestres. Mais c'était une question rhétorique et Jennifer n'avait pas jugé bon de poursuivre ses réflexions plus loin.

À la place, elle pensait à une de ses amies, Sally Dickens. Sally, l'épouse de l'un des jeunes agents de Becker et Marks, était un peu plus âgée que son mari Bruce, Jen, elle, était un peu plus jeune que George, et elles étaient assez proches, du moins jusqu'à il y a un an. Petit à petit, Sally avait commencé à se conduire étrangement. Au début, Jennifer avait pensé que son amie voyait un amant, mais cela ne collait pas. Sally était une personne charmante, dotée d'un esprit acerbe… pas du tout l'épicurienne type. Une fille plutôt sérieuse en vérité. Pas le genre à suer l'après-midi derrière les rideaux dans des motels miteux ou à donner la main à un inconnu sous la table dans des bars. En fait, Jennifer pensait que des deux, c'était elle qui aurait pu se conduire ainsi, même si elle n'avait jamais testé cette théorie et n'avait jamais cherché à le faire.

Un midi, elles avaient déjeuné toutes les deux dans un petit italien sympathique du nouveau centre commercial et Jennifer avait poussé Sally à parler ; elle s'inquiétait pour son amie, ses silences et sa nervosité commençaient à lui porter sur les nerfs. Quand votre meilleure amie vous cache des choses, c'est le fondement de votre vie qui est en jeu.

Sally avait déjà avalé quelques verres de chardonnay et, après deux autres, elle tenta de se confier à Jennifer en vidant la bouteille. Quelque chose s'était produit une nuit pendant une absence de son mari… des lumières étincelantes, des bruits étranges, une histoire de période de temps hors du temps.

Jennifer n'avait pas cru Sally et ne l'avait peut-être pas assez bien caché. Ce qu'elle racontait ressemblait à un feuilleton télé, et encore, mal adapté. Les êtres venus voir Sally étaient de taille normale, voire un peu plus grands, et ne ressemblaient pas du tout aux créatures grises à la mode. À part ce détail, rien de très intéressant et Jen avait souri poliment avant de profiter d'un silence assez long pour demander l'addition. Le pire, c'était que Sally avait un morceau de salade coincé entre les dents qui lui donnait l'air vulnérable et triste. Pas le genre de choses qu'on pouvait dire, pas en écoutant une histoire pareille. Mais le morceau de salade attirait l'œil et nuisait à la concentration de Jennifer.

Les deux mois suivants, Jennifer n'avait vu Sally qu'une fois, à une fête. Saoule et amaigrie, elle se tenait contre son mari, écoutant des histoires d'agents immobiliers et riant exactement au bon moment. Ses yeux semblaient vides et secs. Quand elle vit son amie, elle lui fit un petit sourire fatigué qui donna à Jen l'impression d'être une fillette de cinq ans, prenant conscience pour la première fois que certaines choses arrivaient aux adultes, des choses trop tristes et complexes pour être comprises par les enfants. Elles échangèrent à peine quelques mots et Jen eut l'impression de parler à quelqu'un qui, pour des raisons inconnues, avait décidé de se faire passer pour son amie. Quelqu'un qui avait plus ou moins réussi à donner le change, mais ne mettait pas vraiment de cœur à l'ouvrage.

Quelques semaines plus tard, Sally avait essayé de mettre fin à ses jours. Elle avait essayé et raté de peu. Depuis, elle résidait dans une institution privée à trente kilomètres de la ville.

« Dépression », tel était le diagnostic officiel – la raison ? tout et rien à la fois. Jen s'était renseignée, mais personne n'avait parlé de délire sur l'outremonde. Bruce Dickens se portait bien, sans doute parce que lui et une cliente à qui il essayait de vendre la maison située au-dessus du terrain de golf avaient des réunions de travail régulières au bureau.

Il n'y avait pas d'enfants. Et voilà.

Un après-midi, Jennifer s'était rendue à l'hôpital, ou à la maison de repos, ou à l'hospice, ou à la maison de fous, peu importait le nom. Elle avait été jusqu'au parking et était restée assise une demi-heure dans la voiture. Puis elle était rentrée chez elle. Elle s'était convaincue que ce n'était pas une bonne idée que Sally la voie, qu'une visite impromptue pourrait interrompre son programme. Même si Jen savait que le programme consistait essentiellement en des pilules de couleur et de petites dosettes de sirop, administrées à intervalles réguliers par des filles brusques au sourire figé. Elle ne savait vraiment pas ce qu'elle aurait pu lui dire, ou comment elle devait se comporter, quand la réalité était simplement que son amie avait perdu la raison.

C'était ce qu'elle pensait. Assise dans le bouquet d'arbres, brûlante, assoiffée et à un pas de la folie, Jennifer évitait de penser à sa situation présente en comprenant enfin combien elle culpabilisait pour Sally. Pas parce qu'elle avait maintenant la preuve que Sally ne délirait peut-être pas. Cela n'aurait pas dû avoir d'importance. Jen aurait dû se montrer une amie plus fidèle. Et elle se demandait, en vain, si elle aurait pris tout cela plus au sérieux s'il n'y avait pas eu ce petit morceau de salade coincé entre les dents de Sally. Combien de décisions – pas seulement les siennes – en se fondant sur des bases aussi triviales ?

Elle ne fut pas surprise, juste un peu soulagée, quand les extraterrestres s'arrêtèrent de parler et que l'un d'eux se tourna pour lui tirer dans la tête.

Et le plus triste était que Sally Dickens n'avait jamais été enlevée. Elle avait vraiment perdu la raison.

—J'ai faim, c'est tout ce que je dis.

Eddie réprima l'idée de démonter son arme. Il l'avait déjà fait deux fois, et s'y remettre n'avancerait à rien. Rien de bon n'en était sorti la dernière fois.

Il leva les yeux vers Connie.

—Si tu pensais que tu allais devoir manger, tu aurais dû apporter à manger. C'est l'approche à suivre.

—Je ne pensais pas en avoir besoin, parce que je ne pensais pas que cela durerait aussi longtemps. C'est l'après-midi, putain, et il commence à être long.

— Vraiment ? C'est marrant, parce que moi, je m'éclate.

Eddie commença à démonter son pistolet.

— J'ai l'impression d'être assis comme un con, grogna Connie en haussant les épaules. En plus, je prends un coup de soleil, et je pourrais éviter. Sans compter que nous allons bientôt être à court de bière.

— Tu penses que ça va mal, attends que je manque de cigarettes. Et là, tu verras ce qu'il se passe quand les choses dérapent vraiment.

— Ça va pas, Eddie. Tu devrais changer tes conditions de travail. C'est quoi ce marché, si tu ne peux pas retrouver les types et les flinguer ? C'est le fondement de toute transaction de cette nature ! Si des types t'enculent, ils savent que tu les flingues. C'est la base, ça les empêche de déraper.

— Connie, si je n'ai plus de cigarettes, je te flingue.

— Je m'exprime, c'est tout. Ce n'est pas digne de toi.

Il était 17 heures passées, Connie aurait dû être au travail depuis des heures, le soleil descendait dans le ciel… mais il ne se passait rien. Ils étaient restés au bon endroit un bout de temps et s'ennuyaient tellement qu'ils avaient fini par retourner au *Spirit of Key West*. Ils avaient attaché leur bateau en remorque et ramené le bateau-bulle au port. L'intuition de Connie sur la manière dont Jack avait calmé ses nerfs s'était révélée correcte. Aucun danger qu'il reprenne la mer aujourd'hui, à moins qu'il ait un moyen de le télécommander du tabouret de bar sur lequel il tanguait dangereusement. Les touristes étaient repartis, et dépensaient l'argent remboursé en tee-shirts et morceaux de bois flotté sculptés. Et en nourriture, songea Connie qui s'en voulait de ne pas avoir pensé à apporter quelque chose, au lieu de perdre son temps à appeler le bar pour leur dire qu'il serait en retard. Ce n'était pas qu'il avait si faim… mais l'idée s'était logée dans sa tête, et en l'absence de stimuli autres que les vagues, le soleil et les mouettes, il semblait difficile de la chasser.

Non… En y réfléchissant, il avait vraiment faim. Eddie semblait ne pas s'en faire et Connie trouvait cela bizarre. Il fallait bien manger, et des heures les séparaient du petit déjeuner. Eddie semblait capable de se nourrir exclusivement de cigarettes et de rage contenue.

— Tu ne l'as jamais fait en journée ?

— Non.

— On pourrait pas oublier le coup du projecteur et se rendre directement sur l'île ?

— Elle n'est pas là le jour. J'ai vérifié. Peut-être la nuit. Il faut attendre.

— Ouais. La prochaine fois, tu apporteras des sandwichs.

— Il n'y aura pas de prochaine fois. Ou plutôt, s'il y en a une, il y aura un bazooka dans la glacière, fais-moi confiance. Bouffe un morceau de corde, tu veux ? J'essaie de réfléchir.

Connie se contenta de hausser les épaules et ouvrit une des dernières bières.

Eddie surveillait l'océan. Il réfléchissait en effet. Ce serait bientôt terminé. Une fois le soleil couché, les bizarros viendraient les chercher. Ils n'aimaient pas voir des gens traîner ici le soir, comme le prouvaient quelques siècles de disparitions. La seule raison pour laquelle Eddie n'apparaissait pas sur cette liste était que, au moment où ils l'avaient capturé et laissé tomber sur l'île, il avait pris la mesure des faucheux et eu le courage de leur proposer un arrangement financier. Il savait sa position périlleuse. Des trois, c'était Yag qu'il détestait le moins, mais il ne lui faisait pas confiance. Le pire, c'était Sans-Nom. Il avait déjà rencontré des types comme lui et, à chaque fois, ils finissaient par vous enculer. C'était dans leur nature, même si ce n'était pas dans leur intérêt.

Eddie s'éclaircit l'esprit, mit d'un côté tout ce qu'il savait, de l'autre tout ce qu'il soupçonnait et ne toucha plus à rien. Rester bloqué sur ses positions n'était pas une bonne chose à faire. La résolution d'événements violents arrivait la plupart du temps rapidement. On finissait tué ou on évitait de se faire tuer, généralement en tuant quelqu'un d'autre. Voilà le topo, et aucune des issues ne prenait longtemps, ni ne pouvait être préparée à l'avance. Comme un joueur de tennis prêt à recevoir le service d'un joueur contre lequel il n'avait jamais joué, le mieux à faire était de regarder les pieds de l'autre type, de rester détendu et d'être assez bon pour renvoyer ce qui passait le filet.

Il tenta de réfléchir à un nouveau type de job, mais rien ne vint. Connie ouvrit la dernière bière et la lui proposa. Eddie secoua la tête mais lui fit un clin d'œil, et la détente régna de nouveau sur le bateau.

Ce soir-là, les restaurants et les bars de Key West firent de bonnes affaires. Rien de spectaculaire, ce n'était pas encore la pleine saison, mais tous rentrèrent chez eux avec le sourire, les propriétaires dans leurs belles demeures victoriennes de la vieille ville ou dans les palaces du nord de l'île, les serveuses et les barmen dans les planques de came et leurs chambres dans les hôtels borgnes. Le *Crabby Dick's*, le *Mangoes* et le *Febe's Grill* eurent droit à deux couches de vacanciers bourrés de fric tandis que le *Hard Rock Café* écoula une centaine de burgers en plus de son rôle principal, qui consistait à faire saigner les oreilles des gens. Les bistrots à chichis coincés dans des petites rues transversales et dans les hôtels récoltaient de loin le plus d'argent, l'espèce humaine ayant perdu la raison à un tel point qu'elle pensait que de petites portions dans une grande assiette représentaient le Corps du Christ et que courir quand ce n'était pas nécessaire était enrichissant. Le *Slappy Jack's*, le *Sloppy Joe's* et le *Jimmy Buffet's* virent une bonne foule du vendredi soir et nombreux furent ceux qui accomplirent le pèlerinage jusqu'à Havana Docks pour voir la nuit tomber, et cela malgré la jeune femme sans talent armée d'un synthétiseur à deux balles qui polluait l'air avec des reprises pourries de chansons au thème maritime ou vacancier, des chansons de la première moitié des années 1980 pour la plupart. Une autre femme, qui autrefois avait été très belle et maintenant faisait peur, servait des cocktails de fruits dans des tasses en plastique et lançait un regard noir à ceux qui ne laissaient pas un pourboire assez généreux.

Les gens se promenaient sur Duval Street, dans la chaleur du début de soirée, regardant les vitrines, déchiffrant les menus, appréciant la présence de leurs compagnons, mais pensant de façon distante aux enfants, aux animaux, aux amants et au gaz qu'ils avaient laissés derrière eux. Vue du ciel, l'île ressemblait à un patchwork d'obscurité et de lumière. Des bouquets d'arbres scintillants près des maisons, un réseau de rues éclairées, le rythme lointain de la musique. On ne pouvait échapper au fait que la vie existait bien là, quel que soit le recul pris : comme le coin derrière le frigo que l'on ne peut jamais nettoyer et qui accueille toute une variété de petites choses microscopiques vivant leur existence parmi les joyeux enfants insouciants.

Le même ballet de la vie, avec des vêtements plus lourds et pas d'accès Internet, avait lieu depuis des centaines d'années et continuerait encore des centaines de plus. Ce qui se passait à cinq kilomètres des côtes ce soir-là ne faisait aucune différence et, Eddie s'y attendait, tout serait bientôt terminé.

La lumière descendit, mais juste un instant et pas aussi brillante que d'habitude. La mer ne se figea pas. Pour Connie, qui avait entendu parler de la lumière venue du ciel mais qui ne l'avait jamais vue, l'expérience se révélait intéressante. Pour Eddie, cela ne fit que confirmer ses pensées : quelque chose ne tournait pas rond.

Ils attendirent quelques minutes de plus pour voir si quelque chose d'autre allait arriver, mais non. Eddie coupa le signal radio et demanda à Connie de démarrer le moteur.

— Quelle direction ?

— Tout droit. C'est là que se trouve l'île.

Connie jeta un coup d'œil éloquent à la mer vide qui s'étendait jusqu'à l'horizon.

— Comme tu veux.

— Je veux. Fais-le.

Connie poussa le moteur et, quinze minutes plus tard, Eddie lui dit de ralentir avant de scruter le paysage. Il n'y avait rien à voir. Eddie ferma les yeux et s'orienta. Il avait toujours eu le sens de l'orientation, même dans les jungles et en terrain inconnu.

— Je dirais que nous sommes à deux cents mètres. Continue bien droit, mais lentement.

Connie pilota. Eddie chargea ses poches de cartouches. Loin au-dessus de leur tête, la lune déversait une lumière froide et confiante.

Et soudain, ils aperçurent quelque chose.

À moins de vingt mètres. C'était petit, gris pâle et à un mètre au-dessus de l'océan.

— Putain de merde, s'exclama Connie. Qu'est-ce que c'est ?

Eddie ne répondit pas, mais attendit de se trouver plus près, quand la réponse deviendrait évidente. Connie ralentit le bateau et un « toc » tranquille leur signala qu'ils avaient accosté.

— Eddie, Dieu merci, croassa le gris. Je suis si content de te voir.

Eddie attacha le bateau tandis que Connie continuait à regarder fixement l'extraterrestre. Il grimpa sur la jetée. Pas facile, sur une jetée invisible, mais faisable.

Il regarda la créature.

— Que se passe-t-il ?

— Ça merde bizarre, répondit le gris. C'est tout ce que je sais.

— Les grands savent qu'il se passe quelque chose ?

— Je ne crois pas. Ils sont déchirés. Ils ont même oublié de nous nourrir ce matin.

— Combien en as-tu vus ? À quoi ressemblent-ils ?

Le gris secoua la tête.

— Des potes ont dit qu'ils étaient quatre ou cinq. Moi, je n'en ai vu que deux. Et ceux-là vous ressemblaient.

Eddie se retourna vers le bateau. Connie était toujours là.

— Tu montes, ou quoi ?

Connie déglutit.

— Monter où, mec ?

— Sur la jetée.

— La jetée invisible, je suppose ? Celle où tu tailles le bout de gras avec l'échappé de *X-Files* ?

— Celle-là.

— Tu sais quoi ? Je me demande si c'est vraiment quelque chose que je vais pouvoir faire le ventre vide.

Eddie se pencha et lui tendit la main. Connie l'attrapa et grimpa avec une grâce toute relative. Il se frotta les mains et baissa les yeux vers l'extraterrestre, qui les levait vers lui.

— Salut Roswell, salua Connie. Je viens en paix.

— C'était pas nous, lâcha le gris. Et j'en ai ma claque qu'on me le ressorte à chaque fois.

— Bon, on y va, intervint Eddie.

Le gris se retourna pour courir. Connie resta derrière, position qui lui paraissait idéale pour le moment. Ils marchèrent droit vers une lueur jaune qui, Connie s'en rendit vite compte, flottait au-dessus de l'océan. La situation ne semblait pas déranger Eddie, et Connie se convainquit que tout allait bien. À deux mètres de la lumière, il crut avoir une vision. Un instant, il pensa voir quelque chose derrière, la terre. Puis l'impression disparut, pour être remplacée par deux têtes ovales. Il entendait un bavardage excité dans une langue qui n'était ni de l'anglais ni de l'espagnol, les deux seules langues que connaissait vraiment Connie.

— OK, les gars, leur dit le gris en arrivant à l'extrémité de la jetée.

Il fit un signe dans la direction des trois autres gris, apparus derrière le rideau de lumière. Tous saluèrent Eddie de la main ou de la tête.

— Tout ce que vous avez à faire, c'est passer à côté de mes potes.

Eddie se dirigea vers les petits extraterrestres. Connie le suivit. Au moment où son pied gauche se posa, une île apparut. Et cette fois, elle resta là. Connie secoua la tête.

— Comment faites-vous ?

— Notre science a de nombreux siècles d'avance sur la vôtre, entonna l'un des gris. Ne réglez pas votre téléviseur.

Les autres ricanèrent.

Eddie les fit taire et expliqua son plan.

Quelques minutes plus tard, les gris conduisirent tranquillement Connie le long du sentier et Eddie s'en alla, seul, dans la forêt. Il attendit que les autres disparaissent pour faire le tour de l'île. En partie parce qu'il était plus sûr de ne pas tous arriver par le même chemin, mais aussi pour voir s'il trouvait une preuve de ce qui l'avait travaillé tout l'après-midi.

Dans un bosquet proche de la côte est, il découvrit un cadavre allongé de façon saugrenue sur le sol. Sans doute Jennifer Becker. Eddie ne chercha même pas le pouls. De toute évidence, elle avait été abattue par une arme non humaine, qui avait perforé un trou à travers son crâne. Une triste fin pour quelqu'un qui n'avait jamais compris la situation, mais d'un autre côté, Eddie aurait pu dire cela de bien des gens, tombés dans les combats couverts par CNN et enterrés avec les honneurs militaires. Autour d'elle se trouvaient deux séries d'empreintes de pas, de formes et de tailles normales. L'une d'elles portait le sigle d'une célèbre marque de vêtements de loisirs terriens. L'autre semblait avoir été produite par des tongs, terriennes elles aussi.

Eddie décida qu'il avait compris.

— Bon, vous êtes qui, vous ? demanda Fud en jetant un regard mauvais à Connie.

Connie regardait l'extraterrestre. Il avait déjà écouté l'interminable description de son arbre généalogique jusqu'à son ancêtre simiesque et il comprenait ce qu'Eddie lui avait dit un jour : au bout d'un peu de temps en compagnie de ces gens-là, on avait très très envie de les tuer.

— Un ami d'Eddie. Il m'a envoyé ici.

— Eddie est un connard, susurra Sans-Nom. Je l'ai toujours dit. Toi aussi, tu dois être un connard. (Il toussa.) Il a aussi envoyé des clopes ?

Yag, qui n'avait encore rien dit, fit taire son collègue d'un geste de la main et continua de regarder Connie.

Sans-Nom eut un hoquet et se laissa tomber dans un des fauteuils inclinables. Les gris restaient groupés à quelques pas de là, sous la lampe, comme s'ils avaient froid. Beaucoup jetaient des regards inquiets vers les arbres qui entouraient la clairière. Celui qu'ils avaient rencontré sur la passerelle, que Connie ne pouvait différencier de ses pairs – sauf qu'il était un petit peu plus courageux – toussa nerveusement.

— Il nous a dit de venir vous prévenir, expliqua le petit extraterrestre à Yag. (Les autres se rassemblèrent derrière lui comme pour bénéficier d'un support moral.) Il se passe des trucs louches. Le type pour lequel il arrangeait un vaccin a disparu. Sa femme aussi.

— C'était pas nous, assura Fud. On n'a jamais entendu parler de ce type.

— Il le sait, dit le gris. Je crois qu'il veut vous en parler, d'ailleurs. Et vous savez comme il est quand il est agacé.

— Alors qui a fait le coup ? demanda Yag.

— Nous, gronda une voix.

Et trois espèces se retournèrent en même temps.

Un homme se tenait à la lisière de la clairière. Grand, portant un short gris et rien d'autre. Il avait perdu le reste de ses vêtements durant la journée et était incapable de se souvenir pourquoi il devait les porter. Seul un dernier vestige de pudeur avait gardé le short en place. Il se tenait dans l'ombre et Connie ne put tout de suite voir son visage. L'homme fit deux pas titubants, les jambes tordues comme s'il s'était fait arracher les rotules, mais encore capables de supporter son poids, une arme pointée dans la direction générale des faucheux. Yag et Fud firent deux pas en arrière.

Sans-Nom regarda l'humain et rota tranquillement.

— C'est quoi ce bordel ?

L'homme tourna son buste, comme s'il avait oublié qu'il avait des jambes et pointa l'arme sur lui.

— La ferme !

— Comment êtes-vous arrivé ici, George ? demanda Connie calmement. Que vous est-il arrivé la nuit dernière ?

— Par bateau, répondit George, la voix sans inflexion. Il y avait une bulle en dessous. Mais il n'y avait pas de sodas. Jen était avec nous. Mais elle est morte. En fait, nous l'avons tuée. C'est très triste.

— Attendez, dit Yag en fronçant le front. Que voulez-vous dire par « nous » ? Vous êtes tout seul.

L'extraterrestre était déchiré et quelque chose lui disait que ce n'était pas le moment idéal pour l'être. Il se disait aussi qu'il aurait pu penser à apporter des armes quand ils avaient vu les gris et l'humain débarquer dans la clairière… même des toutes petites.

En cas de doute, toujours être armé. Cela semblait si évident maintenant.

— Et vous êtes une des victimes de l'enlèvement, ajouta Connie en repérant une autre faille dans le raisonnement.

— Il parle de moi, dit une autre voix, féminine cette fois.

Une jeune femme émergea de l'ombre de l'autre côté de la clairière. Elle avait de longs cheveux, des tatouages délicats et dans la main une arme qui ressemblait à un tas d'araignées se battant dans le brouillard.

— Tu as une arme, Connie ? demanda-t-elle. Bien sûr que tu en as une. Sors-la, lentement, et jette-la par terre.

— Fran ? demanda Connie, son ton prenant d'étranges libertés. Au nom de tous les saints, qu'est-ce que tu fous là ?

— Je pourrais te demander la même chose. Mais je ne vais pas le faire, parce que pour être franche, je m'en tape. Lâche ton flingue.

Connie passa une main dans sa poche, en sortit son arme et la laissa tomber à terre.

— Super, murmura Fud. Merci pour ton aide, Cheetah.

— Ah ouais ? fit Connie, en ne quittant pas Fran des yeux. Fais quelque chose si tu es si fort.

— Nous ne sommes pas très doués pour ce genre de situations, admit Fud.

Fran fit signe à George d'avancer. George ramassa le pistolet de Connie et le serra dans sa main, comme s'il n'était pas sûr de la bonne façon de procéder. À la lumière éternellement présente dans la clairière, il paraissait étrange, tremblant, comme s'il se contenait par la seule force de sa volonté. Son visage était gonflé et pâle, sa peau humide.

Connie secoua la tête.

— Janine tient le bar toute seule ? demanda-t-il, cherchant à se raccrocher à quelque chose qu'il puisse comprendre. C'est vendredi soir. Elle va virer barge avec tous ces macaques.

— En supposant que tu ne plaisantes pas, répondit Fran, sache que je n'en ai pas la moindre idée. Je m'en tape. Je hais ce bar. Et ces trucs aux olives ? Qu'est-ce que c'est ? C'est supposé être de la nourriture ? C'est de la merde. Maintenant, au boulot. (Elle pointa son arme sur sa tête.) Tu en sais trop. Tu dois mourir, annonça-t-elle avec un rire léger. Cool. J'ai toujours eu envie de dire ça.

— Je sais rien, dit rapidement Connie. Vraiment.

Fran manipula quelque chose sur son arme, de toute évidence un préalable avant de s'en servir pour faire du mal aux gens.

— Navrée, mais c'est comme ça.

— Sérieusement, ce n'est pas nécessaire. Il y a des poissons dans la baie qui en savent plus que moi. Pour moi, tu es juste une serveuse. Une superserveuse, ne te méprends pas. Mais une serveuse, principalement…

— Oh, je suis bien plus que ça, s'exclama Fran en riant. En vérité, je suis…

Il y eut soudain un petit cri. Tout le monde se tourna pour voir George allongé sur le dos au sol, avec l'air de vouloir y rester. Debout à côté de lui, son pistolet pointé sur le crâne de Fran, se tenait Eddie.

Connie n'avait jamais été aussi content de voir quelqu'un de toute sa vie et à ce moment précis, d'une façon très masculine, il l'aimait passionnément. Eddie avait l'air si décontracté. Si dangereux. Il avait l'air si « Fran va regretter sa tête si elle remue ne serait-ce qu'une oreille », ce qui, même s'il s'agissait d'une façon d'être particulière, était facile à reconnaître et faisait chaud au cœur.

Sans-Nom roula de gros yeux ronds.

— Tu vois ce que je vois ? lança-t-il à Fud à voix basse. Les gens continuent d'apparaître.

— Salut Fran, dit Eddie en avançant de deux pas. (Son arme resta si stable qu'on aurait pu poser un verre de bière plein dessus sans en perdre une goutte.) S'il s'agit de ton véritable nom. Ce dont je doute. Tu devrais baisser ton arme.

— Va te faire mettre, rétorqua Fran.

Il y eut un claquement sec et l'arme de Fran disparut, ainsi que la main qui la tenait, d'ailleurs. Elle cligna des yeux et, un instant plus tard, un sirop noir et visqueux commença à couler du poignet tranché.

— Espèce d'enfoiré, cria-t-elle, surprise.

— Pourquoi tu ne dis pas à Connie ce que tu es ? suggéra Eddie.

— Il ne veut pas le savoir, railla Fran en secouant son poignet. Putain, Eddie, tu as une idée du temps qu'il faut pour faire repousser une main ? Les doigts sont vraiment durs à imiter.

— Fran vient d'une autre planète, expliqua Eddie à Connie, baissant lentement son arme.

Son ton suggérait que ce n'était pas plus important qu'être Verseau ou fan du Blue Oyster Cult.

— Je vois, acquiesça Connie avec énergie.

— Comme George, mais lui l'ignorait.

Connie arrêta d'acquiescer et fixa Eddie avec de grands yeux ronds de chouette.

— C'est un truc plutôt difficile à oublier, tu ne trouves pas ?

— Je le pensais, mais c'est pourtant ce qui s'est passé. Toute sa vie, George a cru qu'il était un type normal qui vendait des maisons et des terrains. Jen le pensait aussi, et cet après-midi a dû être difficile pour elle. Mais récemment, il a commencé à se rappeler, parce que quelqu'un a lâché des indices dans sa tête. Il croyait à un souvenir d'enlèvement et moi, j'ai supposé que ces enfoirés préparaient un sale coup. (Il désignait les faucheux, silencieux et les yeux écarquillés.) Et vous autres n'avez rien fait pour corriger mon erreur, ce qui a tendance à m'agacer. Étant donné que je viens de sauver vos culs, je crois qu'il va y avoir un changement dans le tarif et les conditions de travail.

—Sauvé nos culs ? demanda Yag. Comment ça ?

—Cette île est une sorte d'avant-poste ou une porte transdimensionnelle, pas vrai ? Et c'est votre boulot de la garder.

—Il y a du vrai, admit Yag. Comment le sais-tu ?

—J'ai réfléchi. Je me suis dit, s'il y a tout un univers là-bas, il y a des chances qu'il existe plus d'un type d'extraterrestres et de familiers. (Il fit un petit signe aux gris.) Désolé, les gars.

—*No problemo*, répondit le gris en chef. On aime bien être des familiers. On nous donne à manger.

—Parfois, ajouta un autre.

Eddie se retourna vers Yag.

—Si Fran n'est pas l'une des vôtres, elle appartient donc à autre type. Son attitude semble hostile. J'ignorais qu'elle était mêlée à toute cette histoire, mais j'ai compris que quelqu'un d'autre que George devait l'être… surtout après sa disparition. Elle a dû passer entre les mailles de l'immigration et garder profil bas. Et la nuit dernière j'ai pris conscience que George n'était pas ce qu'il semblait, ou ce qu'il pensait être. Quand je lui ai demandé depuis combien de temps sa femme s'était fait enlever, il m'a répondu quarante-cinq minutes.

—Et ? demanda Connie en s'éloignant de deux pas de Fran. Et alors ?

—Il faut dix minutes pour aller du *Marquesa* au *Slappy*, continua Eddie. Même en étant lent ou en se perdant. D'accord, il a pu passer dix minutes de plus à s'arracher les cheveux ou à chercher sa femme dans les jardins. Ça laisse encore du temps. Je pense qu'il l'a passé à regarder dans le vide dans sa chambre. Parce que Fran a enlevé Jennifer pour aider George à se souvenir de ce qu'il était vraiment.

—Homo ou quelque chose comme ça ?

—Non, répondit Eddie avec patience. George est un dormeur. Un extraterrestre qui s'ignore. Fran avait besoin de le réveiller, pour qu'il l'aide à prendre cette base et à ouvrir les vannes.

—Mais pourquoi George a-t-il mentionné les quarante-cinq minutes ? demanda Yag. Pourquoi n'a-t-il pas menti ?

—Il n'était plus entièrement humain, répondit Eddie, mais pas encore revenu à son état naturel. Il était troublé. Il ne savait plus quoi dire, ni comment. Quand nous l'avons vu dans le bar, la partie humaine avait temporairement repris le contrôle. Il ne comprenait pas ce qui se passait, il avait peur et a dit la vérité parce qu'il pensait qu'elle nous aiderait. Il avait perdu sa femme. Il voulait la retrouver.

—Attends, le coupa Connie. Fran était dans le bar à ce

moment-là. Comment a-t-elle fait pour enlever Mme Becker, alors qu'elle servait des verres sous mon nez ?

— Je ne sais pas, répondit Eddie, agacé. Je n'ai jamais compris pourquoi *Seinfeld* plaisait à tant de monde et l'assassinat de Kennedy reste un mystère pour moi. Mais c'est à peu près ainsi que cela s'est passé, n'est-ce pas, Fran ?

Fran avait arrêté de secouer la main. Elle regarda Eddie avec calme.

— Quatre cent cinquante ans, dit-elle, sans avoir l'air abattue, inquiète ou apeurée. J'étais volontaire. Je suis venue en avance. J'ai connu la Floride à l'époque où ce n'était qu'un grand marais peuplé de quelques Indiens. L'endroit idéal pour attendre des renforts. C'était tranquille. Il faisait chaud. Et l'homme blanc est arrivé. Il a décidé que c'était le paradis sur Terre ; il a exterminé un bon paquet d'Indiens et en a laissé s'installer d'autres qu'il a appelés Séminoles. Il les a laissés tranquilles. Pas longtemps, ensuite il les a un peu massacrés aussi… Pendant ce temps, il a drainé les marais, installé des fermes, fait plein de trucs, transformant le pays en zoo. Puis il y a eu cette baston stupide pour savoir si vous aviez le droit de posséder d'autres humains ou pas. C'est à cette époque que je suis arrivée ici, pour vous laisser vous battre tranquilles. J'ai vu le type de l'hôtel – comment s'appelait-il, Flagler ? Pas un bon coup, quel que soit son nom – construire le pont qui traverse les Keys. L'ouragan l'a détruit deux ans plus tard. Un autre pont l'a remplacé.

Eddie avait besoin d'une cigarette, mais il savait que bouger ruinerait le moment de gloire de Fran. Après quelques siècles, elle avait bien droit à ça. Et puis il n'en avait presque plus. Il écoutait. Les autres aussi. C'était ce qu'il y avait de mieux à faire.

— Tout ce temps, vous ignoriez que vous n'étiez que des invités à peine tolérés, et que ces types avaient déjà l'acte de propriété, continua Fran en désignant Yag et Fud d'un air dégoûté. J'attends et j'attends. Ils avaient dit qu'ils allaient en envoyer d'autres. Qu'il y en aurait assez pour prendre cette île ridicule, qui malgré sa taille est superimportante à l'échelle de l'Univers. C'était mon boulot. Mais personne n'est venu. Personne. Année après année après année. Jusqu'à ce qu'enfin j'apprenne ce qui s'était passé. J'ai reçu un message.

— Comment ? demanda Eddie, intrigué.

— Ils sont codés dans le *Jerry Springer Show*. Pourquoi croyez-vous que cette merde existe ? Bref, le message me disait que les contrôles s'étaient renforcés. Ils avaient réussi à envoyer quelqu'un, au nord, qui n'avait pu rester que cinq heures. À peine arrivé, il avait fait un bébé à une humaine et était reparti. Ce bébé, c'était George et il n'avait aucune idée de sa véritable identité. Jusqu'à ce que je le trouve enfin et que je commence à insinuer des trucs dans son esprit, pour le réveiller. Il s'est senti attiré ici, comme tous les pauvres cons d'enlevés parce qu'ils savent qu'il se passe quelque chose dans le coin et ils pensent que la proximité va les aider. Il ne répondait pas bien au programme, en tout cas jusqu'à hier soir, quand j'ai demandé à un clodo d'aller au *Marquesa* chercher la petite dame dans sa suite. Et voilà, c'est à peu près tout…

Tout le monde la regarda. Et Eddie prit de nouveau la parole.

— Toute cette attente, juste pour un type de plus ?

— Un seul, c'est tout ce dont j'ai besoin. Un type bien, c'est tout ce qu'on demande.

— Et maintenant, tout a foiré, constata Connie, satisfait.

Fran se mit à rire, avec une sorte de contentement tranquille.

— Raté ? Je ne crois pas. (Elle indiqua l'endroit où était allongé George.) Vraiment pas.

Eddie se retourna, recula et tira trois balles sur George avant que quiconque puisse bouger. Mais cela ne fit aucune différence. Le temps que l'ancien agent immobilier se remette debout, son corps avait commencé à changer. Ses genoux avaient doublé de taille et sa peau se déchirait comme une figue trop mûre. Le reste de son corps gonfla tout autant, inégalement mais très vite, certaines parties proches de l'explosion tandis que d'autres se desséchaient.

— Oh, merde, laissa tomber Yag effaré. C'est un de ceux-là.

Eddie tira trois balles de plus dans l'ancienne tête de George, qui ressemblait à un vieux tronc d'arbre tordu couvert de mousse. Cela ne fit aucune différence. Il entendit les gris crier et se retourna pour voir que Fran subissait la même transformation. Elle grandissait, augmentait et se contractait de la même façon que George. Leur masse croissait – Dieu sait comment. Les deux créatures émettaient un cri strident, même s'il était difficile d'en situer la provenance exacte – ce qui restait de leur bouche ou le processus de transformation, la chair et les os hurlant de se voir configurés suivant un modèle inconnu sur cette planète ou dans cette réalité. Un truc que le type de *Hellraiser* aurait pu inventer, le lendemain d'une orgie de bouffe mexicaine.

Les créatures grossirent encore et commencèrent à vibrer comme de dégoûtants diapasons dégoulinant de sang. Tous retinrent leur respiration, souhaitant très fort être ailleurs. Yag et Fud s'enfuirent vers la gauche de la clairière et martelèrent de leurs poings quelque chose d'invisible qui devait être le moyen de retourner d'où ils venaient. Manifestement, cela ne s'ouvrait pas. Les gris couraient dans cinq directions différentes, avaient peur au bout de deux mètres et se précipitaient les uns vers les autres avant de se percuter dans un bel ensemble. Les deux bizarros abandonnèrent la porte invisible et foncèrent vers les arbres, pour découvrir que quelque chose avait transformé l'air en barrière invisible. Sans-Nom essayait de ramper sous l'un des fauteuils. Connie se contentait de regarder, les bras ballants, observant les événements avec l'air d'un homme qui avait conclu que, si le monde voulait le rendre fou à lier, autant y mettre du sien et profiter pleinement de l'expérience.

Deux longues minutes plus tard, Fran et George mesuraient trois mètres de haut et ressemblaient à des silhouettes tordues peintes par Francis Bacon sur une idée originale de Miró, réalisées à base de bave et de sang. Ils firent quelques pas titubants l'un vers l'autre. S'arrêtèrent à ce qui semblait être une distance calculée, et essayèrent de joindre les vestiges de leurs mains.

Eddie savait ce qui allait se passer. Il vida son arme dans diverses parties de leur anatomie, sans espoir, mais sachant qu'il devait les empêcher de s'unir. Eddie ne voulait pas voir, il ne voulait pas que le monde voie ce qui se passerait si deux de ces choses se touchaient. Il sentait que ce ne serait pas une bonne chose.

Il hurla quelque chose à Connie et Connie détacha lentement les yeux du spectacle, comprit ce que voulait Eddie et ramassa son arme.

Ils tirèrent et rechargèrent, tirèrent et rechargèrent, arrachant de petits morceaux d'extraterrestres, mais ne réussissant pas à freiner l'inexorable progression des chairs. Les deux corps prenaient maintenant une forme différente, comme deux moitiés d'un puzzle biologique attendant de s'emboîter comme un spermatozoïde et un ovule.

Les gris et les bizarros cessèrent de courir et se contentèrent de contempler le spectacle de deux humains à quelques mètres du cauchemar, tirant, tirant et tirant encore. Dans l'esprit d'Eddie, tout avait disparu : ce qu'il voyait, ce qu'il avait vu, fait, entendu, tous ceux qu'il avait connus, tués, embrassés, aimés ou trouvés agaçants. Il ne voyait que deux mains monstrueuses tendues, chaudes, des globules de chair désirant ne devenir qu'un et grossissant ensemble. Il toucha plusieurs fois la cible, mais les mains se reformaient en quelques secondes : si les doigts humains étaient difficiles à reproduire, la véritable forme de ces créatures pouvait d'évidence guérir et repousser presque instantanément. Eddie était conscient qu'une telle espèce serait impossible à combattre une fois débarquée sur Terre, et que le destin de la planète entière dépendait de ses actions immédiates. Sa mère aurait été fière de voir que son fils tenait l'avenir du monde entre ses mains.

Il fit de son mieux. Mais cela se révéla insuffisant.

Et ce ne fut pas un mal si, une fois le pont formé entre les deux mains, accompagné d'un son qui faisait penser au soupir collectif d'une centaine de joyeux drilles, une explosion ruina le spectacle. La moitié supérieure de ce qui avait été George et de ce qui n'avait jamais été Fran disparut comme de la poussière balayée sur un pare-brise.

Les deux morceaux restants tremblèrent comme des piles de merde de un mètre de haut et se volatilisèrent après deux explosions du même type.

Un long silence s'abattit sur la clairière. Ses occupants restèrent figés, regardant le large cercle de gazon brûlé, là où avait commencé la transformation.

Puis ils se retournèrent.

Sur le côté, tenant des armes complexes, la peau toujours brûlée par le soleil, se tenaient deux touristes anglais en lune de miel.

—Navrés du retard, s'excusèrent-ils.

Une demi-heure plus tard, Eddie et Connie se trouvaient au bout de la jetée. Les gris n'étaient plus là. Ils avaient été renvoyés dans leur parc et avaient accepté de relative bonne grâce, contre la promesse d'obtenir plus à manger et de pouvoir se coucher plus tard. Les bizarros avaient eux aussi disparu. Les deux jeunes Anglais les avaient entraînés à un bout de la clairière et avaient eu avec eux une longue conversation, durant laquelle il y avait eu moult trépignements, approbations boudeuses et détournements de regards de la part des faucheux.

Eddie était resté là, les armes à la main, attendant que quelque chose prenne un sens. Les bizarros étaient revenus à contrecœur, envoyés par le jeune couple. Ils avaient marmonné des excuses courtes et hypocrites pour les ennuis causés et s'étaient traînés vers l'autre extrémité de la clairière, où la porte invisible fonctionnait de nouveau.

Le couple d'Anglais avait alors invité Eddie et Connie à les accompagner jusqu'à la jetée. L'homme portait un tee-shirt Gap blanc, un short kaki et avait des yeux d'un vert intense. La femme, cheveux blonds et courts, était mince et jolie.

—Alors, dit Connie en regardant le bateau, je suppose que vous n'êtes pas de Londres, en Angleterre, finalement.

— Oh non, répondit l'homme. Enfin, pas d'origine. Mais nous avons un petit studio à Islington en ce moment. Un pied-à-terre. Très pratique pour atteindre le centre.

— D'où venez-vous réellement ? demanda Eddie.

— Oh, d'assez loin. Des kilomètres et des kilomètres. Je ne suis pas sûr que vous l'ayez encore trouvée.

Connie déglutit.

— Vous avez l'air aussi moche dans votre dimension que Fran ?

— Oh non, intervint la jeune femme en riant. En fait, nous ressemblons exactement à ce que nous sommes ici, avec quelques centimètres de plus. Je ne sais pas pourquoi.

Eddie acquiesça.

— Et maintenant ?

— Eh bien, nous avons notre soirée de libre, fit l'homme en regardant sa montre. La menace d'invasion a avorté et la nuit est encore jeune. Navré de vous avoir mêlés à tant de problèmes. Si nous avions su que Fran était l'espionne, nous aurions pu régler l'affaire la nuit dernière, même si, pour être honnêtes, nous étions un peu à l'ouest quand tout s'est déclenché.

— Qui êtes-vous ? demanda Connie.

La femme haussa les épaules.

— La police, des anges, des inspecteurs. Choisissez votre métaphore. Nous réglons les problèmes. Mais pour être franche, ce que je suis en ce moment, c'est affamée. Il est temps de dîner, n'est-ce pas, chéri ?

— Absolument, approuva l'homme. Bon... les gardiens de la porte ont été prévenus d'arrêter leurs enlèvements. C'est de l'enfantillage. Bien sûr, ils continueront. Incidemment, Eddie, vous n'auriez pas dû agir comme vous l'avez fait sans permis.

— Vous savez comment c'est, ici, dit Eddie. On ne fait pas toujours tout en suivant les règles. Mais généralement, on s'en sort.

— Certes. Bon... (L'homme fouilla dans sa poche et en sortit un fin morceau de papier noir.) Voici un permis. Avec nos remerciements.

Eddie le prit et le retourna. Il était vierge de toute inscription, des deux côtés.

— C'est ça ?

— J'en ai bien peur. Vous pouvez le plastifier si vous voulez. Une dernière faveur : nous pensons filer sur la côte ce soir, du côté du golfe, peut-être vers Saratosa et ses environs, tester quelques restaurants. Que nous conseillez-vous ?

— Vous pourriez essayer le *Tommy Bahama's*, répondit Eddie. Il est plutôt bon.

— Quelles sont les spécialités ?

— La cuisine de Floride et des Caraïbes. De la floribéenne, si vous préférez.

— Et c'est… ? demanda l'homme.

— Américain. Mais avec des fruits.

— Cela semble parfait, s'exclama la jeune femme. Merci beaucoup.

Les deux extraterrestres remercièrent encore Eddie et Connie, se prirent la main et disparurent dans un petit « pouf ».

Eddie et Connie restèrent silencieux un long moment. Eddie toussota.

— Navré pour Fran, dit-il.

— C'était une bonne serveuse.

— Tu ne l'as pas…

— En fait, si, deux fois. Et je préférerais ne pas y penser.

Eddie hocha la tête et laissa le silence s'installer de nouveau.

— Je peux te payer une bière ? demanda-t-il au bout d'un moment.

— Mon cul. Je paie la bière. Mais tu m'invites à dîner.

— Le *Crabby Dick's* ?

— Tu lis dans mes pensées.

Ils descendirent dans le bateau, jetèrent un œil vers l'île avant qu'elle disparaisse et se dirigèrent vers Key West, la bouffe, la boisson et toutes les choses que nous faisons si bien. Il était à peine 20 heures. Ils avaient la nuit devant eux.

Deux semaines plus tard, Eddie se tenait sur le pont supérieur à Havana Docks, baigné d'une douce lumière orangée et attendant que le soleil se couche. Même après sept mois dans la région, il aimait toujours le regarder, et pour l'instant, il aimait aussi vivre là.

Autour de lui, des couples et des petits groupes étaient assis, sirotant des jus de fruits. La plupart étaient des touristes mais s'y trouvaient aussi pas mal de locaux, venus apprécier un moment de beauté. À part le bourdonnement des bavardages, c'était plutôt calme, surtout parce que la joueuse de synthé faisait une pause. Eddie espérait que, le temps qu'elle revienne et découvre que quelqu'un avait retiré les fusibles de chacun de ses claviers, ils auraient le temps de regarder le coucher de soleil en paix.

Il sirotait sa margarita, bien trop forte, préparée par une serveuse amoureuse de lui et reconnaissante de son aide dans un différend avec le plus psychotique de ses ex-maris, quand il vit une jeune femme sur la passerelle. Elle avait de longs cheveux châtains et elle était jolie, mais elle regardait autour d'elle et quelque chose dans la façon dont elle bougeait les épaules disait qu'elle n'était pas là pour le coucher de soleil, mais parce qu'elle était inquiète, effrayée et qu'elle avait entendu dire dans un bar qu'il y avait peut-être un homme sur le quai qui pourrait l'aider.

Eddie alluma une cigarette et attendit qu'elle le trouve.

Le prix d'une vie

Je le vis d'abord dans le hall de l'hôtel, le vendredi après-midi. Je sirotais le fond de mon Coca tiède en feuilletant le programme de la convention, essayant de décider quand m'attaquer à la salle des bouquinistes. Samedi matin : probablement le meilleur moment – encore sous le coup de ma première gueule de bois de la convention. J'aime acheter des livres quand j'ai la gueule de bois. Ça me fait du bien.

Je faisais mentalement la liste des articles qui m'intéressaient, quand j'aperçus un petit groupe qui venait de franchir la capricieuse porte à tambour. Un homme d'un certain âge dans un costume de qualité, une grande jeune femme agitée avec une pile de dossiers entre les mains, et un bagagiste portant une seule valise bien fatiguée. Le vieux s'arrêta un instant, balaya le hall d'un œil d'expert, puis se dirigea d'un bon pas vers la réception à l'autre bout de la pièce. La femme lui emboîta le pas de manière un peu chaotique, lançant des regards dans toutes les directions, comme si elle craignait une attaque aérienne imminente. Le bagagiste attendit, impassible, qu'on lui dise où aller.

L'espace d'un instant, je me demandai ce qui, dans cette scène, avait attiré mon attention. Puis mon estomac se noua quand je pris conscience que je venais d'apercevoir l'homme qui était la raison de ma présence ici.

« Ici », c'est-à-dire *Smoking Gun IV*, une convention de polar qui se tenait à l'hôtel *Royal Britannia* dans les Docklands, un établissement si épouvantable que seuls des sadomasochistes pouvaient l'apprécier à sa juste valeur. Rectification : sans doute uniquement des masochistes. En effet, le personnel de l'hôtel provient d'une espèce se trouvant si bas sur l'échelle de l'évolution que je doute qu'il soit possible de lui faire ressentir une quelconque douleur. Si le barman avait accueilli ma requête d'un café avec juste un poil d'insolence en plus, j'aurais peut-être essayé de vérifier cette hypothèse. Au lieu de cela, j'avais humblement accepté de boire un Coca.

Le polar, c'est ma passion. Je travaille dans l'informatique – un boulot d'un ennui mortel. Et il y a des jours où la perspective de pouvoir, une fois chez moi, me plonger dans un monde imaginaire est tout ce qui me retient de ne pas prendre le disque dur de certains clients et de le leur enfoncer dans le cul. Je ne suis pas obsédé : je n'enfile pas un vieil imper et un feutre devant la glace, pour faire semblant de tirer sur mon reflet en citant des dialogues tirés de vieux films dans lesquels des gens survoltés préparent des casses dont le butin couvrirait à peine mon découvert. Je ne me rends d'ailleurs pas si souvent que cela dans les conventions. Elles se ressemblent toutes : vous allez dans un hôtel anonyme, vous écoutez des gens parler et faire la promotion de leurs livres, tout en buvant du vin blanc bon marché et en avalant de petites parts de pizza gratuites, et vous vous demandez qui est qui. Cette convention s'annonçait différente. Le matin même où j'avais reçu le premier rapport de progrès et lu la liste des invités (je figure dans le fichier de quelques libraires spécialisés), j'avais rempli et posté mon chèque. Ayant déjà séjourné au *Royal Britannia*, je savais à quoi m'attendre.

L'homme qui se tenait en ce moment même devant la réception, et gratifiait la femme à l'air renfrogné qui se trouvait là d'un haussement de sourcils qui aurait fait battre en retraite la plupart des gens, n'était autre que Nicholas Price. Il y a fort à parier que ce nom ne vous dit rien, mais croyez-moi, trente ans plus tôt il n'en allait pas de même. Sans les romans de Price, bon nombre des polars que lisent les gens de nos jours n'auraient tout bonnement pas existé. Dans les années 1990 il plongea un grand bâton dans la marmite où mijotait tranquillement le genre et le remua pour le transformer à tout jamais. Price introduisit le polar auprès du grand public, de la même façon que Stephen King avec le fantastique vingt ans plus tôt. Pendant deux décennies, Price fut un des auteurs majeurs du polar, n'atteignant jamais le statut de best-seller, mais néanmoins celui de quelqu'un avec qui compter. Et, à en juger par la biographie que j'avais lue, un bonhomme assez incontrôlable. L'auteur du fascicule l'avait pudiquement qualifié de « bon vivant », mais la véritable histoire se devinait en lisant entre les lignes. Price et sa bande, en gros le gratin du polar de l'époque, avaient acquis une réputation de très gros buveurs. À en croire une anecdote représentative, Price et sa femme avaient un jour été retrouvés dans la fontaine décorative devant l'hôtel d'une convention à Houston, à neuf heures et demie, soit deux heures à peine après être revenus de leur beuverie de la nuit. La fontaine était en parfait état de marche, et le couple un rien mouillé. Une demi-heure plus tard, après avoir changé de pantalon, Price participait – un verre de scotch à la main – à un débat sur l'usage du flash-back dans l'écriture de polars. L'histoire ne dit pas si sa contribution se révéla impressionnante ou pas.

Cela remonte à près d'un demi-siècle. Ensuite, ses romans se firent plus rares et donnèrent l'impression de recycler ses idées. De jeunes auteurs firent leur apparition, bâtissant inconsciemment sur des fondations posées par Price. Quel que soit votre talent, il arrive un jour où vous devenez de l'histoire ancienne.

Nicholas Price n'avait rien sorti depuis vingt ans – en d'autres termes, pas depuis que j'avais fêté mes dix ans et à l'époque je ne lisais pas, ni polar ni rien d'autre. Mais maintenant, on annonçait enfin son nouveau roman, *Les Jours*, qui allait être lancé lors de la convention, et j'avais bien l'intention d'être le premier à acheter un exemplaire et à me le faire dédicacer par l'auteur. J'avais découvert Price six ans plus tôt, grâce à une mention pleine de respect lue dans la préface du livre d'un auteur récent. J'avais essayé l'un de ses premiers romans – pas facile à dénicher, mais les suivants ne le furent pas plus – et j'étais instantanément devenu accro. Ensuite, je lus tout ce que je pus trouver, et laissez-moi vous dire que Price reste le meilleur. De loin.

La grande jeune femme aux dossiers semblait engagée dans une discussion agitée avec la réceptionniste. J'en devinais aisément la cause. En dépit du fait que l'heure d'enregistrement était fixée à 15 heures, et que l'horloge affichait déjà 16 heures, la chambre de M. Price ne semblait pas encore prête. J'avais eu droit au même traitement et mon sac de voyage attendait bien sagement dans la pièce où le bagagiste s'apprêtait à porter la valise de Price. Ce dernier semblait d'ailleurs s'être désintéressé de la question, et contemplait sereinement l'espace autour de lui. Son chaperon lança une dernière salve à l'intention du troll apathique derrière le comptoir, puis se retourna vers Price et, se confondant en excuses gesticulatoires, l'entraîna dans ma direction.

Je relevai le programme de la convention, feignant un intérêt profond pour son contenu, et les observai, dissimulé derrière la brochure. Price ouvrait la marche et la jeune femme le suivait, consultant ses notes. À ce stade, j'avais compris qu'il s'agissait probablement d'une attachée de presse de son éditeur, et je me fis la réflexion qu'elle n'avait visiblement pas l'habitude de chaperonner un auteur. Elle semblait nerveuse et distraite, comme si sa tête était remplie de tellement de choses qu'elle devait se souvenir de ne pas oublier qu'elle finissait par être incapable de se les rappeler. Price, lui, ne semblait nullement nerveux. Ce n'était pas tant qu'il transpirait l'assurance, mais plutôt qu'il donnait l'impression qu'il aurait pu se trouver n'importe où : marchant dans la rue, se promenant dans le parc ou chez lui, traversant son propre salon. Il avançait sans un regard, ni à droite ni à gauche, pour les congressistes qui l'entouraient. Il se dirigea droit vers le bar. Son costume gris anthracite, de coupe moderne, lui allait bien, et il portait aussi une chemise blanche et une cravate de couleur foncée. Pas mal, pour un type de son âge.

Il avait tout de même pris un coup de vieux. Rien d'étonnant : il avait quatre-vingt-quatre ans. J'espère arriver à son âge et être capable, comme lui, de me déplacer tout seul, avec une attachée de presse à mes côtés, plutôt qu'une infirmière. Il avait le regard limpide. Ses cheveux gris étaient impeccablement coiffés et sa cravate nouée à la perfection.

Mais sa peau semblait pâle et parcheminée et, malgré tous ses efforts pour le dissimuler, il s'appuyait beaucoup plus sur une de ses jambes. Difficile de croire qu'il s'agissait de l'homme dont l'esprit avait imaginé l'univers brutal de China Sofitel, Bill Stredwick et Nicole Speed – sans parler des nombreux seconds rôles qui s'y mouvaient avec la grâce de ceux à qui la vie n'avait pas fait de cadeaux. À part ce que j'avais pu glaner dans cette courte biographie, tout ce que je savais de Price, je l'avais lu entre les lignes de ses romans – comme si ses récits l'avaient placé, dans un présent permanent, au cœur de ces endroits dangereux et en compagnie de ces personnages violents. À présent, il se tenait devant le bar sans caractère et inoffensif d'un hôtel des Docklands, avec, derrière lui, deux membres du comité d'organisation qui convergeaient dans sa direction, et, face à lui, un barman au visage dépourvu d'expression.

— Un café, s'il vous plaît, demanda Price, tendant la main vers sa poche en quête de cigarettes.

Le barman se livra immédiatement au manège dédaigneux auquel j'avais eu droit plus tôt.

Price l'ignora et se retourna vers son attachée de presse. Il lui demanda si elle désirait un café. Elle secoua négativement la tête.

Price fit un clin d'œil au barman.

— Juste un, alors. (Obligé de parler, le barman indiqua qu'il était impossible d'obtenir un café. Price leva un sourcil.) Comment cela, impossible ?

Le barman détourna le regard. Pour lui, le débat semblait clos. Les deux membres du comité d'organisation s'approchèrent timidement derrière Price, conscients qu'il entrait dans leurs attributions de faire quelque chose, mais sachant pertinemment qu'ils n'auraient guère plus de chance. Je compatis et partageai leur colère : cet homme, censé les servir, se montrait grossier.

— Écoutez-moi bien, Jean, reprit doucement Price, qui avait manifestement lu le prénom de l'homme sur son badge. (Le barman se tourna vers lui, prêt à l'affronter, mais, croisant le regard de Price, son visage sembla opter pour la prudence.) Ceci est un bar. Derrière vous, j'aperçois tout l'attirail nécessaire à la préparation du café, autrement dit : un percolateur, du lait et du sucre. Par ailleurs, j'ai noté que de nombreux dessous-de-verre portent la marque d'un célèbre producteur de café et qu'un prix pour une « tasse de café » figure sur l'écriteau à la ponctuation hasardeuse qui se trouve derrière votre tête au volume alarmant. Un café n'est donc pas « impossible », puisqu'il s'agit d'un produit proposé par cet établissement à grand renfort de publicité. Alors servez-m'en une tasse.

Jean expliqua avec une innocence blessée que cela lui était tout bonnement impossible, parce qu'il ne disposait pas de tasses, que ces dernières se trouvaient dans le restaurant, de l'autre côté du hall d'entrée – un trajet d'au moins une dizaine de mètres – et qu'il manquait de personnel qui aurait pu éviter une émeute en son absence. Certainement, monsieur comprenait.

— Je comprends, acquiesça Price. Et voilà le topo : vous allez sortir de derrière ce bar et récupérer une tasse à café. Rapportez en plusieurs, de manière à ce qu'une telle situation ne se reproduise pas. Ensuite, vous allez me verser mon café dans l'une d'elles ; en retour, je vous donnerai un peu d'argent. Autre scénario : je reste ici et la file des clients s'allonge jusqu'à l'extérieur de l'hôtel, puis sur la route. Quand la nuit sera tombée, quelqu'un finira par se faire renverser et ses proches vous pourchasseront avec des piques et des torches pour le venger. J'ai tout l'après-midi devant moi. À vous de choisir.

Jean le regarda fixement. Price sourit aimablement, alluma une cigarette et détourna les yeux.

Le barman souleva l'abattant et sortit avec raideur de derrière le bar.

— Et ne lambinez pas ! l'avertit Price. Sinon, à votre retour, il ne restera de ce bar que quelques bouteilles cassées et une caisse vide.

À ma grande surprise – Price avait tout de même plus de quatre-vingts ans – Jean prit ses menaces très au sérieux et fila à travers le hall de l'hôtel.

Je me détournai afin de dissimuler le large sourire qui venait d'éclore sur mes lèvres.

Point d'orgue du programme de l'après-midi : l'entretien de Price avec le président du comité organisateur de la convention. Assis à quatre rangs de l'estrade, j'avais un tas de questions à poser, en particulier à propos de la série China Sofitel, mais aussi sur ses nouvelles.

L'occasion ne se présenta pas, mais cela m'était bien égal. La plupart de mes questions trouvèrent leur réponse dans cette conversation, fascinante et souvent hilarante, qui dépassa d'une demi-heure le temps imparti. Nonchalamment installé dans son fauteuil sur la scène, un whisky dans une main, une cigarette généralement dans l'autre, l'auteur transforma l'interview soigneusement planifiée en un débat très libre sur l'écriture, qui allait me conduire, quelques jours après la fin de ce week-end, à écrire ma première nouvelle.

Je regrettai de ne pas avoir emporté un magnétophone afin de conserver cette session pour la postérité – et pour moi. Ce fut la dernière convention de Price. Il mourut trois mois plus tard.

Quand arriva minuit, je retournai au bar de l'hôtel. Entre-temps, j'avais dîné avec un groupe d'amis, bu énormément de vin rouge et modérément flirté avec une fan américaine que je n'avais jamais rencontrée auparavant. Elle s'appelait Sheryl et venait du Kansas : à 23 heures, elle m'avait brutalement annoncé qu'elle devait aller se coucher. Encore enhardi par la façon dont j'avais traité le serveur à la pizzeria un peu plus tôt, je lui dis que j'espérais que ce n'était pas ma compagnie qui provoquait son départ. Elle m'assura qu'il n'en était rien, mais qu'elle avait bu trop de vin et devait aller vomir. Nous convînmes de nous retrouver le lendemain pour prendre un café.

Je m'affalai dans un fauteuil, dans la partie du bar qui surplombe le fleuve. Mon verre de bière encore presque plein, j'avais bien l'intention de ne rien gâcher. Il n'y avait pas grand monde dans les parages, et personne que je connaissais, mais cela ne me gênait pas – au contraire. J'avais eu une journée bien remplie et cela me faisait du bien de m'extraire un moment de la routine habituelle de la convention. Je n'avais pas besoin de compagnie pour profiter de cet instant, et quand je pris conscience d'une présence à côté de moi, je ne me tournai pas pour souhaiter la bienvenue à l'intrus. Tous les congressistes que je connaissais étaient montés se coucher ; le problème dans les conventions, c'est qu'en adressant la parole à des inconnus vous risquez fort de vous enliser dans des conversations très ennuyeuses – vraiment un truc à casser l'ambiance.

J'entendis le bruit d'une cigarette qu'on allumait. Puis :

— Ça vous ennuie, si je me joins à vous ?

Je me retournai. Nicholas Price se tenait à côté de moi.

— Bon Dieu, oui ! m'écriai-je, très agité. Je veux dire : non, allez-y. Tout le plaisir est pour moi.

— Vous changerez peut-être d'avis. J'ai pas mal bu ce soir.

Price s'installa avec circonspection dans le fauteuil en face du mien et posa son verre et ses cigarettes à portée de main.

Affolé, je saisis la première idée qui me passait par la tête afin de poursuivre la conversation.

— Vous fumez encore. Je suis impressionné.

Paroles que je regrettai immédiatement. Autant lui dire franchement que je le trouvais vieux ! Alors que mon intention avait été de le féliciter de ne pas avoir cédé, comme tant d'autres, aux pressions morales et émotionnelles que la société exerce pour vous faire arrêter de fumer – pour votre propre bien, bien entendu, mais ne trouvez-vous pas curieux que personne ne se sente capable, pour les mêmes raisons, de forcer de parfaits inconnus à renoncer aux aliments gras, à l'alcool ou au deltaplane ?

J'hésitai à me lancer dans de longues explications qui ne feraient peut-être qu'aggraver mon cas.

— J'ai toujours voulu arrêter, dit Price d'un air songeur, absolument pas vexé. Mais je n'ai jamais franchi le pas. C'est aussi bien. La dernière fois que j'ai essayé, j'avais trente-cinq ans. Ça m'aurait vraiment rendu malade de savoir que j'aurais pu fumer ces cinquante dernières années. Margaret me disait toujours qu'il y avait des fumeurs et des non-fumeurs, et qu'il appartenait à chacun de déterminer dans quel camp il se trouvait – et d'être prêt à en payer le prix.

Je savais qui était Margaret, bien sûr – et Price venait de mentionner son prénom comme s'il me jugeait digne de le savoir. Je me sentais suffisamment sobre pour ne pas y attacher plus d'importance que cela n'en avait réellement. Il avait manifestement utilisé son prénom au lieu de dire « ma femme », mais je ressentais tout de même une certaine excitation.

— Elle ne vous accompagne pas ce week-end ? demandai-je nonchalamment.

— Non. Elle m'a quitté voilà dix ans.

Atterré, je tentai de m'excuser.

— Je suis vraiment désolé.

Price sourit.

— Ne le soyez pas. Elle ne m'a pas quitté pour un autre homme. Le cancer me l'a prise – un vrai séducteur, celui-là. Maintenant elle ne me donne même plus de ses nouvelles. Typique des ex, vous ne trouvez pas ? (Après un long silence, il poursuivit :) Nous nous sommes connus à vingt ans. Elle fumait déjà et elle a continué toute sa vie. Elle avait choisi son camp. Dans votre vie, vous pouvez prendre trois types de décision. Les bonnes, les mauvaises et les inévitables. Pour les dernières, la raison n'a aucun rôle à jouer, peu importe que vous pensiez le contraire. Les émotions ou les circonstances décident pour vous, quand ce n'est pas purement une question de « y a pas le choix », et ce sont ces décisions qui influencent votre vie et bâtissent la maison dans laquelle vous allez vivre. Les bonnes et les mauvaises ne servent qu'à changer la couleur des murs.

— Je ne suis pas certain de vous suivre...

Il rit.

— Moi non plus. J'ai voulu tenter ma chance. C'est une observation que j'avais griffonnée sur un de mes carnets quand j'avais cinquante ans. Ça devait vouloir dire quelque chose à l'époque, mais maintenant ça semble n'avoir ni queue ni tête.

— J'ai vraiment beaucoup apprécié le débat de cet après-midi, bafouillai-je.

Il me regarda droit dans les yeux.

— J'espère que vous n'allez pas commencer à me parler de mon travail.

— Non, bien sûr ! protestai-je en remballant immédiatement ma première question – et les quinze suivantes !

— Avant, je n'en parlais jamais, expliqua-t-il, laissant son regard vagabonder sur la Tamise plongée dans l'obscurité. À l'époque, aucun de nous ne le faisait. Maintenant, tout le monde veut savoir ce que je voulais dire en écrivant telle histoire, le message contenu dans telle autre. Quelle importance ? Il y a fort à parier que j'ai écrit ce qui me passait par la tête ce matin-là, sous l'effet de la gueule de bois ou poussé par le délai que m'imposait mon éditeur. Vous voulez parler philosophie ? Adressez-vous à un arbre. Moi j'écrivais pour payer le loyer.

— Ça représente forcément plus que ça, hasardai-je.

— Bien sûr. Quand, dans mon bureau, je jette un coup d'œil aux étagères, je sais que je ne quitterai pas ce monde sans laisser ma petite trace. Nous n'avons pas eu d'enfants. Nous avons eu les livres à la place. Et puis, ils avaient beau être imaginaires – mais qui ne l'est pas aujourd'hui ? –, j'ai aimé certains de mes personnages.

Nous restâmes assis en silence quelques instants. Je sirotai lentement ma bière. Je ne voulais pas la finir trop vite, parce que alors j'allais devoir en commander une autre – ce qui m'obligerait à me rendre au bar et me farcir le barman – et Price pourrait interpréter cela comme le signal de la fin de notre conversation.

— À quelle heure se tient votre séance de dédicace demain ? finis-je par demander.

Pas terrible, mais je n'avais rien trouvé de mieux.

— Onze heures.

Retour à la case départ.

— J'ignore tout de votre nouveau roman. Est-ce qu'on y retrouve certains de vos anciens personnages ?

Il secoua la tête.

— Pas moyen de mettre la main dessus. Sont partis sans laisser d'adresse – morts peut-être.

Puis, sans raison apparente, il leva le bras. Jean le barman surgit de nulle part.

— Oui, monsieur Price ?

— Je vais reprendre un scotch. Et pour mon ami ce sera...

Jean prit ma commande, inclina la tête, tourna les talons et se sauva.

— Quel est votre secret, bon sang ? demandai-je d'un air ravi.

— C'est un truc qu'on finit par acquérir à force de passer sa vie dans les bars des hôtels. Au fait, quel est votre nom ? (Je lui dis et il hocha la tête.) Désolé, mais je vais devoir vous abandonner après cette tournée. Il faut que je sois raisonnablement en forme pour demain après-midi.

— Pourquoi ? Qu'est-ce qui se passe demain après-midi ?

— On me remet un prix.

— Vraiment ? Je n'étais pas au courant.

Il me fit un clin d'œil.

— Je ne suis pas censé le savoir non plus. En fait, personne ne me l'a dit. Mais c'est tout comme.

— Et c'est un prix pour quoi ?

— L'ensemble de mon œuvre – quoi d'autre ?

— Eh bien, toutes mes félicitations – d'avance. C'est quelque chose !

— Oui, je suppose que vous avez raison, répliqua-t-il en détournant les yeux. Vous avez déjà entendu parler d'un gars nommé Jack Stratten ?

— C'était votre meilleur ami, n'est-ce pas ?

—Oui, confirma-t-il, et il parut content. C'est exactement ce qu'il était. Si je pose la même question autour de moi, la plupart des gens reconnaîtront son nom. Ils ont lu ou entendu parler d'un de ses livres, ou au moins vu l'un des films idiots qu'on a tirés de certains d'entre eux. Ils ont vu son nom quelque part, ou on leur a raconté la fois où il a cogné son éditeur à Chicago.

» Mais Jack représente bien plus que ça. *Idem* pour Geoff McCann, même s'il a écrit un paquet de bons romans et gagné beaucoup plus d'argent que moi ou même Jack. Ou Nancy Grey, mon éditeur. Ils étaient mes amis. Je les ai aimés et ils m'ont aimé, et on a passé du bon temps ensemble. C'est ça, ce dont je me sens le plus fier, pas les putains de bouquins !

J'attendis la suite, un peu refroidi par ce que je venais d'entendre.

—Alors demain matin, je vais me lever et mettre un beau costume pour aller écrire mon nom sur quelques livres. Jo, mon attachée de presse, sera là pour s'assurer que tout se passe bien, et je signerai des livres pour une bande d'inconnus qui n'étaient probablement pas nés la dernière fois que j'ai sniffé une ligne de coke. Ensuite, l'après-midi, je présiderai ce banquet et les gens se montreront polis et on me décernera probablement ce prix. J'en suis pratiquement certain. Ils ont vraiment insisté pour que je vienne, et on ne peut pas dire que mon nom attire les foules ces temps-ci. Alors je recevrai une statuette avec mon nom dessus, et je ne doute pas que ça soit important, mais ça arrive trop tard. Qui me tiendra la main quand je regagnerai ma place ? Qui d'autre que moi verra cette statuette sur son étagère ?

Il me fixa de ses yeux brillants.

—Je ne veux pas de prix. Je veux qu'ils reviennent. Tous : Margaret, mes amis. Les gens qui me connaissaient quand ma vie ne se résumait pas encore à une bibliographie. Qui m'ont vu marcher vite, être bourré, vomir, faire rire d'autres gens parce que j'étais drôle et pas seulement respecté. Des gens qui seraient surpris par mes cheveux gris ou de me voir boiter. Quelqu'un qui me dirait d'arrêter de fumer, bordel !

Il s'interrompit. Je déglutis, ne sachant pas comment réagir.

Jean apparut et posa poliment nos verres devant nous. Lorsqu'il signa la note, je remarquai que la main de Price tremblait sérieusement. Je me creusai la tête afin de trouver quelque chose à dire.

Price regarda Jean qui s'éloignait.

—C'est comme dresser un cheval, observa-t-il. Le truc, c'est de gagner leur respect, et ensuite de laisser de gros pourboires. Ça marche à tous les coups.

Je ris et je compris que je n'avais pas besoin de dire quoi que ce soit.

— Bien, soupira-t-il en se redressant dans son fauteuil. Posez-moi vos questions sur mes livres.

— Je n'en ai pas.

— Mais si. Allez-y. Je ferai de mon mieux pour y répondre.

Et c'est ce que nous fîmes. Après son départ, je bus un dernier petit verre avant d'aller me coucher, puis remontai lentement dans ma chambre.

Je retrouvai Sheryl à 10 heures le lendemain matin. Après un bon café, nous décidâmes de faire la tournée des bouquinistes ensemble, et nous ne vîmes pas le temps passer. Ce ne fut qu'en dénichant sur une des tables un vieil exemplaire fatigué du premier roman de Nicholas Price que je pris conscience que j'avais manqué sa séance de dédicace.

Je regardai ma montre. Trop tard.

— On t'attend quelque part ? s'enquit Sheryl, apparaissant subitement derrière moi.

— Non, répondis-je, tâchant de masquer ma déception.

De toute façon, c'était la vérité. Price ne m'aurait pas attendu. Je voulais toujours lui faire signer son dernier roman, mais à ce lancement je n'aurais été qu'un anonyme parmi d'autres.

— Bien, conclut-elle, et elle passa son bras sous le mien.

Je le revis deux fois avant la fin de la convention. D'abord au banquet. Le plan de table ayant été fixé avant que Sheryl et moi fassions connaissance, nous nous retrouvâmes placés aux extrémités opposées de la salle. Je me trouvais à une table en compagnie de gens que je connaissais et passai un bon moment, bien que curieusement inquiet pendant tout le repas.

Quand commencèrent les discours, je compris que je me sentais nerveux à cause de Price – même si je n'avais aucune raison de l'être. Assis à la table d'honneur, il semblait passer un moment agréable, hochant la tête quand les autres convives lui posaient des questions ou lui parlaient. Il alluma sa première cigarette avant la fin du dîner, mais visiblement personne ne lui demanda de l'éteindre.

Après les discours débuta la cérémonie de remise des prix, qui dura une demi-heure. Meilleure nouvelle, meilleur roman, meilleur ci, meilleur ça, tout y passa. Et, le final, le prix venant couronner l'œuvre de toute une vie. Meilleure vie, j'imagine.

Le président prit la parole et, après n'avoir entendu que les deux premières phrases de son discours, je sus que Price avait vu juste. Les applaudissements qui vinrent saluer l'annonce se révélèrent frénétiques, et notre table fut l'une des premières à se lever en chœur. Price se leva à son tour, avec une légère grimace de douleur, aidé par les personnes qui l'encadraient. Sous l'œil vigilant des organisateurs, il avança jusqu'au lutrin où son prix devait lui être remis. On lui donna la statuette et plusieurs personnes lui serrèrent la main. Puis quelqu'un lui désigna le micro et tout le monde se rassit.

Price balaya lentement la salle du regard.

— Quelle agréable surprise, déclara-t-il enfin, et un congressiste au fond de la salle poussa des acclamations. Merci beaucoup, continua-t-il. Je vous remercie aussi pour votre accueil. Je n'oublie pas mon éditeur et Jo, mon attachée de presse. (Il lui sourit et elle rougit. Puis il se tourna et regarda fixement le mur du fond – ou le vide.) Mais j'aimerais tout particulièrement remercier quatre personnes sans qui rien de tout cela n'aurait été possible : Jack, Geoff, Nancy. Et une mention spéciale à Margaret. Merci à tous.

Je vis plusieurs participants qui tendaient le cou pour tenter d'apercevoir les personnes auxquelles Price venait de se référer. Nul ne sembla comprendre qu'elles n'existaient plus que dans son imagination.

Après la cérémonie, un cocktail se tint dans une des autres salles. Je rejoignis Sheryl près d'un des murs, et nous convînmes – de manière détournée d'abord, puis plus franchement – de passer la soirée ensemble. Une fois ce point éclairci, nous nous détendîmes, buvant du vin à petites gorgées et grignotant de petites parts de pizza, le tout aux frais des organisateurs.

Au bout de une heure, j'aperçus Price de l'autre côté de la pièce et dis à Sheryl que j'en avais pour un instant. Je me frayai lentement un passage à travers la foule. La salle des libraires avait fermé et je n'espérais pas que Price ait quelques exemplaires des *Jours* sur lui en cas de besoin. Je ne me trouvais plus qu'à quelques mètres de lui quand je vis quelque chose.

Price se tenait debout, seul, Jo son attachée de presse momentanément en conversation avec l'un des organisateurs de la convention. La tête de la statuette du prix pointait hors de la poche de sa veste et Price parcourait la pièce du regard, écoutant le brouhaha de deux cents voix, observant les groupes qui se formaient.

Il aperçut quelque chose qui le fit sourire – un joli couple peut-être, ou quelqu'un de spectaculairement ivre – et tourna la tête pour dire quelques mots. Mais pas là où se trouvait Jo, non, il inclina la tête de l'autre côté comme s'il s'adressait à une femme un peu plus petite que lui. Il formula le premier mot, puis il se souvint et referma la bouche.

Je me figeai.

Price leva la tête et but une gorgée de son vin, comme si de rien n'était, mais ses yeux paraissaient éteints. Quelques instants plus tard, son attachée de presse s'échappa de sa conversation et se retourna vers lui.

— Comment ça se passe ? demanda-t-elle chaleureusement, un peu comme si elle s'adressait au grand-père qu'elle préférait secrètement. C'est le moment pour un autre verre de vin, non ? ajouta-t-elle gentiment, une sorte d'hommage à la réputation qui avait été la sienne.

— Non merci, ma chère, répondit doucement Price. (Sa voix sembla soudain très vieille, peu sûre d'elle. Il reposa son verre sur la table et leva les yeux vers elle.) Je suis fatigué. J'ai mangé bien assez de pizza et je crois que j'ai envie de rentrer chez moi.

En quittant l'hôtel le lendemain matin, une agréable surprise m'attendait à la réception sous la forme d'un paquet. Dieu seul sait comment un paquet laissé par un client à l'intention d'un autre, avec son nom correctement orthographié figurant dessus, avait atterri entre les mains de celui à qui il était destiné. À qui se fier ! Quelqu'un dans cet hôtel avait fait son travail – et méritait d'être sévèrement puni.

Je payai ma note, chipotant brièvement à propos de frais totalement fictifs dissimulés sur la seconde page, et allai m'asseoir en attendant Sheryl. Elle ne reprenait l'avion que deux jours plus tard et je lui avais proposé de lui faire visiter Londres – y compris, lui avais-je laissé entendre, l'intérieur de mon appartement.

Pendant que je patientais, j'ouvris le paquet. Il contenait deux objets.

Le premier, un exemplaire des *Jours*. Price me l'avait personnellement dédicacé. Je le lus peu de temps après et c'est un bon livre, mais il n'est pas du niveau de ses classiques.

Le second objet trône sur l'étagère au-dessus de mon ordinateur, où je peux le voir en écrivant.

Une petite statuette, un monument élevé à une vie passée, qui m'a été offerte par un homme avec qui j'ai bu un verre un jour.

Ne pas écrire

Nous sommes le 26 juillet 2003. Dehors, il pleut un peu. Je suis assis à mon bureau à Londres, et je me demande ce que je vais bien pouvoir écrire pour cette postface. Hier soir, un ami m'a suggéré de mettre par écrit ce que je savais de l'art de l'écriture. Je lui ai répondu que, pour être honnête, je n'étais pas certain de connaître grand-chose sur le sujet.

« Eh bien voilà, m'a-t-il répondu. Tu vois. Tu sais déjà par où commencer. »

Voilà donc mon point de départ, juste au-dessus de ce paragraphe. En fait, c'est souvent ainsi que démarre une nouvelle pour moi. Une seule ligne, une idée, un personnage qui apparaît subitement et m'invite à découvrir – ou à créer – l'endroit où il se rend. Quelquefois, il arrive avec une destination déjà à l'esprit – un but, un retournement final ou une dernière phrase. Mais tout aussi souvent, il se présente à ma porte, imbu de lui-même et convaincu que je devrais lui prêter attention, tout en se révélant incapable de m'expliquer autrement que par un haussement d'épaules ce que je devrais faire de lui. Alors je tire mon clavier vers moi et attends de voir où cela m'entraîne.

Comme maintenant.

Il existe une anecdote célèbre à propos de Coleridge – vous la connaissez peut-être déjà. Apparemment, un jour où il traînait chez lui et n'écrivait pas (une des façons préférées de se détendre de bien des écrivains, moi le premier), il s'est assoupi. Certaines mauvaises langues prétendent qu'il avait aussi consommé des substances illicites, mais je me refuse à dénigrer les poètes disparus. Faire la sieste est une activité très répandue chez les artisans du verbe. Pas besoin de drogue pour ça, un délai à respecter produit le même effet chez moi. Bref, Coleridge s'est réveillé deux heures plus tard, après un rêve formidable situé dans un palais des plaisirs fabuleux. Un poème-fleuve a surgi dans son esprit ; il s'est levé et a immédiatement commencé à l'écrire.

Il avait à peine entamé cette œuvre monumentale qu'un homme venu d'une ville nommée Porlock a frappé à sa porte. Cet imbécile a distrait Coleridge suffisamment longtemps pour que, une fois parti, le poète découvre que le reste du poème avait disparu, effacé comme le rêve qui l'avait inspiré. Il ne nous reste de ce chef-d'œuvre potentiel que la partie rédigée avant l'interruption.

J'ignore si cette histoire est vraie, ou si ce soi-disant visiteur de Porlock n'était autre que le dealer de Coleridge et que ce dernier a préféré partager une pipe de cannabis avec lui, ou que sais-je encore... Mais les idées me viennent souvent d'une façon qui ressemble à une version invertie de cette interruption. Je me retrouve occupé à ne pas écrire quand j'entends frapper à la porte de mon esprit. J'ouvre avec méfiance, parce que j'aime bien ne pas écrire. Je n'ai pas nécessairement envie d'un visiteur créatif, pas aujourd'hui – notamment parce qu'en général quand je n'écris pas quelque chose de bien précis, la dernière chose dont j'ai besoin, c'est d'être distrait par un autre truc à ne pas écrire. Sinon tous ces trucs à ne pas écrire finissent par s'accumuler. Il faut faire attention à ne pas se laisser déborder. Puis soudain, le visiteur est là, devant moi. Je comprends que l'idée a réussi à ouvrir la porte sans mon aide, depuis l'extérieur, et que je n'ai jamais exercé le moindre contrôle sur son apparition dans ma vie.

— Salut ! me lance-t-elle. Me voilà. Qu'est-ce que je fais maintenant ? À toi de me le dire !

Une nouvelle vient d'arriver. C'est la réponse la plus sincère que je puisse donner à la question sur la provenance de mes idées : ces enfoirées viennent m'interrompre dans les moments où je suis le plus occupé à ne pas écrire.

Mouais. Quelquefois, cela peut aussi se passer d'une autre manière. J'écris une première partie, un point de départ. Et ensuite mes doigts se figent, le charme se rompt lentement, et je tends la main vers ma tasse de thé qui refroidit ; je jette un coup d'œil par la fenêtre, ou je me demande si je n'ai pas reçu d'e-mails, si ce site avec toutes ces icônes sympas a été mis à jour, ou encore si ce typographe en ligne ne propose pas de nouvelles polices. L'élan initial disparaît et je ne sais pas comment continuer. Je me tourne vers mon visiteur importun – cette fameuse idée – afin de vérifier qu'il n'a pas de suggestion à faire, mais il se contente de feuilleter des magazines, tranquillement assis dans un des fauteuils du bureau. Je comprends que je n'ai pas d'aide à attendre de lui.

— Hé ! je dis. Qu'est-ce qui se passe ensuite ?

— Qu'est-ce que j'en sais ? il grommelle. C'est toi l'auteur, pas moi !

Alors je me plonge avec énergie dans la deuxième partie, maladroitement sous-titrée : « Bon, d'accord. J'ai tapé quelques mots et je les ai sauvegardés sur mon disque dur avec un titre et tout ça, il s'agit donc officiellement d'un nouveau texte, mais bon sang *de quoi ça parle* ? » À ce stade, tout peut s'écrouler [11]. Je peux encore décider que cette idée ne vaut pas la peine d'être développée (à tort ou à raison). C'est aussi le moment où il suffira d'un coup de téléphone, d'un autre engagement ou d'un pur accès de paresse pour tout laisser tomber et où cette première partie pourra bien finir au fond d'un tiroir – et ne plus jamais en sortir. Mais rien n'est jamais définitif et je peux très bien décider, plusieurs semaines ou mois plus tard, de la reprendre, négligemment, et de la rallonger un peu – avant de la ranger de nouveau.

Je reviendrai sur ce scénario un peu plus tard. Négligemment.

Mais ce moment peut aussi se révéler le meilleur de tous. Après ce premier passage à vide, certaines histoires déboulent sans crier gare. Elles n'entendent pas s'en laisser compter et elles ont bien l'intention d'aller jusqu'au bout. Elles savent où elles vont, sont pressées d'y arriver et prêtes à faire elles-mêmes la majeure partie du boulot. Ce sont celles que je préfère. Quelques exemples qui datent de mes débuts : « L'homme qui dessinait des chats », ma toute première nouvelle, « Le cadeau », « Tout le monde s'en va… » ou « Le pays obscur ». Écrits en une journée, d'une seule traite. D'autres plus récentes aussi, comme « Avoir raison » que j'ai écrit spécialement pour ce recueil. Je suis rentré chez moi un matin, après avoir acheté de quoi déjeuner, et je me suis assis pour noter une idée qui m'était venue en chemin. Finalement, je n'ai pas déjeuné, mais à la fin de l'après-midi j'avais les deux tiers d'une nouvelle. Une bonne affaire.

D'autres textes prennent un peu plus de temps. Pas parce que l'idée arrive avec insuffisamment de vent dans les voiles, mais parce que l'histoire qui doit lui donner vie nécessite une réflexion plus structurée. « Rendez-vous demain » par exemple, avec ses zones temporelles qui s'imbriquent et sa signification délibérément nébuleuse ; « Le Livre des nombres irrationnels » que j'ai conçu comme une série d'observations vaguement liées entre elles et que j'ai dû laisser venir à son rythme.

11. Et ensuite vous arrivez au bout, là où vous vouliez aller et votre histoire s'achève sur une phrase de conclusion. À ce stade, je relis immédiatement la nouvelle dans son intégralité. Plusieurs fois. Avant de me lever de ma chaise.

D'autres nouvelles trouvent leur origine, non pas dans une idée saisie au hasard ou un paragraphe d'ouverture, mais parce que quelque chose en ce bas monde vous a frappé ou touché suffisamment fort – c'est le cas de « Le prix d'une vie » et de « La magie est en toi ». Là ce n'est pas tant une idée qui joue le rôle de déclencheur qu'un état d'esprit.

Enfin, il reste une dernière catégorie de textes dont j'ai eu l'idée bien avant de les écrire. L'élément de base de « Ville morte » ou de « Peut-être la prochaine fois... » m'a trotté dans la tête pendant des années avant qu'une sorte d'interrupteur interne bascule et que je me sente prêt à les coucher sur le papier. Une fois que ça arrive, ça va généralement très vite.

À ce stade, même avant parfois, j'effectue une première révision – de tout le texte, d'une page ou d'un seul paragraphe. Une sorte d'échauffement avant le prochain assaut. Et souvent, je prends conscience que je peux couper la ou les premières phrases, ainsi que quelques trucs en cours de route. Couper, ajouter, couper, couper, ajouter, couper. Écrire, ce n'est pas comme de récolter des pommes pour un fermier qui vous paie au poids. Cela ressemble plutôt à la préparation d'une tarte pour laquelle vous allez choisir les dix plus belles pommes de votre verger. Onze, c'est une de trop.

Mais neuf ne suffiront pas, bien sûr.

Une des choses curieuses avec les nouvelles, c'est qu'elles paraissent rarement de manière isolée. Lors de leur première publication, leur place dans une anthologie ou une revue les contextualise. L'anthologiste cherche à créer un certain équilibre dans la structure de son livre ; de la même manière, le rédacteur en chef d'une revue jongle avec les nouvelles, le contenu éditorial et la publicité pour définir son sommaire. C'est ce qui rend la première publication d'une nouvelle tellement unique. Passer votre texte après une nouvelle élégiaque d'un inconnu est différent de le positionner juste avant le chef-d'œuvre d'un génie à la Peter Straub, et votre idée a intérêt à tenir la route si vous partagez un sommaire avec un Ramsey Campbell ou un Stephen King. Le contexte peut aussi venir du sujet. Si votre nouvelle paraît dans un livre sur les vampires, il y a fort à parier que des buveurs de sang vont faire leur apparition à un moment ou à un autre. D'un autre côté, si l'auteur sait où son histoire va finir (cela a été mon cas avec « Chère Alison »), alors – s'il a affaire à un éditeur aux goûts éclectiques – cela lui donne la chance d'aborder ce thème de façon oblique. Pas besoin d'un vampire qui déboule dès la première page. En fait, pas besoin de vampire du tout. La même chose s'est produite avec « La joie de recevoir » et « Plus tard… », deux nouvelles écrites pour des anthologies thématiques et m'offrant ainsi la possibilité d'une approche originale d'un sujet archirebattu. « Charmes » a connu un peu le même destin. Je l'ai écrit pour une anthologie rendant hommage aux disques 45 tours qu'on ne trouve plus guère que dans les vide-greniers. J'ai délibérément écrit quelque chose qui ne répondait pas aux attentes des éditeurs et ils me l'ont – fort logiquement – refusé. Par chance, son ton légèrement bradburyen a plu à un autre éditeur, quelques années plus tard. Ça arrive constamment : les nouvelles finissent par trouver un foyer. De toutes celles qui sont publiées dans ce recueil, « Voir la mer » est sans doute celle qui a répondu le mieux au cahier des charges qui était le sien, c'est-à-dire s'intégrer à un recueil de textes inspirés par « Le Cauchemar d'Innsmouth » de H.P. Lovecraft.

Et puis, il y a celles que vous n'écrivez que pour vous, pour le plaisir, comme « Vaccinator » et « Quand Dieu vivait à Kentish Town ». Celles qui vous donnent réellement l'impression d'avoir le job le plus facile et le plus cool au monde. À dire vrai, j'ai pris du plaisir à l'écriture de toutes les nouvelles de ce recueil – à des degrés divers. Je n'ai retenu aucune de celles qui m'ont donné du fil à retordre – ce qui est probablement significatif.

Pour moi, plus ça va vite, mieux c'est, et je crois qu'il y a une date de péremption des idées. Celles qu'on laisse trop traîner finissent par tourner. Elles deviennent de véritables corvées. L'invité importun est resté bien trop longtemps et s'est transformé en squatter dans votre tête. Récemment, j'ai passé en revue un dossier de mon disque dur qui contenait près de vingt débuts de nouvelles non exploités : certains ne faisaient que quelques lignes, d'autres plusieurs milliers de mots péniblement rédigés. Direction : la poubelle – sauf trois. Effacés et disparus à jamais. Mon expérience m'a montré qu'il fallait se comporter ainsi avec les idées, leur montrer qui est le patron. Elles doivent faire leur part du boulot pour gagner leur croûte. Sinon elles ne servent qu'à vous faire sentir coupable et se mettent en travers de la porte. Je ne vais pas me laisser emmerder ainsi par une simple idée. Je n'ai besoin de personne pour ne pas écrire.

Ce recueil comporte une exception à cette règle : « Au Service de l'homme », que j'ai commencé il y a des années. Je savais à quoi je voulais arriver, mais pendant longtemps, je n'ai pas su comment. Alors j'y travaillais de temps à autre. Puis on m'a proposé un foyer pour cette nouvelle et je l'ai revue de fond en comble – et je suis content de l'avoir fait. Soyez rassuré, je ne vais pas vous infliger une note sur chaque nouvelle de ce recueil, mais j'ai eu l'occasion de me livrer à cet exercice pour une bibliographie d'une exhaustivité vertigineuse signée Lavie Tidhar [12]. Si vous souhaitez une analyse nouvelle par nouvelle, je vous conseille d'y jeter un coup d'œil. Tout le monde n'est pas intéressé par la genèse d'un texte. Pour certaines personnes, c'est comme de révéler que leur chanson préférée – celle sur laquelle elles ont dansé à leur mariage, la mélodie qu'elles entendent dans leur tête quand elles se sentent mélancoliques, l'air qui les fait se tourner vers leur moitié, les yeux embués et avec un sourire naissant, soudain persuadées que tout va bien – a été composée dans un motel en Idaho, par un type complètement défoncé qui pensait à son caillou favori.

Alors j'ai décidé de ne pas vous révéler pourquoi j'ai écrit la nouvelle « Mon caillou favori ». C'est trop personnel. Et de toute façon, je ne m'en souviens pas. Avec l'écriture de chaque nouvelle, vous gagnez et vous perdez quelque chose. Vous gagnez en expérience et vous perdez le temps mis à l'écrire, une période que vous ne pourrez jamais récupérer.

L'équilibre de tout ce qui a conduit jusqu'à ce point est légèrement modifié par le caractère achevé de la nouvelle, par le fait que ce récit fera à tout jamais cinq mille, mille cinq cents ou huit mille mots. Maintenant que je connais sa longueur, je vois mieux sur quel passage mettre l'accent, je peux dire si cette longue rumination à propos d'un incident qui m'a énervé hier y a vraiment sa place, et si une fin ouverte ne vaudrait pas mieux que celle que j'avais prévue au départ. Je saute d'un endroit à un autre dans toute la nouvelle, je fais des ajustements par-ci par-là, les ultimes modifications avant que le ciment prenne : parce qu'une fois que je me suis levé de mon bureau, que j'ai abandonné une histoire avec une phrase de conclusion, elle n'est plus la même. L'art cède la place au métier. C'est sympa aussi, c'est ce qui paie les factures. Mais c'est l'art qui pose les fondations de la maison.

Le lendemain, nouvelle relecture, mais à ce stade, l'histoire commence à se lasser de mes ingérences. Elle exige sa liberté. Vous l'imprimez. Vous la donnez à votre/son premier lecteur – dans mon cas, ma femme Paula. Elle la lit et me dit ce qu'elle en pense, mais

---

12. *Michael Marshall Smith : The Annotated Bibliography,* Lavie Tidhar, PS Publishing, 2004. (*NdT*)

je sais à quoi m'attendre – en grande partie – avant même qu'elle ait ouvert la bouche.

C'est sans doute la dernière fois que vous serez présent quand quelqu'un lira votre nouvelle, ce fragment de votre vie qui a démarré de façon si banale ou si intense. L'idée de Porlock finit de boire son thé, vous fait un clin d'œil et vous remercie de votre hospitalité, d'avoir fait votre possible avec elle. Puis elle enfile son manteau et quitte votre maison pour toujours, part à la découverte du vaste monde, hors de votre portée.

Super! vous vous dites. *Je vais enfin pouvoir me mettre à ne pas écrire.* Mais à peine avez-vous commencé qu'on frappe à la porte.

Et voilà. J'ai écrit tout cela en une journée – c'est ce que je préfère. Finalement, il apparaît que je n'avais pas grand-chose à dire sur l'écriture, mais j'espère que vous avez aimé tourner ces quelques pages. Parce que la littérature n'a pas d'autre but. En fait, le boulot d'écrivain n'est pas bien compliqué : vous amener jusque-là.

Jusqu'à cette dernière phrase.

Michael Marshall Smith
Londres, juillet 2003

BRAGELONNE, C'EST AUSSI LE CLUB :

Pour recevoir la lettre de Bragelonne annonçant nos parutions et participer à des rencontres exclusives avec les auteurs et les illustrateurs, rien de plus facile !

Faites-nous parvenir vos noms et coordonnées complètes, ainsi que votre date de naissance, à l'adresse suivante :

Bragelonne
35, rue de la Bienfaisance
75008 Paris

club@bragelonne.fr

Venez aussi visiter notre site Internet :

http://www.bragelonne.fr

Vous y trouverez toutes les nouveautés, les couvertures, les biographies des auteurs et des illustrateurs, et même des textes inédits, des interviews, des liens vers d'autres sites de Fantasy et de SF, un forum et bien d'autres surprises !

Aubin Imprimeur
LIGUGÉ, POITIERS

Achevé d'imprimer en avril 2008
N° d'impression L 72133
Dépôt légal, mai 2008
Imprimé en France
35294181-1

28/06/08